BASTEI
LÜBBE

JERRY POURNELLE
S.M. STIRLING

Der Prinz von Sparta

Science Fiction Roman

Ins Deutsche übertragen
von Thomas Schichtel

BASTEI
LÜBBE

BASTEI-LÜBBE-TASCHENBUCH
Band 23 159

Erste Auflage:
Dezember 1994

Deutsche Lizenzausgabe 1994
by Bastei-Verlag Gustav H. Lübbe
GmbH & Co., Bergisch Gladbach
Originaltitel: Prince of Sparta
Lektorat: Michael Schönenbröcher/
Stefan Bauer
Titelbild: Luis Royo/
Norma Agency, Barcelona
Umschlaggestaltung:
Quadro Grafik, Bensberg
Satz: KCS GmbH,
Buchholz/Hamburg
Druck und Verarbeitung:
Brodard & Taupin, La Flèche,
Frankreich
Printed in France

ISBN 3-404-23159-7

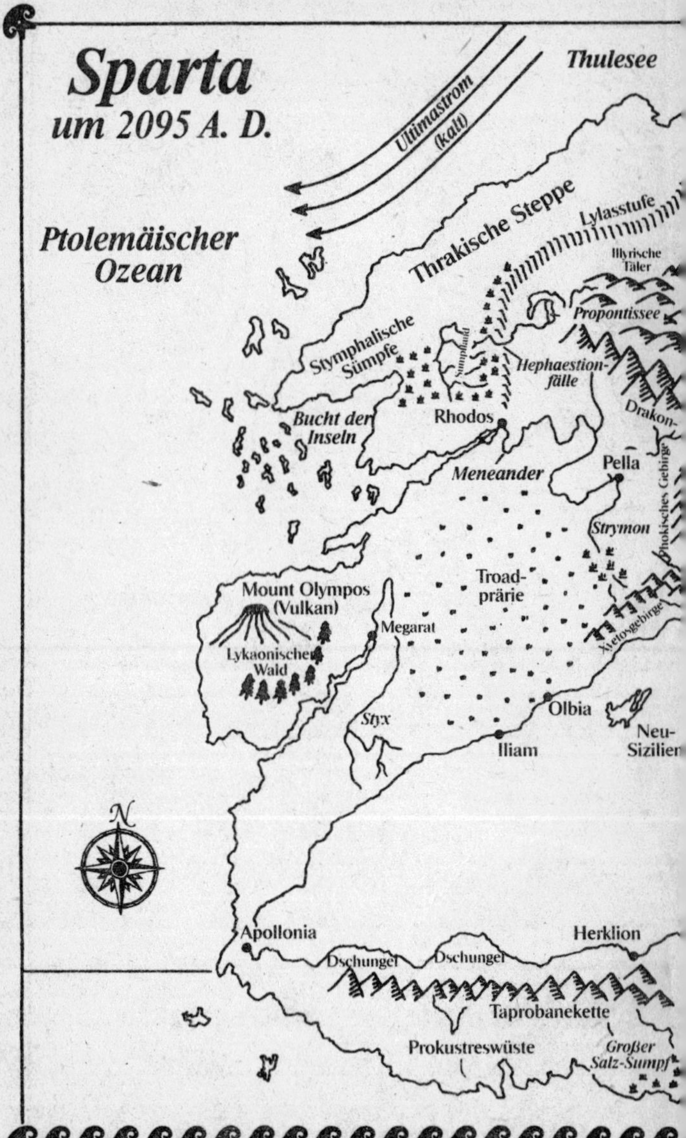
Sparta
um 2095 A. D.
Ptolemäischer Ozean
Ultimastrom (kalt)
Thulesee
Thrakische Steppe
Lylasstufe
Illyrische Täler
Propontissee
Stymphalische Sümpfe
Hephaestionfälle
Bucht der Inseln
Rhodos
Drakon-
Pella
Meneander
Strymon
Phokisches Gebirge
Troadprärie
Mount Olympos (Vulkan)
Lykaonischer Wald
Megarat
Styx
Olbia
Iliam
Neu-Sizilien
N
Apollonia
Herklion
Dschungel
Dschungel
Taprobanekette
Prokustreswüste
Großer Salz-Sumpf

Hyborische Tundra
Renaultbalbinsel
Stygische Gletscher
Ochridsee
Oberer Eurotas
Kurpos-gebirge
Megistian Island
Korinthischer Golf
Kap Souteron
Alexandersee
Vulkanschnellen
Argolisgebirge
Mittlerer Eurotas
Olynthos
Korinth
Lynkestissee
Rudyard
Clemens
Dodona
Mandalay
Warmer Strom
Kolchis
Ägäisches Meer/ Ägäis
Neu-Kreta
Lykurgosberge
Messiania
Keos
Leros
Melos
Parnassuskette
Sardis
Sparta City
Jeffersonmeer
Unterer Eurotas
Mytilene
Zakynthos
Constitution Bay
Neu-Neufundland
St. John's
Oinissee
Janisle
Herkulineum
Aurelianopolis
Mount Theseus
Elysische Savanne
Äquator

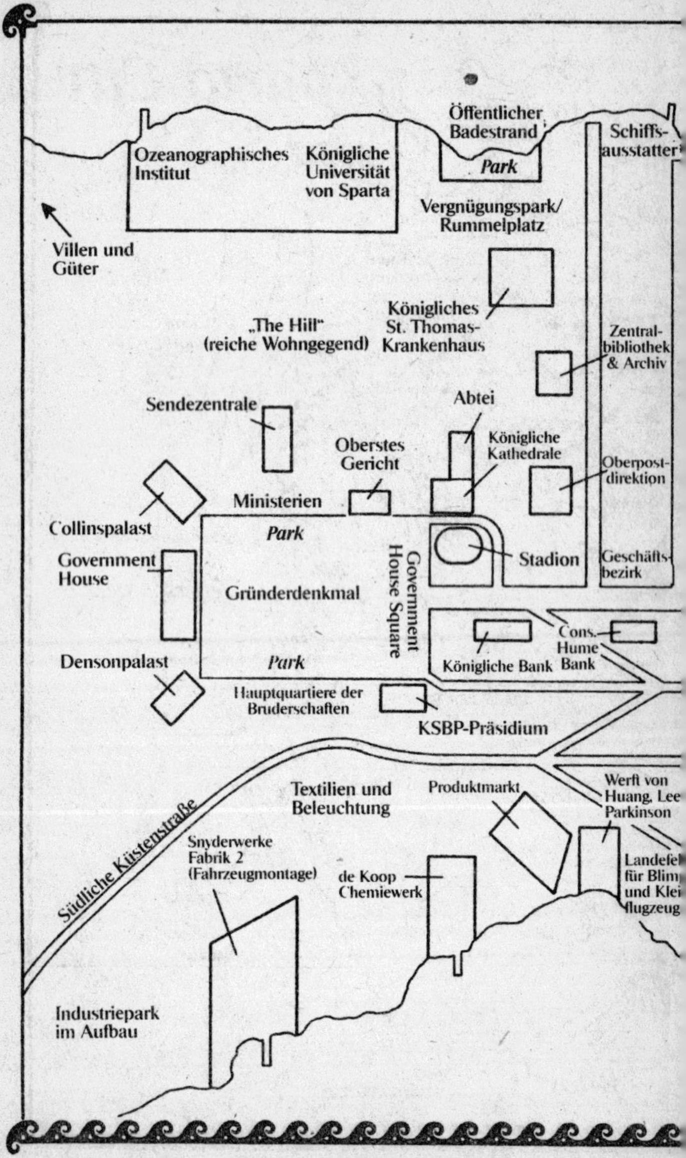

Öffentlicher Badestrand
Schiffs-ausstatter
Ozeanographisches Institut
Königliche Universität von Sparta
Park
Vergnügungspark/ Rummelplatz
Villen und Güter
Königliches St. Thomas-Krankenhaus
„The Hill" (reiche Wohngegend)
Zentral-bibliothek & Archiv
Abtei
Sendezentrale
Königliche Kathedrale
Oberstes Gericht
Oberpost-direktion
Ministerien
Collinspalast
Park
Stadion
Geschäfts-bezirk
Government House
Government House Square
Gründerdenkmal
Cons. Hume Bank
Densonpalast
Park
Königliche Bank
Hauptquartiere der Bruderschaften
KSBP-Präsidium
Textilien und Beleuchtung
Produktmarkt
Werft von Huang, Lee Parkinson
Südliche Küstenstraße
Snyderwerke Fabrik 2 (Fahrzeugmontage)
de Koop Chemiewerk
Industriepark im Aufbau

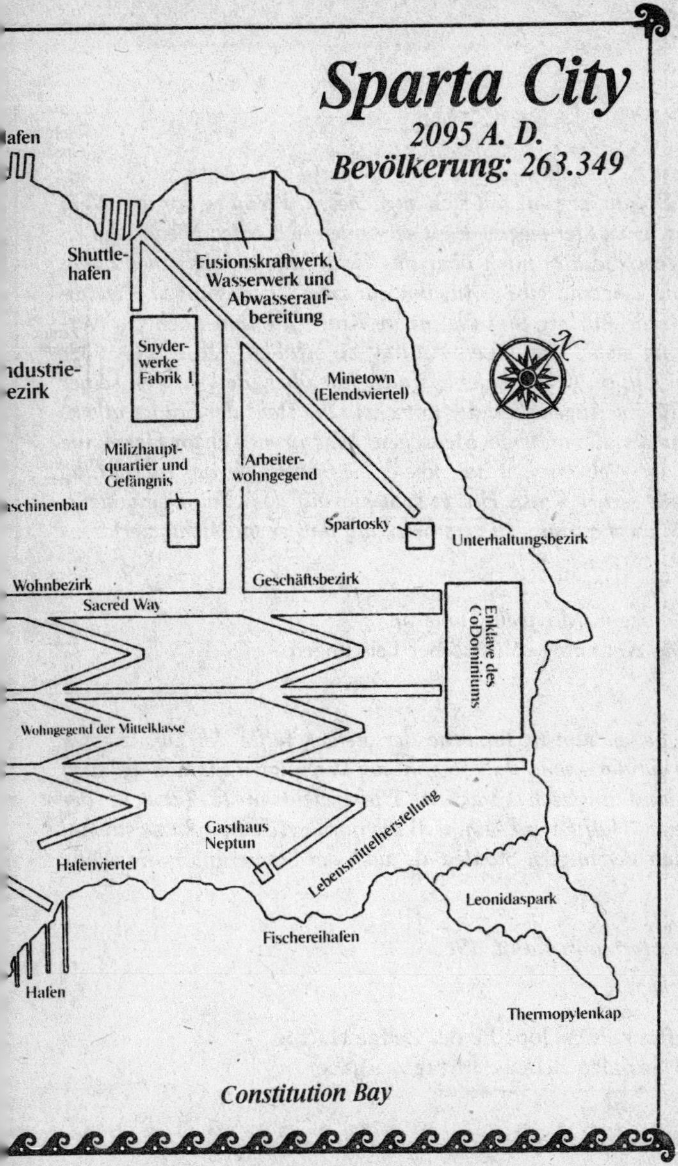
Sparta City
2095 A. D.
Bevölkerung: 263.349
afen
Shuttle-
hafen
Fusionskraftwerk,
Wasserwerk und
Abwasserauf-
bereitung
Snyder-
werke
Fabrik 1
ndustrie-
ezirk
Minetown
(Elendsviertel)
Milizhaupt-
quartier und
Gefängnis
Arbeiter-
wohngegend
aschinenbau
Spartosky
Unterhaltungsbezirk
Wohnbezirk
Geschäftsbezirk
Sacred Way
Enklave des
CoDominiums
Wohngegend der Mittelklasse
Lebensmittelherstellung
Gasthaus
Neptun
Hafenviertel
Leonidaspark
Fischereihafen
Hafen
Thermopylenkap
Constitution Bay

1

Der Soldat ist ganz auf sich angewiesen. Wenn er vor der Wahl steht, entweder siegreich zu sein oder sich einer Niederlage zu beugen, die ihm noch über das Grab hinaus folgt, bleibt ihm wenig Zeit und gibt es für ihn nur zwei Überlegungen – nämlich sein Auftrag und die innere Kraft, die ihm noch zur Verfügung steht, um diesen Auftrag zu erfüllen. Ob er nun über eine Million Mann befehligt oder nur über die Waffe in seiner Hand, im Augenblick der Entscheidung steht der Soldat allein, mehr als alle anderen Menschen. Was immer er an Harmonie mit der Welt erreicht hat, wie er sie versteht – das ist jetzt die Quelle seiner Kraft. Hat er sich nur auf das Chaos eingestellt, dann wird es ihn jetzt zerstören, auf daß er im Nichts verlorengeht.

– Joseph Maxwell Cameron
Die Anatomie soldatischer Leistungen

Die bedeutsamste Tatsache der ersten Hälfte des zwanzigsten Jahrhunderts war, daß sowohl die Vereinigten Staaten als auch England Englisch sprachen. Die bedeutsamste Tatsache der zweiten Hälfte wird sein, daß die vorherrschende Rasse sowohl in den Vereinigten Staaten als auch der Sowjetunion die weiße ist.

– Hermann Kahn, 1960

Croftons Enzyklopädie der Zeitgeschichte
und Sozialen Belange (dritte Ausgabe)

CoDominium: *Die ersten Versuche der Vereinigten Staaten, eine CoDominiums-Allianz zu bilden, scheiterten mit der Niederschlagung eines Staatsstreiches der Kommunistischen Partei und der darauffolgenden Absetzung Gorbatschows. Die Sowjetunion löste sich entlang ihrer inneren nationalen und ethnischen Grenzen auf. Als jedoch die wirtschaftliche Lage sowohl in der ehemaligen Sowjetunion als auch den Vereinigten Staaten immer schlechter wurde, blickten viele Persönlichkeiten beider Nationen voller Nostalgie auf die Zeit des Kalten Krieges zurück. Als die UdSSR durch eine neue Folge militärischer und politischer Staatsstreiche wiedererrichtet wurde, beeilten sich die USA, mit dem früheren Gegner eine Allianz zu schmieden, die die Vorherrschaft beider Nationen über den Rest der Welt sicherstellte. Diese Allianz gründete sich jedoch eher auf Sachinteressen als auf echte Freundschaft . . .*

Der Exodus 2015–2050: *Nachdem der Alderson-Antrieb 2010 serienreif geworden war, wurden innerhalb der nächsten Generation über vierzig Planetenkolonien gegründet, nicht mitgezählt die Bergbausiedlungen und Auftankstationen mit künstlicher Umwelt in Systemen ohne erdähnlichen Planeten. Obwohl das CoDominium andere Staaten als die beiden Führungsmächte nicht zu direkter Kolonisation ermutigte, kam es doch häufig zu Siedlungsgründungen durch Konzerne oder Siedlergemeinschaften, die insgeheim von Regierungen unterstützt wurden. Privatkolonien waren entweder kommerzieller (siehe z. B. Hadley) oder religiös-ethnischer Natur; siehe dazu Arrarat, Dayan, Friedland, Meiji und andere. In dieser Phase verließen etliche Millionen Emigranten das Sonnensystem – fast durchgehend freiwillig, wenn auch das CoDominium politisch unbequeme Individuen und Gruppen zunehmend zur Auswanderung ›ermutigte‹. Infolgedessen findet man heute Planeten, deren Bevölkerung entweder rein mormonisch ist (Deseret) oder ganz aus separatistischen Afroamerikanern (New Azania), russischen Nationalisten (St. Ekaterina), Finnen (Sisu) oder sogar aus Eskimos/Innuit (Nuliajuk) besteht.*

Die zweite Phase der interstellaren Kolonisation begann, als das Umsiedlungsbüro ein erweitertes Mandat erhielt, um auch

Zangsdeportationen durchzuführen (zusätzlich zur bereits eingeleiteten Verschickung von Häftlingen, häufig bloß Kleinkriminellen). In diesem Zeitraum (von 2040 bis heute) blieb die freiwillige Emigration im großen und ganzen stabil, während die Deportation auf ein Niveau von über fünfzehn Millionen Menschen pro Jahr anstieg. Gleichzeitig entstanden mehr als siebzig neue Planetenkolonien, viele davon direkt vom Kolonialbüro für Zwecke der Zwangsumsiedlung gegründet. Bedingt durch die teilweise kaum gegebene Bewohnbarkeit der fraglichen Planeten (siehe Haven, Frystaat) und die verbreitete Kapitalknappheit der Außenweltkolonien, kommt es unter den Deportierten zu hohen Verlusten, wobei die durchschnittliche Lebenserwartung in manchen Fällen gerade mal drei Jahre beträgt.

Wammp!

Eine Kugel aus violettem Feuer zeichnete sich für einen Augenblick vor dem südlichen Horizont unten im Tiefland ab, und eine aktinische Helligkeit breitete sich in der zunehmenden Dunkelheit und dem leichten, kalten Regen aus. Leuchtspurgeschosse zogen in langen, flachen Bögen ihre Bahn übers Gelände, und rötliche Funken sprühten, wo Geschosse detonierten.

Der Söldnersergeant lächelte zufrieden über das Bild, das ihm sein Gesichtsschirm zeigte. Er wandte sich von den Gefechten im Süden ab, drehte sich im Schützenloch um und blickte hinab in das Tal zu Füßen der Kammlinie, auf der seine Männer versteckt lagen. Die zwölf Mann starke SAS-Abteilung hatte sich auf dem niedrigen Grat eingegraben und war in ihren Löchern unter den Tarnplanen nicht zu sehen. Nur die fadendünne Spitze des faseroptischen Teleskops ragte aus der Tarnung des Sergeanten heraus.

Es war dunkel, und der Mond Cythera bildete nur eine schmale Sichel über dem Horizont, aber für die Nachtsichtgeräte war das kein Problem. Die feindliche Marschkolonne schlängelte sich weit auseinandergezogen durch das bewaldete

Tal unterhalb der SAS-Einheit und suchte sich dort ihren Weg durch das hohe Gras und zwischen den Eukalyptusbäumen hindurch. Der Abhang war mit rotbraunen einheimischen Büschen und Shambus bewachsen. Menschen und Maultiere stoppten, als die Explosion erfolgte, und rannten dann auseinander, als die entsprechenden Befehle gebrüllt wurden.

»*Jetzt*«, sagte Sergeant Taras Miscowsky in das Kehlkopfmikro. *Nicht das, was diese Bastarde erwartet haben,* dachte er in der Abgeschiedenheit seines dunklen Loches und zeigte dabei ein böses Grinsen.

Ein schweres Dröhnen und Pfeifen zog sich durch die niedrige Wolkendecke, und dann krachte es mehrfach. Punkte aus rotem Feuer blitzten über dem Tal auf, Abstandszündergeschosse von 160-mm-Mörsern, die zehn Meter über dem Boden detonierten. Der Explosionsdruck und der Einschlag des Stahldrahtschrapnells hämmerten die Vegetation in Kreisflächen nieder. Menschen und Maultiere kreischten, wanden sich oder lagen still, nachdem der Eisenhagel vorüber war. Der bittere Geruch von Sprengstoff mischte sich unter den von nasser Erde und Gras. Eine weitere Salve kam herangefegt und dann noch eine, und das Pfeifen in der Luft hörte gar nicht mehr auf. Die Beobachter lenkten den Beschuß direkt auf die Guerillagruppen, die sich rings um Offiziere und Uffze bildeten, trieben sie in wilde Flucht und zerschlugen jeden Versuch, wieder eine Formation zu bilden.

»Das dürfte ihnen den Rest geben, Captain«, gab Miscowsky durch und schlug die Plane zurück. Dann fuhr er in förmlicherem Tonfall fort: »Sir, sie erleiden hohe Verluste, ich schätze dreißig Prozent einer vollen Kompanie. Auch mehr als die Hälfte der Maultiere ist zu Boden gegangen. Sie sind in Bewegung, eins sechs fünf Grad Abweichung.«

»Verstanden. Wir zeichnen das auf. Die Blockadetruppe wird gleich an Ort und Stelle sein.«

»Sir, die meisten werden uns entwischen, wenn wir nicht schnell handeln!«

»Richtig. Danke, Sergeant.«

Einige der feindlichen Soldaten hatten sich nach Westen

gewandt und kamen bergan direkt auf seine Position zu; die Steigung war gering, und es gab reichlich Deckung. Mörsergeschosse schlugen immer näher bei den Flüchtlingen ein. Die SAS-Einheit hatte sich gut eingegraben, aber es handelte sich um Infiltrationsscouts, keine Frontgruppe, und es waren nur zwölf Mann. Miscowsky deutete mit dem Laserstrahl eines Entfernungsmessers auf das Zentrum der feindlichen Gruppe.

»Feuerauftrag. Personen, nicht gepanzert. Fünfhundertsechsundfünfzig Meter, Richtung einhundertsiebzehn Grad.«

»Ist unterwegs«, unterrichtete ihn sein Kommandeur über den Helmfunk. Sekunden später meldete sich Corporal Washington: »Empfangen Geräusche von Truppenbewegungen hinter uns, Sergeant. Mehrfache Ortung, leichte Fahrzeuge und Infanterie.«

»Roger. Cap'n, die Royalisten nähern sich uns von Westen.«

»Verstanden, Miscowsky. Die andere Flanke der Falle rückt inzwischen von Südosten aus vor.«

Miscowsky drehte den Kopf in diese Richtung und schaltete die Gesichtsmaske auf Infrarot. In wenigen Kilometern Entfernung tobte ein heftiges Gefecht an den Befestigungen, die die Guerillas hatten angreifen wollen – Handfeuerwaffen und Mörser, dazu das lanzenförmige Mündungsfeuer der 76-mm-Kanone eines leichten Kampfpanzers vom Typ Kataphrakt. Mehrere davon kamen rasch auf Miscowsky zu; er konnte das leichte Hitzewabern ihrer Motoren sehen. Die von den Geräuschsensoren gesendeten Daten vermittelten ihm ein Bild der Vorgänge hinter der SAS-Position – Stiefelschritte auf Grasboden, das leise Winseln elektrischer Fahrzeuge. Dann ertönte dumpfes Fauchen und Krachen, als Mörser das Feuer eröffneten, leichte Modelle mit einundachtzig Millimeter und mittlere mit hundertzwanzig Millimeter.

Er drückte einen Schalter an der Helmseite, um mit der royalistischen Einheit Kontakt aufzunehmen.

»Hier Miscowsky, Falkenbergs Legion«, sagte er.

Eine dunkle Maschine kam den flachen Abhang hinter ihm heraufgeholpert. Es war ein Motorrad, ein kastenförmiger Rumpf zwischen zwei Rädern, bei denen es sich um Kugeln aus monomolekularen Fäden einer Charbonneaulegierung handelte. Es hielt an, und eine Gestalt in einem unförmigen Nemourlon-Gefechtspanzer stieg ab.

»Captain Lewis, zweite Königliche«, stellte sie sich vor.

Weitere Soldaten in gleichartigen Tarnuniformen und Panzern schwärmten zur Kammlinie hinauf. Geschützmannschaften brachten Maschinengewehre in Stellung, und Gewehrschützen verteilten sich und eröffneten das Feuer. Den Infanteristen folgten leichte vierrädrige Fahrzeuge, die wie die Skelette von Jeeps wirkten, und brachten Munition und schwere Waffen, rückstoßfreie Gewehre und Raketenwerfer.

Miscowsky richtete sich auf und salutierte förmlich. »Sir! Falkenbergs Legion präsentiert Ihnen eine feindliche Kolonne, bereits übel zugerichtet.« Der königliche Offizier erwiderte grinsend den Gruß und nahm die Vorgänge unterhalb seiner Position in Augenschein. Er hatte die Nachtsichtbrille hochgeschoben und benutzte ein klobiges Sensorfernglas. Das Gerät leistete zwar weniger als die Mehrzweckgesichtsmasken der Legion, aber Sparta war nun mal kein reicher Planet.

»Ein paar halten bereits die Hände hoch«, sagte er. Ein Signaltechniker trat auf ihn zu und reichte ihm ein Funkgerät. »*Erster Zug*«, sprach Captain Lewis hinein, »*nehmen Sie Gefechtsformation ein und rücken Sie vor. Ich möchte Gefangene haben, aber vermeiden Sie leichtsinnige Eigenverluste. Schießen Sie im Zweifelsfall lieber.*« Die Soldaten fächerten aus und rückten ins Gebüsch weiter unten vor.

»Gut gemacht, Sergeant«, sagte er dann zu Miscowsky und nickte ihm zu.

»Der nächste Absprung?« fragte Miscowsky hoffnungsvoll.

Der Helikopter der Königlich Spartanischen Armee stand immer noch mit laufendem Motor hinter der SAS-Einheit.

»Das sind die letzten.« Captain Jamey Mace, Scoutkommandeur der Legion, deutete mit dem Daumen auf die Kolonne von Gefangenen, die unter Bewachung vorbeitrotteten, auf dem Weg hinunter zur Anlegestelle am Fluß.

Der Tyndos mündete nördlich von hier in den Eurotas, den großen Strom des Serpentinenkontinents. McKenzie's Landing lag wie die meisten Städte dieses Planeten an einem Fluß, und es hatte nicht sehr viel zu bieten, was ebenfalls typisch war. An der Flanke eines glatten grünen Hügels wurden im Tagebau seltene Erden gefördert; ein geothermisches Kraftwerk lieferte Energie, und ein Kilometer Schienenstrang führte zu den Ladedocks des Flußhafens. Ein paar hundert Menschen lebten hier. Die Häuser reichten vom georgianischen Bau aus Kalktuffblöcken für den Minenbesitzer bis zu plastikstabilisierten Barracken aus festgestampfter Erde für die Bergleute. Eine Tankstation am Hafen hielt Holz für die Dampfer und kleine Öltanks für Dieselmotoren bereit. Dazu kamen eine Kneipe, ein schäbiges Hotel, eine Versammlungshalle der Bruderschaften, zwei Kirchen – eine der Staatskirche und eine nonkonformistische –, ein winziger Hindutempel und eine mit drei Mann besetzte Station der Berittenen Polizei, die gleichzeitig als Post diente ...

Die Soldaten der Spartanischen Volksbefreiungsarmee – die Heloten – hatten hier nicht viel anrichten können. Rosie's Bar and Grill brannte, und ein Dampfer sank unten am Pier. Der Plan der Rebellen hatte vermutlich darin bestanden, die Siedlung gerade lange genug zu halten, um den Tagebau zu zerstören – er brachte der Königlichen Regierung außerplanetare Devisen ein –, die ortsansässigen Bürger zu töten, den Arbeitern, die als Deportierte auf den Planeten gekommen waren, eine Predigt zu halten ...

»Gestatten Sie mir, sie zu suchen, Cap'n.«

»Geht nicht.« Mace schüttelte den Kopf. »Jetzt wird wieder regulärer Dienst in Sachen Ausbildung geschoben, Sergeant. Wir sind darauf angewiesen, daß die königlichen Soldaten höchsten Anforderungen genügen ...«

»Ja, Sir, aber ...«

»Wenn ich die geringste Chance sehen würde, daß sie noch lebt, würde ich Ihnen *befehlen*, sich auf die Suche zu machen.«

»Sie bräuchten es mir oder sonst jemandem nicht erst zu befehlen. Verdammt, Captain, ich weiß, daß sie tot ist, aber ich möchte ...«

»Jemandes Kopf?«

»Die Eier würden mir reichen.«

»Die Chance kriegen Sie noch«, sagte Mace. Es war leicht zu erkennen, was er dachte. Taras Hamilton Miscowsky entstammte einer Kultur, die Blutfehden sehr ernst nahm. »Wir müssen gerade einen Krieg gewinnen, Sergeant.«

»Sir.« Miscowsky schwieg. Es war Gehorsam, keine Zustimmung. Seit zwei Monaten betrachtete er den Krieg nicht mehr nur als einen Job. Seit dem Tod von Lieutenant Deborah Lefkowitz, der Frau von Jerry Lefkowitz, welcher Miscowskys erster Offizier in der Legion gewesen war. Miscowsky hätte seine erste Schlacht nicht überlebt, hätte Jerry Lefkowitz seine Männer nicht höher geachtet als das eigene Leben. Deborah Lefkowitz war Elektroniktechnikerin gewesen, nicht Frontsoldat. Schieres Pech hatte sie an Bord des Aufklärungsflugzeuges geführt, das dann beim Illyrischen Feldzug eine Begegnung mit feindlichen Skyhawk-Raketen hatte. Miscowsky hatte sie nicht retten können; niemand hatte es, nachdem die Maschine abgestürzt war, während sie noch Daten sendete. Daten, die wahrscheinlich die Legionsabteilung hier auf Sparta gerettet hatten, während niemand Deborah rettete. Man fand lediglich noch ihre zerrissene Kleidung und etwas Blut, aber sonst nichts, trotz aller Anstrengungen der besten Spurenleser, über die die Legion verfügte.

So lautet die offizielle Geschichte, dachte Miscowsky. *Aber Mendota war dort, und er sagt nichts. Ich glaube, er hat noch etwas gefunden. Vielleicht hat der Skipper ja einen Grund, weshalb er alles für sich behält, aber verdammt noch mal . . .*

Jerry Lefkowitz war weit weg, acht Monate interstellaren Fluges, und die Hälfte dieses Zeitraumes, was die schnellste Nachrichtenübermittlung anbetraf. Er hielt sich zusammen mit Colonel Falkenberg und dem Großteil der Legion auf New Washington auf. Sparta hatte ursprünglich ein ruhiger Ausbildungsjob für das Fünfte Bataillon und ein Zufluchtsort für die Nichtkombattanten werden sollen. Wahrscheinlich hatte Jerry bislang nicht mal die Nachricht vom Schicksal seiner Frau erhalten. Miscowsky machte ein finsteres Gesicht. Wenigstens brauchte er sie nicht zu überbringen. Das übernahm der

Kaplan-Rabbi. *Aber ich muß ihm wenigstens schreiben. Und wenn ich das tue, möchte ich ihm noch etwas dazulegen.* Ein Mann in der Uniform eines Captains der Bruderschaftsmilizen gesellte sich zu ihnen. »Captain McKenzie, Sir«, stellte er sich Mace vor. »Habe ich da etwas von einer Verfolgung gehört?« Er war mittleren Alters, stämmig gebaut und hatte sandgelbes Haar. Sein Tonfall brachte richtig Eifer zum Ausdruck.

»Die 18. Bruderschaft erhielt die Genehmigung, kämpfende Patrouillen in Banditengebiet zu entsenden«, antwortete Mace und deutete mit einem Nicken nach Nordwesten. Dort erhob sich die dem Himalaya vergleichbare Drakonkette und breitete sich das riesige Wald- und Präriengebiet der Illyrischen Täler aus.

»Nicht Ihre SAS-Leute?« fragte McKenzie. Voller Bewunderung musterte er die Söldner, die phlegmatisch im Regen hockten und sich auf ihre Waffen lehnten. »Wir wären fürstlich am Arsch gewesen, wenn Sie diese Scheißterroristen nicht entdeckt hätten, als sie sich in den Schluchten sammelten. Wir haben hier nur eine Bruderschaftskompanie unter Sollstärke stehen; wenn die uns ohne Vorwarnung erwischt hätten . . .«

Captain Mace zog eine Zigarettenschachtel aus der Schultertasche seines Panzers und bot dem Spartaner eine an. Sie entzündeten die Glimmstengel und schirmten die Streichhölzer dabei vor dem Nieselregen ab.

»So ist es«, sagte er. »Schauen Sie, der Feind greift *niemals* an, wenn er glaubt, wir wären vorgewarnt. Lieber bricht er seine Aktion ab und konzentriert sich auf einen anderen Punkt, wo wir nicht vorbereitet sind. Und lange Vorwarnungen können wir Ihnen leider nicht geben . . .«

Beide nickten. Die Legionskommunikation war abhörsicher – zum größten Teil –, aber die Nachrichtenwege der Bruderschaften mußten als löchrig gelten, und niemand schien viel dagegen machen zu können.

Die meisten der drei Millionen Einwohner Spartas lebten verstreut entlang des fast zehntausend Kilometer langen Eurotas'. Flußdampfer gaben das Verkehrstempo vor, und als schnellere Alternative standen nur unstarre Kleinluftschiffe, sogenannte

Blimps, zur Verfügung. Hochtechnologische Transportmittel waren kaum anzutreffen; Sparta konzentrierte seine finanziellen Mittel auf die Entwicklung der Industrie und importierte nur wenig an privaten Luxusgütern. Selbst Militärhubschrauber waren nach wie vor selten und kamen gerade erst in nennenswerter Stückzahl von den Montagebändern. Abseits der kleinen Städte und der verstreuten Farmen des Flußtales gab es Gebirge, Sümpfe und Wälder. Kein Problem, sich darin zu verstecken – jetzt, wo die Satelliten außer Gefecht waren. Die Heloten krochen dort draußen wie Ratten durchs hohe Gras, konzentrierten verdeckt ihre Kräfte, schlugen ohne Vorwarnung zu und verstreuten sich, ehe die royalistischen Streitkräfte reagieren konnten.

»Man hat das Gefühl, auf verdammten Küchenschaben herumzutrampeln«, meinte der Spartaner enttäuscht. »Man findet die Arschlöcher einfach nicht! Und wenn man es doch tut, gibt es immer noch mehr davon.«

»Hmm«, machte Mace. »Und die Legion hat nicht genügend SAS zur Verfügung, um daran viel zu ändern. Wir müssen Ihre eigenen Leute erst noch auf einer breiten Grundlage zu SAS ausbilden.« Im Rahmen der königlichen Armee stand das Kürzel für Spartan Air Service.

McKenzie nickte. »Wir setzen ihnen trotzdem nach.« Und in leiserem Ton fügte er hinzu: »Mein Sohn Phyrros war in den Tälern dabei. Er erhielt den Stern des Leonidas – posthum.«

»Seien Sie stets vorsichtig«, empfahl Mace.

»Sir.« Miscowsky beugte sich vor. »Sir, ich habe mir was überlegt.« Sein provinzieller Akzent wurde ein wenig rauher, als die Sprechweise seines Heimatplaneten Haven sich wieder stärker durchsetzte. »Entweder geht es mit dem Feind bergab, oder das hier waren Rekruten. Sollten wahrscheinlich ein bißchen Ausbildung im Feld erhalten.«

»Hm.« Mace betrachtete die Gefangenen nachdenklich.

Viele von ihnen schienen tatsächlich neu zu sein, denn sie vermittelten noch gar nicht den ramponierten Eindruck, den Leute normalerweise nach etwa sechs Monaten unter Spartas hoher Schwerkraft an sich hatten. *Deportierte.* Häftlinge und politische Gefangene von der Erde; die meisten Heloten rekrutierten sich aus diesem Personenkreis, wie auch die Mehrheit der spartanischen Bevölkerung. *Und sie sind ein bißchen schnell zusammengebrochen.* Kein nennenswerter Zusammenhalt untereinander, als hätten sie gerade mal die Grundausbildung hinter sich gehabt. Die Spartanische Volksbefreiungsarmee hatte hier wohl keinen großen Widerstand erwartet.

»Nun«, fuhr Miscowsky fort, »wenn das Ganze eine Übung war, dann muß eine Kommandogruppe aus großer Nähe zugesehen haben. Könnte sich lohnen, die zu suchen, Cap'n. Vielleicht gehört sogar dieser Scheißneffe von Bronson dazu, der Typ, dessen stimmliches Muster wir in den Tälern aufnehmen konnten.«

Das würde sich wirklich lohnen! ging dem Söldneroffizier durch den Kopf. *Mit Geoffrey Niles hätten wir ein Druckmittel in der Hand.* Großsenator Bronson gewährte den Aufständischen illegal Unterstützung, aber auf der Erde gab wohl niemand mehr auch nur einen Dreck auf Kleinigkeiten wie die Kriegskonventionen des CoDominiums, oder auf Verträge oder sonst etwas.

»Nein.« Mace schüttelte den Kopf. »Niles ist vielleicht tot ... Oder er wandert in den Illyrischen Tälern herum und sucht nach Überlebenden der Heloten. Wir haben unsere Befehle. Einsteigen, Sergeant!«

Knack. Ein Zweig zerbrach unter einem Stiefel.

Geoffrey Niles erwachte ruckhaft und duckte sich tiefer unter den Überhang aus blauem Gestein. Abgeschirmt wurde sein Versteck von hohen Zaubernußrohren und einer dicken verharschten Schneedecke, nur wenige Fuß weit von dem kleinen Bach entfernt, der unter einer dünnen Eishaut durch das flache Tal sprudelte.

Niles zwang sich dazu, ruhiger zu atmen, und preßte die Zähne zusammen, damit sie nicht vor lauter Kälte und Unterernährung klapperten. Die Haut seiner Finger, mit denen er das Gewehr umklammerte, war rissig. Überhaupt vermittelte ihm der Körper den Eindruck, arthritische siebzig Jahre alt zu sein, nicht die achtundzwanzig Erdenjahre, die er tatsächlich hinter sich hatte. Nur wenige hätten in der Vogelscheuche, die in dieser Höhle kauerte, den gutaussehenden blonden Engländer von einem halben Jahr zuvor wiedererkannt. Die hohe Schwerkraft Spartas zerrte an ihm, wie auch der Schlaf schwer auf den Augenlidern lag. Es roch nach nassem Kalkstein und matschiger Erde. Auf der anderen Seite des Bachs stand der Zuckerahorn im Schmuck der ersten Knospen, und grüne Stränge zogen sich durch das gelbe Gras des letzten Sommers.

Es knackte wieder, und jemand fluchte leise vor sich hin. Männer kamen an seinem Versteck vorbei und blieben am Ufer stehen. Ein weiterer kam dem Flußlauf folgend heran und führte einen schlappohrigen Hund. Alle trugen Uniform . . .

Royalisten, dachte Niles. Tarnuniformen, Nemourlonpanzer und Helme. Die Schulterstücke wiesen sie jedoch als Milizionäre einer Bruderschaft aus. Keine regulären Soldaten der Königlichen Armee, und Gott sei Dank keine SAS-Scouts von Falkenbergs Söldnerlegion. Die Erleichterung war ganz irrational, das wußte er. Es waren immerhin ein Dutzend, und er hatte nur noch fünf Schuß im Ladestreifen. Die Milizionäre waren Menschen vom Lande, verstanden sich aufs Spurenlesen und hatten eine gute Ausbildung genossen. Sie würden also schließlich einen Blick unter den Felsüberhang werfen. Niles war aus der letzten Schlacht in den Illyrischen Tälern entkommen, indem er sich einen Fluß hatte hinabtreiben lassen, der schließlich in den Eurotas mündete. Er war dabei tief in Gebiete geraten, die von den Royalisten gehalten wurden, und es war eine lange und langsame Reise zurück in die Wildnis.

Ich kann es dem Großonkel nicht mal zum Vorwurf machen, daß er mich hierher geschickt hat, dachte er bitter. Er selbst hatte darum gebeten, nach Sparta zu gehen und dort der Revolution zu dienen, die von Großsenator Bronson heimlich unterstützt wurde. *Ich wollte Abenteuer erleben. O Gott!*

»Ich hab' ihn verloren, Serge«, sagte der Mann mit dem Hund angewidert. »Er ist weiter unten, wo alles frei ist, in den Bach gestiegen, aber ich will verdammt sein, wenn ich die Stelle finde, wo er wieder herausgekommen ist.«

Der Miliz-Uffz grunzte. »Verteilt euch, ihr alle! Vielleicht hat er sich hier irgendwo verkrochen. Und seid wachsam – wir sind weit nach Westen gekommen, und er ist bestimmt nicht der einzige Helli in der Gegend. Sparks, besorg mir . . .«

Pfft.

Der Soldat kippte rücklings ins Wasser, und ein roter Fleck breitete sich auf der Brust aus. Die anderen warfen sich in geschultem Einklang zu Boden und krabbelten zum Überhang zurück, um das Feuer zu erwidern. Das scharfe Knallen ihrer New-Aberdeen-Gewehre warf weiter oben Echos. Das Gegenfeuer kam aus dem Wald. Das schallgedämpfte Scharfschützengewehr feuerte erneut, und auch ein leichtes Maschinengewehr nahm jetzt die Royalistenpatrouille aufs Korn. Jemand rutschte wieder den Hang hinunter und blieb zuckend am Ufer liegen, direkt neben der Leiche, die dort auf den Fluten hüpfte. Vom Kugelhagel losgeschlagene Zweige rutschten hinterher. Ein Mann kreischte durchdringend und hörte gar nicht mehr auf.

Niles überlegte fieberhaft. Er hatte eigentlich einen großen Vorsprung vor seinen Verfolgern gehabt; unwahrscheinlich, daß eine weitere royalistische Patrouille nahe genug war, um einzugreifen. Nach dem Gefechtslärm zu urteilen, waren die Guerillas locker in der Überzahl, und nach den taktischen Anleitungen der Spartanischen Volksbefreiungsarmee, der Heloten, sollten sie eigentlich . . .

Gott! Falls es überhaupt noch Heloten gibt . . . Der Hinterhalt, den die Rebellen in den Tälern gelegt hatten, war dermaßen schnell in seine Einzelteile zerfallen, daß die Royalisten womöglich schon alles eingesammelt hatten, von ein paar verstreuten Banden mal abgesehen.

Ein dumpfer Schlag ertönte, als in einiger Entfernung eine Gewehrgranate von der Mündung losjagte. Sie schlug auf einem Sims oberhalb von Niles ein und detonierte zu einem Hagel aus eingekerbten Stahldrahtfetzen. Weiteres Gewehrfeuer kam jetzt von der anderen Seite des Flußbettes, im Rücken der royalistischen Soldaten, gefolgt von weiteren Granaten. Der Lärm stieg bis zur Unerträglichkeit an und erstarb dann so plötzlich, daß Niles erschrak. Er wartete, bis die Heloten vorsichtig herangerückt waren und ihr Anführer mit einem Pfiff kundgab, daß alles frei war. Dann rief er:

»Ich komme raus! Seniorgruppenführer Geoffrey Niles von der SVBA!« Spartanische Volksbefreiungsarmee war die offizielle Bezeichnung für die Heloten.

»Aber ganz langsam!« antwortete ihm eine harte Stimme.

Niles schob sich durch die Zaubernußstengel und ließ sein Gewehr zurück. Die kräftigen, elastischen Gewächse gaben nur widerwillig nach und puderten ihn mit Schnee. Mit erhobenen Händen richtete er sich auf. Ein halber Zug Heloten umringte ihn. Die meisten Guerillas gingen ihren Aufgaben nach, aber einige legten die Gewehre auf ihn an.

»Räumt gut auf, laßt nix für die Bürger liegen!« sagte der Helotensergeant gerade. Die Kämpfer gingen forsch zu Werk und befreiten die royalistischen Milizionäre von Waffen, Panzern, Ausrüstung und Kleidung.

Einer der Bruderschaftskämpfer lebte noch, trotz einer Reihe von Kugellöchern im Kreuz. Der Guerilla-Uffz trat hinter den Mann, der davonzukriechen versuchte, und schoß ihm mit dem Gewehr aus einem Zoll Abstand in den Hinterkopf. Der Helm rollte in einer Blutlache davon.

»Wer, sagten Sie . . .«, begann er und brach wieder ab. Seine Augen weiteten sich, als er die Vogelscheuche in ihren Fetzen erkannte, die alles waren, was der Winterwald von der Uniform übriggelassen hatte.

Der Sergeant war ein kleiner Mann wie die meisten anderen Guerillas auch und einen ganzen Kopf kleiner als der ein Meter fünfundachtzig große Engländer. Praktisch alle Guerillas waren Deportierte, die auf der Erde in den Wohlfahrtsinseln gehaust hatten und als Kinder chronisch unterernährt geblieben waren. Ein Amerikaner, vom Akzent her zu urteilen, und eurasischer Herkunft, wenn man sich die schräggestellten Augen von seltsam unpassender hellgrüner Farbe ansah.

»Jesus und Maria, das ist *tatsächlich* Seniorgruppenführer Niles!« sagte er, salutierte und streckte dann die Hand aus. »Sergeant Andy Cheung, Sir... Verdammt, wir hatten geglaubt, Sie wären längst tot!«

»Eine Zeitlang habe ich das auch gedacht, Sergeant, glauben Sie mir«, sagte Niles. Erleichterung und Bitterkeit mischten sich in ihm. *Ich wollte eigentlich raus aus der Sache!* Definitiv weg von den Heloten nach den Greueltaten des Feldzuges im letzten Jahr, nach dem Giftgas und dem Massaker an den Gefangenen, alles Schwerverbrechen nach den Kriegskonventionen. Aber die Royalisten würden ihn hängen; die einzige Chance, wieder lebend von diesem Planeten zu entkommen, lag bei den Guerillas – ein Weg, der zu einem Ort führte, wo Macht und Reichtum der Bronsons ihm Immunität vor allem und jedem erkaufen konnten.

»Wir müssen verdammt schnell von hier weg«, meinte Sergeant Cheung gerade. »Habe letzte Woche in dieser Gegend einen halben Zug an die SAS-Scheißer verloren; sieben Kilometer lang nur schlechte Nachrichten!« Der Uffz grinste Niles an. »Feld Eins wird sich echt freuen, Sie wiederzusehen, Sir.«

Skilly! dachte Niles und zitterte unter einem Chaos von Gefühlen. *O Gott!*

»Gentlemen, wollen Sie mir damit sagen, daß wir absolut *nichts* unternehmen können, um unsere Welt wieder von diesem mörderischen Ungeziefer zu befreien?«

Kronprinz Lysander Collins schritt vor den breiten Fenstern auf und ab, die Ausblick auf den Government House Square gewährten. Der Ratssaal, in dem das Kabinett tagte, befand sich im ersten Stock des Palastes. Es war ein regnerischer Frühlingstag, und der Wind trug die Düfte der nassen Vegetation aus den Gärten herein, vermischt mit einem feuchten Salzgeruch von der Ägäis. Lysander war ein großer junger Mann Mitte Zwanzig mit kurzgeschnittenem braunem Haar und gleichmäßigen Gesichtszügen. Bis vor kurzem hatte er noch einen ziemlich jungenhaften Eindruck vermittelt.

Peter Owensford, Major in Falkenbergs Legion und Major General der Königlich Spartanischen Armee, blickte von den Unterlagen auf und musterte den Prinzen. *Inzwischen nicht mehr ganz so jung.*

Eine ganze Menge war Kronprinz Lysander Collins während der zurückliegenden achtzehn Erdmonate widerfahren. Man hatte ihn als inoffiziellen Botschafter bei Falkenbergs Söldnerlegion nach Tanith entsandt, einem Gefängnisplaneten des CoDominiums; dort hatte er als freiwilliger Junioroffizier seine Feuertaufe erlebt und sich nebenbei den Respekt vieler Legionsoffiziere erworben. Owensford hegte den Verdacht, daß Lysander Collins mehr als glücklich gewesen wäre, sein Pseudonym ›Kornett Prinz‹ zu behalten und bei der Legion zu bleiben. Das war natürlich unmöglich, trotz seines Husarenstücks, der Entführung des Rebellenshuttles mit den geschmuggelten Drogen – so unmöglich wie seine kurze und aussichtslose Affäre mit Ursula Gordon, einem ehemaligen Hotelgirl von Tanith. Sparta war zu wichtig für die Zivilisation und die Pläne von Großadmiral Sergei Lermontov, als daß es Lysander Collins erlaubt sein könnte, eine andere Rolle zu übernehmen als die ererbte. *Falls es überhaupt noch eine Zivilisation gibt, wenn das CoDominium erst mal zusammengebrochen ist.*

Der Junge ist ganz schön erwachsen geworden, dachte Owensford. Lysander hatte bei seiner Rückkehr nach Sparta festgestellt, daß eine ausgewachsene Rebellion im Gang war. *Hat sich gut geschlagen. Ein brauchbarer Bataillonskommandeur. Noch besser als Oberfehlshaber im Feld. Ich habe schon für schlechtere gekämpft.* Jetzt blieb ihm auch diese Laufbahn versperrt. Da das Urteilsvermögen seines Vaters durch einen Virusanschlag des Feindes beeinträchtigt war, hatte er *de facto* selbst die Rolle des Collinskönigs in der Doppelmonarchie übernommen. *Das ist erst mal eine Feuertaufe!*

»Nein, Sir«, gab Owensford zur Antwort. »Es gibt eine Menge, das wir tun können und müssen.«

Der Kronprinz nahm in Uniform an dieser Besprechung teil. Als Lieutenant General konnte er statt als Souverän als militärischer Vorgesetzter angesprochen werden, eine nützliche Fiktion.

»Ich muß jedoch feststellen«, fuhr Owensford fort, »daß unter den gegenwärtigen Bedingungen ein *rascher* und *entscheidender* Sieg über unseren Feind sehr schwierig sein wird.«

Er wandte sich Hal Slater zu, dem zweiten Söldner am Tisch. Slater war Kommandant der Königlichen Kriegsakademie und damit ein Major General der Königlichen Armee. Bei ihm war dieser Rang vielleicht dauerhafter als bei Owensford, der Sparta wieder als Söldnermajor verlassen würde, wenn das Fünfte Bataillon von Falkenbergs Legion irgendwann seine Zelte abbrach ... *Falls* es das jemals tat. Sehr wahrscheinlich war der Planet ab jetzt permanenter Stützpunkt für zumindest einen Teil dieser Söldnertruppe. *Hier führe ich eine ganze Armee. Was für eine Herausforderung!* Das konnte von Dauer sein, vorausgesetzt, er entschied sich, hierzubleiben und spartanischer Bürger zu werden. *Verlockend. Sparta ist in Ordnung, und ich bin es leid, von Planet zu Planet zu ziehen.* Er richtete die Augen wieder auf Prinz Lysander. *Wirklich erwachsen. Ich könnte ihn als Souverän akzeptieren. Ich denke, Hal tut es bereits.*

Hal Slater würde kein aktives Kommando mehr übernehmen. Er war bereits einmal zu oft in den Regenerationstanks gewesen. Zu viele Knochen bestanden aus Titanium, und die Spätfolgen seiner Verletzungen hielten ihn für den Rest seines Lebens hinter Schreibtischen fest. Die Leitung der Kriegsakademie war ein guter Liegeplatz, eine Aufgabe, auf die er sich verstand. Als er noch zur Legion gehört hatte, war er der Ausbilder Owensfords und zahlreicher weiterer junger Offiziere gewesen. Sein Sohn George war Captain in der Legion und Brigadegeneral der Königlichen Armee.

Darüber hinaus ist Hal Slater Falkenbergs ältester Freund. Falls überhaupt jemand Falkenbergs Spiel durchschaut, dann Slater.

Lysander blieb vor dem Fenster stehen und blickte hinaus auf den Platz. »Ich hatte mir vom Illyrischen Feldzug mehr versprochen«, sagte er bitter. »Jedenfalls haben wir genug dafür gezahlt.«

Owensford nickte. Die Schlacht in den nordwestlichen

Hügeln gegen die Heloten war blutig verlaufen. Blutig und im konventionellen Sinn siegreich, letzteres vor allem deshalb, weil Kronprinz Lysander ein Waffenstillstandsangebot des Feindes abgelehnt hatte, als die Royalisten bereits auf der Siegerstraße marschierten. Das war teuer für die Königliche Armee gewesen, hatte es ihr aber zugleich ermöglicht, die feindlichen Einheiten erbarmungslos zu Paaren zu treiben. Owensford wußte, daß die hohen Verluste Lysander heute noch quälten. Viele Giftgasgeschädigte waren nur deshalb gestorben, weil sie nicht hatten ausgeflogen werden können, solange die Schlacht tobte.

»Wir haben bezahlt, aber Sie sollten nie daran zweifeln, daß die Sache es gelohnt hat«, bemerkte Owensford. Er blickte zu Slater, der zustimmend nickte. »Ich glaube nicht, daß auch nur einer von fünf Heloten an der Südfront entkommen ist, und sie haben eine Menge ihrer geschulten Offiziere verloren.«

»Nicht genug, um ihnen endgültig das Rückgrat zu brechen«, entgegnete Lysander.

»Nein, Sir. Aber wir haben ihnen Einhalt geboten. Sir, sie waren bereits auf gutem Wege, einen Großteil der Illyrischen Täler einzunehmen und zu halten. Damit hätten sie sich ein Rückzugsgebiet geschaffen. Und mehr! Auf der Grundlage eines eigenen Territoriums hätten sie aus einem Aufstand einen richtigen planetaren Krieg machen können und es vielleicht sogar geschafft, das CoDominium zum Eingreifen zu überreden – je nachdem, wie die CD-Politik gerade aussieht. Statt dessen gelang es uns jedoch, die meisten ihrer Anführer zu erwischen, dazu vielleicht die Hälfte ihrer meijianischen Technoninjas der unteren Ränge und viel von ihrer Ausrüstung. Etliche feindliche Einheiten existieren buchstäblich nicht mehr. Viele Kämpfer sind desertiert. Eine Einheit hat sich praktisch einem einzigen Mann ergeben.«

»Gute Rekruten?« wollte Hal Slater wissen.

Owensford nickte.

Prinz Lysander runzelte die Stirn. »Sie möchten *Heloten* als Freiwillige in die Truppe aufnehmen?«

Owensford grinste leicht. »Nicht in Ihre, Sir. In die Legion. Wir sorgen für die Grundausbildung und schicken sie dann als

Verstärkung für Colonel Falkenberg nach New Washington. Sir, eins erscheint mir klar: Sie dürfen nicht daran zweifeln, daß Sie die richtige Entscheidung gefällt haben. Wir haben dem Feind nicht nur den Sieg entrissen, sondern ihm fast das Rückgrat gebrochen.«

Mit Bedacht ergänzte Slater: »Es hätte eigentlich reichen müssen, ihnen das Rückgrat zu brechen.«

»Aber das hat es nicht!«

»Nein, Sir«, bestätigte Peter Owensford. »Sie erhalten zuviel außerplanetare Unterstützung.«

»Nicht nur außerplanetare.« Ein wunder Punkt: Sparta hatte die verfassungsmäßigen bürgerlichen Grundrechte bislang nicht suspendiert, und die Heloten hatten Verbündete im Senat und in weiteren Institutionen.

»Betrachten Sie es mal so: Der Feind wurde gezwungen, in die klassische Phase Eins der Guerillaoperationen zurückzukehren«, gab Hal Slater zu bedenken.

»Aber sehr intensive Phase-Eins-Operationen«, meinte Owensford.

»Nun ja«, sagte Slater. »Phase Eins tut weh, aber sie kann nicht gewinnen, wenn wir die Nerven behalten.«

Lysander knallte den Handballen an die Wand. Die sterile aristotelische Sprache der Berufssoldaten war für ihn schwer zu verdauen. ›Phase Eins‹ bedeutete Hinterhalte und Sabotage, niedergebrannte Farmen, durch Landminen getötete Zivilisten und überhaupt jede Art terroristischer Greueltaten.

Er sah Slater an. »Das war es, was Sie bei Ihrer Vorlesung im Rahmen des Strategiekurses auf der Akademie andeuteten, nicht wahr?« Er zitierte. »›Ein Aufstand gegen einen modernen Staat erfordert mächtige, selbst nicht angreifbare Verbündete . . . Unglücklicherweise kann ein Aufstand, der mit Kriegsmaterial aus einem sicheren Rückzugsgebiet versorgt wird, praktisch unbegrenzt fortgesetzt werden.‹«

»Ja, Sir«, bestätigte Hal Slater. »Unter den gegebenen Umständen ist Geduld als Waffe so wichtig wie Sprengstoff.« Er zuckte die Achseln. »Darüber hinaus bleibt uns im Moment kaum eine andere Wahl.«

Lysander nickte knapp. Die beiden Berufssoldaten waren älter als er – Owensford in den Dreißigern, Slater über Fünfzig – und verfügten über eine Generation mehr Erfahrung. Er würde sich die entsprechende Weisheit zunutze machen.

»Ich bin Ihrer Meinung, aber es muß mir nicht gefallen«, sagte er. »Was können wir sonst noch tun?« Er hob eine Hand. »Ich spreche damit jetzt nicht die Taktik an, die ja klar ist ... Was können wir tun, um dem Krieg ein Ende zu machen?«

Slater lächelte schmal. Nicht jeder Mensch in Lysanders Alter dachte immer daran, daß die Taktik von einer Strategie geführt werden mußte.

»Man kennt im wesentlichen drei Methoden, um einen Feind zu schlagen«, erläuterte Slater förmlich. Das Lehren hatte in seiner militärischen Laufbahn schon immer eine große Rolle gespielt, selbst vor seiner Berufung zum Kommandanten der Spartanischen Kriegsakademie. »Die physische Vernichtung ist eine davon – was bedeutet, so viele von ihnen zu töten, daß die Überlebenden verzweifeln und aufgeben. Voraussetzung dafür wäre es, daß wir die Heloten dazu bringen, ihre Kräfte auf einen Punkt zu konzentrieren, wo wir sie erwischen können. Letztes Jahr in den Tälern haben sie diesen Fehler beinahe gemacht, und ich zweifle daran, daß sie es noch einmal tun. Ihre Anführer sind bösartige Männer ...«

Und Frauen, dachte Owensford. Er erinnerte sich noch an die Stimme der Heloten-Feldkommandeurin in den Illyrischen Tälern, an diesen höhnischen Alt mit dem weichen karibischen Akzent. Nach seinem Gesicht zu urteilen ging Lysander die gleiche Erinnerung durch den Kopf. Keiner von ihnen hatte vergessen, daß auf den Befehl dieser Frau hin die hilflosen Gefangenen massakriert worden waren.

»... so bösartig, daß man sie schon als abscheulich bezeichnen könnte; dumm sind sie allerdings nicht. Unerfahren, was die Führung eines ausgewachsenen Krieges angeht, dafür aber gerissen. Obendrein stehen ihnen erfahrene Söldner als Berater zur Verfügung, und sie lernen rasch.«

Slater trank einen Schluck Wasser und fuhr fort: »Wie es im Krieg häufig geschieht, können wir dem Feind den Kampf nicht aufzwingen, solange er nicht bereit ist, sich dem auch zu stellen. Das Verhältnis von Streitkräften und Raum ist zu schlecht. Es gibt nichts, was die Heloten unbedingt verteidigen müßten; sie haben keine Städte, Farmen oder Familien wie die Royalisten und keine Versorgungsbasis.« Slater legte eine Pause ein. »Zumindest nicht in unserer Reichweite.«

Sparta hatte drei Millionen Einwohner, ein Zehntel davon allein in der Hauptstadt. Der Serpentinenkontinent wies eine Fläche von achtzehn Millionen Quadratmeilen auf. Selbst das Kernland entlang des Eurotas war nur dünn besiedelt.

»Besonders in Anbetracht der Grenzen unserer Überwachungsmöglichkeiten ist unwahrscheinlich, daß wir viele Heloten jemals auf einem Fleck erwischen.« Raketen vom Typ Skysweeper hatten jeden Versuch unterbunden, weitere Spionagesatelliten zu starten; natürlich war es unter diesen Umständen auch unmöglich, Beobachtungsflüge durchzuführen, und selbst Sonden waren teuer und kurzlebig, wenn der Feind über die entsprechenden Abwehrmaßnahmen verfügte. Darüber hinaus waren die meijianischen Söldner der Heloten in elektronischer Spionage und Spionageabwehr einfach besser als alles, was die Doppelmonarchie von Sparta aufbieten konnte, und diese Typen hatten sich in sämtlichen Computern des Planeten breitgemacht, ausgenommen – wie Slater inständig hoffte – denen der Legion. Und was das anging, verbrachten seine eigenen Elektronikspezialisten unproduktiv viel Zeit mit der Suche nach Viren und Zapfstellen und damit, die Geräte der Königlichen Armee zu überprüfen. Die royalistischen Streitkräfte waren wieder auf das beschränkt, was Scouts und lebendige Spione entdeckten und was die Legionscomputer mit den Daten anfangen konnten.

»Dieser Aufklärungsmißstand weist uns auf eine unangenehme Tatsache hin«, fuhr Slater fort. »Satelliten auf niedriger Umlaufbahn können sie ziemlich leicht ausschalten, aber auch geostationäre? Dazu brauchten sie die Kooperation der CD-Raumflotte.«

»Sind Sie sicher?« fragte Lysander.

»Ziemlich«, sagte Slater. »Das CD hat die geostationären

Satelliten vielleicht nicht ausgeschaltet, aber es muß zumindest weggesehen haben, als es passierte. Und Ihnen ist sicher aufgefallen, daß es kein Angebot gab, sie zu ersetzen.«

»Stimmt. Wenn wir um Zusammenarbeit bitten, wird das nie abschlägig beantwortet, aber es passiert einfach nichts. Verzögerungen, Papierkrieg, nicht richtig ausgefüllte Formulare . . . Glauben Sie, daß sich das CoDominium bewußt gegen uns stellt?« Slater zuckte die Achseln. »Zumindest neigt es zur Neutralität.«

»Was können wir in dieser Hinsicht unternehmen?«

»Ich setze voraus, daß Sie bereits einen förmlichen Protest vorgebracht haben.«

Lysander nickte. »Und Sie?«

»Wir haben getan, was wir konnten«, sagte Owensford. »Ich habe dringende Botschaften an Falkenberg und Admiral Lermontov geschickt. Wenn wir auch nur ein bißchen Glück haben, nutzt Lermontov das aus, um eine Intervention des CD auf unserer Seite anzuordnen.«

»Auf welchem Weg haben Sie diese Nachricht übermittelt?« fragte Lysander.

»Mit Ihrer Erlaubnis möchte ich dazu nichts sagen«, antwortete Owensford.

Lysander nickte rasch. »So ist es wahrscheinlich am besten. Glauben Sie, daß uns die CD-Raumflotte unterstützen wird? Und wann könnte das geschehen?«

Hal Slater schüttelte den Kopf. »Auf keinen Fall sehr schnell. Die CD-Politik ist zäh wie Sirup.« Er verfiel wieder in seinen Vorlesungstonfall. »Die zweite Methode, um einen Feind zu besiegen, besteht darin, sein Hinterland zu attackieren, seine Quellen an Nachschub und Unterstützung. Unglücklicherweise ist uns das aus denselben Gründen nicht möglich, die uns auch daran hindern, diese Quellen genau zu lokalisieren. Solange die Heloten auch nur stillschweigend die Unterstützung des CD genießen, ist ihr Hinterland außerplanetar.«

»Bronson«, stieß Lysander hervor, und aus seinem Mund klang der Name wie ein Fluch.

»Exakt. Großsenator Bronson. Irgendwie schaffen seine

Leute es weiterhin, bei uns Nachschub herunterzubringen. Seine Schiffahrtslinien durchqueren regelmäßig das System von Sparta, und der Nachschub gelangt hierher. Es ist wie mit den geostationären Satelliten. Wir haben keine Beweise, können uns aber kaum eine andere Erklärung ausdenken.«

Laut Unabhängigkeitsvertrag unterlag der Raumverkehr weiterhin der Kontrolle der CoDominium-Streitkräfte, und der Großsenator war eine Macht im CoDominium. Dasselbe galt allerdings für Spartas Freunde – Großadmiral Sergei Lermontov, Großsenator Grant und die Familie Blaine. Das Ergebnis war ein Patt. Nichts Neues. Es lag eine Generation zurück, daß das CoDominium als Ganzes irgend etwas von Bedeutung hatte bewegen können. Die Sowjetunion befand sich erneut in Auflösung, und die Vereinigten Staaten jetzt ebenfalls. Gemeinsam herrschten sie über die Welt, aber keine der beiden Nationen erinnerte sich noch daran, warum sie das ursprünglich einmal gewollt hatte.

»Bronson«, setzte Slater seinen Vortrag fort, »steckt auch hinter unseren wirtschaftlichen Problemen.«

Spartas Hauptexportgüter waren Mineralien und Produkte von mittlerem Technologieniveau für Planeten, die noch weniger industrialisiert waren. In letzter Zeit trockneten die Märkte zunehmend aus, wurden Verträge gekündigt, unterblieben Lieferungen, wurden Kredite eingefordert. Die Staatsschulden wuchsen wie Pilze, und der Kreditrahmen der Doppelmonarchie war erneut reduziert worden. Die Finanzwelt wurde jedenfalls immer nervöser über die Lage auf der Erde. Das Kapital floß zu sicheren Welten wie Friedland und Dayan ab und blieb dort untätig liegen.

»Was möchte Bronson erreichen?« fragte Lysander.

Hal Slater schüttelte den Kopf. »Das wissen wir nicht.«

»Er scheint sich von seinem Haß auf Falkenberg hinreißen zu lassen.«

»Ja, Sir«, bestätigte Slater, »aber das ist schon eine uralte Geschichte.«

»Falkenberg hat seine Operation auf Tanith ruiniert«, stellte Lysander fest.

»Ja, Sir, mit Ihrer Hilfe.« Slater zuckte die Achseln. »Bronson vergißt niemals etwas. Bestimmt ist Ihnen aufgefallen, daß er nicht einmal versucht hat, in Verhandlungen mit Ihnen einzutreten. Betrachtet man sich die Ressourcen, die er in dieses Unternehmen steckt, muß es um mehr gehen als nur persönliche Animosität, es sei denn . . .«

»Es sei denn?«

»Es sei denn, er fühlt sich alt und nutzlos und hat nichts anderes mehr als seinen Haß«, sagte Slater.

»Was immer seine Motive sind, das muß aufhören.« Lysander blickte auf die Landschaft Spartas hinaus. »Selbst wenn wir auch den letzten Milizionär der Bruderschaften mobilisierten, hätten wir nicht genug, um diese Sache rasch zu beenden, nicht wahr?«

»Nein, Sir«, stellte Owensford klipp und klar fest. »Die Rebellen würden sich nur verstreuen, die Köpfe einziehen und auf weiteren Nachschub warten. Wir können keine Milizeinheit über mehr als etwa einen Monat im Feld halten. Die Heloten planen ihre Angriffe lange im voraus; falls wir irgendwo eine Konzentration ihrer Kräfte entdecken und zur Verteidigung antreten, blasen sie die Sache einfach ab und schlagen anderswo zu. Sie attackieren niemals, wenn sie am Ort nicht die Übermacht haben, und wir verfügen nicht über genug mechanische Transportmittel, um in solchen Fällen schnell zu reagieren.«

Es gab insgesamt eine Million Bürger. Die Bruderschaften konnten mit der ersten Mobilisierungsklasse ihrer Milizen eine Viertelmillion Mann ins Gefecht werfen. Taten sie dies jedoch tatsächlich, mußte unglücklicherweise der ganze Planet praktisch geschlossen werden; die Bürger stellten mehr als ein Drittel der gesamten Arbeitskräfte und einen weit höheren Anteil der qualifizierten und leitenden Berufsgruppen.

»Wir halten ständig fünfzehn Bataillone als regionale Reaktionskräfte unter Waffen und sind im Begriff, das stehende Heer der Königlichen Armee auf fünfundzwanzigtausend Mann zu bringen«, sagte Owensford. Er fuhr sich mit einer Hand über das kurzgeschnittene braune Haar. »Was immer uns der Feldzug in den Illyrischen Tälern auch gebracht hat – auf jeden Fall lieferte er uns reichlich kampferprobte Männer.« Kampfeinsätze waren das beste Mittel, um zu erkennen, wer als Kommandeur kleiner Einheiten in Frage kam. »Darüber hinaus eine erlesene Auswahl neuer Rekruten. Jeder möchte für einen Sieger kämpfen. Wir werden den Feind weiter durch die Mangel drehen.«

Hal Slater verzog leicht das Gesicht. »Sicher können Sie jetzt verstehen, warum Profis Guerillakriege hassen, Sir. Es ist reine Zermürbung, es sei denn, man tötet die Spitzenleute der Guerilla oder nimmt sie gefangen.«

Lysander lächelte freudlos. »Ich habe schon Söldner kennengelernt, denen das gefiel. Ein langer Krieg ohne Lösung... Nein, natürlich würde ich das von Falkenberg nie denken.«

Slater sagte nichts.

»In Ordnung«, fuhr Lysander fort. »Wir haben es also mit einem Zermürbungskrieg zu tun, den Großsenator Bronson mit Waffen und Geld für die Heloten unterstützt und das Umsiedlungsbüro des CoDominiums mit Häftlingen und Deportierten, aus deren Reihen die Heloten ihren Nachwuchs rekrutieren können. Es dauert zwanzig Jahre, um einen Bürger hervorzubringen, Gentlemen, und nur acht Monate, um jemanden von der Erde nach Sparta zu deportieren. Ja, ich weiß, daß sie genausogut wie der Feind aus diesem Personenkreis Rekruten gewinnen können. Aber verdammt noch mal – ohne Sie beleidigen zu wollen, benötigt Sparta doch vor allem Bürger, nicht weitere Söldner.«

Er bewegte die Schultern in der unbewußten Geste eines Menschen, der eine Last aufzunehmen plant. »Wir können auch an der politischen Front weitermachen«, sagte er, »indem wir die Untergrundnetze des Feindes aufbrechen. Und indem wir Croser festnageln.«

Für einen Moment grinsten alle drei Männer wie die Wölfe. Senator Dion Croser leitete die Nichtbürger-Befreiungsfront und mußte fast sicher als Anführer des gesamten Aufstandes gelten. Nahezu alle Aufständischen waren Deportierte und Nichtbürger; Croser war der Sohn eines der Gründer, und bislang lag kein wirklich hieb- und stichfester Beweis für seine Verwicklung in den Aufstand vor.

»Er wird nicht der letzte sein«, fuhr Lysander leise fort. Der Ausdruck seiner grauen Augen wirkte selbst auf die Söldner leicht einschüchternd. »Wir können niemanden aufs Korn nehmen, der eine Macht im CoDominium darstellt, und wir können uns dem CoDominium nicht widersetzen. Bislang nicht. Aber Croser *werden* wir kriegen, und schließlich auch über ihn hinaus diejenigen, die ihn unterstützen. Gott ist mein Zeuge; ich werde dafür sorgen, daß nie wieder jemand in der Position sein wird, Sparta so etwas anzutun. Oder irgend jemandem sonst, wenn ich es verhindern kann.

Zunächst aber ...« Sein Tonfall war jetzt wieder lebhafter. »... sollten wir uns auf die Sitzung des Kriegskabinetts vorbereiten.«

Der Regen wurde heftiger, während die Helotenpatrouille nach Nordwesten zog. Die Pferde ließen leicht die Köpfe hängen und setzten müde immer nur einen Huf vor den anderen. Geoffrey Niles dagegen empfand diese Reise als Erholung, nachdem er fast zwei Monate lang gehungert und gefroren hatte. Gegen Ende der zweiten Woche war er wieder stark genug, um über die kalten Tropfen zu fluchen, die ihm beim Reiten im Gesicht trafen und unter den in Tarnfarben gehaltenen Regenponcho sickerten, und auch wieder stark genug, um festzustellen, wie sehr er den ewigen Geruch nasser Menschen und Pferde verabscheute. Der Wald wurde dichter, als sie sich den Vorbergen der Drakons näherten, und breitete sich durch die flachen Senken und Täler hindurch aus, um schließlich die Gebirgshänge in Besitz zu nehmen. Hier fand man nur noch gelegentlich Flecken der Prärie aus hohem Gras, die sonst in Illyrischen Tälern so dominierte. Gelegentlich kamen sie an anderen Patrouillen vorbei – einmal gerieten sie fast in einen Hinterhalt –, aber häufiger entdeckten sie Gruppen auf Nahrungssuche, die sich an den riesigen Herden aus Wild und verwildertem Vieh schadlos hielten.

»Es sind nicht viele Feinde bis hierher vorgedrungen, oder?« fragte Niles den Helotenunteroffizier.

»Nein, Sir«, antwortete dieser. Er hielt das Gewehr über dem Sattelknauf, und seine Augen waren ständig in Bewegung. »Wenigstens nicht viele. Manchmal schicken sie Kampfpatrouillen her, 'n Bataillon oder so, aber wir verstreuen uns und attackieren aus'm Hinterhalt, und dann hauen sie wieder ab. Ist auch schwierig mit dem Nachschub über diese Entfernung. Sie ha'm keine Satellitenaufklärung mehr und kommen auch mit Flugzeugen nicht mehr an uns ran. Sie probieren allerdings immer noch, unsere Stützpunkte zu finden. Jede Menge Infiltratoren. Legen und sprengen Hinterhalte – für uns ganz gut, um die neuen Kameraden auszubilden.«

Niles nickte. Es ging jetzt einen langen Abhang hinauf. Der Regen war inzwischen etwas mit Schnee durchsetzt. Sie mußten schon mindestens tausend Meter über dem Meeresspiegel und tief in den Vorbergen sein. Spartas Schwerkraft von 1,21 g sorgte für ein steiles atmosphärisches und Temperaturgefälle. Die Hänge zu beiden Seiten waren dicht mit Douglastannen und Redwoods, Eichen und Buchen bewachsen; die Gentechniker und Pflanzer hatten gute Arbeit geleistet. Die Äste überlappten sich über der Patrouille, und die Hufe der Pferde klapperten über Kies und unebenen Fels hinweg. Es ging um eine Biegung, und Niles brauchte schon einen Moment, um die Bunker zu erkennen, die hier den Weg flankierten. Sie waren tief in den Kalkstein eingelassen und wiesen schmale Schußluken auf, hinter denen die Mündungen von Fünfzehn-Millimeter-Revolverkanonen lauerten. Niles lief ein leichter Schauer über den Rücken, als ihm klar wurde, daß wahrscheinlich seit fast einer Stunde schwere Scharfschützengewehre vom Typ Peltast auf sie gerichtet waren.

»Sir«, begrüßte ihn ein Offizier, als er sich aus dem Sattel schwang. »Wir haben ein Transportmittel für Sie bereitstehen. Feld Eins möchte schnellstens Ihren Bericht hören.«

Niles zog eine Braue hoch, als er den Jeep erblickte. Der Wagen war aus einheimischer Fertigung und wies sechs Ballonräder aus Charbonneaudraht auf. Bislang hatten die Heloten über keine nennenswerten Transportmittel verfügt. *Es geht wohl wieder aufwärts mit uns,* dachte er.

Das neue Hauptquartier hob sich stark vom bisherigen ab. Es handelte sich um eine Felsmulde von etlichen Kilometern Durchmesser, Überrest des Einsturzes einer von Sickerwasser untergrabenen Kuppel. Dergleichen traf man in den Illyrischen Tälern häufig an, deren Hunderttausende von Quadratkilometern aus altem Meereskalkstein jährlich mehrere Megatonnen Schmelzwasser aus dem Drakongebirge abführen mußten. Der Rand der Mulde bestand aus schartigen Spitzen, die wie Zähne zum Himmel aufragten. Niles' Augen weiteten sich, als er die Ortungs- und Funkantennen sowie die Startvorrichtungen für die Skyhawk- und Talon-Luftabwehrraketen erblickte. Höhlenmündungen zogen sich rings um die Senke, und vor den meisten herrschte rege Geschäftigkeit, aber auch der Talboden selbst wurde genutzt.

Keine Angst mehr vor Luftüberwachung, dachte er. Er sah ordentliche Reihen quadratischer Blockhütten sowie Soldaten, die im Freien exerzierten. Mehr Soldaten, als er erwartet hatte, eine ganze Menge mehr, aber wirklich überraschend war erst die Ausrüstung. Vieles davon stammte aus einheimischer Fertigung und umfaßte so ziemlich alles von Gewehren und Maschinengewehren bis hinauf zu den großen Hundertsechzig-Millimeter-Mörsern, die auf Sparta die Artillerie ersetzten. Dion Croser schöpfte die einheimische Produktion schon seit zehn Jahren vor Ausbruch des offenen Krieges ab und lagerte das Material hier in den Höhlen der Illyrischen Täler. In erstaunlichem Umfang stand jedoch auch außerplanetare Ausrüstung herum, darunter Posten, an die Niles sich noch aus seiner Sandhurstzeit erinnerte. Ein Dutzend kurze 155-Millimeter-Raketenhaubitzen aus friedländischer Fertigung, umringt von Heloten, die gerade damit vertraut gemacht wurden. Sechs mittlere Kampfpanzer der Suslovklasse, eckige Gefährte mit flachen Türmen und 135-Millimeter-Kanonen in hydraulischen Gehäusen. *Das* war CoDominiumsgerät von der Erde!

Und verdammt teuer!

Der Jeep hielt vor einer Höhlenöffnung, wo Niles erwartet

wurde. Er erkannte den Mann wieder: ein Meter neunzig groß und breit genug, um als gedrungen bezeichnet zu werden. Die Haut hatte die Farbe von altem Mahagoni. Der Kopf war kahl wie ein Ei, und eine große Hakennase dominierte das runde Gesicht. Zwei Macheten, die er auf dem Rücken trug, ragten über die Schultern auf; sie waren für den Spitznamen des Mannes verantwortlich. In der Hand trug er ein Maschinengewehr, das in der riesigen Pranke wie eine Spielzeugflinte aussah. Die einzige Veränderung, die Niles auffiel, war ein irgendwie abgezehrter Ausdruck.

»Two-knife«, sagte er und nickte der rechten Hand der Helotenbefehlshaberin zu.

»Niles«, antwortete Two-knife gleichermaßen höflich und unverbindlich. Dem großen Maya hatte es nichts ausgemacht, als Skilly den Engländer zu ihrem Geliebten machte; das war schließlich Vorrecht der *Donna*. Niles glaubte jedoch insgeheim fest daran, daß der Indianer nicht zögern würde, einen unwürdigen Kandidaten in aller Stille umzubringen . . .

Die Höhlen waren größer als die der alten Basis Eins, die im letzten Winter in die Hände der Royalisten gefallen war, aber der innere Aufbau ähnelte stark dem Vorläufer, bis hin zur unaufhörlichen Kälte und dem ewigen Geruch feuchten Gesteins. Leuchtstoffröhren hingen an den Wänden, und farbcodierte Markierungsstreifen wiesen den Weg. Hier und da waren Räume durch Holzwände unterteilt, und man hatte die Höhlen mit Preßlufthämmern ein wenig in Form gebracht. Hier schien es allerdings viel mehr moderne Elektronik zu geben. Niles kam an mehreren großen Klassenräumen vorbei, in denen ganze Trupps von Heloten in Intensivlernkabinen saßen und schwere Helme trugen, die ihnen das Studienprogramm vollsensorisch übermittelten. Schließlich ging es an hochgradig wachsamen Posten vorbei in eine noch größere Halle, wo Offiziere rings um einen computergesteuerten Kartentisch standen. Eine Person blickte auf.

»Hallihallo, Jeffi«, sagte sie leise, als er vor ihr stand und salutierte.

Geoffrey Niles' Hals war wie zugeschnürt. Er hatte *geglaubt,* sich an diese Frau zu erinnern, aber die wirkliche Skida Thibodeau unterschied sich vom Bild in seinem Gedächtnis. Sie war sehr groß, fast zwei Meter, viel davon Bein. Muskeln wie ein Panther, mit deren Hilfe sie sich auch entsprechend bewegte. Lose hängendes, blauschwarz glänzendes Kraushaar umrahmte ihr schokoladenbraunes Gesicht. Sie hatte hohe Wangenknochen und volle Lippen. Die schräggestellten Augen waren hellbraun. Niles' Nase weitete sich unwillkürlich, als er Skidas Duft wahrnahm, ein Geruch von Seife und Minze mit einem Hauch natürlichen Moschusaromas. Und wieder einmal verspürte er diese Beinaheangst beim Blick in ihre Augen, die intelligent, forschend und vollständig wild wirkten.

»Skilly freut sich, dich wiederzusehen«, sagte sie.

»Ich freue mich auch, wieder dazusein, Feld Eins«, antwortete er. Und mit einem leichten Schuldgefühl stellte er fest, daß das der Wahrheit entsprach. *Gott, was für eine Frau!*

Sie lächelte träge, und Schweiß trat ihm auf die Stirn. Dann senkte Skida den Blick auf den Kartentisch. »Wir überlegen uns gerade, was schiefgegangen ist«, fuhr sie fort. »Unser kleiner Übungsangriff hat nicht ganz hingehauen.«

Er räusperte sich und blickte sich unter den Anwesenden um. Viele kannte er bereits: von Reuter, den ehemaligen CD-Major; Sutchukil, den Thai-Aristokraten, der aus politischen Gründen deportiert worden war, ein Mann mit konstantem Grinsen und den kältesten Augen, die Niles je gesehen hatte; Kishi Takadi, den Verbindungsoffizier der meijianischen Technoninjas. Dann war da noch jemand, den er beinahe nicht wiedererkannt hätte – Chandos Wichasta, Großsenator Bronsons Fachmann für Problemfälle. Sein Anblick war ein Schock für Niles; er hatte den kleinen Indianer zum letzten Mal auf der Erde gesehen, und zwar während dieser demütigenden Befragung durch seinen Großonkel Adrian auf dem Anwesen der Bronsons in Michigan. Der Spartaauftrag war Niles' letzte Bewährungschance gewesen... *Daß er hier ist, beweist, daß Großonkel es geschafft hat, Verbindungswege zu eröffnen, die in beide Richtungen funktionieren.* In den Vorbergen der Drakons fand man große Gletscherseen, auf denen starke Sturmshuttles landen und wieder starten konnten.

»Brigadeführer Niles«, sagte Wichasta diskret. Wieder eine Überraschung; während des zurückliegenden Feldzuges war Niles noch Seniorgruppenführer der SVBA gewesen, was ungefähr einem Major entsprach.

Skilly lächelte und zuckte die Achseln. »Du hattest recht, was Skillys Plan anging, Jeffi«, sagte sie. »War zu kompliziert; oder wir haben hier ein nachrichtendienstliches Leck. Vielleicht auch beides; Skilly denkt, beides. Aber egal – wer Grips hat, lernt aus Fehlern.«

»Ah ...« *Jetzt reiß dich mal zusammen, du Idiot, und stammele nicht herum wie ein totaler Schwachkopf!* »... hier scheint ja alles gut zu laufen.«

Skilly nickte. »Wir haben bereits wieder mehr Leute. Und wir kriegen noch 'ne Menge mehr tolle außerplanetare Sachen ...« Sie nickte in Wichastas Richtung. »... und Geld, 'nen ganzen Haufen Geld. Die Königlichen haben ja keine Ahnung, was wir so alles horten. Wir lassen sie schon wieder kräftig bluten und bereiten uns drauf vor, ihnen echt weh zu tun.«

»Hmmm. Wird denn nicht die CoDo-Raumflottenbasis auf der Ägisplattform ...« Er brach ab, als die rings um den Kartentisch Versammelten alle wie die Wölfe grinsten.

Skilly legte den Lichtschreiber zur Seite. »Feld Eins findet, daß das genug Analyse war«, sagte sie. »Von Reuter, verteilen Sie die Gruppe und setzen Sie die Leute ein, wie Sie's für richtig halten.« Sie wandte sich Niles zu, und der Puls hämmerte in seinen Schläfen. »Brigadeführer Niles braucht 'ne Einsatzbesprechung.«

2

Croftons Essays und Vorlesungen über Militärgeschichte (zweite Auflage)

Professor John Christian Falkenberg II:
Rede in West Point vom 17. Juni 2073

Der Soldat und der Spion waren schon immer Weggefährten mit einem gespannten Verhältnis zueinander und letztlich doch zu unfreiwilliger gegenseitiger Duldung gezwungen. Die erste und wichtigste unter den militärischen Tugenden ist die Loyalität. Dementsprechend ist der Bruch des Diensteides noch mehr als selbst die Feigheit, die am meisten verachtete militärische Sünde. Natürlich können solide und offenkundige praktische Gründe für diese Ethik angeführt werden; der primäre emotionelle Zement einer Armee ist Vertrauen und muß es auch sein. Ohne Vertrauen kann keine Militäreinheit auch nur für einen Augenblick etwas erreichen. Der richtige Spion – der verdeckte Ermittler – ist vor allem jemand, der eine Maske trägt, der unter unechten Vorwänden eine Uniform anzieht oder einen Eid ablegt, der Vertrauen mißbraucht, um lebenswichtige Informationen an die Feinde derer weiterzuleiten, in deren Reihen er sich eingeschlichen hat. Dementsprechend gilt keine der Schutzbestimmungen in den Kriegskonventionen für Spione. Es ist sogar eine historische Tatsache, daß bestimmte Armeen gezögert haben, auf Informationen zurückzugreifen, die aus derart ›anrüchigen‹ Quellen stammten.

Und doch kann nichts die HUMINT ersetzen – die direkte Aufklärung in den innersten Kreisen der Gegenseite. Sogar dort, wo das gesamte Rüstzeug technischer Informationsbeschaffung verfügbar ist, muß HUMINT als unschätzbar betrachtet werden. Sie ermöglicht direkten Zugang zu den Absichten *des Feindes, die stets der schwierigste Aspekt der militärischen Informationsbeschaffung sind. Nicht minder bedeutsam ist die Tatsache, daß das Wissen von einer Infiltra-*

tion der eigenen Reihen ein machtvolles Werkzeug darstellt, indem es Argwohn verbreitet und die Bande gegenseitiger Loyalität auflöst, die für die Einsatzfähigkeit einer Militäreinheit unverzichtbar sind.

Beide führenden Geheimdienstoffiziere von Falkenbergs Legion saßen am Tisch. Captain Jesus Alana war ein kleiner Mann, dunkel und schlank und mit sauber geschnittenem Oberlippenbart. Seine Ehefrau Catherine war zwei Fingerbreit größer und geradezu extravagant rothaarig. Sie besaß ebenfalls den Rang eines Captains. Ein verbreiteter Witz lautete, daß in der Legion praktisch jeder ein Captain war; die Kommandoreihenfolge hing vom Zuständigkeitsbereich ab, nicht von der Besoldungshöhe. Ansonsten hielt sich niemand in diesem Büro des Fort Plataia auf. Ein Frühlingsregen fiel vom Himmel, und es war mild hier, nur wenige Kilometer außerhalb von Sparta City. Der Geruch von feuchten Lehmziegeln drang durchs offene Fenster herein. Man hörte den rhythmischen Tritt von Stiefeln auf nassem Kies und eine Stimme, die im Takt dazu *Hopp, hopp* sagte – die Kadenz für eine weitere Gruppe Rekruten, die so rasch wie möglich durch ihre Grundausbildung gepeitscht wurden. Das fünfte Bataillon der Legion hatte sich inzwischen um drei weitere Bataillone vermehrt, und die Königliche Armee war gleich zweimal auf das Doppelte angewachsen.

»Sieht nicht sehr hoffnungsvoll aus«, meinte Jesus Alana.

Die Akten lagen in gedruckter Form vor ihm. Nur zwei Namen ...

»Dieser Kandidat verspricht auch nicht gerade viel, hm, *mi corazon*?«

»Schwerfällig wie ein Klotz«, meinte Catherine. »Mit dem Biofeedback kommt er klar, aber er ist ein hoffnungsloser Fall, was irgendwelches Vorstellungsvermögen angeht. Mit ein bißchen Glück ein passabler Schütze.«

»Bleibt noch die junge Frau.«

»Nach ihrer Akte zu urteilen viel aussichtsreicher. Hat die Grundausbildung und die Unteroffiziersschule abgeschlossen.

Wäre vernünftig, einen Offizier aus ihr zu machen. Hoher IQ. Sehr entschlossen – kein Wunder bei ihrer Herkunft.«

»Ich weiß, und trotzdem ...«

»Und trotzdem bist du ein Romantiker, Jesus. Sie hat sich von einer Wohlfahrtsinsel aus nach oben gearbeitet.«

»Ja«, seufzte er und drückte eine Taste auf dem Tisch. »Rekrut Talkins bitte.«

Margreta Talkins' rotbraune Augen blickten härter, als man normalerweise bei einer Zwanzigjährigen erwartete. Mittelgroß, olivfarbene Haut, das dunkle mahagonifarbene Haar zu einem engen Lockenkranz zurückgeschnitten. Wachsamer Ausdruck. Sie wirkte ein wenig müde; obwohl weder die Königliche Armee noch die Legion Frauen als Frontsoldaten aufnahmen, spiegelte die Grundausbildung das nicht wider. *Auch wenn wir nicht möchten, daß sie kämpfen, passiert es häufig genug,* dachte Jesus. *Straffer Körper; steht ihr gut. Sie wird keine Schwierigkeiten haben, ihre Opfer zu verführen.* Talkins erwiderte Jesus' festen Blick, aber dann huschten ihre Augen zur Ausrüstung auf dem Tisch – eine Reihe flacher Bildschirme und ein paar zurechtgeschusterte Elektronikmodule.

»Sir, Ma'am.« Ihr Anglic klang nordamerikanisch und fast so, als stammte sie aus der Klasse der Steuerzahler. Es war die Stimme eines Menschen, der die Oberschichtausdrucksweise im TriV sorgfältig nachahmte.

»Bitte setzen Sie sich, Rekrut Talkins«, sagte Catherine. »Ich stelle Ihnen jetzt einige Fragen. Die einzelnen Antworten sind dabei nicht wichtig – sagen Sie einfach, was Ihnen in den Sinn kommt.

Erstens: Was empfinden Sie bezüglich der Heloten?«

Als die Befragung eine Stunde später beendet war, klebte Talkins das Haar auf der Stirn fest, obwohl ihr Ausdruck weiterhin ruhig war.

»Perfekt«, meinte Catherine. »Sie kann es nicht nur schaffen, sondern wird sich sogar freiwillig dafür melden.«

»Für was melden, Ma'am?« erkundigte sich Talkins.

Jesus Alana beugte sich vor. »Für geheime Operationen. Sehr geheim, und sehr gefährlich.«

»Werden sie den Heloten weh tun?«

»Wenn es funktioniert, wird es dem Feind extrem schaden. Wir brauchen allerdings zuerst Ihr Einverständnis.«

Eine Zeitlang schwieg sie. Dann hieß es nur knapp: »Ja, Sir.«

»Warum?« fragte Captain Jesus Alana die junge Frau im Rekrutenoverall. »Das Ding hier ...« er deutete auf das buchgroße Displaygerät, das offen auf dem Tisch stand, »... verrät uns, daß Sie es ehrlich meinen, erklärt aber nicht die Gründe.«

Sie hatte mit einer Spur von Wut in der Stimme gesprochen, und Alana war erst etwas irritiert gewesen, bis er es durchschaute. Sie meldete sich zwar freiwillig, aber doch mit der etwas bitteren Selbstanklage eines Veteranen, der sich für eine Sache meldete, die er für eine Dummheit hielt.

»Mein Bruder«, antwortete sie.

»Im Kampf gefallen«, sagte Catherine Alana. »Rachebedürfnis?« wollte sie dann wissen und behielt dabei die Anzeigen des Stimmenstreßanalysators im Augenwinkel. Es lagen noch eine Menge Daten vor, die später im Detail ausgewertet werden wollten.

»Ich habe George gesagt, er solle sich nicht melden«, erzählte sie. »Sehen Sie, Sir, Ma'am, wir stammen beide von der Wohlfahrtsinsel Columbia, wissen Sie?«

Jesus nickte. Er wußte es tatsächlich; er hatte gehört, daß in etwa die halbe Bevölkerung der USA an solchen Orten lebte. Selbstverständlich hatten ursprünglich die besten Absichten dahintergestanden – die Städte sicherer machen, die wimmelnden Massen der Unterschicht aus den Ghettos der Innenstädte befördern, sie unter geordneten Verhältnissen neu ansiedeln, damit die Menschen eine Ausbildung erhalten und sich entwickeln konnten, um der Unterschicht schließlich zu entwachsen. Und sie dabei auch noch gut kontrollieren können. Damit sie mit einem Ausstand nicht in die Nähe der Reichen gelangten.

Jetzt hockten die Bürger da und verrotteten. Bürger – vor fünfundsiebzig Jahren hatte irgendein Bürokrat sie in einem Anflug kranken Humors so genannt. Und die Steuerzahler kamen dafür auf, ebenso für die Polizei, die sie vor den Bürgern schützte. Borloi von den Plantagen auf Tanith, wo Häftlinge dafür schuften mußten, hielt die Einwohner der Wohlfahrtsinseln ruhig, unterstützt von billigem Schnaps und TriV. Aber ein paar Leute entrannen diesem Schicksal trotzdem. Es war möglich, wenn auch unter größten Schwierigkeiten.

»Es ist Ihnen gelungen, eine Ausbildung zu erhalten«, stellte Catherine fest. »Wie? Oder vielleicht sollte ich fragen, wieso?«

»Schwester Mary Margreta machte sich etwas aus mir. Nach einiger Zeit tat ich es ebenfalls.«

Catherine lächelte besänftigend. »Dann war es ähnlich wie bei mir.«

»Sie kommen von der Wohlfahrt, Ma'am?«

»Die Legion schert sich genausowenig um jemandes Herkunft wie Sparta«, sagte Jesus. »Und normalerweise interessiert sich keiner von uns für die Gründe, warum sich jemand bei uns meldet. In diesem Fall müssen wir jedoch mehr wissen.« Er nahm die Personalakte zur Hand. »Die Edison Technical School in Pittsburgh. Kein Drogenkonsum aktenkundig. Nur geringfügige Vergehen – ich vermute, Sie waren intelligent genug, sich bei größeren nicht erwischen zu lassen. Sie und Ihr Bruder haben sich auf der Erde gut geschlagen. Mit Ihrer Bildung hätte man sie eigentlich in der – na ja, der normalen Gesellschaft mit offenen Armen empfangen müssen.«

»Als dressierte Seehunde, ja«, meinte Margreta. »Unser Sozialarbeiter war stolz auf uns. Bot uns an, es mal im öffentlichen Dienst zu versuchen.«

»Der Traum jedes zweiten Inselbewohners«, meinte Catherine. »Warum sind Sie dann nach Sparta gekommen? Es heißt, Sie wären freiwillige Emigranten.«

»Die Erde schien keine große Zukunft zu bieten. Was hat man vom Bücherlesen, wenn man nicht auch nachdenkt? Für uns war klar, daß die Vereinigten Staaten nicht mehr so waren, wie es in den Geschichtsbüchern beschrieben wurde. Wir wollten . . .« Sie brach ab. »Verdammt, wenn ich das nur wüßte, Ma'am! Ich schätze, es schien uns einfach eine gute Idee zu sein.«

»Was hatten sie hier vor?«

»Ein Geschäft gründen. Ein unabhängiges Leben führen. Es zum Bürger bringen. Deshalb hat sich George auch gemeldet. Ich sagte ihm, es wäre besser, wenn ich es täte – weniger gefährlich. George und ich haben stets aufeinander aufgepaßt. Es gab nur uns zwei, aber ich durfte nicht in die Armee eintreten. Er glaubte, die Chancen stünden gut, aber *irgend jemand* muß einfach Pech haben.«

Die Alanas nickten. Schütze George Talkins war gerade eine Woche als Kommunikationstechniker im Feld gewesen, als sein Lastwagen auf eine Mine fuhr.

»Jedenfalls ist es seitdem eine persönliche Sache für mich«, sagte Margreta. »Ich war von Anfang an für die Royalisten – mir gefällt es, wie dieser Planet regiert wird. Aber seit der Sache mit George ist es was ganz Persönliches.«

Talkins blickte auf, und beide Alanas spürten einen kalten Schauder, als sie Margretas brennendem Blick begegneten. »Sir, was genau soll ich tun?«

»Die andere Seite infiltrieren«, sagte Jesus Alana. »Beide Seiten versuchen das natürlich schon die ganze Zeit. Und wir haben mit diesem Ding inzwischen eine ganze Reihe Leute aus der Royalistenorganisation aussortiert.« Er tippte mit einem Finger auf den Stimmenstreßanalysator.

»Das Problem ist nur, daß der Feind allem Anschein nach ähnliche Geräte hat. Darüber hinaus verfügt er über die besseren Computer und über mehr und bessere Techniker. Die Meijianer sind teuer, aber sie haben das beste Material, was es überhaupt gibt; es liegt sogar noch etwas über dem Standard im Nachrichtendienst der Flotte. Sie schalten und walten nach Belieben in den örtlichen Computernetzen, und nur die Tatsache, daß die Legionsrechner ROM-programmiert sind, hat sie vor Schnüffelei geschützt – hoffen wir jedenfalls. *Per Dios,* jedesmal, wenn wir Ausdrucke mit Computerdateien der Regierung oder der Königlichen Armee vergleichen, finden wir Diskrepanzen! Jedes Unternehmen, das wir wirklich geheimhalten möchten, kann nur mündlich behandelt werden.«

Talkins blinzelte. »Wie kann ich Ihnen helfen, die feindliche

Prüfung zu knacken, falls die auch so was haben, Sir?« fragte sie und deutete mit dem Kopf zu der Anlage.

»Na ja«, sagte Catherine, »prinzipiell ist es möglich, die Stimmenstreßkontrolle zu täuschen. Allerdings nicht ohne eine aufwendige Hypnokonditionierung und Biofeedbacktraining, und selbst unter diesen Voraussetzungen kann nur eine kleine Minderheit hoffen, mehr als eine oberflächliche Prüfung zu überstehen. Obendrein ist nur eine kleine Minderheit *dieser* Minderheit wieder in anderer Hinsicht für den Job qualifiziert.«

Talkins schloß die Augen und dachte fast eine Minute lang nach. »Und ich entspreche diesen Anforderungen? Muß wohl so sein. Die Legion führt diese Aktion aus Gründen der Sicherheit durch. Zählt das in Sachen Bürgerschaft?«

»Da können Sie ganz sicher sein«, bestätigte Jesus Alana.

»Es ist gefährlich, Margreta«, sagte Catherine. »Wenn Sie jetzt lieber zur Tür hinausgehen, wird niemand außer uns jemals von diesem Gespräch erfahren.«

»Wie lange?«

»Ein Jahr. Vielleicht zwei. Keinesfalls noch länger. Aber denken Sie daran, es wird nicht leicht sein! Zum einen müssen wir damit rechnen, daß die Heloten von Ihnen die Teilnahme an einer Greueltat erwarten. Um Ihre Loyalität ihrer Sache gegenüber zu testen.«

»Sie meinen, so was wie . . .«

»Wie die Erschießung von Gefangenen«, antwortete Catherine. »Vielleicht etwas weniger Sauberes.«

»Himmel! Das ist ja wie auf der William-Penn-Insel!« Talkins schwieg für einen Moment. »Kann ich tatsächlich etwas bewirken?«

»Ja.«

»Und erhalte die Bürgerschaft, wenn alles vorbei ist?«

»Ja.«

»Okay. Ich mache es. Was passiert als nächstes?«

»Sie werden auf die Legion vereidigt – ein einleuchtender Vorgang, da wir Personen mit Ihrer Ausbildung benötigen und ohnehin angefangen haben, zahlreiche Positionen am Ort auszuschreiben. Sie haben die Königliche Unteroffiziersschule absolviert. Wenn Sie auch noch unsere Offizierskandidatenschule bestehen, werden Sie zum Kornett ernannt, einem Juniorоffizier in Ausbildung.«

»Und das zählt für die Bürgerschaft?«

»In Ihrem Fall sicherlich. Welchen Legionsrang Sie auch immer später bei Ihrer Entlassung bekleiden, Sie werden auf jeden Fall ein Offizierspatent der Königlichen Armee vorweisen können.«

Margreta nickte nachdenklich.

»Alles wird den Anschein eines normalen Vorgangs erwecken. Wir bilden Sie aus und schicken Sie dann erst mal auf die Universität. Es steht fest, daß die Heloten Sie zu rekrutieren versuchen werden, sobald Sie dort sind.«

»Haben Sie das früher schon mal versucht?«

»Ja.«

»Was ist – aus meiner Vorgängerin geworden?«

Catherine lächelte. »Nicht, was Sie denken. Sie hat einen Austauschstudenten geheiratet und ist mit ihm nach Friedland gezogen.«

»Sie haben sie gehen lassen, ohne daß sie ihren Auftrag durchgeführt hatte?«

»Besondere Umstände.«

»Ich kann mir nicht vorstellen, daß mir auch so was passiert. Nicht, daß ich es nicht tun würde, wenn der richtige Typ mich fragte. Oder war der letzte wirklich was Besonderes?«

Jesus zuckte die Achseln. »Diese Brücke überqueren wir, wenn die Küken geschlüpft sind. Zunächst mal nehmen wir Sie in die Legion auf und schicken Sie auf die Offizierskandidatenschule. Verstehen Sie das richtig – Sie müssen dort gute Leistungen bringen, denn Ihre Ausbilder haben nicht die leiseste Ahnung von Ihrem besonderen Status. Sobald Sie Ihr Patent in der Hand haben, werden Catherine oder ich wieder mit Ihnen sprechen. Niemand sonst erfährt etwas von Ihrem Auftrag, weder jetzt noch später.«

»Keine Unterlagen?«

»Bei unserer nächsten Begegnung erklären wir Ihnen, wie Sie Ihren Status nachweisen können, wenn einmal weder Catherine noch ich verfügbar sind. Ansonsten – nein, es wird keine Unterlagen geben. Dann also bis in sechs Wochen.«

Die verstehen sich auf ihr Geschäft, dachte Kornett Margreta Talkins, als der Kellner ihr das Mittagessen brachte und dabei von der Seite her einen Blick auf die blaue und goldene Ausgehuniform der Legion warf. *Niemand würde je auf die Idee kommen, daß dies hier ein Treffpunkt der Heloten ist.*

Sie zweifelte sehr daran, daß selbst die Eigentümer es wußten. Die Hälfte der Gäste in dieser Hofschenke trug die Uniform der Königlichen Armee. Es handelte sich überwiegend um Rekruten auf dem ersten Urlaub nach der Grundausbildung, die sich hier mit ihren Kumpeln oder Freundinnen oder beidem trafen. Ein Schild draußen bot ihnen Rabatt an. Viele der übrigen Gäste waren Maschinisten oder Schlosser aus den Alderheimwerken in schmutzigen Overalls. Im Rahmen der Kriegsanstrengungen wurden dort inzwischen drei Schichten gefahren.

Das Cock and Grill lag an der Burke Avenue, die direkt in den Sacred Way mündete, unweit der CoDo-Enklave am nördlichen Ende des Hauptboulevards von Sparta City. Westlich von hier bis an den Rand der Minetownslums breitete sich eine Arbeiterwohngegend aus, gekennzeichnet durch zwei- oder dreistöckige Häuser, die in bescheidenen Wohnungen aufgeteilt waren. Von hier aus war es nur ein kurzer Weg zu Fuß oder mit dem Fahrrad zum Hafen, dem großen von Alderheimschen Werk im Süden und dem Gewirr kleinerer Fabriken, das ringsherum entstanden war. Im Erdgeschoß vieler Häuser fand man Läden oder Unternehmen der Dienstleistungsbranche, zum Beispiel das Cock and Grill. Ein Hof aus Pflastersteinen, durch eine niedrige Mauer vom Bürgersteig getrennt. Schmiedeeiserne Tische und hölzerne Stühle unter Sonnenschirmen. Selbst jetzt, Anfang Frühjahr, war das Klima in Sparta City ziemlich behaglich, solange es nicht regnete. Der Verkehr auf der Nebenstraße war nur spärlich; gelegentlich kam ein Lieferwagen, ein Pferdekarren, ein Fahrrad oder Elektroauto vorbei.

»Ihre Bestellung, Miss«, sagte der Kellner. »Ein Gartensalat.« Eine Schüssel voller Gemüse, farbenprächtig und schön arrangiert. »Eine gemischte Grillplatte.« Ein großer Holzteller voller gewürzter Fleischstreifen, dazu Schweinelende und Felsenkriecherkrallen mit Pilzen und gebratenen Zwiebeln. »Und eine Weinschorle.«

Sie griff in die Gürteltasche, um eine Zehntelkrone hervorzuholen, ungefähr der Stundenlohn eines Hafenarbeiters, ein für örtliche Verhältnisse ganz schön gepfefferter Preis.

»Für Falkenbergs Legion umsonst, Miss«, wehrte der Kellner ab. Er sah aus wie siebzehn, hatte ein nettes sommersprossiges Gesicht und war wahrscheinlich der Sohn der Eigentümer. »Mit den besten Wünschen des Hauses.«

»Danke«, sagte sie aufrichtig. Er erinnerte sie ein wenig an George. Sicher, er war naiver, aber auf Sparta fanden Kinder auch Zeit für ihre Kindheit. Obendrein war die Legion in dieser Gegend beliebt. Sie erinnerte sich an die Instruktionen, die sie im Fort Plataia erhalten hatte. Etwa ein Viertel der Einwohner des Bezirks waren Bürger, und der Rest lebte meist ebenfalls in stabilen Familienverhältnissen – Menschen, die die begründete Hoffnung hatten, daß es ihre Kinder in den Bürgerstand schaffen würden, oder die sparten, um sich später im Hinterland eine Existenz aufzubauen. Die Nichtbürger-Befreiungsfront achtete darauf, ihre Demonstrationszüge hier nicht hindurchzuleiten, da die Einwohner meist mit Baseballschlägern und Schrotflinten vor die Tür kamen und sie bedrohten.

Margreta nahm einen Bissen zu sich. Rind schmeckte für ihren Geschmack nach wie vor etwas komisch, denn auf der Erde aßen heutzutage nur noch wenige Leute Fleisch. *Eine Mahlzeit für Steuerzahler,* dachte sie. Meilenweit von dem endlosen Synthofraß entfernt, der in den Wohlfahrtsinseln verteilt wurde.

Als sie fertig war, sah sie immer noch keine Spur von ihrer Kontaktperson. *Ewig dieses Warten! Soldaten und Spione – beide verbringen eine Menge Zeit mit Warten.* Für Studenten galt das augenscheinlich ebenfalls, vorausgesetzt, sie konnten es sich tatsächlich leisten, die Universität zu besuchen, und brauchten für das Studium nicht die Zeit zu opfern, die eigentlich fürs Schlafen vorgesehen war. Auf der Universität von Sparta hatte Margreta Mary Williams kennengelernt. Das Gespräch hatte sich rasch um ihre irdische Herkunft gedreht, um das Elend der Wohlfahrtsinseln – Grund genug für einen bitteren Radikalismus, zumindest für Kinder von Privilegierten, aus denen sich die Nichtbürger-Befreiungsfront auf studentischer Ebene zusammenzusetzen schien.

Idioten, dachte Margreta Talkins voller Verachtung. *Reich genug, um Geld zu verachten.* Sie selbst – *und George, Gott verdamme diese Verbrecher!* – hatten sich krummgelegt, um in die Mittelklasse aufzusteigen, nicht, um sie zu stürzen.

Die gelegentlichen Treffen hatten ihr den Weg erst in die legale NBBF-Organisation geebnet, dann in die verdeckte.

Marys Andeutungen zufolge handelte es sich bei der Kontaktperson um jemanden von wirklicher Bedeutung, den nicht einmal sie selbst erreichen konnte, es sei denn auf indirektem, mehrfach gesichertem Wege. Margreta trug keine in die Uniform eingenähte Wanze. Das wäre bei einem Gegner von der Qualität, wie sie die Alanas vermuteten, viel zu gefährlich gewesen. Sie wurde allerdings überwacht. Eine Eingreiftruppe und Scharfschützen mit schweren Peltastgewehren standen bereit, so daß sie wahrscheinlich ziemlich sicher war. Darüber hinaus hatte sie eine Biofeedbackschulung genossen, die es ihr erlaubte, Detektoren auszutricksen.

Datenschieberin, Soldatin und Spionin – und das alles noch vor meinem einundzwanzigsten Geburtstag. Was kommt als nächstes – der Zirkus?

Die letzten Bissen von ihrer Mahlzeit herunterzuschlucken erwies sich als etwas schwierig. Sie konzentrierte sich, atmete tief und benutzte den Trick, den ihr Catherine Alana beigebracht hatte, indem sie sich einen unbewegten Teich vorstellte. Das half schneller und war weniger erschöpfend als die Techniken, die sie zu Hause benutzt hatte, um Angst zu überwinden. *No-Nose Charlie hat meinen Nerven schon genug zugesetzt.* Auf der Erde hatten sie nie zur dortigen Organisation gehört, wohl aber Aufträge für sie übernommen. Legale Unternehmungen erforderten zu viele Lizenzen, zuviel Papierkrieg, Mauschelei und Beziehungen. Außerhalb der Wohlfahrtsinseln war alles fest in der Hand der Gilden und Gewerkschaften und der großen, von der Regierung begünstigten Konzerne. *Für wen sollte man denn sonst arbeiten?* dachte sie. No-Nose war lediglich daran interessiert gewesen, ob man einen Computer dazu bringen konnte, Männchen zu machen und zu betteln. Und das hatten sie und George noch an jedem Tag der Woche zustande gebracht!

Nach einer Weile verlangsamte sich ihr Herzschlag wieder und entspannten sich die Nackenmuskeln. Sie seufzte, bestellte sich Kaffee und holte einige Vorlesungsnotizen aus ihrem Aktenkoffer. Es ging dabei um Softwaredesign, eine Wissenschaft, die man auf der Universität neu zu beleben versuchte, zusammen mit etlichen weiteren Disziplinen. Das Problem bestand darin, daß der CoDo-Geheimdienst sich mit der Vernichtung der entsprechenden Unterlagen noch mehr Mühe gegeben hatte als in anderen Fällen, und er hatte es nicht mal unterlassen, die frühe Entwicklungsgeschichte zu fälschen. Die Versuche des Bulnt, alle gefährlichen Wissenschaften – wie sich herausstellte, bezog sich der Begriff auf einfach sämtliche Wissenschaften, Punkt und Schluß – zu unterdrücken, war nur allzu erfolgreich gewesen. Wer eine Disziplin neu aufgreifen wollte, mußte praktisch zu den Anfängen zurückkehren, um mehr zu erreichen, als nur standardisierte Bausteine neu anzuordnen. Gerüchte sprachen davon, daß Xanadu und Meiji in dieser Hinsicht gute Fortschritte erzielt hatten, aber falls das zutraf, so sprach niemand offen davon.

Ein Schatten fiel auf das Papier. »Ja?« fragte Margreta und drehte sich um. Es war der Kellner; inzwischen hatte sich das Restaurant stärker gefüllt. Zusätzliche Tische waren für Soldaten und die Arbeiter der Nachmittagsschicht aufgestellt worden. »Tut mir leid, ich war verabredet, aber wenn Sie den Tisch brauchen, gehe ich natürlich.«

»Kein Problem, Miss«, meinte der Kellner und lächelte schüchtern. »Und vielleicht muß ich mich ja ohnehin mit Ihnen gutstellen.« Sie zog die Brauen hoch. »Bin gerade letzte Woche als

Ephebe in die Bruderschaft aufgenommen worden, Miss, und muß mich nächsten Montag zur Ausbildung beim Siebten Königlichen Infanterieregiment in Fort Plataia melden. Na ja, Ihr Freund hat angerufen. Sagte, er wäre jetzt jeden Moment hier.«

»Danke. Und viel Glück in der Armee. Ich hoffe, Sie haben sich nicht allzu viele romantische Geschichten angehört. Es ist harte Arbeit.« Und das selbst für ihre Begriffe. Es würde sich bestimmt als nützlich erweisen, ein wissenschaftliches Verständnis vom Krieg zu gewinnen. Die Talkinszwillinge hatten auf der Straße eine ganze Menge aufgeschnappt, und für den, der zahlen konnte, war Ausbildung verfügbar. Die Legion gehörte jedoch in eine ganz andere Kategorie.

»Keine Ursache, Miss. Mein Bruder ist übrigens im Ersten Regiment und hat in den Illyrischen Tälern mitgekämpft. Wenn man sich *ihn* anhört, dann ziehen sie sich nur mit den Lippen an glatten Felswänden hoch!«

Margreta lächelte und schüttelte den Kopf, als der junge Mann sich wieder eilig entfernte. Er holte ein Tablett voller Bierkrüge vom Servierfenster ab und schlängelte sich damit zwischen den Tischen hindurch. Sein Ziel war eine besonders ausgelassene Gruppe von Soldaten in grauen Hemden mit hohen Kragen. Die Köpfe waren praktisch rasiert und zeigten nur noch Haarborsten. Wahrscheinlich malte er sich schon aus, wie es war, wenn man dazugehörte, vermutete sie und klappte den Aktenkoffer wieder zu. *Babys,* dachte sie. *Alles übergroße Babys, die nur zu beweisen suchen, wie hart sie sind.*

Sie fuhr leicht zusammen, als der dunkelhäutige Mann im konservativen braunen Hemd und der engen Hose an ihrem Tisch stehenblieb.

»Erschrecken Sie nicht«, sagte er und beugte sich mit fließender Eleganz vor. Er umklammerte ihre Hand wie eine Preßluftklammer, so unpersönlich wie eine Maschine.

»Bislang«, fuhr er fort, setzte sich und legte einen Aktenkoffer auf den Tisch, »haben wir das Offensichtliche eliminiert – Beschattung durch die Polizei, implantierte Elektronik und all das. Passive Beobachtung ist natürlich noch möglich.«

Der Mann war ungefähr ein Meter fünfundsiebzig groß, braunhäutig und nach den Gesichtszügen ein Latino. Er wirkte ungewöhnlich fit und trotz der breiten Schultern nicht schwer, und er bewegte sich mit der Leichtigkeit eines Rennpferdes. Anglic war nicht seine Muttersprache, entschied Margreta. Ein Ohr für die Nuancen der Sprache war auch etwas, das in ihrem neuen Geheimdienstberuf und ihrem alten Leben in sozialen Randbereichen als typisch gelten mußte. Darüber hinaus ließ dieser geheimnisvolle Mann keine Spur eines regionalen oder planetaren Akzentes erkennen. Das war selten. Eindeutig kein Spartaner; deren Dialekt war so altmodisch, daß er fast schon wieder dem alten Englisch entsprach. Die Spartaner gebrauchten noch das abschließende ›g‹, unterschieden zwischen ›c‹ und ›k‹ und benutzten weniger spanische und orientalische Lehnwörter, die einen so großen Teil des modernen Anglic bildeten. Dieser Mann hier sprach mit einer kristallenen Klarheit, wie man sie bei einem sehr guten KI-Sprachprogramm oder bei einer Person mit hohem Rang in den Nachrichtendiensten des CoDominiums erwarten würde.

»Ich hatte eigentlich erwartet«, sagte Margreta, »daß die Informationen, die ich in den zurückliegenden Wochen übermittelt habe, meine Glaubwürdigkeit beweisen, Sir.« Eine Kombination aus respektvollem und bestimmtem Tonfall schien ihr hier am ehesten angebracht.

Er lachte leise. »Ja, schon, Miss Talkins, aber wie wir beide wissen, lohnt es häufig, echte Daten preiszugeben, um einen Doppelagenten zu etablieren, der dann den gegnerischen Informationskreislauf mit Fehlinformationen füttern kann. Unter Einräumung der Tatsache, daß sich Ihre Unterlagen überwiegend als nützlich erwiesen haben und alle unabhängig voneinander bestätigt werden konnten, bleibt diese Möglichkeit doch bestehen.«

Margreta fand es angemessen, sich die Lippen zu lecken. Sie schmeckten salzig. »Paranoia ist in unserem Geschäft auch eine Gefahr, Sir.«

Sollte ich zitternd sprechen? Nein, nicht zu deutlich. Er muß überzeugt sein, daß ich wertvoll für ihn bin, und ein Agent mit schwachen Nerven ist eine wandelnde Einladung für Katastrophen. »Ein gut abgesicherter Agent in der Geheimdienstabteilung der Legion wäre für Sie von unschätzbarem Wert.«

»Richtig. Aber es ist auch eine außerordentlich riskante Beschäftigung für einen Agenten, der andernorts eine komfortable Stellung hat«, versetzte er trocken.

»Ich empfinde meine gegenwärtige Beschäftigung keineswegs als komfortabel«, antwortete sie kalt. »Meine Herkunft ... Ich habe jeden Grund, mit der Bewegung zu sympathisieren.«

Skeptisches Schweigen. *In Ordnung, Mädchen, jetzt mußt du wirklich was bieten!*

»In Ordnung, Sir.« Sie legte eine kalkulierte Boshaftigkeit in ihren Tonfall. »Ich habe genug gesehen, um zu wissen, daß die Heloten eine gute Siegchance haben. Falls ich erst mal in die unterste Ebene komme, dann kann ich wirklich was erreichen. Die besten Jobs in der Legion gehen alle an Falkenbergs Freunde, und man kommt dort ohne Frontkommando, das Frauen versperrt ist, einfach nicht voran. Ich möchte die nächsten dreißig Jahre aber nicht als bessere Büroangestellte mit Offizierspatent verbringen oder irgendeinen arschgesichtigen, nach Whiskey stinkenden Söldner heiraten und einen Wurf kleiner Offiziersbälger zur Welt bringen. *Ich möchte selbst etwas werden!*

»Und«, setzte sie hinzu, leicht außer Atem, »ich möchte die Befriedigung haben, zu sehen, wie die unfähigen Idioten, die meinen Bruder in den Tod geschickt haben, an die Wand gestellt und *erschossen* werden. Mein ganzes Leben – und das von George – mußten wir durch nassen Zement waten, um über die Runden zu kommen, während Schwachköpfe, die nicht mal ein Zehntel soviel Grips hatten wie wir, sich auf den dicken Posten breitmachten und die Spielregeln gegen uns auslegten. Zu Hause kamen wir auf keinen grünen Zweig, weil nicht schon unsere Eltern im Geschäft gewesen waren. Und hier fiel diesen sogenannten Generälen nichts Besseres ein, als einem Mann mit dem Grips von George einen Feldcomputer in die Hand zu drücken, damit er ihn über ein Minenfeld trägt.«

Erstaunlich, was man an vergrabenem Groll in sich finden

kann, dachte sie leicht angewidert, wandte das Gesicht ab und beruhigte ihren Atem wieder. *Sei das, als was du erscheinen möchtest, um Sokrates zu zitieren.*

Der Unbekannte lachte. »Das klingt schon besser. Altruisten sind unzuverlässig, wohingegen Ressentiments und Gehässigkeit den unerschöpflichen Zwillingsmotor einer verschwörerischen Politik bilden.«

Eine Pause trat ein, während er einen Blick ins einen Aktenkoffer warf. »Das war aufrichtig – behauptet zumindest die Anlage hier. Nun ja. An dieser Stelle ergibt sich jedoch ein weiteres Problem. Sie haben sich bei Ihren Vorgesetzten verdächtig gemacht, indem Sie Umgang mit Mitgliedern der NBBF pflegten, der man gemeinhin unterstellt . . .« Ein Hauch von Ironie schwang in seinen Worten mit. ». . . Verbindungen zur Helotenbewegung und der Spartanischen Volksbefreiungsarmee zu unterhalten. Das Motto ›Keine Politik in der Legion‹ wird kaum ausreichen, um diesen Tatbestand zu entschärfen.«

»Ich habe keine Beziehungen hergestellt«, erwiderte Margreta. »Hab' nur mit den Leuten herumgehangen und dabei nicht viele Diskussionen für mich entschieden.« *Gott, hoffentlich platzt der ganze Plan nicht durch seine eigene Tarnung!* Eine allmähliche Entfremdung war viel glaubhafter als ein Saulus auf dem Weg zu seiner Bekehrung nach Damaskus. Derlei Ereignisse waren noch seltener als Hühner mit Gebiß, ehe die Gentechnologie ihren Siegeszug antrat.

»Ich hatte ein paar Auseinandersetzungen mit den NBBF-Leuten auf der Universität . . .« *Das war nicht weiter schwierig. Was für ein schräger Haufen! Mal abgesehen von Mary; sie ist ganz nett, obwohl auch eine verzogene Göre.* ». . . und dann mit Royalisten Freundschaft geschlossen. Sie haben mich wie ein verirrtes Lamm aufgenommen.«

»Vielleicht. Obwohl ich einen gesunden Respekt vor den beiden Alana-Captains habe. Die Legion ist eine kleine, straff organisierte Truppe, und ihr Offizierskorps dürfte schwer zu infiltrieren sein. Besonders, da sie dort ebenfalls über Stimmenstreßanalysatoren verfügen.«

Wieder trat eine Pause ein. Wer sind diese Leute eigentlich?

fragte sich Margreta. Keine Spartaner, und nicht Mitglieder des NBBF-Untergrundapparats. Außerplanetare Spezialisten – sie schnaubte beinahe angesichts dieser Ironie. *Söldner.* Meijianer, nach den erbeuteten Ausrüstungsgegenständen zu urteilen, obwohl möglicherweise auch andere Orientalen, sagen wir, von Xanadu oder sogar von der Erde, die nur jeden *glauben* machen wollten, sie wären Meijianer. Geheime Operationen liefen nun mal so.

»Sie haben allerdings recht, fuhr der Mann fort. »Einen solchen Aktivposten setzt man nicht aufs Spiel. Benutzen Sie weiter die gegenwärtigen Anlaufstellen. Unter dieser Nummer . . .« Er schob ihr einen Zettel über den Tisch zu. ». . . erfahren Sie, an wen Sie sich in Notfällen wenden können. Vergessen Sie bitte nicht, daß Notfall hierbei der entscheidende Begriff ist. Vergessen Sie bitte ebenfalls nicht, daß Sie jetzt drinhängen. Wenn Sie sich weigern, Befehle auszuführen, informieren wir einfach Ihre Legionsvorgesetzten über das, was Sie getan haben.« Die Strafe der Legion für Verrat war Erhängen.

»Benutzen wir diesen Treffpunkt nicht mehr?«

»Nein. Seine Nutzbarkeit hat sich erledigt. Auf Wiedersehen, Kornett Talkins. Gehen Sie bitte rasch.«

Er nickte ihr zu, stand auf und ging, wobei er sie kurz streifte. Sie wartete sicherheitshalber noch zehn Minuten, stand auf und klappte ihren Aktenkoffer zu. Rechtzeitig dachte sie noch daran, ein anständiges Trinkgeld zu hinterlassen, und winkte dann einem Taxi.

»Eindeutig Meijianer«, sagte sie, als sie auf der Rückbank Platz nahm. »Sie haben ebenfalls Stimmenstreßgeräte.«

»Es tut gut, eine Bestätigung zu haben«, sagte Captain Jesus Alana vom Vordersitz aus. »Wie herrlich wäre es«, setzte er wehmütig hinzu, »diesen Mistkerl zu schnappen und aus ihm herauszuholen, was er weiß! Dürfte bei einem Meijianer allerdings hoffnungslos sein.«

Margreta nickte; die Technoninjas verfügten über eine Selbstmordkonditionierung; sie konnten mit Willenskraft einen Herzstillstand herbeiführen. Und taten das auch, wenn sie gefangengenommen wurden.

»Sie mit Falschinformationen zu füttern, ist allerdings noch besser«, meinte er. »Und jetzt zur Einsatzbesprechung.«

Julio McTieran grinste vor sich hin, als er sah, wie die junge Frau ein Großraumtaxi herbeiwinkte und davonfuhr.

Gott, die ist vielleicht süß, dachte er. *Bewegt sich beim Gehen wie eine Palme im Südwind. Ihr stehen sogar die roten Haare.* Es war natürlich ein besonders dunkles Rot. Julios jüngere Schwester hatte eine hellere, rötliche Mähne und war seiner privaten Meinung nach schön genug, damit selbst Uhren stehenblieben. *Das war also einer dieser sklaventreibenden Söldner, über die Mike ständig meckert.* Von diesem speziellen Vertreter mußte er Mike erzählen, sobald letzterer aus Mandalay Urlaub bekam.

»Julio, du Taugenichts, hör auf zu träumen und hilf mir bei dieser Bestellung!«

»Ja, Mutter«, sagte er resigniert, warf sich das Serviertuch über die Schulter und nahm die Tabletts entgegen.

Es war eine große Bestellung für die neueste Gruppe von Soldaten und ihren Mädchen: fünf gebratene Hähnchen, sechs Teller Burritos, sieben Bestellungen Gebratenes, Eisbecher als Nachtisch, drei Sarsaparillas, eine Karaffe Rotwein, zwei Halbliterkrüge Pale Brewmaster. Bei diesen Kerlen handelte es sich nicht um Rekruten. Sie trugen die Bänder des Illyrischen Feldzuges, und ein frettchengesichtiger Soldat mit den Streifen eines Aufsichtführenden oder Monitors trug die Militärverdienstmedaille. Er bleckte seine gelben Zähne, als er sich auf seinen Stuhl lümmelte, den Bierkrug in einer Hand, den anderen Arm um die Taille eines Mädchens gelegt.

Ein Deportierter, dachte Julio. Er nahm ein Tablett auf jede Hand, und seine muskulösen Unterarme wurden mühelos damit fertig. Julio hielt viel davon, sich vorzubereiten, und trainierte demzufolge härter, als im Rahmen der Ausbildung für die Bruderschaft eigentlich verlangt wurde. Jeden Morgen lief er fünfzehnmal mit Hanteln das Thermopylenkap auf und ab und dann durch die Straßen zurück nach Hause, ehe der Verkehr einsetzte. *Wenn schon ein Deportierter sich für die Militärverdienstmedaille qualifizieren kann, dann schaffe ich das ganz bestimmt!*

Seine Mutter unterhielt sich lachend mit den Soldaten; einige stammten hier aus der Gegend, andere aus dem Flußtal, ein paar sogar aus den Slums von Minetown. Sie alle jedoch genossen das Geplänkel mit der Wirtin. Julio kam sich praktisch unsichtbar vor, während er die Tabletts bereithielt, damit seine Mutter servieren konnte, und beobachtete dabei, wie sich die Mädchen an die Arme der Soldaten klammerten und wie fröhlich und hübsch und frisch sie in ihren dünnen Kattunkleidern wirkten. *Nur noch eine Woche,* dachte er hartnäckig. *Nur noch eine Woche bis zum Einberufungstermin.*

Er drehte sich gerade mit den leeren Tabletts um, als er das Fahrrad bemerkte, das vor dem Lokal anhielt. Nichts Ungewöhnliches daran – ein zweisitziges Pendlermodell, von denen es Tausende gab. Die beiden Männer darauf waren normal gekleidet, abgesehen davon, daß sie weiße Karnevalsmasken trugen, und das viele Wochen vor Beginn der Saison. Julio erkannte mühelos, was einer der beiden unter der Jacke hervorzog. Die Walther-10-Millimeter-Maschinenpistole fand auch im Ausbildungsprogramm seiner Bruderschaft Verwendung. Die Tatsache, daß diese Waffe hier so fehl am Platz war, bewirkte, daß er nur dastand und glotzte, während der Mann die MP anlegte und den Finger um den Abzug krümmte.

Einer der Soldaten hatte bessere Reflexe. Der Aufsichtführende mit den vorstehenden Zähnen versetzte dem Tisch einen Tritt, kippte ihn um und schuf so eine Barrikade. Gleichzeitig zog er die Handfeuerwaffe und schoß, ohne dabei von seinem Stuhl aufzustehen. Der Terrorist wurde rücklings vom Fahrrad geschleudert, und der größte Teil des MP-Feuerstoßes ging hoch über die Gäste hinweg und prasselte in die Dachziegel. Menschen schrien und versuchten auf die Beine zu kommen, wurden aber vom Mobiliar und anderen, kreischenden und durcheinanderlaufenden Gästen blockiert – inmitten eines Chaos aus Flaschen, Gerichten, Wein und Blut. Der Soldat schoß erneut, allerdings nicht schnell genug, um den zweiten Mann auf dem Fahrrad daran zu hindern, daß er den Sicherungsstift von einer Granate riß und sie auf den Hof des Cock and Grill warf. Julio verfolgte die Flugbahn mit den Augen.

Fünf Sekunden Verzögerung, dachte er wie aus weiter Ferne. Die Radfahrer lagen beide am Boden; der Soldat, der sie niedergeschossen hatte, duckte sich klugerweise hinter den schweren Eichentisch und zog dabei das Mädchen mit, das neben ihm gesessen hatte. Nur wenige der übrigen Gäste verfügten über diesen Ausbildungsstand. Die meisten sahen die Granate nicht einmal landen.

Drei Sekunden. Die längliche Granate fiel unweit von Julio klappernd aufs Pflaster und drehte sich dort wie ein Kreisel auf der Seite. *Ein Splittermodell,* erkannte er; auch das hatte er bei der Ephebenausbildung gelernt. Gefüllt mit eingekerbtem Drahtschrapnell, Tötungsradius fünfzehn Meter.

Sie detonierte weniger als eine Sekunde, nachdem er sich flach daraufgeworfen hatte.

3

Croftons Enzyklopädie der bewohnten Planeten
(zweite Auflage)

Terraformung: *Unter diesen Begriff fallen Techniken, mit deren Hilfe man auf extrasolaren Planeten bessere Lebensbedingungen für Menschen und/oder andere terrestrische Lebensformen schafft. Vor der Entwicklung des Alderson-Antriebes (q. v.) bezog sich Terraformung vor allem auf hypothetische Projekte mit dem Ziel, Mars und Venus bewohnbar zu machen. Obwohl man das technisch im Griff gehabt hätte, bewirkte die Entdeckung von Planeten mit Sauerstoff-Stickstoff-Atmosphären und Lebenszyklen auf Kohlenstoffgrundlage, daß entsprechende Anstrengungen nicht kosteneffektiv gewesen wären. Bewohnbare Planeten haben sich als ziemlich häufig erwiesen,* *und die grundlegende Ähnlichkeit ihrer Biologien – z. B. durch das Vorherrschen enger Analoge zur DNA – verlieh der Panspermie-Hypothese beträchtliches Gewicht. Dieser Hypothese zufolge stammen die Grundbausteine alles Lebens aus dem Weltraum, wo sich spontan komplexe Kohlenwasserstoffe und Aminosäuren bilden. Es sind Unterschiede im Detail, z. B. die ›Händigkeit‹ von Zucker oder, weniger problematisch, das Vorhandensein oder Fehlen bestimmter Vitamine, die ernste Probleme für eine Besiedlung durch Menschen darstellen. Aufs Geratewohl irdische Bakterien, Pflanzen und einfache Tiere einzuführen ist ein ausgezeichneter Probelauf, um zu bestimmen, wie geeignet eine grob erdähnliche Welt für die Ansiedlung von Menschen ist.*

Als Faustregel kann man feststellen: Je weniger entwickelt die Ökologie, desto unproblematischer die Einführung terrestrischer Lebensformen. Auf Tanith *(q. v.), einem Planeten, der sich entgegen des äußeren Anscheins in einer evolutionären Phase nach dem Miozän und nach den Säugetieren befindet, können terrestrische Pflanzen oder Tiere nur unter intensivsten Schutzmaßnahmen des Menschen überleben. Die eingeborenen Lebensformen sind schlicht effizienter. Auf den meisten Sauerstoffplaneten geht es allerdings weniger schrecklich zu, und höhere Tiere können dort selektiv eingeführt werden, sobald die einheimischen Ökologien durch menschliche Aktivität desorganisiert wurden. Die günstigsten Bedingungen überhaupt bestehen auf Planeten wie* Meiji *(q. v.),* Xanadu *(q. v.) oder* Churchill *(q. v.), wo die einheimischen Ökologien beträchtlich einfacher aufgebaut sind als die terrestrischen; die eingeführten Lebensformen ersetzen dort die einheimischen oft spontan, nachdem lediglich einfache gentechnische Maßnahmen ergriffen wurden, um Faktoren wie z. B. eine abweichende Jahresdauer zu kompensieren.*

Ein extremer Fall ist Sparta *(q. v.). Der Planet ist so jung, und die Bildung und Senkung von Kontinenten verläuft so rasch, daß die örtliche Ökologie noch kaum begonnen hatte, die Landmassen überhaupt zu kolonisieren. Mit einer ganzen Welt voller unberührter ökologischer Nischen konfrontiert breiteten sich die eingeführten Pflanzen und Tiere explosionsartig auf ganzen Kontinenten aus und ersetzten die dürftigen eingeborenen Spezies (Analoge zu Moosen, Flechten und Farnen sowie ein paar amphibische Insekten) fast über Nacht. Die eingeführten Spezies befinden sich heute in einem Prozeß vielschichtiger und fluktuierender Wechselwirkungen, während sich neue Pflanzen-Pflanzenfresser-Raubtier-Ketten für eine Welt aufbauen, die* niemals *ganz wie die Erde sein wird. Die Herausbildung einer stabilen Ökologie dauert womöglich noch Jahrtausende . . .*

»Ausgezeichnet«, meinte Dion Croser und zündete sich die Pfeife an. *Gott sei Dank haben die Genetiker den Dreck aus dem Tabak rausgezüchtet,* dachte er abwesend. *Ist schließlich die beste Konzentrationshilfe, die je erfunden wurde.* Er war mit ein Meter achtzig ein hochgewachsener Mann, schlank und athletisch. Sein Gesicht war überwiegend Anglo, mit Hakennase und blauen Augen. Deren Schrägstellung und die hohen Wangenknochen erinnerten an seine Mutter, eine aus Kalifornien stammende Japanerin. Croser war jedoch auf Sparta geboren und gehörte zur zweiten Generation nach der Gründung.

»Das gilt besonders für die Tatsache, daß wir eine Quelle im Nachrichtendienst der Legion anzapfen konnten. Keine hochrangige Quelle allerdings, und unsere Kontakte im royalistischen Geheimdienst deuten an, daß der Doppelagent bereits unter Verdacht stehen könnte. Wir sind dabei, Pläne für seine Ersetzung auszuarbeiten und bis dahin höchsten Nutzen aus ihm zu schlagen.«

Der Mann, der ihm in seinem Arbeitszimmer gegenübersaß, sah gar nicht aus wie Kenjiro Murasaki, der Leiter von Special Tasks Inc. in New Osaka. Er ähnelte schon eher einem Amerikaner mit indianischem Einschlag. Andererseits hatte Croser ihn erst einmal gesehen, falls er es überhaupt gewesen war. *Wahrhaftig ein Ritter der Geister und Schatten,* dachte er. Ein Technoninja-Söldner, ein Bündnis voller Ironie für die Nichtbürger-Befreiungsfront. Nun ja, Politik führte nun einmal merkwürdige Koalitionen herbei, und für Bronsons Geld galt das noch mehr.

»Trotzdem haben wir bereits wertvolle Informationen erhalten«, sagte er laut.

Kenjiro machte eine weitläufige Geste. Sogar seine Körpersprache hatte sich unter der Maske verändert. »Vor allem solche, die nur aus anderen Quellen stammendes Material bestätigt haben, Hauptstadt Eins«, sagte er. »Wir arbeiten noch daran, die Kontrollcodes der Legionscomputer zu knacken. Auch diese werden sich jedoch als nur begrenzt nützlich erweisen, da die Geräte auf ROM-Basis programmiert sind. Am besten gehen wir sehr vorsichtig zu Werke, wirklich sehr vorsichtig! Unsere Sondierungen haben eindeutig ergeben, daß wir es mit Sicherheitssystemen und Virenkillern des CoDominiums-Geheimdienstes zu tun haben, von einer Qualität, wie sie im Bereich des Flottenkommandos verwendet wird. Ausgezeichnete Arbeit, wenn auch grob gestrickt. Das BuInt hat viele der Leute, die es im Verlauf des Jahrhunderts verschwinden ließ, in den eigenen Forschungsinstituten eingesetzt.«

»Sicherlich«, sagte Croser. »Na ja, Erde Eins hatte recht – sie arbeiten wirklich aufs engste mit Lermontov zusammen. Zur Hölle mit dem CD, so oder so!«

Wenn die Demokratische Republik erst mal etabliert ist, muß ich der Entwicklung der Computertechnologie unbedingt die höchste Priorität einräumen. Wir dürfen einfach nicht von außen abhängen. Er blickte auf und studierte die Maske aus nordamerikanischer Freundlichkeit, die Murasaki aufgesetzt hatte. *Mir ist nicht ganz wohl, wenn ich bedenke, wie sehr ich von dem Typ abhängig bin,* überlegte Croser. Man sagte den Meijianern fanatische Loyalität gegenüber ihren Auftraggebern nach. *Aber Bronson – Erde Eins – ist in diesem Fall der Auftraggeber. Und was möchte der Senator tatsächlich erreichen?*

Murasaki senkte den Kopf. »Trotz dieses Mißstandes ist Erde Eins nicht ohne Einfluß im CoDominium. Daraus kann sich noch weiteres für uns ergeben. Für den Moment, Hauptstadt Eins, möchte ich einige ausgewählte Mordanschläge empfehlen.«

Croser runzelte die Stirn. »Ich dachte, Sie hätten mit den Regionalregierungen schon angefangen?«

»Ja. Ich bezog mich jetzt allerdings auf Schlüsselpersonal in den oberen Strukturen des Feindes.«

»Doch nicht die Könige, hoffe ich?« Das wäre für den Moment doch ein bißchen zuviel des Guten gewesen. Und was das anging, wollte er die Könige nach dem Sieg ohnehin lieber ins Exil schicken, anstatt sie zu exekutieren.

»Nein.« Murasaki breitete die Hände aus. »David I. ist ein kompetenter Administrator und Ökonom, aber emotionell unfähig, sich auf die Gegebenheiten einer harten Auseinandersetzung einzustellen. Es wäre nicht vorteilhaft für uns, wenn er ersetzt würde. Was Alexander angeht . . .« Er zeigte ein schmales Lächeln. ». . . ist er nach wie vor zu populär und genießt zuviel Vertrauen, selbst unter vielen Nichtbürgern. Seine Beseitigung wäre kontraproduktiv. Sein Urteilsvermögen steht immer noch auf unsicheren Beinen.« Die Nachricht von der Psychovirusvergiftung des Königs war vor einiger Zeit herausgekommen. »Und Prinz Lysander ist alarmierend tüchtig und hat eine breite Anhängerschaft unter den jungen Leuten. Ein heroischer Soldatenkönig ist einfach nicht das, was wir zur Zeit gebrauchen können. Nein, ich bezog mich auf technisches Personal; die Mobilisierung der Königlichen Regierung erweist sich als alarmierend effektiv.«

»Wohl wahr«, seufzte Croser und rieb sich den Nasensattel mit Daumen und Zeigefinger. *Ich frage mich, ob die Furcht, die Alexanders Vergiftung ausgelöst hat, den ganzen Ärger wert war.* »Versuchen Sie aber bitte, weniger schlampig vorzugehen als im Fall des Armstrongs, ja?«

Ihm war ein bißchen schlecht geworden, als die Bilder im Fernsehen kamen. O sicher, Senator Steven Armstrong war ein stierköpfiger Reaktionär der übelsten Sorte – typischer Neureicher, habgierig und penetrant –, aber Alicia war bezaubernd gewesen. Auch um die Kinder war es schade. Frau, Kinder und hart errungenes Schiff an einem einzigen Nachmittag verloren; kein Wunder, daß der Mann den Verstand verloren hatte.

Murasakis Verbeugung paßte nicht ganz zu dem Charakter, den er spielte. »Immerhin, Hauptstadt Eins, hat sich Armstrongs Geheime Bürgerarmee als immens wertvoll für uns erwiesen«, gab er zu bedenken.«

»Hmpf«, machte Croser und stopfte den Tabak mit dem Pfeifenreiniger fest. »Alles Irre, auch wenn sie dazu beitragen, daß sich immer mehr Nichtbürger auf unsere Seite schlagen.«

In der laufenden Woche hatte es zwei weitere Bombenanschläge gegeben – auf eine Gruppe Deportierter, die gerade das Shuttle verlassen hatte und unterwegs zur CoDo-Enklave gewesen war, und auf eine Versammlung der neuen Gewerkschaft für landwirtschaftliche Wanderarbeiter, der ersten nur aus Nichtbürgern bestehenden Gewerkschaft. Armstrongs Gruppe war wahnsinnig vor Angst und Haß, aber ihre Aktionen hätten genausogut vom Hauptquartier der Bewegung diktiert gewesen sein können.

»Nach der Machtübernahme werden wir uns ihrer sofort entledigen müssen«, fuhr Croser fort. *Tatsächlich gibt es unbehaglich viele Leute, die beseitigt werden müssen. Ich sollte darüber ein wenig nachdenken. Auch wenn man kein Omelett machen kann, ohne Eier zu zerschlagen, ergibt es keinen Sinn, das Küken zu köpfen.* Er konnte Sparta nicht regieren, ohne daß ihn wenigstens *Teile* der alten herrschenden Klasse dabei unterstützten. »Immerhin tragen sie beträchtlich dazu bei, unsere Reihen zu füllen. Welch schöne Symmetrie.« Er grinste. »›*Schaut, auch die Royalisten haben ihre Extremisten und können sie nicht besser kontrollieren als die NBBF die Heloten.*‹ Nebenbei, Feld Eins hat durchgegeben, daß sie mehr von Ihren Leuten benötigt, um nach dem Illyrischen Feldzug die Dinge wieder in Gang zu bringen.«

Der Meijianer verneigte sich wieder. »Wir haben eine Reihe unserer Aktivposten geopfert«, sagte er mit Bedacht. »Aber den Mythos von der Unbesiegbarkeit der Bürger frühzeitig zu zerstören, das ist schon ein gewisser Ausgleich. Zugegeben, die Royalisten waren im Feld siegreich, aber wir haben immerhin demonstriert, daß unsere Soldaten gegen die Königliche Armee kämpfen konnten.«

»Na ja, die Würfel sind entsprechend gefallen. Hätte besser ausgehen können, andererseits aber auch *viel* schlimmer.« Während dieser entscheidenden Stunden am Empfänger war Croser um ein Jahr gealtert. Zunächst ein unglaubliches Triumphgefühl, als es den Anschein hatte, daß die Söldner und die Königlichen Streitkräfte in die Falle gingen, und dann die furchtbare Enttäuschung, als die Falle sich statt dessen um die eigenen Leute schloß. Die Kampferfahrung von Falkenbergs Leuten hatte ausgereicht, Murasakis Eindringen in die Computer des royalistischen Geheimdienstes auszugleichen.

»Mein nächster politischer Schachzug«, fuhr er fort, »wird ein direkter Angriff auf die Legitimität der Königlichen Regierung sein. Ich sollte das lieber durchziehen, ehe sie die NBBF verbieten und mich persönlich in die Mangel nehmen. Das wird kommen, auch wenn wir kämpfen, um es hinauszuzögern. Unsere legale und unsere Untergrundorganisation können wie folgt dabei helfen ...«

»Mußt du nicht zu der Konferenz, Lynn?« fragte Melissa von Alderheim.

»Nein, sie wurde auf morgen verschoben«, gab Prinz Lysander seiner Verlobten zur Antwort. Er mußte ganz laut sprechen, da der Lärm aus der Fabrik selbst hier oben in der Aufsichtskabine noch gewaltig war. »Sie haben einen Politologen von der Erde geholt, der nach Auffassung von Falkenbergs Leuten unseren Problemen auf den Grund gehen kann. Er wird vor dem Kriegskabinett eine Rede halten.«

Sie befanden sich im neuen von Alderheimschen Werk, kaum zehn Jahre alt und im Grünen am südöstlichen Stadtrand errichtet. Es hatte eine eigene Hafenanlage an der Constitution Bay. Von ihrer Kabine aus konnten Lysander und Melissa die riesige, vor Maschinen wimmelnde Betonbucht der Montagehalle Drei überblicken. Die Fahrzeuge wurden auf Radpaletten hindurchgeführt, die vom zentralen Fabrikcomputer gesteuert wurden und jeweils von einer Arbeitsgruppe zur nächsten vorrückten. Über Deckenloren wurden Bleche und andere Teile herangefahren. Schweißflammen loderten und Preßluftwerkzeuge kreischten. Die Luft war erfüllt von einem leisen elektrischen Summen und den Gerüchen von Ozon, Öl und heißem Metall.

Sieht alles aus wie ein Filmdokument über die Erste Industrielle Revolution, dachte Lysander ironisch. *Trotzdem etwas, worauf wir stolz sein können.* Auf den meisten Planeten fand man neben einer Masse von Kleinwerkzeugen nur wenig moderne Anlagen. Lysander legte Melissa einen Arm um die Taille, als sie zu ihm trat. Auch sie trug einen Overall, aber dessen Inhalt fühlte sich sehr angenehm an.

»Lynn!« spielte sie die Empörte, als seine Hand ein wenig spazierenlief. »Nicht hier!«

»Wir müssen in Zukunft auf solche Treffen verzichten«, sagte er mit unbewegtem Gesicht. »Die Leute werden noch Verdacht schöpfen, wenn wir immer dieselben Fabriken besuchen.« Sie waren schon von Kindesbeinen an befreundet, und ihre schlußendliche Heirat hatte von Anfang an festgestanden. In jüngster Zeit freute sich Lysander auch zunehmend darauf. *Melissa ist nicht nur clever und hübsch, sondern auch eine richtige Freundin. Und obendrein jemand, der dieselben Ziele verfolgt wie ich.*

»Hast du dein Hotelgirl vergessen?«

»Ja.«

»Ich glaube dir nicht.«

»Melissa . . .«

»Ist schon in Ordnung. Es ist nett von ihr, es wenigstens zu behaupten. Und es warten Pflichten auf uns.« Plötzlich gab sie sich wieder ganz geschäftsmäßig. »Ich habe eine Überraschung für dich.«

»Eine nette, will ich hoffen.«

»Der Krieg verläuft nicht gut für uns.«

»Kommt drauf an, was du mit gut meinst. Wir sind jedenfalls nicht auf der Verliererstraße.« Er vollführte eine dramatische Handbewegung, die die ganze Fabrik einschloß. »Und wir investieren viel in diesen Krieg, der schließlich zum Aufbau der Zivilisation beitragen soll.«

»Hast du schon mal daran gedacht, mit – mit Croser zu verhandeln?«

»Sicher«, sagte Lysander. »Er möchte schließlich nur, daß wir auf alles verzichten, was uns soweit gebracht hat. Einen Wohlfahrtsstaat errichten, alles eingeschlossen, was das mit sich bringt. Nein danke. Das Schlimmste ist allerdings, daß wir, denke ich, nur ein Nebenschauplatz sind.«

»Nebenschauplatz?«

»Etwas in der Art. Der eigentliche Krieg ist politischer Natur und wird im Großsenat ausgetragen. Wenn das CoDominium uns helfen würde – verdammt, wenn es nur aufhören würde, den gottverfluchten Feind zu unterstützen! –, könnten wir unseren Krieg ruckzuck beenden und unser normales Leben weiterführen. Inklusive unserer Hochzeit.«

»Also sieht es wirklich schlecht aus.«

Er schnitt eine Grimasse. »Es sieht schlecht aus und wird zunehmend schlechter. Der Feind bewegt sich in den Illyrischen Tälern schneller als wir im Flachland, und allmählich stecken die Heloten wieder die Köpfe hervor. Nichts Entscheidendes, aber sie bringen Farmer um. Wir müssen selbst schnellere Transportmittel haben und härter zuschlagen, oder im kommenden Sommer steht keine Farm mehr in einem Tagesritt Umkreis um die Täler.«

»Nun, dann komm mit und schau dir das Geschenk an, das ich für dich gemacht habe«, sagte sie und führte ihn eine weitere Treppe hinunter in Bucht Vier, vorbei an einer Bank aus summenden Produktionsmaschinen. »Ein Produkt der Firma, mit meiner Hilfe.«

Lysander hatte einen kurzen Blick für die Maschinen übrig. Elegante, mannshohe Formen, an der Außenseite nichts zu erkennen als eine Konsole, ein Bildschirm sowie die Eingangs- und Ausgangsports. Man steckte sein Rohmetall an einem Ende hinein und programmierte, und am anderen Ende kam jede gewünschte Form heraus, nachdem sie alle möglichen Bearbeitungsverfahren durchlaufen hatte, von Pulverablagerung bis zu einem Ultraschallstrahl, unberührt von Menschenhand. Auf der Erde von Hyundai hergestellt, aus vierter oder fünfter Hand erworben und trotzdem noch eine solch aufwendige Investition, daß das Finanzministerium sie hatte durchführen müssen. Hier befanden sie sich im winzigen Herzen der großen Fabrik. Hier wurden Maschinen hergestellt, um damit Werkzeugmaschinen herzustellen, mit deren Hilfe menschliche Arbeiter die eigentliche Produktion durchführten. *Eines Tages . . .* Eines Tages würde Sparta richtige, robotergesteuerte Fabriken haben.

Sie durchquerten eine große Walzblechtür mit zwei bewaffneten Konzernwachleuten. Dahinter arbeiteten Techniker in weißen Kitteln an einem gepanzerten Fahrzeug. Weitere, noch unfertige Fahrzeuge desselben Typs standen in der Nähe. »Da ist es!« sagte Melissa. »Schau ihn dir an – den *Kataphrakt!*« Sie trat zur Seite und klatschte in die Hände. Von den Technikern, die gerade mit den abschließenden Tests beschäftigt waren, kamen gutgelaunte Jubelrufe.

»Eure Hoheit, Miss von Alderheim.« Der Chefingenieur verbeugte sich.

»Entschuldigen Sie die Unterbrechung, Mr. Azziz«, sagte Lysander geistesabwesend. Auf einmal verschwand sogar die Frau an seiner Seite für einen Moment aus seinem Bewußtsein, während er das schlanke, graugrüne Gefährt vor sich betrachtete. »Ich hätte nicht erwartet, daß Sie tatsächlich einen Kampfpanzer entwickeln könnten, der es lohnen würde, in die Produktion zu gehen.«

»Es handelt sich eigentlich mehr um ein leichtes, gepanzertes Geschützsystem«, wandte der Ingenieur ein. Das Lächeln eines Profis, der die Lösung eines schwierigen Problems feststellt, blitzte in seinem dunkelhäutigen Gesicht auf. »Cermet-Kompositmetalle gehen hier einfach über unsere Möglichkeiten, und keine Stahldicke, die wir fertigbringen, würde viel nützen. Miss von Alderheim hat das Problem am CAD-CAM-Gerät drüben auf der Universität gelöst.«

Melissa machte eine wegwerfende Handbewegung. »Ich habe nur ein bißchen mit dem Programm herumgespielt«, sagte sie und wurde rot. »Wir müssen uns vor allem bei André Charbonneau bedanken.«

»Charbonneau?« fragte Lysander.

Er kannte den Namen. Dahinter steckte ein französischer Werkstoffingenieur, der vor dreißig Jahren vom Bulnt wegen illegaler Forschung verhaftet und zur Deportation verurteilt worden war. Der Franzose hatte Glück und kam nach Sparta. Seit zwei Jahrzehnten war er fester Bestandteil des von Alderheimschen Industrieimperiums. Die Einzelkristall-Eisen-Chromlegierung, die er entwickelt hatte, war eines von Spartas wenigen Produkten der Spitzentechnologie und ein stabiler Exportfaktor.

Das neue Fahrzeug war eine Kiste von sechseinhalb Metern Länge und dreieinviertel Metern Breite, nicht mehr als zweieinhalb Meter hoch und mit stark abgeschrägter Karosserie vorne und an den Seiten. Es fuhr auf breiten Laufflächen mit sieben Rädern und jeweils einem Zahnrad vorne, das für den Vortrieb der Kette sorgte. Der ziemlich weit hinten aufgesetzte keilförmige Geschützturm enthielt eine lange Kanone und ein koaxiales Maschinengewehr.

»Die Panzerung ist wie ein Sandwich aufgebaut«, sagte Azziz und tätschelte sie liebevoll. »Zwanzig Millimeter Stahl, dann eine Zwischenschicht aus Nemourlon mit integrierten Eisen-Chrom-Fäden in Insulac, dann weitere zwanzig Millimeter Stahl. Die Außenverkleidung besteht hieraus.« Er hielt ein quadratisches Stück aus irgendeinem harten, glänzenden Material auf einer Walzblechunterlage hoch. »Ein hochstabiler Sprengstoff. Wenn man einen Gefechtskopf mit gerichteter Ladung draufknallt, explodiert er und unterbricht den Plasmastrahl. Eine alte dayanische Idee.«

»Eigentlich stammt sie von der Erde«, bemerkte Melissa und lächelte nachsichtig über die Begeisterung der Männer. »Ich habe sie aus einer großen Ladung Daten ausgegraben, die wir zusammen mit den gebrauchten Shuttles erworben haben.«

Azziz nickte und warf die explosive Platte unbekümmert auf das Deck des Kataphrakten.

»Die ganze Angelegenheit ist klobiger als Cermet und liefert bei gleichem Gewicht etwa fünfundsiebzig Prozent soviel Schutz«, erklärte er. »Sie wird die meisten Panzerabwehrwaffen stoppen, falls sie die Frontschräge treffen. Das Gesamtgewicht des Fahrzeuges beträgt dreißig Tonnen. Die Kette besteht wiederum aus Charbonneaudraht mit eingefügten Wolframklampen. Die Hydrogaseinheiten der Aufhängung stammen aus unserem schweren Bergbautruck. Dasselbe gilt für den Motor – Turbodiesel mit siebenhundert PS, Höchstgeschwindigkeit achtzig Stundenkilometer, Reichweite siebenhundert Kilometer. Wir bieten drei Versionen an – diese hier mit 76-Millimeter-Schnellfeuerkanone, dann eine mit lasergesteuerter 125-Millimeter-Raketenhaubitze sowie ein Fahrzeug zur Infanteriebekämpfung.

Im Grunde nur eine vierseitige Abstützung der Waffen und ein Laserentfernungsmesser, fürchte ich«, fuhr er mit wachsender Begeisterung fort. »Aber falls wir das Fahrzeug noch mit moderner Elektronik und Sensoren ausstatten können, dann schwöre ich, wird es ein Exportschlager! Nicht ganz so effektiv zwar wie das Zeug, das North American Motors und Daimlerwerk Friedland AG produzieren, aber viel billiger – nur ein Fünftel so teuer, und auf einem nichtindustrialisierten Planeten verdammt viel leichter zu warten.«

»Spielzeuge für die Jungs«, murmelte Melissa. Und auf die überraschten Blicke der Männer hin sagte sie: »Für mich ist es nur eine Maschine, Lynn. Sie vermittelt mir nicht diese, ah, sinnliche Befriedigung. Nebenbei, wir haben eine Reihe von Fertigungseinrichtungen für das Werk in Olynthos dupliziert, und wir gehen bald zur Serienproduktion über. Wir können . . .«

Wammm! Die Explosion schien ewig weiterzugehen, und die internen Preßstahltrennwände und die hohe Decke der Fabrik vibrierten darunter.

»Was um alles in der Welt war das?« bellte Lysander und zog dabei die Seitenwaffe, die er an seiner grauen Alltagskleidung trug. Niemand war zu Boden gegangen, und nichts brannte. Aber es mußte ganz in der Nähe passiert sein. Aus dem Kommunikator an seinem Gürtel brüllte jemand:

»*Unterwegs, Prinz!*« Das war Harv mit der Reaktionstruppe des Hauptquartiers. *Gott sei Dank hat er mich überredet, die Leute mitzunehmen,* dachte Lysander.

Die Techniker waren in Deckung gegangen, und eine Alarmsirene heulte. Melissa war verschwunden. Für einen Moment ergriff ihn Panik, aber dann sah er ihren Kopf aus dem Turm des Kataphrakten zum Vorschein kommen. *Kluges Mädchen!* Wahrscheinlich der sicherste Platz in weitem Umkreis. Der Prinz legte den Kopf auf die Seite. In seinen Ohren klingelte es noch, aber er wußte, woher diese Schreie stammten. Azziz war an seiner Seite, eine Eisenstange in der Faust.

»Gehen Sie in Deckung, Mann!« fauchte Lysander.

»Ach, zum Teufel!« erwiderte der Ingenieur, obwohl er sich ein klein wenig zurückfallen ließ. »Ich habe nicht meinen ganzen Besitz auf der Erde verkauft, um jetzt alles an diesen Häftlingsabschaum zu verlieren.«

Sie liefen durch die Tür in die angrenzende Halle. »Mein Gott!« schrie Azziz entgeistert.

Lysander glaubte nicht, daß diese Reaktion von den beiden Arbeitern ausgelöst wurde, die am Boden lagen; Harvs Truppe war am Ort und verteilte sich überall, um den Raum zu durchsuchen und den Verletzten erste Hilfe zu gewähren. Was jedoch die Aufmerksamkeit des Ingenieurs gefunden hatte, war der erste der vier Hyundai-Fabrikatoren. Die Anzeigegeräte waren tot, und eine Seite der Außenverkleidung aus Borfaser war ausgebeult und geschwärzt.

»Ruiniert!« kreischte Azziz und faßte sich an den Kopf. »Zwei Million CD-Credits und ein Jahr Transportzeit, und sie ist *ruiniert*!«

Seine Eisenstange klapperte auf den Boden, als er zur Maschine hinüberstürmte. Harv erhob sich neben einem der verletzten Techniker wieder und trat an eine Robotlore voller eckiger Fünfundsiebzig-Millimeter-Stahlbalken, beugte sich darüber, untersuchte sie und hob dabei einige kurz an.

»Ich glaube, ich habe es gefunden, Sir«, sagte er und salutierte.

»Schnelle Arbeit, Sergeant«, antwortete Lysander. Harv Middleton, sein Leibwächter und Phraetrie-Bruder, würde sich nie für ein Offizierspatent qualifizieren, aber er war auch gar nicht scharf darauf. Er wünschte sich nichts weiter, als in der Nähe seines Prinzen zu sein.

»Sabotage, mein Prinz. Der Bedienungsmann dort sagte, er und sein Kollege hätten die Maschine ungefähr alle halbe Stunde mit Stahlklötzen gefüttert und jeweils das fertige Produkt weggebracht.«

Lysander betrachtete die anderen Fabrikatoren genauer. Ein sich automatisch anpassender Greifarm packte das Rohmaterial und führte es den internen Mechanismen zu.

»Sie hatten eine neue Lore bekommen. Sie haben die erste Fuhre hineingeschoben und sich dann mit der Kontrolle der bearbeiteten Teile befaßt, und gerade, als sie auf die andere Seite der Maschine gingen, passierte die Explosion. Muß etwas im Stahl gewesen sein, Sir.«

»Wahrscheinlich«, pflichtete ihm der Prinz grimmig bei. Er hielt die Seitenwaffe noch in der Hand und rammte sie wütend und frustriert wieder ins Halfter. »Laß den Bereich absperren, bis die Miliz eintrifft. Und nichts am Tatort verändern; die Kriminologen werden's euch danken.« *Wahrscheinlich waren es die Stahlbalken, dachte er. Die entweder gerade aus der hiesigen Schmelzhütte kamen oder mit einem Flußkahn aus Olynthos. Ich wette, es war der Kahn; Tausende von Kilometern Gelegenheit, etwas auszutauschen.*

»Tut mir leid, deinen Urlaub zu verderben, Sergeant«, fuhr er fort.

Harv grinste breit und klopfte an den Kolben des Gewehrs, das er über der Schulter trug. »Wir haben uns überlegt, Nachtübungen in der Nähe deiner Jagdhütte abzuhalten«, sagte er. »Gewissermaßen um darauf zu achten, daß ihr nicht gestört werdet.«

»Das wird nicht nötig sein; wir benutzen die Hütte nicht«, entgegnete Lysander kategorisch. »Keiner von uns wird den Palast verlassen.«

Das Gesicht des Uffzen wurde etwas lang. Lysander zwang sich zu einem Lächeln und klopfte ihm auf die Schulter. Harv war teilweise schon eine Prüfung, aber gleichzeitig war er ein guter Mann und ein Bruder.

»Besuch doch deine eigene Freundin«, schlug er ihm vor.

»Welche?« fragte Harv und erwiderte das Lächeln. Dann blickte er zu seinen Männern hinüber: »Entschuldigt, Sir?«

Lysander nickte, drehte sich um und kehrte in die Fahrzeughalle zurück, wobei er die Menge der verängstigten Techniker und ihre Fragen zur Seite schob. Melissa saß auf der Seite des Kataphrakten und erwartete ihn.

»Schlimm?« fragte sie.

»Zwei Verletzte«, antwortete er. »Einer der Hyundais wurde zerstört.«

Sie zuckte zusammen. »Das *ist* schlimm.« Er erklärte ihr, was passiert war, und sie schüttelte bekümmert den Kopf.

»Erzähl mir bloß nicht, daß wir jetzt jede Lieferung Rohmaterial einzeln untersuchen müssen!«

»Ich fürchte doch«, sagte er, und leiser setzte er hinzu: »Ich fürchte auch, daß es für uns zu riskant ist, den Theramenes zu besuchen. Mir persönlich reicht der Palast, und zum Teufel mit dem äußeren Anschein!« Er streckte ihr die Hand hin.

4

Diskussionen über die Begriffe Guerilla, Partisan, Aufständischer, Terrorist *und* Söldner *geben häufig zur Verwirrung Anlaß.* Guerilla, Partisan *und* Aufständischer *sind austauschbar und beziehen sich jeweils auf Personen, deren Ziel darin besteht, mit Waffengewalt eine Regierung zu stürzen, wobei vor allem einheimische Ressourcen ausgeschöpft werden. Internationale Konventionen haben für die Behandlung dieses Personenkreises Vorkehrungen getroffen. Damit diese zur Geltung kommen, müssen die Aufständischen ihre Waffen offen tragen, ein auch auf Distanz erkennbares Identifikationssymbol zeigen und sich an die Kriegskonventionen halten. Geschieht dies, so werden die betreffenden Personen rechtlich als Kombattanten anerkannt, denen im Fall der Gefangennahme auch der Status von Kriegsgefangenen zusteht.*

Terroristen genießen dagegen keinen rechtlichen Schutz. Normalerweise führen sie ihre Waffen verdeckt mit, mischen sich aus Gründen ihrer Sicherheit unter die zivile Bevölkerung und nehmen sogar Geiseln, um ihre Ziele zu erreichen. Da sie alle internationalen Konventionen ablehnen, betrachtet man sie gewöhnlich als normale Verbrecher. Terroristische Methoden umfassen häufig auch Propaganda unter vorgehaltener Waffe oder auf sonst eine illegale und gewaltsame Art und Weise. Das typischste Ziel von Terroristen besteht darin, ihrer Sache verbreitete Anerkennung zu verschaffen, indem sie empörende Taten vollbringen, die internationale Aufmerksamkeit finden.

Der Begriff Söldner *wird aller Voraussicht nach im einundzwanzigsten Jahrhundert eine große Rolle spielen und kann leicht, wie es auch heute bereits geschieht, unpassend verwendet werden. Heute schon setzen auch Privatfirmen Waffen ein, um Armee- und Marinestützpunkte zu bewachen, und führen militärische Ausbildung durch. Selbst Strategien wurden bereits auf kommerzieller Ebene entwickelt. Der Einsatz solcher Privatunternehmen im militärischen Bereich greift um sich, und das Personal setzt sich häufig aus ehemaligen Militär- und Marineangehörigen zusammen. Ist es jedoch zutreffend, diese Unternehmen und ihre Beschäftigten als Söldner zu bezeichnen?*

Der Begriff des Söldners *wird häufig abwertend benutzt und sagt mehr über die politische Ausrichtung des Autors oder Kommentators aus als über die damit belegte Person. Die einzige Motivation eines echten Söldners ist finanzieller Gewinn; der Härtetest besteht darin, ob er auch die Fronten wechselt, wenn er dadurch mehr Profit machen kann. Mit anderen Worten, der Söldner unterscheidet nicht zwischen politischen Zielsetzungen oder Nationen, denen er seine Dienste anbietet. Wer am meisten zahlt, hat sich seiner Dienste versichert. In der Praxis sind die meisten Leute, die als Söldner bezeichnet werden, in Wahrheit Abenteurer, denen politische Absichten sehr wohl etwas bedeuten …*

– *Rod Paschall, LIC 2010:* Spezialunternehmen und unkonventionelle Kriegsführung im nächsten Jahrhundert, *Institut für Landkriegsführung, US-Armeeverband, 1990*

Im allgemeinen Briefkasten des Kriegsministeriums gefundenes Schreiben, Sparta City:

Lieber Major General Owensford,

hallo, Petie! Skilly möchte sich noch bei dir für das Seminar in Kriegskunst bedanken, das du für uns Heloten in den Illyrischen Tälern gehalten hast! Skilly hat daraus gelernt, nicht mehr so gigantische Pläne zu machen. Skilly versteht jetzt besser, was Clausewitz über Reibung und andere Sachen geschrieben hat.

War 'ne teure Lektion, Petie, aber wie schon der alte Sokrates sagte: Wissen ist ein Schatz, den einem niemand rauben kann.

Wir Heloten lieben das Wissen und wollen daher alles lernen, was du uns beibringen kannst. Aus diesem Grund kommen wir auch wieder. Wieder und immer wieder. So oft wie nötig, um schließlich die abschließende Siegesprüfung zu bestehen. Ein langwieriger Konflikt, oder was meinst du?

Richte Skillys Grüße an den Babyprinz aus. Der ist so kaltschnäuzig, daß er vielleicht schon bald in Skillys Gewerbe einsteigt, oder? Aber er hatte recht, sich nicht um diese Gefangenen und Verwundeten zu scheren.

Du und deine Revolvermänner, ihr hattet Glück, aber ihr hattet es auch verdient.

– Skida Thibodeau, Feld Eins, Spartanische Volksbefreiungsarmee

PS: Vielleicht hast du noch mal Glück. Vielleicht noch zweimal. Aber wir brauchen nur einmal Glück zu haben.

»Es kommt vor allem darauf an«, sagte Peter Owensford, »nicht die Nerven zu verlieren.«

Rings um den Ratstisch wurde zustimmend gemurmelt.

»Werden Sie diesen Brief der Presse übergeben?« fragte jemand.

»Ich weiß es noch nicht. Würde er eher Entschlossenheit oder Angst in der Bevölkerung verbreiten?«

»Beides, denke ich.« Alan Hruska, Milizchef für Sparta City, machte ein nachdenkliches Gesicht. »Ich persönlich bin dafür, den Bürgern alles zu sagen, was wir wissen.«

»Richtig«, sagte Owensford. »Das ist unser wichtigster Vorteil. Die Bürger sind unsere Partner, nicht unsere Sklaven. Obendrein könnte die Thibodeau selbst der Presse eine Kopie schicken. In Ordnung, ich gebe den Brief an Harold Preston von der *Tribune* weiter. Wir schulden ihm was – das war gute Arbeit, die er nach dem Anschlag auf das Cock and Grill geleistet hat.«

Hruska nickte. »Finde ich auch.«

»Wie geht es dem Jungen?« wollte jemand wissen.

Hruska zuckte die Achseln. »Keine Veränderung. Er wird noch für Monate in den Regenerationstanks stecken, aber die Ärzte glauben, daß sie ihn wieder hinkriegen. Ich möchte ihn in meiner Truppe haben, wenn er wieder rauskommt . . .«

»Und wir könnten ihn in der Armee gebrauchen«, sagte Owensford. *Wirf dich auf eine Bombe, und du kannst dir deine Karriere aussuchen.* »Was immer aus ihm wird, er bekommt auf jeden Fall eine Medaille. Ich denke, die Behandlung wurde bezahlt . . .«

»Sicher, seine Phraetrie hat sich um alles gekümmert.«

»Gut. Ah . . .« Owensford stand auf, um einen Neuankömmling zu begrüßen. »Dr. Whitlock! Gentlemen, Dr. Caldwell Whitlock, politischer Berater.«

Er wurde reihum begrüßt. Horace Plummer, Sekretär des Kriegskabinetts, erhob sich. »Ich werde Ihre Majestäten darüber informieren, daß wir jetzt anfangen können.«

Außenminister Roland Dawson deutete auf einen Stuhl neben Owensford, und Whitlock ging dorthin und verneigte sich knapp. »Madame Generalstaatsanwältin, Gentlemen. Ich freue mich, hier zu sein.« Er sprach mit einem schweren Alabamaakzent.

»Ich wünschte, dazu gäbe es einen Grund.« Generalstaatsanwältin Elayne Rusher ähnelte mehr einer Dame der Gesellschaft in den Dreißigern als einer Großmutter von fünfundfünfzig Jahren, oder hätte es zumindest getan, wären da nicht die zahlreichen Sorgenfalten um die Augenwinkel gewesen. »Trotzdem ist es nett von Ihnen, das zu sagen.«

»Ma'am.« Whitlock setzte sich. Er war ein großer, schmaler Mann Anfang Fünfzig, den jedoch sorgfältiges Training und teure Regenerationsbehandlungen jünger erscheinen ließen. Selbst unter Spartas hoher Schwerkraft machte er einen lockeren und entspannten Eindruck. Ein blonder Schnurrbart und gestutzter Spitzbart boten einen Ausgleich zu den langen, sorgfältig arrangierten gelben Locken. Er kleidete sich mit stutzerhafter Sorgfalt und trug ein buntes Hemd, geputzte Stiefel, eine breite Schärpe und eine Smaragdnadel im Halstuch, der Gipfelpunkt irdischer Mode.

»Wie lange bleiben Sie hier?« fragte Owensford.

»Ich reise gar nicht mehr ab. Habe meine Angelegenheiten auf der Erde geregelt, ehe ich herkam.«

»Gütiger Gott!«

»Ist mir nicht leichtgefallen«, sagte Whitlock. »Meine Familie hat Montgomery besiedelt, wissen Sie. Und wir besaßen die Jacksonville-Plantage seit dem Erwerb des Landes am Yazoo.«

»Sieht es auf der Erde denn so schlimm aus?«

Whitlock sah auf, stellte fest, daß alle ihm zuhörten, und nickte. »Ich werde auf der Konferenz noch ein paar Worte dazu sagen. Aber ja, auf der Erde ist einiges passiert. Nach John Grants Tod würde es mich nicht wundern, wenn Unity die nächste Wahl verliert. Falls die Lage überhaupt solange stabil bleibt, was . . .«

Die Tür am anderen Ende des Saals ging auf. »Gentlemen, Ladies, Ihre Majestäten.«

Alle erhoben sich, als die Könige Alexander und David zusammen mit Lysander eintraten.

Der König sieht besser aus, stellte Owensford erleichtert fest. Lysander hatte ihm bereits erzählt, daß Melissa und Königin Adriana, die Mutter des Prinzen, Alexander abwechselnd bearbeitet hatten, bis er endlich im Sommerpalast auf der Insel

Leros Urlaub machte. Zwei Wochen zwischen Orangenbäumen und Olivenhainen hatten für die Genesung Wunder gewirkt. Alexander war sonnengebräunt und die Haut straffer; die Augen waren frei von dem verzweifelten, gehetzten Ausdruck, und er bewegte sich auch nicht mehr wie ein Mann mit überschwerem Tornister auf dem Rücken. Im Gegensatz dazu machte sein Comonarch David ganz den Eindruck, noch in Trauer zu sein. David war jahrelang regierender Kronprinz gewesen, bis sein Vater, fast schon ein Invalide, in aller Stille starb. *Wenigstens hatten die Heloten den Anstand, zuzulassen, daß wir den König ohne Zwischenfälle begruben.* Davids ganz einfach gehaltene Krönungsfeierlichkeit wurde dann jedoch durch drei Autobomben und den Versuch eines Aufruhrs ruiniert. Die Sicherheitskräfte schlugen die Erhebung nieder, und es gab Tote unter den Aufrührern. Die Autobomben töteten Verwandte von Polizisten. *Wieder ein Fanal der Unterdrückung, das die Opposition ausschlachten kann.*

Andererseits sieht David Freedman immer so aus, wenn wir die Steuern erhöhen müssen. Die Freedmankönige waren Wirtschaftsprofessoren von sehr liberaler Ausrichtung gewesen, damals, als Sparta noch als Traum durch die Köpfe von Mitgliedern der Konstitutionellen Gesellschaft auf der Erde gegeistert war. Jede Regulierung oder Steuer empfanden die Freedmans, als würde man ihnen leibhaftig ein Stück aus der Haut reißen. Man konnte sehr leicht mit dieser Haltung sympathisieren, aber mit diesem Geld wurden Owensfords Leute in die Lage versetzt, zu kämpfen und zu siegen.

Die königliche Gesellschaft nahm im Zentrum der Tafel Platz. Alexander nickte Horace Plummer zu. »Herr Sekretär.«

»Eure Majestäten, Eure Hoheit. Der erste Punkt auf der Tagesordnung ist ein Bericht über die aktuelle Lage. General Owensford, bitte.«

». . . und so werden wir mit Hilfe des Notprogramms Ende Frühjahr in der Königlichen Armee mehr als dreißigtausend Mann unter Waffen haben«, schloß Owensford. »Darüber hinaus verfügt die Spartanische Legion über zwei volle Regimenter. Wir haben vier Kompanien Helotendeserteure ausgebildet und als Verstärkung für Colonel Falkenberg nach New Washington in Marsch gesetzt.«

»Erzählen Sie uns mehr darüber«, bat ihn Generalstaatsanwältin Rusher.

»Da ist nicht viel zu sagen«, antwortete er. »Wir haben allen gefangenen Feindsoldaten eine Amnestie angeboten, wenn sie der Legion beitraten, und gewannen damit etwa zweitausend Mann. Etwa die Hälfte davon konnte die Ausbildung erfolgreich abschließen. Wer sich nicht zur Legion melden wollte, wurde an die Miliz übergeben.«

»Was geschah mit den ausgemusterten Freiwilligen?« wollte Roland Dawson wissen.

»Wurden ebenfalls an die Miliz übergeben«, sagte Peter. »Das schafft Motivation, die Ausbildung zu beenden.«

»Sie kommen in den hintersten Winkel der Insel«, berichtete der Milizchef. »Getrennt von den normalen Kriegsgefangenen. Im Moment haben beide Gruppen genug damit zu tun, ihre Lager aufzubauen und ihre Nahrung anzupflanzen, aber wir hoffen, später ein Erziehungsprogramm für die starten zu können, die keine Schwierigkeiten machen und ins normale Leben zurückkehren möchten.« Er zuckte die Achseln. »Wieder ein Stück Arbeit, das auf uns wartet, aber wir haben keine Eile damit, nicht, bis der Krieg vorüber ist.«

»Also bleibt keiner Ihrer ausgebildeten Helotensoldaten auf Sparta«, stellte Elayne Rusher fest.

»Das ist korrekt, Ma'am. Hier könnten wir ihnen nicht trauen. Auf anderen Welten . . .« Owensford zuckte die Achseln.

»Die Legion macht schon seit eh und je aus solchen Leuten Soldaten«, bemerkte Dr. Whitlock.

»Nur zu wahr«, pflichtete Owensford ihm bei. »Wir haben übrigens das Fünfte Bataillon von Falkenbergs Legion wieder verstärkt und fast auf Regimentsstärke gebracht, vor allem durch Rekruten direkt aus den CD-Transporten. Dabei können wir vorübergehende Kompromisse, was die Qualität der Einheiten angeht, nicht vermeiden, aber wir arbeiten daran.«

»Nichts bringt Soldaten so rasch auf Zack wie der Kampf«, sagte Whitlock trocken.

»Stimmt«, sagte Owensford. »Das gilt besonders für Uffze. Natürlich haben wir die Ausbildung von Offizieren und Unteroffizieren intensiviert. Wir grasen die CD-Transporte nach Männern mit Erfahrung in der Marineinfanterie ab, aber die beste Ausbildung ist das Gefecht. Unglücklicherweise wird uns das nur zu häufig auch ermöglicht.« Das Kartendisplay an der Wand erwachte zum Leben.

»Beachten Sie die Verteilung der Zwischenfälle.« Er rief einen Pfeil im Display auf und fuhr damit an den südlichen Drakons entlang, südöstlich des Rhyndakos in Richtung der Küstenstadt Colchis. »Infiltrationsversuche hier und hier. Und zu viele Erfolge, weil wir über keine Satellitenaufklärung und nur wenig Luftaufklärung verfügen.«

»Dr. Whitlock«, meldete sich Alexander, »können wir es wagen, die Satelliten zu reinstallieren? Der örtliche CoDominiums-Kommandant gibt uns keine Antwort. Er sagt, die Frage wäre schon eine Beleidigung. Wir haben jedoch keine unerschöpflichen Ressourcen . . .«

Whitlock nickte. »Ich würde es im Moment nicht tun. Admiral Lermontov ist über die Lage informiert, aber seine Bemühungen um eine Änderung der hiesigen Verhältnisse wurden durch Vice Admiral Townsend abgeblockt.«

»Townsend?«

»Ein Enkel Bronsons«, sagte Whitlock.

»Das klingt bedrohlich«, meinte Hal Slater.

»Es ist wirklich bedrohlich, Colonel Slater. Entschuldigung, *General* Slater«, sagte Whitlock. »Zur Zeit ist sehr umstritten, wer die Flotte kontrolliert, und unglücklicherweise gibt es noch weitere kritische Situationen, die Admiral Lermontovs Aufmerksamkeit und Einflußnahme erfordern.«

»Wie zum Beispiel New Washington?« fragte David Freedman.

»Ja, Majestät«, stellte Whitlock fest. Er sah sich im Saal um. »Möchten Sie diesen Bericht jetzt gleich hören, vor allen Anwesenden?«

»Ja, ich denke doch«, sagte Alexander. »Wenn wir den hier Versammelten nicht mehr trauen können, sind wir am Ende.«

»In Ordnung. Mit Ihrer Erlaubnis möchte ich es jedoch General Owensford erst ermöglichen, seine Lageeinschätzung abzuschließen.«

»Einverstanden«, sagte Alexander. »Ich gehe also davon aus, daß wir keinen neuen Satelliten erhalten.«

»Vielleicht zunächst nicht, Sire.«

»Ich verstehe. General . . .«

»Viel bleibt nicht mehr zu berichten«, sagte Owensford. »Es ist auch hier zu Aktionen gekommen, weiter oben im Tal des Jason und in den Lykurgosbergen. Wir wissen, daß die Heloten auch kleine Einheiten in die Vorberge der Pindaros- und Parnassusberge östlich des Flusses einschleusen konnten. Derweil nimmt Aktivität jeder Art im ganzen Mittleren Tal zu. Der jüngste Trick besteht darin, Minen in den Fluß zu setzen. Wir konnten ein paar räumen. Große Plastikschachtel mit einem einfachen Berührungszünder; reicht locker, um jedem Flußkahn den Boden wegzusprengen.«

Lord Henry Yamaga, Minister für Inneres und Entwicklung, tat seinen Abscheu kund. »Welchen *Sinn* hat das eigentlich, von blankem Sadismus abgesehen?«

Owensford zuckte die Achseln. »Denselben *Sinn*, wie kleine Einheiten ins Untere Tal zu schicken. Wir müssen Ressourcen für die Minenräumung einsetzen, und jeder Mann, den wir im Unteren Tal behalten, ist einer, den wir nicht ins Mittlere Tal entsenden.«

»Unser Plan lautete, sie festzunageln«, sagte Yamaga. »Das funktioniert aber nicht.«

»Nein, mein Lord. Ich habe nicht genug Soldaten dafür. Sogar Alexander der Große und Julius Cäsar könnten diese Region nicht narrensicher absperren, nicht mit einer *Million* Mann. Guerillabekämpfung dieser Art saugt Soldaten auf wie ein Schwamm Wasser.«

»Was unternehmen wir also?« Freiherr von Alderheims Schwäche war ein Monokel, und er wirkte außerordentlich preußisch, aber sein Tonfall war freundlich. Als die Legionssöldner auf dem Planeten eintrafen, hatte er sie voller Argwohn betrachtet, aber in letzter Zeit war er einer ihrer wichtigsten Gönner geworden.

»Wir halten durch«, sagte Owensford. »Und bauen unsere Kräfte weiter aus. Eure Majestäten, mein ursprünglicher Auftrag hier bestand darin, Söldner auszubilden, die Sie außerplanetar vermieten können, um Devisen einzunehmen. Das tun wir auch. Wie Dr. Whitlock bereits feststellte, ist nichts mit einem echten Krieg vergleichbar, um den Zusammenhalt der Einheiten zu festigen. In diesem Sinn hat dieser Krieg uns tatsächlich dabei geholfen, schnellere Fortschritte zu machen als geplant . . .«

»Zu furchterregenden Kosten«, bemerkte David Freedman.

»Ja, Eure Majestät, aber die Kosten für die Rekrutierung und Ausbildung so vieler Soldaten wären ohnehin furchterregend geworden. Wenn diese Sache vorüber ist, verfügen wir über ausgebildete, zusammengeschmiedete Einheiten unter kampferprobten Anführern. Ich denke, damit werden Sie gute Preise erzielen können.«

»Vielleicht«, sagte David. »Mir hat dieser Plan jedoch von Anfang an nicht gefallen.« Er zuckte die Achseln. »Hätten wir ihn jedoch nicht in Angriff genommen, hätten wir nicht die nötigen Truppen, um diese – Rebellion zu bekämpfen. Womöglich hätten wir schon verloren. Entschuldigung, General. Fahren Sie bitte fort.«

»Majestät. Ein paar Dinge laufen gut. Unsere Reserveküstenwache, unsere Süßwassermarine, hat die Kontrolle über viele unserer Flüsse erkämpft und streitet sich mit den Rebellen um den Rest. Früher hatten letztere fast freie Fahrt, aber das hat sich erledigt.

Die Produktion von Thoth-Raketen wurde gesteigert. Wir haben nach wie vor nicht so viele, wie wir gerne hätten, aber wir kommen dem Ziel näher. Freiherr von Alderheims Fabriken sind dem Produktionsplan für Helikopter und Kleinflugzeuge voraus. Die Flugkompanien sind noch nicht in jedem Regiment wünschenswert bestückt, aber wenigstens haben sie bereits alle irgendeine Art fliegendes Gerät, und auf Brigadeebene sieht es schon besser aus. Das verschafft uns beträchtlich mehr strategische Beweglichkeit.

Im taktischen Zusammenhang können wir ein fliegendes Gerät natürlich nicht einsetzen. Die Rebellen haben ausreichend Luftabwehr, um das zu verhindern. Andererseits senkt es ihre Beweglichkeit und erschwert es ihre Logistik, wenn sie Luftabwehrraketen mitschleppen müssen, und sie verfügen selbst über keine Flugkapazität.

Wir haben es geschafft, ihren Nachschub aus unseren Waffenfabriken stark zurückzuschrauben. Früher haben sie uns ordentlich bestohlen, aber damit ist Schluß. Die schlechte Nachricht lautet, daß sie eine Menge Material gehortet haben und weiterhin aus irgendeiner Quelle außerplanetaren Nachschub erhalten. Jedesmal, wenn wir die Menge ihres Nachschubs reduzieren, steigt die Qualität dessen, was sie bekommen. Man hat fast das Gefühl, es sei ein Spiel.«

»Ah«, warf Whitlock ein. »Da haben Sie Ihren Finger in eine Wunde gelegt.«

»Sir?«

»In einem sehr realen Sinn ist es tatsächlich ein Spiel. Eines mit sehr hohen Einsätzen, aber ein Spiel nichtsdestoweniger.«

»Ich denke, daß Sie das näher erklären werden«, sagte Owensford.

»Ja, aber dazu muß ich eine kleine Vorlesung halten.«

»Dr. Whitlock, ich versichere Ihnen, daß Sie unsere volle Aufmerksamkeit genießen«, sagte König David Freedman. »Vielleicht sollten Sie jetzt mit Ihrem Bericht beginnen.«

»Sire. Nun, Ihnen allen muß schon länger klar sein, daß diese Rebellion nicht die Spur einer Chance hätte, bekäme sie keine außerplanetare Unterstützung.«

»Ja, natürlich«, sagte Alexander.

»Und nicht nur ein bißchen Hilfe. Ich weiß nicht, was Bronson alles hineingesteckt hat, aber es müssen mehr als eine Milliarde Credits sein.«

»So viel!« grübelte David Freedman. »Ja, das will ich gern glauben. Aber, Dr. Whitlock, wieso bloß?«

»Das ist die Frage. Was könnte ihm so viel wert sein? Es gibt nur eine sinnvolle Antwort darauf. Ein Imperium.«

Für eine geraume Weile blieb es still. »Mit ihm selbst als Imperator«, meinte Alexander schließlich.

»Mit ihm oder einem Erben oder einer ganzen Gruppe von Erben«, sagte Whitlock. »Ja, gewiß.«

»Warum in Gottes Namen könnte er diesen Job wollen?« fragte Alexander.

»Weil er überzeugt ist, es wäre notwendig und er und seine Leute wären die einzigen, die damit fertig werden«, antwortete Whitlock. »Ich weiß, daß Sie alle Bronson für nur gemein und selbstsüchtig halten. Ich kann verstehen, daß Spartaner diese Sicht haben, aber es überrascht mich, daß Sie beide ...« Er deutete auf Peter Owensford und Hal Slater. »... damit übereinstimmen. Colonel Falkenberg wußte es schon immer besser.«

»Bronson? Ein irregeleiteter Idealist?« fragte David Freedman.

Whitlock zuckte die Achseln. »Nennen Sie ihn einen Patrioten, wenn es Ihnen lieber ist. Er selbst hält sich ganz bestimmt dafür.«

»Und wir stehen ihm im Weg«, sagte David. »Und warum? Weil wir – die Collinskönige ohnehin – uns frühzeitig dafür entschieden haben, bei Lermontovs Plan mitzuwirken. Muß unser Volk deshalb in einem schmutzigen kleinen Krieg bluten, den wir nicht gewinnen können? Aufgrund dieser unüberlegten Allianz mit Lermontov?«

»David«, sagte Alexander sanft. »Bitte entschuldigen Sie meinen Kollegen, Dr. Whitlock. Trotzdem ist sein Argument bedenkenswert. Genießen wir Senator Bronsons Aufmerksamkeit, weil wir seine Feinde unterstützen? Hätten wir all dies vermeiden können, indem wir neutral geblieben wären?«

»Ich bezweifle das sehr, Sire. Und jetzt muß ich wirklich eine Vorlesung abhalten. Wenn sie mich bitte entschuldigen würden – ich kann auf den Beinen besser nachdenken.« Er stand auf und trat an die Wandkarte, vor der er auf und ab schritt. »Tafeln haben mir immer gefallen«, sagte er geistesabwesend. »Verstehe ich es richtig, daß jeder in diesem Raum ... alles mithören darf?«

»Ja, natürlich«, sagte Alexander.

Whitlock betrachtete schweigend einen nach dem anderen.

»Sie können fortfahren«, sagte Hal Slater.

»Wie General Slater schon sagte«, ergänzte Lysander vorsichtig.

Whitlock nickte Slater zu und verbeugte sich knapp vor Prinz Lysander. »Danke, Eure Hoheit. In Ordnung, beginnen wir am Anfang. Das CoDominium wird zerfallen. Wenn das geschieht, gibt es Krieg auf der Erde, und er wird nicht auf die Erde begrenzt bleiben. Genügend nationalistische Elemente auf der Erde unterhalten enge Beziehungen zu ihren Kolonien, damit sich der Krieg über das Sonnensystem hinaus ausweitet. Wir haben einen Begriff dafür. Interstellarer Krieg. Wir begreifen jedoch noch nicht in aller Konsequenz, was er bedeutet. Wir wissen nur, daß er schlimm wäre, schlimm genug, um eine Menge zu unternehmen, nur damit es nicht soweit kommt. Bislang alles klar? Gut.

Also, die Grants und die Blaines sahen das schon vor zwanzig Jahren kommen. Wahrscheinlich noch früher, aber damals beauftragten Sie mich, Optionen für sie auszuarbeiten. Das Problem war nur, daß es nicht viele Optionen gab. Zu viele Kolonien hassen einander. In manchen Regionen erhält nur die Flotte den Frieden aufrecht. Wenn man die Flotte wegnimmt, bricht der Krieg aus wie nichts, wie ...« Er schnipste mit den Fingern. »Die offensichtliche Schlußfolgerung daraus lautet, daß die Flotte oder zumindest ein ansehnlicher Teil davon intakt bleiben muß, wenn wir auch nur die geringste Chance haben möchten, die Zivilisation zu retten.

Das kostet Geld. Viel Geld, und eine Flotte nützt nicht viel ohne Stützpunkte, Nachwuchs, Heimstätten für Pensionäre, sichere Zufluchtsorte für die Familien. Wenn man die Zivilisation retten möchte, braucht man dazu eine zivilisierte Heimatbasis. Darüber hinaus benötigt man vorgeschobene Basen, draußen zwischen den Barbaren. Außenposten, Lauschposten, Auftankstationen, Stützpunkte. Teilweise kann es sich dabei um Enklaven handeln, aber ganze Planeten sind besser.

Das wiederum erfordert Soldaten. Vor langer Zeit sagte einmal ein gewisser Fehrenbach, man könnte über ein Territorium fliegen, es bombardieren, es zur Hölle jagen, es sogar sterilisieren, aber man besäße es nicht, solange man nicht wenigstens einen Siebzehnjährigen mit einem Gewehr darauf postierte. Woher bekommt man nun seine Soldaten? Man kann sie nicht mieten. Zu teuer, und schlimmer noch: Wenn man Söldner anwirbt, was kriegt man dafür?«

Alle sahen Slater und Owensford an und wandten den Blick wieder ab.

»Natürlich gibt es Söldner und Söldner«, sagte Whitlock. »Sie sind nicht annähernd alle gleich. Nehmen wir mal Falkenbergs Truppe. Sie nahm ihren Anfang als zweiundvierzigste Marineinfanteriekampfeinheit des CoDominiums. Dekoriert bis über beide Ohren, schon eine Elitetruppe, bevor Falkenberg sie übernahm. Es überrascht nicht, daß sie zusammenblieb, nachdem das CD sie offiziell aufgelöst hatte. Lermontov half ihr dabei, neue Arbeit zu finden. Kein Wunder. Er und Falkenberg kannten sich schon lange. Viel Loyalität, in beide Richtungen. Man kann sich Falkenbergs Truppe als eine Art Prätorianergarde für Lermontov vorstellen, abgesehen davon, daß Lermontov kein Möchtegernimperator ist.

Aber sie umfaßt nur ein Regiment. Man braucht viel mehr Truppen, um alles zusammenzuhalten. Woher bekommt man sie?«

»Von Sparta«, sagte König David. »Sie und mein Vater . . .«

»Wir wollen doch nicht vorauseilen, Sire«, unterbrach ihn Whitlock. »Bislang haben wir festgestellt, daß ein Bedarf an Stützpunkten und an Truppen besteht, die sie schützen. Und man benötigt noch etwas – nämlich planetare Regierungen, die sich etwas aus Zivilisation machen. Welten, die keine Ressentiments abzuarbeiten haben, die nicht von falschem Ehrgeiz getrieben werden. Damit sind wir bei Sparta. Kein Wunder, daß Sie zu den ersten gehörten, die man zu verpflichten versucht hat.«

»Es gab keine Verpflichtung«, sagte Alexander. »Wir waren einfach mit Lermontov und Grant befreundet. Dafür erhielten wir einige Handelskonzessionen und waren Nutznießer einer vorteilhaften Auslegung von Bestimmungen . . .«

»Und all das endete, als die Grants und Blaines die Kontrolle verloren«, sagte David.

»Sicher, aber jeder konnte vorhersehen, daß das geschehen würde«, meinte Whitlock. »Auch Sie müssen es gewußt haben, denn es hätte kein Bedarf an dieser Verschwörung mit Lermontov bestanden, wäre nicht klar gewesen, daß alles zum Teufel ging und niemand es aufhalten konnte. Welche Alternativen hatten Sie? Sich mit Bronson zusammenzutun?«

Alexander zuckte die Achseln. »Das wurde uns nie angeboten. Wenn wir . . .«

»Wenn Sie es getan hätten, hätten Sie Ihre Unabhängigkeit abschreiben können«, sagte Whitlock. »Bronsonplaneten haben nur Marionettenregierungen, und ein Beauftragter Bronsons sagt ihnen, wo es lang geht. Ich kann mir nicht vorstellen, daß Sparta bei so was mitmachen würde.«

»Ich auch nicht«, mischte sich Baron von Alderheim ein. Er machte ein nachdenkliches Gesicht. »Wird nicht genau das passieren, wenn Croser und seine Leute gewinnen?«

»Jap.«

»Und wissen sie es?« fragte Sir Alfred Nathanson. Nathanson war Kriegsminister, aber das war eher eine Verwaltungs- als eine Kommandoposition. Nach der spartanischen Verfassung führten die Könige den militärischen Oberbefehl. Unter allen praktischen Gesichtspunkten war Kronprinz Lysander der eigentliche Kriegsminister, wobei Nathanson sich um die Verwaltung und die Einzelheiten kümmerte.

»Daran zweifle ich«, antwortete Whitlock. »Sie kennen Croser bestimmt besser als ich. Würde er die Rolle der Marionette attraktiv finden?«

»Attraktiv? Nein«, sagte Alexander. »Ich kann aber nicht sagen, ob er sie akzeptieren würde oder nicht. Ich kannte seinen Vater gut, aber Dion ist für mich ein Rätsel. Würde er sich mit dem äußeren Anschein der Macht zufriedengeben, unter Verzicht auf das Substantielle? Wahrscheinlich. Er würde sich einreden, daß es so das beste wäre, daß es einem höheren Ziel diente.«

»Und daß er dank seiner Position eines Tages in der Lage

wäre, ganz die Verantwortung zu übernehmen«, ergänzte Roland Dawson. »Ja, ich glaube, so funktioniert sein Verstand. Sicherlich rechnet er allerdings damit, sowohl von der äußeren Aufmachung als auch der Substanz her an die Macht zu kommen.«

»Nun, er hat ganz sicher keine große Chance, das zu erreichen«, meinte Whitlock. »Nicht, wenn man sich ansieht, mit wem er sich umgibt.« Er bediente den Bildschirmcontroller, und ein Porträt formte sich auf dem Wanddisplay.

»Feld Eins. So nennen die Heloten ihre Militärkommandeurin, wie Croser Hauptstadt Eins ist und Bronson Erde Eins. Interessante Bezeichnungen, nicht wahr? Sie lassen nicht erkennen, daß einer dem anderen untergeordnet wäre. Jedenfalls, das ist sie.«

Die Frau auf dem Bildschirm war Anfang Dreißig und eindeutig eurafrikanischer Herkunft. Nach dem daneben eingeblendeten Maßstab ein Meter fünfundsiebzig groß, mit hohen Wangenknochen, stupsnasig und gutaussehend, mit einer Mähne aus lose fallenden, lockigen Haaren. Sie machte einen überraschend athletischen Eindruck und zeigte ein unverschämtes leises Lächeln.

»Miss Skida Thibodeau, auch ›Skilly‹ genannt, geboren zweitausendeinundsechzig in Belize City, Belize. Die Mutter Mennonitin, entführt und zur Prostitution gezwungen, der Vater ein Lude. Mit sechs verwaist, besuchte eine katholische, karitativ geführte Grundschule. Von der belizeanischen Regierung – selbst allesamt Galgenvögel – aufgrund von ›Verstößen gegen die öffentliche Ordnung‹ zweitausenddreiundachtzig deportiert. Sieht besser aus als der durchschnittliche Terrorist, aber schauen Sie sich bloß mal diese Vorstrafenliste an! Brandstiftung, Versicherungsbetrug, Drogenschmuggel, Körperverletzung, Einschüchterung, Mord, Beutelschneiderei. Denken Sie sich was aus, und sie hat sich prompt damit befaßt. Als Ihre Polizei sich endlich mal ihre Konten und dergleichen vornahm, stellte sie fest, daß die Frau ein Vermögen von mehr als sechs Millionen Kronen angehäuft hatte.«

»Nicht gerade wenig«, versetzte Lysander trocken.

»Stimmt. Und sie hat das meiste davon in Sicherheit bringen können. Gehen Sie ruhig davon aus, daß sie drankommt, wenn sie mal gezwungen sein sollte, rasch zu verschwinden. Sie war sechs Jahre lang eine, nun ja, *intime* Freundin Ihres guten Bürgers Dion Croser, aber es gab keine Spur von politischen Verbindungen. Zumindest keine dokumentierte Spur.«

Chief Hruska nickte mürrisch. »Kein Vorstrafenregister, von der einen Anklage wegen Körperverletzung abgesehen, die sie dann auch ins Gefängnis brachte. Wir wußten seit Jahren, daß sie kriminell ist, hatten aber keine Beweise. Sie trieb sich viel in der Gegend herum, besuchte Croser jedoch alle paar Monate. Sie trafen sich ganz offen für nächtliche Obliegenheiten.«

»Und natürlich ist Croser einfach schockiert darüber, daß sie sich mit kriminellen Aktionen befaßt hat«, meinte Generalstaatsanwältin Rusher.

»Der Punkt ist, daß man von ihr nicht erwarten kann, nach irgend jemandes Pfeife zu tanzen«, meinte Whitlock. »Sähe ihr gar nicht ähnlich. Und doch ertappen wir sie dabei, wie sie die Wasserträgerin für Croser mimt. Falls Croser nicht clever genug ist, um zu erkennen, was Bronson mit Sparta vorhat, dann auf jeden Fall diese Frau. Womit sich für uns die Frage stellt: Was zum Teufel führt sie im Schilde?«

»Haben Sie eine Antwort darauf?« fragte Alexander.

»Nur die offensichtliche. Sie glaubt, wenn erst mal der Krieg vorbei ist, dann wird Feld Eins die Show leiten und können Hauptstadt Eins und Erde Eins ihr die Stiefel putzen.« Er zuckte die Achseln. »Wenn es ihr gelingt, Bronson auszutricksen, dann ist sie wirklich ein seltenes Exemplar.«

»Verschlagen, aber unerfahren«, meinte Hal Slater. »Unerfahren in Intrigen dieser Art, soll das heißen. In ihrem traditionellen Umfeld wird sie eine der cleversten gewesen sein. Betrachten Sie sich mal ihren Schlachtplan im Illyrischen Feldzug. Komplex, gut abgestimmt, gerissen – aber gänzlich impraktikabel. Ich vermute, hier liegt wieder dasselbe Problem vor. Sie hat einfach keine Erfahrung im Umgang mit wirklich gescheiten Leuten, mit Leuten, die darüber hinaus von einem gleichermaßen intelligenten Generalstab unterstützt werden. Frau Thibodeaus Erfahrungen mit Croser haben wahrscheinlich nur wenig dazu beigetragen, sie zu desillusionieren – und Bronsons Leute haben das natürlich auch nicht vor.«

»Nicht, bis es zu spät ist«, sagte Whitlock. »Yeah, ich vermute, so sieht die Sache aus. Thibodeau glaubt, wenn alles vorüber ist, wird sie das Zepter schwingen, unterstützt von Croser, und er rechnet sich den umgekehrten Fall aus.«

»Sie haben wirklich vor, die Regierung zu übernehmen«, überlegte David. »Sie *möchten* regieren!«

»Nein, Sire, sie möchten nicht regieren. Sie möchten *herrschen*«, entgegnete Caldwell Whitlock. »Das ist nicht ganz dasselbe. Und wie wir General Owensfords Bericht entnehmen können, sind sie diesem Ziel ein ganzes Stück nähergekommen.«

Alexander schüttelte verwundert den Kopf. »Wie konnten solche Leute direkt vor unserer Nase nur eine Armee aufstellen, eine Armee, die in der Lage war, gegen richtige Soldaten zu kämpfen?«

»Sorgfältige Planung«, erklärte Whitlock. »Ein Auge für die Umstände. Und eine Menge außerplanetare Hilfe. Zunächst die Umstände. Ich habe eben gegenüber General Owensford bemerkt, daß wir es hier nicht mit der Art Krieg zu tun haben, an die er gewöhnt ist. Es ist ein Revolutionskrieg, wie man ihn auf der Erde vor hundert bis hundertfünfzig Jahren kannte. Sehen Sie, Sie sind die Opfer Ihres eigenen Erfolges. Unterdrückung und Verzweiflung produzieren keine Revolution; in der ganzen aufgezeichneten Geschichte der Menschheit hat es gerade mal *einen* erfolgreichen Sklavenaufstand gegeben. Nein, was Revolutionen produziert, ist die *Hoffnung* – kombiniert mit einem bestimmten Ausmaß an sozialer Desorganisation. Die Niederlage in einem Krieg bewirkt so etwas normalerweise, aber BuReloc, das Umsiedlungsbüro, hat sie mit dem Äquivalent versorgt – und dazu mit enttäuschten Hoffnungen. Die unteren Schichten stellen vielleicht die revolutionären Truppen, aber karrieresüchtige Leute sind es, die das Kommando führen.

Planeten wie Meiji oder Churchill sind zu homogen und stabil für diese Art Krieg. Dort müßte man regelrechte Invasionen durchführen. Frystaat oder Diego sind durch eine effektive Unterdrückung gekennzeichnet. Dort hätte man Ihren Croser schon vor Jahren erschossen. Sie, fürchte ich, fallen genau in die Mitte zwischen diesen Modellen. Fast überall bildet die Zivilisation nur eine dünne Kruste über einem Meer der Barbarei. Rom hatte seine Goten und Sachsen; die Erde produzierte Barbaren im eigenen Schoß. Trotzdem wiesen die herrschenden Systeme eine gewisse Stabilität auf. Die Massen bekommen ihre Herrscher niemals zu sehen; im allgemeinen dürfen sie vor sich hinfaulen, während gefährliche Individuen entweder deportiert oder zur Marineinfanterie oder Flotte eingezogen werden. Die produktive, arbeitende Minderheit wird durch die Bedrohung bei der Stange gehalten, die von den – verzeihen Sie mir den Gebrauch der irdischen Terminologie – Bürgerhorden ausgeht. Und die winzige Oligarchie, die über alles herrscht, ist sicher. Außer vor sich selbst; genau dort ist die Bruchstelle, an der alles auseinanderfällt, ganz ähnlich wie im alten Rom.

»Nun«, fuhr er fort und zog an seiner Zigarre, »hier draußen gehen die Probleme statt dessen von *unten* aus. Verstehen Sie, Sie haben hier eine ganz ungewöhnliche herrschende Klasse. Ein volles Drittel der Bevölkerung, und *sichtbar*! Dann schickt das CD Ihnen Barbaren von der Erde. Und was tun Sie? Sie geben ihnen eine Chance. Sie verhelfen ihnen nicht zu Ausreden. Zu überhaupt keinen. Es ist klar erkennbar – wenn die Leute scheitern, ist es ihre eigene Schuld, und Sie reiben ihnen das noch extra unter die Nase, indem Sie dafür sorgen, daß die Früchte des Erfolges sichtbar und glaubhaft sind.

Das funktionierte gut, solange Sie nicht überschwemmt wurden. Viele Deportierte haben sich gut geschlagen; Sie haben eine bemerkenswerte und erstaunliche soziale Mobilität erreicht. Aber eine Menge Leute schaffen es nicht mehr. Zu viele Generationen, die nichts anderes mehr kennen, als zu scheitern, die sich nicht mal mehr vorstellen können, was Bürgerschaft bedeutet. Diese Leute sehen in Ihnen nur reiche Sklaventreiber, und jemand sagt ihnen, sie bräuchten nicht mehr zu tun, als sich einfach zu nehmen, was ihnen zusteht. Okay, damit werden Sie fertig, solange Sie die Nerven behalten, aber niemand hat je gesagt, es würde einfach werden.«

»Wir geben den Leuten jede Gelegenheit voranzukommen, Bürger zu werden, und wenn schon nicht sie selbst, dann doch wenigstens ihre Kinder«, sagte Lord Yamaga. »Mein Großvater war ein Deportierter!«

»Ja, Sir, aber vergessen Sie nicht, wie sich die Dinge verändern! Die Deportierten der ersten Generation fanden hier eine funktionierende Gesellschaft mit vielen Möglichkeiten vor. Keine nennenswerte Opposition. Jetzt fallen ganze Fluten dieser Barbaren über Sie her, die meisten aufgewachsen in von zweibeinigen Ratten beherrschten Jauchegruben. Zum Beispiel Skida Thibodeau aus Belize. Der einzige Unterschied, der dort zwischen den Straßenbanden und der Regierung besteht, ist die Feuerkraft. Miz Thibodeau wuchs in einer Umgebung auf, die weder Gesetz noch Moral kennt. Sie ist enorm begabt und hat die ethische Haltung eines Hammerhais.« Wieder zog er nachdenklich an seiner Zigarre.

»Natürlich ist die demographische Mischung hier auch keine Hilfe. Ich meine damit den Überschuß an Männern. Eine große Konzentration junger, sozial entfremdeter und sexuell frustrierter Männer ohne jede Aussicht, mal Familien gründen zu können, ist eine Garantie auf Probleme. Sie für eine Armee zu rekrutieren und vom Planeten wegzuschicken war eine gute Idee, die lediglich zu spät kam. Und das aufgrund des nächsten Faktors, der unsere Aufmerksamkeit verdient: Wer schlägt *Vorteile* aus den Umständen?«

»Croser«, sagte jemand, und es klang wie ein Fluch.

»Stimmt. Typisch für utopische Siedlungsprojekte ist, in der zweiten Generation ein rebellisches Element hervorzubringen. Ihr aller Pech, daß es jemand von perverser Brillanz ist, mit einem schon aus der Kindheit stammenden Ressentiment gegen Ihr ganzes Soziales System. Er kennt die Geschichte, die schwachen Punkte Ihrer Gesellschaft – ich habe einige der Arbeiten gelesen, die er während des Studiums schrieb. Darüber hinaus ist er ein charismatischer Führer, der Menschen für sich gewinnen kann, der Aufgaben delegieren kann und der weiß, wie man sich tüchtige Leute aussucht.

Ich würde sagen, er hat die ganze Sache schon seit fast zwanzig Jahren geplant und dabei auch Geld akkumuliert. Würde es Sie sehr schockieren, wenn ich Ihnen sagte, daß er mehr Geld kontrolliert als Freiherr von Alderheim hier?«

Der Industrielle wirkte tatsächlich schockiert.

»Gut, er hat eine Menge Schulden«, räumte Whitlock ein. »Ist aber auch sehr mächtig.«

»Woher hat er die ganzen Mittel?« wollte von Alderheim wissen.

»Viel aus außerplanetaren Quellen«, antwortete Whitlock. »Dürfte nicht schwer sein, auf den Spender zu kommen.«

»Also hat Bronson ihn gekauft? Warum? Was möchte Bronson von uns?« fragte Alexander.

»Regimenter. Dasselbe wie Lermontov«, sagte Whitlock. »Sie haben hier damit begonnen, eine Regimenterfabrik aufzubauen. Das war Bronson nur recht. Er hatte sich ausgerechnet, daß auch Croser das für ihn leisten würde, also konnte er Ihnen ruhig ermöglichen, erst mal einen guten Anfang zu machen. Dann passierten zwei Dinge. Miss Skilly wurde scharf darauf, endlich loszulegen – habe keine Ahnung, warum; vielleicht wird ihr langsam ihr Alter bewußt –, und Sie holten Falkenbergs Legion heran, um die erwähnten Regimenter auszubilden. Das reichte, um Bronsons Aufmerksamkeit zu gewinnen.«

»Weil er Falkenberg haßt«, meinte David.

»Nun ja, Sire, das ist mit ein Grund, aber wenn Sie darauf wetten möchten, daß Großsenator Adrian Bronson sich von seinen Gefühlen mitreißen läßt, verlieren Sie jedesmal. Nicht, daß es ihm etwas ausmachen würde, seine Ressentiments mit einzubringen, wenn sich die Gelegenheit bietet – schließlich ist er ein verdammt gemeiner Kerl. Aber überlegen Sie sich mal: Wenn Sie normale Söldnerregimenter aufbauen würden, die Sie außerplanetar vermieteten, wem gegenüber wären sie loyal?«

»Dem, der sie bezahlt«, sagte Lysander leise.

»Exakt. Eure Hoheit war mit Falkenbergs Legion auf Tanith. Wem gegenüber ist die Legion loyal?«

»Falkenberg! Ich verstehe«, sagte Lysander. »Auf einmal wurde das, was Bronson als Gewinn für seine Sache betrachtete – Söldnerregimenter, die er selbst nutzen konnte –, zu einer möglichen Gefahr.«

»Das gibt unser Problem ungefähr wieder«, sagte Whitlock. »Vorher unterstützte er Croser nur nominell, so, wie er es an vielen Stellen macht, nur um sicherzugehen und seine Hand mit im Spiel zu haben. Sparta machte zunächst nicht den Eindruck, besondere Verbindungen zu Falkenberg und Lermontov zu unterhalten. Aber urplötzlich geht Ihr Prinz Lysander hier nach Tanith, wo Falkenberg und einer der Blaines Bronson bei seinem Griff nach der Flotte in die Parade fahren. Aus Kronprinz Lysander wird Mr. Kornett Prinz, und das allein reicht schon, um aufmerksam zu werden.«

»Warum?« fragte David.

»Vermutlich sind Sie Falkenberg nie begegnet«, meinte Whitlock. »Wären Sie es, dann würden Sie nicht fragen. Jedenfalls brauchte sich Bronson nicht mehr lange zu überlegen, ob Prinz Lysander sich in den Auseinandersetzungen der Zukunft für Lermontovs Seite entscheiden würde, nachdem Mr. Kornett Prinz hingegangen ist und seine ganze Operation verpfuscht hat.«

»Spiel. Sie sprachen von einem Spiel«, sagte Lysander.

»Bis vor gar nicht langer Zeit war es eines. Bronson wollte weder, daß Croser gewann und seine Position festigte, noch daß er verlor. Also hat er ihm gerade genug Unterstützung geschickt, um die Sache in Gang zu halten. Aber all das hat sich vergangenes Jahr geändert. Jetzt bestehen keine Hemmungen mehr.«

»Und so hat er die Technoninjas geschickt«, bemerkte Slater. »Und den außerplanetaren Nachschub kräftig aufgestockt.«

»Und was geschieht als nächstes?« fragte Lysander.

»Wir wollen nicht vorauseilen«, sagte Whitlock. »Zunächst einmal sollten Sie sich genau anschauen, was Sie erwartet. Seit zwanzig Jahren hat Croser eine politische Struktur aufgebaut und ist dabei auf keinen großen Widerstand gestoßen. Schließlich ist niemand auf die Idee gekommen, daß der Versuch, die

Nichtbürger zu organisieren, etwas anderes als ein völlig nutzloses Unterfangen sein würde. Und er hat eine Ideologie entwickelt – erwähnte ich bereits, daß Sparta in gewisser Hinsicht außerordentlich archaisch ist? Nun, Sie haben hier etwas *wirklich* Altmodisches, eine echte, in der Wolle gefärbte leninistisch-maoistische Frontpartei, die tatsächlich an sich glaubt. Oh, sie ist nicht im strengen Sinn marxistisch – benutzt lediglich Elemente davon –, sondern im Grunde eher nationalsozialistisch. Nun, als nächstes baute Croser eine Armee auf. Unser General hier weiß mehr über die Methoden, mit denen man das erreicht.«

Owensford nickte. »Auf der Grundlage dessen, was wir beim Verhör der Gefangenen erfuhren, haben wir uns ein Bild gemacht«, sagte er.

»Nun, man fängt klein an, mit einigen wirklich fanatischen Partisanen. Man bildet sie militärisch aus und nimmt kleine Gruppen von Leuten mit hinzu, die schon eine Ausbildung genossen haben – man findet auf der Erde reichlich gestrandete Offiziere und Unteroffiziere, und die Uffze wären zunächst noch wertvoller als die Offiziere. Bestimmt waren nicht übermäßig viele bereit, mit dieser Bande zusammenzuarbeiten, aber es reichte. Dann entsendet man Leute, um auf anderen Planeten in Söldnereinheiten zu kämpfen, und erhält dadurch kampferprobte Veteranen. All das nutzt man, um vor Ort ausgewählte Rekruten auszubilden, die sich der Sache wirklich verpflichtet fühlen. Trotz der kleinen Anfänge kann sich die Truppe schließlich geometrisch vergrößern. Wir haben auch herausgefunden, daß jemand – wahrscheinlich Croser – schon vor vollen zehn Jahren damit begonnen hat, Waffen und Ausrüstung zu horten, sowohl in den Illyrischen Tälern wie andernorts. Überwiegend durch Abschöpfung von Exportaufträgen. Crosers Unternehmen erhielten Exportaufträge, bestellten zuviel, um die fünf oder zehn Prozent auszugleichen, die sie abschöpfen wollten, und benutzten die Profite aus dem tatsächlichen Verkauf, um den Überschuß abzudecken. Kompliziert, aber praktikabel, und man braucht dabei nicht viele Leute einzuweihen.«

Alexander rollte einen Federhalter zwischen den Händen.

»Aber Croser – falls er es war – konnte doch nicht denken, daß eine solche Truppe in der Lage wäre, die Regierung zu stürzen? Schließlich können die Bruderschaften im Notfall Hunderttausende von Soldaten mobilisieren.«

Whitlock fuchtelte mit der Zigarre herum, um seine Ansicht zu unterstreichen, als er dazu bemerkte: »Sicher ging er davon nicht aus – aber Sie denken in Begriffen des modernen Krieges, also kleiner, entscheidender Feldzüge, Eure Majestät. Der Feind benutzt ein älteres Modell. Sein Ziel sind nicht Ihre Streitkräfte, sondern Ihre ganze Gesellschaft. Er bietet Ihnen keine Angriffsziele an, während Sie selbst aber einfach *alles* verteidigen müssen. Sie können die Bruderschaften nicht über lange Zeiträume in Massen mobilisieren; zuviel wirtschaftliche Aktivität käme zum Erliegen. Und viele Brüder leben auch verstreut auf Farmen, meilenweit vom nächsten Ort entfernt, wenn sie nicht unter Waffen stehen. Es gibt ein militärisches Sprichwort . . .«

»Von Friedrich dem Großen«, fiel Owensford ein. »*Wer alles verteidigt, verteidigt gar nichts.* Vollkommen richtig.«

»Und ein chinesisches«, ergänzte Whitlock, »das die Methode zusammenfaßt: ›Tod durch eintausend Schnitte.‹« Wieder paffte er mit der Zigarre. »Aber es funktioniert nicht. Nicht so, wie Croser es ursprünglich geplant hatte. Die Rebellen unterschätzen die Solidarität Ihrer Bruderschaften und auch, wie stark sie sie gegen sich aufgebracht haben.« Ein freudloses Lächeln. »Brutale Menschen begreifen einfach nicht, wie sauer gute Leute werden können, wenn man ihre Prinzipien verletzt. Aber jetzt erhält Croser Hilfe von außen, und das macht den großen Unterschied.

Der ›Tod durch eintausend Schnitte‹ gilt politisch ebenso wie militärisch«, fuhr Whitlock fort. »Nehmen Sie als Beispiel nur das Referendum, für das er sich stark macht.«

David schnaubte. »Eine Farce! Eine allgemeine Wahl, die wir ja gar nicht kennen. Nichts als eine Meinungsumfrage!«

Whitlock lachte in sich hinein. »Tatsache ist, daß Sie hier viel Aufhebens um Abstimmungen machen. Auf der Erde findet man keine drei Länder mehr, in denen Wahlen noch etwas bedeuten; die USA gehören ganz gewiß nicht dazu. Hier auf Sparta gilt Stimmrecht als eifersüchtig gehütetes Privileg. Die übrige Bevölkerung überlegt sich natürlich: Wenn die Bürger so viel auf das Stimmrecht geben, muß es doch eine feine Sache sein. Da die meisten Bürger sich Crosers Umfrage nicht auf zehn Schritt nähern werden, können Sie wetten, daß die Sache absolut ehrlich verlaufen und trotzdem ein großer Sieg für ihn werden wird. Rechtlich nicht bindend – aber sie wird die Bevölkerung noch stärker polarisieren. Wer gibt denn schon frank und frei zu: *Ja, ich stehe noch unter dem letzten Dreck und verdiene es nicht, mitreden zu dürfen*? Diese Umfrage wird auch eine gewisse Anziehungskraft auf diejenigen ausüben, die auf den Erwerb des Bürgerstatus für sich oder ihre Kinder hinarbeiten.

Es handelt sich dabei um psychologisch-politisches Jiu-Jitsu. Sobald Croser gewonnen hat, wird er ein Mandat der Bevölkerung für sich beanspruchen. Einige der Maßnahmen, zu denen Sie sich gezwungen sehen werden, treiben dann Randbereiche der Bürgerschaft in seine Arme. Höhere Steuern zum Beispiel. Dann die Beschränkungen beim Erwerb von Feuerwaffen. Notwendig zwar, aber für viele Menschen hier ist eine Beschränkung der Feuerwaffen fast so etwas wie ein religiöses Tabu. ›Bewaffnete Menschen sind freie Menschen.‹ Wer nicht zu Croser geht, wird den Radikalen am anderen Ende des Spektrums in die Arme laufen, diesem armen Irren Armstrong und seiner Geheimen Bürgerarmee, oder auch nur der radikalen Pragmatikerpartei. Es geht dabei um eine Menge pures Eigeninteresse. Auf Grenzplaneten mit knappen Arbeitskräften findet man immer eine Tendenz zu Formen der Zwangsarbeit wie der Sklaverei oder auch einer vertraglich geregelten Form. Dünne Gewinnspannen, und bei Vollbeschäftigung sind Arbeiter im allgemeinen auch mobil. Da besteht eine echte Versuchung, außerökonomische Mittel einzusetzen, um ausreichend Arbeitskräfte zu einem Preis sicherzustellen, der noch Gewinne ermöglicht. Die meisten Ihrer Bürger legen bislang eine bemerkenswerte Zurückhaltung an den Tag, aber sie werden allmählich böse und kriegen es mit der Angst zu tun. Und jeder Schritt in die angegebene Richtung verängstigt die Nichtbürger noch mehr.«

»Lohnsklaverei«, sagte Alexander. »Ich weiß, daß es so was gibt, aber es widerspricht allen Prinzipien, auf die sich unser Staat gründet.«

»Sicher«, sagte Whitlock, »aber der Feind des freien Menschen ist ein wirklich habgieriger, erfolgreicher Mensch. Die größten Feinde des Kapitalismus sind erfolgreiche Kapitalisten. Aus diesem Grund benötigt man auch eine Regierung, aber sie nur zu haben, reicht ebenfalls nicht. Man findet immer reichlich Leute, die ganz unten anfangen, durch Freiheit und harte Arbeit reich werden und dann versuchen, die Regierung zu übernehmen, um nicht mehr arbeiten zu müssen.

Tatsache ist: Wenn alles überstanden ist, habe ich ein paar Ratschläge für Sie, was Sie an Ihrem System noch zurechtbasteln können. Geben Sie dem einzelnen Arbeiter etwas mehr Macht und den Gewerkschaftsbossen und Eigentümern etwas weniger. Aber das ist eine Idee für glücklichere Zeiten. Im Moment zwingt diese Kampagne des beliebigen Terrors Sie dazu, die Schrauben anzuziehen, den Eigentümern mehr Macht zu geben, weil sie loyal sind, und den kleinen Leuten Angst zu machen. Das und die Demonstration, daß die Königliche Regierung nicht einmal die Bürger schützen kann, untergräbt die Loyalität der Nichtbürger und die Moral der Bürger.«

Der Kreis der Gesichter rings um den Tisch zeigte grimmige Wut. Man hatte die Umrisse des Problems ja bereits gekannt, aber die leidenschaftslose Analyse des Mannes von der Erde war ein Schock.

Owensford drehte die Uniformmütze in der Hand.

»Das zeigt sich auch im militärischen Vorgehen des Feindes«, sagte er nachdenklich. »Hat mich zuerst total verwirrt. Die Heloten schienen gar nicht zu *kämpfen*, so, wie ich es verstand. Wie Dr. Whitlock sagte – wir haben uns an eine bestimmte Art der Kriegsführung gewöhnt. Man hält sich an enge Grenzen, bemüht sich darum, den Preis nicht zu beschädigen, um den man kämpft, und hat es mit Gesellschaftformen zu tun, die zu zerbrechlich sind, um die Last von Massenmobilisierungen zu tragen. Es ist ein Krieg zwischen Söldnern, fast wie ein Manöver gestaltet. Gut, man ist zum Kampf entschlossen, aber nur solange, bis eine Seite einen deutlichen Vorteil gewinnt. Dann handeln wir Übergabebedingungen aus. Soldaten gibt es nur wenige; sie sind teuer und sehr sorgfältig ausgebildet, und Söldnerhauptleute opfern sie nicht einfach leichthin.

Unser hiesiger Feind dagegen geht ganz anders vor. Ganz anders. Er ist bereit, Truppen zu opfern, weil er mehr davon hat als wir.«

Dr. Whitlock drückte seine Zigarre aus. »Die Einzelheiten stehen alle in meinem Bericht, Gentlemen«, schloß er seinen Vortrag. »Tut mir leid, daß ich nicht optimistischer sein konnte. Sie haben hier ein paar echte Probleme. Nichts, womit Sie nicht fertig würden, wenn der Feind keine außerplanetare Unterstützung erhielte, aber die kriegt er nun mal. Und Himmel, in welchem Umfang!«

»Und Bronson möchte wirklich Imperator werden?« fragte Elayne Rusher.

»Eher wohl Vorsitzender«, meinte Whitlock. »Aber ja, das möchte er.«

»Imperator von was?« wollte David Freedman wissen.

»Von soviel wie möglich, Eure Majestät.«

»Das ist unmöglich«, meinte Peter Owensford.

Whitlock zuckte die Achseln. »Vielleicht, vielleicht aber auch nicht. Betrachten Sie es mal so: Sparta ist neutralisiert. Weit davon entfernt, eine eigene Armee zu haben und auch nur die Anfänge einer Flotte, haben Sie nicht mal die Kontrolle über den eigenen Planeten. Wenn man dann noch den Großsenat dazu brächte, Lermontov abzusetzen, ehe das CoDominium auseinanderfällt und solange die Leute überhaupt noch auf den Senat hören, und einen Bronsonmann als Großadmiral einsetzte . . .«

»Würde die Flotte das hinnehmen?« fragte Alexander.

»Möglicherweise. Es ist eine starke Tradition in der Flotte, Befehlen zu gehorchen und sich aus der Politik herauszuhalten. Und zusammenzuhalten. Sofern Bronson sich seinen Kandidaten mit Bedacht aussucht, wird ein enormer Druck bestehen, das Ganze hinzunehmen und die Truppe zusammenzuhalten. Das letzte, was die meisten Kapitäne möchten, ist Krieg gegeneinander.«

»Wird es dazu kommen?« fragte Lysander.

»Wahrscheinlich nicht. Zunächst hat er nicht die nötigen Stimmen zusammen, um Lermontov abzusetzen, und er bekommt sie auch nicht, solange Grant sich halten kann.«

»Wir können sicher davon ausgehen, daß Sie in dieser Beziehung unternommen haben, was Sie konnten«, sagte Lysander. Whitlock nickte. »Da wir in dieser Frage nichts ausrichten können, konzentrieren wir uns lieber wieder auf unsere eigenen Probleme. Haben Sie Beweise dafür, daß es Bronson ist, der die Rebellen unterstützt?«

»Ja, Eure Hoheit, und vor gar nicht langer Zeit hätte das schon gereicht. Großsenatoren sollten eigentlich keine Privatkriege führen. Tatsache ist jedoch, daß das CoDominium rasch zerfällt. Jeder Senator kämpft nur noch für sich selbst. Und Bronson wird immer die Summe anbieten, die nötig ist, um seine Ziele zu erreichen.«

»Weil er gar nicht vorhat, seine Schulden auch zu begleichen.«

»Vielleicht, aber zählen Sie lieber nicht darauf. Gute Politiker halten ihre Versprechen, und er ist schon lange in der Politik. Die Frage spielt eh keine Rolle; ganz offenkundig verfügt Bronson über gewaltige Ressourcen auf der Erde und anderswo. Das verfügbare Einkommen der Familie Bronson übersteigt wahrscheinlich das der Doppelmonarchie.«

»Und er ist bereit, Milliarden für die Unterstützung unserer Feinde auszugeben«, sagte Alexander.

»Sicher. Er benötigt eine Regimenterfabrik, und Sie haben eine«, sagte Whitlock. »Wenn das CoDominium stürzt, wird es wie der Untergang des römischen Reiches sein. Das Kapital, das Bronson auf der Erde hat, ist dann ohnehin verloren. Deshalb steht er jetzt vor der Wahl, es auszugeben oder einfach so zu verlieren.«

»New Washington«, sagte Lysander. »Wie sieht es dort aus?«

Whitlock nickte. »Dort läuft es gut. Falkenberg und seine

Auftraggeber haben gut die Hälfte des Planeten unter Kontrolle und beste Aussichten auf den Rest, solange sich die Flotte nicht einmischt. Das wird sie nicht, weil Lermontov schon dafür sorgt, wodurch jedoch die Schlagkraft der Blaines und Grants weitgehend gebunden ist.«

»Weshalb sie für uns nicht viel tun können. Von daher besteht auch nicht die Hoffnung, daß die örtlichen CD-Flottenverbände unsere Aufklärungssatelliten beschützen«, stellte Lysander fest.

»So könnte man es ausdrücken, Eure Hoheit. Andererseits wird der Krieg auf New Washington nicht ewig dauern, und wenn er vorüber ist, stehen Sie als erster Punkt auf der weiteren Tagesordnung.« Whitlock zuckte die Achseln. »Sie müssen lediglich durchhalten. Wir sind hier mit einem politischen Krieg konfrontiert und müssen demzufolge ein paar politische Pläne entwickeln. Ich spreche ein anderes Mal mit Ihnen allen darüber.«

»Mir ist gerade aufgegangen«, sagte David Freedman, »daß sich diese Entwicklung auch dann ergeben hätte, wenn wir uns nicht mit Lermontov eingelassen hätten. Croser hätte seine Armee mit Bronsons Hilfe aufgebaut, und uns wäre vielleicht nie aufgefallen, was da geschieht.«

Es war fast nur ein Flüstern, als Lysander sagte: »Und niemand schert sich um Sparta. Wir sind lediglich eine Figur in einem größeren Spiel.«

Whitlock nickte ernst. »Ganz so würde ich es allerdings nicht ausdrücken, Eure Hoheit. Ich erkenne aber, worauf Sie hinauswollen. Sowohl Lermontov als auch Bronson denken, sie würden die Zivilisation schützen, die zivilisierten Werte in einer Welt, die zum Teufel geht. Der Unterschied besteht allerdings darin, daß Falkenberg und Lermontov gar nicht davon überzeugt sind, daß sie als einzige wüßten, was für das Universum das beste ist. Verdammt, sie mögen freie Menschen! Sie suchen Freunde und Verbündete, nicht einfach Untertanen.«

»Ich wünschte, ich könnte das glauben«, sagte David.

»Welche Wahl bleibt uns denn?« fragte Alexander. »Die ganze Basis der Zivilisation bricht zusammen.«

»Keine Gesetze mehr«, ließ Owensford vernehmen.

Alle sahen ihn an.

»Die Kriegskonventionen und der Söldnerkodex – wir konnten diese Prinzipien durchsetzen, weil alle, die etwas zu sagen hatten, daran glaubten, und weil alle, die nicht daran glaubten, militärisch zu vernachlässigen waren. Man konnte sie *zwingen*, sich an diese Gebräuche zu halten. Dr. Whitlock sprach von den Barbaren in den eigenen Reihen; daraus rekrutieren sich unsere Armeen, aber sie standen unter dem Befehl zivilisierter Menschen. Jetzt stehen wir einer Armee gegenüber – nicht einem Mob, sondern einer richtigen Armee –, deren *Anführer* selbst Barbaren sind. Ein Lebensalter lang konnten wir aus dem Krieg ein begrenztes Phänomen machen. Ihn mit einer Aura der Glorie umgeben, schrecklich und doch herrlich. Jetzt wird er schrecklich und schmutzig werden.«

Lysander sagte nichts, aber Peter Owensford lief es kalt den Rücken hinunter, als der Prinz ihn anblickte.

5

Croftons Enzyklopädie der bewohnten Planeten
(zweite Auflage)

Spartanischer Unabhängigkeitsvertrag: *Ein vom Großsenat des CoDominiums und der* Doppelmonarchie von Sparta *(q. v.) im Jahr zweitausendzweiundsechzig unterzeichnetes Abkommen. Das ursprüngliche Besiedelungsabkommen, das die Konstitutionelle Gesellschaft mit dem Kolonialbüro des CoDominiums getroffen hatte, regelte bereits eine volle interne Selbstverwaltung, aber das CoDominium behielt sich zunächst die Jurisdiktion über eine große Enklave in* Sparta City *(q. v.) vor sowie über die Orbitaltransitstation* Aegis *(q. v.) und die Auftankstationen rings um den Gasriesen Zeus. Darüber hinaus blieb ein Regiment der Marineinfanterie des CoDominiums* *auf Sparta stationiert, dessen Befehlshaber gleichzeitig die Position des Generalgouverneurs innehatte. Dieser war beauftragt, die Restvollmachten des Kolonialbüros wahrzunehmen, die überwiegend mit der Ansiedlung von Zwangsdeportierten und Häftlingen zu tun hatten.*

Im Zuge der unter dem Begriff ›Neue Perspektiven‹ bekanntgewordenen Politik von Großsenator Fedrokov, die darauf abzielte, das CoDominium dort, wo es praktikabel war, aus fernen Systemen zurückzuziehen, begannen zweitausendsechzig Verhandlungen mit der Doppelmonarchie. Nach den Bestimmungen des schließlich erzielten Unabhängigkeitsvertrags erlangte die Königliche Regierung die volle Verantwortung für die innere Ordnung und die äußere Verteidigung des Sternensystems von Sparta, und alle für die einheimischen Militär- und Polizeieinheiten geltenden Restriktionen wurden zurückgenommen. Die Königliche Regierung erhielt auch die Transitstation und die Auftankstationen im Orbit um Zeus. Der Vertrag sah jedoch auch vor, daß bestimmte Einrichtungen auf Kosten Spartas für eine Nutzung durch CoDominiums-Behörden und die Flotte vorbehalten blieben; dabei handelte es sich um Docks, Tank- und Reparatureinrichtungen sowie einen Shuttlebetrieb zwischen dem Orbit und dem Planeten. Darüber hinaus blieb Sparta verpflichtet, Zwangskolonisten in einem Umfang aufzunehmen, den das Umsiedlungsbüro allein bestimmte, und in diesem Rahmen blieb die Enklave des CoDominiums in Sparta City mit einer reduzierten Garnison bestehen. Sanktionsvorschriften des Vertrages ermächtigten den Kommandanten der Enklave zur direkten Intervention, falls die Königliche Regierung ihren Verpflichtungen nicht nachkommen sollte ...

Bei Auswahl und Ausbildung von Führungspersonal westlicher Spezialeinheiten setzte ein Prozeß der Abwendung von militärischen Normen ein, als man während des Malayakrieges in den Neunzehnhundertfünfzigern negative Erfahrungen auf den Schlachtfeldern machte. Die SAS-Führung, unzufrieden mit dem Abschneiden ihrer Truppe gegen kommunistische Terrori-

stenbanden, kam zu dem Schluß, daß eine Revision der Rekrutierung und Grundausbildung von SAS-Personal angebracht war. Man entwickelte ein anspruchsvolles neues Auswahlprogramm, das dann nicht nur für die Mannschaftsränge galt, sondern auch für die Offiziere.

Dieses seitdem gültige Auswahlprogramm schließt Kandidaten aus, die körperlich untauglich sind, unter Streß kein solides Urteilsvermögen zeigen und denen es an Entschlossenheit fehlt. Das System umfaßt mehrere Wochen anstrengender Orientierungsmärsche, die jeder allein zu bewältigen hat. Die Kandidaten schleppen dabei schwere Rucksäcke mit sich. Jeder sucht sich Tag für Tag seinen Kurs allein und kann sich dabei auf niemand anderen stützen. Im Zuge dieser Prüfung erfahren die Kandidaten keinerlei Ermutigung, sondern erhalten vielmehr jede nur denkbare Gelegenheit, von ihrem Kurs abzuweichen, was ihre Chancen beseitigen würde, zur Einheit zu finden. Normalerweise erreichen nur etwa fünfzehn bis fünfundzwanzig Prozent der Kandidaten das Ziel und werden ins Regiment aufgenommen. Sie zeichnen sich jeweils durch einen hohen IQ, eine hervorragende körperliche Kondition und durch die nachgewiesene Fähigkeit aus, auch unter großer Erschöpfung und mentalem Streß kluge Entscheidungen zu treffen. Nur die Entschlossenen, Selbständigen und geistig Schnellen kommen für den Dienst in den SAS in Frage . . .

– *Rod Paschall*, LIC 2010: Spezialunternehmen und unkonventionelle Kriegsführung im nächsten Jahrhundert,
Institut für Landkriegsführung, US-Armeeverband, 1990

. . . Zu Beginn des Krieges war es einfach; wir konnten einfach nach Kabul hineinspazieren und angreifen, wo wir wollten. Unsere Stützpunkte lagen zwei bis drei Kilometer von den feindlichen Stellungen entfernt, und selbst von der größten Sowjetbasis in Darlahman nur sechs bis sieben Kilometer . . . Neunzehnhundertzweiundachtzig hatten die Sowjets einen Sicherheitsgürtel von drei Kilometern, aber er war nicht sehr

effektiv ... Schließlich erhielten wir 207-Millimeter-Raketen mit acht Kilometer Reichweite, und Ziele innerhalb der Hauptstadt lagen ständig unter Feuer.

... Schließlich schwärmten sie durch den Ring ihrer Außenposten nach draußen und versuchten, soviel Gebiet rings um die Stadt unter Kontrolle zu bekommen, daß sie außer Reichweite unserer Raketen lag. Trotz ihrer drei Ringe von Abwehrstellungen schlüpfen wir jedoch weiterhin regelmäßig hindurch, und unsere Einsätze werden fortgesetzt ... Natürlich müssen wir inzwischen ganz professionell vorgehen und sämtliche Einsätze sorgfältig planen. Wir brauchen eine Menge Schutzgruppen, denn alle Stellungen im feindlichen Gebiet müssen attackiert werden ... Eine solide Kenntnis der Routen ist unbedingt erforderlich. Dazu müssen alternative Rückzugswege gefunden werden. Wir müssen auf Minen achten, auf Bombenfallen mit Leuchtsignalen, die unsere Positionen verraten, sogar auf Hunde.

– Mujaheddinbefehlshaber, Afghanistan, 1985

Die Triebwerke der Kipprotormaschine veränderten ihre Tonhöhe. Der Senkrechtstarter umkreiste den Militärstützpunkt erst, ehe er landete.

»Schön, das Bataillon wiederzusehen, Prinz«, meinte Harv Middleton.

Lysander lächelte kurz, ehe er sich wieder dem Fenster zuwandte. »Inzwischen ist es ein Regiment. Oder wird es zumindest sein, wenn wir wieder aufbrechen.« Unter ihnen hatte das Erste Königliche Regiment, die Kronprinzeneinheit, ihr Lager auf drei kleinen Hügeln inmitten der endlosen Graslandschaft aufgeschlagen. Man ging davon aus, daß die Truppe hier leichten Rückraumsicherungsdienst leistete, eine Art Arbeitsurlaub. Kein schwerer Dienst also, aber Lysander freute sich zu sehen, daß die Männer sich nicht davon hatten abhalten lassen, ein befestigtes Lager zu errichten, dessen äußere Verteidigungslinie mit Draht, umgepflügten Minenfeldern und einander überlappenden Schußfeldern gesichert war. Gute Arbeit. Er freute sich schon darauf, mit ihnen zu reden. Es war zu vielen personellen Veränderungen im Ersten Königlichen Regiment gekommen, seit Lysander die Scouts im Illyrischen Feldzug als Major Collins kommandiert hatte, aber die Truppe würde sich trotzdem an ihn erinnern.

»Guter Feldzug, Prinz«, meinte Harv.

Er liest meine Gedanken. Jap, wir haben uns gar nicht schlecht geschlagen. Er lachte leise, als er sich selbst bei dem Gedanken erwischte, um wieviel leichter sein Leben damals noch gewesen war. *Einfacher vielleicht, aber es wurde mit der Zeit wirklich frustrierend.* Es war ein monumentaler Verstoß gegen das Prinzip eines einheitlichen Kommandos gewesen, daß der Kronprinz als Kommandeur einer bestimmten Einheit gedient hatte, und sobald er sich vor seinen Männern bewiesen hatte, zog Owensford ihn aus dem Kampfgeschehen ab und schaffte ihn zurück in die Politik, die Stabsakademien, die Schreibtischarbeit und die Illusion, den ganzen Krieg zu koordinieren. Es war eine wichtige Arbeit, aber Lysander freute sich trotzdem über eine Ausrede, hinaus unter die Soldaten zu gehen. *Wenn dieser Krieg vorüber ist, überlasse ich David die Wirtschaft und kümmere mich um die militärischen Angelegenheiten. Führe vielleicht sogar die Spartanische Legion auf außerplanetare Einsätze.*

Der Frachtraum des Kipprotortransporters enthielt einen kompletten Gefechtszug der Leibgarde. Es waren allesamt Bürger oder fortgeschrittene Kandidaten, die theoretisch dem Kommando eines aristokratischen jungen Lieutenants unterstanden, obwohl man nicht damit rechnen konnte, daß Sandy Dunforth in einer Konfliktsituation jemals Staff Sergeant Harv Middleton widersprach. Sobald die Maschine aufsetzte, würde Harv als erster hinausspringen und würden die Gardisten Stellung rings um das Landefeld beziehen, als ob es gefährlich für den königlichen Prinzen wäre, sein eigenes Regiment zu besuchen.

Verdammt, ich bin hier eher in Sicherheit als auf den Straßen von Sparta City, dachte er bissig. *Wir müssen die Mordkam-*

pagne der Heloten stoppen! Wir können unsere Bürger nur begrenzt schützen. Tod durch eintausend Schnitte, aber wir müssen nicht sterben. Wie Owensford immer wieder sagt, kommt es vor allem darauf an, nicht die Nerven zu verlieren. Sie können nicht gewinnen, indem sie Lehrer und Verwalter umbringen. Nicht, solange wir entschlossen sind zurückzuschlagen.

Das Geräusch der Turbinen wurde tiefer, als die Maschine sich der Hügelkuppe näherte und die Triebwerkskapseln zurückgeklappt wurden. Der Pilot war ein Künstler; als die große Maschine aufsetzte, gab es kaum einen Ruck, und der Gardezug fächerte nach draußen aus, sobald sich die Heckrampe mit einem hydraulischen Seufzen abgesenkt hatte. Lysander wartete gehorsam ab, bis Harv ihm das Zeichen gab, daß alles in Ordnung war. Harv war sein ältester Freund und ein Phraetrie-Bruder; ja, er war schon als Kind sein Spielgefährte gewesen. *Nicht, daß wir jetzt soviel älter wären.* Middleton wußte, daß er intellektuell nicht sehr begabt war, aber er machte sich nichts daraus. Prinz Lysander konnte schließlich das Denken für sie beide besorgen, und zwar in allen Bereichen, außer dem der Sicherheit. Wenn es darum ging, seinen Prinzen zu beschützen, bezog Harv aus einem humorlos intensiven Pflichtgefühl so etwas wie eine monomanische Intelligenz.

Lysander mußte im hellen Sonnenlicht draußen blinzeln. Wachtposten und Melder eilten überall auf dem Feld herum. Drei Offiziere kamen aus dem Kommandogebäude zum Vorschein und schritten forsch auf die Neuankömmlinge zu. Der Chef war Major Bennington, ein kleiner Mann mit einer Aura der Kompetenz, ein spartageborener Bürger, der Ingenieur gewesen war, ehe er Soldat wurde. Als er sah, wer ihn da besuchte, brüllte er etwas zurück in den Ordonnanzraum. Ein Hornsignal ertönte, und eine Kompanie bezog hastig Aufstellung als Ehrengarde.

Bennington salutierte. »Eure Hoheit, man sagte uns, daß wir Besuch bekämen, aber nicht, von wem. Bitte entschuldigen Sie . . .«

»Kein Problem«, sagte Lysander. Er erwiderte den Salut,

ergriff dann Benningtons Hand und gab ihm einen Klaps auf die Schulter. »Gut, Sie zu sehen, Jamie, mein Bruder«, sagte er förmlich und setzte dann lauter hinzu: »Und überhaupt alle meine Brüder!«

»Und Sie, Bruder.« Bennington achtete darauf, auch Harv die Hand zu drücken, ehe er seine Gäste zu den bereitstehenden Soldaten führte.

Dort schritten sie die Ehrenformation ab. Lysander blieb stehen. »Sergeant Ruark, das war gute Arbeit – die Entdeckung der Minenfelder in den Tälern«, sagte er. »Hat meinen Arsch gerettet.«

Ruark grinste, wie es auch die umstehenden Männer taten.

Lysander blieb noch bei einigen weiteren stehen, die er kannte, und wechselte ein paar Worte mit ihnen, ehe er gestattete, daß Bennington ihn weiterführte.

»Schön, Sie zu sehen, Sir«, sagte der Major, »aber Sie hätten uns darüber informieren sollen . . .«

»Unsere Kommunikation hat Lecks, und das Hauptquartier hielt es für besser, nicht zu sagen, wer kommt. Der Zweck bestand nicht darin, Sie zu überraschen, aber wir konnten es nicht vermeiden.«

»Ja, Sir.«

»Sie sehen müde aus, wie Ihre Soldaten.«

»Ein wenig, Sir. Es war hart da draußen, aber wir hatten inzwischen drei Wochen Ruhe, und es wird Zeit, wieder an die Front zu gehen. Aber zunächst . . . Mit Ihrer Erlaubnis werden wir heute abend ein Begrüßungsdinner in der Messe einnehmen. Wir haben unseren Bataillonskommandeur schließlich nicht oft bei uns.«

»Ich fürchte, es wird ein Abschiedsdinner sein«, antwortete Lysander. »Owensford und einige Angehörige des Stabes treffen bald ein. Bitte kümmern Sie sich um sie. Wer ist Messechef?«

»Captain Hooker, Sir. Preston Hooker von der Phraetrie Demartus.«

»Ah, Zugführer bei der Artillerieunterstützung.«

»Inzwischen Kompaniechef. Ja, Sir.«

»Viele neue Gesichter«, sagte Lysander. »Ich komme nicht oft genug her. Ich weiß, daß ich nur nomineller Befehlshaber bin, aber verdammt, ich sollte zumindest meine Offiziere kennen, und zwar alle Offiziere dieses Regiments!« Er grinste. »Ja, ich sagte Regiment. Erste Königliche Kavallerie, die Einheit des Kronprinzen. Sie werden bald die offizielle Benachrichtigung erhalten, zusammen mit einer Beförderung.«

»Danke, Sir.«

»Das dürfte keine große Überraschung sein, wenn man bedenkt, wie wir Ihre Pflichten bereits ausgeweitet haben, aber ich dachte, ich überbringe die Nachricht am besten persönlich.« Er sah sich auf dem Gelände um. »Jap. Viele neue Gesichter, und es kommen noch mehr. Es wird eine ganz schöne Arbeit werden, sie mir alle einzuprägen, aber ich kannte schließlich auch alle von Falkenbergs Leuten, als sie uns zeigten, wo es langgeht. Läuft der Laden auch ohne ihre Hilfe?«

»Ja, Sir. Manchmal vermissen wir ihre technischen Fertigkeiten, aber dies ist jetzt ein spartanisches Regiment.«

Lysander nickte. Der Stolz in Benningstons Stimme freute ihn. »Richtig. Sparta braucht – sein eigenes Volk. Führen Sie mich jetzt herum. Sie müssen nur vorher genau sagen, wohin wir gehen, damit Harv keine Zustände bekommt.«

Bennington führte ihn an den aus Erde aufgeschütteten Wall, wo sie über die sanft gewellte Landschaft unter ihnen hinausblickten. Das 1. Panzergrenadierbataillon der 1. Königlich Spartanischen Infanterie lagerte auf drei Hügelkuppen unweit der Arbeitsgruppen, für deren Schutz es zuständig war. Rings um die Hügelstellung hatte man mit dem Bulldozer Erdwälle aufgeworfen. Die Soldaten trugen Alltagsuniformen. Die Waffen waren aufgestapelt. Ein paar Männer befaßten sich mit sinnvollen Tätigkeiten, aber die meisten schienen nur das milde Wetter zu genießen. Sie befanden sich hier einhundert Kilometer landeinwärts, nördlich der Ägäis, und damit war die sanfte Hand des Meeres nicht fern, gleich hinter der welligen Landschaft aus vulkanischen Hügeln. In dieser Region war das Klima warm genug, daß in einigen abgeschirmten Niederungen entlang der Ägäisküste sogar Palmen gediehen.

»Ein gutes Land«, meinte Lysander.

»Sir.« Bennington grinste. »Wie fast überall auf Sparta. Hat sich aber noch nicht ganz entschieden, was es werden möchte.«

»Grasland, denke ich«, sagte Lysander. Er durchsuchte die Umgebung mit dem Fernglas. Ein paar Bäume, etwas Gestrüpp. Hin und wieder eine waschechte Eiche. »Gras. Ich wette, daß Sie im kommenden Sommer einige spektakuläre Brände erleben werden.«

»Ja, Sir, ganz bestimmt.«

Die Hügellandschaft verblaßte am fernen Horizont eines Planeten, der größer als die Erde war. Die fahle Dreiviertelscheibe des Mondes Cythera schwebte über dem Rand der Welt. Am äußersten Rand von Lysanders Blickfeld bewegte sich etwas. Antilopen, überlegt er, die frei durch das kniehohe, mutierte Kikuyugras auf den Hügelkuppen liefen. An steinigen Plätzen wuchs Rispengras, und auf den Hängen und in den Niederungen fand man höhere Gewächse, fedriges Pampasgras, Sumpfgras und das mehr als mannshohe Bartgras. Nach den Regenfällen der kalten Jahreszeit prangte alles in kräftigem Grün, durchsetzt mit Schmuckkörbchen und karmesinroten Wiesenrosen. Der Duft stieg einem nicht weniger zu Kopf als kühler Weißwein.

»Gott, ich liebe diesen Planeten!«

»Ja, Sir. Ich wünschte, jeder täte es«, antwortete Jamie grimmig. »Die Kronprinzlichen hat es voll erwischt, und wir brauchten diese Ruhephase. Danke, daß Sie uns diesen Auftrag besorgt haben.«

Lysander nickte. Eine Erholungsphase nach dem brutalen spätwinterlichen Feldzug im Nordwesten, dem Versuch, Überfälle zu stoppen, die aus den Tälern heraus erfolgten. Ein Krieg, gekennzeichnet durch Hinterhalte, niedergebrannte Farmen, endlose Kälte, endlosen Matsch und ständige, leichte Angst, gewürzt mit ständiger Frustration und Augenblicken nackten Entsetzens. Stets mit der Frage konfrontiert, ob der nächste Schritt direkt auf eine Mine führte oder ob hinter den Bäumen dort drüben ein Heckenschütze lauerte. Zu viele Rekruten und nie genug Zeit für die Ausbildung, während die Königliche

Armee ständig an Mannschaftsstärke zunahm und sich ein ums anderemal verdoppelte; Leute wurden immer wieder aus Einheiten abgezogen, um als Führungspersonal gedrillt zu werden; Neulinge machten dumme Fehler und stürmten schnurstracks auf die Quellen irgendwelcher Geräusche zu, zeigten offenes Licht oder marschierten offen durchs Gelände. Oder betranken sich in irgendeinem billigen Hurenhaus in Olynthos und endeten niedergestochen in irgendeiner Seitengasse.

»Das Problem besteht darin«, sagte Jamie, »daß die Ruhe meinen Leuten Gelegenheit zum Nachdenken gibt. Alle fühlten sich nach dem Illyrischen Feldzug ziemlich gut; schließlich hatten wir den Heloten die Ärsche poliert. Meine Männer gingen aufrecht. Dann landeten wir auf einer Schräge voller Schmierfett und verbrachten den ganzen Winter damit, aus Leibeskräften zu rennen, nur um am selben Fleck zu bleiben.«

Lysander fuhr sich mit einer Hand durch das kurze braune Haar. »Das ist mir nur zu klar, Jamie«, sagte er. »Sehen Sie mal, das ist einer der Gründe, warum ich hergekommen bin und mit Ihnen reden wollte. Wir müssen langsam mal über das jeweils nächste Jahr hinausdenken, ja sogar über den ganzen Krieg hinaus, wenn ich es mir recht überlege. Wir wissen beide, daß die Heloten ohne Hilfe von außen keine sechs Monate durchhalten würden. Verdammt, ohne das CoDo, das seinen menschlichen Abfall über uns auskippt, gäbe es gar keine Heloten!«

»Wie wahr«, sagte Jamie Bennington und kniff ein wenig die Augen zusammen. »Und worauf möchten Sie hinaus?«

»Ich möchte darauf hinaus, daß wir in diesem Schlamassel stecken, weil wir hilflos sind. Nicht nur gegenüber der Erde. Whitlock sagt, das CoDominium würde keine fünf Jahre mehr durchhalten. Ohne die Flotte . . .«

»Ja, Sir«, sagte Bennington. »Darüber diskutieren wir nachts schon mal in der Messe. Friedland ist uns jetzt ja ziemlich wohlgesonnen . . .«

»Oder Meiji. Aber sehen Sie sich nur mal an, was mit Thurstone und Diego passiert, obwohl das CoDominium durchaus noch versucht, die Ordnung aufrechtzuerhalten. Ohne das CD wird es hier draußen überhaupt keine Ordnung mehr geben.«

»Und deshalb möchten Sie sagen, Lysander, mein Bruder, daß wir kein geruhsames Garnisonsleben einplanen sollten, selbst wenn wir die Heloten endlich erledigt haben.«

»Mehr als das.«

»Mehr als das«, überlegte Bennington. »Mehr als das, mein Prinz. Also, du möchtest nicht nur die Spartanische Legion für Expeditionseinsätze in Bereitschaft haben. Und wir wurden dafür ausgesucht?«

»Ich habe daran gedacht. Was werden die Männer davon halten? Werden sie entsprechenden Befehlen folgen?«

»Kommt darauf an, wer sie gibt«, sagte Bennington. »Ihrem Prinzen werden sie folgen. Nach der Geschichte in den Tälern so gut wie überallhin.«

Sie kehrten zum Ordonnanzraum zurück, in dem sich der Sergeant vom Dienst und zwei Corporals aufhielten. Der Sergeant sprang auf. »Sir! Ich werde den diensthabenden Offizier über Ihr Eintreffen unterrichten.«

Ehe er dazu kam, trat ein Corporal aus dem angrenzenden Zimmer ein. »Sergeant, eine dringende Nachricht von . . .« Er brach ab, als er Lysander und Bennington erblickte.

»Reden Sie weiter«, sagte Bennington.

»Sir! Eine dringende Nachricht, Sir, über das Provinznotfallnetz von der Halleck-Farm bei Three Hills. Der älteste Sohn und drei Arbeiter werden vermißt. Verdächtige Spuren. Die Ortspolizei bittet um Hilfe.«

»Okay«, sagte Bennington. »Sergeant, alarmieren Sie das Bereitschaftsteam . . .«

»Halleck?« fragte Lysander.

»Ja, Sir.«

»Verdammt!« sagte Lysander. »Könnte es sich dabei um die Farm von Aaron Halleck handeln?«

»Sergeant?« fragte Bennington.

Der Sergeant vom Dienst tippte etwas in seine Konsole. »Hier steht etwas von Roger Halleck. Mal sehen . . . A ja, Roger Halleck von der Phraetrie der Göttlichen Zwillinge, Sohn von Senator Aaron Halleck, Sir.«

»Alles klar«, meinte Lysander. »Senator Hallecks Enkel wird

vermißt. Major, ich würde es als persönlichen Gunstbeweis betrachten, wenn Sie Ihre besten Leute schicken.«

»Klar.« Bennington wandte sich an den Sergeant vom Dienst. »Wen haben wir?«

»Sir, beim Bereitschaftszug handelt es sich um Lieutenant Hartunians Scouts. So ziemlich das Beste, was wir für derlei Aufgaben haben.«

»Schicken Sie sie los«, befahl Bennington.

»Sir.« Der Sergeant wandte sich wieder seiner Konsole zu.

»Wie sieht die Lage da draußen aus?« wollte Lysander wissen.

Bennington schaltete das Wandkartendisplay ein. »Wir sind uns ziemlich sicher, daß in dieser Gegend keine großen Gruppen operieren – die Heloten würden nur zu gerne die Straße nach Colchis erreichen, ehe wir sie fertiggestellt haben, aber südlich der Drakons gibt es keine Deckung mehr.« Er deutet mit schwungvoller Geste auf die Bergkette im Norden und Westen. »Das oben liegt Schnee. Schwer, da hindurchzukommen, ohne Spuren zu hinterlassen. Hier drüben ist jedoch zerfurchtes Gelände mit Schluchten. Einfach alles könnte sich in diesen Höhlen verstecken.«

»Hartunian ist abmarschbereit, Major«, meldete der Sergeant.

Bennington musterte die Karte. »Ganz miese Wege. Sergeant, unterrichten Sie den Polizeichef, daß unsere Soldaten in etwa zwei Stunden eintreffen.«

»Keine Flugzeuge da?« fragte Lysander.

»Wir haben nur drei«, antwortete Bennington. »Alle gerade in der Wartung. Wir versuchen, so was zu vermeiden, aber manchmal geht es einfach nicht anders. Sergeant, geben Sie Befehl, die Arbeit an den Flugzeugen zu beschleunigen.«

»Schon geschehen, Sir. Die erste Maschine ist in neunzig Minuten startklar.«

»Okay.«

»Ich kann die Sache noch weiter beschleunigen«, sagte Lysander. »Sergeant, weisen Sie Lieutenant Hartunian an, mit seiner Truppe in meinen Senkrechtstarter zu steigen. Major, möchten Sie noch jemanden schicken?«

»Ja, ich habe mir überlegt, eine leicht gepanzerte Truppe zu entsenden«, antwortete Bennington. »Die Übung wird ihnen nicht schaden, und Hartunian benötigt vielleicht Hilfe.«

»An wen dachten Sie?«

»Die B-Truppe. Captain Reid.«

»Danke. Okay, sie sollen einsteigen und losfahren. Macht es Ihnen was aus, wenn ich mich Hartunian anschließe?«

»Halten Sie das für klug, Hoheit?« fragte Bennington.

»Wenn man bedenkt, daß es um die Hallecks geht, kann das gut sein«, meinte Lysander. »Wir kommen den Fachleuten schon nicht in die Quere.« Er ging zur Tür des Ordonnanzzimmers. »Harv!«

»Prinz?«

»Wähl eine Korporalschaft der Leibwache aus und steck sie in das Flugzeug. Sag dem Piloten, daß wir starten. Wir gehen auf die Jagd.«

Harv grinste wölfisch. »Ja, Sir!«

Die Three-Hills-Ranch war typisch für den Bezirk der Colchis-Spalte und damit ein ziemlich kleines Unternehmen. Nicht, was das Land anbetraf – die Hallecks hatten sich mehr als zweitausend Hektar überschreiben lassen –, wohl aber im Maßstab. Der größte Teil des Weidelandes, das die gepanzerte Kolonne durchquerte, hatte vielleicht noch nie menschliche Eingriffe erfahren. Abgesehen davon, daß das Gras selbst sowie die grasenden Herden aus Büffeln, Impalas, Mustangs, Onagern und Gabelantilopen, selbst die Wildgänse, deren nach Norden ziehende Schwärme den Himmel verdunkelten, alle von der Präsenz des Menschen kündeten. Die spartanische Evolution hatte kaum landbewohnende Lebensformen hervorgebracht. Als die Soldaten sich dem Hauptquartier der Farm näherten, erblickten sie schwarze Angusrinder und Büffelrinder, die von berittenen Vaqueros bewacht wurden, und rings um das eigentliche Farmhaus gewellte Streifen aus dem Gelände angepaßten Getreidefeldern. Letztere waren allerdings nicht groß, denn es gab hier keinen nennenswerten Markt; was diese Klitsche einbrachte, stammte meist von Herden, die zum Schlachthaus in der Stadt Colchis getrieben wurden, oder von Wolle, die mit Ochsenkarren dorthin transportiert wurde.

Der jüngere Sohn des Senators hat sich selbständig gemacht. Und es sieht ganz danach aus, als würde er sich als Farmer gut schlagen. Neue Felder wurden gerade kultiviert, und junge grüne Triebe hoben sich von der roten Erde ab. Rüben, Sonnenblumen, Soyabohnen, ein bißchen Baumwolle; auf Sparta liefen Kraftfahrzeuge meist mit Alkohol oder pflanzlichem Öl, und die im Bau befindliche Straße würde einen Markt dafür schaffen. Das Farmhaus war einstöckig und nicht besonders groß, hatte getünchte Wände aus festgestampfter Erde und war mit heimischen Ziegeln überdacht, gekrönt von einer Satellitenantenne. Ein halbes Dutzend Vaquerohütten in der Nähe und eine Schlafbaracke ähnelten weitgehend dem Farmhaus, von der Größe mal abgesehen. Man sah eine verstreute Ansammlung weiterer Nebengebäude wie Schuppen und Scheunen, dazu Windgeneratoren und einen von Weiden gesäumten Pfahldamm. Bescheidene, aber sorgsam gepflegte Blumenbeete, Rasenflächen und hohe Bäume umringten die Häuser und bildeten eine Oase inmitten der gewaltigen, welligen Landschaft.

Genau das, was wir alle hier aufbauen möchten. Ein Grenzvolk. Die Grenze der Menschheit, und diese Mistkerle wollen uns nicht in Frieden lassen! Es sind nicht Spartaner, die uns zu vernichten versuchen.

Ein Windsack markierte einen Landeplatz unweit des Hauptgebäudes, eine offene Wiese hinter einer Reihe großer Gummibäume. Mehr als dreißig Personen und zwei leichte Panzerfahrzeuge erwarteten sie dort, was in einem so ausgedehnten Bezirk als schnelle Arbeit betrachtet werden mußte. Die meisten Anwesenden trugen Tarnuniformen der Miliz und Körperpanzer. Ein paar Vaqueros, wahrscheinlich Nichtbürger, hatten ihre normale Lederkleidung an, aber sie erweckten ganz den Eindruck, daß ihre Gewehre ein normaler Bestandteil ihrer Arbeitsausstattung waren, und sie wirkten nicht weniger entschlossen als die anderen. Etwas abseits lag ein Rudel Hunde, in die allem Anschein nach mehr als nur ein bißchen Wolf eingekreuzt worden war, in diszipliniertem Schweigen da.

»Junior Lieutenant Cantor, 22. Bataillon der Bruderschaft der Göttlichen Zwillinge«, stellte sich ein Mann vor, als sich Lysander aus dem Senkrechtstarter schwang. Niemand legte solche Distanzen unter einer Schwerkraft, wie sie auf Sparta herrschte, im Sprung zurück, es sei denn ein Neuling, der sich dann fragte, woher die gerissenen Sehnen und verstauchten Füße stammten. »Bruder Halleck«, stellte der Milizoffizier den Eigentümer vor. Roger Halleck war ein stämmiger Farmer in den Vierzigern. Er hatte schon graue Strähnen im zottigen braunen Haar und zeigte den entschlossenen Gesichtsausdruck einer Bulldogge. An einer Hand fehlte ihm ein Finger. *Ähnelt im Grunde sehr dem Senator,* fand Lysander.

»Dies ist Lieutenant George Hartunian von der Kronprinzeneinheit«, sagte Lysander. »Und Lieutenant Sanford Dunforth von der Leibwache.«

»Eure Hoheit . . .«, begann Cantor.

»Im Moment bin ich Colonel Collins, Regimentskommandeur des Ersten Königlichen«, unterbrach ihn Lysander. »Wir wollen doch nicht übertrieben förmlich sein, Bürger. Wie sieht die Lage aus?«

»Mein Sohn Demetrios war etwa sechs Kilometer weit im Norden, um passendes Gelände für einen neuen Bewässerungsdamm zu sondieren. Er hatte ein Funkgerät dabei und meldete gestern bei Sonnenuntergang noch, daß alles in Ordnung war. Heute morgen kam nichts mehr, und ich schickte meinen Vorarbeiter hinaus. Miguel?«

»Don Roger«, sagte der Vaquero und nickte förmlich. »Mein Prinz, ich habe den jungen Saunders mitgenommen.« Ein grobknochiger blonder Jugendlicher, ebenfalls Vaquero, scharrte mit den Füßen. »Wir haben die Lagerstelle am Fluß aufgesucht und entdeckten die noch warme Asche eines Lagerfeuers, die nicht zugedeckt war. Don Hallecks Sohn würde das nie so machen; er hat eine gute Ausbildung genossen. Und wir fanden das hier.«

Er reichte Lysander einen kleinen Gegenstand, die Hülse einer abgeschossenen Patrone vom Standardkaliber 10-mm-Magnum. Lysander schnupperte daran. *Noch frisch.* An der Basis war die Hülse mit dem Zeichen des Sparta City Armory gekennzeichnet, aber das hatte wenig zu bedeuten.

»Sehen Sie?« bemerkte der Vaquero. »Der Abdruck des Schlagbolzens lag etwas tief und rechts vom Mittelpunkt. Das Ding stammt aus der Waffe des jungen Don Demetrios, *verdad.* Und tausend Meter weiter nördlich haben wir das hier gefunden.« Es war ein Ring. Lysander zog die Brauen hoch.

»Das ist seiner«, stellte Halleck fest. »Ein Erbstück von seiner Großmutter.«

»Zwanzig Reiter, vielleicht mehr, kamen in der Nacht aus dem Süden«, fuhr Miguel fort. »Vor dem Regen noch, denn die Spuren waren fast schon ausgewaschen. Nur im Schlamm am Fluß haben wir sie gefunden, verstehen Sie?« Lysander nickte. Die Gräser, die das Land hier nach der Terraformung so rasch in Besitz genommen hatten, wiesen tiefe, zähe Soden auf. »Sie hielten dort an, und als sie weiterzogen, waren auch die Pferde des jungen Don dabei.«

Lysander wollte schon etwas sagen, brach aber wieder ab und wandte sich an Lieutenant Hartunian.

George Hartunian stand stramm. »Ziemlich eindeutig, was da passiert ist«, meinte er. »Lieutenant Cantor, was wissen wir über Feindaktionen in dieser Gegend?«

»Es kommt nur sporadisch dazu. Die größte Gruppe, die wir je sahen, war ein Dutzend Mann stark und beritten. Die jetzige Gruppe kann gut doppelt so stark gewesen sein, dürfte uns aber trotzdem keine Probleme machen. Keine schweren Waffen. Außer . . .«

Außer sie benutzen den Sohn des Squire als Geisel, dachte Lysander.

»Jedenfalls«, fuhr Cantor fort, »hatten wir die Anweisung, reguläre Truppen zu rufen, und da ich keine Erfahrung mit Geiselnahme habe . . .«

»Das gilt auch für mich«, sagte Hartunian. Er zögerte und wartete offenkundig auf Befehle von Lysander, die er jedoch nicht bekommen würde. »Eine Scouttruppe wird in einer

Stunde eintreffen«, fuhr er dann fort. »Schicken Sie sie uns nach. Ich schätze, für uns andere wird es Zeit.« Er warf einen Blick auf die Hunde. »Ist dieses Rudel gut ausgebildet?«

»Sie können eine Spur verfolgen«, antwortete Halleck. Er musterte Hartunian und zuckte die Achseln, womit er klar zum Ausdruck brachte, daß sich seiner Meinung nach das Warten auf die regulären Truppen nicht gelohnt hatte. »Colonel, am besten wird es sein, wenn wir der Spur folgen und Sie sich mit dem Senkrechtstarter auf die Suche machen. Auf diese Weise könnten wir glatt was finden.«

Lysander blickte zum Himmel hinauf. »Noch drei Stunden Tageslicht, vielleicht etwas mehr.« Er projizierte eine Karte auf den Boden. »Dunforth, Sie nehmen den Senkrechtstarter. Suchen Sie diese Gegend ab, aber halten Sie sich von den Schluchten fern. Ich brauche Ihnen sicher nicht extra zu erklären, daß der Zweck der ganzen Aktion vielleicht darin besteht, unsere Maschine in die Reichweite einer Rakete zu locken.«

»Sir, sollte ich nicht lieber bei Ihnen bleiben?«

»Nein. Brechen Sie jetzt auf, und seien Sie vorsichtig. Halten Sie das Regiment über Ihre jeweilige Position auf dem laufenden.« Lysander nahm die verfügbaren Transportmittel in Augenschein. Zwei Kataphrakten und drei Alderheimsche 6x6-Trucks. Das war wenig genug. »Noch vor Einbruch der Dunkelheit erwarten wir eine leichte gepanzerte Kavalleriekolonne. Schicken Sie sie uns nach. Und ich werde das Regiment anweisen, eine weitere Kavallerieeinheit in Marsch zu setzen.«

»Der Treibstoff«, erinnerte ihn Hartunian.

»Ich werde die Genehmigung für eine Versorgung auf dem Luftweg erteilen«, sagte Lysander. *Das wird teuer! Verdammt teuer, aber Senator Halleck gehört seit eh und je zum Team, und bei Gott, wir kümmern uns um unsere Leute!* »Steigen Sie jetzt ein.«

»Ich komme mit«, sagte Halleck leise.

»Und ich ebenfalls.« Das kam von einem Mädchen, nicht über zwanzig, sommersprossig, rotblond, wütend blickende blaue Augen. Sie trug eine volle Milizausrüstung. »*Ich* habe diese Hunde mit ausgebildet und dabei nicht weniger geleistet als Demetrios, Dad. Ich reite und schieße so gut wie er, und er ist mein *Bruder*!«

Lysander sah den Rancher mit hochgezogenen Brauen an. Widerstrebend nickte Halleck. »Lydia ist mit ihrem Bruder die beste Jägerin am Ort. Meine Familie . . .« Er deutete mit dem Kopf auf zwei rebellisch wirkende Jungen von etwa vierzehn. ». . . hat eine Tendenz zu Zwillingen. Aber nein, Isagoras und Alexias, ihr kommt nicht mir!«

»Also dann los«, sagte Lysander. Er wartete, bis die Hallecks in die Lastwagen gestiegen waren. »Du begleitest das Mädchen«, wies er Middleton an. »Hartunian übernimmt den Führungskataphrakten. Ich fahre im andern Panzer mit, bis Reids Truppe uns einholt.«

Harv wollte erst protestieren, überlegte es sich aber noch mal. »Ja, Prinz.«

»Raketenangriff! Wir leiten Ausweichmanöver ein.«

Lysander notierte die Position des Senkrechtstarters auf der Kartenprojektion. »Okay, wir haben sie gefunden«, sagte er. »Fliegen Sie jetzt zurück, tanken Sie auf und halten Sie sich in Bereitschaft. Wenn die eine Rakete hatten, dann haben sie auch noch mehr.«

»Ja. Sir.«

»Okay, Fahrer, geben Sie Gas!« ordnete er an, und sie fuhren weiter.

»Verdammte Scheiße«, fluchte Lysander leise. »Da geht unsere Chance dahin, die Infrarotsensoren einzusetzen.«

Die Berge im Westen standen in Flammen, und die Feuerwand erstreckte sich mehr als einen Kilometer weit nach beiden Seiten. Ein kräftiger Ostwind trieb die Flammen forsch voran, obwohl es noch früh in der warmen Jahreszeit war. Hohes Gras brennt sogar, wenn es grün ist, falls das Feuer mit Fackeln gelegt und von starkem Wind angeheizt wird. Der höhere Druck, unter dem Sauerstoff auf Sparta stand, machte es noch mörderischer als selbst die Präriebrände auf der Erde ... Dunst und Rauch und die blaßgelbe Scheibe der untergehenden Sonne sorgten dafür, daß man die Berggipfel dahinter kaum sehen konnte.

»Halt.« Das gurgelnde Tosen der Dieselmotoren sank zu einem leisen Murmeln herab, nicht lauter als die brüllenden Flammen, die aus einem Kilometer Entfernung auf sie zukamen. Der beißende Rauch stieg Lysander schon in die Nase und überdeckte das heiße Metall der Motoren und den überwältigend süßen Duft des zerdrückten Grases.

Die Gruppe der Verfolger rückte auf einer Breite vor, die der der Feuerwand gleichkam. Die Kataphrakten bildeten die Vorhut, und die Trucks folgten ihnen mit hundert Metern Abstand. Lysander drehte sich einmal ganz herum und hielt Ausschau. Nichts zu sehen außer riesigen Vogelschwärmen, die vor dem Steppenfeuer flohen, und den Doppelspuren der Panzerfahrzeuge. Sie hatten Kurs Westsüdwest, der sie in das höhergelegene Land an den Ausläufern der Drakons führte. Das Gebirge blieb in dieser Gegend hinter den Neun- und Zehntausendern seines mittleren Abschnitts zurück, aber es reichte auch hier für ewigen Schnee und Gletscher. Die Hügel überragten das Tiefland der Colchis-Spalte bereits um mehrere hundert Meter; es war ein wildes Land mit dünnen Streifen von Gebüsch und Wald, die sich hinab in die Täler zogen. Und es war bereits spürbar kälter als auf der Halleckranch.

»Eine Verbindung zum Regimentskommando«, befahl Lysander.

»Hier Bennington«, meldete sich der Major eine Sekunde später.

»Hier Collins. Wir nähern uns ihnen, aber sie haben einen Streppenbrand gelegt. Wir müssen anhalten und die Spur auf der anderen Seite wiederaufnehmen.«

»Die Heloten haben bei uns in der Gegend Minen gelegt«, warnte ihn Bennington grimmig. »Ein neuer Trick. Als Lockvogel dient ein Laserzünder, der einen gerichteten Sprengsatz abseits des Weges in die Luft jagt. Hat mich zwei meiner Pioniere gekostet.«

»Verdammt!« schimpfte Lysander.

»Ganz meine Meinung. Nicht zu erwähnen einen Farmwagen weiter unten an der Straße, auch ein Todesfall. Zeigen Sie es denen, Sir!«

»Das werden wir, Jamie.«

Die 6x6er mit den Hallecks und den Hunden kamen herangeschaukelt. Die Trucks zeichneten sich durch hervorragende Geländegängigkeit aus, denn die Räder aus Charbonneaudraht griffen zu wie Finger; trotzdem verlief die Fahrt für die Insassen rauher als beim Kataphrakten mit seinen breiten Laufketten und der Hydrogasaufhängung. Miguel, der Vaquero-Vorarbeiter, schwang sich herunter und wischte sich das verrußte Gesicht mit dem Halstuch ab.

»Die *hijos de puta** haben sich die Stelle für ihren Flächenbrand gut ausgesucht, mein Prinz«, sagte er. »Keine tiefen Täler, nur leicht gewellter Grund. Dahinter liegt stärker zerklüftetes Gelände. Einer von denen muß selbst ein *Llanero* sein, ein Mann der Ebenen. Doña Halleck sagt, daß der Wald nur zehn Kilometer dahinter beginnt, sehr schlechtes Land mit vielen Einschnitten und Klippen, mit Eichen, Tannen, Deodarazedern und Rhododendrondickichten.«

»Ich habe hier schon Leoparden gejagt«, bemerkte sie von der Pritsche des Trucks aus. Ihr Vater und Harv waren bei ihr. »Ganz schön schwierig. Bimssteinboden und Felsen, ziemlich steil. Wenn es regnet, kommt es zu Erdrutschen.«

Da drin erwischen wir sie nie, überlegte sich Lysander. Dort hatten die Verfolger keinen Geschwindigkeitsvorteil mehr und bot sich den Banditen Gelegenheit, Hinterhalte zu legen und sich zu verstreuen. Roger Halleck machte ein wütendes Gesicht.

»Ein Gegenfeuer legen?« fragte der Vaquero und betrachtete die heranrückende Flammenwand.

»Nix da!« sagte Lydia Halleck. »Dauert zu lange – schauen Sie mal, wir können einfach hindurchfahren, wenn uns ein paar von Ihren Stümpern den Weg bahnen. Wir sind nur ein oder zwei Sekunden lang in den Flammen, und nichts Brennbares

* span. Hurensöhne

wird dabei den Boden berühren. Spritzen wir alles ab; die Hunde halten es auch durch.«

Verflucht riskant, dachte Lysander. *Ach verdammt, das sind meine Leute, und ich werde nicht dulden, daß Abschaum ihre Verwandten verschleppt!*

»Okay«, sagte er. »Bürger, Miss Halleck, würden Sie es vorziehen, in einem der Kataphrakten mitzufahren?« Damit stieß er nur auf eine Front aus Familienstarrsinn.

»Ich muß bei den Hunden bleiben«, sagte das Mädchen. »Sir, wenn wir alles mit ein paar nassen Zeltbodenplanen zudecken, sind wir darunter sicher genug.«

Lysander blinzelte überrascht; er hatte mit einem weiteren höflichen, aber bestimmten Ersuchen Harvs gerechnet, bei ihm im Kataphrakten mitzufahren. »Na los, Sergeant.« Er blickte nach Westen. Noch eine Stunde Tageslicht. »Fahren wir lieber.«

Lysander verriegelte die Panzerluke und musterte die Rauchwand vor sich. Sie ragte weit empor und hatte etwa die doppelte Höhe des Panzerturms.

»Tempo!« befahl er.

Der Panzerwagen beschleunigte stampfend und gierend wie ein Boot mit mittelschwerer See. Für einen Moment herrschte Dunkelheit vor den Sichtluken, durchsetzt mit roten Zungen, und in Lysanders Ohren knackte es, als das Überdruck-NCB-System Luft durch seine Filter in die Kampfkabine pumpte. Dann waren sie durch und sahen eine weite Fläche aus schwelenden, geschwärzten Vegetationsresten vor sich. Auch der Truck hatte es geschafft, voller Ruß und Schmutz, aber weithin funktionsfähig. Noch während Lysander hinsah, wurde die Plane über der Ladefläche zurückgeklappt und zeigte grinsende Menschengesichter und hysterische Hunde, die an den kurzen Leinen zerrten, mit denen sie am Geländer festgemacht waren.

Auf unverbranntem Gras hielt die Kolonne an, und das vertraute Rascheln am Fahrzeugrumpf ersetzte wieder das Prasseln und Knacken des Feuers. Den Hallecks und Miguel gelang es, die Hunde zu beruhigen; die Motorradscouts rückten wieder heran, nachdem sie westlich des Brandes in einem weiten Ring ausgeschwärmt waren. Die Hunde, von ihrem Wesen nicht weniger beharrlich als die Menschen, gewannen schnell die Fassung zurück und liefen mit wedelden Schwänzen durch die Gegend; sie waren schon den ganzen Tag lang der immer wieder abbrechenden und neu einsetzenden Spur gefolgt und gerieten allmählich in Stimmung. *Ein gut ausgebildetes Rudel,* dachte Lysander und nahm des Gelände vor ihm gründlich in Augenschein. *Sie hetzen nicht mehr bellend jeder Ablenkung hinterher, wenn sie die Witterung erst mal aufgenommen haben.*

Das Gelände stieg wieder an, und die Grate wurden schärfer. Auf einmal mußte Lysander daran denken, wie anders es hier noch zur Zeit seines Großvaters ausgesehen haben mußte – olivgrünes Pseudomoos und magere Flecken Semibambus, gezeichnet von der Erosion, der die eingeführte Vegetation viel besser standhielt. Gras und Büsche mußten damals schon eingesetzt gewesen sein und ihren langen Siegeszug begonnen haben. Ein langes Menschenalter, ein Augenblick in der Geschichte einer Welt. Selbst die Insekten und Bakterien unter seinen Füßen gehörten Arten an, die erst vor weniger als einem Jahrhundert hier angesiedelt worden waren.

»Eine Nachricht, Sir!« rief der Fahrer.

Lysander runzelte die Stirn. »Okay.« Er nahm die Kopfhörer aus dem Kataphrakten im Empfang. »Hier Collins.«

»Ich habe einen Vorschlag für Sie.«

Die Stimme Owensfords. *Er gebraucht keinen Titel, weil es hier draußen nur eine Person gibt, die er mit ›Sir‹ ansprechen würde. Okay, er rechnet also damit, daß jemand zuhört . . .* »Ja, Sir«, antwortete Lysander.

»Warten Sie genau dort ab, wo Sie gerade sind.«

»Verdammt, sie werden uns entwischen . . .«

»Es ist ein sehr ernstgemeinter Vorschlag.«

Lysander wollte schon protestieren, überlegte es sich aber noch mal anders. »Roger.«

Der Kipprotortransporter landete auf einer ebenen Fläche nicht weit von der Kolonne. Ein Dutzend Männer in Kampfanzügen unter der Führung Owensfords. »Ich würde gerne kurz mit Ihnen sprechen, Sir«, sagte letzterer.

Lysander folgte ihm ein Stück weit von den anderen weg. »Was hat all das zu bedeuten, General?«

»Hoheit, wissen Sie, was zum Teufel Sie hier eigentlich tun?«

»Ich jage diese Mistkerle...«

»Nein, Sir, Sie stellen sicher, daß der Enkel des Senators getötet wird, und gefährden dabei wahrscheinlich jeden in Ihrer Begleitung«, sagte Owensford gelassen. »Sie glauben doch nicht, daß das ein Zufall war, oder?«

»Wie bitte?«

»Der Enkel des Senators wird entführt. Nicht ermordet, sondern entführt, und das unmittelbar vor dem Besuch des Kronprinzen bei dem Regiment, das hier mit den Sicherungsaufgaben betraut ist. Dem Leibregiment des Kronprinzen, um präzise zu sein. Es könnte zwar ein Zufall sein, Sir, aber wahrscheinlicher ist, daß wir es mit einer undichten Stelle im Palast zu tun haben.«

»Mit welcher Absicht?«

»Das weiß Gott allein«, sagte Owensford. »Aber die Heloten sind es schließlich, die hier die komplizierten Pläne haben. Meine Vermutung lautet, daß sie gehofft haben, Sie in diesen Einsatz hineinzuziehen.«

»Ist mein Verhalten so vorhersagbar?«

»Ein Senatorenenkel, im Sektor Ihres Regiments gekidnappt, eine leicht zu verfolgende Spur.« Owensford zuckte die Achseln.

»Ich verstehe. Was tun wir jetzt?«

»Ich glaube, daß unser Gegner eine Überraschung für uns plant«, sagte Owensford. »Vielleicht haben wir aber auch eine für ihn.« Er wandte sich an die Gruppe, die mit ihm im Senkrechtstarter eingetroffen war. »Miscowsky.«

»Sir!« Sergeant Taras Hamilton Miscowsky war ein stämmiger, dunkelhäutiger Mann von eindeutig eurasischer Herkunft.

»Haben Sie was entdeckt?« fragte Owensford. »Ich denke

schon, Sir.« Miscowsky hockte sich hin und projizierte mit dem Helm eine Karte auf den Boden. »Sie stecken hier in schluchtenreichem Gebiet. Sie haben sich bestimmt in kleinere Gruppen aufgeteilt, aber es gibt immer eine erkennbare Hauptmacht . . .«

»Bislang war es jedenfalls so«, stellte Lysander fest.

»Ja, Sir. Die Absicht besteht jedenfalls darin, Sie zu verleiten, daß Sie Ihre Kräfte aufteilen und sich an der Nase herumführen lassen.« Der stämmige Sergeant grinste leicht.

»An der Nase herumführen«, sagte Lysander. »Sie spielen damit auf die Hunde an.«

»Ja, Sir.«

»Was machen wir also jetzt?«

»Ihnen folgen«, sagte Miscowsky. »Die Fährte wird sich unweit von hier teilen, etwa dort, wo Sie etwa bei Einbruch der Dunkelheit gewesen wären. Sicher möchten Sie ihr im Dunklen weiter folgen. Tun Sie das nicht! Schlagen Sie statt dessen das Lager auf, aber nicht auf der Hauptspur, sondern irgendwo abseits, ganz so, als würden Sie möglicherweise der falschen Fährte folgen. Stellen Sie reichlich Wachen auf, und ich meine das ernst, Sir.«

»Glauben Sie, daß die Heloten uns angreifen? In der Dunkelheit?« fragte Lysander.

»Am ehesten dann, wenn Sie an der erwarteten Stelle lagern«, meinte Miscowsky, »aber vielleicht versuchen sie es auf jeden Fall. Und verdammt sicher ist, daß sie Spähtrupps aussenden, die sich anschauen, was Sie treiben. Am liebsten hätten es die Entführer natürlich, daß Sie ihnen in der Dunkelheit in die Schluchten und Wälder folgen. Ich schätze, davor muß ich Sie nicht ernst groß warnen, nicht wahr?«

»Ich verstehe. Und dann?«

Miscowsky schüttelte den Kopf. »Und dann kommt der lustige Teil«, sagte er, aber die grimmige Miene strafte seine Worte Lügen.

Die Hunde bellten erst begeistert und liefen dann verwirrt durcheinander, als die Fährte sich in zwei Zweige aufteilte.

Lysander fluchte lautstark. »Bringen Sie uns direkt heran, Delman«, sagte er zum Fahrer.

Der Kataphrakt erbebte und glitt wie mit Öl geschmiert weiter voran. Gelegentlich wurde ein Knirschen vernehmbar, wenn die Wolframleisten der Ketten auf ein Stück Kalksteinfelsen trafen.

»Sechs Pferde sind in diese Richtung, Sir.« Sergeant Salcion deutete nach links, wo es in südwestlicher Richtung über eine kleine Anhöhe ging. »Die übrigen sind schnurstracks nach Westen.«

Lydia Halleck blickte mit zusammengekniffenen Augen in die untergehende Sonne. »Westlich dieses Kamms beginnen die Schluchten«, sagte sie.

Während die anderen sich unterhielten, hatte Miguel den Boden untersucht und war dabei gelegentlich stehengeblieben und auf ein Knie gesunken, um mit der Hand sachte das Gras zu teilen; es stand hier über einen Meter hoch. Neue grüne Triebe mischten sich in das blaßgoldene Stroh des Winters.

»Da«, sagte er und deutete auf einen Fleck kahler, feuchter, rötlicher Erde zwischen zwei Büscheln. »Dieses Pferd wurde vom Three-Hills-Hufschmied beschlagen; die andern tragen maschinengefertigte Hufe.« Er blickte zu Lysander auf. »Unsere werden aus Stangenstahl handgefertigt«, erklärte er.

»Es ist fast dunkel«, stellte Lysander fest.

»Wir holen auf!« meinte Lydia. »Los, weiter!«

»Klar«, sagte Hartunian. »Einsteigen!«

»Nein, ich denke, wir sollten das Lager aufschlagen«, sagte Lysander. »Nehmen Sie den Befehl zurück.« *Vor einer Stunde hätte ich ihnen noch zugestimmt. Es gibt so verdammt viel, wovon ich nichts verstehe, und das kann meinen Leuten das Leben kosten.* Er warf einen Blick auf seine Karte. Die Spur teilte sich exakt an der Stelle, wo Miscowsky es angekündigt hatte. Lysander deutete nach Südwesten. »Wir lagern auf dieser Anhöhe und stellen eine Postenkette ringsum auf. Los, solange es noch hell ist.«

»Aber wir können sie einholen!« schrie Lydia. »Nein, Sie können ruhig bleiben, wenn Sie Angst im Dunkeln haben, aber für einige von uns gilt das nicht! Wer kommt mit mir?«

Peter Owensford hatte sich still mit ihrem Vater unterhalten, und Halleck sagte jetzt: »Nicht genug, Lydia. Nicht genug.«

»Aber ...« Sie blieb widerspenstig. »Miguel ...«

Der Vaquero wandte sich an den Farmer.

»Sie bleiben hier, und das ist ein Befehl«, sagte Lysander. »Owensford!«

»Sir!«

»Stellen Sie sicher, daß jeder hierbleibt und das Lager bald steht.«

»Sir!«

»Verdammte Feiglinge«, meinte Lydia. »Ich hätte nie geglaubt, das einmal über einen Prinzen von Sparta sagen zu müssen. Feigling!«

Die Hügelkuppe bestand größtenteils aus Erde, war aber auch mit einigen Felsen durchsetzt, die als Teil der Befestigungen verwendet wurden, auf denen Owensford bestand – Schützenlöcher, Schützengräben, Wälle; die Panzer bis zum Turm eingegraben, die Trucks mit Schanzen umgeben. Die Arbeiten waren erst ein gutes Stück nach Einbruch der Dunkelheit abgeschlossen. Endlich zeigte sich Owensford zufrieden. »Larraby, Sie übernehmen die erste Außenpatrouille.«

»Sir!«

»Eure Hoheit, Mr. und Miss Halleck, im Kommandobunker wird heißer Tee serviert. Würden Sie sich zu mir gesellen?«

Die Kommandostellung war eher ein Schützengraben als ein richtiger Bunker. Owensfords Bursche verteilte Krüge voller Tee und ging dann.

»Das ist verrückt«, meinte Lydia. »Wir hätten sie längst einholen können ...«

»Sehr wahrscheinlich«, sagte Owensford mit Bedacht. »Zumindest hatten die Heloten es gehofft.«

»Sie ...« Lydias Augen weiteten sich. »Oh.« Sie wandte sich an Lysander. »Hoheit – es tut mir leid, wirklich ... Ich wußte nicht ...«

»Schon in Ordnung«, sagte Lysander.

»Mehr als in Ordnung«, meinte Owensford. »Ich hoffe nur, sie haben gelauscht.«

»Wirklich«, bekräftigte Halleck und legte einen Arm um seine Tochter. »Jemand mußte einfach protestieren«, erklärte er ihr. »Ich wußte, daß du es tun würdest, und es klang echter, da du nicht Bescheid wußtest.«

»Ich hätte es mir denken sollen.« Sie wurde rot. Für gerade einen Augenblick wog die Verlegenheit schwerer als die rasende Besorgnis um ihren Zwillingsbruder. Verlegenheit und noch etwas anderes – die Furcht vor einem Verlust, der den ihres Bruders noch überstieg.

»Ich bin selbst nicht darauf gekommen«, sagte Lysander. »General Owensford mußte es mir erst erklären. Und dieser Sergeant Mis . . .«

»Miscowsky«, half ihm Owensford. »Ein Havenit. Er hat gelernt, wie ein Bandit zu denken.« Er warf einen Blick auf die Uhr. »Noch eine Stunde, falls sie überhaupt kommen.«

»Rechnen Sie damit, daß die Heloten uns hier angreifen?« fragte Lydia.

»Ma'am . . .«

»Ich heiße Lydia, General Owensford«, sagte sie leise.

»Lydia. Sie gebrauchen stärkere Worte, als wir sie benutzen würden. Es ist nicht genau ein Angriff, was wir erwarten, aber falls sie so stark sind, wie wir glauben, wäre das zumindest eine ihrer Optionen. Wir müssen vorbereitet sein, das ist alles. Meine Vermutung geht dahin, daß sie nicht kommen. Wir haben ein befestigtes Lager an einer Stelle errichtet, wo sie nicht damit gerechnet haben, und wenn wir über die Heloten eines gelernt haben, dann, daß sie nicht aus der Eingebung des Augenblicks heraus handeln. Sie lieben komplizierte Pläne, und sie haben jetzt nicht die Zeit, sich einen auszudenken. Hartunian kümmert sich um die Wache. Ich halte es für das beste, wenn wir etwas zu schlafen versuchen.«

»Das wird nicht leicht sein«, sagte Lydia.

»Für keinen von uns«, bekräftigte Lysander. »Guter Tee. Ich denke, ich werde jetzt General Owensfords Rat befolgen.«

Draußen war es dunkel. Noch zwei Stunden bis zum Mondaufgang. Lysander wartete, bis sich seine Augen angepaßt hatten, und hörte Schritte hinter sich.

»Mein Junge hat keine Chance, nicht wahr?« fragte Halleck.

»Ich weiß es nicht«, antwortete Lysander.

»Wahrscheinlich ist er schon tot.«

»Vielleicht nicht. Miscowsky glaubt, daß sie ihn als Köder benutzen möchten.«

»Für wen? Für Sie«, sagte Halleck. »Verdammt, Eure Hoheit . . . O verflucht! Na ja, das können wir nicht zulassen.«

»Prinz.«

Lysander erwachte aus einem schönen Traum. Der Morgen dämmerte, aber er war noch kaum hell genug für Schatten. »Okay, Harv.«

»General Owensford läßt grüßen; er wartet im Kommandobunker mit Kaffee«, meldete Harv.

»Okay.« Lysander befreite sich aus dem Bettzeug und zog sich die Stiefel an. Owensford und Lydia Halleck saßen im Kommandobunker eng beieinander. Lysander fragte sich, ob Lydia wohl die ganze Nacht dort verbracht hatte. Er holte sich Kaffee und setzte sich ihnen gegenüber.

»Guten Morgen«, begrüßte ihn Owensford. »Wir haben es mit über hundert Heloten zu tun. Sie verfügen über schwere Waffen – große Mörser, Raketenwerfer. Vielleicht mehr. Obendrein haben sie sich gut eingegraben.«

»Jesus!«

»Ich wäre mitten hineingetappt«, meinte Lydia. »Und schlimmer, ich hätte Sie . . .«

»Wichtig ist, daß es nicht passiert ist«, sagte Owensford. »Jedenfalls wissen wir jetzt nicht nur, womit wir es zu tun haben, sondern auch die Nachrichten werden besser.«

»Zum Beispiel?«

»Sie haben drei lebende Gefangene. Die schlechte Nachricht lautet, daß sie wissen, wie viele wir sind, und das hat sie nicht in die Flucht geschlagen.«

»Woher wissen wir das alles?«

Owensford lächelte. »Die Heloten sind nicht die einzigen, die im Dunkeln herumschleichen können.«

»Miscowsky.«

»Er ist ihren Scouts auf dem Rückweg nachgeschlichen und konnte demzufolge einen Augenzeugenbericht liefern.«

»Das ist wirklich eine gute Nachricht. In Ordnung, was kommt als nächstes?«

Owensford sah Lydia Halleck vielsagend an. Sie stand auf. »Was auch immer geschieht – danke, Hoheit«, sagte sie. »Und ich danke Ihnen, Peter, weil Sie mir alles erklärt haben.«

»Ich wünschte, ich könnte Ihnen mehr Hoffnung machen«, sagte Owensford.

»Yeah.« Sie kletterte aus dem Bunker und ließ Lysander und Owensford allein.

»Sie haben gefragt, was als nächstes kommt«, sagte Owensford. »Ich hätte da einen Vorschlag.«

»Raus damit.«

»Übertragen Sie mir hier den Befehl und verschwinden Sie in Windeseile.«

Lysander runzelte die Stirn. »Das kann ich nicht tun.«

»Bei allem Respekt, Hoheit, Sie sollten es aber tun. Hier steht eine Menge auf dem Spiel.«

»Das ist verdammt richtig!«

»Und zwar viel mehr als Senator Hallecks Enkel«, sagte Owensford. »Schauen Sie, die Lage ist völlig verkorkst. Wir sitzen hier mitten im Nirgendwo. Wir haben ein einzelnes As im Ärmel, aber ansonsten sind wir an Mannschaftsstärke und Bewaffnung unterlegen. Sollten wir Verstärkungen ranholen, bringen die Heloten einfach die Geiseln um und verschwinden im Ödland. Marschieren wir schnurstracks auf sie zu, ziehen sie uns wahrscheinlich das Fell über die Ohren. Die ganze Angelegenheit ist für eine Niederlage unsererseits maßgeschneidert, und das größte Debakel überhaupt wäre es, wenn der Kronprinz das Kommando führte und alles verpfuschte! Ganz offen gesagt, Hoheit, wäre es schlimm genug, den Jungen zu verlieren, aber noch viel schlimmer käme es, wenn Sie inkompetent erscheinen würden. Nebenbei bin ich mir ziemlich sicher, daß genau das von Anfang an eines der feindlichen Einsatzziele war.«

»Woher zum Teufel wußten sie nur, daß ich herkomme? Und zwar schon so zeitig, daß sie das ganze Zeug ranschleppen konnten?« wollte Lysander wissen. »Verdammt noch mal, ich wußte es ja selbst bis vergangene Woche nicht!«

»Ja, Sir, aber Ihr Lieblingsregiment ist schon lange genug hier«, sagte Owensford. »Das ursprüngliche Ziel bestand sicherlich darin, der Kronprinzeneinheit die Nase blutig zu schlagen. Und was das angeht, konnte man leicht vorhersehen, daß Sie auf Besuch kommen würden, als das Bataillon zum Regiment befördert wurde. Dann hörten die Heloten, wann Sie kommen wollten, und das war für sich nur um so besser.«

»Und ich habe den Köder glatt geschluckt. Ich verstehe. Aber verdammt noch mal, Peter, ich kann doch diesen Jungen nicht einfach im Stich lassen! Sein Großvater ist einer der ältesten Freunde meines Vaters. Und selbst wenn er es nicht wäre – das hier ist mein Volk! Diese Farm verkörpert den ganzen Sinn und Zweck von Sparta! Ich kann von den Leuten doch nicht erwarten, daß sie Risiken eingehen, denen ich mich nicht stelle.«

»Doch, Sie können und Sie werden«, sagte Owensford. »Denken Sie an die Absichten des Feindes, Hoheit. Er kann uns nicht besiegen, solange wir die Nerven behalten, aber wenn er erreicht, daß die Menschen ihr Vertrauen in die Regierung verlieren, hat er schon halb gewonnen. Und unter allen praktischen Gesichtspunkten *sind Sie im Moment die Regierung!* Sie sind bereits ein wandelnder Glücksbringer für die Hälfte der Soldaten in der Königlichen Armee. Das bedeutet zwar nicht, daß Sie Ihr Leben nicht aufs Spiel setzen dürfen, aber es bedeutet ganz sicher, daß Sie darauf achten müssen, nicht wie ein Trottel dazustehen.«

»Ich bemühe mich darum«, sagte Lysander. »Erläutern Sie mir jetzt die Situation und sagen Sie mir, was wir Ihrer Meinung nach unternehmen sollten.«

»Es funktioniert trotzdem nicht«, meinte Owensford. »Auch ich könnte in allen Punkten falsch liegen.« Auf einmal grinste er. »Verdammt, keiner von uns beiden sollte hier sein, was das angeht. Das ist ein Job für einen Captain.« Er projizierte eine Karte auf die Bunkerwand. »Für einen entbehrlichen Captain.«

Lysander antwortete nicht. Nach einer Weile sagte Owensford: »Die Lage sieht wie folgt aus: Sie haben sich an dieser Stelle mit schweren Waffen eingegraben, in einer natürlichen Kasematte. Es kann ihnen nicht recht sein, wenn wir nahe genug herankommen, um Zieleinweisung für Artillerie- und Raketenbeschuß zu geben, also werden sie versuchen, uns ein gutes Stück vor ihrem Hauptbereich abzufangen, wahrscheinlich dort. Sie wissen allerdings nicht, daß sie von Miscowskys Gruppe überwacht werden, was bedeutet, daß wir sie mit Thoth-Raketen angreifen können.«

»Wir haben doch keine Thoth-Raketen . . .«

»Ich habe mir die Freiheit genommen, über Legionsfunk die SAS-Unterstützungseinheit anzufordern«, sagte Owensford. »Die Männer haben sich bei keiner Stelle in der Königlichen Armee gemeldet, aber sie sind da draußen. Alles, was Miscowsky sieht, können wir ohne Vorwarnung angreifen.«

»Rechnen Sie mit einem Verräter bei den Königlichen?«

»Ich rechne mit undichten Stellen bei den Königlichen. Nicht notwendigerweise ein Verräter, aber möglich wäre das auch. Die Thoths sind unser wichtigster Vorteil, und wir möchten sie natürlich angemessen zur Geltung bringen.«

»Also können wir die Kerle jederzeit umbringen«, stellte Lysander fest. »Falls es uns nichts ausmacht, gleichzeitig die Geiseln zu töten.«

»So was in der Art.«

»Was passiert, wenn wir auf das Eintreffen des restlichen Regiments warten?«

»Keine Ahnung«, sagte Owensford. »Aber bestimmt macht sich der Feind darüber Sorgen. Ich vermute, wenn er erstmal besorgt genug ist, bringt er die Geiseln um und zerstreut sich.«

»Wenn er jedoch glaubt, er hätte eine Chance, mich zu erwischen . . .«

»Dafür würde er Risiken eingehen«, stimmte Owensford ihm zu. »Aber wir haben es nicht mit Dummköpfen zu tun. Sie werden nicht abwarten, bis Sie hier ein gepanzertes Bataillon zusammengezogen haben.«

»Was wäre, wenn wir die Verstärkung gar nicht hierher holen?« frage Lysander. »Angenommen, ich schicke das Regiment auf diesem Weg in den Rücken des Feindes? Die Hauptmacht wird nicht vor Einbruch der Dunkelheit in Position sein, aber ein Scoutzug könnte es viel früher schaffen.«

»Und dann attackieren wir sie?«

»Mehr oder weniger«, meinte Lysander.

»Sie sind uns zahlenmäßig überlegen, wie Sie wissen«, sagte Owensford.

»Sicher. Aber genau das würden Sie auch tun, wenn ich nicht hier wäre, stimmt's?«

Owensford zuckte die Achseln. »Ich würde dieses Vorgehen von meinem hypothetischen Captain erwarten, der eigentlich dieses alberne Unternehmen leiten sollte.«

»Dann machen wir es so.«

»Ich dachte an einen entbehrlichen Captain.«

»Wenn wir nicht entbehrlich sind, sind wir eben vorsichtig«, sagte Lysander. »Also los.«

Fast schon dunkel. Mit Hilfe der optischen Einrichtungen des Panzers spähte Peter Owensford in die vor ihm liegenden Schatten. *Christus, da bin ich wieder und spiele den Captain.* Er lächelte leise. *Wenigstens habe ich jemanden, gegen den ich kämpfen kann, bei Gott! Es sind nicht nur Gespenster, denen ich nachjage. Und ich habe jemanden, für den ich kämpfe . . .*

Direkt vor ihm mußte jetzt die feindliche Kasematte liegen. Jetzt kam der schwierige Teil. »Man hat Sie kommen gesehen«, ertönte Miscowskys Stimme im Kopfhörer. »Alle haben sich verteilt und warten.«

»Die Kommandoleitung«, forderte Peter. »Alles anhalten.«

Die beiden führenden Kataphrakten wurden langsamer und blieben schließlich stehen. Die Infanterie fächerte nach beiden Seiten aus. Vor ihnen lag ein Abhang von vierhundert Metern, an dessen oberem Rand dichter Baumbestand aufragte, hinter dem die Sonne bereits verschwunden war. Am Fuß des Hangs, nicht mehr als zwei Kilometer entfernt, befand sich der feindliche Hinterhalt. Die Minuten tickten dahin.

»Sie werden nervös«, gab Miscowsky durch. Das Signal war schwach, aber gut zu verstehen. »Das Timing wird schwierig sein.«

»Es kommt vor allem darauf an«, sagte Peter laut, »daß man nicht die Nerven verliert.« Sein Fahrer grinste leicht und nickte. Fünf lange Minuten verstrichen . . .

»Da haben wir es ja«, sagte der Fahrer. Er öffnete eine Luke in der Panzerung, zog ein dünnes Kabel herein und reichte es an den Funksergeanten weiter, der auf dem Platz des Geschützgehilfen saß.

Einen Augenblick später übergab der Sergeant Kopfhörer und Mikrophon an Peter. »Eine abhörsichere Verbindung, Sir.«

»Okay. Danke. Alle Abteilungen, nacheinander Bericht erstatten!«

»Abteilung Eins in Position und feuerbereit, Sir.«

»Abteilung Zwei in Position und feuerbereit, Sir.«

»Panzereinheiten bereit.«

Das war natürlich Lysander. *Wenn ich zulasse, daß sich der Junge um Kopf und Kragen bringt, zieht mir John Christian das Fell über die Ohren. Jesus, er ist alles, was diesen gottverdammten Planeten noch zusammenhält, und hier spiele ich mit ihm Kompaniechef!* »Okay. Die Lage sieht wie folgt aus. Die Heloten rechnen nicht damit, daß das SAS-Team sie beobachtet. Sie wissen, daß wir anderen hier sind, fragen sich aber verwirrt, warum wir angehalten haben. Die Sache ist jetzt Nervenkrieg.«

»Es wird gleich dunkel.« Das war eine weibliche Stimme. *Ich hätte wissen müssen, daß Lydia anstelle ihres Vaters sprechen würde.*

»Wir werden dem Mobilkommando Eins noch etwas mehr Zeit lassen«, gab Peter bekannt.

Die Wartezeit kam ihnen endlos vor.

»Eine Gruppe hat sich von den anderen gelöst. Schützen. Ein Granatwerfer. Ich zähle elf Mann, die sich Ihrer Position nähern«, meldete Miscowsky. »Richtung eins neun fünf auf vier fünf null Metern relativ zu meiner Position. Da gehen sie hin. Bezeichnen wir das mal mit Vektor neun null.«

Irgendwo weiter draußen, meilenweit entfernt und unweit des Horizonts, hatte eine SAS-Signalabteilung der Legion einen Ballon gestartet, der direkte Sichtverbindung zu Miscowsky hatte. Der Ballon konnte Miscowskys Richtstrahlmeldungen empfangen, ohne das geringste Risiko, daß jemand mithörte. Natürlich konnten Signale, die in Gegenrichtung an Miscowsky gingen, unmöglich abhörsicher sein, aber daran war nichts zu ändern. Owensford zeichnete die Position der feindlichen Patrouille auf seinem Helmdisplay nach. »Besucher im Anmarsch«, sagte er. »Sagen wir, ein Dutzend, in östlicher Richtung. Wenn sie das beibehalten, bringt sie das genau zu Abteilung Eins.«

»Scoutabteilung Vier auf Abfangkurs.«

»Roger.«

»Wird dunkel, General.«

»Hier Scout Vier. Wir sehen sie. Sie haben in sechs Minuten Sichtkontakt mit Abteilung Eins.«

Und los geht es. Peter tippte einige Codes ein. »Thoth-Daddy, Feuerauftrag, viermal Infanterieabwehr. Ich wiederhole: Thoth Daddy, viermal Infanterieabwehr. An SAS Eins weitergeben, daß die Dinger unterwegs sind.« Ohne auf eine Bestätigung zu warten, wechselte er den Kanal. »Scout Vier. Patrouille abfangen und vernichten!«

»Abfangen und vernichten. Scout Vier, Ende.«

»Abteilungen Eins und Zwei Sprengmunition laden. Panzereinheiten bereithalten.«

»Bestätige vier Vögel im Anflug«, meldete Miscowsky. »Die Heloten scheinen das Warnsignal an mich nicht abgefangen zu haben; ich wiederhole: Sie reagieren nicht. Thoth-Daddy, schicken Sie mir vier weitere Infanterieabwehrgeschosse, ich wiederhole: viermal Infanterieabwehr.«

»Hier Thoth-Daddy. Sind unterwegs.«

Die Uhren auf Peters Konsole zählten die Countdowns ab. Rote Ziffern bewegten sich flackernd.

Links vorne knatterten erst Gewehre und Maschinengewehre

los, dann krachten Granaten. Feindkontakt! »Alpha ausführen«, sagte Peter. »Ich wiederhole an alle Einheiten: Plan Alpha ausführen. Ich wiederhole: Plan Alpha ausführen. Los!«

Das Heulen der anlaufenden Kataphraktmotoren lief durch die Abenddämmerung. Weitere Schüsse krachten links von Peter, begleitet von aufblitzenden Granaten. Dann waren die Kataphrakten über den Kamm.

»Achtung, Beschuß!«

Irgend etwas detonierte über Peter. Der Schrapnellregen aus Clusterbomben schlug rings um Owensfords Position ein. Ungeschützte Infanterie wäre jetzt da draußen in Schwierigkeiten gewesen. Weitere Bomben hagelten ringsherum. *Sie verbrauchen ihr schweres Zeug. Gut!*

Peter starrte die Konsole an. Er konnte jetzt nichts mehr unternehmen; alles weitere lag in der Hand der Computer. Grüne Lampen flackerten. Die Antennen, die sie den ganzen Nachmittag lang draußen verteilt hatten, bis zu einen Kilometer weit in beide Richtungen, zeichneten die Flugbahnen der feindlichen Artilleriegeschosse auf. Impulse liefen in die Kommandocomputer. Wurden analysiert. Dann ging eine Lampe an. *Ziel erfaßt!* Weitere Lichter gingen an, als das Kommandogerät seine Informationen mit Lichtgeschwindigkeit an das Kipprotorflugzeug schickte, das in zwanzig Kilometern Entfernung wartete, und dann an Miscowsky und sein Raketensteuerungsgerät . . .

»Alles klar«, sagte Miscowsky. »Vier Raketen bereit. Steuerung eingeschaltet, Ziel erfaßt.«

Hinter dem Kamm stiegen Blitze hoch. Vier Raketen, abgefeuert vom dem Flugzeug mit der Codebezeichnung Thoth-Daddy, schlugen zwischen den schweren Waffen des Feindes ein, und die Zielabweichung lag unter einem Meter.

»Thoth-Daddy, ich brauche mehr«, sagte Miscowsky. »Infanterieabwehr, und raus damit.«

»Schon unterwegs.«

»Rebellenkommandeur, Rebellenkommadeur«, sagte Owensford.

Er blickte hinunter auf den Bildschirm, der in Sektionen

unterteilt war und ihm die Bilder von sämtlichen Fahrzeugen zeigte. Nicht viel zu sehen. Die Heloten waren hinter ihren Felsen gut eingegraben. *Keine Artillerie mehr. Keine Außenverteidigung mehr. Wahrscheinlich nicht mehr viel Funk. Vielleicht hören sie mich gar nicht.* Peter schaltete auf der Konsole einen anderen Kanal ein. »Los, machen Sie schon.«

»Hier Sergenat Cheung, Spartanische Volksbefreiungsarmee«, antwortete jemand. *»Haben Sie was zu sagen, Bürger?«*

Ein Sergeant. »Ich möchte mit Ihrem kommandierenden Offizier sprechen.«

»Das bin ich, Bürger.« Ein Lachen, aber nur kurz. Hatte ihn jemand unterbrochen, oder hatte er von selbst aufgehört? »Was möchten Sie?«

Ist der Offizier tot oder entkommen? Keine Zeit für solche Fragen ... »Sie sind umzingelt, Ihre schweren Waffen zerstört, und wir haben Sie lokalisiert. Wenn Sie sich jetzt ergeben, werden Sie als Kriegsgefangene behandelt.«

»Na ja, Babyprinz ...«

»Hier spricht Colonel Ford«, sagte Peter.

»Wo steckt der Prinz?«

»Nicht hier.« *Jesus Alana sagt immer, rede mit ihnen. Über alles und jedes.* »Möchten Sie mit dem Prinzen sprechen? Er kommt; er ist in Kürze hier.«

Ein häßliches Lachen. »Nicht nötig, auf ihn zu warten. Wir haben den Jungen des Farmers«, sagte der Rebell. »Geben Sie uns zwanzig Stunden Vorsprung, und wir lassen ihn laufen.«

»Zwanzig Stunden? Das ist zuviel«, sagte Owensford.

»Wie lange?«

»Na ja, jedenfalls nicht zwanzig Stunden ...«

»Verdammt, Sie wollen uns gar nichts zusagen!« beschwerte sich der Rebell.

»Das stimmt nicht«, erwiderte Owensford. »Geben Sie auf, und Sie werden gut behandelt. Geiseln zu töten bringt Sie nur an den Galgen.«

»Yeah, na ja, es war einen Versuch wert«, meinte der Guerilla. »Okay, wir schicken ihn raus.«

Den Teufel wirst du! Owensford schaltete auf seinen Kommandokanal um. »Alle Einheiten, bereithalten! Abteilung Eins, Abteilung Zwei, machen Sie sich startklar. SAS Eins, das gilt auch für Sie.« Er wandte sich wieder an den feindlichen Anführer. »Tun Sie nichts Überstürztes.«

»Ich? Überstürzt? Aber niemals!« Eine Gestalt wurde hinter einem der ausgezackten Felsen hervorgestoßen. Owensford schaltete auf maximale Bildvergrößerung, und das Gesicht sprang ihm förmlich an. Es war Lydias Gesicht in einer männlichen Ausführung mit eckigem Kinn. Das Haar war von einem etwas dunkleren Blond und an den Seiten mit Blut verklebt. Ein Auge war fast zugeschwollen. Der junge Mann humpelte; die Hände hatte man ihm auf den Rücken gefesselt – mit Stacheldraht.

»Sehen Sie ihn, Bürger?«

»Plan ausführen, alle Einheiten Plan ausführen«, sagte Peter und wandte sich dann an den Rebellen. »Nein. Was soll ich sehen?«

Demetrios Halleck ging aufrecht und setzte vorsichtig einen Fuß vor den anderen, bewegte sich dabei aber so schnell wie möglich.

»Sehen Sie ihn?«

»Hier spricht Kronprinz Lysander Collins. Passen Sie auf, Sergeant Cheung, ich komme hinüber, um mit Ihnen zu reden!«

»Was zum Teufel soll das?« fragte der Rebell. »Wo sind Sie? Zeigen Sie sich!«

»Ich bin genau hier drüben, Sergeant.«

»Ich kann Sie nicht sehen . . .«

Mörsergranaten schlugen rings um die Stellung der Rebellen ein. Die Druckwelle einer Sprenggranate schleuderte den jungen Halleck flach zu Boden. Etwas bewegte sich in seiner Nähe in den Schatten.

»Weiter damit!« ordnete Peter an. »Alle Einheiten, los, drauf! Los, los!«

»Los!« befahl auch Lysander. Der Schweiß unter seiner Panzerung wurde auf einmal eiskalt und erinnerte ihn an diese Alpträume, in denen man durch dicke, klamme Luft watet, unfähig, sich umzudrehen und zu sehen, was einen verfolgt.

Sprengladungen zogen wie undeutliche Schlangen ihre Bahnen durch die Luft; das dumpfe *Wamp!* ihrer Explosionen überall im Minenfeld ging im Hämmern der 76er und dem donnernden Krachen der Raketenhaubitzen unter. Der Kataphrakt schwankte in seiner Aufhängung hin und her, als sie weiterfuhren; im Augenwinkel sah Lysander, wie der 6x6-Truck mithielt. *Das war so nicht geplant!* Sie erreichten die Felsen, und gepanzerte Männer sprangen hinaus zwischen die Rebellen. Wieder prasselten Schüsse, dann war alles still.

So schnell! dachte Lysander. Nur noch das Knistern kleiner Grasbrände, vereinzelte Schreie und das Stöhnen der Verwundeten durchbrachen die Stille. Lysander hielt den Kataphrakt an und stieg langsam aus. Überall Leichen.

»He, Serge! Hier liegen Karten!« schrie jemand.

»Nichts anfassen! Es hält sich auch bis zum Morgen.«

Schüsse und eine Granate weiter links. Jemand rannte durch die Gegend, verfolgt von einem halben Dutzend Royalisten unter der Führung eines Sergeanten.

Lysander suchte sich vorsichtig seinen Weg den Hang hinunter, dorthin, wo sich Ärzte über zwei Gestalten beugten.

Zwei. »Wie sieht es aus?« fragte er.

»Dieser hier ist in stabiler Verfassung«, sagte ein Arzt und deutete auf den jungen Halleck. »Gebrochene Rippen, aber ich rechne nicht mit inneren Verletzungen. Der andere wird es auch schaffen, wenn wir ihn rechtzeitig in einen Tank stecken, aber es wird knapp.«

»Wer ist er?« fragte Lysander.

»Corporal Owassee«, antwortete jemand hinter ihm. Lysander drehte sich um und erblickte Sergeant Miscowsky. »Ist einer von meinen Leuten. Er hat den Jungen mit seiner kugelsicheren Weste zugedeckt, und sie haben die Scheiße aus ihm herausgeschossen, Sir.« Lysander drückte einen Schalter an der Helmseite. »Dustoff, kommen Sie *sofort* her!«

»Sind bereits unterwegs«, meldete der Pilot.

»Sergeant, was immer dieser Mann braucht, wir besorgen es ihm«, sagte Lysander. *Belohnungen und Risiken. Staatskunst.* »Wir schulden es ihm. Wir schulden ihm eine Menge!«

»Ja, Sir.«

»Nun zum Rebellenführer. Wo ist er?« fragte Lysander.

Sergeant Miscowsky deutete mit dem Kopf zur Felsenreihe hinter ihm. »Wir haben ihn erwischt. Da drüben, Sir.«

Lysander wollte hingehen, aber Miscowsky versperrte ihm den Weg und traf keinerlei Anstalten auszuweichen. Für einen Moment starrte Lysander ihn an. »Lassen Sie mich vorbei!«

»Nun, Sir . . .«

»Prinz«, sagte Owensford hinter ihm.

»Was geht hier vor?« fragte Lysander.

»Vielleicht möchten Sie das gar nicht wissen«, sagte Owensford. »Sie können gehen, Sergeant.«

»Sir.« Miscowsky schlenderte in die Dunkelheit davon.

»In Ordnung«, sagte Lysander leise. »Was genau war das jetzt? Meuterei?«

»Natürlich nicht, Eure Hoheit. Sie führen hier uneingeschränkt das Kommando. Alles, was Sie befehlen, wird ausgeführt. Jede Frage, die Sie stellen, wird beantwortet.«

»Die Kriegskonventionen . . .«

»Ein guter Offizier weiß, was er sich ansehen sollte und was nicht«, sagte Owensford. »Und die Kriegskonventionen gelten für Kriegsgefangene. Ein Status, auf den diese Gruppe verzichtete, als sie, während sie Geiseln festhielt, die Kapitulation verweigerte.«

»General . . .«

»Ja, Eure Hoheit?«

Lysander blickte den Hügel hinauf und sah Miscowsky gerade noch hinter einem der Felsen verschwinden. »Ich hasse diesen Krieg«, sagte er.

»Das tun wir alle.«

»Werden sie irgendwas daraus lernen?«

»Falls es etwas zu lernen gibt. Es kommt jetzt vor allem darauf an, ihn unter Medikamenten zu halten, damit er nicht Selbstmord begehen kann, ehe die Alanas ihn verhört haben.«

»Er nannte sich Sergeant Cheung . . .«

»Yeah. Wir glauben, daß er ein bißchen mehr ist. Sie wissen es vielleicht nicht, Hoheit, aber Croser hat einen Leibwächter namens Lee Cheung.« Peter zuckte die Achseln. »Das ist kein ungebräuchlicher Name, aber wir wissen, daß Lee Cheung einen Bruder hat, der bei den Spezialeinheiten der Heloten den Rang eines Majors bekleidet. Wir könnten zumindest in Erfahrung bringen, woher sie von Ihrem Kommen wußten, Verräter oder undichte Stelle. Sie werden bemerkt haben, daß er nach Ihnen gefragt hat.«

»Ich möchte diesen Mann sehen«, sagte Lysander. »Ich möchte mit ihm sprechen und herausfinden, warum . . .«

»Dazu werden Sie noch rechtzeitig Gelegenheit haben, Hoheit.« Owensford richtete den Schein seiner Taschenlampe auf den Pfad. »Hier gibt es nichts mehr zu tun, und die Ärzte möchten ohnehin, daß wir endlich aufbrechen. Ein sicherer Weg zwischen der Minen ist markiert; halten Sie sich daran und seien Sie vorsichtig.«

Der Lärm der Schlacht war inzwischen gänzlich verklungen, und das unausweichliche Nachher trat ein, der Gestank von Blut und Tod, die Schreie und das Ächzen von Verletzten und Sterbenden. »Das haben die uns angetan«, sagte Lysander. »Wir können nicht einmal mehr in den Wald gehen, ohne uns Sorgen um Minen zu machen. Die Dinger werden fünfzig Jahre lang hier liegen, eine Gefahr für Förster, Kinder, Tiere – aber den Heloten ist das egal. General, was schulden zivilisierte Menschen den Barbaren?«

»Sir?«

»Wir schulden ihnen nichts, General Owensford. Wir schulden ihnen gar nichts.«

6

New York Times, 17. Mai 2094

Luna Base. *In der Rede vor dem Großsenat prangerte Großsenator Adrian Bronson die CoDominiumsfeinde sowohl in den Vereinigten Staaten als auch der Sowjetunion an.*

»Niemand«, führte er aus, »hat mehr getan als ich, um die Exzesse des CoDominiums einzudämmen. Das CoDominium gibt heute nicht mehr vor, ein unfehlbares Staatswesen zu sein, ein veritables interstellares Imperium. Deshalb sind so extreme Maßnahmen (der Großsenator bezog sich damit auf die vorgeschlagenen fünfzigprozentigen Kürzungen der Mittel für die Flotte) zur Zeit nicht angebracht.«

Darüber hinaus wurde durch Akklamation sein Antrag angenommen, den CoDominiumsbefehlshaber im System von Sparta anzuweisen, Untersuchungen der gegen Flottenangehörige und Agenten des Umsiedlungsbüros gerichteten terroristischen Aktionen einzuleiten. »Wir können derartige Aktionen nicht dulden«, sagte Bronson. »Sie müssen unnachgiebig unterbunden werden.«

Ich liebe es zu sehen, wie ein Lord in vorderster Linie hoch zu Roß vorrückt, bewaffnet und furchtlos, und auf diese Weise seiner Männer zu tapferem Dienst ermutigt; wenn der Kampf dann beginnt, muß jeder Kämpfer dem Lord willig folgen, denn niemand genießt Wertschätzung, solange er nicht Hiebe ausgeteilt und eingesteckt hat. Zu Beginn der Schlacht sehen wir Streitkeulen und Schwerter und bunt geschmückte Helme, und später zertrümmerte und ramponierte Schilde und zahlreiche Vasallen, die allesamt mächtige Hiebe einstecken, so daß viele Rösser ohne Reiter umherirren, die Rösser der Toten und Verwundeten. Sobald er sich ins Gefecht gestürzt hat, wird kein nobler Ritter noch an etwas anderes denken als daran, Köpfe und Arme zu zerschmettern – und möchte lieber tot sein als nutzlos. Ich sage euch, weder im Essen, Trinken noch Schlafen finde ich das wieder, was ich spüre, wenn ich den Ruf ›Auf sie!‹ von beiden Seiten vernehme sowie das Wiehern der von Verwirrung befallenen, reiterlosen Pferde, oder auch den Schrei ›Hilfe! Hilfe!‹, oder wenn ich Große und Geringe auf das Gras der Wallstatt sinken sehe, oder wenn ich Tote erblicke, in deren Rippen mit Wimpeln geschmückte Lanzen stecken.

– Bertran de Born, Lied eines Ritters, *11. Jahrhundert*

»... und wir sind gar nicht glücklich darüber, wie die Dinge laufen, Major Owensford«, sagte Beatrice Frazer gerade.

Rings um den Tisch, an dem der Bataillonsrat tagte, wurde genickt.

Der Legionskommandeur seufzte leise und rieb sich den Nasensattel mit Daumen und Zeigefinger. Es war keine Stabskonferenz, sondern eine des Leitungsgremiums des Fünften Bataillons als autonome Einheit, ähnlich dem Regimentsrat, der Falkenbergs Legion insgesamt regierte. Das hatte nichts mit Demokratie zu tun, war aber trotzdem viel politischer als eine rein militärische Besprechung der Offiziere unter sich. Beatrice Frazer und Laura Bryant repräsentierten die weiblichen Zivilisten und die Kinder; Sergio Guiterrez saß zwischen den Senior-Uffzen am anderen Ende der Tafel.

»Wir haben uns auf Sparta als permanenten Stützpunkt gefreut; die Frauen und Kinder sind hergekommen, um richtige Heime aufzubauen, während die Legion in eine Gefechtszone auf New Washington sprang. Jetzt können wir es kaum noch wagen, Sparta City zu besuchen.«

Alle nickten; bislang hatte es keine Terroranschläge auf zivile Legionsangehörige gegeben, aber das lag mehr an Vorsicht und sorgfältiger Planung als an irgend etwas sonst.

»Und das schlimmste ist«, fuhr sie fort, »daß dieser Planet ansonsten praktisch ideal für uns ist. Nicht nur das Wetter und die Küche ...«

Auf dieses Stichwort hin wurde hier und da leise gelacht. Das konstante Dampfbad auf Tanith hatte alle schier verrückt gemacht, vor allem die Zivilisten der Legion. »... sondern die Situation allgemein. Die Leute vom Bildungsministerium haben uns mir den Kindern sehr geholfen, und es gibt *gute* Schulen hier. Auf Tanith mußten wir uns um alles selbst kümmern. Auch Borloi findet man hier nicht.«

Reihum wurde genickt; Tanith lebte vom Drogenhandel. Vom Handel mit Drogen, für deren Anbau Sklaven schufteten, hieß das, und die allgemeine soziale Atmosphäre paßte zu dieser Situation. Niemand hatte die Aussicht gefallen, daß seine Kinder in einer derartigen Umgebung aufwuchsen, und eine vollständige Isolation von der Gesellschaft ringsherum war nun einmal nirgendwo möglich.

»Tatsächlich«, fuhr Beatrice Frazer fort, »haben wir hier schon mehr Freunde gefunden als auf anderen Welten, wo wir jahrelang lebten. Wenn dieser Krieg nicht wäre . . .«

». . . wären wir gar nicht hier«, versetzte Owensford trocken, »Wir werden mit der KSBP darüber sprechen und uns um ein Arrangement bemühen, das es den Zivilisten erlaubt, sicher die Stadt zu besuchen, Mrs. Frazer. Ich würde es auch begrüßen, wenn wir die Verteidigungsübungen für Frauen und Kinder intensivierten. Ich möchte dafür sogar ein festes Komitee ernennen, bestehend aus Ihnen, Mrs. Savage und, hmm, Mrs. Fuller, sowie den Veteranen Smith, Puzdocki und Shaoping. Dieses Komitee hätte die Aufgabe, alle Prozeduren unter die Lupe zu nehmen und Alternativen vorzuschlagen. Irgendwelche Einwände?«

»Wir benötigen Zugriff auf die Planungscomputer«, meinte Beatrice Frazer.

»Koordinieren Sie das mit den Captains Alana«, sagte Owensford. »Einwände? Zustimmung?« Ein einstimmiges Votum per Handzeichen.

»Bataillonssergeant Guiterrez?«

Der stämmige Chicano lächelte. »Sir, bei den Männern stellen wir das entgegengesetzte Problem fest. Ihnen gefällt es hier zu gut.«

Owensford schnitt ein finsteres Gesicht; Deserteure waren schon immer ein Problem von Falkenbergs Legion gewesen, ein Problem, wie es ebenso für die Marineinfanterie des CoDominiums, aus der die Legion hervorgegangen war, als typisch gelten mußte, und davor auch für die französische Fremdenlegion. Soldaten lieben leichten Dienst, aber man muß Kriegern hin und wieder wirklich etwas zu tun geben. Natürlich braucht man Leute, die gerne Ausrüstung in Kasernen polieren, aber man sollte lieber auch ein paar richtige Soldaten dabeihaben . . .

»Über den Kopf wächst uns das Problem auch nicht gerade, Sir«, sagte Guiterrez. »Es gibt reichlich Kämpfe. Wird geradezu persönlich. Die meisten unser Langzeitsoldaten könnten jedoch permanente Stellungen in der spartanischen Armee bekommen, und das gleich ein paar Sprünge auf der Karriereleiter weiter. Das gilt sogar für Offizierspatente. Die Bezahlung ist gut, man kann die Bürgerschaft erwerben, und verdammt noch mal, das Volk hier hat *Sympathien* für Soldaten, Sir! Außerdem bekommen wir gute Leute zur Ausbildung, niemand, dessen man sich schämen müßte. Und da die Legion hier einen Stützpunkt behalten wird, wäre ein Wechsel zur Königlichen Armee auch keine endgültige Trennung. Wir müssen bei auslaufenden Verträgen mit einem Rückgang an Neuverpflichtungen rechnen. Das hier ist schon ein Planet, wo man es aushalten kann.«

Owensford nickte. »Auch die CoDominiumsflotte weiß Sparta als Pensionärssitz zu schätzen. Zuerst müssen wir allerdings den Krieg gewinnen, Sergeant. Sonst bleibt dies hier kein Ort, wo irgend jemand leben könnte.«

»Gewinnen! Ja, Sir. Aber verdammt, Major, man läßt uns ja nicht gewinnen! Und wir wissen, wer hinter all dem steckt . . .«

»Das haben wir bereits alles besprochen, Sergeant. Kommentar zur Kenntnis genommen. Nun, wir haben zwischenzeitlich ein Kommuniqué des Colonels erhalten . . .« Ein Rascheln ging um den Tisch. »Keiner von Ihnen muß sich Sorgen machen. Die Verlustliste habe ich den Kaplanen überreicht.

Das Kommuniqué kam vor einer Stunde mit dem CoDo-Kurierschiff. Die Nachricht ist etwas weniger als zehn Erdmonate alt. Das Regiment ist sicher gelandet, ergriff die Initiative und rückte auf Allansport vor. Dort rechnet man mit Kämpfen. Colonel Falkenberg ist mit unseren bisherigen Maßnahmen einverstanden . . .« Das betraf den damaligen Stand der Dinge. *Gott, damals dachten wir schon, es wäre schlimm!* ». . . warnt jedoch, daß eine umfassende Mobilisierung nötig werden könnte, und autorisiert die nötigen Maßnahmen.«

Das rief leises Gelächter vor, besonders bei den Offizieren. Genau das, was man von Christian Johnny erwarten konnte!

»Dazu kommt noch eine Nachricht an uns alle.« Owensford drückte einen Schalter auf der Konsole vor sich.

Falkenberg tauchte auf dem Bildschirm an der gegenüberliegenden Wand auf. Der Colonel saß in Gefechtsuniform an seinem Feldschreibtisch. »Wir sind hier unserem Plan voraus«, sagte er. »Geringe Verluste. Gute Unterstützung vor Ort. Einzelheiten werden beigefügt.

Ihren Meldungen zufolge sieht es bei Ihnen schlecht aus. Tut mir leid, das zu hören, aber ich muß feststellen, daß es mich nicht sehr überrascht. Ich hoffte allerdings, Sie hätten etwas Zeit, ehe unsere Feinde ihre Kräfte gesammelt haben, aber Sparta ist wichtig für Bronson und seine Leute. Für uns ist es noch wichtiger, wenn man bedenkt, wie sich die Dinge entwickeln. Es kommt darauf an, daß Sie für Sparta die Unabhängigkeit erhalten. Ich weiß, daß Sie es tun werden, was immer auch dafür nötig wird.

Nun zu Verwaltungsangelegenheiten. Major Owensford wird hiermit zum Lieutenant Colonel befördert und ermächtigt, jeden spartanischen Rang zu akzeptieren, den er für nötig hält.

Colonel Slater wird sich nun davon überzeugen, daß Ihr Raum abgesichert ist und alle Anwesenden ermächtigt sind, Regimentsfragen zu diskutieren.«

Das Bild verschwand. Owensford musterte nacheinander jeden im Raum und tippte dann einen Satz in seine Konsole. Falkenberg tauchte wieder auf.

»Wie alle von Ihnen wissen, passiert mehr, als wir normalerweise auf Ratssitzungen besprechen können. Ich bedaure das, da von Ihnen erwartet wird, Härten zu ertragen, ohne den Grund dafür zu kennen. Ich kann wiederum nur feststellen, daß das, was Sie tun, wichtig für uns alle ist. Für das Regiment und für die Zukunft, was auch immer die Zivilisation hier draußen an Zukunft haben mag. Das ist ganz ungewiß. Das CoDominium zerfällt, ist aber noch nicht tot. Es besitzt nach wie vor große Macht. Diese Macht ist gespalten. Unsere Fraktion, die lose von den Grants, den Blaines und Admiral Lermontov geführt wird . . .«

»Ganz schön offene Worte«, warf George Slater ein.

». . . kontrolliert einen Teil der Flotte. Eine kleinere Gruppe, personifiziert durch Vice Admiral Townsend, steht loyal zur Bronsonfraktion. Die meisten Flottenangehörigen bemühen sich um Neutralität. ›Keine Politik in der Flotte; die Flotte ist unser Vaterland.‹ Wir alle schätzen diese Einstellung. Wir teilten sie, aber inzwischen ist sie veraltet. Es gibt keine Flotte mehr, und wir alle stehen vor der Aufgabe, ein neues Vaterland zu schaffen, ein Vaterland für uns und ein Heim für die Flotte.

Was Sie leisten, ist sehr wichtig für diesen Plan. Falls hier alles gut läuft, gewinnen wir Einfluß auf New Washington, genug Einfluß, um hier Einheiten der Flotte und Marineinfanterie zu stationieren. Aber das wird nicht reichen. Wir brauchen auch Stützpunkte auf Sparta.

Hier stellt sich unvermeidlich die Frage: Wen meine ich mit ›wir‹? Ich weiß es nicht. Eindeutig eine umfassendere Größe als die Legion, auch umfassender als alles, was sich uns an Flottenteilen noch anschließen könnte. Ich gestehe, daß ich bislang noch kein klares Bild von dieser Größe habe, aber ich hege so meine Hoffnungen. Womöglich befinden Sie sich in der Position, um in dieser Frage schon mehr zu wissen als ich.

Wie ich schon sagte, stehen wir einer sehr ungewissen Zukunft gegenüber. Ich werde tun, was ich kann, um Sie von einem Teil des Drucks zu befreien, aber offen gesagt, wird das im Moment nicht sehr viel sein. Die hiesige Lage erfordert alle unsere politischen Ressourcen, bis wir New Washington stabilisiert haben. Sie sollten aber nicht das Gefühl haben, übergangen zu werden, denn das, was Sie tun, ist lebenswichtig für uns. Sie lenken unsere Feinde ab, die Feinde der Legion, und was das angeht, auch die Feinde der Ziviliation. Was der Feind auf Sparta gegen Sie ins Feld führt, kann er hier nicht mehr gegen uns einsetzen. Sie tragen dazu bei, ihn zu erschöpfen. Es wird nicht leicht werden – das sind Feldzüge dieser Art nie –, aber ich weiß, daß Sie es schaffen können.

Wir werden siegen. Vergessen Sie das nie! Meine besten Wünsche, und Gott segne Sie.« Das Bild verblaßte.

»Verdammt«, sagte jemand.

»Ein Zermürbungskrieg«, meinte George Slater. »Major – Colonel, ich habe eine Bitte an Sie. Ich möchte es nicht als Antrag vorbringen, solange ich nicht weiß, was Sie davon halten.«

»Nur zu«, sagte Owensford.

»Ich schlage vor, daß wir meinen Vater bitten, sich diesem Rat anzuschließen. Bei allem gebührenden Respekt, aber niemand von uns hat viel Erfahrungen mit Flottenpolitik . . .«

»Und General Slater kennt Falkenberg schon länger als jeder andere hier«, beendete Owensford den Satz für ihn. »Wie Sie alle wissen, legt Colonel Falkenberg großen Wert auf das Prinzip eines einheitlichen Kommandos. Demzufolge achtete er sehr darauf, jeden Anschein zu vermeiden, General Slater hätte irgend etwas mit dem Befehl über die hiesigen Legionseinheiten zu tun. Ich wußte das zu schätzen, stimmte jedoch unter den heutigen Bedingungen Captain Slater zu. Die Lage ist nicht die, die wir erwartet hatten, und sie hat sich schneller weiterentwickelt, als wir glaubten. Ich denke, dieser Rat kann die Erfahrungen von Lieutenant Colonel a. D. Hal Slater gut gebrauchen, und ich würde einen entsprechenden Antrag in Erwägung ziehen.«

»Wird hiermit gestellt.«

»Unterstützt.«

»Antrag gestellt von Regimentssergeant Guiterrez und unterstützt von Mrs. Frazer. Wer dafür ist, äußere sich entsprechend. Gegenmeinungen? Ich höre keine. Ins Protokoll eintragen, daß das Votum ohne Gegenst . . .«

Jemand klopfte heftig an die Tür. Owensford runzelte die Stirn. »Herein!«

Die Tür ging auf. Owensford sah hin und spürte, wie die eigenen Züge erstarrten, als er den Ausdruck im Gesicht des Junior Lieutenants bemerkte.

»Sir«, sagte der junge Mann, »entschuldigen Sie die Störung. Eine Prioritätsmeldung aus Sparta City liegt vor. Es wurde ein Anschlag auf das Deportiertenshuttle verübt. Es gibt über eintausend Tote, und . . . Sir, der Kommandant der CoDominiumsenklave hat sämtliche Spitzen der Regierung und aller kriegführenden Parteien zu einer Besprechung zusammengerufen. Sofort, Sir.«

Owensford traf Anstalten, sich zu erheben. »Warten Sie mal«, sagte er. »Aller kriegführenden Parteien?«

»Ja, Sir. Die Aufforderung gilt auch für die Heloten, und sie erhalten vom CoDominium freies Geleit. Jedes Vorgehen gegen sie während der Dauer der Konferenz plus vierundzwanzig Stunden danach wird als Angriff auf das CoDominium betrachtet.«

Peters Blick wanderte die Reihe der erschrockenen Gesichter entlang, während er sich selbst um Fassung bemühte. »Gentlemen, Ladies«, sagte er förmlich. »Ich fürchte, wir müssen diese Sitzung vertagen.«

»Skilly ist in einer Minute zurück.«

Geoffrey Niles richtete sich auf einem Ellbogen auf, um ihr hinterherzusehen. Es lag ein entspanntes Vergnügen in der Art, wie sich die Muskeln ihrer Hinterbacken bewegten und wie sie die Hüften schwenkte, während sie sich in dem matten Licht von ihm entfernte. *Überhaupt nicht das, was man vielleicht erwarten würde,* dachte er. Sie war reinlich wie ein Katze, wann immer sie eine Gelegenheit fand. Eine der häufigsten Ursachen für Strafübungen der Helotenrekruten war mangelnde Sauberkeit. Der Übeltäter wurde von der gesamten Korporalschaft gesäubert, und das mit Bodenschrubbern ...

Die Höhlenluft war immer noch kalt, aber er scherte sich jetzt nicht darum und zog auch die Decke nicht wieder hoch, obwohl er nackt war. Diesen Trick hatte er in den letzten paar Monaten gründlich gelernt, nämlich wie man gleichgültig blieb gegenüber dem, was man körperlich empfand. *Habe eine Menge von Skilly gelernt,* dachte er mit einem schrägen Lächeln, während er die letzten Stunden in Gedanken Revue passieren ließ. Sogar im Zustand der Erschöpfung erregte ihn das noch. *Gott, was für eine Frau!*

»Gibt eine Menge Spaß hier«, murmelte er vor sich hin. Auch wieder so eine komische Sache, wenn man bedachte, daß er wie ein Sklave schuften mußte, obwohl natürlich nicht härter als Skilly. Wenn schon, dann eher weniger ... »Und es wird selten langweilig.«

Wenn er da an England zurückdachte, an den banalen Alltag,

die Fahrten ins Büro vom Amalgamated in der Stadt, den Urlaub in den Alpen oder auf der Familienprivatinsel, die zu den Cayman-Inseln gehörte ... *Hirnlose Debütantinnen und endlose verfluchte Langeweile.* Jetzt hatte er eine wirklich aufregende Beschäftigung. Nicht, daß an ererbtem Reichtum irgendwas auszusetzen gewesen wäre, von der Versuchung mal abgesehen, daß man nichts aus sich selbst machte. Ewig nur Unterhaltung war nicht mehr unterhaltsam, und wenn der Kontostand erstmal eine gewisse Höhe erreicht hatte, waren weitere Zugänge nur noch bloße Zahlen. Kaum einer der Menschen, die er auf der Erde gekannt hatte, zeichnete sich durch etwas aus, was an Skillys diamantharte Konzentration und ihre entschlossene Spezialisierung heranreichte; statt dessen verzettelten sich die Leute und nahmen mal hier etwas in Angriff, mal dort. So konnte man nichts erreichen.

Abenteuer sind nicht das, worum es geht, überlegte er. Das war ihm klargeworden, als er letztes Jahr nach der Schlacht in den Illyrischen Tälern den Fluß hinuntergetrieben war, während er sich an der Leine eines seiner Männer festhielt. Das große Abenteuer ähnelte dem Glück; man konnte sich nicht aufmachen, um es zu finden. Versuchte man es trotzdem, fand man nur Safaris und sinnlose Risiken, die nicht mehr waren als aufgedonnerte Vergnügungsparktouren. Was wirklich etwas bedeutete, war ein Ziel zu erreichen, ein großes und lohnendes Ziel, in dessen Verfolgung man alles hineinsteckte, was man hatte. Genau das war es, was Leute wie Großonkel Bronson und Murasaki oder Skilly taten. Man fing mit nichts an und kämpfte darum, einen Krieg zu gewinnen und einen Planeten zu beherrschen und umzugestalten. *Darin* lohnte es sich, Zeit zu investieren.

Er gähnte wieder. *Nun, Großonkel, vielleicht überrasche ich dich und mache auf dieser kleinen Partie meine eigene Karriere.* Er bewegte sich unbehaglich, als ihm eine mögliche Heimkehr durch den Kopf ging; seine Klassenkameraden aus Sandhurst würden es nicht verstehen ... *Ich hatte keine Wahl! Nicht wirklich, und dann war es zu spät ...*

Auf Skillys Bettseite lag ein Notizbuch, eines von Hunderten, die sie ordentlich im Regal stehen hatte, ein 20 x 10 cm messendes, schwarzes Büchlein. Auch wieder so eine Überraschung, wenn man bedachte, wie sie Zeitvergeudung verabscheute. Wenn es sonst nichts zu tun gab, schnappte sie sich einen dieser Bände und fing an, Gedanken, Beobachtungen und Pläne niederzuschreiben ... Müßig schlug er den vorderen Buchdeckel auf.

Nach dem Krieg ≠, las er. Plastikmarker an den Seiten unterteilten den Band in mehrere Abschnitte und waren mit den Kürzeln beschriftet: *pers., polit., milit., ökon.*

Zunächst das Persönliche, dachte er.

Freihändige Bleistiftskizzen. Von ihm, entweder nackt oder in Phantasieuniformen oder mit Skilly zusammen. *Sind wir wirklich solche Akrobaten?* Notizen zu Insignien und Flaggen. Grund- und Aufrisse von Häusern und Gärten. Ein Bild von einer zerlumpten Range mit großen Augen. Es dauerte einige Augenblicke, bis er darin eine jüngere Skilly wiedererkannte. Eine letzte Folge von Bildern mit ihm und Skilly und einem Baby, letzteres in einer Wiege, an ihrer Brust, beim Spielen mit Niles ... Gerührt klappte er das Notizbuch zu und legte es wieder hin. *Vielleicht träumt sie von einer dynastischen Verbindung, davon, in den Bronsonclan einzuheiraten. Einen Seitenzweig zwar, aber trotzdem ein ganz schöner Schritt nach oben, verglichen mit Belize. Und was würde Großonkel davon halten? Aber es war etwas, worüber sich nachzudenken lohnte.*

»Ganz entschieden«, murmelte er und schloß für einen Moment die Augen. Es war wirklich ein erregender Gedanke. *Eine Dynastie,* überlegte er. Nicht, daß Skilly jemals offen gegen Croser gesprochen hätte, aber ... *Die meisten Dynastien beginnen mit einem rücksichtslosen Usurpator,* erinnerte er sich. *Oder einem erfolgreichen Soldaten oder barbarischen Invasor. Kein Grund, warum so jemand nicht mit der Zeit das Licht der Zivilisation erblicken sollte. Ganze Zivilisationen wurden schon von erleuchteten Barbaren begründet ... Hegt Skilly solche Gedanken? Könnte sie eine Bronsonstatthalterin in einem richtigen Staatswesen werden? Würde sie die Rolle überhaupt akzeptieren?*

»Wieder auf? Jeffi ist aber *wirklich* 'n Mann aus Eisen!« lachte Skilly, als sie wieder ins Bett schlüpfte. Ihre Füße waren kalt, mußte er feststellen, als sie damit an seinen herumspielte – sie beide waren annähernd gleich groß –, und ebenso ihre Finger, mit denen sie an seiner Brust und seinem Bauch hinabfuhr.

»Gott, Frau, du mußt etwas in meine Getränke schütten!« sagte er mit gespieltem Entsetzen.

»'Ne Menge rotes Fleisch und frische Luft«, sagte sie, während sie ihn küßte und massierte. »Diesmal schonen wir aber deine armen Knie und Ellbogen«, fuhr sie fort, richtete sich auf uns setzte sich rittlings auf seine Hüften. »Skilly ist doch gut zu ihrem Jeffi, he?« Sie blickte unter schweren Lidern auf ihn herab, während sie sich quälend langsam auf ihn sinken ließ. »Genieße es, solange du kannst. Wir sind bald wieder im Feld.«

»Bald? Ah!« Er hob die Hände an ihre Brüste.

»Hmmm. Mmm, nett. Wir haben den ganzen Winter über den Königen das Leben schwergemacht, und jetzt werden sie richtig sauer. Wir müssen sie dazu bringen, ihre Kräfte dünn zu verteilen . . .« Sie grinste. ». . . damit sie sie nicht wieder für einen geballten Schlag zusammenkriegen.« Sie stieß mit den Hüften ruckartig nach unten. »Inzwischen haben wir wieder zu viele Leute, um 'ne Guerilla zu bleiben.«

Niles lachte, und es klang ein bißchen atemlos. »Du denkst bei solchen Anlässen an Strategie?«

Sie lehnte sich auf seine Hände und packte ihn an den Schultern. Die Mähne aus schwarzen Locken fiel ihm ins Gesicht, als sie sich gemeinsam zu wiegen begannen, aber er sah trotzdem noch ihre Zähne und Augen hindurchglitzern.

»Skilly ist immer am Denken, Jeffi«, keuchte sie. »Immer!«

Skida Thibodeau rutschte ein wenig zur Seite und nahm das Notizbuch zur Hand, wobei sie noch einen zärtlichen Blick für den Mann übrig hatte, der neben ihr schlief. Sie zog einen Bleistift aus der Halterung am Buchrücken und leckte an der Spitze, während sie das Buch öffnete.

Polit. Der erste Eintrag war eine Bücherliste über Techniken der inneren Sicherheit; sie suchte sie ab und setzte eine Notiz hinzu: *Geh.pol. – eigenes Budget – profit. Arb.lager – siehe Einzelheiten bei R. Conquest.* Der wirtschaftliche Aspekt war wichtig. Dann noch: *Rival. Gruppen – Gleichgewicht.* Dabei konnte man leicht zu weit gehen.

Weiter zu *milit.* Die erste Seite dieses Abschnittes zeigte eine vereinfachte Sternenkarte mit der Sonne von Sparta im Zentrum. Es waren Transitzeiten eingetragen, die strahlenförmig wie die Speichen eines Rades von dort nach außen verliefen. Darunter stand eine Notiz: *Wehrpfl. Armee – 10/15 Div.*, gefolgt von einer Liste von Planeten. Sie kennzeichnete den Eintrag Thurstone und verweilte dort für einen Moment.

Sie zuerst, aber wen dann? Haven? Dieser Planet war nicht annähernd so nahe, aber der Schimmersteinhandel bot gute Profitaussichten. Andererseits gehörte Haven nach wie vor zum CD und war ansonsten ganz schön wertlos. Nicht genug Einwohner, nicht genug Rekrutierungspotential für weitere Expansion. Immerhin gab es dort eine Auftankstelle ... Der Bleistift geriet in Bewegung: *Haven mögl. zwt. Schritt; CD geht unter; Erforsch. dar. hinaus?* Es war noch Zeit genug, um darüber nachzudenken, wenn die Demokratische Republik Sparta erst mal ihre Raumflotte aufbaute. *Bauen oder erobern? Erobern ist so viel einfacher.*

Sie steckte den Bleistift in die Halterung zurück, ließ sich aufs Bett sinken und zog die Decke hoch. Niles kuschelte sich im Schlaf enger an sie, und sie lächelte vor sich hin, ehe sie gähnte und sich zum Einschlafen bereitmachte.

Das Leben ist schön, dachte sie zufrieden. Am Funkgerät neben ihrem Bett blinkte eine Lampe auf. Sie betrachtete sie finster, schwenkte die Beine aus dem Bett und gürtete sich den Bademantel zu. *Das sollte lieber wichtig sein!* dachte sie.

»Nun, wir wissen, wie es dazu kam«, sagte General Desjardins. »Diese *Idioten* von der GBA glaubten, sie könnten das CoDominium mit Terror dazu bringen, die Deportation einzustellen.

Sie schmuggelten via Aegis-Station einen Selbstmordattentäter mit einer Bombe auf das Shuttle.« Die meisten Raumschiffe, die Fracht oder Passagiere beförderten, fuhren die Orbitaltransitstation an und luden ihre Fracht dort auf die Bodenshuttles um.

»Der Kerl mischte sich unter die Deportierten und schaffte es, beim Atmosphäreneintritt dicht genug an eine Kühlmittelpumpe heranzukommen. Die Armstrongleute haben gar nicht zur *Kenntnis* genommen, daß sich CD-Offiziere und elfhundert Häftlinge an Bord befanden!«

Owensford nickte angespannt. Die Partei der Royalisten saß in einer Ecke dessen zusammen, was einmal die Offiziersmesse der Marineinfanteristen des CoDominiums gewesen war. In der trockenen, leicht muffigen Luft des großen, nur matt beleuchteten Zimmers schwebte noch das Gespenst von Bannern, von rauhen Festlichkeiten mit Dudelsackbläsern und Kosakentänzern, ein Nachhall von Traurigkeit. Das verbliebene Personal der Enklave lief wie verloren durcheinander, und die Junioroffiziere, die die beiden Parteien hierhergeleitet hatten, waren Männer in den Vierzigern gewesen... *Hätte ich nicht Glück gehabt, wäre ich jetzt so einer,* ging dem Söldner mit einem Schauder durch den Kopf. Gestrandet auf dem verlorenen Außenposten eines sterbenden Imperiums. Er warf einen kurzen Blick auf die Gruppe, die rings um einen hastig abgestaubten Tisch auf der anderen Seite des Raumes versammelt war – Dion Croser und die NBBF-Bande. Croser redete mit einem von ihnen und klopfte dem Mann lachend auf die Schulter.

Mistkerl.

Am Eingang entstand Unruhe; die Ehrenwache dort lieferte nicht denselben sorgfältig neutralen Salut, mit den sie die spartanischen Könige und ihre Legionsoffiziere begrüßt hatte.

Die Heloten, dachte Owensford sardonisch. *Da haben wir ja den Feind.*

Die Rebellen waren unter der Zusage sicheren Geleits durch das CoDominium in einem schwer bewaffneten Shuttle der Marineinfanterie eingetroffen.

Wie schade, dachte Owensford böse. *Sie wären sonst nicht wieder lebend hinausgekommen. Vielleicht schaffen sie es aber ohnehin nicht, sobald ich der Konferenz meine kleine Überraschung präsentiert habe.* Dann sagte er sich: *Beobachte sie! Lerne den Feind kennen!*

Der CD-Kommandant hatte darauf bestanden, alle Parteien des Bürgerkrieges zu sehen, einschließlich derer, die sich gegenseitig gar nicht als kriegführende Parteien anerkannten, und derjenigen, die Neutralität für sich in Anspruch nahmen. Die Königliche Regierung hatte drei Tage lang gegen das sichere Geleit für die Heloten protestiert; der Kommandant der Marineinfanterie hatte ihr das nachfühlen können – besonders nach den Verstößen gegen die Kriegskonventionen bestand kein Zweifel daran, wo die Sympathien der CoDo-Garnison lagen –, aber die Befehle ließen ihm keinen Spielraum, nicht in Anbetracht eines Großsenators, der ihm im Nacken saß.

Das CoDominium torkelte vielleicht auf sein Grab zu, aber selbst sein wandelnder Leichnam besaß noch eine Macht, die kein Planet ohne eigene Raumflotte ignorieren konnte. Selbst jetzt noch konnte das CoDominium einen eklatanten Angriff wie den auf das Shuttle nicht übergehen, auch wenn zu Spartas Freunden einflußreiche Senatoren sowie Großadmiral Lermontov gehörten. Besonders wenn man bedachte, daß diese Freunde selbst ums Überleben kämpften und ihren Feinden jede Ausrede recht war, um sie zu stürzen. Und es gab so viele Feinde, Kaslovs mörderische Neostalinisten in der UdSSR, Harmons wahnsinnige Patriotenpartei in den USA, die sich beide in aller Öffentlichkeit in nihilistischem Genuß an der Idee eines nuklearen Krieges ergötzten. Derweil spielten Bronson und seine Opportunisten beide Parteien gegeneinander aus, um ihren privaten Profit einzufahren . . .

Sieh nur gut hin, erinnerte sich Owensford und studierte das halbe Dutzend von Rebellenführern. Sie trugen Tarnjacken, Hosen aus Leder und Stiefel, alles sehr geschniegelt, und die Rangabzeichen und die Plaketten ihrer Barette glänzten frisch poliert. Hier und da schimmerte ein Hauch von *Bandido*-Extravaganz durch, ein Messingohrring oder ein langer Haarzopf, ein bißchen Großspurigkeit. Skida Thibodeau befand sich mitten unter ihnen, und im Vorbeigehen widmete sie Owensford einen ruhigen, abschätzigen Blick, wie ein Jäger im heißen Dschungel, der nachdenklich einen wilden Keiler mustert.

Owensford spürte, wie sich ihm instinktiv die Nackenhaare sträubten. *Der Hund und der Wolf*, ging ihm ironisch durch den Kopf. Er hatte die Akten und Bilder sorgfältig studiert, aber sie hatten ihn nicht auf diese geschmeidige, exotische Schönheit vorbereitet, die anmutige Tödlichkeit einer Viper.

Es mußte trotz aller Umstände beträchtlichen Mut erfordert haben, herzukommen; nicht wenige Spartaner und etliche Legionäre hätten auch den Zorn des CoDominiums riskiert, um die feindlichen Anführer zu töten. Es tobte ein erbitterter Krieg, und hier stand der Grund dafür. Owensford musterte die Rebellen gründlich; ein oder zwei von ihnen waren sich der Gefahr, in der sie schwebten, womöglich nicht bewußt, während sich die anderen in voller Kenntnis dessen unter der Maske ihrer gespielten Tapferkeit etwas steif bewegten. Skilly war völlig entspannt und sogar leicht amüsiert. Der Söldneroffizier spürte, wie er leicht die Zähne bleckte. Die meisten Soldaten wendeten Willenskraft auf, um sich der Gefahr zu stellen. Er hatte einige kennengelernt, die sie richtig genossen, und ein paar Eisgestalten, denen sie einfach nichts ausmachte. Letztere hatte er nie gemocht; in einem solchen Menschen fehlte einfach etwas, und die Helotenanführerin schien ein erstklassiges Exemplar dieser Gattung zu sein. Hinter ihren großen dunklen Augen arbeitete ein Verstand . . . *Aber keine Seele*, entschied er. *Nicht die Spur davon.*

Ace Barton beugte sich zu ihm hinüber. »Achte auf Niles«, sagte er.

Das mußte der große blonde Mann sein; er spürte ihre Blicke und schenkte ihnen ein falsches, zähnebleckendes Lächeln, als die Heloten sich setzten. Skilly lehnte sich auf ihrem Stuhl zurück, Arme und Beine lässig überkreuzt, und schlief sofort ein.

»Ähnelt den Bildern überhaupt nicht.« Sie hatten umfangreiche Videounterlagen über den Ehrenwerten Geoffrey Niles, und ungeachtet der unverkennbaren nordischen Wangenknochen war dies ein anderer Mensch. »Unser kleiner Seitensproß des

Bronson-Familienstammbaumes ist heute aber gar nicht mehr der vertrottelte englische Snob«, meinte Barton nachdenklich.

»Kann nicht behaupten, daß es eine Besserung wäre«, versetzte Owensford. Fast zwei Erdjahre in der Wildnis hatten den Mann ausgezehrt und verliehen ihm auch etwas von dem wilden Anschein der übrigen Heloten am Tisch. »Wenn man an die üble Gesellschaft und all das denkt.«

»Gentlemen, Ladies!« rief der CoDominiums-Lieutenant von der inneren Tür her; er hatte ein flaches russisches Gesicht, aschblondes Haar, das allmählich grau wurde, und einen sehnigen Körper unter der blauen und scharlachroten Galauniform. »Der Kommandant!«

»Achtung!« brüllte der Sergeant-Major der Garnison. »Die Versammlung ist hiermit eröffnet.«

Überall raschelte es, als die Militärs Haltung annahmen und die Zivilisten dieses Vorbild noch übertrafen. Die Könige hatten sich natürlich bereits gesetzt, schließlich waren sie als Staatsoberhäupter hier. David I. wirkte auch nicht stärker beunruhigt als eh und je; die Verfassung von Alexander I. hatte sich dermaßen verbessert, daß es ein Unterschied wie zwischen Tag und Nacht war.

Colonel Boris Karantov erwiderte das höfliche Nicken der spartanischen und der Legionssoldaten und ignorierte die Heloten. Er setzte sich vorsichtig und stützte sich dabei mit den Händen ab; er war über siebzig und sah noch älter aus, ungeachtet aller möglichen Regenerationsbehandlungen.

»Bitte nehmen Sie Platz, Gentlemen, Ladies.« Sein Anglic wies nach wie vor eine leicht russische Färbung auf.

»Wir haben uns hier versammelt, um über Verstöße gegen die Bestimmungen des Unabhängigkeitsvertrages zu sprechen, die die Beziehungen zwischen diesem Planeten und dem CoDominium zum Inhalt haben. Darüber hinaus geht es um Verstöße gegen die Kriegskonventionen. Erlauben Sir mir zunächst die Feststellung, daß das CoDominium in Ihrem aktuellen Konflikt strikt neutral ist; ich bin nicht an den Licht- und Schattenseiten dieser Auseinandersetzung interessiert, wie Sie sie sehen. Ich weise Sie darauf hin, daß diese Konferenz aufgezeichnet wird und daß die Aufzeichnung den zuständigen Dienststellen der Staatsgewalt des CoDominium zugänglich gemacht werden wird, ebenso dem Großsenat.«

Was er sagte, klang lustlos und müde. Er sprach mit der Stimme eines Menschen, der sich nur noch für die mechanische Abwicklung eines Jobs interessiert, an den er gar nicht mehr glaubt.

»Ein Shuttle, ein Zivilfahrzeug, wurde durch einen Akt von kriminellem Terrorismus zerstört. Es war gechartert vom Umsiedlungsbüro und hatte sowohl Deportierte an Bord, die noch nicht der spartanischen Jurisdiktion übergeben worden waren, als auch Offiziere der CoDominiumsflotte auf Urlaub. Ich habe alle denkbaren Gruppierungen hierherbestellt, um Rechenschaft über ihre mögliche Verantwortung abzulegen. Eure Majestäten?«

»Wir, die Regierung der Doppelmonarchie, prangern diese abscheuliche Tat an.« Alexander betrachtete Skida Thibodeau mit festem Blick. »Es wäre durchaus möglich gewesen, daß es sich bei dem Anschlag um eine Operation handelte, die von dieser Person organisiert wurde, um uns zu diskreditieren. Wir sind uns jedoch ziemlich sicher, daß ein Dissidentengruppe die Verantwortung trägt, die sich GBA nennt. Wenn wir die verantwortlichen Individuen festgenommen haben, müssen sie mit einem Verfahren und der Hinrichtung rechnen. Oder damit, Ihnen zur Bestrafung übergeben zu werden, Kommandant. Sparta legt großen Wert auf seine Beziehungen zum CoDominium.« Ein unterschwelliger Hinweis darauf, daß sie mächtige Freunde im Großsenat hatten.

Karantov nickte unverbindlich und drehte dabei einen Lichtschreiber zwischen den Fingern. »Manche Leute glauben allerdings«, sagte er mit Bedacht, »daß diese GBA Verbindung zu Ihrem eigenen Sicherheitsapparat hat. Eure Majestät behauptet, diese Tat wäre ausschließlich das Werk entfremdeter Individuen, aber das wäre in jedem Fall behauptet worden.«

Er wandte sich an Croser. »Mr. Croser, Ihre Organisation

wurde ebenfalls schon mit terroristischen Aktionen in Verbindung gebracht. Was haben Sie dazu zu sagen?«

Croser nickte ihm höflich und respektvoll zu. »Sir, zunächst muß ich feststellen, daß die NBBF eine gänzlich friedfertige politische Partei ist. Es stimmt – wir hoffen, die Regierung zu bilden, nachdem das illegale Royalistenregime beim bevorstehenden Referendum vom Volk abgelehnt wurde . . .« David I. schnaubte, und Alexander fuhr vor Wut fast vom Stuhl hoch, wurde aber von General Desjardins am Arm festgehalten. ». . . aber wir setzen ausschließlich legale Mittel ein.«

Karantov machte eine gelangweilte Geste, als wollte er den Spartaner auffordern, sich mit seinem frommen Floskeln kurz zu fassen.

»Zum Thema«, fuhr Croser fort, und Gesicht und Stimme waren jetzt härter und schärfer. »Die NBBF bezieht ihre Kraft von den unterdrückten Klassen, das heißt, von den Deportierten, die vom Royalistenregime unterdrückt werden. Jeder Transport, der landet, vergrößert die Stärke unserer gerechten Sache. Es wäre selbstmörderisch von uns, diesen Zustrom zu unterbrechen, selbst wenn wir uns zu einer solchen Greueltat herabließen.

Nein«, fuhr er fort, und er sprach jetzt wirklich mit schallender Stimme, »der einzig logische Kandidat sind die Royalisten selbst, die in ihrer Verzweiflung blind um sich schlagen, da der aus ihren eigenen Aktionen entstandene Wirbelwind außer Kontrolle geraten ist. Sie benutzen dabei die falsche Fassade der GBA, um Aktionen zu tarnen, die selbst für sie zu abstoßend sind, um sie zuzugeben. Sicherlich hat die GBA die Verantwortung übernommen.«

Mistkerl, dachte Owensford. *Aber ein cleverer Mistkerl.* Man konnte unmöglich nachweisen, daß das nicht stimmte.

Karantov drehte das Gesicht zu den Heloten. Deren Befehlshaberin stützte das Kinn mit der Faust ab, während sie die Auseinandersetzung zwischen den übrigen Konferenzteilnehmern mit trägem Genuß verfolgte.

»Diese NBBF-*Rabbiblancos* kriegen zwar gelegentlich was hin, obwohl es Schwächlinge sind«, sagte sie abfällig. »Die

Spartanische Volksbefreiungsarmee ist dagegen 'ne Deportiertenarmee. Wieso sollten wir die eigenen Rekruten umbringen?«

Der CoDo-Offizier nickte grimmig. Offensichtlich verabscheute er die Sprecherin so sehr, daß ihm ihre Worte fast körperlich weh taten, aber gleichermaßen offensichtlich war, daß er das Argument akzeptierte.

Alexander schüttelte die Hand seines Polizeikommandeurs ab. »Ich wiederhole, Sie würden es als Provokation natürlich sehr wohl tun. Nur zu gerne würden Sie unsere Beziehungen zum CoDominium ruinieren.«

Skilly grinste unverschämt, lehnte sich zurück und legte einen Arm über die Stuhllehne. Sie begutachtete die Fingernägel der anderen Hand.

»Ts, ts«, sagte sie mit höhnischer Freundlichkeit. »Der alte Mann hat Phantasievorstellungen. Er braucht 'nen Doktor, aber schnell.«

»Still!« schnarrte Karantov. Einen Moment später fuhr er fort: »Nach dem Vertrag bin ich berechtigt, das Kommando über die Aegis-Station zu übernehmen, falls die spartanische Regierung ihren Pflichten nicht nachkommt. So wird es auch geschehen. Die Lunabasis hat mich darüber informiert, daß in nächster Zukunft mit dem Eintreffen einer großen Zahl von Deportierten zu rechnen ist, und ich werde *nicht* zulassen, daß irgend jemand in meiner Obhut in Gefahr gebracht wird!«

»Colonel?« Skillys Tonfall war diesmal honigsüß. Owensford musterte sie mit schmalen Augen von der Seite her. Sie selbst hielt den Blick auf ihre Fingernägel gerichtet, die langen schwarzen Wimpern niedergeschlagen. »Vielleicht wär's besser, wenn Sie die Deportierten woanders hinbringen würden. Wo's sicherer ist als in dieser gefährlichen Stadt, die zu groß ist, um sie abzusichern, he? Außerdem ist die Stadt voller legitimer militärischer Ziele; vielleicht greifen wir sie bald an.« Ein strahlendes Lächeln. »Wir von der Spartanischen Volksbefreiungsarmee versprechen feierlich, nirgendwo anzugreifen, wo das Shuttle landet, solange keine royalistischen Truppen dort sind.«

Die Delegation der Königlichen Regierung hielt den Atem an. Das war also der Trick, mit dem es die Rebellen hier versuchen wollten. Karantov schürzte nachdenklich die Lippen und bediente dann die Kartenfunktion des Tisches. Die stahlgraue Oberfläche wurde durchsichtig und zeigte eine Aufsicht des Serpentinenkontinents.

»Welche Stelle würden Sie vorschlagen?« fragte er.

»Na ja, auf dem Fluß ist es immer okay«, sagte Skilly konziliant. »Aber für alle Städte gilt derselbe Einwand wie für Sparta City.«

Sie streckte die Hand aus und tippte auf einen Stelle am Südufer des Alexandersees, wo die Eisenbahn aus Olynthos einen Bogen um die Vulkanschnellen machte.

»Das ist die beste Stelle, finde ich. Reichlich offenes Wasser, bereits Docks für die Mineralkähne und nicht viel Stadt. Wir sind damit einverstanden, dort und in fünf Kilometern Umkreis nicht anzugreifen.«

»Kommandant, das würde beträchtliche administrative Schwierigkeiten mit sich bringen«, unterbrach David I.

»Drei meiner Offiziere und eintausend Menschen, deren einziger Verstoß darin bestand, am falschen Ort zu sein, als das Umsiedlungsprogramm dort zuschlug, sind gerade *gestorben*, Eure Majestät«, sagte Kantarov eisig. »Das ist viel mehr als eine administrative Frage.«

Er nahm wieder die Karte in Augenschein und musterte dann die Guerillabefehlshaberin mit unverhohlenem Argwohn.

»Ich und mein Stab werden darüber nachdenken. Als provisorische Maßnahme werden wir alle Bereiche der Aegis-Station abriegeln, die mit BuReloc zu tun hat. Die Shuttles werden nur noch Deportierte auf den Planten bringen...« Er tippte dabei auf die Stelle am Alexandersee. »... und nichts sonst. Kein darüber hinausgehender Verkehr mehr.«

Die Spartaner zuckten leicht zusammen. Das war ein schwerer finanzieller Verlust, besonders im Bereich der CD-Credits, die BuReloc nun nicht mehr für die Dienstleistungen auf Aegis zahlten würde, sowie im Bereich der Shuttletransporte vom Planeten in den Orbit.

»Des weiteren werde ich diese Angelegenheit gegenüber meinen Vorgesetzten zur Sprache bringen. Ich möchte Sie vorwarnen, daß zumindest schwere Geldbußen verhängt werden, besonders dann, wenn die Schuldigen an der Ermordung meiner Offiziere nicht gefunden werden; ich gedenke auch, um Verstärkung zu ersuchen.« Zur Zeit hielt sich nur etwa eine Kompanie Marineinfanteristen auf Sparta auf. »Möglicherweise wird aufgrund der Verstöße gegen die Kriegskonventionen auch eine Blockade über diesen Planeten verhängt.«

Diesmal wurden die Gesichter richtig bleich. Bronsons Lieferungen an die Heloten trafen auf geheimen Wegen ein und würden davon nicht beeinflußt werden. Die Königliche Regierung dagegen mußte mit Aufruhr und Kollaps rechnen, besonders in den Städten. Sparta war nur teilweise industrialisiert, konnte ohne außerplanetare Importe einfach nicht auskommen und war damit noch verletzlicher als eine wirklich primitive Welt.

Zeit ist alles, dachte Owensford und räusperte sich.

»Colonel Karantov, wenn es Ihnen recht ist, möchte ich eine weitere Beschwerde vorbringen, bei der es um Verstöße gegen die Kriegskonventionen geht.«

Karantov zog die Brauen hoch, und die Augen der Heloten schwenkten wie Panzergeschütze zum Legionsoffizier.

»Was Übergriffe gegen Zivilisten oder gegen einheimische Streitkräfte angeht, so fällt das nicht unter meine Zuständigkeit.« Er schien das richtig zu bedauern. Er war alt genug, um sich an Zeiten zu erinnern, in denen das Wort eines CoDominiumsoffiziers zu diesen Fragen Gesetz gewesen war, und er war schon ein erwachsener Mann gewesen, als die Flotte noch in allen Konflikten als Vermittler auftrat.

»Der Verstoß richtete sich gegen eine Angehörige von Falkenbergs Legion«, sagte Owensford.

Er verspürte kalte Befriedigung, als Skilly sich zu einem ihrer Untergebenen beugte und rasch auf ihn einsprach. Der Mann tippte daraufhin wie ein Verrückter auf einem aufgeklappten Notebookcomputer herum. Crosers Gruppe summte wie ein Bienenschwarm, bis Croser selbst sie mit scharfer Geste zum Schweigen brachte. Die Spartaner beugten sich vor wie Hunde an der Leine. Owensford steckte einen Nachrichtenwürfel in die entsprechende Fassung.

»Lieutenant Deborah Lefkowitz, Falkenbergs Söldnerlegion, Dienstnummer 11A7732-ze-1«, sagte er. Ein Bild von ihr leuchtete zusammen mit ihrer Dienstakte auf, gefolgt von einer weiteren Aufnahme, die sie in Gesellschaft ihres Mannes und ihrer zwei Kinder zeigte, vier und sechs Jahre alt. Dann eine Aufnahme von ihrem größtenteils nackten Körper, mit gespreizten Gliedern und offenen Augen ausgestreckt, der Hals von einem Ohr zum anderen aufgeschlitzt.

»Die genetische Analyse sowie Fingerabdrücke und Netzhautmuster beweisen die Identität«, sagte Owensford. Er mußte sich richtig anstrengen, um mit ruhiger Stimmte zu sprechen. Die Legion glich einer Familie. *Und ich muß es Jerry noch erklären.* »Wir vermißten sie seit dem Abschuß ihres Flugzeuges in der Nähe dieser Position während der Schlacht, die letztes Jahr in den Illyrischen Tälern tobte. Diese Höhle diente dem Feind als Stützpunkt. Unser Batterieabwehrfeuer traf ein Munitionslager, und die Überlebenden zogen sich rasch zurück. Es folgen Beweise, daß es sich bei den Nutzern um die Rebellen handelte.«

Karantovs graues Mopsgesicht zeigte keine Regung, als er sich vom Bildschirm ab- und den Heloten zuwandte. Owensford sah, wie auch aus Skillys Zügen jeder Ausdruck verschwand, so daß es der Maske aus einem altägyptischen Grab ähnelte. Die Finger ihrer rechten Hand bewegten sich jedoch; sie öffnete und schloß die Faust. Mit eisiger Klarheit erkannte Owensford auf einmal, daß sie Kalkulationen anstellte. Darüber, ob Karantov ihre Verhaftung anordnen würde und wie viele sie töten konnte, ehe die Wachen sie schließlich niederschossen. Geoffrey Niles musterte das Foto auf dem Bildschirm, und er war bleich.

Endlich sprach Skilly mit leiser Stimme. »Skilly hat das nicht befohlen. Falls sie's getan hätte, dann hätte sie auch gleich den Befehl gegeben, die Leiche mit 'ner Thermitladung zu beseitigen. Und falls Sie den genetischen Fingerabdruck der Täter feststellen . . .« Spermaproben der Vergewaltiger würden das ermöglichen. ». . . dann schenkt Ihnen Skilly ihre Leichen. Zusammen mit den Geständnissen. *Weil Skilly es nicht mag, wenn sie für andere den Buckel hinhalten soll, ohne daß man ihr was gesagt hat!«*

Für einen Moment blitzte das Raubtier hinter der Fassade des glatten Gesichts auf.

»Für unsere Nachforschungen in diesem Fall benötigen wir die Übeltäter lebend«, sagte der CoDominiumskommandant. Sein Gesicht und seine Stimme waren fast ausdruckslos, ebenso wie die Skillys. Ihre Augen zuckten jedoch kurz zu Owensford hinüber, gefolgt von einem kurzen Nicken.

Guter Schachzug, übersetzte er das in Gedanken. Nachdem er diesen Torpedo abgeschossen hatte, konnte er nun nichts weiter tun.

»Feld Eins hat Ihre Kriegskonventionen gelesen, die alte und die neue Fassung«, sagte Skilly. Der durch die schwindende Macht des CoDominiums schrumpfende Geltungsbereich blieb dabei unausgesprochen. »Und den Söldnerkodex.« Der Einfluß der freien Söldnerunternehmen war mit jedem Jahr gewachsen, besonders wenn man die Armeen von Planeten wie Covenant mitzählte, die davon lebten, ihre Kämpfer zu vermieten. »Ein internes Verfahren mit nachfolgender Bestrafung wird dem Buchstaben beider Satzungen gerecht«, fuhr sie fort. »Und wir haben nicht vor, mehr zu tun.«

Karantov tippte mit einem Fingern auf den Tisch. »Ich wußte noch gar nicht, daß Sie . . . den Kodex praktizieren«, sagte er mit ätzendem Sarkasmus.

Wieder regte sich kurz etwas hinter der Maske der Ausdruckslosigkeit, als Skilly antwortete, eine uralte Wut und Verachtung.

»Feld Eins gibt einen Scheiß auf Ihren Kodex oder irgendein totes Miststück«, sagte sie dann wieder in ihrem sanften Tonfall. »Kein Gesetz und kein Kodex schützten Skilly dort, wo sie herkommt, aber sie sucht auch keinen Streit, den sie nicht gewinnen kann. Wär sinnlos, spartanische Gesetzte zu halten. Es heißt sowieso die oder wir. Aber nur 'n Idiot zieht in 'ne neue Schlacht, ehe diese gewonnen ist. Skilly Thibodeau ist kein Idiot, und das ist alles, was Sie zu hören kriegen werden, Colonel.«

»Die Bestrafung von Einzelpersonen reicht nicht aus, falls der Verstoß eine von der Führungsebene vorgeschriebene Politik war«, sagte Karantov. »Meine Ermittler müßten schon beteiligt werden.« Die Drohung mit einer Festnahme blieb unausgesprochen.

»Skilly bedauert's, aber das ist unmöglich«, sagte sie und grinste dann wie ein Wölfin. »Skilly hat auch als gültige Dienstanweisung festgelegt, das alles unberücksichtigt bleibt, was sie unter vorgehaltener Waffe sagen muß. Man kann dieses Spiel nicht treiben, ohne daß man auch bereit ist, sich zu opfern, Mann! Ihre Zusage sicheren Geleits ist ohne Bedingung erfolgt . . . und Skilly hat gewisse Freunde auf Luna.«

Karantov winkte ab. »Ich erwarte unverzüglich das Verfahrensprotokoll und den Vollzug der Hinrichtungen«, sagte er.

Die Heloten standen auf. »Oh, ganz schnell«, sagte Skilly, und die Finger ihrer Waffenhand zuckten wieder unwillkürlich. »Sie kriegen alles, worum Sie bitten, Colonel, und mehr.«

»Ich ersuche darum, daß meine Beweise dem Ausschuß für militärische Angelegenheiten des Großsenats vorgelegt werden und daß die kommandierenden Offiziere aller registrierten militärischen Organisationen innerhalb des CoDominiums Kopien erhalten«, sagte Owensford förmlich. Jemand holte unwillkürlich Luft. Es war unmöglich festzustellen, wer das war, aber Peter glaubte, es könnte Geoffrey Niles gewesen sein.

»Skilly sieht keine Notwendigkeit dazu. Sie wird die Kriminellen für Sie finden. Wenn das hier schon aufgezeichnet wird, dann soll eindeutig gesagt sein, daß Skilly nichts mit der Sache zu tun hatte, und auch keiner ihrer Verbündeten.« Unter schweren Lidern musterte sie die rings um den Tisch Versammelten, ehe sie sich auf den Fersen umdrehte und ging.

»Ihr Kommentar wurde zur Kenntnis genommen«, sagte Karantov. »Colonel Owensford, Ihre Bitte ist vernünftig, und deshalb entspreche ich ihr. Kopien der relevanten Abschnitte dieser Anhörung werden allen registrierten Militärorganisationen übermittelt.

Diese Konferenz wird jetzt vertagt, damit meine Offiziere und ich die Angelegenheit erörtern können. Das wäre dann alles, Gentlemen, Ladies, Eure Majestäten. Bitte, bleiben Sie doch noch für einen Moment, Lieutenant Colonel Owensford.« Der CD-Kommandeur betonte Owensfords Rolle, indem er seinen Rang in Falkenbergs Legion benutzte, einer registrierten Militärorganisation . . .

»Bitte nehmen Sie Platz, Piotr Stefanovich.« Karantov drückte einen Knopf, um den Steward herbeizurufen. »Wodka Tonic, bitte. Und Sie, Colonel?«

»Whiskey und Wasser, danke.« Sie hoben die Gläser.

»*Spacebo,* Colonel. Meinen Glückwunsch zu Ihrer Beförderung.«

»Cheers, Colonel Karantov. Ich hoffe, Sie werden Ihre nicht bedauern.« Owensford seufzte. »Sie haben ganz schön den Kaltschnäuzigen herausgekehrt, Boris«, sagte er. »Den Spartanern gegenüber, meine ich.«

Der Ältere zuckte die Achseln. »Nicht mehr als nötig.« Er überzeugte sich davon, daß die Aufnahmekameras nicht mehr liefen. »Natürlich, Piotr Stefanovich, ist mir klar, daß in diesem Fall Armstrongs Schwarze Hand gewirkt hat und keine Verbindung zur spartanischen Regierung besteht. Aber das kann ich nicht öffentlich äußern. Ich kann auch Ihnen nur sagen, daß es der dringende Wunsch des Großadmirals ist, Sie möchten diese Revolte möglichst rasch niederschlagen.« Er unterbrach sich, blickte in seinen Wodka und stürzte ihn dann mit einer kurzen Drehung des Handgelenks hinunter. »Keine Politik in der Flotte, bah! Inzwischen ist alles politisch.«

»Vielleicht ist es an der Zeit, daß sie sich für eine Seite entscheiden.«

»Sergei und ich gönnen Ihnen den Sieg; auch Grant, aber vor allem wir Russen«, antwortete der CD-Offizier. »Typen wie dieser Croser kennen wir Russen nur zu gut, und auch solche wie diese Thibodeau. Der alleinige Heilsbringer, wahnsinnig und brillant, und die Gefolgsleute vom Typ Killerbanditen . . . Zu oft hat unser geschundenes Land ihresgleichen am Werk gesehen.« Er bekreuzigte sich auf orthodoxe Art und Weise, von rechts nach links. »Wir müssen hoffen, daß die Sünde nicht so schwer auf Sparta lastet wie auch der armen *Rodina.*«

»Warum haben Sie dann . . .«

»Mein Freund, jetzt ist nicht die Zeit dafür. Noch ist Macht in Funktion, beim CoDominium, beim Senat. Genug, um mich von hier zu entfernen, sollte ich Anlaß dazu geben. Ein anderes Mal . . .«

»Ein anderes Mal könnte es zu spät sein.«

»Das glaube ich nicht. Verläuft der Krieg schlecht für Sie? Sie werden ihn gewiß nicht verlieren.«

»Sagen wir mal, daß wir nicht auf der Siegerstraße sind. Boris, die Flotte hat alle Macht hier draußen!«

»Macht? Vielleicht die Macht zu vernichten, aber nicht aufzubauen. Noch nicht.«

»Verdammt, sicherlich doch genug Macht, um den außerplanetaren Nachschub an die Rebellen zu unterbinden!«

»Ja, wahrscheinlich.«

»Warum dann . . .«

»Commodore Guildford führt hier draußen das Flottenkommando. Er ist ein typischer Vertreter der neuen Flottenoffiziere«, meinte Karantov. »Er sucht sich seine Partei nicht auf Grundlage von Prinzipien aus, danach, wer recht hat, sondern danach, wer gewinnt. Aus diesem Grund ist er auch Commodore geworden, obwohl ein Sektor wie dieser nicht mehr als einen Captain der Flotte an der Spitze rechtfertigt.«

»Und er glaubt, daß Bronson gewinnen wird?«

»Er denkt, daß er es nicht vorhersagen kann. Er glaubt, es durch Nichtstun mit keiner Seite zu verderben und sich dann mit dem Sieger einigen zu können.« Boris Karantov zuckte die Achseln. »Manchmal funktioniert diese Taktik.«

»Sie garantiert aber auch, daß der Sieger, wer immer es ist, keine Verwendung für Sie haben wird«, sagte Peter vorsichtig.

»Zugegeben. Ist das eine Warnung, Piotr Stefanovich? Ich wiederhole mich, indem ich sage: Ich tue alles, was in meiner Macht steht. Ein Schritt mehr, und ich werde abberufen.«

»Mehr eine Warnung an Guildford, denke ich. Verdammt, Boris, ein Beobachtungssatellit würde uns enorm helfen!«

»Ich werde mit Captain Newell von der Flotte sprechen. Verstehen Sie das richtig, Piotr Stefanovich, in den hiesigen Flotteneinheiten gibt es viel Sympathie für Ihre Seite. Viele haben hier Familie, viele haben sich hier zur Ruhe gesetzt, viele weitere haben es noch vor. Deshalb ist es nicht populär, einfach zuzusehen, wie dieser Planet sich zerstört.«

»Wir zerstören uns nicht selbst. Wir werden zerstört. Das ist etwas anderes.«

»*Wir*, Piotr?« fragte der CD-Mann ironisch.

»Ja. Es ist ebenso mein Krieg wie der der Spartaner. Ich habe etwas gefunden, wofür es sich zu kämpfen lohnt. Verdammt, es könnte auch Ihr Kampf sein!«

»*Da.* Ich weiß.«

»Dann helfen Sie uns, um Gottes willen!«

»Ich sage Ihnen erneut, daß dafür noch nicht die Zeit ist.« Karantov griff in seinen Aktenkoffer und holte einen Nachrichtenwürfel hervor. »Die letzte Meldung unserer Beobachter auf New Washington; etwas aktueller als das, was über die offiziellen Kanäle kommt.« Ein CD-Flottenkurier konnte den direkten Weg durch unbesiedelte Sternensysteme ohne Auftankstationen nehmen, wenn es nötig wurde.

»Um es kurz zu fassen: Astoria wurde von der Legion eingenommen, und Ihr Colonel stürmt zur Zeit durch das Columbia Valley, um auf die Friedländer zu treffen.« Er lächelte matt. »Ein rascher Feldzug, Ruhm oder Niederlage, und ein ehrenvoller Feind. Klingt nach einer Vision des Paradieses, nicht wahr?«

»Also hat Falkenberg gesiegt?«

»Als diese Nachricht erstellt wurde, stand er im Begriff dazu«, sagte Karantov. »Er wird inzwischen die wichtigsten Gebiete des Planeten halten. Danach . . .« Er zuckte die Achseln. »Dann ist wieder alles Politik.«

»Danke für die Information.«

»Noch etwas, diesmal von Großadmiral Sergei Mikaelovitch – so geheim, daß es nur mündlich übermittelt werden kann. Die Grants haben alles getan, was in ihrer Macht steht, um Bronson zu überreden, daß er von dieser Fehde Abstand nimmt. Er ist nicht bereit dazu.«

»Was möchte er?«

Karantov schüttelte den Kopf. »Manche behaupten, er wäre verrückt geworden. Ich glaube das nicht. Aber welche Pläne er auch immer verfolgt, er gibt ein Vermögen dafür aus, und wir wagen es nicht, den offenen Bruch mit ihm zu riskieren. Noch nicht.«

»Wir können ihm mit dem Mord in Verbindung bringen. Sein Großneffe gehörte zu Thibodeaus Begleitung! Ich kann mir nicht vorstellen, daß Adrian Bronson in Greueltaten verwickelt sein möchte.«

»Ich auch nicht. Ihre Bilder werden an Sergei Mikaelovitch und den Großsenat gehen. Mehr kann ich nicht tun.«

»Vielleicht reicht es.«

»Und vielleicht nicht. Mein Freund, das Schicksal der Erde hängt in der Schwebe. Sergei Lermontov ist sich nicht mehr sicher, daß wir noch *ein* Jahr haben, geschweige denn die zehn, mit denen wir alle rechneten. Das gilt sicher besonders dann, wenn es zum offenen Kampf mit der Bronsonfraktion kommt. Mein Freund, wir haben getan, was wir konnten!«

»Schön zu wissen, daß Sie es versucht haben«, versetzte Owensford trocken.

»Karantov schnaubte vor Lachen. »Immer noch ein richtiger *Ami*, der glaubt, jedes Problem ließe sich lösen, hm, mein Freund?«

»Boris, ich zweifle langsam daran, daß ich überhaupt etwas bewirken kann. Dieser Krieg . . .«

Der andere nickte. »Ein wenig kann ich vielleicht helfen. Der Admiral schickt Ihnen einen Bericht des Flottengeheimdienstes über Kenjiro Murasaki; wir sind inzwischen sicher, daß er ein Söldner ist, den Bronson für Croser gemietet hat.«

»Bronson hat ihn selbst gemietet?« fragte Owensford, drehte den Nachrichtenwürfel zwischen den Fingern und steckte ihn dann in eine Gürteltasche.

Karantov nickte. »Was Croser vielleicht noch sehr bedauern wird. Seien Sie vorsichtig, Piotr Stefanovich, seien Sie sehr vorsichtig! Die Meijianer verfügen über einige der besten Computerspezialisten aller besiedelten Welten, und Special Tasks Inc.

wiederum stellt nur die besten davon ein. Murasaki ist wie ein Geist; Gerüchte sehen ihn mal hier, mal da, aber es gibt nie einen Beleg. Er verlangt die höchsten Preise, und sein Spezialgebiet sind Angriffe auf die Waffensysteme und das Personal seiner Feinde. Ich lese aus dem Bericht vor: ›Extrem subtil. Verräterisch wie eine Schlange und an keinerlei Soldatenehre gebunden, nicht einmal an die, wie die Meijianer sie verstehen. Sein einziger Grundsatz ist Treue zum Auftraggeber für die Dauer des Vertrages.‹« Karantov zuckte die Achseln. »Ich schließe daraus, daß seine primäre Motivation ästhetischer Natur ist. Er ist ein Künstler, ein Künstler des Mordes, der Subversion und des Todes.«

»Das umschreibt einigermaßen treffend, wie es bisher gelaufen ist«, sagte Owensford. »In Ordnung. Wir haben es mit einem Zermürbungskrieg zu tun. Es kommt vor allem darauf an, die Nerven zu behalten. Aber verdammt noch mal, ich könnte wirklich gut einen Beobachtungssatelliten gebrauchen!«

Karantov nickte und tippte mit den Fingern auf den Tisch. »Das Gesuch wurde zur Kenntnis genommen. Nun, der Großadmiral schickt Ihnen auch Hilfe. Zwanzig Computerspezialisten, die jüngst ihren Abschied vom BuInt genommen haben. Experten in der Virusabwehr. Verstehen Sie das richtig – das muß unbedingt geheim bleiben!«

Owensford lächelte. »Boris«, sagte er, »das ist uns unbedingt willkommen. Wir brauchen diese Leute. Unsere eigenen Spezialisten haben genug mit den Legionssystemen und ein paar Anlagen hier in der Hauptstadt zu tun; da draußen wird die Lage allmählich richtig schlimm.«

»Interessant«, meinte die dunkle Gestalt in der Ecke. »Sehr interessant, wenn auch natürlich nicht entscheidend.« Tasten klapperten, während er die Daten durchging. »Interessant! Sie haben vom Flottengeheimdienst unsere Herkunft erfahren. Ah, sie sind im Begriff, technische Spezialisten zur Unterstützung der Legion zu schicken. Faszinierend. Und es wäre auch Belastungsmaterial, vorausgesetzt, mein Klient könnte es vor dem

Großsenat verwenden, was selbstverständlich nicht geht. Keine Zugriffscodes, wie ich sehe.«

»Murasaki«, sagte die Helotenbefehlshaberin, »Skilly hat sich über diese kleine Überraschung mit dem CoDo nicht gefreut!«

Geoffrey Niles nahm einen weiteren Schluck aus der Feldflasche. Unglücklicherweise war es nur Wasser. *Ich könnte jetzt wirklich einen kräftigen Schluck vertragen. Mein Gott, diese Bilder ...*

»Wohl wahr!« schnarrte er. »Unsere Glaubhaftigkeit steht in dieser Frage auf verdammt dünnem Eis, Mr. Murasaki. Falls das dem Großsenator angehängt wird – und ich bin schließlich ein auffälliger Hinweis –, dann würde er die Hälfte seines Einflusses auf die Flotte verlieren, und jeder zweite Söldner auf all den hundert Planeten würde seine Leute und Interessen aufs Geratewohl unter Feuer nehmen ...

»Jeffi«, unterbrach ihn Skilly, ohne den Blick von dem Meijianer abzuwenden.

Die Begegnung fand in einem Farmhaus nordwestlich von Colchis statt; die Bewegung hatte den Eigentümer schon vor Jahrzehnten finanziert. Am Eurotas war Land billig und nur einen Tagesritt vom Fluß entfernt meistens auch frei. Die Ausrüstung verschlang jedoch ordentlich Geld. Ein paar tausend Kronen hatten den Unterschied zwischen ländlichem Elend und bescheidenem Komfort für den Eigentümer und seine Familie ausgemacht, denn sie hatten für Pflüge, Eggen, eine Satellitenschüssel und die Ausbildung der Kinder gereicht. Als Gegenleistung verfügten damit Kuriere der Rebellen über einen sicheren Unterschlupf. Die Geräusche und Gerüche der Küche drangen durch die Bohlen der Dachkammer herauf. Niles fand, daß sie der Begegnung eine Atmosphäre des Unwirklichen verliehen – Tod und Verschwörung zu den Düften von frischem Brot und Braten.

»Jeffi«, fuhr Skilly fort, »nur für den Fall, daß es dir noch nicht klar ist: Mann, du arbeitest jetzt für Skilly und nicht mehr für Erde Eins!« Sie wandte sich wieder dem Meijianer zu. »Nun?«

Murasaki zuckte die Achseln. »Die Einsatzsicherheit in der Gefechtszone fällt unter Ihre Zuständigkeit.«

Skilly bewegte sich unbehaglich. Der Meijianer spannte sich nicht an, aber die kalte Luft in der Dachkammer vibrierte auf einmal vor verhaltener Wachsamkeit.

»Yoshida hatte auf diesem Posten die Befehlsgewalt«, sagte die Frau. »Er ist verantwortlich, Murasaki; das sollte ihn den Kopf kosten.«

»Nein«, lehnte Murasaki kategorisch ab. »Ich lasse meine Leute nicht im Stich.«

»Skilly ihre ebenfalls nicht«, sagte sie. »Wer die Söldnerin kaltgemacht hat, hat es verpfuscht, als er die Beweise nicht beseitigte, und er bezahlt dafür!« Sie lächelte über die eigenen grausigen Worte. »Aber Yoshida hatte den Befehl vor Ort. Man sollte ihn überprüfen.«

»Feld Eins«, sagte Niles. »Wenn wir einfach was an der Einstellung unserer Truppen verbesserten . . .«

»*Jeffi, halt die Klappe!*« sagte Skilly und wandte ihm das Gesicht zu. Ein Hauch von Furcht kroch ihn das Rückgrat hinab. »Das ist die *Revolution,* Jeffi; wenn wir uns nach deinen *Rabbiblancoregeln* richten, reißen sie uns in nur 'nem Monat den Arsch auf. Aus dem Grund gibt's ihren Scheißkodex überhaupt nur.«

Niles wurde still. Normalerweise war es nur Neckerei, wenn Skilly ihn mit *Rabbiblanco,* weißer Arsch, bezeichnete. Aber diesmal nicht.

Murasaki lachte leise. »So würden es zwar unsere Feinde nicht formulieren, aber es ist absolut korrekt, wenn wir moralische Überlegungen mal außer acht lassen. Die Kriegskonventionen haben einen konservativen Effekt und erschweren es, Kriege mit umfassenden oder radikalen Zielsetzungen zu führen. Sie begünstigen etablierte, reguläre Streitkräfte.«

Er wandte sich wieder an Skilly. »Ich möchte Sie daran erinnern, daß das Hauptziel von Erde Eins darin besteht, die Legion zu demütigen. Nicht nur, sie zu besiegen, sondern zu erreichen, daß Falkenberg und die einzelnen Legionsangehörigen richtig leiden. So lautet mein Befehl.«

»Gut, *okay, absolutamente,* und sobald wir gewonnen haben, können Sie sie alle von Eseln zu Tode ficken lassen – aber nicht, solange es auf uns zurückfallen kann! Mann, Falkenberg hat richtig Einfluß! Und er ist dabei, seinen Krieg zu gewinnen. Wenn wir ihn wütend machen, ehe die Heloten diesen Planeten fest im Griff haben, dann kriegen wir's bestimmt mit der Legion und zwanzigtausend Söldnern von Kali weiß woher zu tun, wie sie in CD-Sturmbooten rangesaust kommen. Niemandem auf anderen Planeten, außer vielleicht Lermontov, macht's was aus, was wir mit den Spartanern anstellen, jedenfalls nicht genug, um was zu unternehmen, aber bei den Söldnern ist das 'ne andere Geschichte.«

»Ist überhaupt sicher, daß das nicht jetzt schon passieren wird?« fragte Niles. »Diese Bilder! Wenn man sie richtig ausschlachtet, kann man damit eine Menge Freiwillige kriegen.«

»Wieso?« fragte Skilly. »Ist nicht ihr Krieg.«

»So wird nicht jeder denken«, sagte Niles.

»Jeffi, du bist verrückt. Falkenberg, okay, der ist vielleicht sauer genug und redet mit allen Söldnern, aber es ist nicht ihr Krieg, solange sie nicht bezahlt werden.«

»Yoshida wird ermahnt«, sagte Murasaki.

Skilly schnaubte. »Und alle Ihre Leute sind in meinem Bereich raus aus der Kommandostruktur«, stellte sie kategorisch fest. »Keine Maßnahmen mehr ohne reguläre Freigabe durch die Heloten.«

»Wie Sie wünschen, Feld Eins«, sagte Murasaki und senkte den Kopf. Die beiden Anführer musterten einander mit Respekt und gleichzeitig absolutem Mißtrauen. Der Meijianer stand auf und ging, ohne ein weiteres Wort zu verlieren.

Niles wandte die Augen vom Rücken des Technoninjas zu Skillys Gesicht. *Sind sich ähnlich,* stellte er mit einem Schauder fest. *Wie konnte mir das bislang nur entgehen? Was stand in diesem alten Buch über Kritias, den Schüler des Sokrates, der zu einem der Dreißig Tyrannen geworden war?*

»Wenn ein Mann frei geworden ist von den Banden des Dogmas und der Bräuche, wohin führt dann sein Weg? Er hat sich ganz gelöst, von der Seele, wenn einem das Wort gefällt, oder

was immer es ist, das Menschen auf zwei Beinen gehen läßt statt auf vieren. Und jetzt läuft auch Kritias über die Berge, und zwischen ihm und seinem Willen steht nicht mehr als bei einem Wolf.«

Als Kind war Niles ganz versessen auf Lokum gewesen; bei einem Besuch hatte Adrian Bronson sein Gejammer einmal satt gehabt und ihm auf einem Volksfest, das auf dem Anwesen stattfand, eine ganze Schachtel gekauft. Niles konnte sich noch genau an den konkreten Augenblick erinnern, als das Vergnügen in Abscheu umschlug, kurz bevor ihm dann schlecht wurde. Er hatte das Zeug nie wieder essen können. Keine Lektion kommt an die heran, die man sich selbst erteilt, hatte sein Großonkel dann zu seiner Mutter gesagt...

»Manchmal hat Skilly das Gefühl, daß dieser Kerl absolut krank ist«, sagte sie nachdenklich, als sie dem Meijianer nachblickte. »Tut den Leuten richtig gern weh. Aber Terror ist nur wirksam, wenn man ihn gezielt einsetzt... Oder vielleicht interessiert ihn gar nicht so sehr, wer gewinnt? Vielleicht auch seinen Boßmann nicht?« Dann wurde ihr Blick schärfer, als sie ihn auf das Gesicht des Engländers heftete.

»Ah, Jeffi, Skilly glaubt, du hast vielleicht Hintergedanken, denkst vielleicht, Skilly würde dir nicht alles sagen.« Sie lächelte ihn an. »Zu spät, Mann.« Sie stieg über die aufgestapelten Schrankkoffer und Kisten und legte ihm eine Hand unters Kinn. »Ströme aus Feuer und Blut liegen jetzt zwischen dir und deinem alten Leben. Du gehörst Skilly, Jeffi. Skilly und der Furchtbaren Braut. Komm, wir haben 'nen langen Ritt vor uns und 'ne Schlacht zu schlagen.«

»Weißt du, George, ich breche den Kodex«, sagte Barton zu dem anderen Offizier, der neben ihm im Salon des unstarren Kleinluftschiffes saß. »Zumindest die ungeschriebenen Paragraphen.«

»Hm?« Sein Begleiter blickte von dem Notebook auf.

Draußen verblaßte das Tageslicht, selbst hier auf zweitausend Metern Höhe; am Boden war der längliche Schatten des

Luftschiffes bereits in der Dunkelheit untergegangen. Sie befanden sich inzwischen zweihundert Kilometer westlich von Mandalay und waren in nördlicher Richtung unterwegs, um über die Biegung des Eurotas hinweg die Gebiet nördlich von Olynthos zu erreichen. Unter ihnen breiteten sich die gewaltigen Sümpfe rings um den Lynkestissee aus, und von Horizont zu Horizont brannte nirgendwo ein Licht. Die Wände des Salons bestanden aus durchsichtigem Kunststoff, so daß der Raum wie eine warme Blase des Lichtes in der ungeheuren schwarzen Stille wirkte. Das Trommeln der Dieselmotoren kam ihnen merkwürdig einsam vor, als sie sich in ihren Sesseln zurücklehnten, gut versorgt mit Tabak, Kaffee und Brandy. Hinter ihnen schwebten die Positionslampen der übrigen fünf Luftschiffe wie gelbe Flecken in der Nacht.

»Yeah. Ich entwickle Gefühle für unsere Auftraggeber.«

»Ich weiß, wie es dir geht«, sagte Slater. »Man fühlt sich ganz wie zu Hause hier, nicht wahr?«

Barton zog an seiner Zigarette und nickte. Sie beide hatten viel gemeinsam, ungeachtet der halben Generation, die Slater jünger war. Beide stammten sie aus dem Südwesten der USA, Ace durch Geburt und Slater durch die Herkunft vor dort. Ihre Familien waren in einer ländlichen Umgebung zu Hause, die sich seit der Gründung des CoDominiums kaum verändert hatte; bis in ihre Teenagerjahre hatte man dort so tun können, als wäre man ein freier Mensch in einem freien Land. Barton war in Arizona auf die Welt gekommen, und Salter hatte dort häufig genug Verwandte besucht. Slaters Mutter lebte als Kolonistin auf einem überwiegend amerikanisch besiedelten Planeten.

»Besser als zu Hause, gäbe es nicht den Krieg«, meinte Barton. »Nachdem wir gewonnen haben – ha, da haben wir es wieder! Ich meinte, nachdem unsere *Auftraggeber* gewonnen haben – , plane ich ernsthaft, meinen Vertrag von der Legion zurückzukaufen und es mal in der Königlichen Armee zu probieren.«

»Du findest es unwiderstehlich, doch noch Brigadier zu werden, hm?« fragte Slater und lachte lautlos. Sein Gesicht legte sich dabei in Falten. Es war so lange fremden Sonnen ausgesetzt gewesen, daß es ganz ledrig wirkte. George Slater war ein großer, schlanker, spannkräftiger Mann, das braune Haar unter der Sonne verblaßt.

»Es würde mir nichts ausmachen«, gab Barton offen zu. *Die Besoldung ist nicht gerade spektakulär,* erinnerte er sich. Es würde auch nicht mehr sein als das, was er als Captain in der Legion verdiente, und beträchtlich weniger, als er gewöhnlich als unabhängiger Söldnerführer von Bartons Bulldogs verdient hatte, selbst wenn man die Wechselkursprobleme berücksichtigte. Die Gelegenheit, seine Fertigkeiten auf einem weiteren Feld zu nutzen, war wichtiger für ihn. Nachdem er schon seine eigene Truppe geführt hatte, war ihm der Rückgang seines Verantwortungsbereiches nicht leichtgefallen. Nun, Falkenberg hatte diese Truppe auf Tanith fertiggemacht. Natürlich war das eine rein geschäftliche Angelegenheit gewesen. *Nur ein Geschäft, und ich stand auf der falschen Seite. War diesen sauberen Schnitt gar nicht gewöhnt, richtige Stelle, falsche Seite. Jetzt allerdings . . .*

Jetzt ist das wichtig.

»In ein paar Jahren hänge ich meine Knarre sowieso an den Nagel, egal was kommt«, fuhr er fort, warf einen ausgefransten Zahnstocher weg und fischte einen neuen aus der Hosentasche. Diese Gewohnheit hatte er auf Thurstone angenommen, wo er keinen Tabak bekommen konnte. »Ich gehe schon auf die Sechzig zu, George. Schon lange über den Zeitpunkt hinaus, an dem man daran denkt, sich niederzulassen.« Selbst in Anbetracht der Regenerationstechnik war das ein halbes Menschenleben.

»Ich ebenfalls«, sagte Slater. Barton warf ihm einen überraschten Blick zu. »Cindy ist nicht der Meinung, daß es eine gute Idee ist, die Kleinen von einem Stützpunkt zum nächsten mitzuschleppen«, erklärte Slater. »Sie möchte ihnen ein richtiges Zuhause bieten, ehe sie flügge werden. Ich habe mir schon immer eigenen Grund und Boden gewünscht. Zumindest hat man mich so erzogen. Dad redet nicht viel darüber, aber er erinnert sich heute noch an den Verlust der Farm.«

Und du hast wirklich lange genug gewartet, dachte Barton

schwermütig und neidisch. Slaters Vater war schon an Falkenbergs Seite gewesen, bevor der Colonel die 42. Marineinfanterie des CoDominiums übernommen hatte, die Einheit, die ihm dann aus dem CD-Dienst folgte und zur Legion wurde. Georges Frau war eine Kolonistin vom Lande. Das Paar hatte vier Kinder zwischen drei und zehn.

»Und was das angeht«, meinte Barton, »denke ich, daß auch Peter Owensford gern ein Zuhause hätte. Vielleicht hat er sogar jemanden gefunden, mit dem er es teilen kann.«

»Dieses Halleck-Mädchen?«

»Nun ja, mir fällt auf, daß er immer wieder einen Grund findet, um die Halleckfarm zu besuchen, und jetzt ist Lydia Halleck auch nach Sparta City gekommen, um für ein Jahr die Universität zu besuchen . . .«

»Hm hm«, machte Slater. »Den letzten Teil hatte ich noch nicht mitbekommen. Verdammt, Ace, keiner von uns wird jünger! Und dies hier ist ein guter Planet, gut in vieler Hinsicht.«

»Und ihre Vertragsbedingungen kann man den Spartanern auch nicht zum Vorwurf machen«, sagte Barton nachdenklich. Der Seitentransfer zu den Breveträngen war noch das mindeste; automatische Bürgerschaft, Landvergabe . . . Wenn man dann noch den Sold von der Königlichen Armee und die Pensionszahlungen der Legion hinzurechnete, dann machte sie das alle nach hiesigem Standard zu gutbetuchten Leuten.

»Mmm-hm. Außerdem«, fuhr Slater fort, »hat man es hier mit einer der wenigen Regierungen zu tun, die einem nicht am Zeug zu flicken versucht.«

Barton machte ein trauriges Gesicht. »Yeah, ich mag diese Leute, und deshalb wünsche ich mir den Sieg noch dringender als sonst.« Prinzipiell wollte man immer siegen; es war eine Frage der Selbstachtung und des Kodex, und natürlich hatte man dann geringere Verluste.

»Geht mir genauso.« Ein Achselzucken. »Natürlich ist die ganze Geschichte eine Lektion in einem von Christian Johnnys Aphorismen. Erinnerst du dich noch, was er immer sagte? ›Soldaten sind die Putzkolonne.‹«

Eine der Falkenbergschen Geschichtslektionen drehte sich

darum, wie selten Militärs ein Wort mitzureden hatten, wenn es um die eigene Verwendung ging. Streitkräfte waren in der Politik ein stumpfes Instrument und bewirkten mehr Schaden als Nutzen, es sei denn, man setzte sie unter präzisen Vorgaben ein. Bestenfalls verschafften sie den politischen Führern dann Zeit und Spielraum für die Reparatur der politischen Fehler, die ursprünglich dazu geführt hatten, daß es keine Alternative zur Gewaltanwendung mehr gab.

Barton nickte und nahm einen Schluck Brandy. *Verdammt gut!* dachte er.

»Nun«, sagte er, »diesmal wurden wir nicht von denen gemietet, die die Karre in den Dreck gefahren haben.« *Um die Beweise unter Leichen zu begraben.*

»Dad beschäftigt sich zur Zeit mit einer anderen Frage«, berichtete George Slater. »Mit Loyalität. Man kann leicht erkennen, was die Spartaner bei der Stange hält. Die Heloten sind schon wieder ein anderer Fall. Whitlock arbeitet am Problem der politischen Überzeugungskraft. Das sollten wir auch tun.«

»Sicher«, meinte Barton. »Aber wie?«

»Oh, vielleicht die Rebellen einfach darauf hinweisen, was ihre Führer anrichten. Haben in den Illyrischen Tälern ihre Truppen im Stich gelassen, um sich schnurstracks in Sicherheit zu bringen, um durch Opferung aller anderen die eigene Haut zu retten. Mach den Leuten das mal klar, und schon wird beim ersten Rückschlag jeder nur noch an sich selbst denken.« Slater stopfte seine Pfeife. »Dann läuft alles ganz anders, als wenn ihre Führungspersonen ein bewundernswertes Beispiel abgäben.«

»Vielleicht wissen ihre Truppen das gar nicht . . .«

»Sicher nicht«, meinte Slater. »Denn wenn sie es täten, würden sie dann loyal bleiben?«

»Einige vielleicht. Die Revolutionäre. Verdammt, auf Thurstone habe ich schon alles über Fanatiker gelernt, als du noch nicht geboren warst! Aber trotzdem ist das etwas, worüber man sich Gedanken machen sollte.« Er warf einen Blick auf die Uhr. »In Olynthos geht die Arbeit weiter.« Slater würde dort das Kommando übernehmen; es handelte sich um die zweitgrößte Stadt auf Sparta und die Metropole des Mittleren und Oberen Tales. »Für mich geht's dann weiter in die Wildnis des Nordens. Müßte eigentlich interessant werden.«

»Alles in Ordnung mit dir, Margreta?« fragte Melissa. Sie mußte bei diesem Lärm den Mund dicht ans Ohr der jungen Soldatin führen. »Du bist blaß wie ein Laken!«

»Mir geht's gut!« schrie Margreta zurück, aber ihre Finger zitterten leicht, als sie sich den Helm aufsetzte. Das Geräuschniveau sank augenblicklich, als die sonischen Sensoren den Hintergrund automatisch herausfilterten. »Es ist nur ... Diese Nachrichten über Lieutenant Lefkowitz, weißt du? Jeder in der Legion ist ...« *Wütend genug, um sich mit bloßen Zähnen im Feind zu verbeißen. Bei mir ist es persönlicher. Ich muß mit den Tieren, die das getan haben, zusammenarbeiten!*

Melissa nickte und drückte der jüngeren Frau die Schulter. Margreta bedankte sich mit einem Lächeln. *Seien Sie da und halten Sie sich für mögliche Extraktion bereit,* lautete der Befehl, den ihr der geheime Helotenkontakt übermittelt hatte.

Die Sache hatte sich wie ein Lauffeuer im Fort Plataia verbreitet, und die Hinrichtung der vier Heloten hatte nur wenig dazu beigetragen, die Gemüter zu beruhigen. Den Behörden des CoDominiums blieb kaum etwas anderes übrig, als die Exekutionen als ausreichend zu akzeptieren; den Legionären reichten sie nicht. *Die Bruderschaften sind anscheinend genauso wütend,* dachte Margreta. Eine Kondolenzdelegation war bei der Legion erschienen, und es hatte einen Anstieg der freiwilligen Meldungen gegeben. Es war erschreckend, so mit dem Charakter des Feindes konfrontiert zu werden, aber es war auch etwas dran an dem Wissen, daß man eine große Familie hatte, die einen beschützte – oder zumindest rächte.

In der neuen Fahrzeugmontagehalle ging es noch lauter zu als üblich. Gepanzerte Fahrzeuge wurden über das Förderband transportiert, und der ganze Raum war erfüllt vom scheußlichen Lärm schwerer Maschinen, dem Ozongeruch der elektrischen Schweißgeräte und dem Winseln der Druckluftwerkzeuge. Jeder der leichten Panzer fing als offener Rahmen an und wurde dann über computergesteuerte Deckenkräne zunächst mit den ersten Panzerplatten versehen, schließlich mit den diversen Innenbauteilen, den Motoren und dem Getriebe. Leichtere Teile wie die Straßenräder und Raupenketten wurden mit Loren seitlich ans Förderband gebracht, und als letztes wurde der Geschützturm mit seinem Korb von oben auf den Kataphrakten herabgesenkt und montiert. Das hier gefertigte Modell war mit 155-Millimeter-Haubitzen in großen, kastenförmigen Türmen ausgestattet.

»Hier sieht man, was man erreichen kann, wenn man muß«, sagte Melissa lächelnd und deutete mit weit ausholender Geste auf die riesigen Anbauten, die die Fläche des Alderheimwerkes Nummer zwei fast verdoppelt hatten. Diesmal übermittelte der Legionshelm die Worte in Konversationslautstärke. »Nach dem Krieg werden wir über das Zweifache der Kapazitäten verfügen, die wir zu Beginn hatten. Größtenteils natürlich für die Herstellung von Kampfpanzern.«

Nachdem sie sich in der Softwareabteilung der Universität kennengelernt hatten, waren sie Freundinnen geworden. Melissa war nicht einfach nur die Tochter von Spartas reichstem Industriellen und Verlobte von Lysander Collins, sondern gleichzeitig Spartas beste CAD-CAM-Designerin. Computergesteuertes Design und computergesteuerte Fertigung mußte man heutzutage als seltene Künste betrachten, da es sich bei Kontruktionsveränderungen meist nur noch um Stylingfragen handelte und das BuInt alle richtigen Änderungen unterdrückte. Ein großer Teil der neuen Kriegsmaschinen war Melissas Leistung.

»Zweihundertfünfzig Panzerwagen im Monat und fünfzig Modelle mit SP-Haubitzen?« fragte Margreta.

Melissa nickte. »Engpässe haben wir im Bereich Stabilisierung und Optik«, sagte sie. »Inzwischen erhalten wir allerdings das Zeug von Friedland. Zusammen mit einer Anfrage, wofür wir es benutzen.«

Eine verständliche Sorge. Die Daimlerwerk Friedland AG

bediente bislang im ganzen Sektor lukrative Märkte mit ihren Panzerkampfwagen, und die Vermietung ihrer Panzereinheiten war den Friedländern fast noch wichtiger.

Draußen vor dem Werk parkten die Fahrzeuge in langen Reihen; ganze Hektar warteten darauf, zum Fabrikhafen an der Constitution Bay gefahren zu werden, alles von Jeeps und Trucks bis hin zu den Geschützen auf Selbstfahrlafetten, deren Montagehalle Margreta auch schon besucht hatte. Auf den Verladeplattformen herrschte geschäftiges Treiben. Kähne, Dampfer und Dieselmotorschiffe luden Metalle und Gußformen aus und nahmen Fahrzeuge und Motoren und sonstige Güter für den Transport flußaufwärts an Bord.

»Das wird dem Feind schwere Probleme bereiten«, sagte Margreta. Dann erschauerte sie. *Warum habe ich Angst?* fragte sie sich. Es war nur ein Routineausflug zur Konsultation ... Nach Major Owensfords Meinung bedeutete eine Ahnung jedoch, daß einem das Unterbewußtsein etwas mitzuteilen versuchte.

Das Haupttor der Fabrik lag auf der anderen Seite des Komplexes und führte auf die Hauptstraße hinaus, die das Werk mit der Stadt verband. Das zweite Alderheimwerk war auf der grünen Wiese mit reichlich Platz für Erweiterungen gebaut worden.

WAMP! Das war fast zu laut für eine Explosion. Eine Flammensäule stieg zum Himmel empor. *Eine Truckbombe,* dachte sie benommen. Eine Menge Sattelschlepper trafen fortlaufend im Werk ein, obwohl die Frage, wie sie eine Bombe an den Kontrollpunkten und all den Inspektionen vorbeigeschmuggelt hatten ... *Natürlich! Benutze einfach eine legale Sprengstofflieferung und einen Selbstmordfahrer!* Wer vermutete schon in einer Zehnkiloladung Granatenfüllung eine Bombe? Selbst auf diese Entfernung war die Druckwelle spürbar, und die beiden Soldaten der Königlichen Armee, die die Frauen begleiteten, warfen sich mechanisch auf den Fersen herum und rissen die Gewehre hoch.

Gott, bitte, mein Gott! betete Margreta, der verzweifelte Reflex des Atheisten, während sie das Pistolenhalfter öffnete.

»Eine Minute!« sagte sie zu sich selbst, ging in die Hocke und blickte sich um. Nichts zu sehen, außer, daß die normale Arbeit in der Fabrikhalle zum Erliegen kam, während sich alle zu der Rauchsäule umdrehten. Die Explosion war spektakulär, aber nicht sonderlich wirkungsvoll. Keine Sekundärdetonationen ... »*Das ist ein Ablenkungsmanöver!*« schrie Margreta. »Ver ...«

KRACK! Ein Peltastgewehr; das massive 15-mm-Geschoß durchschlug das Rückgrat eines Soldaten und trat in einer Fontäne aus Knochensplittern und Blut an der Brust wieder aus, und es durchschlag die Körperpanzerung so mühelos wie Stoff. Die Wucht des Einschlages schleuderte den Mann vorwärts, und seine Glieder peitschten wie die einer Flickenpuppe umher. Margreta zog die Waffe und ging in Deckung; sie warf sich dabei mit dem ganzen Gewicht ihres gepanzerten Körpers gegen Melissa, so daß die zierliche Spartanerin vier Schritte rückwärts stolperte, wodurch sie in die Deckung eines gepanzerten Personentransporters geriet. Mit der freien Hand griff die Legionärin nach oben, um die Freundin herunter in Sicherheit zu ziehen und ...

KRACK! Die Fünfzehn-Millimeter-Kugel, die Melissa in der Körpermitte durchschlagen hätte, hätte Margreta sie nicht fortgerissen, streifte statt dessen von der Schulter bis zu den Fingerspitzen ihren Arm, zertrümmerte Knochen und zerriß Muskelgewebe. Melissa stürzte schlaff zu Boden, und ihr Kopf schlug dabei an die stählerne Laufkette des Transporters. *KRACK!* Die Kugel traf das Bein des Soldaten und riß es am Schienbein ab.

»*Gottverdammt!*« schrie Melissa, zog ihren Kommunikator und ließ die nutzlose Pistole aus der anderen Hand fallen, damit sie sie für eine Spritze freibekam, die sie in Melissas Hals gab. Graue Haut, rascher Atem - ein Schock.

»Sanitäter, Achtung, Mrs. von Alderheim wurde getroffen, wiederhole, sofortiger Einsatz«, sagte sie. »Wundtrauma, innere Blutungen, Mehrfachbruch des rechten Arms.« Der zweite spartanische Soldat richtete sich aus der Hocke auf und schoß.

»Talkins, hier Hauptstadt Sieben«, meldete sich eine ruhige Stimme in ihrem Kommunikator. Sie spürte eine Zentnerlast auf der Brust – das war der Codename ihres Helotenkontakts. »Erledigen Sie die von Alderheim, wenn Sie können. Rasch!«

Gottverdammt, fluchte sie in Gedanken vor sich hin, aber das schien in einem abgesonderten Teil des Bewußtseins vor sich zu gehen, während Körper und Mund ganz eigenständig handelten.

»Passen Sie auf sie auf!« befahl sie dem Soldaten mit scharfer Stimme und schlich in das Labyrinth geparkter Fahrzeuge davon. Der Soldat schrie irgendwas, aber ein von Metallplatten abprallendes Peltastgeschoß veranlaßte ihn dann, in Deckung zu gehen.

»*Gottverdammt!*« Es war gefährlich, aber sie mußte aus Melissas Nähe verschwinden, sonst würde es schwierig sein zu erklären, wie sie überlebt hatte.

Und manches konnte man einfach nicht tun, nicht einmal, um seine Tarnung zu retten.

»Gottverdammt, wir Legionäre sollten so was eigentlich *stoppen!*« Dieser Gedanke stoppte allerdings sie selbst für einen Moment. *Wir*. Das hatte seit dem Tod ihrer Mutter immer nur sie und George bedeutet. Ein Helikopter zog über ihr seine Bahn und rüttelte sie wieder aus der Versunkenheit auf.

7

Thomas Cook & Company:
Almanach des interstellaren Handels

Transitzeiten für Standardhandelsgüter
(in Erdstandardmonaten zu je 30 Tagen)

Erde–Sparta (via Tanith)	**6 Monate**
Tanith–New Washington/Franklinsystem	**4 Monate**
New Washington–Sparta (via Tanith)	**9 Monate**

– Alle Fahrtzeiten können bei Marinekurieren, Kriegsschiffen oder Truppentransportern um die Hälfte oder mehr reduziert sein.

Wenn sich böse Menschen zusammenschließen, müssen es auch die Guten tun; andernfalls werden sie einer nach dem anderen fallen, ein unbeklagtes Opfer in einem verachtenswerten Kampf.

– *Edmund Burke,* Gedanken über die Ursache der gegenwärtigen Unzufriedenheit

Darüber hinaus muß der Krieg, der einfach gleichbedeutend ist mit dem Einsatz allen Lebens und aller Güter für ein flüchtiges Ziel, als dem bloßen gewalttätigen Egoismus des Individuums moralisch immens überlegen betrachtet werden; er entwickelt Macht im Dienste einer höchsten Leitidee und unter einer Disziplin, die es trotzdem noch ermöglicht, allerhöchste heroische Tugenden zu entfalten. Tatsächlich schenkt allein der Krieg der Menschheit das prachtvolle Schauspiel einer umfassenden Unterordnung unter eine generelle Zielsetzung.

– *Jacob Burkhardt,* Reflexionen über die Geschichte

»Die Knochen in Arm und Schulter sind schwer beschädigt. Zertrümmert wäre nicht übertrieben«, sagte die Ärztin mit dem für ihren Berufsstand so typischen unpersönlichen Mitgefühl. »Darüber hinaus bestehen massive Ödeme und Gewebeschäden aufgrund des hydrostatischen Schocks.«

Lysander hörte zwar zu, aber die meisten seiner Gedanken waren weit weg. Melissas Gesicht war kaum zu erkennen hinter der Quarzsichtluke des Regenerationstanks, im Volksmund als Mumiensarg bezeichnet. Ihr Kopf war mit einer weißen Operationsbinde bedeckt, die jedoch mehr einer altmodischen Nachtmütze ähnelte. In ihrem Gesicht gab es kein Make-up mehr, aber davon machte sie ohnehin nur selten umfangreichen Gebrauch, und von ihrer Sonnenbräune war genug geblieben für eine Illusion von gesunder Farbe. Sie wirkte entspannt, sogar friedvoll, aber auch sehr hilflos und sehr still. *Sie war immer so aktiv, und jetzt . . .*

Eine Schwester drängte sich heran, studierte die Anzeigen

und drückte ein paar Kontrolltasten an der kokonähnlichen Kapsel des Regenerationstanks, ehe sie sich schweigend wieder entfernte. Ein halbes Dutzend Leibwächter stand vor der Tür, und eine dicke Panzerscheibe sicherte das Fenster, aber ansonsten hatte der kleine Privatraum im Königlichen St. Thomas-Hospital nichts Ungewöhnliches zu bieten. Jede Station war mit Kriegsgeschädigten überfüllt, und die Regenerationskliniken mehr als alle.

Lysander schluckte. Er hielt den Helm ungeschickt in Händen, die ihm auf einmal zu groß vorkamen. Freiherr von Alderheim war da und wirkte niedergeschmettert. Lysanders Vater war ebenfalls gekommen. Er hielt sich inzwischen wieder aufrecht, wenn auch mit erkennbarer Anstrengung. Seine Erholung vom feindlichen Virusangriff machte weiter langsam Fortschritte. Königin Adriana stand neben ihm und hielt seinen Arm, und man glaubte fast zu sehen, wie sie ihrem Gatten mit ihrer Willenskraft Stärke einflößte.

Gott, ich hasse Krankenhäuser! sagte sich Lysander. Das lag natürlich einmal am Geruch, aber der war hier nicht so stark wie in einem chirurgischen Feldlazarett. Ausschlaggebend war vor allem die Atmosphäre des Krankseins, ein konzentriertes Elend, das buchstäblich die Wände durchtränkte.

»Die Regeneration macht gute Fortschritte«, fuhr Dr. Ruskin fort. Leicht nervös betastete sie die Scannerausrüstung, die sie an ihrem grünen Kittel trug. Für ein Krankenzimmer war hier ganz schön hoher Besuch versammelt. »Die Wiederherstellung wird mindestens fünfundsiebzig Prozent erreichen, vielleicht sogar hundert. Der neurologische Schaden hat uns allerdings den größten Teil des Vormittags auf Trab gehalten. Zehn Stunden von Sir Harlans bester Arbeit. Sie war – na ja, er hat Wunderbares geleistet, das ist alles.«

»Wird Melissa sich wieder erholen?« wollte von Alderheim wissen.

»Ja, das glauben wir.«

Sie klingt nicht ganz überzeugt, dachte Lysander.

»Und kann sie immer noch Kinder haben?« hakte von Alderheim nach.

»Ja, es liegen keine Verletzungen in diesem Bereich vor«, antwortete die Ärztin. Diesmal klang sie schon zuversichtlicher.

»Weiß sie, daß wir hier sind?« fragte Königin Adriana.

»Nein, Madame«, antwortete Dr. Ruskin. »Wir halten sie mit einer neurologischen Kopplung im Schlaf, bis sich der regenerative Stimulationsprozeß durchgesetzt hat.«

»Also hat es keinen Sinn, wenn ihr Vater und mein Sohn hierbleiben?«

»Ich wünschte, sie würden es nicht«, gestand Ruskin. »Wir sind schrecklich überfüllt, und viele Mitarbeiter sind fürchterlich jung und möchten Seine Hoheit unbedingt aus der Nähe sehen. Das kann sich störend auswirken. Es wäre wirklich besser, wenn Sie nach Hause gingen und im Palast abwarteten. Wir informieren Sie sehr zeitig, ehe wir die Patientin wieder wecken.«

»Wir sollten sie nicht allein lassen«, sagte Lysander. »Ich habe versagt. Ich kann weder sie noch den ganzen Planeten beschützen, und...«

»Unfug«, erwiderte die Königin. »Du kannst nicht überall zugleich sein.«

»Ich weiß, Mutter, aber...«

»Und die Ärztin hat recht, Lysander. Wir stehen nur im Weg.«

»Wie lange dauert es, bis sie wieder aufwacht?« wollte Lysander wissen.

»Mindestens neun Tage. Eher elf.«

»Hmm. Sind Sie sicher, daß wir hier nichts tun können?«

»Nichts, außer uns behindern«, sagte die Ärztin. »Sie könnten höchstens zu denen, die gerade frei haben, im Personalraum ein paar Worte sagen. Alle möchten Sie sehen, aber ansonsten...« Ihre Stimme wurde weicher. »Sie brauchen sich keine Sorgen zu machen, Ms. von Alderheim könnte vernachlässigt werden, Hoheit. Es gibt hier niemanden, der die Prinzessin nicht liebt. Die künftige Prinzessin. Wir werden sie rechtzeitig für die Hochzeit wieder hinbekommen, Prinz Lysander. Das schwöre ich!«

»Danke. Und es wartet Arbeit auf mich.« Er ging nach draußen, schlüpfte aber, nachdem die anderen ihm gefolgt waren, noch einmal hinein. Lysander, Prinz von Sparta, legte beide Hände auf den Tank und sagte leise: »Es tut mir so leid.« Er richtete sich auf und blickte zu dem versperrten Fenster, als könnte er die Stadt da draußen und weiter im Hintergrund die Landschaft sehen. »Es tut mir so leid.« Lange stand er reglos da. Als er sich zum Gehen wandte, hätte sein Gesicht genausogut aus Stein gemeißelt sein können.

Dion Croser trat an den Rand des Podiums und hob die Hände. Schweigen breitete sich wie eine Meereswelle über die vierzigtausend Gesichter im Stadion aus, die alle ihm zugewandt waren. Hinter ihm ragte die Videoprojektion seiner Gestalt auf dem Großbildschirm fünfzig Meter hoch auf. Er zeigte sein berühmtes grimmiges Lächeln und lehnte sich mit den Händen auf das Rednerpult. Die Nacht war angebrochen, aber die rings um den oberen Stadionrand angeordneten rechteckigen Lampen verwandelten sie in hellen Tag und schlossen die Dunkelheit und den Sternenhimmel aus. Dazwischen waren Suchscheinwerfer angeordnet und richteten ihre vertikalen Lichtkegel gen Himmel, wo sie sich zu einem Baldachin aus weißem Dunst vereinigten. In den Zwischenräumen flatterten riesige Banner der Bewegung – der schwarze Kreis auf rotem Grund, darin das rote Gleichheitszeichen ›=‹.

»Sieg!« rief Croser. Das Wort dröhnte durch das ganze Amphitheater, und die Menge brüllte. Die Geräuschwelle schlug zu wie eine Faust in den Magen. Erschreckend, wenn man ein Feind dieser Menge war. Unbeschreibliches Hochgefühl angesichts der Bewunderung dieses vielstimmigen Ungeheuers. Das Stadion lag unweit des Gouvernment House Square, so daß man auch im Palast alles hören konnte, ja, in jedem einzelnen Haus von Sparta City.

Macht, dachte Croser. *Das ist Macht!*

Der Lärm dauerte an und baute sich weiter auf, bis der Erdboden erzitterte. Das unbestimmte Geräusch entwickelte allmählich Modulationen, als die disziplinierten Blocks von NBBF-Militanten ihren Slogans anstimmten.

»*Dion an die Macht!*« Immer mehr Menschen fielen in den Ruf ein. »*DION AN DIE MACHT!*«

Er hörte zu und wartete auf den Höhepunkt. Die Menge unterlag seinem Willen wie Tonerde den Händen eines Töpfers, und er spürte, wie die Willensfäden, die sie zur Einheit zusammenschmiedeten, von seinem Verstand zum Publikum liefen. Der Lärm blieb unverändert, aber an einem bestimmten Punkt spürte er eine kurze Pause in sich selbst, wie das momentane Verharren von Wasser am Gipfelpunkt einer Fontäne. Er hob die Hände, und Stille senkte sich wie ein Vorhang über die schmerzende Leere.

»Mein Volk«, sagte er, und ein gewaltiges Seufzen ertönte.

Ihr seid mein Volk, dachte er. *Dumm, viehisch und kurzsichtig – das, was andere aus euch gemacht haben. Was andere aus euch gemacht haben, um auch dann dafür zu verachten, aber ihr werdet mir folgen, und ich gebe euch euren Stolz zurück. Sorge dafür, daß ihr wieder stolz auf euch sein könnt.*

»Mein Volk – Volk von Sparta! Wir haben uns heute abend hier versammelt, um einen großen Sieg zu feiern, einen Sieg über die Unterdrückung und über arrogantes Elitedenken! Ein halbes Jahr lang haben wir gemeinsam für das Verfassungsreferendum gekämpft, und das mit friedlichen Mitteln!«

Von Unruhen und so weiter mal abgesehen ...

»Wir sind von einem Bezirk zum nächsten gezogen, von Stadt zu Stadt, und haben den Menschen unsere gerechte Sache erklärt, die Sache der Demokratie, des allgemeinen Wahlrechts und der Gleichheit aller Menschen. Nicht ein einziges Mal haben wir unsere Widersacher, die die Macht des Volkes usurpiert haben, daran gehindert, ihre Argumente gegen uns ins Feld zu führen. Heute abend sehen wir die Ergebnisse!«

Es war eine warme Frühsommernacht, und die Lampen und die Menge erzeugten eine regelrechte Hitze. Croser spürte, wie der Schweiß auf seinem Gesicht den Puder der Make-up-Künstlerin attackierte und an seinen Seiten herabrann. Das machte ihm allerdings nichts aus – es war ein Beweis ehrlicher Arbeit, der Arbeit, mit der er sich seinen Preis verdient hatte. Er bewegte kurz die Finger der linken Hand, und hinter ihm erschienen Zahlen auf der Videoprojektion seines Gesichts.

»Zwei Drittel haben die große Frage des Tages mit Ja beantwortet: *Sollen alle Spartaner gleichen Zugang zu den souveränen Rechten eines Staatsbürgers als unveräußerliches Geburtsrecht erhalten?* Das Volk hat gesprochen. Soll der dieser Stimme und diesem Recht trotzen, der es wagt!«

Erneut stieg ein Brüllen auf, diesmal mit einem gutturalen, bedrohlichen Unterton, bei dem ihm ein kalter Schauer über den Rücken lief.

»Spartanische Landsleute – *Mitbürger!*« Ein erneuter, ohrenbetäubender Jubel. »Unser Kampf war lang und schwer. Ich muß gestehen . . .« Er senkte den Blick. ». . . daß auch ich früher einmal dem Leiden des Volkes gleichgültig gegenüberstand. Nur eins hob mich über die korrupte Clique im Umfeld der selbsternannten Könige hinaus – ich war eher unwissend als gefühllos.«

Schreie der Ablehnung liefen durch die Reihen.

»Ja! Aber dann suchte ich das Volk auf und lernte von ihm.« Er hob das Gesicht und mischte eine Spur Demut in den Ausdruck eiserner Entschlossenheit. »Und gemeinsam riefen wir die Bewegung ins Leben. Zunächst waren wir nur wenige, aber im Laufe der Jahre wurden es immer mehr. Die Vorhut des Volkes, die Stück für Stück ihre Machtbasis vergrößert.«

Er packte die Seiten des Pultes, beugte sich vor und wechselte zu einem leiseren, vertraulicheren Tonfall. Die Sprechanlage hier war ausgezeichnet.

»Die Könige glaubten, sie könnten uns mit Bestechung und Lügen aufhalten, oder indem sie die Miliz und die KSBP anwiesen, Köpfe einzuschlagen. Viele eurer tapferen Kameraden . . .« Seine Hand zuckte vor und deutete auf die NBBF-Kontingente, die Parteiflaggen mit den Namen der Märtyrer schwenkten. ». . . sind gefallen. Niemals jedoch haben wir diese Brutalitäten mit gleicher Münze heimgezahlt, Brutalitäten, die ein paar verirrte Seelen in die Berge getrieben haben. Echte Heloten, gebrochen durch die Knute des Militarismus, und obwohl wir über ihre Taten nicht stillschweigend hinweggehen dürfen, verstehen wir doch nur zu gut, was sie antreibt.

Und so bauen wir die Neue Ordnung auf, Stück für Stück, mit Disziplin und Geduld. Zunächst legen wir das Ergebnis des Referendums, den Willen des Volkes, den Königen vor. Ob sie nun damit einverstanden sind oder nicht, veranstalten wir anschließend Wahlen für die Verfassungsgebende Versammlung – schließlich zeigen die Wahlergebnisse, daß die wirkliche Autorität bei uns liegt. Mit dieser Versammlung schaffen wir ein neues Sparta, das mehr hervorbringen wird als endlose Steuern, Krieg und Armut – das, was uns die Könige und ihre Lakaien gebracht haben. Und dann wählen wir eine Regierung des Volkes!«

»DION AN DIE MACHT! DION, DION, DION!«

Diesmal ließ er den Rufen mehr Zeit, bis sie nach und nach abbrachen.

»Aber«, sagte er und unterbrach sich wieder, damit sich Spannung aufbauen könnte. »Aber falls die Royalistenclique sich weigert, dem Willen des Volkes Rechnung zu tragen, falls sie es wagen sollte, die Gewehre der Banditen und irregeleiteten Jugendlichen auf uns zu richten, die sie die Königlich Spartanische Armee nennen, *dann* . . .« Sein schmales, kantiges Gesicht verzerrte sich, und er schmetterte die Faust auf das Pult. *»Dann sollten sie den Zorn des Volkes spüren!«*

Mit einer heftigen Geste unterbrach er das Antwortgeheul. »Ich spreche hier keine Drohungen aus«, fuhr er konziliant fort. »Mit vereinten Kräften führen wir die Sache des Volkes zum Sieg. Ihr alle habt viel getan, und viel mehr muß noch vollbracht werden. Heute abend sollt ihr allerdings euren verdienten Sieg feiern!«

Er richtete sich auf, führte den Salut der Bewegung aus – die Fäuste geballt und die Handgelenke über dem Kopf gekreuzt –, drehte sich auf den Fersen um und ging mit forschen Schritten durch die Tür unter dem riesigen Displayschirm.

Er winkte den versammelten NBBF-Funktionären zu; seine Leibwächter bildeten einen geschlossenen Ring um ihn und schützten ihn vor allem außer ein paar ausgestreckten Händen.

Croser ging langsam weiter, schüttelte Hände und redete viele Leute mit Namen an; er legte Wert darauf, so viele wie möglich zu kennen. Fragmente ihres Lobes erreichten ihn, wie *beste Rede aller Zeiten* oder *inspirierend.* Das war es auch, fand er selbst; erstklassige Profiarbeit, falls er das selbst so sagen durfte. Redekunst und Organisationstalent waren die Grundfertigkeiten des Revolutionärs, und er verfügte über beides.

Nur wenige Angehörige des inneren Kreises hielten sich in dem Raum auf, wo er sich hinsetzte, damit die Spezialisten das Make-up entfernten. Unter den Anwesenden war auch Murasaki, glaubte er – es war bei dem Meijianer schwer zu sagen –, aber bei den meisten handelte es sich um Sektionsleiter und Analytiker, die die Auswirkungen des Referendumswahlkampfes und der heutigen Versammlung auf die öffentliche Meinung besprachen.

»Das sollte etwa ein Prozent der Bürgerschaft auf unsere Seite ziehen«, sagte gerade einer der älteren Statistiker. »Etwa zwei dürften an die GBA gehen. Unglücklicherweise wird wohl der Rest zum großen Teil in die Arme der neuen Partei der Kronloyalisten getrieben.«

Croser runzelte leicht die Stirn und streckte die Hand nach einer Zigarette aus, ehe er sich das Hemd auszog und den Oberkörper mit einem Handtuch abwischte. Hals und Schultern schmerzten leicht unter der Restspannung seines Auftritts. Das Zusammengehen der Loyalisten und Pragmatiker war nicht unerwartet, war aber trotzdem eine negative Entwicklung. Das gleiche galt für die gefestigte Loyalität vieler Nichtbürger zur royalistischen Sache, in vielen Fällen gleichbedeutend mit Loyalität zu ihren Arbeitgebern mit Bürgerstatus. Dieses Phänomen war vor allem in den ländlichen Gegenden mit langer Siedlungsgeschichte zu beobachten, wo es die Heloten allmählich in ernste Verlegenheit brachte. Ganz schön schlimm, daß die meisten Einwohner des Unteren Tales das Referendum entweder mit Nein beantwortet oder gänzlich boykottiert hatten. *Zu viele haben die Wahl boykottiert, und die Royalisten wissen es, wissen auch, daß wir die Ergebnisse gefälscht haben, aber sie sagen nichts. Wieso?* Aber das keine spielte Rolle. Zahlen spielten keine Rolle. Was zählte war, Stärke. *Und wir legen zu, während die Gegenseite verliert – weil wir wissen, daß wir siegen werden.*

Crosers Bild verschwand vom Fernsehschirm. Dr. Caldwell Whitlock starrte das Gerät noch eine Weile an. »Der Kerl könnte sogar eine Schlange überreden, ihre Schuppen abzuwerfen«, sagte er. Er schaltete den Fernseher ab und hob den Blick zu seinem Besucher. »Einen Drink? Sie sehen aus, als könnten Sie einen gebrauchen.«

»Vermute ich auch«, antwortete Lysander geistesabwesend. »Aber er wird mir nicht helfen.«

»Nein, wohl nicht, und es ist gut, daß Sie sich darüber klar sind. Aber diesmal, denke ich, wird er Ihnen nicht schaden. Ist Ihnen Bourbon recht?«

»Sicher. Dr. Whitlock, wir müssen etwas unternehmen, was diesen Mann angeht.«

»Nun, yeah, das müssen Sie ganz sicher.« Ein Abschnitt der Bücherwand hinter seinem Schreibtisch war schwenkbar und gab den Blick auf eine kleine Bar frei. Whitlock goß zwei Gläser voll, gab noch Wasser hinzu und reichte eines über den Schreibtisch. »Cheers. Ja, Hoheit, Sie müssen etwas unternehmen. Warum tun Sie es dann nicht?«

»Was sollten wir denn tun?« fragte Lysander.

»Ihn an Jesus und Catherine Alana ausliefern. Ich bezweifle, daß er umfassend informiert ist, aber er weiß bestimmt genug, damit Sie den feindlichen Unternehmungen einen schweren Schlag versetzen könnten.«

»Ihn einfach verhaften? Ihn unter Einsatz von Drogen oder schlimmerem verhören? Das können wir nicht machen.«

»Doch, Sie *können* es«, erwiderte Whitlock. »Zumindest im Moment noch. Wenn Sie ihm noch mehr Zeit lassen, dann später vielleicht nicht mehr. Im Moment steht einer solchen Aktion nichts im Wege, und Sie würden damit Menschenleben retten.« Er nahm einen Schluck und musterte Lysander über den Rand des Glases hinweg. »Ich denke, er hat beispielsweise den Anschlag auf Ihre Dame gutgeheißen.«

Lysander machte ein Gesicht, als hätte Whitlock ihn geschlagen. »Glauben sie wirklich?«

»Gewiß. Ich kann mir einfach nicht vorstellen, daß das nicht auf höchster Ebene angeordnet wurde. Ich möchte Ihnen noch was sagen. Ich hoffe, Sie haben richtig gute Leute auf die Bewachung des Krankenhauses angesetzt. Richtig gute Leute und eine Menge davon, denn die anderen werden's sicher noch mal probieren.«

»Warum? Was hat Melissa ihnen angetan?«

»Einiges«, antwortete Whitlock. Er fuhr sich mit den kurzen dicken Fingern durch die weiße Mähne. »Zum einen hat sie diese Panzer entworfen. Zum anderen hat sie Mr. Croser und diese Skilly einmal in einem Nachtclub brüskiert.«

»Ich wußte noch gar nicht, daß sie sich mal begegnet sind.«

»Es war zu der Zeit, als Sie sich nicht auf dem Planeten aufhielten. Die Leute erzählen mir Sachen, die sie Ihnen vielleicht verschweigen. Hier erzählte man sich, daß Sie auf Tanith fest mir diesem Hotelmädchen zusammen wären. Lady Melissa fing an, mit dem jüngsten Sohn der Harrismans auszugehen. Es überrascht mich nicht, daß niemand Ihnen davon erzählt hat.«

»Nein, das hat niemand . . .«

»Vermutlich hatte es nicht viel zu bedeuten«, fuhr Whitlock fort. »Soweit ich informiert bin, achtete Melissa sehr darauf, wohin es ging, immer in die Öffentlichkeit, um einen Skandal zu vermeiden. Eine sensible Lady, selbst als sie höllisch wütend auf Sie war. Und das mit gutem Grund. Natürlich diente all das dem Zweck, daß Sie es herausfanden. Ist schon eine Ironie, daß genau das nicht passierte. Eines abends besuchte sie jedenfalls eine Wohlfahrtsveranstaltung, und Croser war mit dieser Skilly da. Er betrank sich und fing dann an, mir ihr über das zu reden, was Sie auf Tanith taten. Ich weiß nicht, was alles gesagt wurde, aber es endete, indem Melissa Croser eine heftige Ohrfeige versetzte und ging. Für eine Minute hatte es den Anschein, als wollte Croser irgendwas unternehmen, aber es passierte dann doch nichts. Es hat ihm aber ganz bestimmt nicht gefallen, und dieser Skilly auch nicht.«

»Davon wußte ich nichts! Aber es ist kein Grund, jemanden umzubringen!«

»Für ihn vielleicht doch. Und falls sie noch ein paar falsche Worte über diese Skilly geäußert hat, dann wäre das ein Grund mehr. Das eigentliche Ziel des Anschlages waren jedoch ohnehin Sie. Falls der Gegner glaubte, Lady Melissa würde Sie gar nicht lieben und Sie nur aus politischen Gründen heiraten, wäre sie ziemlich sauer. Der Feind würde sich nur freuen, Sie in einer schlechten Ehe zu sehen, einer Situation, in der Sie wahrscheinlich mal etwas Dummes tun würden. Aber die Art, wie Sie beide als Turteltauben aufgetreten sind, zeigte, daß alle Probleme bereinigt waren, und das ist für die andere Seite natürlich nicht gut.«

»Was zur Hölle interessiert sie denn daran?«

»Ach, kommen Sie, Hoheit«, sagte Whitlock. »Sie müßten inzwischen wirklich wissen, daß sie praktisch die Nation verkörpern. O sicher, das Volk liebt Ihren Vater, aber es betrachtet ihn als den alten König, den netten alten Mann, das Symbol der Nation und all so was. Und es vertraut darauf, daß David in Friedenszeiten weiß, was zu tun ist. Nur herrscht halt kein Friede, und niemand rechnet mit irgendeinem Frieden, den nicht Sie herbeigeführt haben. Bei den meisten Gelegenheiten ist es vielleicht das beste, wenn Sie so tun, als wäre Ihnen das nicht bewußt, aber es gibt auch Zeiten für offene Worte. Die Zukunft des gesellschaftlichen Experiments auf Sparta hängt im Moment wirklich weitgehend von Ihnen ab.«

Lysander sagte nichts. Whitlock nickte. »Also, das hätten wir geklärt. Nun zu Croser.«

»Aber ... Dr. Whitlock, er war sehr vorsichtig, und wir haben keine Beweise, die ihn oder seine politische Bewegung mit dem Terror in Verbindung bringen. Keine kriminellen Aktionen.«

»Nun, das ist richtig, und wenn Sie darauf warten, dann tun Sie es vergeblich. Sohn, vor langer Zeit sagte ein Mann namens Burke, daß es für den Sieg des Bösen reicht, wenn gute Menschen untätig bleiben. Genau das geschieht hier. Sie sind im Krieg, und Sie müssen ihn auch als Krieg führen.«

»Und wenn wir dabei dem Feind ähnlich werden, welchen Sinn hat dann noch unser Sieg?«

»Das fragt König David immer, und manchmal auch Ihr Vater, was inzwischen jedoch seltener geschieht. Lysander, ich möchte Ihnen eins sagen: In einer Million Jahren könnten Sie solchen Menschen nicht gleich werden, selbst wenn Sie hart daran arbeiteten.« Whitlock nahm für einen Moment Papiere auf seinem Schreibtisch in Augenschein. »Sie sollten lieber mal darüber nachdenken. Ich werde die Politik weiter für Sie planen, Peter Owensford wird weiter für Sie gegen den Feind kämpfen, gute Menschen werden weiter für Sie sterben, und verdammt, vielleicht reicht das ja! Prinz Lysander, vielleicht reicht es ja, und das, was Sie sagen, hat etwas für sich. Sie haben hier eine anständige Regierung, und der Himmel weiß, wie sehr ich es verabscheuen würde, wenn sie ein häßliches Gesicht annähme, aber Sie sollten lieber mal drüber nachdenken, Eure Hoheit. Wie viele Angehörige Ihres Volkes sollen noch für die Bürgerrechte von Dion Croser sterben?«

8

Um ein General zu sein, reicht es, gut zu zahlen, gut zu kommandieren und gut zu hängen.

– Sir Ralph Hopton, ca. 1689

Eine durch Erschießungskommandos und Pistolen aufgezwungene Disziplin hat weniger Wert als die freiwillige, selbstauferlegte Disziplin, wie sie für gute Soldaten charakteristisch ist. Bestimmungen, die dazu dienten, geistig dumpfe Wehrpflichtige auf den überfüllten Schlachtfeldern des Schwarzpulverzeitalters zusammenzuschmieden, passen nicht mehr in eine Zeit, in der Bewaffnung und Taktik eine Verteilung der Kräfte erzwingen und in der Initiative wichtiger sein kann als blinder Gehorsam. Letztlich beruht der Kampfgeist auf der Moral des Individuums und der kleinen Gruppe von Kameraden, mit denen es zusammen kämpft.

– John Keegan und Richard Holmes, Soldaten

Wenn ich vom Krieg schon nichts anderes gelernt habe, dann doch wenigstens, wie irrig der Glaube ist, die wirklichen Quellen der militärischen Macht einer Nation bestünden in Reichtum, materiellen Ressourcen und industriellem Genius. Derlei Dinge bilden jedoch nur die Bühnendekoration. Die Personen, die für diese Bereiche Verantwortung tragen, sind nur die Kulissenschieber.

Das Stück jedoch ist, worauf es ankommt. Letztlich wird jede größere oder kleinere Aktion an der Front entschieden, wo Menschen das letzte Risiko von Leben oder Tod eingehen. In Wirklichkeit liegt damit die Stärke einer Nation im letzten und höchsten Sinn in den Herzen und Seelen der Menschen.

– S.L.A. Marshall

Croftons Enzyklopädie der bewohnten Planeten (zweite Auflage)

Stora Mine: *Eine Bergbausiedlung in den südlichen Vorbergen des Kuprosgebirge (q.v.), nördlich des* Alexandersees *im Oberen Tal des Eurotas aus dem Planeten Sparta (q.v.) gelegen. Die anfängliche Untersuchung des Planeten durch die Universität des CoDominiums ergab, daß der erodierte Vulkan, der später* Storaberg *genannt wurde, ungewöhnliche Konzentrationen von Metallerzen enthielt. Forscher stellten die Hypothese auf, daß im Zuge des Hebungsvorgangs, der die Kuprosberge erzeugte, ein ›Pfropfen‹ aus enorm mineralreichem Magma durch einen Riß gedrückt wurde. Mit der Zeit entfernten die raschen Erosionskräfte, die durch Spartas 1,22fache Erdschwerkraft hervorgerufen werden, die oberen Schichten aus weicherem*

Gestein, legten den Kern frei und verstreuten angeschwemmte Metallvorkommen ausgiebig im ganzen Umland. Die nördlichen Berghänge enthalten bis zu 8 % Kupfer, 6 % Blei, 2 % Silber sowie signifikante Mengen an Platin, Palladium und Thorium. Überall im Bergmassiv verteilt findet man auch höhere Konzentrationen, und nahegelegene Vorkommen an ›Rötelhämatit‹ weisen Eisengehalte von bis zu 83 % auf. Der Probeabbau begann bereits zur Zeit der CoDominiumsverwaltung, und eine umfassende kommerzielle Nutzung setzte 2041 mit der Konzessionierung der Stora Mines Inc. ein. Der Abbau erfolgt sowohl über wie unter Tage; zu den Einrichtungen gehören ein geothermisches Kraftwerk, Schmelzhütten und Anreicherungswerke, die 215 km elektrifizierten Schienenweges zum Alexandersee sowie diverse Zulieferer-, Wartungs- und Reparaturindustrien.

Beschreibung: *Die Siedlung Stora Mine liegt auf einer erodierten Rumpfebene am nördlichsten Rand des Storaberg. Die Stadt ist im großen und ganzen in ›Streifen‹ zwischen den von Nordosten nach Südwesten verlaufenden Graten angelegt. Der Zentralbereich beruht auf einem Gitterraster in Form eines H rings um zwei öffentliche Plätze und umfaßt einen Geschäftsbezirk, öffentliche Gebäude und den Bahnhof. Die Gesamtbevölkerung beträgt 27 253 (Stand 2090), darunter auch zahlreiche vorübergehend ansässige Arbeiter, die in Konzernwohnheimen untergebracht sind. Das Klima ist hart und in etwa mit dem des nordöstlichen Minnesota oder südlichen Sibirien zu vergleichen; aufgrund der längeren Jahreszeiten muß dieser Vergleich jedoch mit Vorsicht genossen werden. Die Schwemmsandbecken und steinigen Hügel des Piedmont, die sich bis zum Seeufer erstrecken, werden landwirtschaftlich intensiv genutzt, um die Arbeitskräfte im Bergbau zu unterhalten, und erfreuen sich regelmäßiger Temperaturen . . .*

Man kennt eine leicht spöttische Klassifizierung von Offizieren, die schon lange vielen Angehörigen der militärischen Bruderschaft vertraut ist. Sie legt vom Verständnis ihres unbekannten

Urhebers ebenso Zeugnis ab wie von seinem Sinn für Humor. Die mit leichter Hand skizzierten Implikationen führen bei näherer Betrachtung und Erweiterung zu Schlußfolgerungen, die gar nicht witzig sind. Indem man die Begriffe ›brillant›, ›energisch‹, ›dumm‹ oder ›faul‹ auf eine ausgesuchte Personengruppe anwendet, deren dümmste und trägste Vertreter durchaus noch ein gutes Stück über dem Durchschnitt an Brillanz und Energie in der Gesellschaft allgemein angesiedelt werden können, gewinnt man Kriterien für bestimmte Aspekte des individuellen militärischen Potentials...

Wir müssen den Klasse-vier-Offizier sorgfältig studieren, um die Mittel zu seiner Identifizierung zu erhalten und ihn so aus dem militärischen Dienst entfernen zu können. Die Verbindung von Dummheit und Energie ist die Formel zu einem Ehrgeiz von ganz und gar nicht lobenswertem Charakter. Der auf diesem Wege entstandene Ehrgeiz ist oft gänzlich persönlicher Natur und schert sich in keiner Weise um die Elemente der gesellschaftlichen Wohlfahrt, die dem individuellen Vorankommen keine Möglichkeiten bieten... Moralischer Mut ist ihm fremd, da sich diese Eigenschaft zu selten mit persönlichem Ehrgeiz verträgt. Bis zu einem gewissen Grad kann er aus der Erfahrung lernen. Er mag vorsichtig sein, schlau und gerissen, und es fehlt ihm selten an Entschlossenheit, aber er schafft es niemals, klug, gerecht, loyal oder vollständig aufrichtig zu werden. Allzu oft gelingt ihm eine persönlich erfolgreiche militärische Karriere. Energische Dummheit, die erst mal mit Autorität ausgestattet wurde und die Möglichkeit findet, Erfahrungen zu sammeln, kann zu einer überzeugenden Imitation eines entschlossenen, zielstrebigen Berufssoldaten führen...

– *Joseph Maxwell Cameron,*
Die Anatomie soldatischer Leistungen

Der Winter lag immer noch schwer auf den Nordhängen des Kuprosgebirges. Die Morgendämmerung war hell, aber harsch, und der kalte Wind seufzte traurig in den Zweigen der dunklen

Kiefern und blattlosen Birken. Die hiesigen Berge erreichten nicht die Höhe der Drakons; die rasche Erosion dieser Hochschwerkraftwelt hatte sie niedergerungen, obwohl die Gipfel weiterhin wie gletschergekrönte Fänge viertausend Meter hoch aufragten. Die unteren Hänge waren eine zerklüftete und öde Landschaft aus Schluchten und Rinnen, gekennzeichnet auch durch herumliegende Felsbrocken, die in der Größe selbst Häuser übertrafen, durch tosende Wildwasser und neue Wälder, die sich allmählich zwischen den Granittrümmern und dem vulkanischen Geröll Halt suchten.

Skida Thibodeau saß auf einem langen Abhang und blickte nachdenklich zu den Vorbergen hinunter. Der Alexandersee lag außer Sicht dahinter. Wolkenschatten zogen über die gewaltige, chaotische Landschaft hinweg, und die junge Sonne übergoß die Schneewehen mit einer rosa Tönung. Ein Bursche reichte Skida einen Becher Kaffee, und sie kaute auf einem Rationsriegel herum, einem ledrigen Streifen aus Obst und Nüssen. Es war so kalt, daß sich die Härchen in ihrer Nase verklebten, wenn sie einatmete, aber bis zum mittleren Nachmittag konnte durchaus die Schneeschmelze einsetzen; zu dieser Jahreszeit unterlag das Wetter im Oberen Tal heftigen Schwankungen.

»Okay«, sagte sie nach einer Weile. »Von Reuther, wie geht es den Soldaten?«

»Die letzte Welle, die aus den Illyrischen Tälern eingetroffen ist, hat sich inzwischen erholt. Die schon am längsten hier sind, werden allmählich unruhig.« Der aus Deutschland stammende ehemalige CD-Offizier war bis zu Skillys Eintreffen damit beauftragt gewesen, die Kämpfer unauffällig herzulotsen. »Ein paar haben zu desertieren versucht.«

»Das dulden wir nicht!«

»Ja, wir wissen schon, wie wir mit denen umzugehen haben.« Der Deutsche zuckte die Achseln. »Es wurde bereits entsprechend vorgegangen. Aber wir haben es hier nicht mit regulären Soldaten zu tun, und wir verfügen nicht über genug Unteroffiziere. Wir haben zu viele davon bei der Sicherung unseres Rückzuges in den Tälern verloren.«

»War 'n harter Kampf, aber wir haben in den Tälern gewonnen«, meinte Skilly. »Haben gezeigt, daß wir gegen Bürger antreten können.«

»Dem stimme ich zu, und das erzählen wir auch den Rekruten«, sagte von Reuther gelassen. »Aber wir haben ihnen ebenfalls erzählt, daß der Sieg kurz bevorsteht. Sie glauben das, und niemand hat in den Wohlfahrtsinseln Geduld gelernt. Der Krieg geht weiter und dauert für viele schon länger als alles andere, was sie je in ihrem Leben gemacht haben.«

»Sie wußten von Anfang an, was für Rekruten Sie hier kriegen würden«, sagte Skilly, und ihr Tonfall wurde schärfer. »Sie haben mir gesagt, Sie wüßten, wie man Soldaten aus ihnen macht! Sie sagten, das CoDo würde das schon seit fünfzig Jahren machen, nämlich Bandenschläger rekrutieren und zu Marineinfanteristen ausbilden!«

»Das haben wir auch, Feld Eins. Aber während der Ausbildung von CoDominiums-Marines müssen wir uns nicht die ganze Zeit vor der Polizei verstecken, ja? Wenn sie ihren Abschluß machen, gibt es eine Parade; die Leute jubeln, und hübsche Mädchen bewundern die Uniformen. Das ist hier anders.« Er nahm Haltung an. »Feld Eins, wenn Sie mit meinen Leistungen nicht zufrieden sind . . .«

»Sie denken doch wohl nicht daran, Skilly im Stich zu lassen?« Alle Umstehenden wurden steif, und knisternde Spannung baute sich auf. Auf einmal grinste Skilly wie eine Wölfin. »Von Reuther, Sie haben prima Arbeit geleistet. Machen Sie sich nicht so viele Sorgen. Alles läuft so, wie wir's wollten.«

Seit den Schlachten mitten im Winter verlagerten die Heloten Soldaten und Material in kleinen Einheiten von den Illyrischen Tälern ins Kuprosgebirge. Es war ein weiter Weg entlang der Vorberge nach Nordosten, und er wurde eher noch weiter durch den Zwang, sich in kleinen Gruppen zu bewegen und extrem aufzupassen, daß man nicht beobachtet wurde. Von den Bergbausiedlungen mal abgesehen, fand man nicht viele Leute in diesen Bergen, aber es gab Farmen im Hügel-und Becken-Land des Piedmont und den einen oder anderen Trapper in der Wildnis.

»Okay, Sie möchten endlich kämpfen, und das werden wir

auch. Jetzt alle mal herhören!« Die ungefähr ein Dutzend Kommandeure versammelten sich um sie. »Die Einsatzpläne haben Sie alle, also wird Feld Eins noch mal 'n paar allgemeine Dinge sagen. Wir haben nicht vor, das zu halten, was wir einnehmen, aber wir begnügen uns auch nicht nur mit kurzfristigen Attacken, nach denen wir gleich wieder abhauen. Wir haben zwei zentrale Vorhaben: vorübergehenden wirtschaftlichen Schaden, vielleicht auch 'n bißchen Beute, und vor allem die Miliz demoralisieren. Dann wird's nächstesmal einfacher.«

Sie wischte sich die Hände ab, stellte den Becher auf die Kiefernnadeln und schlang die Arme um die Knie. Die harten, wölfischen Gesichter rings um sie herum blieben aufmerksam. Jedes Element der Szenerie trat ihr deutlich vor Augen – der methodisch denkende von Reuther, der sich Notizen machte, Two-knifes steinerne Festigkeit, ein Rest von Überheblichkeit bei Niles – *nicht mehr soviel wie früher; vielleicht überwindet er's allmählich. Dieser Kampf müßte es eigentlich ans Licht bringen* –, die leicht finsteren Mienen der anderen. Einer von ihnen hob die Hand.

»Feld Eins, der ursprüngliche Plan sah einen Angriff mit allen Kräften auf außerplanetare Bergbauausrüstung vor. Dürfte ich fragen, warum das geändert wurde?« Sie alle wußten, wie wichtig es war, die Royalisten von Deviseneinnahmen abzuschneiden, die ihnen den Einkauf von Waffensystemen ermöglichten.

»Weil unsere Gesamtstrategie beschleunigt wurde, Hernandez. Das liegt an Empfehlungen unserer, ah, Berater und an anderen Dingen, die du nicht zu wissen brauchst. Wir werden eines Tages auch CD-Credits und Friedländer Mark brauchen. Und vielleicht kriegt von Reuther seine Paraden schneller zu sehen, als wir alle glauben.«

Wildes Grinsen ringsherum. Keiner von diesen Männern wollte für den Rest seines Lebens in Höhlen hausen.

»Okay«, fuhr Skilly fort. »Die Zielplanung dürfte allen klar sein. Sachen, die die Royalisten zwar ersetzen können, aber nicht sehr schnell. Nun, im Grunde handelt es sich bei dieser Aktion um 'nen Terrorüberfall. Wir müssen den Arbeitern zeigen, daß sie uns mehr fürchten sollten als die Royalisten, und den Bürgern, daß der Widerstand gegen uns keine Möglichkeit ist, ihre Heime zu schützen – eher das Gegenteil. *Jeder Widerstand wird sinnlos, wenn sie erst mal denken, daß wir jeden umbringen, egal, was sie machen.* Ist das allen klar? Wir wollen sie demoralisieren und nicht wie Ratten in die Enge treiben. Beiläufige Zerstörung im Zuge unserer Aktion ist okay; alles nicht genehmigte Morden, Vergewaltigen, Plündern und Brandstiften werde ich rasch und öffentlich und hart bestrafen. Skilly wird jeden aufhängen, der sich das nicht hinter die Ohren schreibt.

Also«, fuhr sie fort, nachdem sie jedem in die Augen geblickt hatte, »nächster Punkt. Es kommt wirklich auf sorgfältiges Timing an. Unsere Truppen sind scharf und glauben, sie könnten die ganze Welt am Arsch lecken. Wir haben sie überzeugt, wir hätten die Illyrische Schlacht gewonnen. Wenn sie das glauben, spielt's keine Rolle mehr, was wirklich passiert ist.« *Und es sind wirklich gute Kämpfer. Sie alle!* Für einen Moment mußte sie an die provisorischen Kompanien denken, die zurückgelassen worden waren, um den Rückzug der Führungsoffiziere abzuschirmen. *Kein Omelett ohne aufgeschlagene Eier. Diesmal waren's zu viele Eier, aber Skilly hat daraus gelernt.* »Gut, daß sie Selbstvertrauen haben, schlecht, wenn ihnen aller Mumm rausgeprügelt wird. Wir Kommandeure sollten lieber nicht an die eigene Propaganda glauben. Wir können uns dem Feind nach wie vor nicht zu seinen Bedingungen stellen. Wir müssen ihn dazu bringen, zu unseren Bedingungen zu kämpfen. Zunächst . . .«

»Das ist ein gutes Computersystem«, sagte die Stabschefin der Miliz von Stora Mine; der Kommandeur war mit den Truppen im Feld. »Natürlich nur so gut wie das, was man eingibt, aber es hilft uns wirklich bei der Koordinierung der Sicherheitstätigkeit.«

»Ich verstehe.« Ace Barton blieb absichtlich unverbindlich.

Hier war man wirklich weit von Sparta City entfernt – siebentausend Kilometer oder mehr auf dem Flußweg, etwa die

Hälfte Luftlinie – und in einer Gegend, die für den Krieg entscheidend war. Die Fenster auf einer Seite dieses Zimmers gaben den Blick frei auf den Grund dafür. Die große Tagebaugrube war bereits seit fünfzig Jahren in Betrieb, hatte sich aber erst in jüngster Vergangenheit an die zerklüftete Bergflanke gewagt. Der Berg selbst war ein einsamer Vorposten der Kuproskette, die sich über den nördlichen Horizont erstreckte. Die Spuren, die die Grube bislang am Hang hinterlassen hatte, ähnelten einem halbkreisförmigen Biß, der sich in glatten Terrassen das gefurchte Gestein hinaufzog. Große dieselelektrische Trucks waren da draußen an der Arbeit und transportierten das losgesprengte Erz ab. Eine weitere Sprengladung detonierte in diesem Augenblick, und mehrere hundert Tonnen Gestein rutschten hangabwärts und blieben als Geröllhaufen liegen. Als sich die Staubwolke wieder senkte, schwärmten Hunderte von Gestalten in Overalls mit Preßlufthämmern los, während sich weitere mit Schaufelbaggern bereithielten.

Die Managerin, sie hieß Olafson, nickte, als sie bemerkte, in welche Richtung er sah.

»Unsere Technik ist ein bißchen antiquiert, im Grunde aber billiger als Ultraschallzertrümmerung und Roboter«, erklärte sie heiter. »Sogar billiger als Asteroidenbergbau, vorausgesetzt, wir behalten die Kostenentwicklung sorgsam im Auge. Hier liegt eine ganz ungewöhnliche Formation vor: Kupfer, Silber, Thorium und Platin, Eisen, Nickel. Mechanische Zertrümmerung, dann Pulverisierung, chemische und magnetische Trennung. Das leichtere Zeug transportieren wir in Barrenform mit der Eisenbahn zum See, dann mit dem Flußkahn nach Süden zu den Vulkanschnellen, schließlich mit der Eisenbahn um die Schnellen herum hinunter nach Olynthos. Die widerspenstigeren Materialien folgen in Form von Pulverschlamm demselben Weg. Wir arbeiten darüber hinaus in einigen unterirdischen Schächten, und diese Anlage hier dient auch als Sammelpunkt für eine ganze Reihe unabhängiger Unternehmen weiter oben in den Bergen.« Sie runzelte die Stirn. »Oder tat es, ehe die Banditenplage so schlimm wurde.«

Sie deutete auf die zerklüftete Bergkette. »Wir verfügen hier über ein geothermisches Kraftwerk, das etwa vierhundert Megawatt leistet, und so haben wir uns allmählich zur zweiten Metropole des Oberen Tales entwickelt, nach Olynthos.«

Anselm Barton hatte derweil das Rückgewinnungssystem begutachtet. Es ähnelte so vielem anderen auf Sparta, ein zusammengestückelter Kompromiß. Klobige Monitore aus einheimischer Fertigung, nicht die schmalen Flüssigkristallgeräte, wie sie andernorts in Gebrauch waren. Dazu Mehrfachterminals, die über gewöhnliche Notebookcomputer mit dem Großrechner vernetzt waren. Bei letzterem handelte es sich um einen Würfel ohne besondere Merkmale, etwa dreimal so groß wie eine durchschnittliche Aktentasche, und er war seinerseits mit einer Datenbank von etwa derselben Größe verbunden.

»Irdische Fertigung?« fragte er.

»Anlagen von der Erde sind übertrieben teurer Schrott«, schnaubte Olafson. Im Zivilberuf war sie stellvertretende Vizepräsidentin in der Produktion von Storaberg Mines Inc. »Nein, die Anlage kommt von Xanadu. Dreißig Jahre alt, und funktioniert immer noch wir geschmiert.« Sie beantwortete Bartons unausgesprochene Frage mit einem Nicken. »Ja, wir kontrollieren sie regelmäßig auf Viren, und wir hatten auch Ihre Leute einmal pro Woche in der Leitung. Hat Sie das hergeführt?«

»Zum Teil. Wir haben auch einige Techniker mitgebracht.« Er war in dieser Hinsicht nervös. Wie vorsichtig auch immer die Leute hier waren, sie arbeiteten mit uralter Ausrüstung, und sie waren Provinzler. Die Computer der Legion waren ROM-programmiert, sehr effizient im militärischen Bereich, für den zivilen Einsatz jedoch nicht flexibel genug. *Und Murasakis Technoninjas können einfach zu gut mit Computern umgehen!*

»Zum Teil«, wiederholte Olafson. »Und wie lautete der Rest der Geschichte? Sie haben Ihre Kommandogruppen angeschleppt, haben Legionäre draußen auf dem Flugplatz stationiert und zwei weitere Bataillone im Anmarsch. Ist irgendwas im Busch?«

»Na ja, eigentlich nicht. Wir sind nur ein wenig paranoid. Erläutern Sie uns doch mal Ihr System.«

»Kein Problem. Es läuft folgendermaßen: Die Anlage verfügt

über reichlich Kapazität, und wir haben sie billig bekommen. Darum steht hier auch eine Zentraleinheit und kein weit verstreutes Netzwerk.«

Sie rief eine Karte der Mine und der Umgebung auf den Bildschirm. »Etwa sechstausend Menschen arbeiten für das Unternehmen, eintausend Bürger und Langzeitbeschäftigte, der Rest Gelegenheitsarbeiter. Noch mal so viele Beschäftigte im Zulieferbereich, den Dienstleistungen und so weiter. Wir hatten auch schon immer eine Konzernpolizei.« Storaberg Mines Inc. gehörte zum größten Teil den Managern und Facharbeitern. »Inzwischen haben wir sie auf fünfhundert Mann aufgestockt, mit Bürgeroffizieren und leichten Infanteriewaffen. Die Leute Ihres Captain Alana haben sie durchgecheckt; wir entdeckten unter den Rekruten ein halbes Dutzend Infiltratoren der Heloten und hängten sie auf, um andere abzuschrecken.«

»Ist das die Verteidigungslinie?« fragte Barton und fuhr mit dem Finger eine punktierte Linie entlang.

Die gesamte Anlage breitete sich kilometerweit in einer rauhen Landschaft aus; einzelne Ansammlungen von Wohnhäusern oder Maschinenschuppen erhoben sich auf ebenen Stellen, durch Wald und steinige Hügel voneinander getrennt.

»Nun, das ist das Problem. Es ist schon schwierig genug, überhaupt Menschen hierher zu locken, und es wäre ganz unmöglich, wenn man sie dann auch noch in beengten Verhältnissen unterbrächte. Wir verfügen hier allerdings über erstklassige, wetterfeste Straßen.« Eine echte Rarität auf Sparta, von der Hauptstadt und einigen größeren Städten mal abgesehen.

»Der Perimeterschutz besteht aus Sensoren und Detektoren. Hier haben wir Blockhütten . . .« Punkte leuchteten im Display auf. ». . . Im Rotationsverfahren bemannt von Sicherheitskräften und Milizinonären. Im Fall eines Alarms werden sämtliche Bürger und die zuverlässigen Nichtbürger hier im Arsenal sowie an Sammelstellen überall in der Siedlung zusammengezogen und dann nach Bedarf verteilt. Die echten Nichtkombattanten, die Kinder und andere, kommen ins Arsenal; es ist massiv und überwiegend unterirdisch angelegt und weist ringsum ein freies Schußfeld auf. Nicht, daß wir *hier* mit einem Angriff rechnen würden – die Heloten haben sich bislang nicht unter fünfzig Kilometer herangewagt –, aber wir sind gleichzeitig die Koordinierungsstelle für die übrigen Bergbausiedlungen sowie für die Farmen rings um das Nordufer des Alexandersees. Davon haben wir mehr, als Sie vielleicht erwarten, denn es müssen doch eine ganze Menge Bergleute ernährt werden. Obendrein gibt es durchaus gutes Land hier, nur nicht in so großen, geschlossenen Flächen wie unten im Flußtal.

Schließlich haben wie die Wälder rings um das Bergwerk dicht mit getarnten Schall- und Lichtsensoren ausgestattet; jede verdächtige Meldung wird direkt hierher und an die zuständigen Außenposten geleitet. Dann verfügen wir noch über einen Ring aus Minenfeldern mit unterschiedlichen Auslöseeinstellungen – auf Kommando, durch Schall, Wärme oder Vibrationen. Sie haben ein Vermögen gekostet.«

Barton nickte. »Okay. Sehen wir uns jetzt mal den Verteidigungsring an.«

»Sofort?«

»Der jetzige Zeitpunkt ist immer der beste.« Er führte sie hinaus und durch den Flur entlang in Richtung des Frühstückszimmers. Als sie die Tür dorthin erreicht hatte, drängte er Olafson zu ihrer Überraschung hinein und schloß die Tür hinter ihnen beiden. Ein Legionssergeant hatte eine Apparatur auf dem Tisch aufgebaut.

»Alles gesichert, Andy?«

»Ja, Sir. Ich habe eine Wanze gefunden, bin aber aus Versehen draufgetreten.«

»Eine Wanze? Hier drin?« Karen Olafson starrte den rothaarigen Hauptquartierssergeanten an. »Sind Sie sicher?«

»Verdammt sicher. Sie haben sie hier angebracht, richtig?« Er musterte sie drohend.

»Wie bitte? General Barton . . .«

»Sie ist okay, Sir«, stellte Sergeant Andrew Bielskis fest, ohne den Blick von der Konsole auf dem Tisch zu wenden. »Das war eine echte Schockreaktion.«

»Okay. Gab es hier drin eine Wanze, Andy?«

»Nicht in diesem Raum, Sir, aber es gibt ein paar auf dem

Flur, und ich verwette meinen Arsch darauf, daß auch das Computersystem geknackt wurde. Ma'am, wenn Sie bitte mir zuliebe die Handfläche auf diese Platte legen würden. Jetzt die andere Hand hierhin. Ausgezeichnet. Wie ist das Wetter draußen? Kennen Sie irgendwelche Heloten?«

Wut und Neugier rangen in Karen Olafsons Gesicht miteinander. Die Neugier siegte. »In Ordnung, General, was geht hier vor?«

Barton wartete ab, bis Sergeant Bielskis ihm erneut zugenickt hatte. »Der Gegner plant etwas. Etwas Großes, wenn man sich ansieht, wie viele seiner Kämpfer in die Gegend hier eingesickert sind. Kommt verdammt dicht an ein Regiment ran.«

»Ich ... Woher wollen Sie das wissen?«

»Durch Glück. Glück und Pech. Das Glück bestand darin, daß einer ihrer Deserteure etwas mit einem Mädchen hier in der Stadt anfing und sie dann eines nachts aufforderte, noch vor dieser Woche zu verschwinden. Das Pech bestand darin, daß die hiesige Geheimdienststelle entschied, nicht das Risiko einzugehen und die Information durchs Kabel zu schicken ...«

»Oder es mir zu sagen!« meinte Karen entrüstet.

»Ja, Ma'am. Es dauerte eine Woche, bis die Meldung Captain Alana erreichte. Danach haben wir gleich einige von Maces Scouts hier in der Gegend abgesetzt. Irgendwas ist tatsächlich im Busch. Und es handelt sich um eine große und scheußliche Sache.«

»O Gott! Sie sagen ›diese Woche‹!«

»Jap. Also, zunächst möchte ich, daß Sie hier den Betrieb einstellen und alles absperren, während wir ein paar Sicherheitskontrollen durchführen«, sagte Barton. »Gehen Sie langsam zu Werk und erwecken Sie den Anschein, es handelte sich um eine routinemäßige Wartungsaktion, aber fangen Sie gleich damit an und bringen Sie alles Unersetzliche in Sicherheit. Mit gleich meine ich sofort. Besonders viel Sorgen bereitet mir dieses Computersystem. Sie verlassen sich zu sehr darauf.«

»Wir können ohne das System nicht arbeiten ...«

»Exakt. Andy, ich möchte, daß Jenny und ihre Techniker hier alles durchgehen und manuelle Reservesysteme für den Sicherheitsbereich installieren, besonders die Kontrollsysteme. Dieser vermaledeite Computer ist ein potentieller Stolperstein, und das gefällt mir überhaupt nicht. Wenn er ausfällt, wird es verflucht schwer für uns, die Lage im Griff zu behalten.«

»Ja, Sir. Wir fangen gleich morgen an . . .«

»Nein, Sergeant, Sie fangen gleich heute nacht an«, erwiderte Ace Barton. »Und wir können alle nur beten, daß es noch nicht zu spät ist.«

Warrant Officer Jennifer Schramm goß sich Kaffee ein und lümmelte sich dann auf einen Plastikstuhl, der eigentlich nicht besonders bequem aussah. Es war ein gutes Stück nach Mitternacht.

»Sie sehen aus, als könnten Sie eine Pause vertragen«, meinte Ace Barton.

»Absolut, General.«

»Wieviel haben Sie bislang erreicht?«

»Etwa die halbe Miete. Die manuellen Aktivierungsleitungen für die Minenfelder liegen, und es stehen auch einige Ausweichkommunikationswege, aber uns gehen allmählich die optischen Fasern aus.«

»Morgen treffen neue ein«, sagte Barton. »Was weiß der Computer von Ihren Maßnahmen?«

»Gar nichts, Sir. Gut, er weiß, daß wir eine Zeitlang seinen Zugriff auf einige Kontrollen unterbrochen haben, aber soweit es ihn angeht, ist inzwischen alles wieder in Ordnung. Übrigens haben wir eine manuelle Steuerkonsole zurechtgebastelt. Man braucht nur noch ein paar große Schalter zu drücken, und der Computer wird manuell umgangen.« Sie nahm einen Schluck Kaffee. »General, es überrascht mich offen gesagt, wie sehr sich die Leute hier auf den verdammten Rechner verlassen haben.«

»Glauben Sie, daß er geknackt wurde?«

»Ich *weiß*, daß jemand eingedrungen ist.«

Ace runzelte die Stirn. »Woher?«

»Nun, eigentlich nichts Konkretes, aber ich fühle es. Die Fehler-Algorithmen sind einfach zu sauber, General Barton, und das gefällt mir gar nicht. Es scheint da was gelöscht worden zu sein. Dasselbe gilt für die Zugriffsaufzeichnungen. Einige fehlen.«

»Fehlen?«

»Ja, Sir. Auch da kam mir einfach wieder alles zu sauber vor, also habe ich Andy veranlaßt, mit ein paar Technikern zu reden, und siehe da, natürlich spielen sie Kriegsspiele auf dem verdammten Computer – und es gibt keine Aufzeichnungen darüber. Als hätte jemand die entsprechenden Dateien gelöscht.«

»Die Techniker?«

»Nein, Sir. Schauen Sie, Computerspiele kosten sie vielleicht eine Stunde Arbeitslohn, falls überhaupt jemand was drauf gibt, aber Algorithmen zu löschen ist ein Kündigungsgrund, und das wissen sie verdammt gut.«

Barton berührte seine Kommunikationskarte. »Wally?«

»Hier Honistu.«

»Wally, machen Sie mal Pause. Kommen Sie auf einen Kaffee her und legen Sie die Beine hoch.«

»Na ja, ich habe hier ganz schön zu tun, aber der Vorschlag klingt gut, Sir.«

Jennifer sah ihn fragend an.

Barton lächelte. »Na ja, ich arbeite schon lange mit Wally zusammen. War mein Adjutant bei Bartons Bulldogs. So, wie ich ihn eingeladen habe, war es für ihn ein Befehl.«

»Glauben Sie wirklich, daß die Heloten hier alles abhören?« fragte Jennifer.

Ace zuckte die Achseln. »Dieses Zimmer hier ist abhörsicher, aber darüber hinaus weiß ich es halt nicht. Ich will Ihnen mal eins sagen: Sollte der Computer verwanzt sein, ist es auch der Kontrollraum. Und Andy hat eine Wanze auf dem Flur gefunden. Sie hätte dort nicht sein sollen – das war überhaupt nicht klug.«

»Zu leicht zu finden?«

»So etwas in der Art. Nicht sofort erkennbar, aber auch nicht sehr schwer zu entdecken. Sieht fast nach einer frühzeitigen Warnung aus. Damit der Feind Bescheid weiß, wenn wir sie gefunden haben. Na ja, keine Ahnung. Ich kann einfach nicht in den selben Bahnen denken wie die Rebellen.«

Major Honistu trat ein und schloß die Tür. »Ich bin verdammt beschäftigt, General. Was ist los?«

»Setzen Sie sich, Wally, und unterhalten wir uns mal für eine Minute. Jenny gefällt nicht, was sie im Computer gefunden hat, oder eher das, was sie nicht findet.«

Honistu nickte nachdenklich. »Ich habe dasselbe häßliche Gefühl, General. Wenn man dann noch an die Geheimdienstberichte denkt, kommt man unweigerlich zu dem Schluß, daß wir Probleme haben.«

»Okay. Was Sie da draußen machen, ist wichtig, aber nicht weniger wichtig ist es, ein bißchen nachzudenken, solange wir noch die Chance dazu haben. Unterhalten wir uns mal.«

Auf dem Flur heulten die Alarmsirenen auf.

»Das wird es sein«, meinte Ace Barton. »Okay, Wally, setzen Sie sich in Bewegung! Ich bin in der Kontrollzentrale.« Er führte Warrant Officer Schramm den Korridor entlang, während Honistu in die entgegengesetzte Richtung stürmte.

Karen Olafson saß am zentralen Schaltpult. Ein leiser Alarmton piepte, und ein Bildschirm blinkte rot. Als Barton eintrat, blickte sie auf. »Eine Meldung über das Notrufnetz. Das Torrey-Anwesen wird angegriffen.«

Der Bildschirm zeigte einen Mann, der eine Gefechtspanzerung über bequemer Hauskleidung trug. Er war groß, hatte ziemlich langes braunes Haar und einen üppigen Schnurrbart und war in den Dreißigern.

»Alan, hier spricht General Barton.«

»Barton, hier ist Alan Torrey«, sagte der Mann. Er sprach mit dem Akzent der amerikanischen Steuerzahlerklasse. »Ich werde von mindestens einer Kompanie angegriffen. Sie haben den KSBP-Posten oben auf der Velysen-Farm überrannt und anschließend hier zugeschlagen. Wir haben ihnen übel den Arsch versohlt und sie gestoppt.«

Er lächelte grimmig; Barton entschied, daß ihm Bürger Alan Torrey ausgesprochen gefiel.

»Alle meine Leute sind bewaffnet, und ich stelle niemanden

ein, dem ich nicht vertrauen kann. Aus diesem Grund verfügen wir über hundert Schützen, und wir haben uns auf so etwas vorbereitet. Das Problem ist die Eingreiftruppe der Miliz in Daniels Mill; die Männer kamen wie die Wilden angebraust und sind etwa vier Kilometer südlich von uns in einen Hinterhalt geraten. Sie mußten sich den Weg von der Straße und einen Berg hinauf freikämpfen und hatten dabei mehr als fünfzig Mann Verluste. Sie benötigen dringend Hilfe! Ich kann sie ihnen nicht bringen, denn wir sitzen in unseren Bunkern fest. Sollten wie die Nase rausstecken, schlachten sie uns mit ihren Mörsern ab.«

Ein Mann kam in die Kontrollzentrale gestürmt. Er war noch damit beschäftigt, sich in aller Eile eine Panzerung umzuschnallen. »Allgemeiner Alarm, Karen! General, wir sind wirklich froh, daß Sie hier sind.«

»Mein Ehemann und Partner«, stellte Karen ihn vor.

»Karl Olafson, Generalcomanager und Major der 22. Bruderschaft, um meine Sünden aufzulisten. Alan, können Sie ein Relais für mich schalten?«

»Hier.«

Der Bildschirm wurde in Sektionen geteilt. »Captain Solarez hier. Major Timmins wurde niedergeschossen.« Der Captain duckte sich in eine flache Mulde hinter einem Felsen. Neben ihm lag ein verwundeter Funktechniker und bediente die Aufnahme. Im Hintergrund hörte man das Krachen von Handfeuerwaffen und Explosionen.

»Ihr Bericht, Captain«, sagte der Milizmajor.

»Ich habe dreißig Tote, sechzig Verwundete und dreihundert einsatzfähige Kämpfer, die Verwundeten mitgezählt, die noch gehen können. Den größten Teil unserer schweren Waffen mußten wir beim Transporter zurücklassen. Der Feind überwacht uns visuell und deckt uns mit schwerem Beschuß ein – mittlere Mörser, vierundachtzig und einhundertfünf Millimeter, rückstoßfreie Gewehre, schwere Maschinengewehre. Alles nicht toll, aber reichlich. Wir haben inzwischen einen Angriff abgewehrt, der in Kompaniestärke vorgetragen wurde.«

Eine Karte der Milizstellung wurde eingeblendet; Quadrate

darauf markierten mögliche Feindstellungen. Die Bruderschaftskämpfer hielten eine kuppelförmige Anhöhe, die höchste Erhebung im Umkreis, um die sich die Straße herumschlängelte. Sie folgte vom Seeufer aufwärts den Einschnitten im Hügelland. Die Lücke im Sedimentbecken, wo sich das Anwesen der Torreys befand, lag noch zwei Kilometer entfernt im Nordwesten, aber die Aufnahme zeigte Rauchsäulen, die dort aufstiegen.

»Major, ich kann hier noch eine Zeitlang durchhalten, aber nicht für immer«, fuhr der Captain fort. »Wir haben nur noch in den Feldflaschen etwas Wasser und sonst kaum irgendwelche Vorräte, und wir erleiden ständig weitere Verluste. Entweder holt uns jemand raus, oder wir müssen uns selbst bis zu den Torreys durchkämpfen. Das ist offensichtlich eine größere Sache, als wir erwartet hatten.«

»Halten Sie durch«, sagte Karl Olafson. »Wir kommen und holen Sie raus.«

Ace Barton schaltete sich ein. »Was haben Sie zur Verfügung, Major?«

»Unser Sicherheitsbataillon, Brigadier«, antwortete der Bergbaumanager. »Ein weiterer Eingreifbataillon der Bruderschaften wird gerade mobilisiert; ich lasse es zur Verteidigung zurück. Wir haben eine kleine Überraschung zu bieten, eine Sechserbatterie aus Hundertfünfundfünzig-Millimeter-Raketenhaubitzen, die gerade erst vom Alderheimwerk in Olynthos geliefert wurden. Uns stehen reichlich Trucks zur Verfügung; wir nehmen die Minenfahrzeuge. An der Sammelstelle in Daniels Mill nehmen wir weitere Infanterie an Bord, und berittene Scouts werden unsere Flanken decken.«

Barton wählte seine Worte mit Bedacht. Sich in die örtliche Befehlsstruktur einzumischen war nichts, was man überstürzt tat. »Mit dieser Sache werden Sie nicht fertig. Die Heloten riskieren zuviel, als daß es sich um einen simplen Überfall handeln könnte. Sie planen etwas viel Umfassenderes. Das Bergwerk selbst, würde ich vermuten. Wenn Sie jetzt ausrücken, werden Sie ebenso in einen Hinterhalt laufen wie die ursprüngliche Einsatztruppe.«

Major Olafson nickte. »Wir passen auf. Und wenn wir die Reserveleute und die Außenposten mitzählen, bleibt ein Äquivalent eines ganzen Schützenregiments hier. Es ist ein Risiko, Sir, aber eins, das wir eingehen müssen.«

Barton signalisierte ihm seine Zustimmung. Die überstürzte Hilfsbereitschaft war ebenso eine Schwäche dieser Freunde-und-Nachbarn-Miliz wie eine Stärke.

»Verdammt«, fuhr der Milizoffizier fort, »bei fast tausend Mann mit Artillerie kann ich mir nicht vorstellen, daß der Feind uns irgendwas vorsetzt, womit wir nicht fertig werden.«

Barton hatte derweil etwas auf einem Block aus technischen Formularen notiert und reichte den Zettel jetzt Olafson. GEBEN SIE KEINE ANTWORT DARAUF. DIESER RAUM IST VERWANZT. SUCHEN SIE MAJOR HONISTU UND HÖREN SIE IHM GUT ZU. »Ich denke, Sie haben recht«, sagte er dann laut und tippte auf den Block. »Einer Streitmacht von dieser Größe kann nicht viel passieren. Gehen Sie mit Gott. Wer führt hier das Einsatzkommando?«

»Ich hoffte, Sie würden es tun, Sir.«

»Okay.« Mit rascher Hand schrieb Barton: ES IST LEBENSWICHTIG, DASS SIE MIT HONISTU SPRECHEN. Er blickte Olafson hinterher, als dieser ging, und wandte sich dann der Konsole zu.

Pech. Nicht genug Zeit für einen richtigen Plan. Ich habe ein schlechtes Gefühl bei dieser Sache.

»Gut«, brummte Skida vor sich hin.

Der Gesichtsschirm zeigte ihr die Daten, die drei Kilometer weiter südlich aufgenommen wurden. Ein Panzerwagen kam als erstes durch das Tor zwischen zwei Bunkern, gefolgt von einem riesigen, kastenförmigen Minenräumfahrzeug. Hinter diesem kamen die Lastwagen, sechsradgetriebene Modelle voller Infanteristen in fleckig-weißen Wintertarnuniformen und Nemourlonpanzern, mit schweren Mörsern im Schlepp oder zweirädrigen Karren voller Munition und Vorräte. Eine ganze Kette dieser Fahrzeuge, dann zwei große Erzlaster. Diese schleppten mittelschwere Kanonen auf vierrädrigen Lafetten. Dann weitere Trucks ...

Sie wandte sich an die Meijianer, die vor ihren Apparaten hockten. »Es wäre besser, wenn das klappt!« schnarrte sie.

Einer von ihnen blickte auf und verbeugte sich knapp. »Wir sind schon dabei, Daten in den feindlichen Zentralrechner zu geben, Feld Eins«, sagte er höflich. »Der Feind wird nicht genug Zeit haben zu reagieren.«

Wie schon einmal erläutert blieb unausgesprochen. Die Legionstechniker führten Zufallskontrollen an den wichtigeren Geräten der Königlichen Armee durch, zu denen auch das System der Stora Mine gehörte. Unmöglich, die Zapfstellen lange in Funktion zu halten.

Skida grunzte zustimmend und drehte sich zu einem Displaytisch um, der einen Überblick über Bergwerk und Stadt zeigte. Hier hing einfach zuviel von den Meijanern und dem geheimen Apparat der NBBF ab. Weder die Technoninjas noch Crosers Leute hatten sie jemals ernstlich enttäuscht, aber noch nie zuvor war eine so große Helotenstreitmacht so total von ihnen abhängig gewesen.

Und wir kämpfen nicht nur gegen die Hinterwäldler. Barton. Barton argwöhnte etwas. *Was tut er eigentlich hier? Wieviel kann er wissen?* Sie versuchte sich zu erinnern, was man ihr über Brigadier Barton erzählt hatte. Älter als Owensford, aber sein Untergebener – konnte man daraus Kapital schlagen?

Schlechtes Zeichen, daß er hier ist. Er sollte nicht hier sein. Nicht jetzt in diesem kritischen Stadium!

Selbst im Illyrischen Feldzug hatte immer die Möglichkeit bestanden, sich zurückzuziehen; zu keinem Zeitpunkt hatten sie sich so tief verstrickt gehabt, daß der Feind sie alle hätte vernichten können, auch wenn es sich als nötig erwiesen hatte, fast zwei Bataillone zu opfern, um den Führungskader in Sicherheit zu bringen. Jetzt mußten sie einfach angreifen, und zwar eine ungeheuer starke Verteidigungsstellung; die dafür zur Verfügung stehenden Truppen waren den Royalisten kaum überlegen, nicht mal in Anbetracht der Ablenkungsmanöver, die einen Teil der royalistischen Kräfte weggelockt hatte.

Unmöglich für Skilly, hier eine offene Schlacht zu gewinnen. Sie bräuchte dazu fünfmal so viele Kämpfer und mehr Ausrüstung. Sollten die Heloten diesmal verlieren, würde damit das Schwert der Bewegung stumpf, vielleicht für immer. Bei der Vorstellung, vielleicht das Instrument zu verlieren, an dessen Herstellung sie so lange und so hart gearbeitet hatte, bekam sie Sodbrennen. Mit einer Willensanstrengung zwang sie sich, sich nicht beruhigend mit der Hand zu reiben ... *Die Panzerung läßt das eh nicht zu.*

Niles lächelte sie an und zeigte ihr den aufgerichteten Daumen; er sah besser aus, jetzt, wo die Schlacht unmittelbar bevorstand und es keine Zeit zum Nachdenken gab. Auch wieder so eine Sorge – sie bezweifelte ernsthaft, daß der Engländer sich die Implikationen ihrer Befehle richtig überlegt hatte. *Er ist ganz schön hart geworden,* dachte sie. *Mal sehen, ob hart genug.*

»Wo steckt eigentlich Fatima, Eddie?«

Der Mechaniker fuhr zusammen, als er die Worte hörte, und rollte sich auf seinem Wagen unter dem Truck hervor. Das Geheul der Sirenen überflutete immer noch den Parkplatz des Wartungshofes.

»Ach, sie ist krank«, sagte er, blickte auf und wischte sich die Hände an einem öligen Lappen ab. »Ich bin heruntergekommen, um nachzusehen, ob der Fuhrpark einsatzbereit ist.«

Christus, ich hoffe, ich habe sie nicht zu fest geschlagen! Sie war ein guter Boß und genausowenig ein Bürger wie er. Sie war es auch gewesen, die ihm den Job des stellvertretenden Wartungsleiters verschafft hatte. Aber andererseits zog sich auch niemand aus der Bewegung zurück, und wenn man eine Nachricht erhielt, gehorchte man. Oder man starb, zusammen mit seiner ganzen Familie, wo immer man sich auch zu verstecken versuchte.

Christus, wie bin ich nur in die Sache reingeraten? Scheiße, Scheiße, Scheiße! Ich möchte niemanden umbringen. Nicht mal die Bürger. Verdammt, die hiesigen Bürger sind gar nicht so schlimm ...

Der Mann in der Milizuniform sah sich um; fünfzehn 4x4er, zehn 6x6er. Stora Mine war für die spartanischen Begriffe üppig mit mechanischen Transportmitteln ausgestattet, da man Erz nicht mit Pferdewagen befördern konnte. Auch jetzt, nachdem die mobilen Bruderschaftsverbände unterwegs waren, gab es weiterhin zig Last-und Lieferwagen in der Siedlung und darüber hinaus eine stattliche Anzahl Privatautos. Der Noteinsatzplan sah vor, daß zwei Bereitschaftskompanien sich hier versammelten, von wo aus sie jede Stellung im weit verstreuten Komplex rasch verstärken konnten.

»Sind die Dinger in Ordnung?« fragte der Bürgersoldat und deutete mit dem Kopf auf die Transporter.

»Klar, Sir, mehr als in Ordnung. Ich wollte nur sicherheitshalber noch mal nachsehen. Wissen Sie, was hier los ist?«

»Die gottverdammten Rebellen haben eine Farm angegriffen, und der Boß ist mit ein paar Leuten rausgefahren, um sie zu erledigen«, antwortete der Milizionär.

Weitere Milizionäre kämen jetzt herbei, und auf einen Wink ihres Kommandeurs hin machten sie sich daran, schon vorher bereitgestellte Pakete aus Waffen und Ausrüstung auf die Lastwagen zu verladen.

»Ist hier alles in Ordnung?« fragte der Mechaniker. Ein Mann mit Frau und neugeborenem Baby hatte ein Recht zu zeigen, daß er besorgt war.

Wieso habe ich nur auf dieses Mistkerl Sverdropov gehört? Zunächst war es nur um Kleinigkeiten gegangen, wie mal wegzuschauen, wenn eine bestimmte Kiste sich auf den Weg hinunter zum See machte, wie Nachrichten weiterzugeben – nur etwas mehr Gewerkschaftsarbeit, hatte Sverdropov gesagt, und Eddie war sauer gewesen, nachdem das Unternehmen, wo er vorher gearbeitet hatte, einmal einen Streik durch den Einsatz von Streikbrechern unterlaufen hatte. Die Bewegung verschaffte ihm damals hier seinen ersten Job . . . Dann begannen die größeren Aktionen, und als er davor zurückschreckte, drohte man ihm damit, ihn zu demaskieren. Schließlich mußte er Sachen machen, für die man gehängt wurde, und es gab keinen Ausweg mehr.

»Na, wir gehen nur auf Nummer Sicher«, antwortete der Milizionär. Er zeigte sich nur wenig besorgt. »Du läufst jetzt besser zu deinem Unterstand, Eddie, aber danke für die Kontrolle. Richte Mary meine Grüße aus.«

»Kein Problem, Sir«, sagte der Mechaniker, zog den Reißverschluß seiner Werkzeugtasche zu und marschierte zum Büro hinüber, wobei er den nächststehenden Soldaten freundlich zuzwinkerte. Ungeachtet der Kälte lief ihm der Schweiß aus den Achselhöhlen an den Seiten herab, als die noch übriggebliebenen Bomben in der Tasche aneinanderklimperten.

Legion Corporal Perry Blackbird vom Adjutantenstab des Hauptquartiers absolvierte seine letzte Dienstzeit vor der Pensionierung. Er war schon zu alt, um mit der Legion nach New Washington zu gehen. Tatsächlich war er sogar alt genug für einen Schreibtischjob im Hauptquartier, aber Andy Bielskis hatte ihn gebeten, bei diesem Einsatz mitzumachen. »Ich habe ein komisches Gefühl bei der Sache, Perry«, sagte er. »Kann deinen Riecher dabei gut gebrauchen.«

Dabei verfügte Andy eigentlich über den besten Riecher in der Legion. Perry hatte seine Karriere verfolgt. Perry und Andys Vater hatten gemeinsam als Sergeanten gedient, damals, als Blackbird noch Säufer gewesen und ständig zum Sergeanten befördert und wieder zum Private First Class degradiert worden war. Aufgrund seines Dienstalters erhielt er inzwischen den Sold eines Sergeanten, besaß aber keinerlei Kommandogewalt. Genauso gefiel es ihm auch. Und da Jeanine einen Farmer geheiratet hatte und Clara seit fünf Jahren tot war, lebte er allein und war verkrusteter und unflexibler geworden. »Wird mir guttun, mal rauszukommen«, sagte er daher zu Andy. »Verdammt, jemand muß schließlich für dich die Augen offenhalten!«

Und irgendwas stimmte hier tatsächlich nicht. Perry Blackbird konnte nicht den Finger drauflegen, aber er konnte sich eines unguten Gefühls nicht erwehren. *Vielleicht liegt es nur daran, daß Major Barton sich so fürchterliche Sorgen macht und auch Andy nicht allzu glücklich ist.* Perrys Anweisungen lauteten, in der Gegend herumzuschnüffeln, mal zu sehen, wie diese Milizionäre zu Werk gingen, auf alles Verdächtige zu achten und zu schauen, was man verbessern konnte.

Gerade beobachtete er, wie der Mechaniker ins Büro ging, und wandte sich dann an den Milizsergeanten. »Ist es üblich, daß ein ziviler Mechaniker in Ihrem Fuhrpark arbeitet?«

»Na sicher, schließlich ist das hier ein Bergwerk und nicht jeder macht bei der Miliz mit. Eddie ist manchmal ein Brummbär, aber er ist in Ordnung.« Der Tonfall des Bürosergeanten war etwas scharf. Ganz eindeutig war er nicht der Meinung, daß man hier irgendwelche Außenseiter benötigte, die den Leuten erzählten, wie man es richtig machte.

»Während eines Alarms treibt sich üblicherweise niemand allein bei einem Lastwagen herum, mit dem er gar nicht fahren wird«, sagte Blackbird. »Halten Sie es hier anders?«

»Eigentlich nicht, aber wer zum Teufel hält sich schon ständig ans Protokoll? Auf die Weise kriegt man nie was erledigt!«

»Können Sie diesen Eddie gut leiden?«

»Er ist okay.«

»Sie vertrauen ihm, hm? Genug, um das Leben Ihrer Soldaten darauf zu setzen?«

»Sicher! Worauf möchten Sie eigentlich hinaus?«

»Wieso gehört er nicht zur Miliz?«

»Weiß nicht. Hab ihn nie gefragt. Was zum Teufel möchten Sie damit andeuten?«

»Nichts, Serge, gar nichts, aber ich bin verdammt froh, daß ich nicht in einen dieser Trucks steigen muß. Viel Spaß noch, Serge.« Er faßte an seine Kommkarte. »Andy, ich gehe jetzt ins Wartungsbüro und brauche vielleicht Hilfe. Schick mir ein paar MPs rüber, und vielleicht solltet ihr lieber im Laufschritt anrücken!«

Er ging, und der Milizionär glotzte hinter ihm her.

»Captain Mace«, sagte Barton.

Der Scoutkommandeur blickte vom Planungstisch auf. Die Legionstechniker hatten in der Computerzentrale, die gleichzeitig als Miliz-HQ herhalten mußte, ihr eigenes Kampftechniksystem aufgebaut. »Sir?«

»WURDEN DIE WANZEN IN DIESEM RAUM GEFUNDEN?« tippte Barton in seine Konsole.

»ZWEI.«

»SIND DAS ALLE?«

»NEGATIV.«

Laut erkundigte sich Barton dann: »Wie lange würde es dauern, wenn wir eigene Landkabel zwischen den äußeren Verteidigungsbunkern, dem HQ und den wichtigsten Punkten im Inneren der Anlage verlegten?«

»Etwa einen Tag, wenn wir alle Leute einsetzten«, antwortete Mace.

»Ich denke, wir sollten damit anfangen, sobald dieser Aufruhr vorüber ist«, sagte Barton.

»Sir!«

Himmel, ich bin doch kein gottverdammter Schauspieler! »FINDEN SIE DIESE SCHEISSWANZEN!« tippte er ein. »Bis dahin sollten wir alle übriggebliebenen Kommunikatoren einsammeln und einen davon in jeden Kommandobunker schicken. Und in die Energie- und die Funkzentrale.«

»Aye aye, Sir.«

Barton drehte sich zu den Bildschirmen um. Die Mobilisierung der Ortsmiliz war glatt verlaufen, und die Einheiten verteilten sich jetzt auf ihre Einsatzpositionen. Reservisten der Bruderschaften führten die Familienangehörigen ins Arsenal; letzteres war eine äußerst starke Stellung, in soliden Fels hineingebaut und von Bunkern umgeben. *Und trotzdem gefällt mir das kein bißchen!*

»Geben Sie mir die Einsatzkolonne.«

Karl Olafsons Gesicht tauchte auf. Er befand sich auf einer Lkw-Pritsche, die als Kommandostellung eingerichtet war. Irgendwo außerhalb des Bildes ertönte ein unmißverständliches Dröhnen – schwere Artillerie in Aktion.

»Ihre Meldung, Major.«

»Bis hierher leichter Widerstand, Sir. Minen und Heckenschützen, viele davon mit Peltastgewehren.« Diese Waffen konnten auch an Fahrzeugen beträchtlichen Schaden anrichten. »Wir haben den Panzerwagen verloren, und das Minenräumfahrzeug ist beschädigt. Wir mußten mehrmals anhalten und uns neu formieren, sind aber doch in Feuerreichweite zur umzingelten Eingreiftruppe vorgestoßen. Mit Hilfe ihrer Artilleriebeobachter gelingt es uns, die Rebellen aus ihren Stellungen zu vertreiben.«

»Haben Sie auch direkten Feindkontakt?«

»Ich denke schon, zumindest gilt das für meine vorgeschobenen Patrouillen. Sie stoßen auf Infanteriereihen.«

»Wie stark ist deren Widerstand?«

»Sie liefern uns zunächst immer einen harten Kampf und ziehen sich dann zurück, wobei sie Minen ausbringen.« Der Milizoffizier schnitt eine Grimasse, und der Söldner nickte. Das war so etwas wie ein Markenzeichen der Heloten. »Sie finden allerdings nicht die Zeit, um komplette Netze zu legen, und die Infanteristen sind auch nicht mit weitreichenden Systemen ausgestattet.«

Komisch, dachte Barton. Der Feind hatte wiederholt demonstriert, daß er über entsprechende Ressourcen verfügte – nicht unbegrenzt zwar, aber der jetzige Angriff war eigentlich eine ganz schön wichtige Aktion. Sicherlich bislang die größte Schlacht im Oberen Tal. Eine der wenigen, zu der die Heloten in Bataillonsstärke angetreten waren.

»Und sie halten ihre Mörser überwiegend auf die Eingreiftruppe gerichtet.«

Das ist schon eher verständlich. Möglichst hohe Verluste in den Reihen der Bürger schienen ein strategisches Ziel des feindlichen Oberkommandos zu sein, und die eingeschlossene Truppe bot ein unbewegliches Ziel. *Die ganze Sache gefällt mir immer noch nicht.* »Okay, Major, machen Sie weiter, aber halten Sie die Verbindung zu mir aufrecht.«

»Ja, Sir. Ich rechne übrigens damit, die feindliche Formation innerhalb der nächsten Stunden knacken zu können und dann die einzelnen Elemente zu verfolgen, wenn sie sich aufspalten und zurückziehen.«

Barton lehnte sich auf dem Stuhl zurück. *Damit sollte die*

Lage an dieser Front eigentlich klar sein, dachte er. Die Bildschirme zeigten geordnete Aktivität. Das letzte Kind fuhr gerade mit dem Aufzug ins Arsenal hinunter...

Der Monitor seiner Legionskonsole leuchtete auf. »SERGEANT BIELSKIS MELDET, DASS DIE FAHRZEUGE DER EINGREIFTRUPPE MÖGLICHERWEISE SABOTIERT WURDEN. ES KÖNNTEN BOMBEN AN BORD SEIN. IN DEN FAHRZEUGEN DER MOBILEN RESERVE WURDEN DEFINITIV BOMBEN GEFUNDEN.«

»Jesus Christus!« sagte Barton.

»Sir?« fragte Olafson.

»Major, mein Computer zeigt mir seltsame Dinge an. Ich habe hier ein Display der Geländeformationen. Sehen Sie diese Nebenstraße links von Ihnen?«

»Ja, Sir.«

»Schicken Sie Ihre Leute los, um sie zu erkunden.«

»Sir?«

»Sofort, Major! Und schauen Sie auch selbst nach.«

»General, das wird uns aufhalten!«

»Major, seien Sie nachsichtig mit mir. Es dauert keine fünf Minuten. Mir ist nach wie vor nicht klar, was mir diese Kiste erzählen möchte, und ich würde es vorziehen, wenn Sie dort mit Macht anrückten und nachsähen. Gehen Sie jetzt bitte los! Und bleiben Sie mit mir in Verbindung.« Olafson reagierte auf seinen Tonfall. »Ja, Sir. Captain, lassen Sie die Einheit bitte absteigen...«

Lieber Gott, laß sie aus dem Lastwagen kommen, und ich kaufe Dir die verdammt größte Osterkerze aller Zeiten! Verfluchte Scheiße! Dieser Perimeter-Monitor hängt in einer Wiederholungsschleife fest. Die Karnickel haben sich doch exakt genauso bewegt, als ich letztesmal hinsah. Er streckte die Hand nach einem Schalter aus. Es war genau zehn Uhr fünfundvierzig.

»Okay, alles ausschalten, nur die Pumpen nicht«, sagte der Vorarbeiter. »Wir jagen diese Felswand hoch, sobald der Alarm vorüber ist.«

Er hatte sich noch gar nicht ganz umgedreht, als ihn das Stemmeisen hinter dem Ohr traf. Er starrte auf das nasse Gestein des Tunnelbodens; ihm blieb noch die Zeit für einen Augenblick der Überraschung, ehe ihn etwas am Hinterkopf erwischte. Das letzte, was er hörte, war das Bersten eines Knochens.

»Los, los, wir müssen bis zehn Uhr fünfzig alles an Ort und Stelle haben!« zischte der Mann, der ihn niedergeschlagen hatte. Die sechs Männer in Overalls und Schutzhelmen holten Klumpen aus Plastiksprengstoff aus ihren Tragetaschen. Zwei von ihnen steckten dann Zusatzladungen Dynamit in die Löcher, die schon in das glänzende schwarze Gestein der Erzkammerwand gebohrt waren.

»Noch die Pumpen, die Transformatoren und das Förderband«, sagte der erste Mann und warf einen nervösen Blick durch den langen Tunnel, der zum Korb des Grubenaufzugs führte.

»Wird niemand die Leiche entdecken?« fragte einer der Arbeiter.

»Unmöglich. Wenn wir alles hochgejagt haben, gibt's hier überall nur noch brodelnden Schlamm.« Er warf einen Blick auf die Uhr. »Los, weiter, wir haben nur fünf Minuten!«

»Heda, was treiben Sie da?« wollte der Aufseher des Kraftwerks wissen. »Das ist nicht Ihr Arbeitsplatz!«

Im Turbinenraum war es still, vom ewigen Summen der Rotoren mal abgesehen, aber das spürte man eher, als daß man es hörte. Der Aufseher war als einziger Angehöriger des Aufsichtspersonals hier. Die meisten anderen gehörten der Miliz an . . .

Die mit einem Overall bekleidete Gestalt an der Dampfzuleitung richtete sich auf und drehte sich um. Mit geübtem Reflex zog der Aufseher seine Seitenwaffe, als er sah, wie der andere eine Maschinenpistole aus der Tragetasche holte. Die Bruderschaftsausbildung machte sich bezahlt. Mit beiden Händen zielte der Aufseher und feuerte dreimal. Der Arbeiter wirbelte herum, und rote Flecken breiteten sich auf seiner Kleidung aus. Hinter dem Turbinengehäuse kam die Mündung einer weiteren Maschinenpistole zum Vorschein, der Aufseher warf sich flach zu Boden. Zehnmillimeterkugeln jagten durch die Luft, wo sich eben noch sein Brustkorb befunden hatte, und prallten vom Metall ab.

Mein Gott, die wollen die Dampfleitung sprengen! ging ihm durch den Kopf, als er das Feuer erwiderte und dabei den Klumpen Plastiksprengstoff betrachtete. Der komplette Fußboden würde mit superheißem Wasser aus den Bohrlöchern überflutet werden, die sich schräg ins Magma hineinzogen.

Weitere Kugeln pfiffen durch die Luft, und irgendwo rannte jemand davon.

Es sind zwei, dachte er, rammte ein neues Magazin in die Pistole und zog sich hastig zurück. Der Puls hämmerte in seinen Ohren, aber er hatte jetzt nicht die Zeit, sich der Benommenheit zu ergeben. *Muß Meldung machen!*

Fünf Meter freier Raum lagen zwischen der Turbine, die er als Deckung benutzte, und dem Kontrollraum. Er holte tief Luft und sprang los. Die letzten zwei Meter rollte er sich über den Boden ab. Bleikugeln rissen direkt hinter ihm Splitter aus dem Beton und zertrümmerten die Fenster, als er sich durch die Metalltür des Kontrollraums warf und sie hinter sich zurammte. Während er zur Funkkonsole kroch, durchschlugen weitere Kugeln über ihm die dicken Glasscheiben. Er langte nach oben. Splitter regneten auf ihn herab, als einer der Angreifer einen neuen Ladestreifen durch die Fenster jagte. Der Aufseher schirmte das Gesicht mit dem Schußarm ab und schaltete die Sprechanlage ein.

»Minenzentrale, hier Kraftwerksblock Eins, Rebellenangriff, Rebellenangriff!«

»Tut mir leid, aber Ihr Anruf kann so nicht übermittelt werden. Bitte geben Sie Ihren Adressaten an und versuchen Sie es erneut!«

»Zur Hölle mit dir!« Der Notschalter! Die Typen von der Legion hatten einen Notschalter installiert. Er war dort drüben, ein kleines Stück weiter. Die Beine verweigerten dem Aufseher die Gefolgschaft, aber er schaffte es trotzdem, zum Schreibtisch zu kriechen, die Hand auszustrecken und den Schalter zu drücken.

Alarmsirenen heulten. Irgendwo in der Ferne hörte er Rufe.

»Los, beweg dich, verdammt noch mal!«

»Verflixt noch mal, hier dürfte es doch keinen Scheißalarm geben!« brüllte jemand. »Nichts wie weg hier!«

»Heh, du Vollidiot, beweg deinen Arsch wieder hierher!«

»Ach, leck mich!«

»Wer ist da? Sergeant, holen Sie den Alten! Da stecken Rebellen drin! Wachhabender, der Kraftwerksblock!«

Schüsse krachten und noch mehr Leute brüllten, und dem Aufseher schwanden die Sinne.

Zwischen dem Bunker und dem Wald lagen eintausend Meter freie, steinige Fläche. Lieutenant Hargroves von der Bruderschaft blickte durch den Infrarotscanner und runzelte verwirrt die Stirn.

»Bruder Private Diego, sind Sie *sicher*, daß die Audiosensoren nichts aufnehmen? Irgendwas bewegt sich da draußen. Was sagt die Bildkontrolle?«

»Nichts, Sir. Vögel, Hirsche . . . eine große Herde Damwild. In Ton und Bild.«

»Yeah, das könnte es sein, aber ich verlasse mich lieber nicht darauf. Irgendwas von der Patrouille?«

»Regelmäßige Meldesignale, Sir.«

»Geben Sie mir die Zentrale.«

Er nahm das Mikrophon zur Hand. »Zentrale, hier spricht Lieutenant Hargroves. Ich kriege ein paar komische Daten über meine Direktbildsensoren, aber sie passen einfach nicht zu den Sachen, die wir über Sie empfangen. Könnten Sie das überprüfen? Ich würde auch gerne eine weitere Patrouille hinausschicken.«

»Meldung bestätigt«, sagte eine Stimme. *Captain Olafson, keine Frage, dachte der Milizionär.*

»Ja, Ma'am, aber darf ich die Patrouille losschicken?«

»Ich bin sicher, daß Sie damit zurechtkommen, Lieutenant.«

Er runzelte unsicher die Stirn. »Aber die *Patrouille*, Ma'am?«

»Ich setze volles Vertrauen in Sie, Lieutenant. Denken Sie daran, unter allen Umständen Funkstille zu wahren.« Klick.

Scheiße. Irgendwas läuft hier total verkehrt! »Verdammt, holen Sie mir noch mal den Captain ran!«

»Keine Antwort, Sir. Es läutet, aber niemand hebt ab.«

»Verflucht noch mal!« Keine Meldung im Kommandobunker der Kompanie? »Radar einschalten! Und die verdammten Lichter!«

»Sir, unsere Anweisung lautet . . .«

»*Machen* Sie schon, Diego! Alle Mann schußbereit machen! Markham, setzen Sie sich an die Minenfeldschaltung.«

»Scheiße! Sir, mehrere Metallanzeigen innerhalb von dreitausend Metern! Viele!«

Er schaltet den Helmfunk ein. »Captain, sind Sie da?«

»Hargroves, was zum Teufel denken Sie sich dabei, mich *erneut* über die Grußfrequenz anzufunken?«

»Captain, ich habe doch nicht . . . Sir, die Kabelverbindung ist ausgefallen, und ich erhalte Radarspuren . . .«

»Ausgefallen? Sie haben uns vor noch nicht fünf Minuten gemeldet, daß damit alles okay ist!«

Der Funktechniker mischte sich mit verzweifelter Stimme ein: »Sir, wir werden angepeilt, Zielerfassungslaser und . . .« Etwas kam aus dem Himmel auf sie zu und zog eine Feuerspur hinter sich her. Auf dem Dach des Bunkers erfolgte eine Explosion, die sie alle zu Boden schleuderte. Sie konnten kaum noch etwas hören.

»Radar ausgefallen, Radar ausgefallen!«

Hargroves sprang auf die Beine und lief zur Sichtluke. Leute strömten aus dem Wald hervor. Raketen schlugen zu beiden Seiten ein, und weitere kamen aus Stellungen im Wald heran. Der Bunker bebte unter mehreren Einschlägen, und Hargroves hörte Schreie im Hintergrund.

»Eröffnet . . .«

Eine weitere Feuerspur. Er hatte noch Zeit, sich zu Boden zu werfen und den Kopf mit den Armen abzuschirmen, ehe ein gewaltiger Einschlag erfolgte und ein violettes Licht aufblitzte, das er sogar durch die fest geschlossenen Augenlider sah. Er mußte husten, als ihm pulverisierter Beton in die Atemwege drang und eine enorme Hitze die Handrücken versengte. Die mehrfach zwischen Boden und Decke reflektierte Schockwelle schüttelte ihn durch. Als er die Augen wieder öffnete, sah er durch den Tränenschleier, daß außer ihm niemand im Bunker mehr am Leben war. Er rappelte sich unsicher auf, steckte Kopf und Schultern durch den klaffenden Halbkreis, den *irgend etwas* durch die Sichtluke des Bunkers getrieben hatte, und schaltete wieder den Helmfunk ein.

»Perimeter Sechs unter Raketenangriff! Bitte, antworte doch jemand, sie sind schon durch den Drahtzaun . . .«

Ein schrilles Quietschen peinigte seine Trommelfelle. Weitere Bewaffnete kamen aus dem Wald geströmt. Eine Feuerlanze blitzte aus einem rückstoßfreien Gewehr auf, und der Bunker erbebte erneut. Keine der Revolverkanonen feuerte. Rohrsprengladungen detonierten unter dem Stacheldrahtzaun, und der Feind rannte schon hindurch, während die hochgerissene Erde noch zurückregnete. Laut brüllend stürmten die Heloten heran.

Hargroves schaltete die Tonaufnahme des Helms auf Null und ließ nur das Mikro geöffnet. Er wischte sich das Blut ab, das ihm aus der Nase strömte. »Die Minenfelder sind funktionsunfähig!« schrie er und nahm das Gewehr in Anschlag. *Tief zielen. Feuern. Da geht einer zu Boden.* »Perimeter Fünf und Vier leisten keine Unterstützung.« Ein Schnurren wie von einer Motorsäge ertönte links von ihm und verstummte wieder. »Korrektur, Fünf feuert weiterhin. Feind ist mit mindestens Bataillonsstärke eingedrungen. Die Minenfelder funktionieren nicht. Ich erhalte keine Reaktion auf . . .«

9

Wenn jemand keinerlei persönliche Erfahrungen mit dem Krieg hat, kann er nicht verstehen, warum ein Kommandeur überhaupt Brillanz oder herausragende Fertigkeiten brauchen sollte. Alles wirkt so einfach. Alles im Krieg ist sehr einfach, aber die einfachste Sache ist nun mal schwierig. Diese Schwierigkeiten häufen sich auf und führen letztlich zu unvorstellbaren Reibungen. Zahllose geringfügige Vorfälle – von der Art, wie man sie nie wirklich vorhersehen kann – senken gemeinsam das allgemeine Leistungsniveau, so daß man niemals das beabsichtigte Ziel erreicht.

– *Clausewitz,* Über Strategie

»Feld Eins, hier Angriffseinheit Eins. Bunker wurde gesichert«, meldete Niles.

Und ich bin vielleicht froh! dachte er. Über ein Minenfeld zu laufen, daß jeden Augenblick aktiviert werden konnte, gehörte nicht zu den besonders angenehmen Erfahrungen seines Lebens. Nur eine Datei Piratensoftware hatte verhindert, daß er in ein Dutzend Einzelteile zerblasen wurde.

Der auf seiner Karte mit der Nummer Sechs versehene Bunker stellte nur noch ein wirres Durcheinander aus Erde und zerbröckelten Eisenbeton dar. Die Sappeure hatten ihm mit einer Ladung direkt auf die verdrehten Trümmer der Radaraufnahme den Rest gegeben. Hinter Niles erfolgten weiterhin schwere Explosionen, während die Heloten mit Reihensprengladungen sichere Wege durch die Minenfelder bahnten.

»Hier Feld Eins. Mit Phase Zwei fortfahren.«

Niles richtete sich auf, bewegte eine Hand im Kreis um den Kopf und deutete dann nach Süden. Die Funkblockade, die die Handgeräte des Feindes außer Gefecht setzte, wirkte sich unglücklicherweise auch auf die eigenen Geräte aus. Die außerplanetaren Helmfunksysteme konnten die Störsignale zwar herausfiltern, aber über solche Geräte verfügten nur die Seniorkommandeure. Rings um Niles erhoben sich Kämpfer und stürmten in die offene Parklandschaft hinein, die die Bunker der Außenverteidigung von den inneren Ansiedlungen der Stora Mine trennte. Die Kämpfer beugten sich unter ihren Lasten, unter ganzen Bündeln von Zielsucherraketen aus friedländischer Fertigung, von Sprengranzen und Flammenwerfern. Andere, die Maschinengewehre und tragbare Revolverkanonen mitschleppten, schwenkten nach links und rechts ab und bauten Blockadestellungen auf, um zu verhindern, daß die Besatzungen der noch intakten Bunker einen Ausfall unternahmen und den Keil absperrten, den die Heloten von Norden her in die Verteidigungsstellungen der Mine geschlagen hatten und der ein volles Viertel des äußeren Kreisumfangs umfaßte.

»Wir rücken vor. Phase Zwei wurde eingeleitet«, meldete Niles. Inzwischen hatte die Hauptquartierskompanie rings um ihn Aufstellung bezogen. »Mir nach!«

»Eine Breitbandfunkblockade, Sir«, gab Corporal Hiram Klingstauffer vom Signal Corps der Legion mit kühler Stimme durch, und seine Finger flogen dabei über die Tastatur. »Ich kann die Signale herausfiltern.«

»Okay«, sagte Barton. *Einatmen. Ausatmen. Überraschung ist nur in den Gedanken eines Befehlshabers von Belang.* Dummerweise gab es hier oben keine Antistrahlungsraketen. Die Ersatzlieferung für die in den Illyrischen Tälern verlorengegangenen Geschosse dieser Art waren noch unterwegs. Die Logistik des Feindes funktionierte anscheinend viel besser . . .

Er ging zum Fenster hinüber, nahm einen Stuhl zur Hand und zerschlug damit die dicke Doppelglasscheibe. Kalte Luft drang herein, dazu die Geräusche von Explosionen und Handfeuerwaffen. Am lautesten ging es im Norden zu, aber Lichtblitze und Detonationen kamen von rings um die äußere Verteidigungslinie. Das war auch schon die präziseste Information, mit der er für einige Zeit rechnen konnte. Über den Bergwerksanlagen südlich der Stadt flackerten die Rund-um-die-Uhr-Bogenlampen auf und erloschen. Barton wirbelte auf den Fersen herum und warf einen Blick auf die Computerdisplays.

Die Energiezentrale. Eine friedliche, normal wirkende Aufsichtskabine, im Hintergrund summende Maschinen und Arbeiter, die daran tätig waren.

Der Verteidigungsring. Eine Lampe ging an, und die Stimme eines Milizmajors brüllte: »Lang lebe die Revolution!«

Karen Olafson fuhr zurück wie von einer Schlange gebissen.

»Schalten Sie die Kiste ab«, sagte Barton. Sie sah ihn verständnislos an. »Sie ist in der Hand des Feindes und liefert nur noch Falschinformationen. Vergessen Sie das verdammte Ding!« Lichter blinkten. »Ich übernehme die manuelle Steuerung der Abwehreinrichtungen.« *Zumindest, soweit Jennys Truppe sie herrichten konnte. Verdammt, wir bräuchten noch eine ganze Woche!* Er verbannte diesen Gedanken. Was er brauchte, spielte keine Rolle mehr. Was ihm zur Verfügung stand, das zählte.

Das Wichtige zuerst. Herausfinden, welcher Schalter was machte. Eine grobe Skizze hing über der manuellen Konsole. Okay. Infiltratoren attackierten das Kraftwerk. Die Minenfelder aktivieren und auf Kontaktzündung stellen. Die Nordseite zuerst, dort, wo es am lautesten zugeht. Er drückte den Schalter.

Die Reaktion erfolgte augenblicklich. Ein Dutzend Detonationen. Lichter flammten unweit des Kraftwerksblocks und entlang der gesamten nördlichen Peripherie auf. Dann eine zweite Welle von Explosionen, diesmal entlang des inneren Perimeters. Schließlich eine dritte Welle in den Parks.

»Was geht da vor?« wollte Karen Olafson wissen.

»Jemand trieb sich an Stellen herum, wo er eigentlich nicht hätte sein dürfen«, antwortete Ace geistesabwesend. »Teilweise waren es Sekundärexplosionen. Denken Sie, Sie könnten das Ding wieder in Gang bringen?«

»Ich kann es versuchen. Ich leere den Speicher und installiere das System aus dem WORM neu.«

WORM. Write One, Read Many – einmal schreiben, häufig lesen, erinnerte sich Barton. Computer waren nicht sein Spezialgebiet, aber dieses Verfahren sollte sicherstellen, daß niemand an den Daten herumpfuschte; waren sie erstmal in die gläserne Disk eingebrannt, konnte man sie nicht mehr überschreiben.

»Nur die Sicherheitssysteme. *Jetzt!*« Ihre Finger bewegten sich mit zunehmender Geschwindigkeit über die Tasten. Blut rann ihr übers Kinn, so heftig hatte sie sich auf die Lippe gebissen. Die Monitore wurden blank, flackerten und zeigten dann das Bild eines roten Gleichheitszeichens ›=‹ in einem schwarzen Kreis – das Banner der Heloten. Die Schirme flackerten wieder, und diesmal blieben sie leer.

»Sir«, sagte Klingstauffer mit ruhiger Stimme. »Ich empfange Funksprüche von allen Milizeinheiten. Sie bitten um Bestätigung von Rückzugsbefehlen, die sie erhalten haben. Der befehlshabende Captain von Perimeter zehn bis vierzehn meldet, daß er sich weisungsgemäß zurückzieht, aber nur unter Protest.«

»Geben Sie mir einen Breitbandoverride. Offen.«

»Sir!«

»Karen, schalten Sie den verdammten Computer ab. Verschwenden Sie keinen Gedanken daran, ihn neu zu starten. Schalten Sie ihn ab, damit er keine weiteren Befehle hinausgibt.«

»Verstanden.«

»Hier ist Ihr Rundspruchkanal, General. Die Kabelverbindungen bereiten keine Probleme, aber die Funkblockade ist fürchterlich.

»Schon klar. Es schadet aber nicht, es wenigstens zu versuchen.« Ace schaltete das Mikro ein. »ALLE EINHEITEN, ALLE EINHEITEN, HIER SPRICHT GENERAL BARTON.« *Ruhig bleiben, Ace; sie hören dich nicht besser, wenn du brüllst. Oder doch?* »Klingstauffer, schicken Sie nach ein paar Megaphonen.« Er schaltete wieder das Mikro ein. »Alle Einheiten – Sie sind auf sich selbst angewiesen. Ich wiederhole: Alle Kommandeure, ignorieren Sie sämtliche weiteren Instruktionen und führen Sie Ihre Einheiten nach eigenem Ermessen, wie Sie es den Umständen nach für sinnvoll halten. Das zentrale Computersystem wurde manipuliert. Sehen Sie sich um, reagieren Sie auf das, was Sie sehen, und bringen Sie diese Hundesöhne um. Geben Sie diese Anweisung an alle Einheiten weiter, die Sie auftreiben können.

Klingstauffer, sorgen Sie dafür, daß diese Durchsage im Klartext fortlaufend weiter gesendet wird.«

»Sir!«

»Und schicken Sie Läufer mit Megaphonen los, die das verbreiten, wo und wie sie nur können.«

»Verstanden.«

Barton trat an die Konsole für die Direktverbindungen der Legion. Es war schwer festzustellen, was ihm in dieser Hinsicht zur Verfügung stand. Direktverbindungen gut und schön, aber wohin? Er drückte eine Taste. Nichts. Eine zweite. »Hier Barton, Kommandozentrale. Mit wem spreche ich?«

»Captain Trent, mobile Reserve. Verdammt, General, bin ich vielleicht froh, Sie zu hören!«

»Wie sieht's bei Ihnen aus?«

»Wir sind zu Fuß, Sir. Die Fahrzeuge wurden sabotiert. Ihr Mann, Sir, fand es gerade noch rechtzeitig heraus. Wir haben einen Truck und ein paar Soldaten verloren, und es war schlimm, richtig schlimm, aber . . .«

»TRENT!«

»Ja, Sir?«

»Fassen Sie sich. Wie ist die Lage bei Ihnen?«

»Sir! Sir, ich verfüge über zwei Kompanien abgestiegene Infanterie. Fünf Prozent Verluste.«

»Verstanden. Ob es Ihnen gefällt oder nicht, Captain, jedenfalls haben Sie die einzige einsatzfähige Einheit, mit der ich in Verbindung stehe. Captain, die Mine wird angegriffen. Die Außenverteidigung wurde im Nordsektor durchbrochen, vielleicht auch anderswo. Unsere Kommunikationswege sind unzuverlässig, und viele Milizionäre erhielten vom Zentralcomputer falsche Befehle. Haben Sie das verstanden?«

»Nein, Sir.«

»Guter Mann. Ich erkläre es Ihnen. Der Zentralcomputer wurde kurzfristig vom Feind übernommen. Gott weiß, welche

Instruktionen er Ihren Leuten übermittelt hat. Wir haben das System abgeschaltet.«

»Oh . . .«

»Jawohl. Jedenfalls wissen wir definitiv, daß die Heloten im Nordsektor innerhalb des Perimeters sind, möglicherweise durchgehend von Station zehn bis vierzehn.«

»Ja, Sir?«

»Also müssen Sie etwas dagegen unternehmen. Übermitteln Sie zunächst meine Nachricht allen Kommandeuren. Die Nachricht umfaßt zwei Punkte. Erstens sind die Minenfelder wieder aktiviert. Jagen Sie die Scheißkerle dort hinein. Zweitens sind alle Einheiten jetzt auf sich gestellt. Gehen Sie so vor, wie es Ihnen am besten erscheint. Soweit alles verstanden?«

Captain Trent klang beunruhigt, aber er antwortete tapfer: »Sir, alle Einheiten instruieren, vorangegangene Befehle mißachten, nach eigenem Ermessen vorgehen. Und die Minenfelder sind wieder aktiv.«

»Richtig, Sohn. Holen Sie jetzt tief Luft, überlegen Sie sich, was Sie unternehmen möchten, und tun Sie es. Es wird schon klappen.«

»Ja, Sir!«

»Sind irgendwelche Legionsleute bei Ihnen?«

»Wir haben hier einen Sergeanten . . .«

»Fangen Sie an, Ihre Instruktionen auszuführen, und informieren Sie ihn dann. Und sorgen Sie dafür, daß eine Funkeinheit diese Verbindung ständig aufrechterhält!«

»Sir!« Trent ließ das Mikrophon eingeschaltet, als er es absetzte, und Ace Barton bekam mit, wie er im Hintergrund Befehle brüllte.

Hat verflucht viel Angst, reißt sich aber zusammen.

»Major Olafson«, meldete Klingstauffer. »Schwaches Signal.«

»Hier Barton, Olafson, die Mine wird angegriffen. Der Perimeter wurde durchbrochen, ganz sicher im Norden, möglicherweise auch in anderen Bereichen. Womöglich hat man auch Ihre Fahrzeuge sabotiert. Überprüfen Sie sie auf Bomben. Brechen Sie dann Ihre laufendes Unternehmen ab und verteidigen

Sie die Mine. Ich wiederhole: Die Mine wird angegriffen, und Ihre Fahrzeuge könnten sabotiert sein. Ihr Befehl lautet, die gegenwärtige Stellung aufzugeben und zur Mine zurückzukehren. Haben Sie das alles verstanden?«

Zischen und Summen. ». . . durchbrochen . . . angegriffen . . .«

Kein Wort zu den Fahrzeugen. Verdammt! Ace wiederholte seine Instruktionen.

»Nichts«, stellte Klingstauffer fest.

»Sind wir durchgekommen?«

»Das weiß Gott allein.«

»Wiederholen Sie die Befehle und beten Sie.« *Jesus, ich könnte pleite gehen durch den Ankauf von Kerzen und Altarblumen.*

Eine aufgeregte Stimme meldete sich über die Direktleitung. »Sergeant Bielskis, Sir.«

»Was ist da unten passiert, Andy?«

»Ein Verräter hat die Trucks sabotiert, aber Blackbird hat Lunte gerochen, und wir konnten den Kerl erwischen. Captain Trent bekam es mit der Angst, aber er beruhigt sich inzwischen wieder.«

»Genau das, was ich brauchte. Andy, was diesen Verräter angeht – halten Sie ihn fest! Ich möchte ihn lebend! Das ist wirklich wichtig!«

»Ja, Sir. Er hat Angst und redet ständig darüber, sie würden seine Familie umbringen, seine Frau und ein kleines Kind . . .«

»Name?«

»Edward L. Bishop. Ehefrau Mary Margaret Ryan Bishop. Sohn Patrick James Bishop, zwei Monate alt.«

»Können Sie seine Familie in Schutzhaft nehmen?«

»Nein, Sir, sie befindet sich bei den übrigen Nichtkombattanten im Hauptbunker.«

»Der beste Platz für sie. Okay, Andy, Sie sind auf sich selbst gestellt. Ich habe andere Probleme.«

»Folgendes noch, Sir. Bishop wurde von einem gewissen Leontin Sverdropov rekrutiert, einem Vertrauensmann der Gewerkschaft. Ich schätze, daß Sverdropov mit Biofeedback konditioniert wurde.«

»Verstanden. Ihre MPs sollen ihn verhaften, wenn sie ihn ausfindig machen können. Sonst noch was, Andy?«

»Nein, Sir. Blackbird und ich werden mithelfen, weitere Einheiten ins Bild zu setzen.«

»Tun Sie das. Kommandozentrale, Ende.« Barton holte tief Luft. »Olafson, irgendwelche Fortschritte?«

»Ein Virus treibt sich im Arbeitsspeicher des Systems herum. Jedesmal, wenn ich es herunterzufahren versuche, zieht er von irgendwoher wieder Strom herein und bootet das System aus der infizierten Konfigurationsdatei neu, statt aus unserer ROM-Sicherung.«

»Verstanden. Schalten Sie ab, Trennen Sie die Anlage vom Netz und reparieren Sie sie. Zunächst verlassen wir uns auf Handsteuerung und auf die von der Legion installierten Einrichtungen.«

»Ja, Sir.«

»Klingstauffer, können Sie Mace erreichen?«

»Einen Augenblick. Hier, Sir.«

»Jamey, wie sieht's bei Ihnen aus?«

»Ich habe gerade mein Kommando erreicht, Sir. Nach dem, was ich sehe, haben die Heloten nicht mit einer erneuten Aktivierung der Minen gerechnet.« Explosionen in der Ferne unterstrichen seine Worte. »Sie haben immer noch Leute draußen in den Minenfeldern, auf beiden Ringen.«

»Geschieht ihnen verdammt recht«, meinte Barton. »Okay, Jamey, verschaffen Sie sich einen Überblick über die Lage, so gut es geht, und informieren Sie mich.«

»Roger.«

»Sir«, meldete sich Klingstauffer vom Planungstisch. »Anfliegende Geschosse, mehrfache Zeichnung. Es handelt sich um Raketen und um schwere Mörser, nach den Flugbahnen zu urteilen. Hier kommen die Zielzonen.«

Linien überschwemmten den Planungstisch. Rote Ringe markierten die Einschlagpunkte. *Viele davon sind nur leere Flächen,* dachte Barton. *Natürlich! Luftminen! Sie versuchen uns festzunageln!* Heulend jagten die Geschosse heran, aber die knackenden Laute der detonierenden Ladungen wurden nicht gefolgt vom anschwellenden Tosen kleiner Schrapnellbomben oder dem zerschmetternden Krachen von Hochenergiegefechtsköpfen. Statt dessen breitete sich ein surrendes Geräusch aus, als die Raketen aufplatzten und Hunderte, Tausende von Schmetterlingsminen verstreuten. Der Regen ging über dem Luftschiffhafen nieder, wo die Männer der Fünften gerade abrückten, über den zerstörten Fahrzeugen der Eingreiftruppe, über den Außengarnisonen und den Hauptstraßen.

»Weiterer Raketen- und Mörserbeschuß«, meldete der Sergeant tonlos.

»Das ist aber eine Menge Zeug, was?« meinte Barton. Er pfiff leise. »Wirklich eine Menge. Woher haben sie das nur? Sieht aus, als setzten sie alles auf eine Karte. Klingstauffer, können Sie mir eine Verbindung zu General Owensford geben?«

»Ms. Schramm arbeitet gerade noch an der Antenne. In fünf Minuten, Sir.«

»Verstanden.« *Stopp! Tief durchatmen. Jetzt geh ans Fenster und blick mal hinaus ...* Sekundärexplosionen in den Minenfeldern. *Jemand muß da unten wirklich etwas einstecken. Das gilt bei diesem intensiven Beschuß auch für unsere Leute, aber die Heloten muß es härter treffen, sie sind im Freien.*

»Legionshauptquartier, Fort Plataia, Sir.«

»Hier Owensford.«

»Barton. Wir schicken den Lagebericht durch die Leitung.« Ein kurzes Zirpen ertönte. »Einspeisung abgeschlossen.«

»Empfang bestätigt.« Es kam zu einer langen Unterbrechung. »Himmel noch mal, Ace, was geht da oben eigentlich vor?«

»Wir erleben hier den Tag der Entscheidung, Pete. Ich würde sagen, der Feind hat so ziemlich alle seine Kräfte in die Schlacht geworfen. Nicht nur Soldaten; sieh dir nur mal an, mit wieviel Feuerkraft sie uns eindecken!«

»Was möchtest du von mir?«

»Wenn du dir den Lagebericht genau ansiehst, mein lieber General Owensford, dann wirst du erkennen, daß du so ziemlich der einzige bist, mit dem ich überhaupt in Verbindung treten *kann*!«

»Oh! Lahr! Andy, holen Sie Jesus und Catherine in die Leitung und sehen Sie dann nach, zu welcher Einheit unter General Bartons Kommando wir in direkter Verbindung stehen. Los, Tempo! Okay, Ace, was kannst du von deiner Position aus sehen?«

»Ein höllisches Durcheinander, Boß! Ich habe ein ganz mieses Gefühl dabei. Kein Kommando, keine Kontrolle, keine Kommunikation und kein Scheißgeheimdienst!«

»Sind die Heloten denn besser dran?«

»Etwas.« Ace holte tief Luft. »Eigentlich kann es auch für sie nicht so furchtbar gut laufen. Sie haben das hiesige Computersystem infiltriert. Guter Schachzug, denn hier hängt einfach alles davon ab. Mit Hilfe des Computers haben sie dann die Minenfelder und Sicherheitsanlagen außer Gefecht gesetzt. Dabei hatten sie Hilfe von innen, Saboteure, Gott weiß, was sonst noch alles. Wir konnten die Minenfelder jedoch manuell wieder aktivieren. Ich weiß nicht, wie viele feindliche Soldaten da draußen umherlaufen, aber eine ganze Reihe Minen gehen hoch, und es kommt darüber hinaus zu vielen Sekundärexplosionen.«

»Ace, willst du damit sagen, daß der größte Teil der Helotenarmee innerhalb deines Perimeters in der Falle sitzt?«

»Skipper, könnte durchaus sein, aber noch ist nicht klar, wer in wessen Falle sitzt.«

»Nun ja. Damit dürfte dein Einsatzziel geklärt sein, nicht wahr?«

Barton lachte. »General, in genau diesem Scheißaugenblick geht es nur ums Überleben. Aber yeah, ich verstehe, worauf du abzielst. Wir haben sie im Feuerbereich. Das Problem ist nur, wir haben nicht gerade viel zur Hand, um damit auf sie zu feuern, während sie eine Menge auf unseren Köpfen abladen.«

»Zwei weitere Bataillone sind zu dir unterwegs.«

»Flußaufwärts und dann über diese Straßen. Wenn sie hier eintreffen, ist alles längst vorbei.«

»In Olynthos steht Königliche Kavallerie. Prinz Lysander ist gestern hingeflogen. Ich könnte die Truppe losschicken. Ihre fliegenden Einheiten wären in ein paar Stunden bei euch.«

»Vielleicht auch nicht. Die haben hier oben so ziemlich alles an Material, was sie brauchen. Sie müssen gewußt haben, daß die Luftkavallerie da unten steht. Das ist mal wieder typisch Skilly. Verschlagen. Fing mit einem kleinen Angriff auf einen Außenposten an, um die Eingreiftruppe herauszulocken; dann sorgte ein Hinterhalt für die Entsatzkolonne dafür, daß auch Stora Mine *seine* mobilen Einheiten in die Schlacht warf. Diesen galt wiederum ein Hinterhalt, dann erfolgte der zentrale Angriff. Bei Gott, die gehen wie Maultiere an die Arbeit; sie haben auf jeden Fall etwas, um die Luftlandetruppen vom Himmel zu holen, und *es ist bereits installiert!*«

»Gut überlegt, Ace. Trotzdem muß ich die Sache dem Prinzen melden.«

»Schon klar, aber sorge dafür, daß er es begreift! Jesus! Er ist da unten bei der Luftkavallerie? Ich wußte nichts davon, aber das sagt einen Dreck über den Informationsstand des Feindes aus!«

»Es bedeutet aber auch nicht, daß sie es wissen. Dank Major Cheung konnten wir das Leck im Palast abdichten.«

»Es könnte noch eines geben. Verdammt, Peter, sie haben mich fast schon überzeugt, daß sie drei Meter groß sind!«

»Es kommt vor allem darauf an . . .«

»Nicht die Nerven verlieren. Ja, Sir. Wird gemacht.«

»Okay. Du führst das Kommando, Ace. Ich sehe mal nach, was ich von hier aus organisieren kann.«

»Danke. Hier geht es allmählich noch hitziger zu. Ich sollte mich lieber wieder darum kümmern. Pete, laß nicht zu, daß sie den Prinzen zu irgendeiner Dummheit provozieren!«

»Alles Gute. Ende.«

Irgendwas passierte draußen. Eine Welle gewaltiger Explosionen zog sich über die freie Fläche vor dem Kontrollgebäude. Ein Treffer erwischte einen geparkten Erztransporter und schleuderte das hundert Tonnen schwere Fahrzeug auf die Seite; einen Augenblick später schlug es Purzelbäume über den Schotter, als ein Tank hochging und mit einem leisen *Womp!* rote Flammen und schwarzer Rauch aufstiegen. Die Echos der fortlaufenden Detonationen kamen von der Bergflanke zurück und mischten sich mit den Ursprungsgeräuschen überall in der Siedlung, als weitere Explosivgeschosse vom Himmel regneten.

Ace Barton atmete tief durch. »Sergeant, senden Sie den Perimeterposten und dem Arsenal die Daten für das Batterieabwehrfeuer.« Wenigstens das Arsenal verfügte über leichte Artillerie in eigenen Befestigungen sowie über schwere Mörser. »Versuchen Sie, möglichst viele Kommunikationskanäle zu schalten, damit wir an eine vernüftige Lageeinschätzung kommen. Sagen Sie jedem, mit dem wir Kontakt erhalten, daß wir siegen werden, wenn wir nur durchhalten. Die Heloten haben bislang einen Dreck erreicht, und ihr Überraschungsmoment ist flöten gegangen. Jetzt müssen wir nur noch überleben.«

»Wir müssen hier raus!« kreischte jemand.

»Weiter, weiter!« bellte Niles in seinen Lautsprecher. Eigentlich sollten sie die Stadt zerstören, überall Sprengladungen installieren, die Häuser der Bürger unbewohnbar machen. *Wenn ich mir die Zeit dafür nehme, schaffen wir es nicht mehr, hier rauszukommen,* überlegte sich Niles. *Und die Minenfelder wurden wieder aktiviert.* Ihn schauderte. Ein paar Minuten früher, und es hätte ihn dort erwischt. Wie es aussah, hatte er ein Fünftel seiner Leute durch die Minen verloren. *Tot oder weggelaufen, und das werden noch mehr Leute machen. Einfach verschwinden. Wohin glauben sie eigentlich flüchten zu können?* Sie würden nirgendwo Sicherheit finden. Wenn die Royalisten sie nicht fanden, dann Skilly. *Allerdings wird Skilly dieses Gebiet nach dem heutigen Abend nicht mehr halten, also müssen sie sich nur um die Royalisten Gedanken machen.*

Gruppen von Infanteristen waren weiter in Bewegung, aber es ging dabei nicht sehr geordnet zu. Eigentlich hätten sie ausfächern und sich mit weiteren Heloteneinheiten vereinigen sollen, die durch die Lücken im Verteidigungsring strömten, aber solche Lücken gab es nicht überall, und niemand wußte ganz genau, wo das war. Irgendwo vor Niles sollten Verstärkungen auf ihn warten, aber er hatte keine Ahnung, an welcher Stelle. *Die ganze Sache entwickelt sich zu einer monumentalen Scheiße!*

Seine Truppe war zersplittert. Er hatte einige Männer über

die Wiesen geführt, während die Minen deaktiviert waren, aber nicht alle hatten es geschafft, bis das Feld plötzlich wieder scharf wurde. Er hatte dabei nicht nur Leute verloren, sondern auch den Kontakt zu einem Drittel der Einheit, das im Perimeter feststeckte, gefangen zwischen den beiden Minenfeldringen. Man mußte jetzt erst Pfade hindurchbahnen, damit die Leute wieder vorrücken oder sich zurückziehen konnten, aber es war niemand da, um diese Pfade zu bahnen.

»Achtung, Beschuß!«

Niles warf sich auf den Boden. Ein Alptraum von Explosionen tobte, teils ganz nah, teils weiter entfernt. Hastig tastete er nach dem Funkgerät. »Feuer auf den Nordsektor einstellen! Ich wiederhole: Feuer einstellen. Ihr ballert auf Stellen, die wir schon halten!«

Niemand bestätigte, aber schließlich hörte der Beschuß auf. Niles rappelte sich auf und nahm die Lage in Augenschein. Die Kämpfer fluchten. Sie wußten, woher das Trommelfeuer gekommen war, und es gefiel ihnen überhaupt nicht. »Auf welcher Scheißseite stehen die eigentlich?« schrie jemand. Andere schlossen sich der Flucherei an.

Niles wies den Gedanken von sich und bemühte sich um eine ruhige Lageeinschätzung. Sie befanden sich unweit eines Wohnbezirks. Die Häuser waren verschlossen, aber nicht alle leer. In einem halben Kilometer Entfernung spuckte eines Feuer auf die Eindringlinge, und die Helotenkämpfer stürzten sich in Deckung wie Schilfrohr, das sich dem Wind beugte. Einige erwiderten das Feuer und ballerten wie verrückt um sich, während sich andere nur flach auf den Boden drückten und abwarteten. Die schwarzen Steinblöcke, aus denen das verrammelte Haus bestand, wurden von dem Abwehrfeuer wie von einem Sandstrahler erodiert. Funken und Kugeln zischten durch die Gegend, aber das stoppte den spartanischen Scharfschützen nicht. Endlich richteten sich zwei Raketenschützen der Heloten in kniende Position auf, öffneten die faltbaren Fiberglasrohre und zielten sorgfältig. Bei ihren Waffen handelte es sich um die leichten Bunkerkiller ohne Leitsystem. Ein Zischen ertönte, dann ein Krachen, als einer von beiden feuerte. Aus einem

Haus, das einen halben Block vom Ziel entfernt stand, schoß eine Flammensäule hervor. Der Scharfschütze feuerte erneut, und der Helot ging zu Boden. Sein Partner fluchte und hantierte weiter am eigenen Raketenwerfer.

Niles brüllte ihm zu, die Position zu wechseln, aber der Mann hörte nicht auf ihn. Er lud den Werfer, hob ihn an und zielte. Wieder zischte eine Rakete los, und diesmal zerbarsten die Fenster des Hauses in einem spektakulären Regen aus Flammen und Splittern. Eine brennende Gestalt stolperte zur Tür hinaus, fiel zu Boden und zuckte noch kurz. Ein weiteres Hindernis war aus dem Weg geräumt, aber es hatte sie Zeit gekostet.

Bitte mich um alles, nur nicht um Zeit. Wer hat das gesagt? Egal. In Bewegung bleiben! Los, auf und weiter!« drängte Niles. »Wir können hier nicht bleiben!«

»Sir, die Blockade besteht nicht mehr!«

Niles fluchte lautlos. Die Royalisten verfügten also wieder über Funk. Eine Fortsetzung der Störsendungen durch die Heloten behinderte die eigene Seite jetzt stärker als den Feind. *Und ich stecke fest und weiß nicht, was ich hier zu suchen habe.* Der Zeitplan war zum Teufel. Niles hatte sich von Anfang an nicht viel davon versprochen. Viel zu kompliziert; zu viele Einheiten mußten verschiedene Positionen erreichen, und zu viele Dinge mußten alle auf einmal geschehen. Skilly beharrte darauf, daß es ein einfacher Plan war, nur ein simpler Keilangriff, um die Verteidigungsstellungen zu durchbrechen, die angegebenen Ziele ausfindig zu machen und zu zerstören, aber für Niles' Geschmack war das nicht einfach. Es war schon schwer genug, auch nur eine einzige Einheit genau nach Zeitplan voranzubringen, ob nun unter Beschuß oder nicht, und hier gab es Dutzende davon. Niles hatte versucht, von Reuther zu überreden, daß er mit Skilly darüber diskutierte, aber der Deutsche dachte überhaupt nicht daran. *Niemand würde das tun. Alle haben Angst, als Defätisten dazustehen. Also haben wir mitgemacht, und jetzt ...*

»Auf Standardfrequenz umschalten und Codes benutzen«, befahl er. »Mit wem haben wir Kontakt?« Er drückte die erste Kanaltaste.

»Hier Gruppenführer Ben Bella.«

»Die Lage?«

»Codes FÜLLHORN und HEPHAESTUS.« Der Lagerhallen- und der Schmelzhüttenbezirk. Die Truppen rückten vor, hatten ihre Einsatzziele aber noch nicht erreicht. »Wir finden den Verbindungsmann der hiesigen Untergrundbewegung nicht.«

»Weitersuchen; wir müssen unsere Leute rausholen.«

»Sicher, sicher, ich werde weitersuchen! Gottverdammte Hölle!«

»Probleme?«

»Die Hälfte meiner Leute sind in den Scheißminenfeldern draufgegangen! Die Dinger sollten doch abgeschaltet sein!«

»Ja, ich weiß, wir hatten auch Verluste«, sagte Niles. »Was sonst noch?«

»Sie sollten doch abgeschaltet sein, verdammt!«

»Reißen Sie sich zusammen! Ihre Meldung!«

»Wir haben es mit Heckenschützen und Infiltratoren aus den Wohnbezirken zu tun, und sie haben für ihre gottverdammte Artillerie einen vorgeschobenen Beobachter. Sie treffen einfach zu gut; der Computer muß wieder laufen!«

Das ist sogar wahrscheinlich. »Setzen Sie die stehende Order um.« Diese lautete, jedes Gebäude in Schutt und Asche zu legen, aus dem feindlicher Beschuß kam. Er zuckte zusammen; das war ein bißchen hart, aber war blieb ihnen schon übrig?

»Die stehende Order . . .« Sein Untergebener mußte lachen.

»Ben Bella, was zum Teufel ist los mit Ihnen?«

»Die stehende Order, Sir? DIE HÄLFTE MEINER SCHEISSMÖRSER UND RAKETENWERFER LIEGT DRAUSSEN IN DEN SCHEISSMINENFELDERN! Ich weiß nicht, wo der Rest ist, und ich weiß nicht, wo die Munition ist, Sir!«

»Sir, Sir«, mischte sich der Funksergeant ein. »Gruppenführer Martins.«

»Einen Moment noch. Okay, Ben Bella, nehmen Sie mit den Leuten von der Bewegung Kontakt auf und tun Sie, was Sie können, um den Plan einzuholen . . .«

Ben Bella lachte wieder. »Plan! Das ist ja toll. Plan!« Weiteres Lachen, dann Stille.

Kann nicht behaupten, daß mir das gefällt. »Sprechen Sie, Martins, hier ist Niles.«

»Sir, Code WEISSE GARDE.« *Heftiger Widerstand, kann nicht weiter vordringen.* Martins sollte eigentlich den zentralen Schmelzhüttenkomplex sichern. Niles warf einen Blick auf seine Karte – etwa einen halben Kilometer westlich des Luftschiffhafens, in einem Gewirr aus Arbeiterunterkünften und Wartungsschuppen. »Ich habe Legionstruppen und Soldaten der Bruderschaft ausgemacht; ich denke, sie gehören zu deren Reservekräften.«

Verdammt! dachte Niles. Die Sabotage der Trucks hätte die Reserve eigentlich komplett aus dem Feld schlagen sollen. Na ja, es konnte gar nicht alles funktionieren. *Aber hat eigentlich überhaupt irgend etwas funktioniert, seit die Minenfelder wieder aktiviert sind? Wie viele haben überlebt, und wieviel taugen sie?* Sein Kopf hämmerte, und das Nachdenken fiel ihm schwer. *Unmöglich, eine Lageeinschätzung vorzunehmen. Und in der gegnerischen Kontrollzentrale laufen die Computer wieder und weiß man, wer wo steckt. Barton – was macht Barton eigentlich hier? Wir haben gar nicht mit ihm gerechnet. Es sollte nur gegen Provinzler gehen, gegen Amateure, und jetzt kämpfen wir statt dessen gegen Barton und die Legion, und diese verdammten SAS-Einheiten warten draußen bestimmt schon auf uns.* Er wehrte einen Anflug von Hysterie ab. »Martins, haben Sie eine Chance, durchzukommen? Antworten Sie im Klartext.«

»Nein, Sir. Jedesmal, wenn wir eine Lücke in ihre Stellungen brechen, jagen Sie die Gebäude dort hoch und ziehen sich zurück, oder sie machen in unserem Rücken den Sack zu. Ich habe nicht genug Kämpfer, und die gegnerischen Truppen sind richtig gut. Es laufen auch zu viele Zivilisten herum und kommen uns in die Quere.«

Wieder so ein Amateur, der jede Kleinigkeit erklären mußte. Aber ich bin selbst kaum mehr als ein Amateur, während diese Legionstypen sich wirklich auf ihr Handwerk verstehen. Sie tun das ihr ganzes Leben lang. »Code STALINGRAD.« *Eingraben und durchhalten.*

»Ach, Mist!«

»Wie bitte?«

»Ich tue, was ich kann, aber alles ist total vermurkst«, meinte Martins. »Sie sollten sich lieber schnell was überlegen, oder die Sache artet in eine wilde Flucht aus, und ich kann einen Scheiß dagegen unternehmen, Sir!«

»Feld Eins«, meldete der Funksergeant.

Diese Leitung sollte eigentlich abhörsicher sein. Sollte sie eigentlich. Hier Marlborough.« *Alberner Codename.*

»Deine Meldung.«

Er bemühte sich um einen ruhigen Tonfall und darum, keine irrelevanten Beschwerden vorzubringen – zum Beispiel, daß die Munition an einer Stelle lag und die Waffen an einer anderen oder daß Einheiten von ihren Kommandeuren getrennt worden waren . . . »Schwere Verluste von durchschnittlich dreißig Prozent aufgrund der unerwarteten Aktivierung der Minenfelder. Ben Bella rückt weiter vor, hat Einsatzziel aber noch nicht gesichert. Martin wurde festgenagelt und kann nicht weiter vordringen. Ein Teil meiner Einheit befindet sich mit mir bei Sugar Mike Two, aber der Rest hängt draußen bei den Bunkern fest und ist durch das Minenfeld von uns abgeschnitten. Ich kann nicht richtig überblicken, wer alles noch bei mir ist und wer zurückgeblieben ist. Die Soldaten meckern, daß die Minen nicht hätten detonieren dürfen, und einigen gefällt es auch nicht, von der eigenen Seite mit Feuer eingedeckt zu werden.«

»Feld Eins weiß das. Unsere Freunde haben keine Erklärung und suchen weiter herum. Du solltest eigentlich gerade Phase Drei abschließen, Mann!«

»Feld Eins, wir können den Zeitplan nicht einhalten. Er macht inzwischen keinen Sinn mehr. Der Augenblick der Überraschung ist vorüber, der Gegner organisiert sich, seine Computer laufen, die Programme für das Abwehrfeuer seiner Artillerie schlagen allmählich durch und unsere gesamte Truppe ist seinem Beschuß preisgegeben!«

Die Antwort ließ auf sich warten. »Soll das heißen, daß du jetzt abhauen möchtest?«

»Feld Eins, ich möchte nur andeuten, daß der Auftrag nicht mehr durchgeführt werden kann.«

»Feld Eins denkt darüber nach, aber jetzt ist noch nicht die Zeit, um aufzugeben. Perimeter zehn bis vierzehn ist abgerückt, als wir den feindlichen Funk erledigten. Wir haben die Bunker eingenommen und nutzen sie jetzt selbst.« Die äußeren Verteidigungsstellungen konnten in alle Richtungen feuern. »Hetzt dem Feind ein paar Kompanien auf den Arsch; mal sehen, ob wir die Nuß nicht knacken können. Wir treffen uns bei Einsatzziel A-7, ja?«

»Wird gemacht, aber ich empfehle, daß wir uns jetzt zurückziehen, ehe wir weitere Verluste einstecken. Wir haben dem Feind weh getan und verfügen bislang noch über eine kampftaugliche Truppe, aber . . .«

»Feld Eins denkt über diese Empfehlung nach. Und jetzt geh die Nuß knacken!«

»Wird gemacht.«

Niles blickte auf. »Sutchukil, nehmen Sie die Kompanien A und C und greifen Sie damit diese Garnisonsfritzen im Osten an.« *Was von ihnen noch übrig ist. Da kommt keine volle Kompanie mehr zusammen, und ich habe keine Ahnung, womit sie es zu tun kriegen werden.* »Da Silva, Sie übernehmen hier das Kommando. Der Rest mir nach!«

Er lief voran, jedoch nicht im Sprinttempo, sondern eher im Trab, da mehr als anderthalb Kilometer zurückzulegen waren. Die Soldaten folgten ihm in auseinandergezogenen Zugkolonnen, mal auf der einen, mal auf der anderen Straßenseite. Die Kunststoffsohlen der Stiefel knirschten rhythmisch in der dünnen Schneedecke auf den Straßen und Bürgersteigen. Der Gefechtslärm nahm auf beiden Seiten zu. Mörsergranaten zogen über ihren Köpfen ihre Bahn, so daß alle instinktiv die Schultern hochzogen. Die Geschosse landeten im Osten; sie waren gegen royalistische Milizionäre gerichtet, die die Stärke der Heloten sondierten. Mit dumpfen Schlägen und pfeifenden Geräuschen erfolgte das Gegenfeuer. Die Garnision nahm allmählich ihre schweren Waffen in Betrieb.

Niles' Truppe durchquerte jetzt einen Abschnitt des Parks, wo die Kiefern wie Fackeln brannten und es überwältigend nach Teer stank.

»Minen!« brüllte jemand. Eine Schmetterlingsmine ging hoch, und eine halbe Korporalschaft ging zu Boden. Ein Bein lag plötzlich mitten auf dem Weg.

»Weiterlaufen«, befahl Niles. »Weiter, wir sind schon fast am Ziel!«

Die Männer setzten ihren Weg fort, diesmal aber vorsichtiger. Niles versuchte sie anzutreiben.

»Ach Scheiße!« schrie ihn jemand an. »Wenn du durch Minen rennen möchtest, dann komm nach vorne und mach's!« Andere pflichteten ihm lautstark bei. »Verdammt richtig!« »Dies ist die Revolution! Offiziere an die Front!«

»Achtung, Beschuß!«

Ein explosiver Hagel prasselte auf sie nieder, und etliche Minen detonierten. Ein Mann kreischte, aber sonst schien niemand getroffen worden zu sein. »Sie räumen das Minenfeld für uns!« schrie jemand. Einige lachten, und die Einheiten setzten sich wieder in Bewegung. Eine weitere Artilleriesalve schlug ein, diesmal jedoch hinter ihnen.

Es gibt immer noch Glücksfälle, dachte Niles. »Los, weg von hier!« Er fragte sich, wie viele ihm noch folgten. Jedenfalls nicht mehr so viele wie zu Anfang. Lücken klafften in den Reihen der Truppe. *Verdammte Idioten! Sie begreifen einfach nicht, daß sie nicht hierbleiben dürfen!* Er lief weiter.

Endlich hatten sie den Park hinter sich und erreichten einen Geschäftsbezirk. Artilleriefeuer blitzte in der Ferne, aber im Moment schlug nichts bei Niles und seinen Leuten ein. Auf beiden Seiten brannten Häuser, die allmählich größer wurden, je näher sie dem Zentrum der verstreuten Siedlung kamen. Flammen leckten aus den Fenstern und schwärzten den weißen Stuck. Die Hitze der Brände vertrieb die Winterkälte, und die Uniformen unter den Körperpanzern waren schweißgetränkt. Der Rauch war so dick, daß die Männer nach Luft ringen mußten, und lag in einer gerade etwas mehr als mannshohen Schicht über dem Boden. Zerstörte Leichen lagen herum; Niles erblickte jemanden, der zur Hälfte aus der Fahrertür eines verbrannten Lieferwagens hing, die Pistole noch in der Hand. Eine Frau lag rücklings über dem Sims eines zersplitterten Ladenfensters, und Scherben ragten wie Speere aus ihrer Brust. Das lange blonde Haar fiel einem Meter tief herab und ruhte in einer Blutlache auf dem Bürgersteig.

Ein häßliches Knacken ertönte, und eine Kugel pfiff über die Köpfe der Heloten hinweg. Weitere Schüsse fielen, und ein Mann ging zu Boden.

»In Deckung!« riefen die Zugführer. Zwei Leute sprinteten los, um den Verwundeten zu bergen. »Geschützmannschaften, die Waffen aufstellen!« schrie Niles.

Erst eine Maschinengewehrmannschaft und dann eine weitere belegten den Heckenschützen mit Deckungsfeuer. Ein Uffz rannte von einer Kämpfertruppe zur nächsten und wies den Leuten Zielsektoren zu. *Guter Mann; ich muß mich mal nach seinem Namen erkundigen.*

Niles duckte sich hinter ein von Kugeln durchsiebtes Elektroauto; der Kompaniechef dieses Bereiches kam über die offene Straße gehetzt, gefolgt von seinem Funktechniker und einer Korporalschaft. Keuchend warfen sie sich hinter der Karosserie neben dem Engländer zu Boden.

Niemand hatte einen Blick für die beiden toten Milizkämpfer übrig, die ausgestreckt unter dem Auto lagen – ein Mann in den Fünfzigern und ein Junge, der sich wahrscheinlich noch nie rasiert gehabt hatte, beide noch mit Bruchstücken und Fetzen von Körperpanzern und Uniformen bedeckt. Die Kugeln, die sie getötet hatten, waren wahrscheinlich eine Gnade gewesen, nachdem vorher brennender Treibstoff ausgelaufen war.

»Wie ist die Lage?« fragte Niles.

»In diesem Bezirk geht's mörderisch zur Sache, Sir«, antwortete der Helotenoffizier, Steve Derex, wie sich Niles erinnerte – ein großer, schlaksiger Mann mit groben Gesichtszügen, modischem Guerillazopf und nasalem Wohlfahrtsslang. Um einen Arm trug er einen blutdurchtränkten Verband. »Wir hamse verjagt, aber es kamen immer wieder Heckenschützen durch die Kanalisation angekrochen, wie die Krabben. Aber wir ham 'n Heilmittel dafür, kein Vertun!«

Wie auf ein Stichwort hin erfolgte eine gewaltige Detonation direkt unter ihnen in der Erde, und sie bekamen es mehr in den

Knochen als den Ohren mit. Überall entlang der breiten Betonstraße schossen Kanaldeckel in rußigen Feuersäulen in den Himmel.

»Wir ham einfach die Schläuche vonner Tankstelle runtergelegt«, sagte der Guerilla mit rachsüchtiger Befriedigung. »Vielleicht könn'wer mit Ihr'n Leuten zusammen diesen Abschnitt säubern und halten.«

Niles warf einen Blick über die Straße. Die Häuser drüben waren teils zwei-, teils viergeschossig, meist Bürogebäude. Vielleicht das eine oder andere Labor oder Prüfungsamt. Nichts von nennenswerter Bedeutung, sicherlich nichts, was es gelohnt hätte, dafür ein ganzes Bataillon zu verlieren. Hinter der Häuserreihe dröhnte es regelmäßig, gefolgt von den Echos aus der Tagebaugrube unmittelbar im Süden. Das war sicher das Arsenal mit den Geschützbatterien ringsherum.

Säubern und halten, aber wozu? Aber so lautet nun mal der Plan ... »Also los«, sagte er und sah auf die Uhr. 11 Uhr 30. Der Zeitplan war völlig zum Teufel, und es gab nichts mehr zu erreichen. *Was hat sich Skilly eigentlich dabei gedacht?*

»Wir treffen uns bei Einsatzziel A-7, ja?« sagte Skilly und lauschte dem Geräusch am Himmel; es klang wie zerreißendes Segeltuch.

»Wird gemacht.« Niles' Stimme hörte sich hart und klar an, Ausdruck angespannter Zuversicht.

»Achtung, Beschuß!«

Skida warf sich flach hin, zusammen mit allen anderen Mitgliedern der Kommandoeinheit. Der Einschlag erfolgte jedoch tausend Meter hinter ihnen, und die Echos prasselten durch die zerklüfteten Berge. Dann blitzte ein Licht auf, das man selbst in der hellen Mittagssonne sah, und eine weitere Explosion erschütterte den Boden unter Skida. Eine Sekundärexplosion, die einen Munitionsvorrat hochgejagt hatte.

»Verdammt, die Batterieabwehr ist zu gut!« schimpfte sie. Das war der fünfte schwere Mörser, den sie in den zurückliegenden fünfzehn Minuten verloren hatten. Es waren nicht mehr viele übrig.

»Die Legionäre fütterten die Geschützcomputer der Royalisten mit den Zieldaten«, erklärte Berater Tetsuko, ohne von seiner Konsole aufzublicken. »Falkenbergs Soldaten benutzten Mehrfach-Radargeräte von Xanadu, die man nur schwer stören kann, und auch ihre Passivsensoren sind ausgezeichnet. Ihre Artillerie ist eingegraben und nach oben gut gepanzert. Man kann sie selbst mit präzisionsgesteuerten Geschossen kaum knacken.«

»Feld Eins braucht keine Erklärungen, sondern Resultate«, sagte Skilly.

Zwei berstende Laute. Die Batterie der schweren Mörser war damit auf zwei Geschütze reduziert, die jedoch das Feuer aufrechterhielten. Skilly wurde ein wenig warm zumute; vielleicht waren ihre Leute mal Abschaum aus der Gosse gewesen, aber sie hatte etwas anderes aus ihnen gemacht, stolz und tödlich wie eine Königskobra.

»Eine Meldung aus Olynthos?«

»Die royalistischen Fliegereinheiten treffen keine Anstalten zu einem Alarmstart.«

Scheiße! Die kleinen Fang-Raketen waren perfekt in Stellung gebracht, und die Royalisten konnten unmöglich etwas von ihnen wissen. Die Fliegereinheiten der Kavallerie waren ein ernstes Problem für Skillys Operationen im Oberen und Mittleren Tal, und die Spartaner standen im Begriff, noch mehr solcher Einheiten auszubilden. Der hiesige Überfall erfolgte zur Hälfte deshalb, um die Helikopter hervorzulocken, damit man sie abschießen konnte.

»Vielleicht haben wir uns selbst ausgetrickst und die Kommunikation so gut unterbrochen, daß sie noch gar nichts von uns wissen«, überlegte sie. »Wenn wir ihnen hier ausreichend weh getan haben, kommen sie bestimmt.« Und vielleicht auch der Prinz; es lag eine Meldung vor, daß er in Olynthos gesehen worden war. *Falls er dort ist, wird er angestürmt kommen. Sähe ihm gar nicht ähnlich, seine Truppen loszuschicken, ohne sie zu begleiten. Sollten wir ihn erwischen, ist der Krieg bereits halb gewonnen. Wenn wir hierbleiben und den Bürgern ordentlich zusetzen, vielleicht schicken sie dann die Luftverbände mitsamt dem Prinzen, und wir landen einen großen Sieg.* Die Helikoptereinheit loszuwerden, das lohnte sogar schwere Verluste, und den Prinzen zu erledigen, dafür konnte man noch mehr investieren. *Wir könnten immer noch auf der ganzen Linie gewinnen.*

Aber mal angenommen, er kam gar nicht? Mal angenommen, die Helikopter kamen nicht? Sie lächelte. *Dann kommen sie nächstes Mal. Nächstes Mal schicken sie alles, was sie haben, sogar den alten König.*

»Okay, ist der Mjöllnir bereit?«

»Nach Weisung, Feld Eins. Wir haben ihn in der Bunkerreihe installiert, genau im Zentrum unseres Durchbruchkeils.«

Sie drückte eine Taste am Helm. »Von Reuther?«

»Rückzug abgeschlossen. Halten uns bereit«, lautete die phlegmatische Antwort.

Von Reuther war ein richtiger Trost für sie. Der Mann gab einen Scheiß auf die Bewegung, aber er achtete sehr darauf, in seinem Beruf das Beste zu geben. Und wenn es dazu kam, einem Verfolger seine Arbeit so teuer wie möglich zu gestalten, entfaltete er sogar einen gewissen sadistischen Einfallsreichtum. Jeder, der ihnen eventuell nachsetzte – *vorausgesetzt, wir kommen überhaupt wieder weg* –, würde sich eine sehr blutige Nase holen, während sich die Heloten in Dutzende kleiner Gruppen spalteten und vorbereitete Verstecke und Nachschublager aufsuchten. Und wenn die Sache vorüber war, dann war das Kuprosgebirge die zweite Gegend, die die Royalisten nur noch ungern betraten und die sie ständig sorgfältig überwachen mußten. Es war immer noch ein guter Plan.

»Okay«, sagte sie. »Los geht's.«

Diesmal würden sie stilvoll reisen. Die ersten Rückzügler hatten Fahrzeuge mitgebracht, und jemand hatte sich sogar Zeit genommen, ein rotes Gleichheitszeichen › = ‹ an alle Wagenflanken zu malen. Skilly führte die Rutschpartie hangabwärts zu den Liefer- und Lastwagen an. Bei der holprigen Fahrt durch das steinige Flußbett kamen sie immer wieder an weiteren geraubten Fahrzeugen vorbei, die nach Norden in die Schluchtenlandschaft unterwegs waren. Beladen waren sie entweder mit Verletzten, die unter der Wirkung von Beruhigungsmitteln standen, oder mit Schachteln und Kisten von raffiniertem Silber, Platin und Thorium aus den geplünderten Lagerhäusern, oder mit medizinischen Vorräten, mit Lebensmitteln oder Kleidung... Das alles brachte wieder Geld, das man durch Bronsons Schlupflöcher vom Planeten schaffen konnte, um damit Waffen zu bezahlen, oder mit dessen Hilfe man auf Sparta Truppen bezahlte und Leute bestach, kaufte und einschüchterte. Nachschub für die Versorgung der anwachsenden Helotenstreitkräfte. Sie würden die Fahrzeuge durch die Landschaft hetzen, bis sie zusammenbrachen, die Ladung dann auf Maultiere packen und sich zerstreuen.

»›*Der Krieg soll sich selbst unterhalten*‹«, zitierte Skilly, als der Konvoi auf die Ringstraße der Basis einbog. *Dieses Schlitzauge Sun Tzu hat sich echt auf sein Geschäft verstanden.* Das Hintergrundgeplapper summte in ihren Helmlautsprechern, und der ungleichmäßige Gefechtslärm ringsherum übertönte selbst die Motoren. Hinter einem Mauerfragment hatten die Meijianer den Mjöllnir aufgestellt, eine gedrungene zweistufige Rakete, geformt wie ein riesiges Artilleriegeschoß von doppelter Mannsgröße.

»Schneller!« forderte Skilly.

Innerhalb des Perimeters mußten sich mindestens eintausend bewaffnete Bürger aufhalten, vielleicht sogar zwei- oder gar viertausend, und das zusätzlich zu den formierten Einheiten in den Bunkern sowie den Legionssoldaten. Die Schnelligkeit des Angriffs, die aus der Luft abgeworfenen Minen und die unterbrochene Kommunikation hatten verhindert, daß sie sich zusammenschlossen, aber das würde nicht mehr lange so bleiben. Die Kolonne raste weiter die Straßen entlang und mußte dabei immer wieder zerstörten und brennenden Fahrzeugen ausweichen. Der Wagen an der Spitze holperte einmal mit häßlichem Geräusch über eine Leiche; bei anderer Gelegenheit schoß ein jaulender Hund mit brennendem Schwanz an ihnen vorbei. Nicht nur Häuser und Autos brannten; auch die bewaldeten Höhenzüge zwischen den bebauten Bereichen standen in Flammen, und der Rauch ballte sich zu richtigen Wolken.

Helotensoldaten mit MP-Armbinden und Leuchtstäben dirigierten den Verkehr, der zum größten Teil aus Leuten zu Fuß bestand, die sich im Laufschritt bewegten. Weitere Lieferwagen und Trucks, beladen mit Verwundeten und Beutegut, kamen vorbei. Gruppen von Untergrundleuten der Bewegung klammerten sich seitlich an den Fahrzeugen fest oder liefen Richtung äußere Verteidigungslinie, Leute, die sich zu sehr kompromittiert hatten, um bleiben zu können, selbst in diesem Durcheinander, dazu zig Rekruten aus den Reihen der Deportierten, die sie hier angeworben hatten.

Wer nicht mit Einsammeln oder Wachdienst beschäftigt war, installierte Bombenfallen der verschiedensten Art, von mit Klebestreifen an Türen befestigten Granaten bis hin zu gewaltigen Zeitzünderbomben in der Kanalisation. Viele der letzteren Art waren mit dem Energieversorgungssystem der Siedlung verdrahtet worden, und es würde eine *sehr* unangenehme Überraschung geben, wenn die Turbinen wieder anliefen.

Skilly grinste bei diesem Gedanken wie eine Wölfin. Als ihr Lieferwagen neben dem Gebäude, das ihr Ziel war, langsamer wurde, öffnete sie die Tür und sprang heraus. Ihre Führer winkten sie und ihre Begleitung durch Türen, die von einer Granate aus einem rückstoßfreien Gewehr aus den Angeln gerissen worden waren, und dann quietschende und durchsackende Stahltreppen hinauf in einen Korridor, der von den Spuren eines Nahkampfes mit Granaten und Bajonetten gezeichnet war.

»Runter«, warnte sie der Mann am oberen Treppenabsatz. »Wir werden beobachtet.« Das Gebäude bestand aus Fiberbeton, aber das große rechteckige Südfenster gewährte Ausblick auf freies Gelände in der Hand des Feindes sowie auf die Arsenalfestung. »Da draußen lauern Peltast-Scharfschützen.«

Geduckt schlichen sie durch den quer verlaufenden Korridor; der Fußboden war feucht und klebrig. Die in eine Decke gewickelte Leiche eines Helotenkämpfers lag unter einer Tür; das Loch im Helm verriet den Grund dafür. Der Korridor zweigte ab und führte sie in einen langen Raum, der Aussicht auf den freien Platz bot. Weitere Heloten lagen lang ausgestreckt auf dem Boden und bildeten zwischen Karten- und Planungstischen und einem Gewirr aus Funkkabeln Formationen, die an Seesterne erinnerten.

»Yo, Niles«, sagte Skilly; hier konnte man sich in eine Kauerstellung aufrichten, und sie huschte rasch an seine Seite hinüber. »Hast du die Nuß schon geknackt?«

»Nein, Feld Eins«, sagte er. »Hier, sieh mal.« Sie traten seitlich an das letzte der hohen, schmalen Fenster, und er reichte ihr die fadendünne Klinke einer Kamera, die einer seiner Soldaten per Verlängerungsgriff über den Fenstersims hielt. »Vorsichtig damit, Yip!«

Die Guerillabefehlshaberin klappte ihren Gesichtshelm herunter und stöpselte die Klinke in den Helm. Das Bild des Platzes vor dem Haus erschien auf der Innenseite des aus komplexen Stoffen aufgebauten Schirms. Die Bruderschaftsfestung nutzte die Nähe der großen Tagebaugrube aus, die nur einen Kilometer weiter südlich lag; vom Hauptbunker war lediglich ein niedriger grasbedeckter Hügel zu sehen, der inmitten der mehrere Dutzend Hektar umfassenden künstlichen Landschaft eines Parks aufragte. Die vom Nachrichtendienst – sowohl dem der Bewegung als auch dem der Meijianer – gestohlenen Pläne zeigten eine unterirdische Hochzeitstorte aus Fiberbeton und Stahl, die sechs Stockwerke weit in die Erde reichte, komplett mit Generatoren, Luftfiltern, einfach allem Drum und Dran. Die Spartaner hatten schon immer gewußt, daß sie in einem gefährlichen Universum lebten. Die Bunker, die sich strahlenförmig rings um die Zentralfestung ausbreiteten, waren neueren Datums, aber ebenfalls in die Konturen der Parklandschaft eingefügt, von kleinen befestigten Gatlingsstellungen bis hin zu großen runden Geschützbunkern. Noch während Skilly hinsah, glitt eine Luke auf und kam ein leichtes Geschütz zum Vorschein, Kaliber hundertfünfundfünfzig Millimeter mit zweifach gedrosselter Mündungsbremse. Es feuerte, ein blaßorangener Blitz im Licht der Mittagssonne, und die Luke schloß sich wieder, elegant an den Rückstoß der Kanone gekoppelt.

»Sauber«, meinte Skilly.

Der ganze Vorgang hatte insgesamt eine Sekunde gedauert. Die Luke mußte mit der Abzugsleine der Kanone verbunden sein, kein sehr praktisches Intervall, um mit einem selbstlenkenden Geschoß hineinzufeuern. Jemand hatte einen Glückstreffer gelandet; einer der Geschützbunker war nur noch ein Krater, aber es war möglich, daß sie das nicht noch einmal schafften, selbst wenn sie den ganzen Tag auf der Festung herumhämmerten. Und inzwischen erlitt die Helotenarmee Verluste.

Ein Lieferwagen explodierte und nahm gleich zwei Trucks und ein paar Motorräder mit. Menschen und Beutegut wurden in alle Himmelsrichtungen geschleudert. Und noch etwas detonierte.

»Ihr sollt doch nicht alle auf einem Haufen rumstehen!« kreischte Skilly.

Niles sah sie an und wandte den Blick wieder ab.

Es wurde allmählich heiß hier. Die Entwicklung entsprach nicht ganz Skillys Erwartungen. Sie hatte sich mehr versprochen, hatte gehofft, daß die Kanoniere der Bruderschaft nicht ganz so gut waren. Wenn sie die Bunker und Geschützstellungen nur hätten ausschalten können, dann hätte eine Helotenarmee, die auf dem Dach des Arsenals hockte, elfhundert Zivilisten direkt unter sich gehabt. Die Royalisten redeten gerne davon, sie würden sich nicht durch Geiselnahme erpressen lassen, und hielten sich weitgehend daran, solange es um ihre Kämpfer ging, aber es war etwas ganz anderes, ›nur zu‹ zu sagen, wenn das eigene Kind mit einer Waffe bedroht wurde.

Sie merkte, daß Niles gerade etwas sagte.

». . . und eine Menge unserer Leute befinden sich nach wie vor innerhalb des Perimeters.«

»Zieh sie ab.«

»Wie ich dir schon gesagt habe, konnten die Royalisten einige ihrer Minenfelder wieder aktivieren, und ihre Artillerie feuert hochgradig präzise. Wir können uns nicht zurückziehen. Ein Großteil unserer Truppen wird regelrecht niedergehalten.« Er deutete auf die vorbeifahrenden Trucks. »Ich hoffe, daß wir gute Beute gemacht haben, denn der Preis war enorm.«

Skilly musterte weiterhin die Geschützstellungen. Sie wirkte geistesabwesend. Dann drückte sie eine Taste am Helm. »Irgendwas aus Olynthos?«

»Zwei Hubschrauber sind abgeflogen. Sie haben Kurs flußabwärts.«

Flußabwärts. Fort vom Kampfschauplatz, fort von Skillys Raketenstellungen. *Wohin fliegen sie?* »Sonst nichts? Gar nichts? Okay. Wir werden sie schon herlocken. Wir setzen jetzt den Mjöllnir ein.«

Niles runzelte die Stirn. »Na gut, damit erledigen wir einen Geschützbunker.«

»Nein, er wird dem großen Zentralbunker gar nicht guttun!«

»Im Zentralbunker gibt es keine militärischen Ziele. Nur Nichtkombattanten.«

»Du denkst wieder wie ein *Rabbiblanco*, Jeffi.«

Er wirkte ein wenig beleidigt und schnitt ein finsteres Gesicht. *Ich denke, ich bin über diese Naivität hinausgewachsen.* »Was meinst du?« fragte er steif.

»*Nichtkombattanten*. Sowas gibt's nicht. Nur Feinde mit Waffen und Feinde ohne Waffen. Mach den Mjöllnir bereit!«

»Sk... Feld Eins, sie haben dort an die vierhundert Frauen und... na ja, knapp eintausend Kinder, und...«

»Erledige dieses Fort, Jeffi! Sie kriegen eine Chance, wie jeder.«

»Du *kannst* doch nicht...«

Sie stand zwischen ihm und den anderen, die alle entweder zu den Fenstern oder auf den Flur hinausblickten. Geoffrey Niles erstarrte, als die Mündung von Skillys Walther ihn in die linke Seite stach, dort, wo der Körperpanzer unter der Achselhöhle endete. Sie schob das Gesicht an ihn heran und klappte das Visier hoch. Die grüngefleckten braunen Augen musterten ihn gespannt, und ihre Stimme klang ganz leise.

Damit niemand etwas sieht oder hört, wußte er in einem fernen Winkel des Bewußtseins. *Um meinetwillen, vorausgesetzt, alles geht gut aus*. Vorausgesetzt, er bestand das, was er auf einmal als sorgfältig vorbereitete Prüfung erkannte.

»Jeffi, Skilly möchte dich für sich haben, wenn wir gewinnen. Aber Skilly wird *auf jeden Fall* gewinnen, Jeffi, mein Süßer.« Ein leises, zärtliches Lächeln. »Willkommen in Skillys Welt, Mann, wo sie schon ihr ganzes Leben verbracht hat. Es ist die wirkliche Welt, *und sie ist tagtäglich so!*« Das braune Gesicht mit den hohen Wangenknochen wirkte auf einmal ganz kalt. »Ich gebe meine Befehle nicht zweimal, Mann!«

Damit hatte er die Grenze bereits einmal überschritten.

»Jesus Christus, was geht denn da hinten vor!« bellte Karl Olafson. »Wir hatten mehr als eine Stunde keine Verbindung!«

»Major«, antwortete Barton, »hören Sie mir bitte gut zu.« Er wartete eine Sekunde lang ab, bis der Mann auf dem Bildschirm mit einem Nicken bestätigte.

»Der Feind hat unsere Sicherheitssysteme teilweise durchbrochen und dazu mißbraucht, die Verteidigung zu desorganisieren. Dann startete er in Verbindung mit Sabotage im Inneren einen umfassenden Angriff auf Stora Mine. Die Heloten haben große Bereiche der Siedlung überrannt. Sie haben schwere Verluste erlitten, und wir konnten sie aufhalten, aber sie sind nach wie vor da draußen.«

Unterschiedliche Gefühle wechselten einander auf dem eckigen, blondbärtigen Gesicht in rascher Folge ab – Angst, Mut, Erstaunen. Letztlich blieb nur sachliches Interesse. Barton nickte mit kühler Zustimmung. Es blieb einfach keine Zeit für irgend etwas anderes.

»Wir sind den Torreys zur Hilfe gekommen, und die Heloten haben dort ihre Angriffe eingestellt. Dank Ihrer Warnung haben wir auch die Bomben in unseren Lastwagen gefunden.«

»Ich bin froh, daß Sie meine entsprechende Nachricht erhalten haben. Da war ich mir gar nicht sicher.«

»Ich hörte auch nur ein Fragment, irgendwas über Sabotage, und beschloß, die Lastwagen zu untersuchen. Gott sei Dank. Okay, wir sind hundertzwanzig Kilometer von Ihnen entfernt. Ich kann in zwei Stunden zurück sein, längstens in drei.«

»Nein, können Sie nicht«, erwiderte Barton. »Die Straße ist vermint, und ich bin sicher, daß es auf der ganzen Wegstrecke von Hinterhalten wimmelt.«

Eine lange Pause trat ein. »Unsere Familien sind dort im Bunker des Arsenals.«

»Ich weiß. Es wird ihnen allerdings überhaupt nichts nützen, wenn Sie draufgehen.«

»In Ordnung. Was sollen wir tun?«

»Die Heloten erkennen allmählich, daß sie sich hier nicht halten können«, sagte Barton. »Sie werden sich bald zurückziehen, haben aber keine große Auswahl an Routen, wenn sie die ganze Beute mitnehmen möchten, die sie hier gemacht haben. Sie karren ganze Wagenladungen weg.«

»Himmel! Von wo denn? Aus unseren Häusern?«

»Wahrscheinlich. Aber fassen Sie sich. Das beste, was uns im Moment passieren kann, ist, daß sie sich mit Beute volladen, auf die sie nicht mehr verzichten wollen. Beute wird sie nicht weniger verlangsamen als die ganzen Minen, die sie selbst überall verstreut haben. Ich kenne die hiesige Gegend nicht allzu gut, aber nach der Karte zu urteilen, können Sie, Major, ohne weiteres diese Kammlinie überqueren und den Heloten zeigen, daß das Hinterhaltspiel auch zu zweit funktioniert.«

»Allmächtiger Gott! Harry, gib mir mal die Karte. Wer kennt sich in der Gegend aus? Yeah, hol ihn her! General, ich denke, das hat was für sich. Davis? Wie sieht dieser Grat aus? Wie lange würde es dauern, darüber hinweg bis nach . . .«

Eine andere Stimme meldete sich. »Keine ausgebaute Straße, aber gute Pfade. Mal sehen, das sind vielleicht fünfzehn Kilometer. Vier Stunden? Drei für diejenigen, die noch in richtig guter Verfassung sind.«

»Bis dahin ist der Feind dort vielleicht schon durch«, sagte Barton. »Vielleicht aber auch nicht. Ich glaube nicht, daß sie richtig einschätzen, wie schwierig ein Rückzug unter Feuer sein kann. Beziehen Sie dort Position und warten Sie ab, was Sie ausrichten können. Aber seien Sie vorsichtig! Sie sollen sie nicht aufhalten, sondern ihnen nur zusetzen, wenn sie sich zurückziehen, und das ist auch schon alles! Versuchen Sie nicht, sie zu verfolgen. Versuchen Sie überhaupt nichts Großartiges. Beziehen Sie einfach eine Stellung, von wo aus Sie sie sehen, graben Sie sich ein und tun Sie ihnen weh. Nicht nötig, handgemein zu werden.«

»Roger. Okay, wir sind schon unterwegs.«

»Der royalistische Befehlshaber«, sagte Geoffrey Niles mit heiserer Stimme.

Skilly drückte eine Taste am Helm. »Hier Feld Eins, Spartanische Volksbefreiungsarmee.«

»Hier Major Bittermann.« Die Stimme einer Frau. Es war zu erwarten gewesen, daß das Zentralarsenal von Verwaltungskräften gehalten wurde. »Was möchten Sie?«

»Sie erhalten 'ne einzige Chance, sich zu ergeben, oder wir knacken Ihre Stellung wie 'n Ei«, sagte Skilly kategorisch.

»Bislang ist es bei Ihnen mit dem Knacken nicht weit her, Rebellin.« Die Stimme klang zuversichtlich. Der Arsenalbunker konnte fast allem standhalten, abgesehen von einer Nuklearwaffe.

»Bislang war Feld Eins ja auch *nett*. Major, Sie sind für die Kids und all die anderen da drin verantwortlich. Sie haben sie in 'ne Gefechtszone geführt. Wär besser gewesen, wenn man sie draußen gelassen hätte. Niemand hier wird verletzt, der nicht kämpft. Ihre letzte Chance!«

»Ich habe gesehen, was Sie mit unseren Häusern gemacht haben«, antwortete Bittermann. »Und dies ist keine Gefechtszone. Hier halten sich keine Kampftruppen auf. Es ist ein Krankenhaus und ein Schutzbunker.«

»Na, zu schade«, meinte Skilly. »Für mich ist es nämlich militärisch.«

»Was möchten Sie?«

»Daß Sie sich ergeben.«

»Sie wissen, daß das ausgeschlossen ist. Ich habe gar nicht die entsprechende Befehlsgewalt. Ich sage Ihnen, daß dies hier ein Krankenhaus und Schutzbunker ist. Es halten sich keine Kampftruppen bei uns auf.«

»Aber ringsherum.«

»Nun, ja . . .«

»Hier General Barton. Wer spricht da?«

»Nennt sich selbst Feld Eins, General«, sagte Bittermann.

»Feld Eins, hier spricht General Barton.«

»Gut. Ergeben Sie sich, und ich verzichte darauf, das Arsenal zu zerstören.«

»Beim Arsenal handelt es sich um ein Krankenhaus und einen Schutzbunker für Nichtkombattanten.«

»Ich glaube Ihnen nicht, aber es ist mir ohnehin egal. Ergeben Sie sich, oder wir knacken es.«

»General, sie blufft«, meinte Bittermann. »Unsere Stellung hält alles aus, bis hinauf zu Nuklearwaffen.«

»Feld Eins blufft nicht, wie Sie noch rausfinden werden. Ich gebe Ihnen nur eine Chance. 'ne zweite kriegen Sie nicht.«

»Mal angenommen, das Krankenhaus kapituliert nicht«, warf Barton ein. »Was bedeutet das für Sie?«

»Ach, verpiß dich!« Skilly schaltete die Verbindung ab. »He, Jeffi, dieser Bunker ist 'n dickes, militärisches Ziel. Man kann's Skilly nicht vorwerfen, wenn die Bürger ihre Leute auf Muni und Energieversorgung draufsetzen, oder?«

Er nickte. »Ja ... Ich schätze, das stimmt.« Er zog die Schultern hoch. *Es stimmt wirklich. Und es ist verdammt noch mal eher ein militärisches Ziel, als es Dresden war.* Nicht, daß es eine Rolle gespielt hätte. Die Royalisten hatten bereits genug Beweise, um sie alle sechsmal für Verstöße gegen die Kriegskonventionen zu hängen. *Es sei denn, wir gewinnen. Gewinner* machen *die Gesetze.*

Skilly drückte wieder eine Helmtaste. »Tetsuko, zünden Sie ihn.«

Barton betrachtete das Display des Planungstisches. Der Helotenangriff hatte die Verteidigungslinie von Stora Mine wie ein knorriger Baumstamm durchstoßen, dessen Zweige sich auswärts zu speziellen Einsatzzielen erstreckten und sich dabei um Hindernisse und nicht eingenommene Verteidigungsstellungen schlängelten. Allmählich konnte er sich ein genaues Bild machen; ebenso konnte er die Angreifer langsam unter Druck setzen. *Wagemutig. Kühn. Aber sie hängen zu sehr von ihrem Vorsprung in elektronischen Hilfsmitteln ab. Wären wir schon eine Woche länger hier gewesen ...*

Wären wir schon eine Woche länger hiergewesen, hätten sie es herausgefunden und den Angriff abgeblasen. Welches Ziel verfolgten sie eigentlich? Ging es überhaupt um mehr als Beute und Zerstörung?

Mehr Informationen kamen jetzt herein. So desorganisiert die Bruderschaft auch gewesen war, inzwischen hatten sie eine gute Verteidigung aufgebaut – genau das, was Barton vorgehabt hatte. Es war viel einfacher, eine feste Abwehrstellung zu beziehen, als einen koordinierten Angriff vorzutragen, und diese Bruderschaftssoldaten kannten einander gut, arbeiteten zusammen, wußten, was sie voneinander erwarten konnten. Der Feind hatte sie an einigen Stellen kräftig vermöbelt, aber im großen und ganzen hielten sie stand, und das war auch alles, was sie leisten mußten.

Eine zusammenhängende feindliche Truppe stand rings um das, was vorher Verteidigungsstellung zwölf gewesen war. Dazu kamen zahlreiche versprengte Gruppen desorganisierter Heloten, teilweise in den Minenfeldern, teilweise in alten Bunkern, aber alle von der Hauptmacht des Feindes abgeschnitten. Es war zweckmäßig, Abschirmeinheiten loszuschicken, um dafür zu sorgen, daß diese Gruppen desorganisiert blieben und sich nicht zusammenschlossen, denn einige befanden sich in Positionen, wo sie viel Schaden anrichten konnten, wenn ihnen der Ausbruch gelang. Ansonsten konnte man sie für den Augenblick sich selbst überlassen. Sie würden sich ziemlich schnell ergeben, wenn sie erstmal sahen, daß man sie im Stich gelassen hatte.

Beim Rest der Heloten handelte es sich um eine organisierte Truppe, die zahlenmäßig hinter dem zurückstand, was Barton insgesamt aufbieten konnte, aber viel größer war als jede integrierte Einheit, die er im Moment zusammenbekam. Die Hauptmacht der Heloten hatte sich eingegraben und hielt ihre Stellung, aber die rückwärtigen Elemente zogen sich bereits zurück, begleitet von einem Strom schwer beladener Fahrzeuge. Man mußte Artilleriefeuer auf diese Gruppe konzentrieren, besonders auf ihre Fluchtwege. Jeder denkbare Zufluchtsort und jede Kreuzung war schon vor langer Zeit in die Zieldatenbank eingegeben worden, so daß man jetzt nur noch die Ziele für indirektes Feuer aussuchen und ihre Koordinaten einspeisen mußte. Am besten nahm man auch die Straßen unter Beschuß und zerstörte Fahrzeuge, die der Feind erst zur Seite räumen mußte, ehe wieder irgend jemand oder etwas passieren konnte. Sollte der Feind ruhig denken, daß er abgeschnitten wurde. Es erforderte schon hartgesottene Veteranen, weiter vorzudringen, wenn zu befürchten stand, daß der Rückzugsweg versperrt wurde.

Okay. Den Feuerplan für die Artillerie konnte er den örtlichen Milizoffizieren überlassen. Sie konnten Karten ebensogut lesen wie er, und sie kannten das Gelände aus eigener Erfahrung.

Auf diese Weise würden sie den Feind kräftig schwächen. *Was so ziemlich alles ist, was ich im Moment erreichen kann.*

Aggressive Patrouillen, damit die Heloten sich konzentrierten, aggressiver Artilleriebeschuß, um sie dann in die Mangel zu nehmen, und in der Zwischenzeit die nötigen Truppen für einen echten Gegenangriff sammeln. *Die Zeit ist jetzt auf unserer Seite ...*

»Sir«, meldete sich der Techniker, »ein Raketenstart von einem der Perimeterbunker, die sich unter feindlicher Kontrolle befinden.« Der Sergeant runzelte die Stirn, während er den Kurs des Geschosses verfolgte. »Sehr komische Flugbahn, Sir. Fast geradlinig aufwärts. Mehr als fünf Kilometer.«

Vielleicht suborbital? überlegte Barton. Dann wurde ihm auf einmal alles klar. *Himmel!* Es ging nicht nur darum, das Bergwerk zu zerstören, die Bürger von Stora Mine und der Nordlande ringsherum zu demoralisieren. Manche Wunden sind nur ein Ärgernis, andere dagegen brechen den Geist. *Und genau das hat der Feind vor. Die ganze Zeit schon.* Seine Hand zuckte in Richtung Kommunikator und erstarrte dann. Er konnte nichts tun, überhaupt nichts.

»Sir, sie ist zweistufig. Laut Computer ein Festungsbrecher, und zwar ein ganz dicker. Hat den obersten Punkt erreicht. Kommt mit Schub wieder runter. Kommt verdammt *schnell* runter! Jesus. Mach achtzehn! Zwanzig! Himmel, es ...«

Und die Erde erbebte unter ihren Füßen.

»Bereitet euch auf den Rückzug vor!« sagte Skilly, rappelte sich auf die Knie auf und wischte sich Blut aus dem Mundwinkel. Die Explosion war auf diese kurze Distanz mehr wie ein Erdbeben gewesen.

Die Bunker im Umkreis um die unterirdische Festung waren intakt, aber in der Nähe des Eingangs zum Hauptbunker klaffte ein Loch. Rauch stieg daraus auf. Es sah böse aus, es sah fürchterlich aus.

Umlenkbleche und mehrfach gepanzerte Türen hatten die Waffenstellungen geschützt. Der stetige Beschuß ging weiter. Dann erkannten die spartanischen Verteidiger, was hinter ihnen passiert war, und eröffneten aus allen verbliebenen Waffen das Feuer, ein unaufhörliches Feuer, ohne jeden Gedanken an Tarnung. Kabelgezündete Geschosse zuckten zur Antwort aus den Helotenstellungen hervor und bewegten sich entlang ihrer Leitstrahlen ins Ziel. Der heftige Schußwechsel dauerte eine Minute und erstarb dann. Die Heloten konnten ihre Verluste nicht mehr verkraften und gingen in Deckung. Irgend jemand schrie in der Nähe.

»Verdammte Scheiße, verdammter Dreck, zur Hölle mit dieser verfluchten Scheiße!«

»Ruhe!« brüllte Skilly. »Rundspruch, Phase . . .«

KNACK. Yip hatte sich aufgerichtet, um die Überwachungskamera hereinzuziehen; die Kugel des Scharfschützen durchschlug die Schulter und die obere Lunge, ohne nennenswert langsamer zu werden. Alle warfen sich flach hin, während sie durch den Raum pfiff und mit einem häßlichen Geräusch von den Betonwänden reflektiert wurde, einem Geräusch, dem das erfahrene Gehör entnahm, daß praktisch jeder aus jeder Richtung von dem daumengroßen Klumpen flachgedrückten Metalls getroffen werden konnte. Der Guerilla-Uffz trommelte noch kurz mit den Fersen auf den Boden, während ihm das Blut aus Nase und Mund und der riesigen Austrittswunde unter der linken Achselhöhle floß.

». . . Phase Fünf, ich wiederhole: Phase Fünf«, sagte Skilly erneut.

Kaum hatte sie das geäußert, detonierte die erste der riesigen Sprengladungen, die die Guerillas aus erbeutetem Sprengstoff zusammengebastelt hatten. Es war ein ohrenzerreißendes Krachen, das selbst in einem Kilometer Entfernung noch als laut empfunden wurde. Man konnte jetzt damit rechnen, daß die überlebenden Milizionäre dem Feind wild nachsetzen würden, und die Heloten hatten vor, dafür einen hohen Preis einzufordern – wenn möglich, lieber mit Sprengstoff und Stahl als mit einem Kampf auf Tuchfühlung; wo das nicht möglich war, mit Hinterhalten.

»Jetzt, Jeffi, jetzt hauen wir ab, und sie werden uns verfolgen, und dann töten wir sie.«

10

Kein Schlachtplan überlebt jemals den Feindkontakt.

– Helmuth von Moltke

»Wir flüchteten den ganzen Tag lang, geschlagene neun Stunden. Verwirrung, Angst und Ahnungslosigkeit wirkten ansteckend. Gerüchte machten bei jedem Halt die Runde, und niemand hatte mehr Befehle, nach denen er sich richten konnte. Jeder vertrat irgendeine Theorie, hatte aber keinen Plan außer dem irrsinnigen Wunsch, endlich seine Einheit zu finden. Aus eigener Kraft kamen wir einfach nicht darauf, was zu tun war. Wäre irgend jemand mit Autorität präsent gewesen und hätte uns gesagt ›Bleibt hier und tut dies oder das‹, dann wäre unsere Angst schon zur Hälfte überwunden gewesen. Und während ich da in dem schwankenden Wagen saß, erkannte ich allmählich, wie wichtig die tausend drögen Prozeduren in einer Armee sind. Der Drill, das Salutieren, die Uniform, ja sogar die Abzeichen am eigenen Ärmel, das alles identifiziert den Soldaten mit einer kompakten Maschine und verhilft ihm zu einem Gefühl der Sicherheit und Ordnung. Im Augenblick der Gefahr wendet er

sich dann an diese mechanischen Gewohnheiten und bezieht Kraft aus ihnen.« Alan Moorehead auf dem Rückzug von Gazala, Juni 1942

– zitiert von John Keegan und Richard Holmes, Soldaten.

Croftons Enzyklopädie der bewohnten Planeten (zweite Auflage)

Olynthos: *Stadt am Ende der schiffbaren Strecke des* Eurotas *(q. v.) auf dem Planeten* Sparta *(q. v.). Gegründet 2030 unter der CoDominiumsverwaltung als Fort Tanner. Anbindung an den Alexandersee und seine Bergbausiedlungen 2060 durch eine Bahnstrecke und eine Schlammpipeline, gefolgt von rapidem Wachstum. Flußhafen, Ausrüstungsstelle für Hinterlandexpeditionen und Industriezentrum. Die Stromversorgung erfolgt durch ein Wasserkraftwerk an den Vulkanschnellen mit einem Potential von über tausend Megawatt. Schmelzhütten, Raffinerien, Direktreduktionsstahlwerk, Bergbaumaschinen, Bauzubehör, Sprengstoff, allgemeine Produktion. Bevölkerung (2090) 66 227, vorübergehende Einwohner nicht mitgerechnet.*
Beschreibung: *Die Stadt liegt am südwestlichen Ufer des Flusses direkt unterhalb des Neunten Kataraktes der Vulkanschnellen in einem Gebiet, das die Bezeichnung Hekates Teich trägt. Die meisten Gebäude bestehen aus Kalksteinblöcken aus nahegelegenen Steinbrüchen; zu den Sehenswürdigkeiten gehören . . .*

Melissa lag verletzt und blutend am Boden. Granaten schlugen ringsherum ein, aber Lysander konnte seine Verlobte einfach nicht erreichen. Seine Beine waren gelähmt, und als er zu kriechen versuchte, griffen schmutzige Hände aus der Erde heraus, um ihn mit schleimigen Fingern zu sich herunterzuzerren. Melissa stöhnte leise, Lysander schrie ihr zu, daß er ja gleich kommen würde, aber er konnte sich einfach nicht mehr bewegen, und . . .

»Mein Prinz!«

»Ich komme! Ich schwöre, daß ich . . .«

»Mein Prinz.«

Lysander fuhr auf dem Feldbett kerzengerade hoch. »Harv! Ich bin wach. Mein Gott, was für ein schrecklicher Traum! Melissa – sie war . . . Was ist los, Harv?«

»Dringende Nachrichten, Prinz. Du wirst im Ordonnanzraum erwartet. Heloten greifen Stora Mine an.«

»Verstanden. Ich bin in fünf Minuten da.« Auf einmal bemerkte er, wo er war. »Richte dem Colonel meine Grüße aus. Kann er das Regiment alarmieren?«

»Ist bereits geschehen«, sagte Harv. »Die Helikopter laufen warm, und die Panzer rollen ins Freie.«

»Verstanden. Danke.«

Colonel Bennington und seine Senioroffiziere standen im Stabszimmer um einen Kartentisch herum. »Achtung!« sagte Captain Larry Sugarman, der Adjutant. Alle wurden still, als Lysander eintrat.

»Bitte weitermachen. Jamie, was geht da vor?«

»Sir, es handelt sich um einen umfassenden Angriff auf den Komplex Stora Mine«, antwortete Bennington. »Wir verfügen über keine Direktverbindung dorthin und erhalten sämtliche Informationen nur über das Legionshauptquartier in Sparta City. General Owensford ist in der Leitung und möchte Sie gerne sprechen, wenn Sie einen Moment Zeit haben.«

Lysander beugte sich über den Tisch und betrachtete sich die Displays. »Hier steht aber viel mehr ›vielleicht‹ und ›wahrscheinlich‹ und ›möglicherweise‹ als echte Information, teilweise sogar nur blanke Gerüchte.«

»Ja, Sir. Die Heloten scheinen den Hauptcomputer von Stora ausgeschaltet zu haben. Oder schlimmeres. Es liegen Anzeigen vor, daß sie ihn übernommen haben.«

Die Kreise auf den Displays, teils durchgehend, teils schraffiert, teils punktiert, blinkten jedesmal, wenn die Darstellung aktualisiert wurde. Einige punktierte Kreise verschwanden. Ein paar schraffierte verwandelten sich in durchgehende, wo Sichtungen und Identifizierungen bestätigt wurden, aber der Tisch hatte weiterhin mehr Gerüchte als Fakten zu bieten. »Ich spreche lieber mit General Owensford«, sagte Lysander. »Dem hier kann ich nicht viel entnehmen. Ich vermute, sie bereiten das Regiment auf den Gegenschlag vor.«

»Ja, Sir. Sergeant, versuchen Sie bitte mal, General Owensford an den Apparat zu holen.«

»Ist bereits dran und wartet, Sir.« Der Sergeant reichte Lysander Kopfhörer und Mikro.

»Hier Lysander.«

»Hier Owensford. Eure Hoheit, ich habe eine dringende Bitte. Schicken Sie keine fliegende Eingreiftruppe los! Ich werde es noch erklären, aber das ist wirklich eine dringende Empfehlung, Sir.«

Lysander starrte auf die Karte. Neue Daten strömten herein. Die unpersönlichen Kreise bewegten sich oder veränderten sich in der Größe, und wenn sie aufblitzten, stand das für ein Gefecht. Die Einheiten der eigenen Seite schrumpften, noch während er hinsah. Bestätigte Verluste. »Unsere Leute müssen kräftig einstecken«, sagte er. »Sie brauchen Hilfe. Ich schätze, Sie haben Ihre Gründe, General.«

»Sir, wir haben es hier mit einem umfassenden Angriff zu tun, vorgetragen von Kräften in Regiments- bis Brigadestärke mit voller nachrichtendienstlicher Unterstützung. Mit Sicherheit weiß der Feind, wo Ihre Einheiten stehen. Womöglich sogar, daß Sie persönlich das Kommando führen. Deshalb . . .«

»Ich verstehe. Deshalb hat er das Erste Königliche schon auf der Rechnung und glaubt, daß er mit uns fertig wird.«

»Exakt, Sir.«

»Bedeutet das nicht, daß wir unsere Befürchtungen zum Maßstab unseres Handelns nehmen, General? Das wir uns selbst mit dem paralysieren, was vielleicht geschehen könnte?«

»Ja, Sir, aber genau dieses Verfahren könnte im Moment klug sein. Wir wissen nicht annähernd genug. Was wir jedoch wissen, ist die Tatsache, daß die Heloten bereit waren, eine solch große Truppe in die Schlacht zu werfen, und das im Wissen von der Präsenz Ihres einsatzbereiten Regiments. Der Plan war komplex: einleitender Angriff, um die Eingreiftruppe hervorzulocken, der für sie gelegte Hinterhalt, dann die Sabotage der mobilen Reserve, die eingesickerten Saboteure . . .«

»Jesus, und all das hat funktioniert?« fragte Lysander.

»Mehr, als hätte der Fall sein dürfen.«

»Skilly«, sagte Lysander.

»Ja, Sir, glaube ich auch. Ich erhalte nur unregelmäßigen Kontakt mit General Barton bei der Mine, aber ich habe den Eindruck, daß er ebenfalls davon ausgeht.«

»Verschlagen«, meinte Lysander. »Es könnte ein Bluff sein, damit wir keine Verstärkung schicken.«

»Sir, sie ist wirklich verschlagen, aber ich kann mir nicht vorstellen, daß die Heloten soviel riskieren würden, nur in der Hoffnung, daß Sie sich alles gut überlegen und keine Eingreiftruppe schicken.«

»Habe verstanden.« Lysander lächelte ironisch. »Und sie glaubt vermutlich, daß es ein einfacher Plan ist und nicht viel schiefgehen kann. Irgendwelche Vorschläge?«

»Halten Sie sich Ihre Optionen offen. Sie sind unsere Reserve, die wir im Moment noch nicht fest verplanen dürfen. Sie sind näher am Schauplatz als ich und werden nicht für immer vom direkten Kontakt mit Barton in Stora Mine abgeschnitten bleiben. Sobald Sie ein besseres Bild von der Lage haben, können Sie immer noch entscheiden, wie Sie vorgehen möchten.«

Lysander betrachtete erneut den Kartentisch und überlegte. »Barton führt da oben das Kommando?«

»Ja, Sir. Der örtliche Befehlshaber bat ihn, es zu übernehmen.«

»In Ordnung. Wir bleiben als seine Reserve in Bereitschaft, bis sich die Lage weiterentwickelt hat. Halten Sie mich auf dem laufenden und schalten Sie für mich eine Leitung zu Barton, sobald es möglich ist.«

»Alles, was wir erfahren, wird sofort übermittelt«, versprach Owensford.

Ich würde eine Menge für Satellitenüberwachung geben, dachte Lysander. *Ich muß in dieser Hinsicht etwas unternehmen. Es muß eine Möglichkeit geben, das CD zu überzeugen.*

Und was zum Teufel mache ich eigentlich? Den Verantwortlichen spielen? Aber es ist mein Job, und niemand wird ihn mir abnehmen, ob ich meine Sache nun gut oder schlecht mache. Und in diesem Moment... Er wandte sich an Bennington. »Jamie, rufen Sie Ihre beiden besten Piloten. Beladen Sie zwei Helikopter mit Scouts. Sie sollen sich erst mal flußabwärts davonschleichen und dann in weitem Bogen umkehren, einer an jeder Seite des Tals. Es handelt sich um einen simplen Aufklärungseinsatz mit der Option, die Scouts in die Schlacht zu werfen, wenn sich eine lohnende Gelegenheit bietet. Falls sich der Feind die ganze Mühe gemacht hat, um einen Hinterhalt für die fliegenden Verbände zu legen, dann glaube ich nicht, daß er die Karten auf den Tisch legt, um einen einzelnen Hubschrauber abzuschießen, aber die Piloten sollen trotzdem vorsichtig sein.«

»Ja, Sir. Wenn die Heloten übrigens eine große Einheit unterwandern können, dann haben sie das vielleicht auch mit ein paar kleinen gemacht.«

»Gut beobachtet. Und falls irgendwelche Scouts abgesetzt werden, benötigen Sie volle Raketenunterstützung. Aber das wissen Sie ja.«

»Ich kümmere mich darum, Sir.«

Die Scouts des Ersten Königlichen waren nicht so gut ausgebildet wie die SAS-Einheiten der Legion, aber sie waren von der Legion ausgebildet worden und verfügten über etwas Kampferfahrung. *Jetzt ist die Ausbildungszeit vorüber. Zeit, Nutzen aus ihnen zu ziehen. Und was das angeht, wird es auch Zeit, daß sich Sparta von Falkenbergs Legion unabhängig macht.* »Jamie, laut General Owensfords Schätzung hat der Feind ein Regiment oder sogar eine Brigade beim Bergwerk in die Schlacht geworfen.«

»Ja, Sir.«

»Dann können sie nicht mehr viele Truppen übrig haben, um die Straßen zu blockieren.«

»Nun...«

»Wie viele Infiltratoren könnten sie hier oben eingeschleust haben?« wollte Lysander wissen. »Wir haben das Gelände regelmäßig aus der Luft abgesucht. Jamie, wenn die Heloten gut genug sind, um ein weiteres Regiment herangeschafft zu haben, noch über das hinaus, was bereits in der Schlacht steht, dann verlieren wir ohnehin. Aber sind sie so gut?«

»Ich verstehe, was Sie meinen. Nein, Sir, sind sie nicht.«

»Setzen Sie die Bodentruppen flußaufwärts in Marsch. Die üblichen Vorsichtsmaßnahmen, Späher vorneweg, Minensucher, aber setzten Sie sie in Marsch! Behalten Sie die fliegenden Einheiten am Boden, bis wir wissen, was Miz Skilly im Schilde führt. Setzen Sie dann Ihre Nachrichtendienstleute und Flieger an einen Tisch, um herauszufinden, wo der Feind plant, die Luftkavallerie zu stellen.«

»Stellen? Womit?«

»Ich habe keine Ahnung. Setzen wir mal voraus, daß es etwas Effektives ist.«

»Luftabwehrraketen«, sagte Bennington. »Verstanden.« Er wandte sich an seinen Adjutanten. »Larry, wen haben wir dafür?«

»McCulloch und Levy, Sir.«

»Gute Wahl. Nehmen wir noch Captain Flinderman hinzu, denke ich. Geben Sie ihnen diesen Auftrag; sie sollen sich melden, sobald sie sich etwas ausgedacht haben.«

»Ja, Sir.«

»Und schicken Sie die Bodentruppen los.«

Captain Sugarman sprach leise in das Mikro seines Kopfhörersets. Lysander betrachtete erneut den Kartentisch. Nach einigen Augenblicken wechselte das Display wieder. Die Meldungen über die befreundeten Einheiten wurden verläßlicher, während nach wie vor eine erhebliche Verwirrung über Stärke und Positionen des Feindes bestand. Lysander begutachtete die Lage gründlich. Die gesamte Stora-Garnison, fast ein komplettes Regiment gut ausgerüsteter und ausgebildeter Bruderschaftstruppen, verstärkt durch Legionseinheiten, war zu ineffektiven und desorganisierten Nestern zerschlagen worden. Womit hatte der Feind das nur geschafft? Egal was, es konnte keine kleine Streitmacht sein, und Lysanders Überzeugung verfestigte sich, daß der Feind alles in die Schlacht geworfen hatte, was ihm zur Verfügung stand. Die Heloten konnten einfach keine große strategische Reserve mehr haben, und auch sonst nicht mehr viel. *Einheiten mit Luftabwehrraketen, eingesickert und ...*

Wo denn eingesickert? »Jamie?«

»Eure Hoheit?«

»Die Experten sollen sich mal folgende Frage stellen: Eine kleine Einheit mit Luftabwehrraketen versteckt sich irgendwo auf dem Weg von hier zum Bergwerk, wahrscheinlich unweit unserer Basis. Nicht so nahe zwar, daß sie nicht mehr wegkommen, sobald sie ihre Vögel gestartet haben, aber nahe genug, um zu beobachten, was wir unternehmen. Vorzugsweise mit einem brauchbaren Fluchtweg durch Gelände, das Panzerverbände aufhalten würde.«

»Das könnte diese Stelle bedeuten, Hoheit ...« Bennington drehte an der Kartensteuerung.

»Ich sehe schon.« Lysander vergrößerte die Darstellung des Decela Forest, eines experimentellen Arboretums und Parks der Universität nördlich der Basis Olynthos. Das Gelände bot mühelos einer ganzen Kompanie von Raketenschützen Platz und gewährte Ausblick auf die Talstraße nach Norden. Das zerklüftete Gelände und die Schluchten zogen sich bis an den Fluß hinunter.

»Nachdem sie uns getroffen hätten, wären sie zum Fluß geflohen. Ohne Flieger hätten wir sie nicht an einer Überquerung hindern können, und sie hätten damit einen höllisch guten Vorsprung gehabt«, meinte Bennington. »Keine Frage, wo ich einen Hinterhalt für unsere Fliegerverbände legen würde.«

»Es kann nicht schaden, ein paar Scouts dort hinaufzuschicken. Vielleicht haben wir ja Glück«, sagte Lysander. Er deutete auf den Kartentisch. »Es wird auch langsam Zeit, daß wir mal ein bißchen Glück haben, denn es sieht so aus, als würden unsere Leute dort oben in Stora mit Haut und Haaren gefressen.«

»Stimmt.« Bennington studierte die Karte. »Ich denke, ich schicke ein paar Artillerieeinheiten auf der Hauptstraße nach Norden, dann an der Decelea-Abzweigung weiter geradeaus, aber nicht zu weit, sagen wir mal, etwa bis hierhin, von wo aus sie den Park in Reichweite haben ...«

Lysander grinste zustimmend.

Bennington rief nach seinem Adjutanten. »Larry, bitte weisen Sie Lieutenant Arnold an, seine Männer zu alarmieren und sich dann hier zu melden. Wir haben einen Job für ihn.«

Was für eine simple Geschichte! Schicke Männer los, damit sie in einem Wald herumkriechen, bis sie in Position sind, andere Männer mit Artilleriegranaten einzudecken. Lysander betrachtete seine Hand und erinnerte sich an eine Zeile aus einem Gedicht. Nur eine Zeile. *»Die Hand, die das Papier unterzeichnete ... Diese fünf Könige brachten einem König den Tod.« Warum gehorchen mir diese Männer? Sie sind älter und erfahrener.* Er erinnerte sich an Owensford während der Schlacht in den Illyrischen Tälern und später bei der Rettung des jungen Halleck. *Wenigstens versuchen sie es mir zu sagen, wenn ich etwas falsch mache.* Er wandte sich wieder dem Kartentisch zu.

»Königlicher Befehlshaber, hier Arnold. Wir haben unser Einsatzziel ausfindig gemacht und halten eine feindliche Einheit unter Beobachtung. Sie wissen nicht, daß wir hier sind, aber ich kann dafür nicht lange garantieren, falls wir uns ihnen zu nähern versuchen sollten. Wir überwachen sie visuell und im Infrarotbereich. Datenübermittlung folgt, bitte bereithalten.«

Die Bilder auf dem Kartentisch verschwammen und bauten sich neu auf, als die aktualisierten Daten verarbeitet waren. Lysander und Bennington beugten sich interessiert darüber.

»Also tatsächlich Raketen«, stellte Bennington fest. »Ich kenne das Modell allerdings nicht. Mal schauen, was die visuelle Überwachung uns liefert.« Ein verschwommenes Bild erschien auf einem der Wandmonitore. »Sagt mir immer noch nichts. Ihnen, Sir?«

Lysander schüttelte den Kopf. »Ich fürchte nein. Okay, geben wir das an die Hauptstadt weiter. Vielleicht hat die Legion ja etwas darüber in ihrer Datenbank.«

»Verstanden.« Bennington nahm ein paar Einstellungen vor. »Aber was immer das für ein Modell ist, auf jeden Fall handelt es sich um Luftabwehr. Und wie die Kapazität auch aussieht, sie halten uns die Dinger direkt an die Kehle. Hätten wir die Flieger im geschlossenen Verband entlang des Highways oder sogar des Flusses losgeschickt . . .«

»Yeah. Wie lange braucht Arnold noch, um eine Position zu beziehen, aus der heraus er sie angreifen kann?«

»Da müßten wir ihn fragen, aber ich würde ihm mindestens eine halbe Stunde geben.«

»Sorgen Sie bitte dafür, daß Ihre Artillerie bis dahin in Stellung und feuerbereit ist.«

»Ja, Sir!« Bennington klang begeistert.

Während sie warteten, studierten sie die Karte. Das Erste Königliche Regiment war auf dem Sprung und einsatzbereit und wartete nur auf die Zusicherung, daß die Marschroute gesichert war. *Und auf das richtige Ziel. Falls wir den Feind ausfindig machen, können wir ihn umbringen. Es ist ganz entschieden nötig, mal mit den CD-Leuten zu reden. Es muß einfach eine Möglichkeit geben, an irgendeine Form von Satellitenüberwachung zu kommen.*

»Dringende Nachricht von General Owensford an Prinz Lysander«, meldete Sergeant Rosicus.

»Legen Sie ihn auf den Lautsprecher. Hier Lysander.«

»Sir . . .« Owensford versagte die Stimme. In der hiesigen Kommandozentrale blickten alle verwirrt auf.

Owensford schwieg für einen Moment. Als er wieder sprach, klang die Stimme kalt und unpersönlich. »Sir, die Garnison der Mine ist zu einem spontanen und umfassenden Gegenangriff übergegangen. Es steht zu erwarten, daß diese Offensive mit schweren Verlusten zurückgeschlagen wird, sobald sie Feindkontakt bekommt. Der Gegenangriff begann, als die Heloten eine panzerbrechende Rakete gegen das Hospital und den zivilen Schutzbunker einsetzten. General Barton gibt sich Mühe, den Angriff aufzuhalten und die Garnisonstruppen zu reorganisieren, hat aber nur begrenzt Erfolg. Der Feind zieht sich zurück. General Barton ist wegen möglicher Hinterhalte besorgt. Er versucht die Verfolgung zu stoppen, bis unsere Streitkräfte besser organisiert sind.

Die zivilen Verluste sind hoch und belaufen sich auf sechzig Prozent im Hospital und möglicherweise auf bis zu fünfzig Prozent unter den Frauen und Kindern im Schutzbunker.«

Im Kommandoraum wurde es still. Jemand stieß ein tiefes Knurren hervor.

»Können Sie mich direkt mit Stora verbinden?« fragte Lysander.

»Ja, Sir, aber ich hielt es für besser, es Ihnen zuerst zu erzählen.«

»Das war vollkommen richtig, General Owensford. Ich vermute, es besteht keine Chance, daß es sich dabei um einen Unfall handelte?«

»Nein, Sir. Die Heloten hatten damit gedroht, den Zentralbunker anzugreifen, wenn er nicht kapituliert. Der Angriff erfolgte dann mit einer panzerbrechenden Rakete, die speziell für stark gesicherte Ziele ausgelegt war. Sie startete direkt, nachdem die Heloten die Funkverbindung abgebrochen hatten. Es blieb keine Zeit mehr für eine Evakuierung. Es geschah vorsätzlich, Sir.« Owensfords eisige Ruhe bekam allmählich Risse.

Kalte Wut nagte an Lysander, aber er empfand eine übernatürliche Ruhe. »In Ordnung. Verbinden Sie mich mit General Barton.«

»Ja, Sir, ich stelle Sie durch.«

»Hier Barton.«

»General, hier spricht Lysander. Peter hat mich bereits informiert.«

»Verstanden, Sir.«

»Es war nicht Ihre Schuld. Sie hätten es nicht verhindern können.«

»Ich wüßte auch nicht wie, Sir, aber wir haben hier fünfhundert tote Kinder, und ich führte das Kommando.«

»Können Sie für mich eine Rundspruchverbindung herstellen? Ich möchte mich an alle dort wenden.«

»Klingstauffer, Seine Hoheit verlangt eine Rundspruchverbindung. Soll ich sie ankündigen, Sir?«

»Ja, bitte.«

Eine kurze Pause trat ein, dann sagte Barton: »An alle Einheiten, hier spricht General Barton in der Kommandozentrale. Seine Hoheit Prinz Lysander Collins wird jetzt zu Ihnen sprechen. Eure Hoheit . . .«

»Mein Volk, meine Schwestern und Brüder, hört mir bitte zu. Ich teile euren Kummer, und wir werden die Toten Spartas gemeinsam betrauern. Aber das wird später geschehen. Für den Moment habe ich einen Befehl an euch. Ich befehle euch, am Leben zu bleiben. Wo immer ihr gerade seid, was immer ihr gerade tut, haltet ein und denkt nach. Ihr seid im Moment genau das, was der Feind aus euch machen wollte, aufgebrachte Bürger, die nach Rache schreien und damit besonders verwundbar sind durch die Heimtücke des Feindes.

Und DAS IST NICHT GENUG. Ihr werdet eure Rache bekommen, aber nicht durch Hast und Wahnsinn! Rache setzt den Sieg voraus, und der Sieg erfordert, daß wir gemeinsam handeln, als eine disziplinierte Armee! Brüder und Schwestern, organisiert euch! Organisiert euch und gehorcht euren Offizieren.

Volk von Sparta. Ich werde kommen und die Instrumente der Rache und Zerstörung mitbringen. Wartet auf mich. Und seid euch darüber im klaren, daß diese Sache nicht heute zu einem Ende kommen wird, nicht heute und nicht morgen. Sie wird erst zu Ende sein, wenn wir gerächt sind. Mehr als gerächt. Gemeinsam werden wir diese Kreaturen verfolgen, wohin immer sie gehen. Wir werden sie gnadenlos verfolgen, bis wir sie alle getötet haben, nicht nur aus Rache, sondern um dieses Land zu reinigen. Wir werden es von jeder Erinnerung an diese Kreaturen säubern. Sie haben es nicht verdient, dieselbe Luft zu atmen wie freie Männer und Frauen, und beim allmächtigen Gott schwöre ich, daß sie es auch nicht tun werden!

Wir sind in dieses leere Land gekommen und haben es zu unserer Heimat gemacht. Wir haben ein Land der Ehre aufgebaut und angeboten, es mit jedem zu teilen, der seiner würdig ist, und so lautet die Antwort der Heloten. Sie schreien nach ihren Rechten. Wir werden ihnen geben, was ihnen zusteht. Wir werden Gerechtigkeit an ihnen üben.

Meine Brüder und Schwester, hört mir zu. Werft nicht euer Leben weg. Haltet ein und überlegt. Bemannt die euch zugewiesenen Stellungen. Sucht eure Offiziere. Gehorcht ihnen. Organisiert euch, haltet euch bereit und wartet auf mich. Ich werde kommen, mein Volk! Zweifelt nie daran. Ich werde kommen. Gott mag diesen Wölfen Gnade erweisen, aber wir nicht.«

»Das Legionshauptquartier hat diese Raketen identifiziert, Sir«, meldet Captain Tyson. »Sie sind was Neues, aber die Legionsdatenbank verfügt über technische Einzelheiten zu ihnen. Diese Arschlöcher!«

Lysanders Blick brachte ihn zum Schweigen. »Gut, übermitteln Sie die Leistungsdaten unserem Flugeinsatzleiter. Was ich jetzt möchte, ist eine gute Finte. Schicken Sie die Hubschrauber raus, als sollten sie Kurs nach Norden nehmen, aber lassen Sie sie abschwenken, ehe sie in Gefahr geraten.«

Tyson richtete sich auf. »Dürfte lösbar sein.«

»Lieutenant Arnold meldet, daß der Feind alarmiert wurde«, gab der Funksergeant bekannt. »Sie richten ihre Vögel ein, als erwarteten sie uns.«

»Sie haben die Ansprache mitgehört«, sagte Lysander. »Oder jemand oben im Norden hat es getan und sie alarmiert. Spielt keine Rolle. Sie glauben, wir kämen jetzt angerannt. Ist Arnold in Stellung?«

»In fünf Minuten, Sir. Die Zielerfassung der Artillerie steht. Raketen in Position.«

»Dann schicken Sie die Hubschrauber los. Colonel Bennington, Sie übernehmen die Leitung dieses Einsatzes. Schalten Sie diese Truppe aus, nehmen Sie ein paar lebende Gefangene, die uns erzählen können, wie sie hier einsickern konnten, und dann soll die Polizei sie erledigen. Ich möchte, daß unser Regiment so schnell wie möglich nach Norden marschiert.«

»Ja, Sir. Soll ich wirklich das Kommando übernehmen?«

»Ja. Sobald wir den Hinterhalt ausgeschaltet haben, führe ich die Fliegereinheiten hinauf nach Stora.«

»Vielleicht ist das nicht die einzige feindliche Raketeneinheit.«

»Vielleicht nicht, aber wahrscheinlich doch. Jamie, die Heloten können nicht das ganze Land mit ihren Leuten zudecken. Wir spähen alternative Routen aus, und ich nehme eine davon, aber bei Gott, ich werde fliegen! Man braucht mich da oben.«

»Aye«, sagte Jamie Bennington. »Das stimmt, mein Prinz.«

Zwanzig Offiziere und ebenso viele zivile Führungspersonen waren in der Kommandozentrale von Stora Mine versammelt. Sie begrüßten Lysander mit grimmiger Befriedigung. »Wir haben auf Sie gewartet, Hoheit«, sagte jemand. »Führen Sie uns jetzt.«

Ace Barton nahm müde Haltung an und salutierte. »Hoheit! Wenn Sie jetzt das Kommando übernehmen, möchte ich gerne zur Legion zurückkehren.«

»Abgelehnt. General, Sie führen hier weiter den Befehl.« Er musterte die grimmigen Gesichter, die ihn umringten. »Sie brauchen einen Experten. Das hier ist Generals Bartons Fachgebiet, und er versteht sich gut darauf.«

»Nicht gut genug.«

»Ich verbitte mir das«, sagte Lysander. »Bislang kannten wir die wahre Natur unseres Feindes nicht und konnten sie gar nicht kennen. Es ist sinnlos, wenn wir uns selbst die Schuld dafür geben, daß wir diese verbrecherische Tat nicht vorhersahen. General Barton, Sie organisieren die Verfolgung. Das Einsatzziel lautet, dem Feind zuzusetzten und ihn zu bestrafen, aber das ist nicht alles. Viel wichtiger noch ist es, seinen Fallen auszuweichen und Verluste zu vermeiden. Schonen Sie unsere Leute, damit wir diesen Krieg gewinnen und unser Land neu aufbauen können.«

»Damit sprechen Sie nur für sich selbst«, sagte jemand. Es war ein älterer Captain. »Wir haben eine Tochter und zwei Enkelkinder verloren. Mir ist egal, was aus mir wird, solange ich ein paar von denen mitnehme.«

»Wie viele empfinden ebenfalls so?« Mehrere Leute brummten, aber ehe sie antworten konnten, brüllte Lysander: »Das ist *Verrat*, Captain Caldon!« Er wartete ab, bis sich das gesetzt hatte. »Ich sagte Verrat, und ich meine es ernst! Sparta benötigt Sie lebend, nicht tot.«

Er trat mitten unter die Versammelten. »Wir werden unseren Planeten säubern. Um das zu erreichen, müssen wir jedoch den Krieg gewinnen. Wir müssen nicht nur ein paar hundert oder ein paar tausend Heloten umbringen, während die Anführer sich davonschleichen und später neu anfangen. Nein, wir müssen sie komplett schlagen, müssen ihre Soldaten besiegen und diejenigen hängen, die das angeordnet haben. Alles, was dahinter zurückbliebe, ließe ihnen die Möglichkeit, weiter Frauen und Kinder umzubringen.«

Es wurde zustimmend gemurmelt. »Was soll also geschehen?« fragte Karen Olafson.

»Es wird nicht leicht sein« sagte Lysander. »Allein schaffen Sie es nicht. Ein Rückzug verläuft immer schneller als die Verfolgung, es sei denn, die zurückweichende Streitmacht wurde völlig zerschlagen. Das ist hier nicht der Fall. Sie hatte ihren Rückzug vorbereitet. Und Sie sind bereits in mehrere Hinterhalte gelaufen.«

Wieder erhielt er Zustimmung. »Die Heloten aber ebenfalls«, warf Karen Olafson ein.

»Ja, das war gute Arbeit«, meinte Lysander. »Major Olafson hat sie kräftig vermöbelt, aber sie waren trotzdem noch in der Lage, ihn abzublocken und an seiner Stellung vorbeizuschlüpfen. Das ist überhaupt, was sie am besten können.«

»Aber, Hoheit, was sollen wir dann überhaupt tun?« wollte Karen wissen.

»Sie immer wieder unter Feuer nehmen, aber vorsichtig, ihren Fallen und Hinterhalten ausweichen. Jeden töten und alles aufsammeln, den oder das sie zurücklassen. Den Talabschnitt hinter uns haben wir bereits gesäubert. Vier verschiedene Nester wollten uns aus dem Hinterhalt überfallen, und wir haben sie alle vernichtet. Sie, meine Damen und Herren, können das ebenfalls. Jagen Sie sie, zwingen Sie sie, sich in kleine Gruppen aufzuspalten und zu zerstreuen. Setzen Sie ihnen zu, und viele werden desertieren, während der Rest so zerstreut wird, daß er keinen Schaden mehr anrichten kann. Damit haben sie die feindliche Hauptmacht neutralisiert. Brüder, Schwestern, Sie kümmern sich darum, und ich sorge für den Rest. Zusammen werden wir diesen Krieg gewinnen!«

»Was ist mit den anderen? Einige unserer Arbeiter haben sich der Rebellion angeschlossen. Wir haben sie tot vorgefunden, und sie trugen noch ihre Helotenarmbänder«, berichtete Karen Olafson. »Und dann dieser furchtbare kleine Mann, der die Bomben in die Lastwagen der Reserve packte. Sie haben überall Spione.«

»Wir bringen die Gefangenen nach Sparta City und quetschen sie aus, und wir schicken Techniker, die die anderen hier auf Herz und Nieren prüfen«, sagte Lysander. »Aber seien Sie vorsichtig! Wir wollen niemanden zwingen, daß er sich der Verschwörung anschließt. Vielmehr . . . General Barton, Sie sind bevollmächtigt, eine Generalamnestie für alle zu erlassen, die nicht direkt an Greueltaten beteiligt waren.«

»Aber . . .«

»Er hat recht, Mrs. Olafson«, sagte Barton. »Natürlich gilt die Amnestie nicht für Personen, die auf frischer Tat erwischt wurden.«

»Nein, sie werden in die Hauptstadt gebracht«, ergänzte Lysander. »Es kommt vor allem darauf an, zu gewinnen und wieder aufzubauen – diesen Krieg ein für allemal zu beenden. Wir können es schaffen.«

»Wie?« fragte Captain Caldon.

»Wir müssen die Heloten ihrer Stützpunkte berauben. Wir benötigen Aufklärungssatelliten. Wir müssen den außerplanetaren Nachschub des Feindes unterbinden. Nichts davon kann direkt hier erreicht werden, und für das meiste davon muß ich persönlich sorgen. Dazu muß ich in die Hauptstadt zurückkehren. Es wird Zeit, diesen Krieg zu gewinnen, aber ich kann die Feldarmee der Heloten nicht intakt zurücklassen. Wir müssen sie ausschalten, und dazu ist Ihre Hilfe nötig. Sie alle werden Ihr Bestes geben müssen. Helfen Sie mir?«

Der alte Captain musterte das Gesicht des Prinzen, sah dann seine Kameraden an und wandte sich wieder an Lysander. »Wie Sie befehlen.«

Regierungsformen wechseln. Vor langer Zeit wies James Burnham, der dabei Hobbes folgte, darauf hin, daß man zwar ein Volk leicht vom prinzipiellen Wert einer Regierung überzeugen kann, daß jedoch gar nicht so offensichtlich ist, welche spezielle Regierungsform am besten abschneidet. Die Überzeugung, daß fünfzig Prozent plus eine Person sich am ehesten für die Interessen der Allgemeinheit einsetzen, ist ebenso ein Mythos wie das Gottesgnadentum der Könige und sicherlich nicht zwingender als die Idee, daß man den Staat am besten in die Hände derjenigen legt, die für diese Aufgabe ausgebildet wurden. Alexander Hamilton, selbst ›der uneheliche Sohn einer schottischen Hausiererin‹, setzte sich für starke erbliche Komponenten in der Verfassung der Vereinigten Staaten ein, wobei er argumentierte, daß eine Aristokratie auch an die Zukunft denken würde, nicht nur an die nächsten Wahlen. Er setzte eindeutig auf eine offene, verdienstorientierte Aristokratie, hielt sich aber nicht zurück, wenn es darum ging, die Erbrechte derjenigen zu verteidigen, die Zugang zu diesem Stand gefunden hatten.

Im zwanzigsten Jahrhundert erwies sich wiederholt, daß die Anforderungen an Personen, die Staatsoberhaupt werden wollten, keineswegs ausreichten, um diese Aufgabe dann tatsächlich zu bewältigen. Dabei spielte keine Rolle, ob es sich beim jeweiligen Staat um eine konstitutionelle Republik wie die Vereinigten Staaten handelte oder um die Art revolutionärer Anarchie, wie sie von deren südlichen Nachbarn bevorzugt wurde . . .

Wenn sich die Alten von Aristotoles bis Machiavelli in einem Punkt einig waren, dann darin, daß Streitkräfte am besten von einer einzelnen Person kommandiert wurden, wenn ein Staat starke Truppen für sein Überleben benötigte; und darin, daß die politischen Verbrechen eines schlechten Herrschers den Risiken eines aufgespaltenen militärischen Oberbefehls auf jeden Fall vorzuziehen waren. Lieber Tiberius als ein Komitee. Die ersten beiden Jahrhunderte in der Geschichte der Vereinigten

Staaten schienen diese Theorie zu widerlegen, zum Teil deshalb, weil vor 1950 die USA nie im Traum daran gedacht hätten, in Friedenszeiten ein großes stehendes Heer zu unterhalten. Und selbst wenn sie es getan hätten, hätte sich diese Armee aus Wehrpflichtigen zusammengesetzt, nicht aus Freiwilligen mit langfristigen Dienstverträgen.

Die Ereignisse des einundzwanzigsten Jahrhunderts demonstrierten, daß die Alten vielleicht klüger waren, als die Modernisten dachten . . .

– *aus* Von Utopia zum Imperium: Eine Geschichte Spartas von Alexander I. bis zur Thronbesteigung Lysanders *von Dr. Caldwell C. Whitlock, Verlag der Universität von Sparta, 2120*

Croftons Enzyklopädie der Zeitgeschichte und sozialen Belange (dritte Auflage)

Blockade: *Der Großsenat des CoDominiums behielt sich schon immer das Recht vor, eine Raumfahrtblockade über ein Sonnensystem oder einen Himmelskörper darin zu verhängen. Als legitimer Grund dafür gilt eine Verletzung von Gesetzen, die der Großsenat als außerhalb der Jurisdiktion selbst souveräner Planeten stehend betrachtet. Die häufigsten Ursachen für eine derartige Aktion sind Angriffe auf Bürger des CoDominiums, besonders auf Flottenangehörige, sowie Verletzungen der Kriegskonventionen (q. v.). Viele unabhängige Planeten betrachten die Raumblockade als unerträgliche Beeinträchtigung ihrer Souveränität und als einen Versuch, sie auf den Status von Quasisatellitenstaaten zu reduzieren, wie er für die meisten Regierungen der Erde gilt.*

Es ist erwähnenswert, daß noch nie eine Raumblockade über einen Planeten verhängt wurde, der selbst über eine bedeutsame Raumflotte verfügt . . .

Vielleicht illustrieren Flottenschlachten am besten die Auswirkungen sowohl permanenter als auch bedingter Faktoren, was

Einschränkungen des Umfangs, der Intensität und Dauer von Einsätzen anbetrifft. Spezialisierte Kriegsschiffe sind wahrscheinlich historisch jungen Ursprungs. Die ersten Marineeinheiten dienten womöglich der Piratenbekämpfung, obwohl auch Gründe dafür bestehen, die mit dem Transport von Truppen entlang von Flüssen und Meeresküsten verbundenen Vorteile als historisch ersten Anreiz für die Unterhaltung von Kriegsschiffen zu betrachten. In jedem Stadium der ökonomischen Entwicklung waren Kriegsflotten teuer und auf speziell ausgebildete Besatzungen angewiesen. Bau und Betrieb erforderten daher beträchtliche flüssige Mittel, wahrscheinlich das überschüssige Einkommen eines Herrschers. Und falls die älteste Form von Seegefechten eher etwas mit Piraterie als mit Politik zu tun hatte, dürfen wir nicht vergessen, daß selbst ein Pirat Kapital benötigt, um einen geschäftlichen Anfang zu machen.

– *John Keegan in* ›Die Parameter des Krieges‹, Vierteljahresschrift für Militärgeschichte, *Band 5:2, Winter 1993*

Das Haus stand auf großem, offenen Gelände. Die Einfahrt führte an einem Wachhaus vorbei, das mit königlichen Soldaten besetzt war, und anschließend durch einen kleinen Ulmenhain. Dahinter breitete sich eine gut gepflegte Wiese von einem halben Morgen aus, hinter der das Haus im georgianischen Stil aufragte. Allein die Veranda war so groß wie viele Militärgebäude.

Hal Slater öffnete selbst und winkte die Besucher herein. »Treten Sie bitte ein, Colonel Karantov. Willkommen in meinem Haus. Ich glaube, Sie sind meiner Frau bereits vor einigen Jahren begegnet.«

»Willkommen, Boris«, sagte Kathryn Slater. Sie trug ein schlichtes schwarzes Kleid von elegantem Schnitt und mit einer Feuersteinbrosche. An ihren Ohrringen blitzte ein grüner Schimmer auf, der nur von Greenfire stammen konnte. Es war deutlich zu sehen, daß Kathryn Slater sich um Geld keine Sorgen zu machen brauchte.

»Mrs. Kathryn Slater, General Slater«, begrüßte Karantov sie. »Ich möchte Ihnen den Captain der Flotte Clayton Newell vorstellen.«

Newell trug wie Karantov zivil, und nichts deutete darauf hin, daß es sich bei ihnen um zwei der höchsten CoDominiums-Offiziere im System von Sparta handelte. Karantov küßte Kathryn die Hand, und nach ihm tat Newell das gleiche.

Hal Slater lehnte sich auf seinen Stock, als er sich steif verbeugte, und führte die Besucher durch die Eingangshalle in Richtung der hinteren Räume. »Unterhalten wir uns doch in meinem Arbeitszimmer«, sagte er. »Es ist so gut gesichert, wie es die Legion nur machen kann.«

»Ich denke, dann kann man sich darauf verlassen«, sagte Karantov.

Captain Newell blieb erst noch in der Eingangshalle stehen und blickte sich um, betrachtete den Parkettfußboden, die Säulen und Spiegel, die Originalgemälde an den Wänden. Eine geschwungene Doppeltreppe führte zu einem Musikerbalkon über der Eingangstür. »Wirklich hübsch«, meinte er.

»Das meiste wurde von Kathryn entworfen«, stellte Slater fest.

»Eindrucksvoll. Und wunderhübsch.«

»Danke«, sagte Kathryn Slater. »Hal erhielt als Kommandant der Kriegsakademie einen Dienstsitz angeboten, aber wir beschlossen, lieber selbst zu bauen. Wir haben an so vielen Orten gelebt, und dies wird wahrscheinlich der letzte.«

»Dann leben Sie gern auf Sparta?« fragte Boris Karantov.

»Sehr gerne. Ich glaube, wir haben noch nirgendwo so viel Ansehen genossen. Wenn Sie mich jetzt bitte entschuldigen würden, überlasse ich Sie Ihrer Arbeit. Niemand wird Sie stören. Es hat mich gefreut, Sie kennenzulernen, Captain Newell.«

Hal Slater führte die Besucher in sein Arbeitszimmer. Karantov und Newell folgten ihm und blieben abrupt stehen, als sie mehrere bereits anwesende Personen erblickten. Karantov verbeugte sich steif. »Eure Hoheit, ich hatte erwartet, Sie zu treffen, aber – Anatoly, Samuel, mit Ihnen hatte ich nicht gerechnet.«

»Ich erkläre es noch«, sagte Hal Slater. *Russen halten eine Konferenz niemals für einen freundschaftlichen Anlaß, wenn sie nicht mit einem Drink eröffnet wird.* »Darf ich Ihnen zunächst etwas besorgen? Ich habe dem Personal für heute freigegeben, aber wir haben trotzdem so ziemlich alles vorrätig, was Sie sich nur wünschen können.«

»Wie wäre es mit Kognak?« fragte Karantov.

Hal öffnete einen holzvertäfelten Wandschrank und goß Weinbrand aus einer Kristallkaraffe in kleine Gläser, die er dann herumreichte. Alle hoben sie in formeller Geste. »Auf Sparta«, sagte Slater.

Boris Karantov musterte ihn fragend, aber er schloß sich dem Trinkspruch an und leerte das Glas. »Dann auf Sparta.« Nach einem kurzen Augenblick folgte Captain Newell seinem Beispiel.

»Ausgezeichneter Kognak«, meinte Karantov. »Von der Erde?«

»Ja, von der Krim«, antwortete Hal. Russen betrachten jeden Weinbrand als Kognak, unabhängig von seinem Ursprung. »Möchten Sie noch einen?«

»Im Moment nicht.«

»Bitte, setzen Sie sich«, forderte Hal sie auf. »Ich glaube, alle kennen sich bereits? Wir erwarten noch einen Besucher – ah, das dürfte er sein.« Er ging hinaus und kehrte wenige Augenblicke später in Begleitung von Dr. Whitlock zurück.

»Dr. Caldwell Whitlock. Sie kennen ihn sicher bereits als politischen Berater von Colonel John Christian Falkenberg. Dr. Whitlock steht heute ebenfalls im Dienst der Doppelmonarchie. Dr. Whitlock, Colonel Boris Karantov von der Marineinfanterie des CoDominiums. Captain Clayton Newell von der Raumflotte des CoDominiums. Captain Anatoly Nosov, früher Raumflotte des CoDominiums, dann im Ruhestand, heute Captain der Königlich Spartanischen Flottenreserve. Captain Samuel Forrest, ebenfalls früher bei der Raumflotte des CoDominiums, heute Rear Admiral der Königlich Spartanischen Flottenreserve. Und natürlich kennen Sie Kronprinz Lysander. Caldwell, wir haben gerade auf Spartas Wohl angestoßen.«

»Nun, diesem Gedanken schließe ich mich gern an«, sagte Whitlock. »Hoheit.« Er verbeugte sich leicht vor Lysander und wandte sich dann den anderen zu. »Gentlemen, ich bin stolz, Sie alle kennenzulernen.«

»Ebenfalls im Dienste Spartas«, sagte Karantov. »Dürfte ich Sie fragen, Doktor, wem Ihre primäre Loyalität gebührt?«

»Diese Frage stellt sich nicht«, antwortete Whitlock. »Es gibt keinen Interessenkonflikt.«

»Überhaupt keinen?« Karantov runzelte die Stirn. »Interessant.«

Das Arbeitszimmer war groß und behaglich und von Bücherregalen gesäumt. Das Mobiliar bestand aus schweren, lederbezogenen Sesseln und Sofas. Die Anwesenden setzten sich. »Ich freue mich, daß Sie alle kommen konnten«, sagte Hal Slater. »Ich hoffe, niemand hält mich für unhöflich, wenn ich gleich zur Sache komme.«

»Bitte tun Sie das«, sagte Flottencaptain Newell. »Ich gestehe, daß es mich fasziniert, zwei meiner früheren Schiffskameraden jetzt als Offiziere der Königlich Spartanischen Flotte wiederzutreffen. Um ehrlich zu sein – ich wußte noch gar nicht, daß Sparta überhaupt eine Raumflotte hat.« Wenn man genau hinhörte, entdeckte man immer noch einen Hauch von amerikanischem Neu-England-Akzent in Newells sorgfältig artikulierten Worten. »Zweifellos werden wir heute Näheres darüber erfahren.«

»Ich hätte Sie auch als Bürger Nosov und Bürger Sir Samuel Forrest vorstellen können«, sagte Slater vorsichtig. »Sie erhielten die Bürgerschaft zusammen mit ihren Flottenoffizierspatenten, und Seine Majestät war erfreut, seinem neuen Admiral den Orden vom Goldenen Vlies zu verleihen.«

»Ah«, sagte Newell, »und dieses Angebot . . . Es ist doch ein Angebot, nicht wahr?«

Lysander lächelte leise. »Das ist es, Captain. Die Könige haben vor versammeltem Rat ihre Erlaubnis erteilt, Angehörigen des CoDominiums, die zum Dienst an der Doppelmonarchie bereit sind, die Bürgerschaft zu verleihen. Natürlich auch entsprechende Ehren, je nach Verdiensten.«

»Ich verstehe«, sagte Newell.

»Um es kurz zu fassen«, meldete sich Dr. Whitlock, »wir können Offizierspatente und großzügigere Besoldung im Rahmen unserer Flottenreserve anbieten, zumindest denjenigen, die frühzeitig zu uns stoßen, wenn man bedenkt, daß wir nicht direkt eine große Flotte haben. Bürgerschaft. Grundbesitz. Verdammt gute Pensionen und eine Chance auf Ehrungen beim Abschied von der Spartanischen Flotte.« Er blickte Karantov an. »Wir könnten auch erfahrene Marineinfanteristen gebrauchen.«

»Sie haben vielleicht Flottenpersonal, aber keine Schiffe«, wandte Newell vorsichtig ein.

»Nun, das trifft im Augenblick noch zu«, sagte Whitlock. »Aber Sie wissen ja, wie es zu Hause auf der Erde aussieht. Es könnte sich also rasch ändern. Man weiß nie, was aus Schiffen wird, wenn eine Flotte auseinanderfällt.«

»Oder wohin Sergei Lermontov Schiffe beordert«, meinte Karantov. »Verstehe ich das richtig, daß sich das Angebot auch auf mich erstreckt?«

»Ja«, bestätigte Hal Slater. »Sie benötigen in ein paar Jahren ohnehin einen Platz, wo Sie sich zur Ruhe setzen können, Boris. Ihre Familie ist bereits hier. Sie können jederzeit Ihren Abschied vom CD nehmen und in den Dienst der Königlich Spartanischen Flotte treten. Und sollte das CD Ihre Pension einstellen, übernehmen wir sie. Natürlich zusätzlich zu dem von Sparta gezahlten Dienstsold.«

»Entspricht das Ihren Absprachen, Samuel?« fragte Newell.

»Ja.« Samuel Forrest war groß, groß genug, daß es ihm schwerfallen mußte, sich auf CD-Kriegsschiffen zu bewegen, ohne ständig mit dem Kopf anzustoßen. »Man garantiert uns die Pensionszahlungen, die uns vom CoDominium zustehen. Und man tut noch viel mehr für uns. Mehr, als ich erwartet hatte.«

»Was möchten Sie von uns, Samuel?«

»Es gefällt uns hier«, sagte Forrest. »Das einzige, was auf Sparta nicht stimmt, ist der Krieg. Dr. Whitlock . . .«

»Nun, jeder weiß, daß der Krieg so enden würde . . .« Dr.

Whitlock schnipste mit den Fingern. ». . . wenn die CoDominiumsflotte ihre Arbeit tun würde, indem sie den Waffenschmuggel nach Sparta unterbindet und unsere Aufklärungssatelliten schützt. Geben Sie uns Satelliten und stoppen Sie den Nachschub des Feindes, und wir beenden schnellstens diesen Krieg.«

»Ich verstehe«, sagte Newell. Er warf Karantov einen vielsagenden Blick zu und wandte sich dann an Lysander. »Hoheit, ist Ihnen auch klar, daß wir hier nicht das Kommando führen? Commodore Guilford möchte nicht in den Krieg hineingezogen werden, für keine Seite, und tut deshalb so, als sähe er die Schmuggler nicht. Man muß ihm wenigstens zugute halten, daß er Bronsons Leute nicht direkt unterstützt.«

»Er hält nur die anderen ab, ihre Jobs auszuüben«, meinte Whitlock. »Na ja, wir wollen trotzdem für jede Kleinigkeit dankbar sein. Gentlemen, nicht, daß wir Sie unter Druck setzen möchten, aber wohin zum Teufel wollen Sie flüchten, wenn das CoDominium auseinanderfällt?«

Karantov zog heftig die Luft ein. »Sie gebrauchen starke Worte!«

»Die Lage erfordert starke Worte. Ihnen müssen doch dieselben Dinge zu Ohren kommen wie mir. So viele Fraktionen im Großsenat, daß niemand mehr eine Koalition zusammenbekommt. Eine Haushaltskrise in den Vereinigten Staaten. Eine politische Krise in Rußland. Es gab bereits eine Meuterei in der Flotte; die Besatzung des Schiffes wollte nicht versetzt werden.« Whitlock zuckte die Achseln. »Das sind die Dinge, von denen wir wissen. Nun, hier haben wir einen Planeten mit einer stabilen Regierung, die Sie alle in Dienst nehmen möchte, die sich das genug wünscht, um Ihnen allen Land zu schenken, Ihnen gutes Geld zu zahlen und obendrein Ihre CoDominiumspensionen zu garantieren . . . Ich brauche Ihnen ja nicht groß zu erklären, daß es wohl kaum noch CoDominiumspensionen geben wird, wenn's kein CoDominium mehr gibt. Also bieten wir Ihnen all das.«

»Und alles, was Sie dafür erwarten . . .«

»Alles, was wir dafür erwarten«, sagte Prinz Lysander leise, »ist, daß Sie Ihre Pflicht tun. Sie stehen in dem Ruf, ehrenwerte

Männer zu sein, und haben Ihre Pflicht gegenüber dem CoDominium erfüllt. Jetzt – jetzt haben Sie noch eine Pflicht gegenüber der Zivilisation zu erfüllen. Machen Sie keinen Fehler, Gentlemen. Wir werden diesen Krieg gewinnen, und sobald wir ihn gewonnen haben, werden wir Maßnahmen ergreifen, um zu unserem Schutz nie wieder auf andere angewiesen zu sein. Wir legen uns eine Raumflotte zu.«

»Und Sie können Anteil an ihrem Aufbau haben«, ergänzte Whitlock. »Sie können sich uns jederzeit anschließen. Und falls Sie vorhaben, sich hier zur Ruhe zu setzen, ergibt es Sinn, diesen Planeten so gesund wie möglich zu halten. Er wird Ihre Heimat sein. Je schneller dieser Krieg beendet ist, desto besser für alle – Sie eingeschlossen.«

»Da«, sagte Karantov. »Aber Eure Hoheit wird mir verzeihen, wenn ich sage, daß nicht unbedingt der Eindruck besteht, Sie wollten diesen Krieg *gewinnen*.« Er zuckte die Achseln.

»Diesen Eindruck kann ich ausräumen«, sagte Lysander. Er stand auf, und die anderen folgten hastig seinem Beispiel, obwohl kein zwingender Anlaß bestand. »Falls das Ihr Einwand ist, dann wird er bald beantwortet sein, denke ich. Dr. Whitlock, Sie haben uneingeschränkte Vollmacht, in meinem Namen zu verhandeln.« Lysander verbeugte sich leicht. »Ich betraue Dr. Whitlock mit den Details. Aber seien Sie versichert, Gentlemen, seien Sie versichert – wir haben wirklich vor, diesen Krieg zu beenden, und werden alles tun, was nötig ist. *Alles*, was nötig ist. Guten Tag.«

»Unser Prinz ist sehr gewachsen«, sagte Dr. Whitlock leise, nachdem Lysander hinausgegangen war. Alle nickten.

»Verhandeln wir«, forderte Boris Karantov.

Caldwell Whitlock grinste breit. »Ja, tun wir das.« Er nickte Slater zu, und Hal trat an die Bar und füllte die Gläser erneut mit Kognak. Whitlock teilte sie dann aus. »Nun, Sie alle wünschen sich ein Zuhause, gutes Land, gute Stellungen für Ihre Familienangehörigen, Bildung für Ihre Kinder und Enkel. Erlauben Sie mir den Hinweis, Gentlemen, daß ein, zwei, vielleicht fünf Prozent der entwickelten Gebiete Spartas den Rebellen gehören. Das ist eine Menge, und alles wird der Regierung gehören, sobald wir gesiegt haben. Wir haben Land, Ehren, Titel, einen anständigen Platz zum Leben. Und wir benötigen eine Raumflotte.« Er hob das Glas. »Auf Ihr Wohl!«

Karantov blickte zu Newell hinüber und wieder zu Whitlock. »Falkenberg hat eine gute Wahl getroffen, als er Sie zu seinem Repräsentanten berief. Ich hatte schon immer den Traum, nach der Pensionierung Pferde zu züchten und vielleicht mit einem kleinen Boot auf einem passenden See zu segeln. Was meinen Sie, Captain Newell? Lord Admiral Newell klingt doch nett. Ebenso wie Baron Karantov. Auf Sparta!«

Clayton Newell musterte die anderen und sah sich dann im Raum um. Er zögerte lange, ehe er sagte: »Sie sprechen sowohl für Falkenberg als auch die Doppelmonarchie, nicht wahr?« Whitlock nickte. »Was bedeutet, daß Sie auch für Lermontov und die Grants sprechen, selbst wenn Sie das nicht offen sagen.«

»Oh, ich denke doch, daß ich das offen sagen kann. Vor allem, da es unter Freunden bleibt. Übrigens gehören auch die Blaines dazu. Sie werden jedoch verstehen, Captain, daß wir in Anbetracht der Kommunikationsprobleme nicht immer Befehle haben, aber trotzdem handeln müssen.«

»Und Sie sind dazu bevollmächtigt?«

»Wir legen wirklich alle unsere Karten auf den Tisch«, sagte Whitlock. »Nun, die Sache liegt so: Colonel Falkenberg hält große Stücke auf König Alexander und Prinz Lysander, und natürlich wird alles, was nur mit Sparta zu tun hat, auch von den Spartanern entschieden. Darüber hinaus liegt alles weitgehend bei mir sowie den Lieutenant Colonels Slater und Owensford, die die Entscheidungen mit mir gemeinsam treffen.«

»Und Sie sehen dabei keinen Interessenkonflikt?« fragte Newell aus seinem üppig gepolsterten Sessel heraus. »Zum Beispiel zwischen Lermontov und Sparta?« Er wandte sich an Forrest und Nosov. »Und Sie ebenfalls nicht?«

Samuel Forrest schüttelte den Kopf. »Im Grunde nicht. Sie müssen bedenken, daß König Alexander schon seit langem ein Verbündeter Lermontovs ist. Im Moment darf Sparta nach seinem Unabhängigkeitsvertrag mit dem CoDominium nicht mal eine eigene Außenpolitik betreiben, geschweige denn eine Raumflotte unterhalten; wie könnte also ein Interessenkonflikt über auswärtige Belange entstehen? Die schlichte Wahrheit ist allerdings die, daß sich König Alexander und Prinz Lysander der Lage bewußt sind und trotzdem Dr. Whitlock damit betraut haben, für sie in Verhandlungen zu treten – was bedeutet, daß auch sie keinen großen Konflikt sehen.«

Newell starrte nacheinander jeden seiner Gesprächspartner an und ließ sich Zeit dabei. Schließlich sagte er: »Boris ist eindeutig davon überzeugt, daß Ihr Prinz Lysander und jeder einzelne von Ihnen Vertrauen verdient.« Er sprach leise und mit Bedacht und überlegte sich jedes Wort. »Ich muß gestehen, was wir von der Erde hören, ist alarmierend, und mich würde kaum noch etwas überraschen. Krieg, ein Staatsstreich durch Admiral Lermontov, wahrscheinlich jedoch eher ein Staatsstreich *gegen* den Großadmiral. Niemand weiß, was er erwarten soll.« Er zuckte die Achseln. »Sehen Sie, ich finde Ihr Angebot verlockend; ich müßte ein Tor sein, um es nicht zu tun. Aber was ist, wenn Sie nicht siegen? Angenommen, Boris und ich helfen Ihnen, und Sie werden geschlagen? Wir hätten alles aufs Spiel gesetzt.«

»Genau das, was wir im Moment tun«, sagte Hal Slater vorsichtig. »Wir haben nicht vor zu verlieren.«

»Das hat niemand«, sagte Newell. »Aber es liegt nicht allein in Ihrer Macht. Sie müssen wissen, wem Sie gegenüberstehen. Bronson hat Geld, Macht, Ehrgeiz. Er verfügt über eine eigene Schiffahrtslinie und über genügend Mittel, um seine Schiffe zu bewaffnen. Es könnte durchaus dazu kommen, daß Sie Ihren Krieg gewinnen und Ihr Planet trotzdem zerstört wird, ohne daß noch eine Streitmacht des CoDominiums da wäre, um Sie zu rächen.«

»Genau deshalb brauchen wir eine Flotte«, meinte Samuel Forrest. »Es muß keine große Flotte sein; es würde schon reichen, wenn sie mit bewaffneten Kauffahrern fertig würde. Ein Geschwader wäre schon ausreichend. Ich glaube, es gibt hier zur Zeit ein Geschwader.« Er hob sein Glas. »Auf Sparta.«

Anatoly Nosov stand auf und reichte sein Glas zum Nachfüllen. »Kommen wir mal auf den Punkt. Sie verfügen hier über vier Kriegsschiffe. Eines davon ist die Fregatte *Wolga* des Commanders Vadim Dzirkals, ein ausgeprägter Anhänger Lermontovs. Dazu kommt der Kreuzer *Vera Cruz*, Ihr eigenes Schiff, und wir gehen davon aus, daß Ihre Offiziere Ihrer Führung folgen werden. Was die Fregatte *Kirov* angeht, so kenne ich Commander Chornovil nicht, aber soweit ich gehört habe, ist er intelligent und wurde von Lermontov befördert. Um mich deutlicher auszudrücken: Vier seiner Brückenoffiziere dienten früher mit mir auf der *Moskwa*. Schließlich der Zerstörer *Algier* mit einem amerikanischen Commander. Ich glaube, Captain Forrest kennt ihn . . .«

»Harry Clarkson«, sagte Forrest. »Ein Townsend-Mann, aber ich glaube, daß die meisten seiner Offiziere anders denken.«

»Eine Flotte«, meine Karantov, »die vielleicht ausreicht, egal, was Bronson noch schickt.«

»Sie schlagen also eine Meuterei vor«, sagte Newell. Sein Blick fuhr nervös durch den Raum.

»Ich schlage gar nichts vor«, erwiderte Nosov. »Aber es ist sehr gut möglich, daß es bald kein CoDominium mehr gibt, und es kann nur vorteilhaft sein, wenn wir uns über alle Möglichkeiten Gedanken machen.« Er hob sein Glas. »Auf Sparta.«

»Wenn es kein CoDominium mehr gibt, haben alle Kräfte mit Zugriff auf ein Flottenpotential wirklich große Macht«, überlegte Newell. »Mit einem Geschwader von Kriegsschiffen kann man viel erreichen. Nicht nur hier.«

»Ja, das denke ich auch«, sagte Dr. Whitlock. »Aber da ist noch etwas. Einmal bewunderte Napoleon gerade seine paradierenden Truppen. ›Betrachten Sie mal die Bajonette meiner Garde, wie sie glänzen‹, sagte er. Und Talleyrand bemerkte darauf: ›Sie können mit einem Bajonett alles machen, Sire, nur nicht darauf sitzen.‹ Ich denke, genau das könnte man auch von Ihren Kriegsschiffen sagen, Captain. Sie können einem Planeten mörderisch damit zusetzen, aber wo wollen Sie dann noch sitzen? Möchten Sie selbst einen Krieg wie den führen müssen, den die Spartaner seit einiger Zeit austragen? Ihr Leben mit der

Frage zubringen, wann irgend jemand Ihre Familie umbringt? Vor langer Zeit wies einmal ein gewisser Ortega y Gasset darauf hin, daß Herrschaft weniger eine Frage von eiserner Faust ist als von einem festen Sitz.« Er hob sein Glas. »Auf Sparta.«

»Ich werde auf Sparta trinken«, sagte Newell. »Und wenn die Spartaner vielleicht mal ihren festen Sitz errungen haben, setzen wir diese Diskussion fort. Bis dahin ...« Er hob sein Glas. »Auf Sparta.«

12

Einigen wir uns darauf, daß das Ziel der Strategie darin besteht, die von der Politik vorgegebenen Absichten unter optimaler Ausnutzung der verfügbaren Mittel in die Tat umzusetzen. Nun können diese Absichten durchaus offensiver Natur sein (wie Eroberung oder die Durchsetzung harter Kapitulationsbedingungen), aber auch defensiver Natur (wie der Schutz bestimmter Interessengebiete), oder auch nur die Aufrechterhaltung des politischen Status quo zum Ziel haben. Daraus ist leicht zu erkennen, daß Formeln wie die, die man Clausewitz zuschreibt (›Entscheidung als Ergebnis des Sieges in der Schlacht‹), nicht auf jede Art von Kriegszielen anwendbar ist. Nur eine allgemeine Regel gilt immer: Man schere sich nicht um den Entscheidungsprozeß und kümmere sich nur um das gewünschte Ergebnis. Das gewünschte Ergebnis besteht darin, daß der Feind sich unseren Bedingungen unterwirft. Bei dieser Dialektik der Willenskräfte ist in dem Moment eine Entscheidung gefallen, in dem ein bestimmter psychologischer Effekt beim Feind erreicht wurde – wenn er die Überzeugung gewinnt, daß es nutzlos ist, den Kampf aufzunehmen oder fortzusetzen.

– *General der Armee André Beaufre,*
Eine Einführung in Strategie, *1965*

Von diesem Zeitpunkt an wandte sich Catilina von der Politik ab, da es dabei um Neid und Zank ging und sie nicht der schnellste und effektivste Weg zur Erlangung absoluter Macht war. Er erhielt umfangreiche finanzielle Mittel von Frauen, die hofften, ihre Gatten kämen bei einer Revolution ums Leben, verschwor sich mit einer Anzahl von Senatoren und Rittern und scharte Plebeier, Ausländer und Sklaven um sich. Unterführer der Verschwörung waren Cornelius Lentulus und Cethegus, damals noch Prätoren. Zu den Sullas überall in Italien, die ihr Vermögen verschwendet hatten und ähnliche Ziele wie er verfolgten, schickte er Sendboten, Gaius Mallius nach Faesula in Etrurien und andere nach Picenum und Apulien, und sie stellten in aller Stille eine Armee für ihn auf. Diese Fakten bildeten immer noch ein Geheimnis, als Cicero sie Fulvia verriet, einer hochgestellten Frau . . .

– *Moses Hadas,* Eine Geschichte Roms

Im Senatssaal war es ungewöhnlich still. Hohe Marmorwände, ein Podium für den Sprecher, Bänke ringsherum. Der Saal war als romantische Version der Regierungshalle des antiken Sparta entworfen worden, soweit man heute noch etwas davon wußte.

Zwei Throne standen rechts und links der Rednerbühne und blieben zunächst noch leer, als die Senatoren Platz nahmen. Eine elektrische Spannung lag in der Luft und machte Senator Dion Croser nervös. Was führten sie im Schilde?

Jemand hämmerte kräftig an die Tür. Der Exekutivbeamte öffnete sie, blickte hinaus und schloß die Tür wieder. »Mein Lord Vorsitzender, die Könige bitten um Einlaß.«

Der Vorsitzende hieß Loren Scaevoli, ging auf die Hundert zu und gab das mit seiner ausgezehrten Gestalt trotz erfolgter Regeneration auch zu erkennen; er war der Jüngste unter den Gründern. Seine Stimme wies heute einen ungewöhnlichen Unterton auf, fast so etwas wie Freude. »Senatoren, die Könige erbitten Einlaß in unseren Saal. Was sagt Ihr?«

»Aye und willkommen!« riefen einhundert Stimmen.

»Ein dreifaches Hurra auf Seine Majestät Alexander I.!«

Der Schrei donnerte durch den halbkreisförmigen Saal und wurde von den hohen Marmorwänden reflektiert. Einhundertdreiundzwanzig Senatoren standen vor den Bänken rings um das Podium. Einhundertsiebzehn davon jubelten. Dion Croser stand mit seiner Handvoll Gefolgsleute in höflichem Schweigen da und wartete ab, bis es wieder ruhig wurde.

»Ein dreifaches Hurra auf König David!« Falls der Enthusiasmus in diesem Fall geringer war, konnte man es kaum feststellen, aber als jemand rief »Und auf Prinz Lysander!«, konnte niemand die erneuerte Begeisterung überhören.

»Es ist der Wille des Senats, daß die Könige Einlaß erhalten«, stellte Scaevoli formgerecht fest. Der Exekutivbeamte öffnete die Tür, damit die Monarchen eintreten konnten, und schloß sie dann vor den Leibwachen wieder. Der Tradition gemäß wurden die Könige von Sparta im Senatssaal nur von Senatoren beschützt, und sie fanden nur Einlaß, wenn er ihnen gewährt wurde, nicht jedoch aus eigenem Recht.

Gemeinsam schritten sie bedächtig den Zwischengang entlang.

Irgendetwas Ungewöhnliches ist hier im Busch, dachte Croser neugierig, als er zum Podium des Vorsitzenden blickte. Er hatte die klassische Atmosphäre dieses Raumes lieben gelernt, ja sogar die Hitzigkeit der Parlamentsdebatten. Das alles war natürlich dekadent und zum Untergang verurteilt, aber er würde es vermissen, sogar den Geruch des Tabaks und der ledernen Sitzbezüge.

Die Könige nahmen ihre Plätze auf den Thronen zu beiden Seiten des Vorsitzenden ein. David I. war ernst und schaute mit grimmiger Miene drein, als graute ihm vor dem, was hier geschehen würde. Alexander dagegen lächelte und sah richtig gesund aus, verglichen mit der Zeit vor ein paar Monaten. *Zur Hölle mit ihm!* Daß der Collinskönig zunehmend dem Wahnsinn verfiel, war schon lange Teil von Crosers Plan gewesen. Hinter dem Podium zeigte die Displaywand den gekrönten Berg, das Wappen der Doppelmonarchie.

Im Moment noch, dachte Croser. *Im Moment noch.*

Jetzt hielten die Angehörigen des Geheimen Staatsrats Einzug, angeführt von Kronprinz Lysander, und bezogen ihre Plätze in der hufeisenförmigen Arena rings um die Throne. Das war nun definitiv ungewöhnlich, von Haushaltsdebatten und der jährlichen Thronrede einmal abgesehen. Nun kamen die fünf Ephoren, die direkten Repräsentanten der Bürger. Croser blickte zur Besuchergalerie hinauf, die den Saal direkt unterhalb des Kassettendachs umringte. Einer seiner Gefolgsleute stritt sich mit der Wache.

Ärger, ging ihm durch den Kopf, als er auf die eigenen Finger hinabblickte, mit denen er gerade die Papiere vor sich auf dem Tisch arrangierte. Schwarze Mappen auf dem cremefarbenen Stein, mit dem der Saal gänzlich ausgekleidet war. Er tippte auf das im Tisch eingebaute Terminal; die Bibliotheksfunktionen waren aktiviert, nicht jedoch der Kommunikator.

Die Senatoren, die die Könige zu den Thronen geleitet hatten, kehrten auf ihre Bänke zurück. Der Exekutivbeamte trug den Amtsstab auf seinem Purpurkissen herein, und der Senatskaplan flehte Gott um seine Hilfe an und schloß wie üblich mit den Worten: »Gott segne den Staat.« Heute hatte man das Gefühl, daß dies nicht nur der Form halber geschah.

»Die einhundertachtundsiebzigste Sitzung des Senats der Doppelmonarchie von Sparta ist hiermit eröffnet. Es handelt sich dabei um eine Exekutivsitzung; ich erinnere alle Mitglieder dieser erlauchten Körperschaft daran, daß ein Zustand der Rebellion zu befürchten steht.«

Croser drückte eine Taste. »Zur Tagesordnung, Herr Vorsitzender«, sagte er, und der Computer übertrug seine Stimme, die von überall und nirgendwo zu kommen schien. »Soll dies eine geschlossene Sitzung werden? Nach der Senatsgeschäftsordnung und der Verfassung, Artikel 21, Versammlungs- und Informationsfreiheit, erhebe ich hiermit Protest und weise darauf hin, daß ein solches Vorgehen ohne vorherige Ankündigung ausgesprochen irregulär ist, wenn nicht gar verfassungswidrig.«

Die Augen des Vorsitzenden waren zwischen runzeligen Hautfalten kaum auszumachen.

»Senator Croser, Sie haben nicht das Wort.«

»Ich protestiere!«

»Der Protest wurde zur Kenntnis genommen; bitte behalten Sie Platz, Sir.«

Der Vorsitzende erhöhte die Verstärkung der Lautsprecheranlage. »Senatoren, ich entdecke Fremde im Saal. Der Exekutivbeamte wird den Senatssaal von allen Personen räumen lassen, die hier nichts zu suchen haben.«

Crosers Bauch krampfte sich zusammen, als die Parlamentsdiener und Sekretäre ihre Posten verließen. Rufe ertönten auf der Galerie; Wachsoldaten räumten die Ränge, und obwohl sie ihre zeremoniellen Uniformen in Grau, Blau und Silber trugen, waren ihre Gewehre doch geladen und die Bajonette aufgesetzt. Croser richtete sich halb auf und führte eine abrupte Geste vor der Brust aus. Über ihm stoppte sein Leibwächter Cheung eine Bewegung, mit der er einem Soldaten die Kehle durchgeschnitten hätte, um sich eine Waffe anzueignen. Die Besucher wurden von der Galerie und aus dem Saal weggeführt.

Croser aktivierte die Schaltung, die ihn mit den übrigen NBBF-Repräsentanten im Senat verband. »Sollen alle in Haft genommen werden«, murmelte er. »Damit nichts an die Öffentlichkeit dringt. Obwohl Schweigen selbst schon eine Nachricht ist.«

»Was sollen wir tun?« zischte ihm einer seiner Gefolgsleute ins Ohr.

»Halten Sie die Klappe.«

»Aber . . .«

»Halten Sie die Klappe, und reißen Sie sie nicht mehr auf! Kein Wort von irgendeinem von Ihnen! Egal, was auch geschieht!«

Croser mußte sich anstrengen, um nicht die Zähne zu blecken, und er schmeckte Schweiß, als er ruhig nach seinem Glas griff, um einen Schluck Wasser zu trinken. *Was stand noch auf diesem alten Grabstein? ›Ich habe damit gerechnet, aber nicht so bald.‹*

Der Vorsitzende klopfte mit dem Hammer aufs Pult. »Ich erteile der Präsidentin des Rates der Ephoren das Wort.«

Das war Bürgerin Selena Borah Dawson, die Frau des Ersten Ministers, in Bürgerversammlungen sehr beliebt. Die Ephoren hatten in erster Linie als Ombudsleute zu agieren, aber ihnen oblagen auch bestimmte formelle Pflichten als direkte Repräsentanten der Bürger. »Senatoren, ich bitte Sie um eine Resolution, die laut Verfassung nicht von den Königen erbeten, wohl aber von Ihnen gewährt werden darf.«

Eine Welle der Unruhe lief durch den Saal. Croser drückte die Aufnahme- und die Abspiel-/Prüftaste. »Ah, wie interessant«, brummte er. »Da sitzen die Leute, die es kommen sahen.« Man hatte das, was hier geschah, ausgezeichnet abgesichert, wenn selbst Murasaki nichts davon mitbekommen hatte. Die Sache entwickelte sich zu einem verheerenden Schlag, ungeachtet aller Vorbereitungen der eigenen Seite.

»Senatoren, ich möchte keine Ansprache halten«, fuhr Selena Dawson fort. »Der Vorsitzende wird die Beweise vorführen, auf die sich das Ersuchen der Bürger gründet.«

Der Vorsitzende drückte einige Tasten, eine Aufgabe, die normalerweise von seinem heute des Saals verwiesenen Schriftführer ausgeführt wurde. Der gekrönte Berg verschwand von der riesigen Displaywand über dem Podium und wurde durch eine Nahaufnahme ersetzt. Croser erkannte sie wieder; es war die Farm der Velysens mit den Leichen.

»Senatoren, passen Sie auf«, sagte der alte Mann.

Das Bild verblaßte und wurde durch ein neues ersetzt. Diesmal handelte es sich um ein blutendes Kind, das vor einem brennenden Haus neben der Leiche seiner Mutter weinte.

Hmm, überlegte Croser. *Ach ja, der Bombenanschlag auf die Hume Consolidated Financial Bank.*

Weitere Bilder. Ausgebrannte Farmen. Steven Armstrongs Maschinenbesatzung, die vor laufender Kamera ertrank, während das Schiff unterging; seine Familie, die in ihrem Auto verbrannte. Chaos und Blut in einem Restaurant, die freigelegten Rippen eines jungen Mannes, der die Granate mit seinem Körper zugedeckt hatte. Die starre Leiche von Deborah Lefkowitz, wie die Heloten und die Aasfresser sie zurückgelassen hatten. Und noch viel mehr – nach fünfzehn Minuten lehnte sich Croser zurück und ließ den Blick über das Terminal vor sich wandern, das nacheinander Aufnahmen der Gesichter anderer Senatoren zeigte. Selbst einige seiner NBBF-Kollegen waren aschgrau. Tränen waren häufig zu sehen, nicht nur bei Frauen. Ein paar wandten den Blick ab und schluckten. Kollegen kamen einem älteren Senator zu Hilfe, der ohnmächtig wurde.

»Und noch das letzte Grauen«, sagte der Vorsitzende. Das Bild des gesprengten Bunkers der Stora Mine tauchte auf der Displaywand auf. Die Kamera fuhr hinein, zeigte umgestürzte Krankenhausbetten und stoppte vor einem Haufen verletzter, blutender Kinder, die von sterbenden Frauen abgeschirmt wurden. »Eine vorsätzliche Tat, begangen mit Ausrüstung, die speziell zu diesem Zweck importiert wurde«, sagte Scaevoli. »Aus außerplanetaren Quellen importiert, um unsere Frauen und Kinder zu töten. Madame Präsidentin, möchten die Ephoren einen Antrag an diese Körperschaft stellen?«

»Ja, Mein Lord Vorsitzender. Der Staat ist in Gefahr. Wir bitten um das Letzte Dekret.«

Lars Armstrong sprang auf. »Endlich!«

Ich hätte es mir denken können, sagte sich Croser. Lars war Steven Armstrongs Bruder und sein Nachfolger als Vertreter der Handelsvereinigung für Meeresprodukte.

Scaevoli musterte die Ephoren. »Ist das der Antrag der Ephoren? Wird er von jedem von Ihnen unterstützt?« Ein dreifaches zustimmendes Nicken. Der fünfte Ephore, ein junger Mann, der als radikaler Hitzkopf galt, starrte entgeistert die Bildschirmwand an. Dann richtete er den Blick erst auf Croser und schließlich auf den Vorsitzenden. »Aye«, sagte er trotzig.

Der Vorsitzende verneigte sich und wandte sich an die Versammlung. »Ich erteile Senator Armstrong das Wort.«

»Mein Lord Vorsitzender, ich stelle hiermit den Antrag, daß der Senat die Könige anweist, alles Nötige zu tun, um die Sicherheit des Staates zu gewährleisten. Der Beschluß soll mit dem heutigen Datum wirksam werden und für ein Spartajahr gelten, bis er entweder ausläuft oder verlängert wird.«

»Herr Vorsitzender!« Croser schoß wie ein Pfeil in die Höhe.

»Ich erteile Senator Croser das Wort.«

»Wenn der ehrenwerte Senator das Letzte Dekret beantragt ...« Dabei handelte es sich im wesentlichen um das Kriegsrecht, verbunden mit einer vorübergehenden Aufhebung der bürgerlichen Rechte. »... dann kann das nicht einfach ohne vorhergehende Debatte beschlossen werden! Sind wir eine mit Bedacht handelnde Körperschaft oder nur ein Gummistempel, dessen Einwilligung im voraus durch eine Verschwörung sichergestellt wurde?«

Oder einen Lynchmob, ging ihm durch den Kopf, als er die Gesichter sah, die ihn aus allen Winkeln des Saales anfunkelten.

»Herr Vorsitzender.«

»Ich erteilte Senator Armstrong das Wort.«

»Herr Vorsitzender.« Armstrong war ein großer blonder Mann wie sein Bruder, vielleicht ein bißchen schwerer gebaut, und das Haar wurde auf dem Scheitel bereits dünner. Sein Lächeln erinnerte an das der fischähnlichen Raubtiere, auf die die Schiffe seiner Familie Jagd machten. »Am besten antworte ich mit Worten, die nicht meine eigenen sind.

Wie lange, o Croser, wie lange ...«, begann er in ruhigem Gesprächston. »*Wie lange gedenkst du noch, unsere Nachsicht zu strapazieren? Wird die Entfaltung tiefster Verachtung irgendwelche Grenzen einhalten? Bekümmert dich nicht die Unruhe im Volk, bekümmert dich nicht, daß die loyalen Bürger sich zusammenschließen, daß der Senat an dieser gut bewachten Stelle zusammengetreten ist, scherst du dich nicht um die Blicke und Gesichter der hier Versammelten? Erkennst du nicht, daß deine Machenschaften offen zu Tage liegen? Der Senat ist sich der Tatsachen wohl bewußt, und doch lebt der Übeltäter immer noch. Lebt? Ja, er lebt und erscheint sogar vor dem Senat, nimmt an den öffentlichen Beratungen teil und verurteilt jeden mit bedrohlichem Blick zum Tode.*

Was nun diese Geschehnisse anbetrifft ...« Armstrong deutete schweigend auf das Display.

Croser wartete ab, bis sich der Applaus gelegt hatte. *Du wirst deinen Bruder noch beneiden, ehe ich mit dir fertig bin*, dachte er kalt.

»Herr Vorsitzender«, sagte er mit ruhiger Stimme.

»Ich erteile Senator Croser das Wort.«

»Meinen Glückwunsch an den Senator für seine Kunst, die Klassiker zu paraphrasieren. Aber er ist nicht Marcus Tullius Cicero. Noch sind wir hier in Rom. Noch bin ich ...«, fuhr er leicht höhnisch fort, »... der Bruder eines Mannes, dessen Agenten ein Shuttle mit über eintausend Männern, Frauen und Kindern an Bord zerstörten – eine Greueltat, die, wie mir auffiel, *nicht* mit in die unwürdige Zurschaustellung demagogischer Propaganda aufgenommen wurde, die man uns hier zugemutet hat. Eine Greueltat, die die Unabhängigkeit Spartas gefährdete.«

Einer von Armstrongs Freunden hielt den Senator am Arm fest, als er sich auf Croser stürzen wollte.

»Wenn diese Versammlung«, fuhr Croser fort, »dem Vorbild des Senats der späten römischen Republik folgen und das gleiche Schicksal unter den Händen ehrgeiziger Generale und Söldnerarmeen herausfordern möchte, dann soll wenigstens meine Stimme zur Warnung vernommen werden.«

Er setzte sich. *Nicht übel.* Nicht, daß seine Worte etwas bewirken würden, aber sie standen im Protokoll. Ein weiterer Senator ersuchte ums Wort.

»Ich erteile Senator Hollings das Wort.«

»Herr Vorsitzender, obwohl ich einsehe, daß ein ernster Staatsnotstand besteht, beunruhigt mich die überstürzte Eile, mit der das Letzte Dekret beantragt wurde; tatsächlich ...«

Croser warf einen Blick auf die Armbanduhr. Eine halbe Stunde war seit Sitzungseröffnung vergangen. *Je länger, desto besser.*

Endlich fiel der Hammer des Vorsitzenden. »Senatoren, höre ich eine Unterstützung für den Antrag Senator Armstrongs?«

»Ich unterstütze ihn.«

»Senator Makeba unterstützt den Antrag. Senatoren, dieser Versammlung liegt ein Antrag vor. Die Ephoren ersuchen in ihrer Eigenschaft als Beschützer der Bürger um die Verabschiedung des Letzten Dekrets, das die Könige bevollmächtigt, alles für die Sicherheit des Staates Notwendige zu tun, und ein entsprechender Antrag wurde korrekt vorgebracht und unterstützt. Die Dauer beträgt ein Jahr, vom heutigen Tage an gerechnet, und kann nur durch Mehrheitsbeschluß verlängert werden. Für die Verabschiedung dieses Dekrets ist eine Zweidrittelmehrheit erforderlich. Senatoren, Sie haben eine Minute, um Ihre Stimme abzugeben.«

Ein dichtes Schweigen senkte sich herab, und trotz der laufenden Ventilatoren konnte Croser den Schweiß der Angst und Spannung riechen. Schließlich blickte Scaevoli von seinem Pult auf und lächelte ihn an.

»Für den Antrag: einhundertsieben Stimmen. Dagegen acht. Acht Enthaltungen. Das Dekret ist hiermit in Kraft gesetzt. Das Datum lautet 17. April 2096, zu dieser Stunde.«

Der alte Mann erhob sich mit bedächtiger Würde. Ein leises Seufzen lief durch die Versammlung, als er den Senatsstab von seinem Kissen nahm. Das Verfahren war in der Verfassung niedergelegt, aber Sparta hatte seine Durchführung in all den Jahren seit der Gründung noch nicht erlebt. Scaevoli drehte sich um und verbeugte sich, während er das Symbol der repräsentativen Macht auf einen leeren Sockel legte, der genau in der Mitte zwischen den beiden Thronen aufragte.

»Eure Majestäten«, sagte Scaevoli und verneigte sich nach links und rechts. »In Ihre Hände legen wir das Schwert des Staates. Möge Gott Sie erhalten und leiten.«

»Amen«, sagte Alexander.

Er stand auf, und einen Moment später folgte David I. seinem Beispiel.

»Unsere erste Maßnahme besteht in der Ernennung Kronprinz Lysanders zum Oberkommandierenden der Streitkräfte«, erklärte Alexander. »Er wird im Namen der Könige und mit ihrer Vollmacht handeln, bis wir ihm diese Macht wieder entziehen.« Er verneigte sich vor David.

»So sei es«, antwortete David und setzte sich wieder.

Alexander blieb stehen. »Senatoren, es gibt jemanden, der Urheber all unserer Schwierigkeiten ist; ein Mann trägt die Verantwortung für die abscheuliche Verschwörung, die Unserem Volk so viel Leid und Tod gebracht hat.« Er unterbrach sich, als alle Anwesenden sich zu Croser umdrehten. »Aus Respekt vor der Immunität Ihrer erlauchten Versammlung gegen exekutive Gewaltausübung ersuche ich Sie, Senator Dion Croser unter der Anklage des Hochverrats unter Arrest zu stellen und von seinem Platz entfernen zu lassen, um ihn den Beamten zuzuführen, deren offizieller Auftrag es ist, ihn nach unserem Belieben in Gewahrsam zu halten.«

Croser stand auf. Etwas verschwand von seinem Gesicht, als würde eine unsichtbare Maske entfernt.

»Sehr schön.« Seine Stimme durchschnitt das aufgeregte Summen im Saal; sie war laut und deutlich genug, daß sie keine Verstärkung benötigte. Ein halbes Dutzend Senatoren bahnten sich mit den Ellbogen den Weg zu ihm.

»Verrat?« fragte er kalt und lachte. »Ich habe auch ein passendes Zitat auf Lager: ›Warum führt Verrat niemals zum Erfolg? Weil, falls er erfolgreich ist, niemand mehr wagt, ihn Verrat zu *nennen*‹!«

Für einen Moment breitete sich Stille aus. »Und wenn das Verrat ist, dann seien Sie versichert, daß ich daraus machen werde, was ich nur kann. *Ich komme wieder!*«

»Befestige die Kabel bitte hier und hier«, sagte Jesus Alana.

Sie hatten für das Verhör ein kleines Stabsbüro im Palast ausgesucht. Der Stuhl, an dem Croser festgeschnallt war, war gleichzeitig am Boden befestigt, und die Geräte konnten problemlos aufgestellt werden. »Wie Sie sehen, Gentlemen«, fuhr Alana fort, »wird bei dieser Technik kein Eingriff in den Körper vorgenommen. Weder Schmerzen noch Drogen spielen eine Rolle. Die untersuchte Person gibt sich selbst preis.«

Alexander und David hatten in einer Ecke Platz genommen, und ihre Gesichter zeigten sowohl Entschlossenheit als auch Abscheu. Die Senatoren gesellten sich zu ihnen, darunter Scaevoli, der mit wachem Blick sein Interesse bekundete. Prinz Lysander trat in voller Uniform ein.

»Das wird aber auch Zeit«, sagte er leise und lächelte Croser an. »Es wird aber auch verdammt noch mal Zeit.«

»Catherine?«

»Bereit zum Kalibrieren«, antwortete sie und blickte vom Schreibtisch auf.

»Senator Croser«, sagte Jesus Alana höflich. »Erkennen Sie, daß dieses System nicht auf Ihre Kooperation angewiesen ist? Ihr Körper und Ihr Nervensystem können die Geräte nicht belügen; selbst wenn Sie nicht mal ein Wort äußern, werden Ja und Nein so deutlich, als hätten Sie sie laut gebrüllt. Warum kooperieren Sie dann nicht lieber, ersparen uns allen Zeit und Ärger und sich selbst einiges Unbehagen?«

Croser konnte sich im Griff der gepolsterten Klammern nicht bewegen, aber er brachte es trotzdem fertig, dem Legionär zielgenau vor die Füße zu spucken. Jesus Alana seufzte.

»Heißen Sie Dion Croser?« fragte er.

»Hier kommt's, positiv«, sagte Catherine.

»Sind Sie ein Delphin?«

»Sind Sie Anführer einer Verschwörung zum Sturz der Doppelmonarchie?

»Positiv, siebenundneunzig Prozent. Angstreaktion, Aggression. Eine Ambivalenz; er fragt sich, ob er weiterhin die Führung innehat.«

Diesmal sagte Croser etwas. »*Om.*«

»Kennen Sie die Frau, die man als Feld Eins bezeichnet?«

»*Om mani padme hum.*«

»Arbeitet sie für Sie?«

»Nein . . .«

»Er ist unsicher«, sagte Catherine.

»Nicht ohne Grund«, meinte Jesus. »Croser, Sie führen einen Krieg gegen die Doppelmonarchie. Stehen Sie im Sold einer außerplanetarischen Instanz? Stehen Sie im Sold von Großsenator Bronson?«

Catherine schüttelte den Kopf.

Jesus Alana lächelte schmal. »Bezogen Sie materielle und finanzielle Unterstützung durch Großsenator Bronson? Danke. Erhalten Sie viel Unterstützung aus dieser Quelle? War einer der Posten auf der Liste eine große Rakete, die dazu diente, Festungen zu vernichten? Ah, Sie erinnern sich an diese Rakete!

Wußten Sie, daß sie beim Angriff auf die Stora-Bergwerke eingesetzt werden sollte?«

»Nicht dafür!«

»Nicht für was, Senator?« fragte Jesus im Plauderton. »Also wußten Sie, daß ein Angriff auf das Bergwerk erfolgen sollte. Waren Sie damit einverstanden?«

»*Om mani padme hum.*«

»Wem erteilten Sie die entsprechende Genehmigung? Erteilten Sie sie Feld Eins? Danke. Handelt es sich bei der Person, die man Feld Eins nennt, um Skida Thibodeau?«

»*Om mani padme hum.*«

»Wo befindet sich Feld Eins jetzt? Möchten Sie sie sehen? Sollen wir sie Ihnen zuführen, sobald wir sie gefangengenommen haben? Vielleicht möchten Sie mit ihr in dieselbe Zelle kommen?«

Croser sah aus, als hätte er eine Schlange hinuntergeschluckt. Catherine hob Daumen und Zeigefinger, zu einem Kreis zusammengelegt. Ihr Lächeln zeigte Schadenfreude.

»Hat Senator Bronson Vertreter auf unserem Planeten? Ah, hat er mehr als einen? Ah. Danke, wir kommen später auf diesen Punkt zurück. Zunächst möchte ich gerne wissen, ob Ihnen der Begriff Technoninja etwas sagt? Arbeiten Technoninjas für Sie?«

»Da ist wieder ein Zweifel, Jesus«, sagte Catherine.

»So. Ms. Thibodeau nennt sich selbst Feld Eins. Haben Sie auch einen Titel in dieser Bewegung? Wie lautet er? Bezeichnet man Sie als Präsidenten? Als Vorsitzenden? Etwas mit Eins? Ah. Sparta Eins? Politische Eins? Bewegung Eins?«

»*Om mani padme hum.*«

»Stadt Eins? Nicht Stadt, aber wir sind näher dran. Ah. Hauptstadt Eins? Soso. Man nennt Sie Hauptstadt Eins. Wie Sie sehen, Senator, nützt es Ihnen nichts, meinen Fragen auszuweichen, und ich fürchte, Ihr Biofeedbacktraining ist dieser Aufgabe auch gar nicht gewachsen. Wissen Sie, wo sich Feld Eins aufhält? Wissen Sie, wo sich ihr Hauptstützpunkt befindet? Danke. Wissen es auch andere aus Ihrer Umgebung? Weiß es der Leibwächter Cheung?« Jesus grinste wölfisch. »Vielleicht freut es Sie zu hören, daß die Cheung-Brüder im Keller des Palastes wieder vereinigt sind. Wir werden bald alles erfahren, was sie wissen.«

»Soviel zu Ihrem Legalitätsanspruch«, sagte Croser. »Lee Cheung hat keine Verbrechen begangen. Ich wußte gar nicht, daß er einen Bruder hat.«

»Beides ist gelogen«, sagte Catherine.

»Ah, aber unter dem Letzten Dekret benötigen wir keine Beweise, um jemanden festzuhalten«, sagte Jesus.

»Es war noch nicht verabschiedet, als Sie ihn festgenommen haben.«

»Stimmt, aber er wurde bewaffnet auf der Galerie des Senats angetroffen. Er wurde zur Feststellung der Identität festgenommen, und ehe er wieder entlassen werden konnte ... Sie sehen, Senator, daß Sie nicht der einzige sind, der das Gesetz für seine Zwecke nutzen kann. Wir benötigen jetzt eine Bestätigung diverser Informationen, über die wir bereits verfügen. Liegt das Hauptbasislager im Südosten? Hier, auf dieser Karte?«

»*Om mani padme hum.*«

»Verzehren Sie schon mal Hundefutter zum Frühstück?«

»*Om mani padme hum.*«

»War Ihre Mutter attraktiv?«

»*Om mani padme hum.*«

»Also in diesem Sektor? Ah. In diesem Flußtal?«

»*Om mani padme hum.*«

»Wie weit vom Fluß entfernt befindet sich der Eingang zu der Höhle, die man Basis Eins nennt? Mehr als zweihundert Kilometer? Mehr als dreihundert?«

»*Om mani padme hum.*«

»Haben Sie die Ermordung von Alicia Armstrong angeordnet?«

»*Om mani padme hum.*«

»Ah«, sagte Catherine, »die Reaktion schwächt sich etwas ab ... Negativ, er hat es nicht getan.«

»Erfolgte der Bombenanschlag, der Alicia Armstrong tötete, auf Ihre Anweisung hin?«

»*Om mani padme hum.*«

»Positiv, mit einer gewissen Ambivalenz, Jesus. Er hat eine bemerkenswerte Kontrolle über seine Herzfrequenz. Glückwunsch, Senator, ich habe bislang nur mit wenigen gearbeitet, die besser waren.«

»Sollte der Bombenanschlag Senator Steven Armstrong töten?«

»*Om mani padme hum.*«

»Positiv. Das sollte er.«

»Ist Senator Hollings an Ihrer Verschwörung beteiligt?«

»*Om mani padme hum.*«

»Negativ, aber die Reaktion ist nicht ganz eindeutig.«

»Betrachten Sie Senator Hollings als unabsichtlichen Förderer Ihrer Verschwörung?«

»*Om mani padme hum.*«

»Ja – nein.«

»Ein Trottel?«

»Positiv.«

»Würden Sie ihn als nützlichen Idioten bezeichnen?«

»Das ist es«, meldete Catherine.

»Besteht der Mond aus Hundekötteln?«

»*Om mani padme hum.*«

»Liegt das Basislager mehr als dreißig Kilometer von der Flußbiegung entfernt? Ah, sind es mehr als fünfzehn? Mehr als zehn? Also mehr als zehn, aber weniger als fünfzehn . . .«

»Ich bin froh, daß das vorüber ist«, sagte Alexander, als die Wachen Croser abführten. Der Monarch verzog für einen Moment vor Abscheu die Lippen. »Es ist nötig, aber es gefällt mir nicht.«

Lysanders Gesicht verriet überhaupt keine Emotionen.

»Für den Moment haben wir es hinter uns, Sire«, sagte Jesus Alana und blickte von seinen Notizen auf. Er drückte eine Taste. »Hier, der KSBP und der Miliz stehen neue Informationen zur Verfügung. Wir können von Croser allerdings noch viel mehr erfahren. *Madre de Dios*, ich bin vielleicht froh, daß wir es nicht aus ihm herausprügeln mußten; dem hätte man die Zehennägel herausreißen können, ohne etwas zu erfahren.«

»Ich kann es immer noch nicht glauben«, warf David ein, schüttelte den Kopf und betrachtete seine Hände. »Über all diese Jahre hinweg war er . . . Und er versteckte das in sich, diesen Abgrund. Wie war das nur möglich? Er traf sich mit Menschen und lächelte sie an und redete mit ihnen . . . Ist er wahnsinnig?«

»Nein, Sire«, entgegnete Catherine Alana, und während sie fortfuhr, schaltete sie Stück für Stück ihre Geräte ab. »Auf Thibodeau könnte es zutreffen, nach dem Profil, das wir von ihr haben. Menschliche Wesen können sprechen lernen und ein Gewissen ausbilden; werden sie jedoch im richtigen Alter nicht entsprechend unterwiesen, bildet sich das Gewissen zurück und erhält man ein ungebändigtes Kind oder einen Soziopathen. Thibodeau könnte ein Grenzfall sein. Croser dagegen ist geistig so stabil wie jeder von uns – und nicht weniger intelligent. Sein IQ beträgt einhundertzweiundfünfzig. Allerdings ist er einfach moralisch zu schlecht, als daß man ihn am Leben lassen dürfte.«

»Amen«, sagte Alexander grimmig. »Und er wird hängen, zusammen mit den anderen, die wir noch erwischen!«

»Sein Vermögen wird eingezogen, um loyale Bürger damit zu belohnen«, ergänzte Lysander. Er beugte sich vor, um das Dokument zu studieren, das sein Vater in der Hand hielt. Es handelte sich dabei um einen Ächtungsbeschluß mit den königlichen Siegeln und Unterschriften. Die Verbrechen diverser Individuen waren darauf aufgelistet, abgeschlossen mit einer gleichlautenden Proklamation: *. . . verlieren hiermit allen rechtlichen Schutz, werden zu Feinden der Menschheit erklärt und in Zukunft wie Wölfe behandelt.*

»Angemessen«, meinte er. »Ich hoffe nur, daß wir sie auch alle erwischen.«

»Das werden wir nicht«, warf Jesus ein und rief einige seiner Notizen im Computer auf. »Sie sind gut vorbereitet, mit verdeckten Kontakten, mit Verteilungsplänen, mit Reservestützpunkten – was man sich nur ausdenken kann. Freund Croser war clever genug, um darauf zu achten, daß er selbst nicht zu viele Details kannte. Viele seiner Leute werden im Moment gerade untertauchen. Wir werden allerdings viele ihrer großen Namen einkassieren und eine beliebige Anzahl nützlicher Idioten, die nichts von einer Beteiligung der NBBF an der Rebellion wußten.«

»Mit ihnen werden wir vorsichtig umgehen müssen«, meinte Alexander. »Sie haben keine Verbrechen begangen.«

»Sire, im günstigsten Fall waren sie sehr dumm«, sagte Lysander. »Und obwohl wir Dummheit nicht ächten können, brauchen wir sie nicht gerade zu belohnen. Captain Alana, wenn ich es richtig verstanden habe, halten Sie die Geschehnisse des heutigen Vormittags nicht für entscheidend.«

»Im Gegenteil, Hoheit. Ich glaube, daß dies die entscheidendste Maßnahme seit Beginn des Krieges war. Wir haben dem Feind zweifellos einen ganz schweren Schlag versetzt, und wenn wir jetzt konsequent nachsetzen, beenden wir den Krieg damit vielleicht.«

»Die Führung«, sagte Alexander. »Wir brauchen Miss Thibodeau.«

»Und Murasaki«, meinte Jesus Alana. »Ihn vielleicht mehr als alle anderen, Sire.«

»Wir werden Belohnungen auf beide aussetzen«, sagte Alexander. »Eine Million Kronen, auf Wunsch zahlbar in CoDominiumscredits, auf den Kopf von Skida Thibodeau. Zwei Millionen, falls sie lebend ausgeliefert wird. Eine halbe Million auf Murasaki tot, eine Million lebendig. Jeweils die Hälfte für Informationen, die zu ihrem Tod oder ihrer Gefangennahme führen. Wir werden Vorkehrungen treffen, damit man uns mühelos Informationen zukommen lassen kann.«

»Das sollte interessant werden«, meinte Jesus. »Mancher aus diesem Abschaum würde seine ganze Familie für viel weniger Geld verkaufen. Ich prophezeihe der Führung des Feindes aufregende Zeiten.«

»Was wirst du jetzt unternehmen?« wandte sich Alexander an Lysander.

»Melissa wird sich wieder erholen. Ich würde gerne bei ihr bleiben, aber ihr habt mich gerade zum Oberkommandierenden ernannt, und ich glaube nicht, daß ich demnächst noch eine Minute Freizeit haben werde. Ich möchte mich allerdings nicht beschweren; ich habe selbst darum gebeten.«

»Seien Sie lieber vorsichtig mit Ihren Wünschen«, warf Catherine Alana mit leiser Stimme ein.

»Exakt. Wir müssen zunächst unsere Streitkräfte gegen diese Basis Eins sammeln, und diesmal werden wir sie vernichten. Die Basis und die gesamte Ausrüstung darin. Es wird allerdings nicht leicht sein.«

»Wirklich nicht«, bekräftigte Jesus Alana. »Die Legion unterstützt Sie natürlich, besonders im Bereich Artillerie, aber es muß hauptsächlich ein spartanisches Unternehmen werden.«

»Ja, und das ist, muß ich feststellen, auch sehr zufriedenstellend. Nicht, daß ich den Beitrag der Legion nicht zu würdigen wüßte . . .«

»Aber man kontrolliert das eigene Schicksal lieber selbst«, schloß Catherine für ihn. »Wir haben Verständnis dafür, Hoheit, vielleicht mehr, als Sie glauben.«

13

Guerillas benötigen eine Basis. Obwohl sie traditionell teilweise auf Kosten ihres Feindes leben – durch Überfälle auf Nachschubdepots und Konvois –, sind sie trotzdem auch auf eine gesicherte Nachschubquelle angewiesen, wie den abgelegenen Bereich und die Pulverfabrik von Mina. Ohne eine solche Basis würde der Bedarf an Nahrung, Treibstoff, Ausrüstung und Munition ihre Einsätze völlig dominieren und sowohl ihre Beweglichkeit wie die Auswahl an Einsatzzielen für die Überfälle stark einschränken. Sie könnten sich gezwungen sehen, auf der Suche nach Versorgungsgütern einen Überfall nach dem anderen durchzuführen, und das bis zur Erschöpfung der körperlichen und seelischen Ressourcen. Darüber hinaus bietet eine Basis Gelegenheit zum Ausruhen und zur Erholung sowie eine

Rückzugsmöglichkeit. Aus diesem Grund muß sie gut gegen feindliche Angriffe abgesichert sein ...

– *Archer Jones,* Die Kunst des Krieges in der Westlichen Welt

Eines der sichersten Mittel, um einen Rückzug erfolgreich abzuschließen, besteht darin, die Offiziere und Soldaten mit der Vorstellung vertraut zu machen, daß man dem Feind gleichermaßen gut Widerstand leisten kann, egal, ob er im Rücken oder von vorne angreift, und daß die Aufrechterhaltung der Ordnung die einzige Möglichkeit darstellt, eine Truppe zu retten, die sich unter feindlichem Feuer zurückziehen muß. Am besten bewahrt man jederzeit durch strengste Disziplin die Ordnung, vor allem jedoch während eines Rückzuges. Disziplin läßt sich allerdings nur durchsetzen, wenn die Versorgung gewährleistet ist, damit die Soldaten nicht vom Weg abweichen, um sich durch Plünderungen Vorräte zu verschaffen.

Es ist eine gute Idee, das Kommando über die Nachhut stets einem ausgesprochen besonnenen Offizier anzuvertrauen ...

– *Baron Antoine Henri de Jomini,* Die Kunst des Krieges

Die Helikopter glitten im Tiefflug über die Bergkuppe. Die lange Abenddämmerung, die für den Sommer in Spartas nördlicher Hemisphäre charakteristisch war, senkte sich über die Illyrischen Täler und überzog die bewaldeten Einschnitte zwischen den Hügeln mit purpurnen Schatten. In der zunehmenden Dunkelheit zeichneten sich die Mündungsblitze wie blattförmige Flammenlanzen ab, wenn die Haubitzen losdonnerten, sechs Hundertfünfundfünfzigmillimetergeschütze, auf leichten Panzern montiert. Sie und ihre Unterstützungsfahrzeuge waren hinter einem zwei Meter hohen Wall eingegraben, den die Pionierfahrzeuge ausgehoben hatten. Eine Reihe von Trucks schlängelte sich nach Süden, um den eisernen Appetit der

Kanonen nach schweren Geschossen zu stillen. Ein Radarfahrzeug hatte etwas seitlich Position bezogen, und die große, wie ein Golfball geformte Suchantenne drehte sich auf ihrer kardanischen Aufhängung langsam hin und her. Weitere Fahrzeuge bildeten einen weiträumigen Ring um die Einfriedung, gepanzerte Personentransporter, Funkpanzer, Trucks, eine rollende Feldküche.

Peter Owensford stand in der offenen Tür seines Helikopters. Kaum berührten die Landekufen den Boden, da sprang er auch schon hinaus, gefolgt von seiner Hauptquartiersgruppe. Der Führungshelikopter schwenkte sofort wieder ab, und der nächste setzte kurz auf und spuckte seine Ladung aus. Die dunklen Maschinen flogen dicht über dem Erdboden wieder nach Süden, und das leise Hacken ihrer schallgedämpften Rotoren verklang schnell. Die Stiefel der Soldaten versanken im Gras oder in der weichen, flaumigen Erde, die mit Spaten oder Baggern aufgeschüttet oder einfach durch Laufketten und Räder hochgerissen worden war. Sie verbreitete einen intensiven Geruch, der an frisches Brot erinnerte, aber noch überdeckt wurde von der überwältigenden Süße zerquetschter Gräser und dem Diesel- und Pulvergestank des Krieges.

Fünf Rohre feuern, dachte Owensford und erinnerte sich daran, den Mund leicht offenzuhalten, damit der Überdruck nicht die Trommelfelle verletzte. Die sechste mußte für Wartungsarbeiten stillgelegt worden sein. Das Artilleriefeuer brach ab, und die ungewohnte Stille wurde nur durchbrochen vom Kreischen der Lager, als der Eigenantrieb die Geschütze auf neue Ziele einstellte. Am nördlichen Horizont flackerten Lichter auf, als dort leichtere Waffen feuerten. Owensford schaltete den Bataillonskanal ein, als er sich dem Kommandotisch näherte, der an der Rückseite eines gepanzerten Personentransporters aufgestellt war. Sastri hatte gerade eine Bitte um Batterieabwehrfeuer bestätigt; beim Näherkommen erblickte Owensford das Bild, das die Kamera einer ferngesteuerten Sonde vom Ziel lieferte. Es handelte sich um zwei Batterien schwerer Mörser, die aus einer schmalen Erosionsrinne im Kalkstein heraus schossen. Sastri, eine Krishnanianer, murmelte mit seiner melodischen Stimme vor sich hin, während er sich über den Tisch beugte.

Mündungsblitze zuckten aus den feindlichen Hundertfünfundfünfzigmillimetergeschützen hervor. Beim Kommandotisch handelte es sich um Legionsstandardausrüstung; er stammte entweder aus dem Fundus, den sie nach Sparta mitgebracht hatten, oder aus einer der friedländischen Lieferungen an Gefechtselektronik, die gerade eintrafen. Wenn man auf das Display blickte, glaubte man, die Helotenbatterie aus dem Flugzeug zu sehen. Die Stille wirkte richtig unheimlich; man hatte das Gefühl, das Krachen und Pfeifen der Mörsergeschosse hören zu müssen. Es konnte einem fast schwindelig werden, wenn die Kamera in eine andere Richtung schwenkte. Sie gehörte definitiv zu einer etwa einen Kilometer abseits schwebenden Sonde. Die Mündungen der Mörser kippten herab, als die Hydraulik sie in Ladeposition zurückfuhr.

»Feuerauftrag, zu gleichen Teilen hochexplosiv und Infanterieabwehr«, sagte Major Sastri. Er bediente die Steuerung, und ein Gitternetz erschien auf dem Display. Ein roter Punkt zentrierte sich auf die feindliche Stellung. »Hier kommen Richtung und Entfernung.«

Eine andere Stimme meldete sich ruhig und ausdruckslos – der Kommandeur der Batterie. »Erhalten. Ziel erfaßt.« Ein Klappern und Dröhnen ertönte von den Geschützen, als sie automatisch geladen wurden. »Standardhochexplosivgeschosse geladen. Geschütz Eins, Ausrichtungsfeuer. Auf mein Zeichen, jetzt!«

Ein kurzes, heftiges Knallen ertönte. Erde und Staub fegten in einer heißen Bö über die Geschützstellung hinweg, als das erste Rohr feuerte und durch die Zwillingsdrossel der Mündungsbremse Gas ausgestoßen wurde. Unter dem Rückstoß schaukelte das Fahrzeug leicht auf seinen Ketten, und die Schaufeln an der Rückseite gruben sich tiefer in den Boden. Ein Geräusch, als würde schweres Tuch zerreißen, verklang am nördlichen Himmel. Die Mörser auf dem Bildschirm schossen noch einmal, aber elf Sekunden später detonierte das Geschoß aus der Haubitze direkt über ihnen auf dem Rand des Einschnitts, in dem ihre Stellung lag.

»Korrektur«, sagte Sastri und las einige Zahlen vom Kartentisch ab. »Feuerauftrag ausführen, Batterie, zum Effekt«, fuhr er fort.

Kaum hatte er das letzte Wort gesprochen, da eröffneten die übrigen Geschütze der Batterie das Feuer und spuckten dabei alle sieben Sekunden eines der schweren Geschosse aus. Auf dem Bildschirm verschwand die schmale Schlucht. Die meisten der Hundertfünfundfünfzigmillimetergeschosse landeten sauber in dem Einschnitt, und die Stichflammen der Detonationen schossen weißglühend daraus hervor. Etliche Treffer erwischten die Felskanten beiderseits und drangen ins Gestein ein, ehe sie hochgingen und vielfarbiges Kalkgeröll in die Tiefen des Canyons schleuderten. Rauch und Staub quollen empor, ein lautloser, entsetzlicher Anblick. Schließlich detonierte die bei den Mörsern gelagerte Munition und jagte die ganze Bergflanke in Form einer rissigen, rauchigen Kuppel hoch.

Das Bild wackelte. Ein Operator meldete sich.

»Die Sonde wird angepeilt. Leite Ausweichmanöver ein.« Der Erdboden stürzte im Display auf die Betrachter zu, und das Bild fegte im Zickzack durch ein Tal. Plötzlich wurden zwischen den Bäumen ausgespannte Tarnnetze in der intensivierten Infrarotaufnahme erkennbar. Owensford beugte sich neugierig vor, aber auf einmal zeigte der Bildschirm nur noch eine graue Fläche.

»Batterie, Feuerauftrag«, sagte Sastri nachdenklich. »Drei Geschosse. Festungsbrecher mit Aufprallzündung, auf mein Kommando.« Seine Finger flogen über eine tragbare Tastatur. »Was immer sich unter diesen Netzen versteckt, sollte mal gekitzelt werden.«

Er blickte auf und salutierte. »Ich stehe Ihnen gleich zur Verfügung, Sir. Captain Liu, übernehmen Sie. Sir, bitte hier entlang.«

Sie marschierten in südlicher Richtung hangabwärts und unterhielten sich dabei leise. Die Helmkopfhörer filterten das Donnern der Geschütze heraus.

»Sie haben hier keine großen Probleme?« fragte Owensford.

»Nein, wirklich nicht, Sir. Das einleitende Artillerieduell

ging erwartungsgemäß aus, und jetzt haben sie nichts mehr mit der nötigen Reichweite, um uns zu treffen, während wir sie nach Belieben unter Feuer nehmen können. Die Sonden ermöglichen uns eine ausgezeichnete Überwachung, und auch die spartanischen Scouts erweisen sich als sehr effektiv. Es ist eine sehr einseitige Schlacht, und solange unsere Munition reicht, wird sie das bleiben.«

»Ganz so, wie es mir gefällt«, sagte Owensford. »Gut gemacht.«

»Danke, Sir. Ah, da sind wir ja.« Das Sekundärlager befand sich etwas abseits der Geschützbatterie des Regiments; bei einem der Fahrzeuge handelte es sich um einen Anhänger mit einem Zeltvorbau.

In geduckter Haltung traten sie ein und klappten die Helmsichtschirme hoch. Vier Männer erwarteten sie bereits. George Slater, Kommandeur der 1. Brigade, der Speerspitze jener Kolonnen der Königlichen Armee, die gerade nach Norden in die Illyrischen Täler marschierten; der Colonel der Königlichen Armee, der das 2. Mechanisierte Regiment befehligte – *Morrientes*, erinnerte sich Owensford. Der Mann war letztes Jahr noch Offizier einer Bruderschaftsmiliz gewesen und kurz nach dem ersten Illyrischen Feldzug zur Armee versetzt worden. Ein Verhörführer der Königlichen Armee, ein Sergeant, groß, drahtig, schlank, mit Hakennase, schmalem Gesicht und ruhigen, dunklen Augen. Und ein Helot auf diesem Stuhl, der ein wenig an einen Zahnarztstuhl erinnerte. Kopf und Glieder des Mannes wurden durch Klammern regungslos gehalten, und er zeigte den glasigen, ziellosen Ausdruck, wie er für die Wirkung von Verhördrogen typisch war.

Im Grunde keine Wahrheitsdrogen, erinnerte sich der Söldner. Diese Mittel bewirkten lediglich, daß einem alles scheißegal war und man richtig redselig wurde. Die individuellen Reaktionen unterschieden sich sehr, es sei denn, man verfügte über die Zeit und die Einrichtungen, um vorher ein Programm zu erstellen, das auf der persönlichen Biochemie der Versuchsperson beruhte. Die spartanischen Biochemiker verfügten über die entsprechenden Kenntnisse, aber die nötigen Geräte waren außerhalb der Universität kaum aufzutreiben.

»Weitermachen«, sagte Owensford. Er fing den Blick des Sergeanten auf. »Ein wichtiger Gefangener?«

»Entspricht etwa einem Colonel, Sir«, sagte der Verhörführer. »Ich habe hier ein Protokoll . . .« Er beugte sich zum Ohr des Gefangenen herab. »War es Ihre Schuld, Perrez?«

»Nein«, murmelte dieser, und seine Augen wanderten durch den Raum, ohne die Gesichter um ihn herum wahrzunehmen. Für einen Moment erging er sich in irgendwelchen spanischen Ausführungen, genauer gesagt, spanglischen Ausführungen. Owensford erkannte den Dialekt wieder, der in den südlich des Rio Grande gelegenen Staaten verbreitet war, die einmal zu Mexiko gehört hatten. Auf das sanfte Zureden des Sergeanten hin verfiel er dann wieder in eine mehr allgemeinverständliche Ausdrucksweise.

»Dieser Kraut von Reuther, der Kerl hat sich einfach nich' schnell genug zurückgezogen. Wenn Skilly hier wär', no esta problema, die Bürger hätten keine Ahnung, wo wir stecken. Die kleinen Scheißer, die durch den Wald schleichen und spionieren, Skilly würd'se erwischen. Two-knife auch. Reuther hat nich' halb so viel Mumm in den Eiern wie Skilly.« Er kicherte und stellte obszöne Vermutungen darüber an, wo Skilly ihre trug.

»Und wo ist Skilly?«

»Sie ist abgehauen, zusammen mit Two-knife. Weg. Hat sich verpißt, Baby.«

»Und Sie bei von Reuther zurückgelassen.«

»Yeah.«

»Wieso?«

»Sie hat 'nen Plan, diese Frau.«

»Sie hat Ihnen diesen Plan nicht verraten, oder? Ist weggelaufen und hat Sie zurückgelassen. Woher wissen Sie, daß es einen Plan gab, daß sie nicht nur die eigene Haut gerettet hat?«

»Nee, das würde sie doch nich' machen. Sie doch nich'!«

»Was halten Ihre Truppen von diesem Plan?«

»Sie glauben an keinen Plan. Sie denken, was Sie gesagt haben, daß sie weggerannt ist und ihre Haut in Sicherheit gebracht hat. He, Mann, haben Sie hier kein Agua?«

»Sicher doch. Da. Wohin, sagten Sie, ist Skilly gegangen?«

»Hat sie nich' gesagt. Sie wollen mich bloß reinlegen! Aber ich hab's nich verraten, weil ich gar nich' weiß, wo sie hin ist. Sie hat sich verzogen, sagt, sie hätte 'nen Plan, und weg war sie. Mit diesem Japs.«

»Welchem Japs?«

»Ein ganz verrückter. Murasaki-san. Nix hat so geklappt, wie er's sich ausgedacht hatte, überhaupt nix mehr. Ist echt durchgetickt, der Typ.« Der Gefangene stimmte ein obszönes Lied an.

Der Sergeant stand auf und ging zu den Offizieren hinüber. »Wahrscheinlich kriegen wir heute nicht viel mehr heraus. Dieses Zeug laugt sie schnell aus.«

»Ist dieser Mann mitschuldig an Greueltaten?« fragte Owensford.

»Nicht, daß ich wüßte«, antwortete der Sergeant. »Er war in Stora nicht dabei. Soll ich das Thema Greueltaten bei ihm zur Sprache bringen?«

»Eigentlich nicht«, entgegnete Owensford. »Wenn nicht erkennbar ist, daß er sich eines mit dem Tode bestraften Verbrechens schuldig gemacht hat, dann hätte ich lieber, wenn es so bleibt. Ich sag Ihnen was, Sergeant – sehen Sie mal zu, was Sie noch aus ihm herausholen, erstellen eine prima Zusammenfassung und übergeben ihn dann an meine Leute vom Hauptquartier. Ich nehme ihn mit zurück nach Sparta City. So eine Art Geschenk für Seine Majestät.«

»Ja, Sir.«

Owensford führte die anderen aus dem Zelt und wandte sich draußen an Morrientes. »Sieht also nicht danach aus, als würden wir ihre Anführer erwischen.«

Morrientes schüttelte den Kopf. »Wieder eine unabhängige Bestätigung dafür. Die meisten Leute aus dem Helotenoberkommando sind einfach nicht da. Seit Tagen hat sie niemand mehr gesehen.«

»Das muß ihre Truppen eigentlich höllisch aus der Fassung bringen«, meinte Owensford.

»Nun ja, Sir, das würde ich auch sagen, denn wenn wir weiter vorrücken, finden wir jedesmal weggeworfene Ausrüstungsgegenstände, sogar Waffen, und ganze Züge ergeben sich.«

»Gut. Setzen Sie ihnen weiter zu«, befahl Owensford. »Und vielleicht haben wir sogar eine Überraschung für Sie. Eine angenehme Überraschung.«

»Sir?«

»Es sieht danach aus, als hätte Prinz Lysander das CD überredet, die Sicherheit unseres nächsten Satelliten zu gewährleisten.«

»Das ist wirklich eine gute Nachricht!«

Owensford hörte sich noch eine Zeitlang das Artilleriefeuer an. *Was für einen Plan hat Skilly denn diesmal, verdammt? Was immer es ist, wir können dafür sorgen, daß sie dafür bezahlt.* »Gute Arbeit, Morrientes. Wirklich sehr gute Arbeit. Machen Sie weiter, und Gott sei mit Ihnen.«

Brigadeführer Hans von Reuther richtete sich auf Hände und Knie auf, erhob sich schwankend auf die Beine und wischte sich das Blut aus dem Mundwinkel. Ringsherum taten die übrigen Mitglieder seines Stabes das gleiche und sortierten ihre Ausrüstung wieder, die durcheinandergepurzelt war, als die Salve praktisch direkt vor der Höhle einschlug. In von Reuthers Ohren klingelte es, und er bewegte vorsichtig die Kiefer und spuckte dann aus, um den Geschmack nach Eisen und Salz loszuwerden.

»Die Koordinaten«, forderte er. Sein Gesicht zeigte keine Gefühle und wirkte wie eine leergewischte Tafel. *Jetzt weiß ich, wie es Paulus in Stalingrad zumute war. Pflicht ist jedoch Pflicht.*

Schreie drangen von draußen herein, sowohl die von Menschen als auch die noch schlimmeren Laute verletzter Pferde. Sie wurden lauter, als sich die Verwundeten in die Höhle und zu der improvisierten Erste-Hilfe-Station an der Rückseite schleppten, aufgebaut zwischen den glänzenden Stalaktiten, die aus dem sandigen Boden ragten. Die Angehörigen des medizinischen Personals mit den roten M-Symbolen auf den Jacken eilten zwischen den Patienten herum, legten die Reihenfolge fest, in der sie behandelt wurden, und verabreichten Hyposprays, um die Schmerzen zu lindern. Draußen krachten mehrere Gewehrschüsse, um die von Schrapnellen zerfetzten oder von der Druckwelle zermalmten Pferde und Maultiere von ihren Qualen zu erlösen.

»Hier, hier, Sir«, sagte der Planzeichner und malte einen schwarzen Kreis auf den Plastikbezug der Karte, sobald das Gestell wieder aufgebaut war.

»Hmf«, grunzte von Reuther. *Zu weit weg.* Die royalistische Stellung lang zwanzig Kilometer entfernt, und die einzigen Waffen, mit denen er eine solche Distanz vielleicht hätte überbrücken können, waren nur noch verdrehte Metallfetzen unter einer Bergflanke in einem halben Kilometer Entfernung.

Infiltration? überlegte er. *Nein.* die Zielgenauigkeit des Feindes war einfach besser geworden, und seine zahlenmäßige Überlegenheit war zu groß. Eindeutig hatte er vor, von Reuthers Kräfte mit seiner Artillerie erst völlig zu zerschlagen, ehe er weiter vorrückte. Die Rückzugswege der Heloten wurden bereits von SAS-Teams überwacht. Keine gefährlichen Tricks oder wagemutigen Vorstöße, einfach nur ein geradliniger Hammerschlag, der erst in nordwestlicher Richtung vorgetragen worden und dann nach Nordosten abgeschwenkt war, präzise auf die Position von Basis Eins zu. Die Kolonnen der Royalisten waren gut koordiniert, und sie überzogen die Zwischenräume mit einem dichten Patrouillennetz. Von Reuther fiel es schwer genug, sie an einer Infiltration seiner Stellungen zu hindern. Meist umgingen sie seine Abwehrketten oder durchbrachen sie mit Gewalt. Die Führungselemente umzingelten jeweils die Blockadetruppen der Heloten, und die Infanterie rückte dann heran, um ihnen den Rest zu geben.

Das ist die präzise vorgeplante Schlacht, die sich die Royalisten immer gewünscht haben. Jetzt haben sie sie.

Es hätte nicht passieren dürfen. Als der Senat das Letzte Dekret verabschiedete, hätte die Helotenarmee sich zerstreuen und nötigenfalls ganz auflösen müssen. Sollten die Royalisten doch den Großteil des Materials erbeuten. Es hätte gereicht, die wirklich unverzichtbaren Sachen mit in die Berge und Wüsten zu nehmen, zusammen mit den noch wichtigeren ausgebildeten

Offizieren und Unteroffizieren. *Wir haben es nicht rechtzeitig gemacht. Feld Eins war überzeugt, daß wir mehr Zeit haben würden, aber dann blieb überhaupt keine mehr übrig. Die SAS-Truppen der Legion und später die der Royalisten, beide mit diesen verdammten Raketen, waren innerhalb weniger Stunden in Stellung. Wir hätten durchbrechen können, hätten wir sofort alle Kräfte dort in die Schlacht geworfen, aber Feld Eins versuchte es mit einem anderen Plan, und als dieser scheiterte, mit wieder einem neuen. Und jetzt bin ich besiegt.*

Zweifach besiegt sogar, denn es hatte sein ganzes Können erfordert, das Storakommando zu retten, als es sich der entschlossenen Verfolgung der Bruderschaftsmilizen zu entziehen versucht hatte. Als er dann den Befehl erhielt, Basis Eins zu verteidigen, war das Kommando als organisierte Einheit erledigt. *Von denen mal abgesehen, die sich schon in Sicherheit gebracht hatten. Einige der besten im ganzen Kommando. Und viele von der politischen Abteilung. Hier war es dasselbe. Als ich eintraf, waren viele der besten schon weg. Wohin, davon habe ich keine Ahnung.*

Zweifellos hat Feld Eins einen Plan, und zweifellos ist er wieder brillant und komplex. Amateure glauben immer, Einfachheit würde bedeuten, daß ein paar Sachen scheitern können, ohne den Plan insgesamt zu gefährden. Skilly hat einfach kein Konzept. Falkenbergs Leute wissen dagegen, daß kein Schlachtplan jemals den Feindkontakt überlebt. Feld Eins hat diese Worte ebenfalls gehört, aber sie haben keine Bedeutung für sie.

Und doch hat sie beinahe Erfolg gehabt. Vielleicht klappt es ja diesmal.

Sie braucht nur ein einziges Mal zu gewinnen.

Aber nichts davon war jetzt von Bedeutung. Sein Auftrag lautete, den Feind so lange wie möglich aufzuhalten. Er konnte dafür alles verwenden, was vom Material noch übrig war, und das Aufhalten war wichtiger als der Erhalt seiner Truppe. *Natürlich dürfen meine Leute das nicht wissen, oder sie laufen einfach weg. Es ärgert sie bereits, daß Feld Eins nicht mehr dabei ist.* Von Reuther seufzte. Er hatte nicht an dem Angriff auf die Nichtkombattanten der Stora Mine teilgenommen, war aber davon überzeugt, daß man ihn für seinen Beitrag zum Giftgasangriff in den Illyrischen Tälern als Kriegsverbrecher vor Gericht stellen würde. Aber selbst, wenn er sich hätte ergeben können, hätte er es nicht getan. Er durfte seine Berufsehre nicht vergessen.

Der Befehl lautet, den Feind hinzuhalten. Man hat mir den Grund nicht verraten, sondern nur gesagt, es wäre wichtig. Es ist aber nicht leicht zu machen. Seine Truppen waren einfach nicht so beweglich wie die Royalisten, jedenfalls nicht zu Fuß und mit den Tieren. Es fiel ihnen schon schwer genug, sich vom Feind zu lösen, wenn dieser vorrückte. Die Reichweite der schweren Waffen von Reuthers genügte nicht, und er konnte sie immer nur einmal einsetzen; dann wurden sie jedesmal von der auf einmal so ausgezeichneten feindlichen Artillerie vernichtet.

Sie finden uns mühelos. Fast, als hätten sie einen Satelliten. Sicherlich haben sie keinen. Feld Eins hätte es mir gesagt, oder?

Handfeuerwaffen krachten. Er blickte scharf auf und schätzte die Entfernung ab.

»Evakuieren!« bellte er. »Kompanieführer Gimbowitz!« Der Chef des Feldlazaretts blickte auf. »Haben Sie die feindlichen Verwundeten ebenfalls hier?«

Der Arzt nickte und schluckte. Er wußte ebensogut wie sein Kommandeur, was als nächstes kam.

»Wir können weder Gefangene noch Verwundete mitnehmen«, sagte von Reuther bedauernd. »Ich muß medizinische Freiwillige bitten, die bis zum Eintreffen des Feindes hier bei ihnen bleiben. Die Freiwilligen haben meine Erlaubnis, mit den royalistischen Kommandeuren in Kontakt zu treten, sobald sie in unmittelbarer Nähe sind.«

Auf diese Weise standen die Chancen gut, daß die verwundeten Heloten nicht massakriert wurden. Einzelne Soldaten beider Seiten würden höchstwahrscheinlich einzelne Feinde erschießen, die sich ergaben, aber die Senioroffiziere der Royalisten hielten große Stücke auf die Kriegskonventionen. Aus diesem Grund waren Verletzte und Mediziner in einem organisierten Lazarett einigermaßen sicher.

Von Reuther wandte sich ab. »Rasch, bitte«, sagte er. »Gruppenführer Sandina, sorgen Sie für die Sprengung des Materials, das wir nicht mitnehmen können.«

14

Es bestehen zwei wesentliche Gründe für die generell schwachen Leistungen westlicher Militärs im Bereich der Aufruhrbekämpfung. Der erste lautet, daß westliche Armeen entweder nicht groß genug sind oder es nicht für wichtig erachten, einen gut ausgebildeten Vollzeitkader für Aufruhrbekämpfung zu unterhalten. Vielleicht ist das eine gute Wahl, da die Hauptaufgabe dieser Organisationen eher darin besteht, eine geeignete Antwort auf höhere Konfliktformen bereitzuhalten. Das Resultat ist natürlich, daß man gelegentlich nur unzureichend qualifizierte Neulinge ins Feld wirft, um Rebellionen zu bekämpfen, wo eigentlich Profis erforderlich wären. Der zweite Grund für das glanzlose Abschneiden westlicher Streitkräfte ist darin zu suchen, daß die westlichen Völker nicht lange bereit sind, den Einsatz ihrer Soldaten bei der Unterdrückung von Aufständen in irgendeinem fernen Land zu tolerieren, ob diese Soldaten nun in direkten Kampfeinsatz gehen oder nur als Berater dienen.

Ein internationales Unternehmen, bestehend aus ehemaligen westlichen Offizieren und Soldaten, geschult in akzeptablen Techniken der Aufruhrbekämpfung, würde die Probleme des Westens in diesem Bereich weitgehend lösen ... In Anbetracht der Leistungen der meisten westlichen Regierungen bei der Aufruhrbekämpfung müßte dieses Unternehmen nicht sehr hart arbeiten, um vergleichsweise große Erfolge zu erzielen. Und ein kommerzieller Konzern könnte diese Verbesserung zu beträchtlich geringeren Kosten erreichen.

– *Rod Paschall*, LIC 2000: Spezialunternehmen und unkonventionelle Kriegsführung im nächsten Jahrhundert,
Institut für Landkriegsführung, US-Armeeverband, 1990

Sollten Kriege in Zukunft um die Seelen der Menschen geführt werden, sinkt damit gleichzeitig die Bedeutung von Gebietsvergrößerungen. Die Zeiten, in denen man Provinzen und ganze Länder nur als Immobilien betrachtete, die zwischen verschiedenen Herrschern durch Erbschaft, Übereinkunft oder Gewalt den Besitzer wechselten, sind lange vorüber. Der Triumph des Nationalismus hat zu einer Situation geführt, in der man ein Stück Land nicht mehr besetzt, weil es vielleicht wertvoll ist; im Gegenteil, ein Stück Land, egal wie abgelegen oder öde, gilt erst dadurch als wertvoll, daß es sich im Besitz dieses oder jenen Volkes befindet. Um nur zwei Beispiele dafür anzuführen: Seit mindestens 1965 liegen sich Indien und Pakistan über einen Gletscher in den Haaren, der so abgelegen ist, daß man ihn kaum auf einer Karte findet. Von 1979 bis 1988 setzte sich Ägypten mit diplomatischen Mitteln dafür ein, Taba zurückzugewinnen. Das südlich von Elath gelegene Taba ist eine halbe Meile wertloser Sandstrand, dessen bloße Existenz sowohl den Ägyptern wie den Israelis vor dem Friedensabkommen von Camp David gar nicht aufgefallen war; auf einmal wurde er jedoch zum ›geheiligten‹ Erbteil jeder der beiden Parteien, und in Kairo benannte man Kaffeehäuser danach . . .

Ein weiterer Effekt des postulierten Niedergangs des konventionellen Krieges wird wahrscheinlich darin bestehen, daß die Interessen von Führungspersonen gesteigerte Bedeutung erlangen, und das auf Kosten der Interessen der Allgemeinheit . . . Individueller Ruhm, Profit und Beute werden erneut wichtig sein, nicht nur als beiläufige Vergünstigungen, sondern als legitime Kriegsziele. Es ist nicht einmal unwahrscheinlich, daß die Suche nach Frauen und sexueller Befriedigung wieder auf der Bühne des Krieges Einzug hält. Im Zuge immer geringerer Unterschiede zwischen Kombattanten und Nichtkombattanten ist das mindeste, was wir erwarten können, daß derlei Dinge wieder in höherem Maße toleriert werden, als es nach den Regeln der sogenannten zivilisierten Kriegsführung der Fall sein sollte. Auf viele der Konflikte von geringer Intensität, wie sie zur Zeit in Entwicklungsländern ausgetragen werden, trifft das bereits zu, und das hat es tatsächlich schon immer getan.

– *Martin van Creveld,* Die Transformation des Krieges, *1991*

Im Ratssaal ging es bunt zu, und er summte regelrecht vor zwanglosen Unterhaltungen. Die meisten Plätze am Konferenztisch waren bereits besetzt. Auffällige Ausnahmen bildeten die Konsole des Kabinettssekretärs an einem Ende und ein einzelner großer Lehnstuhl in der Mitte. Die Angehörigen des Kriegskabinetts hatten bereits Platz genommen. Rear Admiral Samuel Forrest saß als Flottenseniorоffizier zwischen den Generalen Owensford und Slater, und das dunkle Mitternachtsblau seiner Uniformjacke hob sich von den bunteren Armeeuniformen ab. Madame Elayne Rusher, die Generalstaatsanwältin, saß neben General Lawrence Desjardins, dem Kommandeur der Königlich Spartanischen Berittenen Polizei. Roland Dawson, der Erste Minister, plauderte mit Lord Henry Yamaga, dem Minister für Inneres und Industrielle Entwicklung. Eric Respari vom Finanzressort hörte ihrem Gespräch mit mürrischer Miene zu. Alle wußten, daß Respari ein eifriger Schüler der Wirtschaftstheorien des verstorbenen Königs Jason war; inzwischen hatte er sich auch im Gesichtsausdruck dem Freedmankönig angepaßt. Sir Aldred Nathanson, der den Titel Kriegsminister trug, obwohl er ein reines Verwaltungsamt innehatte, das nicht zur Kommandostruktur gehörte, arbeitete intensiv an seinem Notebookcomputer. Am gegenüberliegenden Ende des Tisches saß Dr. Caldwell Whitlock für sich allein. Er war auf Einladung Prinz Lysanders erschienen, und falls das eine oder andere reguläre Mitglied des Kriegskabinetts nicht damit einverstanden war, so würde das doch niemand laut sagen, schon gar nicht heute.

Zusätzlich zu den Führungsoffizieren am Konferenztisch war

ein weiteres Dutzend Stühle entlang der Wände mit Experten besetzt – den Legionscaptains Jesus und Catherine Alana, dem Milizchef von Sparta City, Alan Hruska, sowie diversen spartanischen Armee- und Bruderschaftsoffizieren, Legionsoffizieren und zivilen Beamten. Die meisten hatten Notebookcomputer dabei.

Es wurde still im Raum, als Kabinettssekretär Horace Plummer eintrat und seitlich der Tür Stellung bezog. »Meine Lords und Ladies, Gentlemen, Seine Hoheit Kronprinz Lysander, laut Anweisung der Könige gemäß dem Letzten Dekret Oberbefehlshaber der Streitkräfte.« Alle Anwesenden erhoben sich – die Militärs aus Gewohnheit, wie vielleicht auch einige der anderen, aber manche reagierten einfach auf die ernste Förmlichkeit Plummers.

Lysander trug die Uniform eines königlichen Offiziers, allerdings ohne Rangabzeichen. Er wirkte älter als seine tatsächlichen Jahre, als er in der Mitte an den großen Konferenztisch trat. Nur ein Stuhl stand dort. Früher waren es zwei gewesen, und Lysander hatte ihnen gegenüber auf dem Platz gesessen, der jetzt von Owensford eingenommen wurde. Lysander nickte allen freundlich zu, setzte sich aber, ohne ein Wort zu sagen. Nach einem Augenblick folgten die anderen seinem Beispiel.

»Sie finden die Tagesordnung auf Ihren Bildschirmen«, sagte Plummer.

»Mit Erlaubnis Seiner Hoheit kann die Tagesordnung noch für einen Moment warten«, warf Roland Dawson ein. »Wie wir gehört haben, liegen gute Nachrichten aus St. Thomas vor.«

Lysander runzelte kurz die Stirn, aber auf einmal erschien sein Lächeln wieder, als ob er sich gerade daran erinnert hätte. »Danke. Ja, es sind wirklich sehr gute Nachrichten. Die Gräfin Melissa erholt sich gut.«

»Gut genug, um gestern abend dem Palast einen kurzen Besuch abzustatten. Ihr Vater sprach heute morgen davon. Und, Hoheit, ich habe vernommen, daß wir bald noch bessere Nachrichten erwarten dürfen«, fuhr Dawson erbarmungslos fort. Der Erste Minister war gleichzeitig Mehrheitsführer im Senat und per Definition ein Politiker, und nicht einmal das Letzte Dekret konnte etwas daran ändern. »Es heißt, die Königin bespräche sich mit dem Erzbischof, um die Hoheitsplanungen anzupassen. Ich habe Verständnis dafür, wenn Eure Hoheit es vorziehen, das als Privatangelegenheit zu betrachten, aber die Bürger würden die Neuigkeit begeistert aufnehmen, und ich bitte um die Erlaubnis, sie verkünden zu dürfen.«

Lysander sah sich um und erblickte überall eifrige Gesichter. Sogar der mürrische Finanzminister brachte lächelnd seine Zustimmung zu Dawsons Äußerungen zum Ausdruck.

»Es wird Zeit, daß wir mal ein paar gute Nachrichten verkünden«, meinte Elayne Rusher.

»Die Bürger werden sie sicherlich feiern wollen«, ergänzte Sir Alfred Nathanson.

Lysander nickte. »Ich denke, Sie haben recht. Die Einzelheiten lege ich in Ihre Hände. Nun – übrigens danke, Roland –, Mr. Plummer, könnten wir zur Tagesordnung zurückkehren?«

»Punkt Eins, ein Bericht der Feldkommandeure«, sagte Horace Plummer. »General Owensford, bitte.«

»Hoheit, meine Lords und Ladies, Sie haben die abschließenden Zahlen gesehen, und genauere Einblicke kann Ihnen der Computer des Konferenzssaales geben. Ich kann den Bericht in zwei Worten zusammenfassen: Wir siegen.«

»Gott sei Dank«, sagte Roland Dawson. Der Erste Minister wischte sich mit einem bereits feuchten Taschentuch die Stirn ab. »Bis wann, denken Sie, wird das alles vorüber sein?«

»Ich fürchte, nicht ganz so schnell, wie Sie das möchten«, sagte Peter Owensford. »Wir haben uns bereits kräftig gestreckt und verfügen über keine nennenswerten Reserven mehr. Nahezu alles, was wir haben, wurde in die beiden Feldzüge gesteckt, nämlich die Verfolgung des Storakommandos und den Angriff auf die feindliche Hauptbasis. Wir stehen vor dem Sieg, aber leider ist nicht alles so einfach. Es haben sich ein paar Komplikationen ergeben. Die Einzelheiten dazu finden Sie in den Dateien Ihrer Konsolen. Bedauerlicherweise muß ich Sie darum bitten, keine elektronischen Kopien dieser Dateien mit aus diesem Raum zu nehmen. Wir wissen, daß die Computer hier sauber sind, und sie verfügen über keinerlei Hardwareverbindungen zu irgendwelchen sonstigen Systemen.«

»General?«

»Ja, General Desjardins?«

»Bedeutet das, daß wir uns nach wir vor nicht auf unsere Computersysteme verlassen können?«

»Korrekt«, antwortete Owensford. »Wir haben eine ganze Menge Helotentechniker gefangengenommen, die gerade in Basis Eins ihre Ausbildung absolvierten, und wir haben viel von ihnen erfahren. Murasakis Leute waren schon tiefer in unsere Systeme eingedrungen, als ich es mir hätte träumen lassen. Wir haben das überwiegend durch Schlußfolgerungen und geschickte Befragung von Helotenoffizieren und ihren Technikschülern erfahren.« Er deutete mit einem Nicken auf die Captains Alana. Sie lächelten kurz. Beide wirkten gleichermaßen überarbeitet wie triumphierend.

»Unglücklicherweise bekamen wir nicht einen einzigen Technoninja lebend in die Hand«, fuhr Peter fort. »Die vier, die wir erwischten, waren entweder schon tot oder starben, ehe wir sie unter Drogen setzen konnten. Interessanterweise war einer bereits durch Folter getötet worden, offensichtlich durch Experten der Heloten. Niemand scheint jedoch etwas darüber zu wissen, es sei denn, Captain Alana hat etwas herausgefunden, seit ich das letzte Mal mit ihm sprach. Ja, Jesus?«

»Wir haben einen Helotenoffizer, nach dessen Aussagen die Exekution auf persönlichen Befehl von Feld Eins erfolgte, als Strafe für Versagen beim Stora-Mine-Unternehmen. Offensichtlich geschah es auf Verlangen der überlebenden Senioroffiziere des Storakommandos. Sie hatten das Gefühl, verraten worden zu sein, und bestanden darauf, daß jemand bestraft wurde.«

»Soso«, warf Lysander ein. »Die Vipern gehen sich schon gegenseitig an die Kehle.«

»Es hat ganz den Anschein, Hoheit«, sagte Owensford. »Allmählich bekommen wir es in ansehnlichem Ausmaß mit desertierenden Offizieren zu tun, besonders aus den Reihen des Storakommandos, aus dem wir sogar einen Colonel haben, einen gewissen Hamish Beshara, Codename Ben Bella. Zufälligerweise handelte sich bei seinem Brigadekommandeur um unseren Freund Niles.« Owensford brach ab. Prinz Lysanders

Gesicht war zu einer Maske des Hasses erstarrt. »Ben Bella hatte nichts mit dem Raketenangriff zu tun, Hoheit. Jesus?«

»Nein, mein Prinz. Soweit ich mit meinen Fertigkeiten feststellen kann, hatte niemand von unseren Gefangenen eine Ahnung, daß die Rakete gegen ein nichtmilitärisches Ziel eingesetzt werden sollte. Colonel Ben Bella glaubte, sie sollte das geothermische Kraftwerk zerstören, falls, wie es ja auch geschah, der Sabotageversuch scheiterte.« Jesus zuckte die Achseln. »Ich bin sicher, daß ich Beweise finden könnte, die ihn der willkürlichen Zerstörung von Privateigentum überführen, würde es aber nicht riskieren, diesen Fall vor ein Kriegsgericht des CoDominiums zu bringen, vor allem, weil der Mann sich auf die Zusage einer Amnestie für alles außer vorsätzlichen Greueltaten hin ergab. Er hat zwar eine andere Vorstellung von Greueltaten als wir, ist jedoch überzeugt, daß er keine begangen hat – und daß der Raketenangriff eine Greueltat *war.* Er beharrte darauf, daß er ihn nicht zugelassen hätte, wenn er nur informiert gewesen wäre – und obwohl ich bezweifle, daß er sein Leben dafür riskiert hätte, steht fest, daß er es mit der Absicht ehrlich meint.«

»Was uns zu einem Problem führt«, sagte Owensford, als Lysander keine Antwort gab. »Wir haben eine Reihe von Helotensoldaten gefangengenommen, und im Basislager konnten wir weitere Rebellen dingfest machen. Die Heloten kennen den Status des Nichtkombattenaten nicht. Alle ihre Mitglieder gelten als Rebellen, und man erwartet von ihnen zu kämpfen. Sie sind fast alle bewaffnet, und einige ihrer Frauen und Kinder wurden getötet, als sie Waffen auf unsere Soldaten richteten. Andere warfen sie fort. Es ist auf jeden Fall schwierig, sich ein zehnjähriges Kind als Feind vorzustellen.«

»Nissen zeugen Läuse«, sagte jemand.

Owensford runzelte die Stirn. »Das wurde schon in jedem revolutionären Krieg der Geschichte gesagt. Und es paßt hier auch nicht besser als in Palästina oder Kurdistan. Eure Hoheit, wir benötigen politische Direktiven und Verfahrensweisen. Was sollen wir mit gefangenen Helotensoldaten und ihrem nichtmilitärischen Anhang machen?«

»Wir können sie nicht einfach laufenlassen«, meinte Yamaga. »Sie wollen nicht arbeiten. Sie wollten nicht arbeiten, ehe sie Heloten wurden, und sie wollen es auch jetzt nicht; darüber hinaus haben sie Geschmack an Rebellionen gefunden und sind an Waffen ausgebildet worden. Wenn wir sie laufenlassen, werden sie zu Kriminellen, selbst wenn sie sich nicht wieder der Rebellion anschließen.«

»Man muß ihnen beibringen zu arbeiten«, sagte Madame Rusher. »Diese Menschen müssen überzeugt werden, daß Arbeit die bessere Alternative zum Banditentum ist.«

»Wir können einen Teil der Soldaten für unsere Expeditionstruppen gebrauchen«, sagte Hal Slater. »Und für die Legion. Das setzt allerdings Transportmittel voraus. Ich kann mir nicht vorstellen, daß irgend jemand von uns sie frei und bewaffnet auf Sparta herumlaufen sehen möchte, ehe sie ein paar Jahre Gehorsam demonstriert haben.« Er lachte leise. »Wie schade, daß wir sie nicht auf einen anderen Planeten deportieren können. Zum Beispiel nach Byer's, damit sie es dort mal mit dem kriminellen Leben in Hell's-a-comin' versuchen.«

»Was für eine Vorstellung!« meinte Yamaga. »Wirklich schade, daß das nicht geht.«

»Die Frage lautet jedoch, was wir *jetzt* mit ihnen anfangen«, gab Owensford zu bedenken. »Wir haben die Inselcamps. Das Ausbildungsprogramm der Legion hat dort gut funktioniert. Das letzte Mal, als wir eine Transportmöglichkeit hatten, verschifften wir über fünfhundert neu ausgebildete Heloten zur Verstärkung Falkenbergs nach New Washington. Nach den jüngsten von dort eingetroffenen Meldungen schlagen sie sich ganz ordentlich. Natürlich handelt es sich dabei um eine Auswahl der Besten, um diejenigen mit genügend Grips, um sich etwas zu merken.«

»Allerdings mußten sie tausend weitere abweisen, die sich gemeldet hatten, aber die Ausbildung nicht abschließen konnten«, bemerkte Sir Alfred Nathanson. »Und diese Leute machen uns Probleme. Bislang können wir auf der Insel die Ordnung aufrechterhalten, und die Bewohner bauen dort sogar ihr eigenes Getreide an, aber wir können derartige Lager nicht für immer beibehalten!«

»Auch die Küstenwache hat damit zu kämpfen«, sagte General Desjardins. »Wir machen uns Sorgen, daß die Heloten versuchen könnten, ihre Leute zu retten, und der einzige Grund, warum sie es noch nicht getan haben, ist die abgelegene Lage. Dort sind jedoch Kräfte gebunden, die wir anderswo gebrauchen könnten. Wenn wir nur ein paar unserer Seeschiffe verlieren, stehen alle diese Helotensoldaten wieder für die Rebellion zur Verfügung.«

»Wir könnten sie nicht einfach erschießen«, sagte Elayne Rusher.

»Nein, Madam«, pflichtete ihr der Finanzminister bei. »Von den ethischen Aspekten einmal abgesehen würde sich keiner der übrigen mehr ergeben. General, Sir Alfred, ich fürchte, Ihre Inselcamps sind die einzige Lösung. Und sie sind billiger als der Krieg. Viel billiger.«

»Wir haben tatsächlich sogar zwei Probleme«, meinte Yamaga. »Einmal sind da natürlich die Kriegsgefangenen. Und während wir die Kriminellen nicht zu hübschen Orten wie Hell's-a-comin' deportieren können, schüttet uns das CoDominium weiter mit Zwangskolonisten zu. Nun kann ich Ihnen garantieren, daß diese Leute zum Teufel ganz gut zu uns passen, aber zu viele sind fast so schlimm wie die Rebellen.« Er zuckte die Achseln. »Und bei vielen von ihnen ist es nur eine Frage der Zeit, bis sie nicht einfach nur noch nutzlose Mäuler darstellen, sondern sich der Rebellion anschließen und unsere Leute umbringen. Brot und Spiele, das ist es, was sie wollen.«

»Jede Demokratie der Geschichte wollte schon immer Brot und Spiele«, sagte Roland Dawson. »Meine Partei natürlich nicht, aber es gibt durchaus Gruppierungen in der Bürgerschaft, die es lieber mit Brot und Spielen als einer Fortsetzung des Krieges versuchen würden.«

»Tributzahlungen«, meinte Hal Slater. »Es ist niemals klug, sie zu leisten, schon gar nicht an Kriminelle.«

»Sie werden es nicht bekommen«, sagte Lysander. Er sprach leise, aber trotzdem wurde es still im Raum. »Mit dieser Art Wohlfahrtsstaat würden wir das eigene Volk korrumpieren. Unsere Regierung wird Menschen nicht für ihre Armut bezahlen und auch keine bezahlten Beamten einstellen, die motiviert sind, sich eine arme und faule Klientel zu halten. General Desjardins, wenn ich Sie richtig verstanden habe, gefällt der KSBP der Inseldienst nicht.«

»Sie verabscheut ihn, Hoheit. Das ginge Ihnen nicht anders.«

»Denke ich auch. Erlauben Sie mir jedoch den Hinweis, daß die Sache auch Vorteile bietet. Solange niemand scharf auf eine Karriere in der Lagerverwaltung ist, solange hat auch niemand einen guten Grund, die Lager beizubehalten, wenn wir eine bessere Lösung gefunden haben.«

»Jedenfalls niemand, den ich in der KSBP haben möchte«, sagte Desjardins naserümpfend.

»Sorgen Sie dafür, daß es so bleibt«, sagte Lysander. »Zu viele Nationen haben sich selbst vernichtet, indem sie potentiell tödliche Veränderungen an ihren Institutionen vornahmen, um einen Krieg zu gewinnen oder eine innenpolitische Krise zu meistern. Jede Institution beschäftigt Leute, die das, was sie dort tun, auch weiter tun möchten. Es liegt im Wesen eines Staates, sich dauerhafte Institutionen zu schaffen, Strukturen, die ihren Zweck lange überleben. Wenn man Personen dafür bezahlt, den Armen zu helfen, dann hat man damit Leute, die kein Geld mehr bekämen, wenn es keinen Armen mehr gäbe, also werden sie ganz sicher immer welche finden. Sparta wurde als Antithese zu Wohlfahrtsstaaten dieser Art gegründet, und bei Gott, dabei wird es bleiben! Ich würde eher den Krieg verlieren als das ändern!«

Rings um den Tisch wurde zustimmend gemurmelt.

»Sehr richtig«, meinte Whitlock.

»Das wäre also geklärt«, fuhr Lysander fort. »Nun muß ich darauf hinweisen, daß wir nach einem Sieg noch weit mehr gefangene Heloten haben werden, einige davon richtige Kriegsverbrecher.«

»Hängen wir sie«, schlug Desjardins vor.

»Wen wir der Verübung von Greueltaten überführen können, ganz bestimmt. Aber wie viele werden das sein?«

»Rom kreuzigte nach dem Spartakusaufstand an jedem Meilenpfosten vom Vesuv bis Rom einen Rebellen«, sagte Madame

Rusher. »Geht es darum? Sicherlich waren es nicht mehr als eintausend, aber man erinnert sich bis heute daran. Ich vermute, falls wir das übertreffen, erhalten wir dafür einen Platz in den Geschichtsbüchern, aber ich bin mir nicht sicher, ob es ein Platz ist, den wir möchten.«

»Ich mir auch nicht«, sagte Lysander. »Ich weiß nicht recht, was wir mit den Mitläufern anstellen sollen, aber es gibt eine einfache Lösung für die, die aktiv an der Rebellion mitgewirkt haben. Sie wollten es mal mit dem Barbarentum probieren. Ich schlage vor, ihnen diesen Wunsch zu erfüllen. Setzen wir sie auf der Insel aus – der Wolfsinsel. Sie bekommen ein paar Werkzeuge, Saatgut und ein paar Nutztiere. Keine Waffen und keine sonstige Technik. Wenn sie nicht arbeiten, hungern sie. Nach ein paar Jahren können die Überlebenden versuchen, ein besseres Abkommen auszuhandeln.«

»Das ist hart«, meinte Roland Dawsons.

»Es ist besser als das, was sie mit uns vorhatten«, gab Lysander zu bedenken. »Sir Alfred, das wird Ihre Aufgabe. Bitte kümmern Sie sich darum.«

»Ja, Hoheit.«

»Sir?«

»Ja, Admiral Forrest?«

»Dies ist meine erste Kabinettssitzung. Ich kenne die Geschäftsordnung noch nicht genau.«

»Wir unterhalten uns ziemlich zwanglos, Admiral. Wenn Sie glauben, etwas zu unserer Diskussion beitragen zu können, ist es vollkommen richtig, wenn Sie sich melden.«

»Ja, Sir. Ich wollte sagen, daß die Nachrichten, die wir aus dem Co-Dominium erhalten, verwirrend und widersprüchlich sind. Dazu gehören Gerüchte über Meutereien in der Flotte, über gestrandete Schiffe, für deren Reparatur und Treibstoffversorgung kein Geld mehr vorhanden ist. Es gibt Geschichten über Rivalitäten, aber auch offizielle Dokumente, die keine Bestätigung dafür enthalten, daß irgend etwas Ungewöhnliches vorginge. Nur eins steht fest – der nächste Transport des Umsiedlungsbüros ist überfällig. Vielleicht bekommen wir ja auch gar nicht mehr so viele Zwangskolonisten.« .

»Besseres können wir uns gar nicht wünschen«, sagte Hal Slater vorsichtig. »Ich erhalte weitgehend dieselben Meldungen wie Admiral Forrest. Das CD bekommt nicht mehr genug Geld zusammen, um alle seine Schiffe in Betrieb zu halten. Wahrscheinlich werden wir in Zukunft weniger Probleme mit Zwangskolonisten haben, als wir bislang glaubten.«

»Oder eine ganze Reihe Schiffe kommt auf einmal«, wandte Lysander ein. »Trotzdem danke, daß Sie den Punkt vorgebracht haben. Vermutlich wissen alle Anwesenden, daß Admiral Forrest den hiesigen CD-Flottenbefehlshaber dazu überreden konnte, die Sicherheit unseres Aufklärungs- und Kommunikationssatelliten zu gewährleisten. Man sagte uns, daß auch die heimlichen Waffenlieferungen an die Rebellen abgefangen würden.«

»Dafür schulden wir Admiral Forrest Dank«, meinte Elayne Rusher.

»Wahrhaftig«, sagte Lysander. »Diese Fang-Raketen hätten uns enorm zusetzen können. Sie können es immer noch, aber zumindest ist der unbeschränkte Nachschub an ihnen und dem übrigen Hochtechnologiematerial unterbrochen worden. Von uns allen und von mir speziell vielen Dank, Admiral. Wir werden das nicht vergessen.«

»Danke, Hoheit«, antwortete Forrest. »Natürlich war mir Dr. Whitlock eine große Hilfe. Er kann sehr überzeugend sein.«

»Na, ich danke Ihnen«, sagte Whitlock. »Es kommt vor allem darauf an, die hiesigen CD-Angehörigen davon zu überzeugen, daß sie mit einem starken und friedlichen Sparta als Zuhause selbst am besten dran sind. Die schlagkräftigsten Argumente dafür sind Admiral Forrest und Captain Nosov.«

Lysander nickte. »General Owensford, bitte fahren Sie mit Ihrem Bericht fort.«

»Ja, Hoheit. Wie ich schon sagte, stehen wir im Begriff zu siegen. Die neuen Satellitenbilder waren extrem hilfreich, besonders bei der Verfolgung der feindlichen Nordgruppe, des Storakommandos. Ich freue mich, feststellen zu können, daß das Storakommando für niemanden mehr eine Gefahr darstellt. Eine Zeitlang zog es sich organisiert und diszipliniert zurück und stellte damit General Barton vor große Probleme, aber kurz nach Verabschiedung des Letzten Dekrets verwandelte es sich in kaum mehr als einen Haufen desorganisierter Nachzügler.

Die Veränderung erfolgte plötzlich und dramatisch. Inzwischen erfuhren wir, daß sich die Führungsoffiziere absetzen und den Rest sich selbst überließen, was die Soldaten ganz schön demoralisiert hat. Viele, die sich persönlich nicht an Greueltaten beteiligt hatten, ergaben sich wenig später. Übrig sind noch die Stadtganoven in der Wildnis, gejagt von erfahrenen Waldäufern, die ihre Arbeit genießen. Die Gejagten könnten einem fast leid tun.«

»Nein, können sie nicht«, erwiderte Lysander. »Sie haben nach ihren Rechten geschrien und erfahren jetzt Gerechtigkeit. Wie viele Kriminelle haben wir gefangengenommen?«

»Weniger, als mir lieb wäre, weil sich diejenigen, die sich als Kriegsverbrecher herausstellen könnten, natürlich nicht ergeben. Über sechshundert dagegen haben die Amnestie akzeptiert. Davon ließen sich neun leicht als Kriegsverbrecher überführen, vierunddreißig sind es wahrscheinlich, und bei vier handelt es sich um Verräter, um Bürger, die die Rebellen unterstützen.«

»Wahrscheinlich«, sagte Roland Dawson. »Das bedeutet ›wahrscheinlich‹ in Anbetracht Ihrer – technischen Mittel?«

Jesus Alana zuckte die Achseln. »Es ist teuer und zeitaufwendig, jeden Gefangenen zu verhören. Und sind wir wirklich sicher, daß wir die Antworten hören möchten? Sobald wir herausfinden, daß sich jemand Kriegsverbrechen schuldig gemacht hat, müssen wir eine Entscheidung treffen, was wir mit ihm machen.«

»Was ist mit den Bürgern geschehen?« wollte Lysander wissen.

»Die Verräter befinden sich im Gefängnis der Hauptstadt, Hoheit, zu Ihrer Verfügung und der Ihrer Majestäten«, antwortete Owensford. »Sie sind ein eigener Fall. Die Helotensoldaten setzten wir nach erfolgtem Verhör auf der Insel aus, aber wenn wir jemanden von ihnen finden wollen, wissen wir, wo er ist.«

»Verstümmelung«, schlug einer der Nachrichtendienstoffiziere der Bruderschaften vor. »Wir sollten jedem einen Finger abhacken. Oder eine Zehe. Das würde es sehr erleichtern, jemanden wieder aufzufinden.«

Lysander gab keine Antwort darauf, und ein peinliches Schweigen trat ein.

»Rings um das Basislager sieht es ganz ähnlich aus«, fuhr Owensford schließlich fort. »Die Truppen dort sind besser organisiert, aber der Großteil der Führung hat sich verdrückt. Von den Zurückgelassenen scheint erwartet worden zu sein, daß sie ihr Leben möglichst teuer verkaufen. Ein paar haben es auch getan, aber langsam breitet sich die Erkenntnis aus, daß sie für eine verlorene und traurige Sache kämpfen sowie für Führer, die selbst geflüchtet sind. Einzelpersonen und organisierte Gruppen bitten um Amnestie. Andere haben sich in der Wildnis verstreut, diesmal mit kaum mehr, als sie am Leibe tragen können. Offen gesagt wäre ich lieber auf der Insel als auf der Flucht. Besserer Boden, und ich bräuchte mir keine Sorgen um Maces Scouts auf meinen Fersen zu machen.«

»Wir haben ihre Führer jedoch nach wir vor nicht erwischt.«

»Von Croser und seiner Hauptstadtgruppe abgesehen – nein.«

»General, jeder von ihnen scheint zu glauben, daß Skilly einen Plan verfolgt«, sagte Lysander. »Hat jemand eine Idee, wie der aussehen könnte?«

»Nein, Sir.«

»Ich erinnere mich heute noch an den Illyrische Feldzug«, sagte Lysander, »wo die Heloten einen Plan hatten, der unmöglich funktionieren konnte und es doch beinahe tat, weil wir auf gar keinen Fall mit Giftgas gerechnet hatten. Captain Alana, Sie haben das damals gerade noch rechtzeitig durchschaut. Was könnten sie heute im Schilde führen?«

»Ich gestehe, daß ich viel darüber nachdenke«, antwortete Jesus Alana, »aber leider, mein Prinz, ohne großes Ergebnis. Catherine war auch nicht erfolgreicher.«

»Wir marschieren auf der Siegerstraße, aber sie geben nicht auf. Und versuchen auch nicht, Bedingungen auszuhandeln«, stellte Lysander fest. »Daraus schließe ich, daß sie immer noch an eine Möglichkeit glauben, selbst zu gewinnen.«

»Eindeutig«, pflichtete ihm Hal Slater bei.

»Aber sie sind doch dabei zu verlieren! Und zwar heftig. Es ist *unmöglich*, daß sie doch noch den Sieg davontragen!«

»Nun«, meinte Owensford, »vielleicht. Wir können sicher diese Hoffnung hegen, aber für alle Fälle muß ich Sie an einen Punkt erinnern, Hoheit. Ob es nun mit Skilly zu tun hätte oder nicht, das CoDominium könnte eindeutig jeden unserer Erfolge wieder zunichte machen. Man gebe den Heloten nur wieder genügend außerplanetaren Nachschub, und unsere Erfolgsserie wäre beendet.«

»Admiral, ist das wahrscheinlich?«

»Nein«, sagte Forrest. »Wahrscheinlich ist es nicht, aber natürlich möglich.«

»Eines Tages«, sagte Lysander, aber er äußerte es so leise, daß es wohl niemand sonst mitgehört hatte, vermutete Peter Owensford.

15

Croftons Enzyklopädie der bewohnten Planeten (zweite Auflage)

Korinth: *Stadt am inneren Ende des* Korinthischen Golfs *(q.v.), einer langen (700 km) trichterförmigen Bucht im Nordwesten des Serpentinenkontinents. Das von Siedlern aus Neu-Neufundland 2053 gegründete Korinth ist im wesentlichen eine Anlaufstelle für die Farmen des Umlandes sowie ein Fischereistützpunkt. Der Korinthische Golf bildet mit seinen tiefen, nährstoffreichen Wassern den Laichgrund für mehrere Arten großer Piscoiden, die zur Gewinnung ihres Leders, Öls und von pharmazeutischen Grundstoffen gejagt werden; dazu gehören das* Mammutgänseblümchen, *das* Tennisnetz *und der Galeeren-*

schnabel. Galeerenschnabelkaviar ist auf mehreren Planeten aufgrund seines exotischen Geschmacks und der mild anregenden und euphorischen Wirkung als Delikatesse berühmt. Aus Tennisnetzdrüsen wird ein bekanntes Mittel gegen Fettleibigkeit gewonnen. Zu den Einrichtungen Korinths gehören der Hochseehafen, kleine Repararturwerften, Lagerhäuser und Fabriken für die Verarbeitung von Meeresprodukten. Die Bevölkerung (2091) beträgt 6753, vorübergehende Einwohner nicht mitgerechnet.

Typisch für die Verhältnisse des Jahres 2010 ist auch die Tatsache, daß es sich weltweit bei den meisten Konflikten von geringer Intensität um Aufstände handelt, ein für Menschen, die schon das letzte Viertel des 20. Jahrhunderts durchlebt haben, vertrauter Umstand. Terrorismus ist an und für sich ineffizient, wenn es um wirkliche politische Veränderungen geht, aber andererseits wurden schon Regierungen von Aufständischen gestürzt ...

Ein bestimmter Aspekt von Aufständen, der im Jahr 2010 etwas anders zu sein verspricht, beruht auf einem Wandel in der Bevölkerungsstruktur. Die anhaltende Wanderungsbewegung der Menschen in der Dritten Welt hin zu den Städten macht es wahrscheinlich, daß städtische Untergrundorganisationen einen wachsenden Anteil an Aufständen haben werden ...

– *Rod Paschall,* LIC: 2000, Spezialunternehmen und unkonventionelle Kriegsführung im nächsten Jahrhundert,
Institut für Landkriegsführung, US-Armeeverband, 1990

Geoffrey Niles wachte auf, als er Stimmen hörte, aber aus langer Gewohnheit blieb er mit geschlossenen Augen reglos liegen, als schliefe er noch. Er hatte sich diese Gewohnheit auf der Schule zugelegt, um der Peinigung durch ältere Jungen zu entgehen, aber diesmal rettete sie ihn vor etwas weit Schlimmerem. Er dachte darüber nach, wo er sich gerade befand.

Sie hielten sich in einem Farmhaus auf, das Skilly vor Jahren gekauft hatte. Bei den nominellen Eigentümern handelte es sich um ein Paar, das Skilly in den Slums von Minetown gefunden hatte. Wie üblich hatte ihr der Instinkt für die Auswahl der richtigen Leute gute Dienste geleistet. Hildy und Rose Wheeler kümmerten sich seitdem in aller Stille um die Farm und steigerten allmählich ihren Wert, ohne Aufmerksamkeit zu erregen – ruhige Nichtbürgerfarmer, die sich nicht um Politik scherten, wie es für viele Leute im korinthischen Bezirk galt, tausend Kilometer nordöstlich der Hauptstadt. Und doch waren die beiden richtig hilfsbereit gewesen, als Skilly fast allein und auf der Flucht hier eintraf. Geoff staunte über die Einrichtungen in der Höhle, die sie hinter dem Farmhaus in die Felswand getrieben hatten – Büros, Waffenlager, Wohnräume, bereit, falls Skida Thibodeau sie einmal benötigen sollte.

Hier konnten sie sich entspannen. In Sparta City hatten sie jede Nacht in einem anderen Haus verbracht, in manchen willkommen, in anderen nur widerwillig akzeptiert, zweimal rundweg abgewiesen, ständig in Furcht vor Verrat selbst durch diejenigen, die sie scheinbar gerne aufnahmen. Es war eine enorme Erleichterung gewesen, die Hauptstadt zu verlassen, obwohl sie dazu verkleidet die Eisenbahn hatten benutzen müssen. Skilly verfügte über ein Dutzend Identitäten, komplett mit Papieren und Geschäftsreisedokumenten, und sie hatten dieses Material auch benötigt. Unter dem Letzten Dekret konnte man nicht einfach eine Fahrkarte kaufen und in den Zug steigen. Man mußte die Polizei davon überzeugen, daß man einen legitimen Grund für die Reise hatte, und sie schrieb alles auf, um den Computer damit zu füttern. Trotzdem hatten die beiden Flüchtlinge es bis hierher geschafft, zum erstenmal seit Wochen wieder in Sicherheit ...

Geoffrey lag allein in dem großen Bett. Skilly saß am Funkgerät, mit nichts als einem T-Shirt bekleidet. Sie hatte die Lautstärke heruntergedreht und sprach auch selbst ganz leise, als versuchte sie, ihn nicht zu wecken, aber Niles fragte sich, warum sie nicht die Kopfhörer benutzte, wenn das ihre Absicht war. Obendrein befand sich auch im angrenzenden Zimmer eine Konsole.

Stellt sie mich auf die Probe? fragte er sich. Das hatte sie seit dem Storazwischenfall häufig getan. Sie vertraute ihm nach wie vor nicht ganz. *Das war knapp. Ich hätte umkommen können, und das für nichts. Es gab nichts, was ich tun konnte, gar nichts.* Ihn schauderte bei der Erinnerung an Skillys kaltes Lachen, als sie die Rakete startete, an die unpersönliche Art, mit der sie sich das Ergebnis anschaute. Am schlimmsten war gewesen, als sie ihm später gestand, daß er recht gehabt hatte, daß es keine so gute Idee gewesen war. »Hätte auf meinen Jeffy hören sollen; manchmal hat er gute Instinkte.« Keine Reue, nur Bedauern, daß es nicht wie geplant gelaufen war. *Und sie plant immer noch, eine Dynastie zu gründen. Mein Gott, ich muß hier raus!* Das hatte er sich seit dem Angriff auf Stora schon oft gesagt, aber er konnte nirgendwo hin. Die Royalisten würden ihn mit Begeisterung hängen, wenn sie ihn erwischten, und die einzigen, ihm bekannten Orte, wo er sich vor ihnen verstecken konnte, wurden von Skilly beherrscht.

Er lag reglos da und hörte zu. Skilly unterhielt sich mit jemandem, und sie hatte schlechte Laune. »Sie sollten eigentlich für Skilly arbeiten«, sagte sie.

»Meine aufrichtige Entschuldigung, aber ich fürchte, mein Auftraggeber hat verabsäumt, mir das zu sagen.« Skilly hatte die Lautstärke herabgedreht, und die Stimme war so leise, daß Niles sie kaum hörte, aber er war sicher, daß es sich um Murasaki handelte. »Man hatte mich angewiesen, Ihre Interessen wie auch die von Hauptstadt Eins zu berücksichtigen, aber dabei nicht meinen primären Auftrag zu vernachlässigen. Tatsächlich ist jetzt, wo Hauptstadt Eins sich bedauerlicherweise in Haft befindet, nicht mehr sicher, daß Ihre Interessen und die meines Auftraggebers dieselben sind.«

»Wieso sagen Sie das?«

»Begnügen wir uns mit der Feststellung, daß mein Aufftraggeber Hauptstadt Eins seit vielen Jahren kennt und ihn daher gut versteht. Ihnen ist er nie begegnet. Und obwohl ich Ihr Führungstalent sehr bewundere, würde eine knappe Zusammenfassung der Ereignisse beklagenswert wenig dazu beitragen, diese Bewunderung gegenüber jemandem zu rechtfertigen, der Sie nicht gut kennt. Natürlich liegt alles nur an Pech und dummen Zufällen, aber es hat nicht den Anschein, als wäre Ihnen viel Erfolg beschieden gewesen.«

»Skilly hatte Hauptstadt Eins gesagt, es wär' Zeit unterzutauchen«, entgegnete sie. »Hauptstadt Eins hat sich aber darauf verlassen, daß Sie ihn rechtzeitig warnen. Nicht Skillys Schuld.«

»Ah, natürlich nicht«, sagte Murasaki. »Vielleicht hätten Sie sich jedoch besser überlegen sollen, welche Auswirkungen der Einsatz des Festungsbrechers nach sich ziehen würde, nicht wahr? Die Eroberung des Bergwerks und der Stadt war ein kühnes Ziel, eine bewundernswerte Konzeption, womöglich gar kriegsentscheidend, wäre sie mit einer geeigneten politischen Strategie verknüpft gewesen. Das CoDominium ist viel eher geneigt, einer faktischen Regierung zur Hilfe zu kommen, die eigenes Territorium kontrolliert. Der Einsatz des Festungsbrechers, um die Storagarnison zu überwältigen, war ein bewundernswert kühnes Vorhaben. Beklagenswerterweise führte es nicht zum beabsichtigten Effekt.«

»Das war auch Pech«, meinte Skilly. »Sie haben mir nicht gesagt, daß der Babyprinz da oben war. Alles lief prima, bis er seine Truppen ordnete, sie wieder in ihre Löcher zurückrief und organisierte. Dieser Prinz ist echt übel für uns. Am besten bringen wir ihn um. Ihn und seine ganze Umgebung. Er hat 'nen Preis auf meinen Kopf ausgesetzt, also mache ich dasselbe mit ihm. Bringen Sie ihn um, und zwar schnell!«

»Ah, aber ich hatte den Eindruck, Sie wüßten genau, daß Prinz Lysander nach Norden gekommen war. Mein Fehler. Was nun sein Ableben anbetrifft, so ist das heute nicht mehr so leicht herbeizuführen wir früher. Schließlich sind die Royalisten hochgradig alarmiert.«

»Sie haben weiterhin ihre Konferenzen«, meinte Skilly. »Müssen dem Senat Bericht erstatten, Rundfunksendungen fürs Volk machen.« Sie drehte sich um, aber Geoffrey Niles hatte bislang die Augen nicht ganz geöffnet, und sie gewann den Eindruck, daß er weiterhin schlief. Anschließend redete sie noch leiser, so daß er nicht mehr alles verstand. ». . . den ganzen verdammten Bau, wenn sie sich gerade drin aufhalten.«

»Man kennt nur wenige zuverlässige Methoden, um so etwas zu bewerkstelligen.«

»Eine ist ziemlich sicher.«

»Ich dachte, Sie hätten Einwände, zu diesem Mittel zu greifen.«

»Skilly mag es nicht, weil's für die Zukunft Probleme bringt. Aber vielleicht hat sie gar keine Zukunft mehr, wenn nicht was Drastisches passiert.«

»Das ist natürlich höchst bedauerlich«, meinte Murasaki. »Ich habe jedoch nur dieses eine Instrument zur Verfügung, und es ist fraglich, an welcher Stelle man es am besten einsetzt. Tatsächlich haben Sie selbst sogar überzeugende Argumente dafür vorgebracht, es überhaupt nicht einzusetzen. Es würde das Co-Domimium außerordentlich bestürzen, und es ist niemals klug, so etwas ohne sehr guten Grund zu tun.«

»Yeah, das ist mir klar. Aber überlegen Sie mal – wenn Sie nicht bald was unternehmen, stürzt Skilly in den furchtbar häßlichen Rachen der Niederlage.«

»Niemand versteht das besser als ich«, fuhr die sanfte Stimme fort. »Wir hatten Ihnen jedoch gewaltige Ressourcen zur Verfügung gestellt, und ich fürchte, wir können für diese enorme Ausgabe nur wenig vorweisen. Wir haben die Legion in Verlegenheit gebracht, aber sie scheint diese Erfahrung überstanden, ja, vielleicht nicht einmal bemerkt zu haben. Die Königliche Regierung ist stärker als je zuvor. Ich bedaure, darauf hinweisen zu müssen, daß Sie anscheinend nicht viel vorweisen können. Haben Sie die Politelemente in Sparta City unter Ihre Kontrolle gebracht?«

»Ja.«

Geoff unterdrückte einen Schauder. Es war ein Alptraum gewesen, den politischen Apparat nach den Massenverhaftungen, die auf die Verkündung des Letzten Dekrets gefolgt waren, wieder in die Hand zu bekommen. Ohne die toten Enden, die Brüche in der Kommandostruktur wäre der ganze Apparat in wenigen Stunden zerschlagen worden; nachdem allerdings die bekannten Führungspersönlichkeiten verhaftet waren, war es extrem schwierig, mit den Verbliebenen Kontakt aufzunehmen, und noch schwerer fiel der Nachweis, daß man selbst berechtigt war, Befehle zu geben, und daß der Kampf fortgesetzt werden sollte. Niles' Bewunderung für Skilly war dabei noch enorm gestiegen, aber gleichermaßen sein Entsetzen über ihre Methoden. Sie verfügte über grenzenlose Energie und hatte eine Anzahl von Notfallplänen für genau diesen Fall zur Verfügung. Besonders gut verstand sie sich auf Erpressungen, und sie besaß genügend Beweise, um die meisten Angehörigen ihrer politischen Führung dreimal an den Galgen zu bringen. Einer derjenigen, der ihr die Aufnahme verweigert hatte, wurde tags darauf gefunden und hatte die abgeschnittenen Hoden in den leeren Augenhöhlen stecken.

Gut, wir haben die Politelemente unter Kontrolle. Das erfordert umfangreiche persönliche Kontakte, und diese werden wiederum dadurch erschwert, daß Skilly darauf besteht, ständig den Aufenthaltsort zu wechseln. Fürchtet wohl, daß jemand sich das Kopfgeld verdienen möchte. Ich frage mich, wie lange sie hier bleibt? Es ist zwar sicher, aber sie kann von hier aus nicht viel bewegen.

»Jagen Sie den Palast hoch, wenn die Regierung komplett dort versammelt ist«, sagte Skilly. »Geben Sie Skilly 'ne Woche ... Ach verdammt, geben Sie ihr sechs Stunden Vorwarnung, und alles wird vorüber sein. Skilly hat dann hier die Macht. Keine Könige mehr, kein Senat, keine Regierung. Nur die Organisation.«

»Nun, darüber sollte man nachdenken«, pflichtete ihr Murasaki bei. »Ich denke jedoch, wir sollten zunächst beim ursprünglichen Plan bleiben. Warten wir ab, was damit zu erreichen ist, ehe wir es auf Ihre Art versuchen. Wenn er scheitert, bleibt vielleicht eine andere Möglichkeit.«

»Vergessen Sie bloß nicht, Skilly zuerst zu informieren. Diese Politleute sind nicht so leicht zu lenken, sind keine ausgebildeten Soldaten. Vielleicht probieren wir beides gleichzeitig? Zwischen dem CD und Ihrem Zeug zermalmen wir die Regierung, und Skilly besorgt dann den Rest. Wir übernehmen die Hauptstadt, wir gewinnen, und wir müssen nur einmal gewinnen . . .«

Das Mädchen war um die Zwanzig und auf natürliche Art hübsch gewesen. Jetzt hatte man ihr das Haar mit dem Bajonett abgeschnitten, sickerte aus ihren geschwollenen Lippen Blut und fehlte ihr mindestens ein Zahn. Auch die Nase war geschwollen, wahrscheinlich gebrochen. Sie hatte ein blaues Auge und auch an anderen Stellen blaue Flecken, besonders an den Schenkeln. Sie lag nackt auf einer Couch ausgestreckt, und einer der Helotensoldaten machte sich gerade wieder die Hose zu.

Geoffrey Niles betrachtete die Szene mit Abscheu. »Das sieht mir doch nach Verschwendung aus«, sagte er. *Soldaten. Krieger. Mein Gott! Erst das Lefkowitz-Mädchen – diese Bilder! Bilder, die inzwischen an die Lunabasis und jedes im CD registrierte Söldnerunternehmen gegangen waren, und sie lernen es immer noch nicht, glauben sogar immer noch, sie würden gewinnen und dann selbst die Regeln aufstellen. Regeln! Und jeder weiß, daß meine Familie in diese Vorfälle verwickelt ist.*

»Eine Verschwendung, Brigadeführer? Wir sollten sie schließlich umbringen, aber niemand hat gesagt, wir dürften nicht noch ein bißchen Spaß haben.«

Niles schüttelte den Kopf. »Komischer Begriff von Spaß. Jedenfalls brauche ich bestimmte Informationen, die sie wahrscheinlich kennt. Zieh sie an. Ich bringe sie zurück, wenn ich fertig bin.«

»Es hieß, sie wüßte nichts. Die Typen von der Legion haben ihr nicht viel gesagt. Sie ist nutzlos«, meinte der Kompanieführer und grinste, als er mit seiner Hose fertig war. »Hängt natürlich davon ab, wozu Sie sie verwenden möchten, aber wenn man sich ansieht, was Sie sonst so kriegen, brauchen Sie die eigentlich nicht.«

Niles' Blick brachte ihn zum Schweigen. »Es gibt ein paar Dinge, die wir einfach erfahren müssen. Leute, die sie getroffen hat, Orte auf der Karte. Sie hätte Ihnen gar nicht übergeben werden sollen, ehe wir mit ihr fertig waren. Holen Sie ihre Kleider.« Er wandte sich an das Mädchen. »Können Sie sich selbst anziehen?«

»Yeah.« Ihre Stimme klang verzerrt.

»Dann tun Sie es.«

Sie blieb reglos liegen. Der Helotenoffizier schlug ihr auf den Mund. »Rede ihn mit Sir an und tue jetzt, was er sagt, du Miststück!«

Mit erkennbarer Anstrengung setzte sie sich auf. Niles sah zu, wie sie in Hose und Hemd schlüpfte. Sie hatte keine Unterwäsche, und Niles fragte sich, ob die zerstört worden war, als man ihr die Kleider heruntergerissen hatte. Obwohl sie sich nur langsam und vorsichtig bewegte, schien nichts gebrochen zu sein. Sobald sie die Stiefel an hatte, zog Niles sie rasch auf die Beine, drehte ihr die Arme auf den Rücken und legte ihr Handschellen an. »Möchten Sie sie zurückhaben?« fragte er den Helotenoffizier.

»Na ja, könnte Spaß machen, sie noch einmal zu nehmen, ehe wir sie töten.«

»Wir werden sehen. Falls sie mit uns kooperiert. In Ordnung – Talkins, nicht wahr? Mitkommen!« Er schubste sie hinaus auf den Korridor der Höhlenanlage.

»Seien Sie vorsichtig!« rief ihm der Helot hinterher. »Sie beißt! Oder hat es getan. Hab ihr gesagt, sie dürfte es nicht.«

Der Gang führte zum Keller des Farmhauses. Auf halbem Weg zweigte ein Seitenkorridor ab. Niles öffnete die Tür dort, schubste Margreta Talkins hindurch, folgte ihr und schloß die Tür vorsichtig. »In Ordnung«, sagte er. »Gleich nehme ich Ihnen die Handschellen ab, aber ich möchte erst sicherstellen, daß Sie verstehen, was los ist.«

»Und was ist los?« Mit den geschwollenen Lippen konnte Margreta nur undeutlich sprechen. Sie spuckte Blut aus.

»Wir sehen zu, daß wir verdammt schnell von hier verschwinden.« antwortete Niles.

Ihre Augen weiteten sich. »Wir! Wieso?«

»Schauen Sie mal, wir haben nicht viel Zeit. Ich möchte mich den Royalisten ergeben, und ich brauche dafür eine Verhandlungsgrundlage. Sie sind ein Teil davon. Wir haben eine Stunde, vielleicht zwei, bis Skilly nach mir ruft, und noch einmal soviel Zeit, bis sie herausfindet, was passiert ist. Wenn es soweit ist, sollten wir lieber höllisch weit entfernt sein. Können Sie laufen?«

»Ein bißchen. Ich bin ganz schön ramponiert. Hätte ich gewußt, daß ich noch laufen muß, hätte ich mich nicht so heftig gewehrt.«

»Es tut mir leid.«

»Yeah. Hätte schlimmer kommen können. Okay, ich versuche mitzuhalten. Schauen Sie, ich weiß nicht, was noch passieren wird, aber tun Sie mir einen Gefallen: Ich möchte denen nicht noch einmal lebend in die Hände fallen, ja? Okay, hauen wir ab.«

»In Ordnung, hier können wir für ein paar Minuten bleiben«, sagte Niles. »Ich habe Kleidung und Ausrüstung unter diesen Felsen versteckt. Wir nehmen uns fünf Minuten Zeit, damit Sie sich umziehen können. Auch Waffen liegen hier bereit.«

Margreta stolperte noch ein paar Schritte und setzte sich müde hin. »Ich schätze, ich bin in gar nicht so guter Verfassung, wie ich dachte.«

»Wie hat man Sie erwischt?«

»Ich denke, sie waren schon die ganze Zeit hinter mir her. Zumindest seit Gräfin Melissa das Attentat überlebt hat. Sie waren sich ziemlich sicher, daß ich sie hätte töten können. Seitdem haben sie mich wohl nur noch dazu benutzt, die Legion mit falschen Informationen zu versorgen. Mein letzter Auftrag war dann eine Wolpertingerjagd, um eine falsche Geschichte über das Versteck der Heloten zu verbreiten. Ich glaubte wirklich, ich hätte Skilly ausfindig gemacht und daß es schon der Mühe wert war, die Information weiterzugeben. Wahrscheinlich hatten die Heloten da schon beschlossen, daß ich keinen Nutzen mehr für sie hatte, denn es war eine abgekartete Sache.«

Niles hob einen flachen Stein ab. »Da haben wir es. Zunächst die Feldflaschen. Wasser oder Whiskey?«

»Wasser. Whiskey wäre zunächst super, aber ich glaube nicht, daß es lange helfen würde.« Sie nahm einen tiefen Schluck. »Geben Sie mir den Whiskey«, sagte sie dann auf einmal, und Niles reichte ihr die andere Feldflasche. Sie nahm einen Schluck, gurgelte kräftig damit und spuckte ihn wieder aus. »Das hilft. Wenn Sie mir jetzt bitte das Handtuch geben und sich umdrehen würden . . .« Sie lachte. »Oder auch nicht. Jesus, man sollte eigentlich denken, ich wäre über solche Schamgefühle hinaus.«

Geoff tastete in der Nische unter dem Stein herum und vermied es dabei sorgfältig, in ihre Richtung zu blicken.

»Au, das sticht!« sagte sie. »Sie haben wohl kein milderes Desinfektionsmittel, oder?«

»Nein. Ich habe allerdings noch ein paar Sachen zum Anziehen. Einschließlich Unterwäsche. Die Unterhosen sind ein bißchen groß für Sie, aber besser als nichts.« Er reichte sie nach hinten weiter und spürte, wie sie ihm aus der Hand nahm. »Und eine saubere Hose und ein Hemd. Ich habe dieses Versteck angelegt, als ich hörte, es würde ein gefangener Legionär gebracht, aber ich wußte nicht, daß es ein Mädchen sein würde.«

»Mädchen«, sagte Margreta. »Himmel, Mann, wenn das keine Frau aus mir gemacht hat, dann wird nichts es tun. Trotzdem danke. Allerdings haben Sie noch nicht erklärt, was Sie eigentlich vorhaben.«

»Doch, habe ich. Ich möchte raus. Raus aus der ganzen Geschichte. Amnestie und eine Fahrkarte weg von Sparta.«

»Sehen Sie mal, wir wissen doch beide, daß ich soviel nicht wert bin, nicht, wenn Sie an irgendwas Ernstem beteiligt waren.«

»War ich nicht. Nicht Lefkowitz und nicht Stora. Ich war in den Illyrischen Tälern dabei, der Giftgasgeschichte, technisch gesehen ein Verstoß gegen die Kriegskonventionen, aber wenigstens gegen militärische Ziele gerichtet.«

»Und der Milzbrand?«

»Milzbrand?« fragte Geoff. »Nein, davon wußte ich nichts.«

»Sie haben ihn eingesetzt, haben ein ganzes Tal für die Landwirtschaft unbrauchbar gemacht. Aber ich verstehe immer noch nicht, welche Rolle ich hier spiele.«

»Sie können mit Ihren Leuten reden. Ich weiß einiges, wofür sie sich interessieren dürften, aber wenn sie mich über den Haufen schießen, ehe ich es ihnen erzählen kann, hat niemand was davon. Auf Sie wird man hören, und ich vermute, Sie wissen, wie Sie mit der Legion Kontakt aufnehmen können. Vielleicht schicken Sie Ihnen sogar ein Fahrzeug.«

»Sicher, wenn Sie mir ein Telefon in die Hand drücken. Okay, Sie können sich jetzt wieder umdrehen. Und danke, daß Sie weggesehen haben.«

Sie sah zwar besser aus als zuvor, aber immer noch furchtbar. Geoff fand ein Halstuch, befeuchtete es mit Wasser aus der Feldflasche und fügte einen Schuß Whiskey hinzu. »Halten Sie still, ich säubere Ihr Gesicht. Und hier ist ein Kamm.«

»Wenn Sie auch noch einen Spiegel hätten . . .«

»Den habe ich, aber gestatten Sie mir, Sie erst ein wenig sauber zu machen.«

»Oh. So schlimm?«

Sie versuchte zu lachen, aber er entdeckte Tränen in ihren Augenwinkeln. Er wischte ihr den Großteil des getrockneten Blutes und Spermas aus dem Gesicht. Es war schwer, ihr dabei nicht weh zu tun, und er zuckte so heftig zusammen wie sie, als er einige ihrer blauen Flecke berührte.

»Es waren vier«, sagte sie. »Einer hat es zweimal geschafft.«

»Miss Talkins . . .«

»Brigadeführer Niles, ich denke, unter den gegebenen Umständen können Sie mich Margreta nennen«, sagte sie ernst.

»Margreta. Himmel, es tut mir leid, Margreta. Ah – und ich bin natürlich Geoffrey oder Geoff.«

»Nicht Jeffy?«

»Mein Gott, nein, nie wieder! Wo wir gerade davon sprechen.« Er hielt eine Miniuzi hoch. »Der Moment der Wahrheit. Ich gebe Ihnen jetzt diese Waffe. Wenn Sie mich aus Rache erschießen möchten, tun Sie es bitte rasch. Soviel habe ich wohl verdient. Margreta, es tut mir leid, daß man Ihnen das angetan hat, und wenn ich es hätte verhindern können, dann hätte ich es auch getan. Gottverdammt! Es war wie in Stora – ich konnte einfach nichts tun! Ich hätte mich um Kopf und Kragen bringen können, und es hätte auch keinen Unterschied gemacht. Sie hätten mich erschossen und ihre Rakete trotzdem nach Plan eingesetzt, und bei Ihnen war es das gleiche. Ich konnte mich erst einmischen, als Skilly gegangen war ... Tut mir leid. Sie waren es, die verletzt wurde, und ich mache das Geschrei.«

Sie sagte nichts. Nach einem Moment reichte Geoff ihr die Maschinenpistole. Er stand auf und sah zu, wie sie die Ladung kontrollierte. »Es sind keine Platzpatronen«, sagte er. »Ich würde Sie ja bitten, ein paar Schüsse abzufeuern, aber es könnte uns unerwünschte Aufmerksamkeit einbringen.«

»Ich habe nicht vor, Sie zu erschießen. Da drin in der Höhle hätte ich es, Sie und die anderen und dann mich selbst, aber ... Geoff, werden wir wirklich davonkommen?«

»Ich hoffe es jedenfalls, darauf können Sie wetten. Wieviel von dem Zeug können Sie tragen? Wir haben nach wie vor nicht viel Zeit. Und ich will doch hoffen, daß Ihre Legionsfreunde genug von Ihnen halten, um Sie holen zu kommen.«

»Ich auch. In Ordnung, suchen Sie mir ein Telefon.«

»Oh, das ist kein Problem. Ich habe einen Kommunikator hier«, sagte er. »Wir müssen nur einen Platz finden, wo wir ihn einsetzen können, ohne uns in Gefahr zu bringen.«

»Dann los.« Sie wirkte ganz klein und verletztlich, und Geoff Niles hatte den Krieg noch nie so verabscheut wie jetzt. Er nahm sie an der Hand, um sie zu führen, und nach einem Augenblick duldete sie es.

16

Der Vorteil, den ein Befehlshaber dadurch zu erreichen glaubt, daß er sich ständig persönlich in alles einmischt, ist weitgehend illusorisch. Er übernimmt auf diese Weise eine Aufgabe, die wirklich anderen obliegt, deren Effektivität er auf diesem Wege zerstört. Darüber hinaus vermehrt er die Zahl der eigenen Aufgaben in einem solchen Maße, daß er sie gar nicht mehr alle erfüllen kann.

– Helmuth von Moltke

Croftons Enzyklopädie der Zeitgeschichte und sozialen Belange (dritte Auflage)

Der Bann: *Die stolzeste Errungenschaft der Ära des CoDominiums war, daß in einer Zeit, in der nukleare Mittel reichlich zur Verfügung standen, fast keine Nuklearwaffen eingesetzt wurden. Der einzige Punkt, in dem sich die ganze Flotte einig war, vom untersten Rekruten der Marineinfanterie bis hin zum Großadmiral, war die unbedingte Forderung, daß die Flotte und nur die Flotte das Recht hatte, Nuklearwaffen zu besitzen und einzusetzen. Zu letzterem war sie jedoch so lange nicht bereit, wie sie nicht selbst nuklear bedroht wurde. Nicht einmal der Großsenat durfte eine nukleare Bombardierung anordnen.*

Nuklearwaffen blieben ein theoretisches letztes Mittel der Flotte, unabhängig vom Gegner, aber die einzigen Gelegenheiten, zu denen sie tatsächlich zum Einsatz kamen, waren Vergeltungsschläge nach einem nuklearen Erstschlag des Feindes. Bei diesen Gelegenheiten konnte die Rache der CoDominiumsraumflotte jedoch furchtbar ausfallen ...

Der Königliche Sendbote machte ein grimmiges Gesicht. »General Owensford, ich soll Ihnen Grüße von Prinz Lysander ausrichten und Sie bitten, unverzüglich den Kriegsraum aufzusuchen.«

»Gewiß«, antwortete Peter. Der Tonfall des Sendboten veranlaßte ihn, nach seinem Stabschef zu schicken.

Er hatte sich fast schon angekleidet, als Andy Lahr eintrat. »Schwierigkeiten in Fort Plataia, Sir.«

»Schwierigkeiten?«

»Soldaten des CoDominiums stehen vor dem Tor, ausgestattet mit der offiziellen Anordnung, daß niemand ohne Genehmigung durch das CoDominium das Fort betreten oder verlassen darf.«

»Jesus Christus! Was hat Captain Alana getan?«

»Nichts«, antwortete Lahr. »Er hat bis zum Eintreffen eigener Befehle nichts anerkannt, aber jedermann angewiesen, im Fort zu bleiben, und die Besatzung in den Alarmzustand versetzt.«

»Klingt gut. Sagen Sie ihm, er soll bei dieser Linie bleiben, bis ich weiß, was da vorgeht.«

»Schon erledigt. Haben Sie eine Ahnung, um was es geht?«

»Nein, aber ich rechne damit, es bald zu erfahren.«

Beide Könige und Prinz Lysander hielten sich im Kriegsraum auf.

»Guten Morgen.« Peter verneigte sich. »Es sieht ernst aus.«

»Es ist ernst«, meinte Alexander. Er hielt ein Dokument hoch. »Das hier scheint authentisch zu sein. Es handelt sich um eine Order des CoDominiums-Sektorkommandos im Namen von Vice Admiral Townsend, jedoch tatsächlich unterschrieben von General Nguyen. Sparta wird angewiesen, alle Einheiten von Falkenbergs Söldnerlegion an das CoDominium auszuliefern. Sie sollen auf einen neutralen Planeten befördert werden. Auf welchen genau, soll ausgehandelt werden, sobald die Legionseinheiten entwaffnet und eingeschifft sind.«

»Ich verstehe. Aber das ist ja einfach lächerlich«, sagte Peter. »Das Dokument ist von A bis Z gegenstandslos. Vice Admiral Townsend verfügt gar nicht über die nötige Autorität, und erst recht kein General der Marineinfanterie, der im Namen des Admirals handelt! Und was das angeht – das ganze CoDominium ist zu einer solchen Forderung an Sie gar nicht berechtigt, nicht einmal auf Weisung des Großsenats hin.«

»Sie haben vielleicht nicht das Recht«, bemerkte König Alexander, »wohl aber die Macht dazu. Ein Schlachtkreuzer und ein Truppentransporter mit einem Regiment Frontinfanterie sind eingetroffen. Die Infanteristen sollen auf Sparta stationiert werden, angeblich, um unsere Unabhängigkeit gegenüber fremden Angreifern sicherzustellen – womit Sie gemeint sind. Die Legion soll mit dem Truppentransporter fortgebracht werden.«

»Was sagt Clay Newell dazu? Oder auch Commodore Guildford? Er hängt seine Fahne doch gerne in jeden Wind. Falls er sich dieser Order beugt, hat er sich mit Haut und Haaren an Bronson verkauft, und das weiß er. Ich kann mir nicht vorstellen, daß er das möchte.«

»Wir wissen es nicht«, sagte Alexander. »Ich habe nach Admiral Forrest geschickt sowie dem ganzen Kriegskabinett und Geheimen Staatsrat. Tatsache ist jedoch, daß wir mit niemandem im CoDomimium-Hauptquartier reden konnten, außer diesem Neuankömmling Colonel Ciotti, der in Kürze eintreffen wird, um uns seine Forderungen zu unterbreiten. Sein Regiment landet gerade. Sie haben gar nicht um Erlaubnis gefragt, sondern uns einfach eine höfliche Information übermittelt, und das auch erst, nachdem die Vorauseinheiten schon gelandet waren.«

»Und es gibt noch mehr«, warf Lysander ein. »Man hat uns angewiesen, jede Fraternisierung mit CoDominiumsangehörigen einzustellen und jeden CD-Offizier aus unseren Diensten zu entlassen, der vor weniger als fünf Jahren in den Ruhestand versetzt wurde. Irgendeine neue Bestimmung. Jeder Kontakt mit Personal des CoDomimiums gilt künftig als offiziell und ist über die regulären Kanäle abzuwickeln; informelle Kontakte sind verboten. Sparta unterliegt einer vollständigen Raumblockade, bis wir . . .« Er suchte eine Stelle auf dem Dokument in seiner Hand und las vor: ». . . den guten Willen demonstriert haben, den Direktiven in Paragraph Zwei zu entsprechen und alle Personen zu entwaffnen und auszuliefern, die zur Zeit im Dienst jener Organisation stehen, welche unter dem Namen Falkenbergs Söldnerlegion bekannt ist und manchmal auch die Zweiundvierzigste genannt wird, sowie den Direktiven in Paragraph Drei bezüglich der Beschäftigung von ehemaligen offiziellen CD-Angehörigen und der Fraternisierung mit ihnen. Alle auf Sparta stationierten Einheiten der Marineinfanterie des CoDominiums sind hiermit angewiesen, die Durchsetzung der vorliegenden Befehle zu unterstützen.«

»Das kann einfach keinen Bestand haben«, meinte Peter. »Sobald Lermontov davon hört, widerruft er es.«

»Bis dahin könnte Sparta City allerdings ein Schlachtfeld sein«, sagte König David. »Ich weiß nicht mal, wie wir Großadmiral Lermontov eine Nachricht schicken sollten. Unser gesamter Funkverkehr scheint blockiert. Keinerlei Bestätigung.«

»Ist unser Satellit noch in Betrieb?« fragte Peter.

»Interessante Frage«, antwortete Lysander. Er nahm den Telefonhörer ab und sprach kurz mit jemandem. Mit verwirrtem Gesicht legte er wieder auf. »Ja. Das muß irgend etwas zu bedeuten haben, aber ich will verdammt sein, wenn ich daraus schlau werde.«

»Vielleicht hat Forrest einen Vorschlag«, sagte Peter Owensford. »Wenn Sie mich jetzt bitte entschuldigen – ich muß Kommandant Campbell in Fort Plataia informieren.«

»Interessant, daß Sie Ihren Stützpunkt so benannt haben«, bemerkte Lysander.

»Ja, Sir.« *Plataia war Schauplatz eines bedeutenden Sieges der Spartaner über die Perser, der Ort, wo Rache für die Thermopylen genommen wurde, aber es handelte sich dabei gleichzeitig um eine Stadt, mit Athen verbündet und unter seinem Schutz stehend. Ein treuer Verbündeter, der jedoch vernichtet wurde, als die Athener sich weigerten, ihm zur Hilfe zu kommen. Wieviel weiß Lysander von dieser Geschichte?* »Es schien damals eine gute Idee zu sein. Wenn Sie mich bitte entschuldigen würden.«

»Sir, ich habe meine Befehle«, sagte Marco Ciotti.

Der Colonel der 77. Marineinfanterie des CoDominiums war ein wettergegerbter Mann in den Vierzigern, mit bläulichen Hängebacken, einer Adlernase und dermaßen schwarzen Augen, daß man die Pupillen darin nicht erkennen konnte. Die Haut war gebleicht vom Licht einer schwachen Sonne, und Spartas hohe Schwerkraft schien ihm nicht viel auszumachen. Gar nicht behaglich schien er sich jedoch bei dieser Schlußkonferenz im Audienzsaal des Palastes über dem Government House Square zu fühlen. Er stand an einem Ende des Ratssaals, den Königen und ihren Ratgebern gegenüber. »Ich dürfte nicht einmal mit Ihnen sprechen, solange Sie noch CoDomimiums-personal in Ihren Streitkräften beschäftigen.« Er deutete auf Admiral Forrest und Captain Nosov. »In dieser Frage handele ich nach eigenem Ermessen, aber was die Legion angeht, bleibt mir überhaupt keine Wahl. Falkenbergs Legion wird die Waffen strecken und sich ergeben. Es besteht keinerlei Alternative.«

David Freedman warf dem CD-Colonel einen vernichtenden Blick zu. »So, Sie haben also keine Alternativen. Immer, wenn ein dummer Mensch etwas tut, wovon er weiß, daß es falsch ist, behauptet er, es wäre seine Pflicht.«

»Es überrascht Sie vielleicht, daß ich ebenfalls Shaw lese, König David«, antwortete Colonel Ciotti. »Das ändert jedoch nichts an meinen Befehlen.«

»Diese Befehle sind extrem irregulär«, meinte Alexander.

Draußen vor dem Fenster lag Sparta City im Frieden eines klaren Hochsommermorgens. Das leise Summen des Verkehrs war auch nicht lauter als der Gesang der Vögel im Park zu Füßen des Palastes, und der Duft von Rosen und warmer Erde drang herein. *Unglaublich, daß all das in einem einzigen Augenblick zertrümmert werden kann,* ging es Alexander durch den Kopf. Und wie als Echo auf diesen Gedanken ertönte der Doppelknall eines anfliegenden Überschalltransporters. Es war kein kommerzieller Flug; der Handelsverkehr war durch die Blockade vollständig unterbrochen. Es mußte einer der letzten Transporter sein, die die CoDominiumstruppen auf die Planetenoberfläche brachten. Ein komplettes Regiment, und den früheren CD-Angehörigen zufolge ein sehr gutes.

Ein weiterer Transporter donnerte erschreckend dicht vorbei. Zwei der Bruderschaftsrepräsentanten, ein Bankier und der Eigentümer einer Kette von Bekleidungsgeschäften, musterten einander mit aschfahlen Gesichtern. Sie standen bei den übrigen Phraetrieführern, meist Männer mittleren Alters, ein paar Frauen. Alles ernsthafte Menschen; ein solcher Posten war auf Sparta eine große Ehre. Die meisten von ihnen hatten Kinder an der Front, bei der Königlichen Armee oder der mobilisierten Miliz, und sie alle hatten Familien und Heime hier in Sparta City.

»Die Befehle sind ungewöhnlich; soviel will ich Ihnen zugestehen«, sagte Colonel Ciotti. Sein Tonfall brachte Bedauern, aber auch Festigkeit zum Ausdruck. »Jedoch bestehen keinerlei Anhaltspunkte, um ihre Gültigkeit in Frage zu stellen.«

»Wirklich nicht?« fragte Lysander. »Versiegelte Befehle, zwar im Namen des Vice Admirals ausgestellt, aber unterschrieben von einem General der Marineinfanterie im HQ eines Sektorkommandos? Eine Blockade des Funk- wie auch des Handelsverkehrs? Colonel, Sie wissen ebensogut wie wir, daß es sich dabei um einen politischen Schachzug von Großsenator Bronson handelt. Diese Befehle werden auf der Stelle widerrufen, sobald Großadmiral Lermontov von ihnen erfährt.«

»Ich verstehe nichts von Politik«, entgegnete Ciotti.

»Nein, Marco?« fragte Samuel Forrest freundlich. »Dann haben Sie seit dem High-Cathay-Feldzug eine Menge vergessen. Damals waren Sie niemandes nützlicher Idiot.«

»Meine Befehle untersagen mir, mit Ihnen auch nur zu sprechen«, erwiderte Ciotti. »Und ich werde es auch nicht tun.«

»Das ist ein Verstoß gegen den Unabhängigkeitsvertrag«, sagte David. »Eine Einmischung in die inneren Angelegenheiten der Doppelmonarchie.«

»Auch das ist Politik«, sagte Ciotti. »Und ich mische mich nicht in die Politik ein. Sehen Sie, Eure Majestäten – Major Owensford –, ich habe nicht darum gebeten, hierher geschickt zu werden, meine Männer und ich leisteten auf Haven eine schwierige Arbeit und eine notwendige obendrein. Ich gehe stark davon aus, ach verdammt, ich *weiß*, daß man uns für die private Vendetta irgendeines Großsenators benutzt, und ich bin mir ziemlich sicher, daß ich ihm auch einen Namen geben könnte. Es ist bestimmt nicht das erste Mal, daß das mit der Flotte gemacht wird. Wie die Dinge liegen, könnte es jedoch sehr gut das letzte Mal sein. Aber all das ist irrelevant. Die 77. hat gültige Order, und sollte sich Falkenbergs Legion bis achtzehn Uhr nicht ergeben haben, widersetzt sie sich damit den Anordnungen des CoDominiums. Sollte das geschehen, ergreifen wir die geeigneten Mittel. Bitte machen Sie nicht alles noch schlimmer, indem Sie versuchen, sich der 77. entgegenzustellen, denn jeder, der das tut, wird sterben. So einfach ist das. Majestäten, Gentlemen, Ladies, guten Tag.« Er stand auf, schlug die Fersen zusammen, senkte den Kopf vor den Monarchen und ging, dicht gefolgt von seinen Adjutanten.

Für einen Moment blieb es still. Dann redeten alle durcheinander. Peter Owensford hörte kurz zu und rief dann im Exerzierton: »Achtung!« Sofort wurden alle wieder ruhig.

»Was hat das alles zu bedeuten?« wollte Lysander wissen. Er wandte sich an Admiral Forrest. »Was geht hier vor?«

»Ich weiß nicht. Es ergibt überhaupt keinen Sinn. Sie haben unsere Verbindung zu Karantov und Newell unterbunden. Ich kann nicht mal Commodore Guildford erreichen! Nun, manches ist kein Geheimnis. Nguyens Motive sind klar. Er hat schon immer mit der Bronsonfraktion unter einer Decke gesteckt, und Bronson kann ganz schön großzügig sein. Immunität, Begnadigung – ach verdammt, eine neue Identität und ein Haufen Geld auf einem Planeten eigener Wahl!«

»Aber welcher Planet wird ihn hiernach noch aufnehmen wollen?« fragte König Alexander.

»Majestät, mancherorts wird Bronson hoch geachtet«, warf Anatoly Nosov ein und zuckte die Achseln. »Es sind nicht so viele, die auch Nguyen gerne aufnehmen würden, aber das ist nicht wichtig. Ich stimme Admiral Forrest darin zu, daß das Problem vor allem lautet, die Gründe für Ciottis Handeln zu begreifen. Ich vermute, er rechnet nicht damit, daß ein Widerruf der Befehle seitens Lermontovs erfolgen wird.«

»Aber . . .« Alexanders Augen weiteten sich.

»Ich glaube nicht, daß es mir gefallen wird«, sagte Lysander, »aber erklären Sie es bitte.«

»Falls Großadmiral Lermontov noch lebt und sein Kommando ausübt, wird er diese Order widerrufen. Ciotti weiß das. Die Schlußfolgerung dürfte offensichtlich sein.«

»Denke ich auch«, sagte Admiral Forrest.

»Wollen Sie damit sagen, daß Lermontov tot ist?« fragte König David.

»Tot oder abgesetzt, Majestät«, bestätigte Nosov. »Ich fürchte ja.«

»Was weitere Fragen aufwirft«, meinte Forrest. »Wieviel genau weiß Ciotti, und woher weiß er es?« Er zuckte die Achseln. »Vor allem aber: Was machen wir jetzt?«

»Was sollten wir denn tun?« fragte David schlicht. »Kämpfen oder gehorchen? Normalerweise wird von den Königen erwartet, in solchen Fragen Rat einzuholen. Unter dem Letzten Dekret ist das vermutlich nicht zwingend, aber vielleicht sollten wir es lieber doch tun.«

Die Ratgeber und Zuschauer murmelten durcheinander.

»Vielleicht bleibt Ihnen eine Wahl«, sagte Peter Owensford. »Uns jedoch nicht. Wenn wir erst mal entwaffnet sind, sind wir auch wehrlos, und obwohl ich bezweifle, daß Ciotti sich daran beteiligen würde, uns zu massakrieren, steht doch verdammt fest, daß er uns jemandem ausliefern könnte, der diese Aufgabe übernimmt. Wenn sie schon so etwas wie dieses Ultimatum fertigbringen, dann weiß Gott, daß es nichts gibt, was sie nicht tun können – oder was Bronson nicht tun könnte.«

»Also werden Sie kämpfen«, stellte Alexander fest. »Die Legion wird sich wehren.«

»Wir versuchen es zumindest. Unsere Kampftruppen unterstützen gerade die spartanischen Operationen bei Basis Eins und Stora. Ciotti weiß das, und er wird es diesen Kräften ganz schön schwer machen, nach Hause zu kommen. Was uns hier im Moment zur Verfügung steht, sind Ruheständler, Stabsoffiziere, ein bißchen Militärpolizei, die Angehörigen – und das gegen ein Frontregiment der Marineinfanterie. Ehe wir Kampftruppen von der Front abgezogen haben werden, steht Ciotti längst vor den Toren von Fort Plataia und fordert uns zur Kapitulation auf. Sobald er erst mal den Stützpunkt und unsere Angehörigen in der Gewalt hat, kann er noch leichter mit dem Rest von uns fertig werden. Er hat bereits Posten rings um das Fort stationiert. Sie lassen niemanden hinaus, nicht ohne Kampf. Wir können also nicht flüchten, schon gar nicht unsere Leute im Fort. Ich schätze, einige der Einheiten im Feld könnten sich zerstreuen und verstecken, aber das CD wird viel Druck auf Sie ausüben, damit Sie bei der Jagd nach uns helfen. Und niemand von uns wird bereit sein, seine Angehörigen Ciotti zu überlassen.«

»Aber was wird geschehen?« fragte jemand.

Zur Antwort deutete Owensford auf den Hauptbildschirm. Man konnte dort miterleben, wie Infanterieausrüstung aus dem Shuttle zur Enklave des CoDominiums rollte – Panzertransporter, Personentransporter, Artillerie, allgemeine Frachten. Die Soldaten marschierten hinterdrein; sie trugen Kampfanzüge aus Syntholeder über ihren Körperpanzern. Gesang aus rauhen Männerkehlen warf Echos entlang der verlassenen Straßenzüge:

Wir ließen unser Blut auf fünfundzwanzig Planeten,
Wir bauten Straßen auf einem Dutzend Welten mehr,
Und bei dem, was wir am Ende der Tour bekommen,
Ist der Beutel schon nach 'ner einfachen Hure leer.
Der Senat beschließt, der Großadmiral ruft,
Die Befehle kommen stets von den ganz hohen Tieren,
Dann heißt's ›volles Marschgepäck‹ und ›an Bord‹,
Wir schicken euch fort, dort könnt ihr dann krepieren.

»Einfacher wäre es gewesen, sie an der Landung zu hindern«, sagte Owensford im Plauderton. »Wenn sie erst mal gelandet sind und ihre Einheiten sortiert haben, sind sie bereits viel stärker.«

»Nur können wir halt keinen Einfluß darauf nehmen, wer auf Sparta landet«, entgegnete Lysander.

Die Länder, die wir nehmen, gibt der Senat wieder her.
Viel zu oft leistet er sich dieses faule Stück,
Und je mehr von uns fallen, desto kleiner die Beute.
Wir kehren niemals mehr dorthin zurück.

»Und was, wenn wir gegen sie kämpfen?« fragte Alexander.

Wir brechen die Herzen eurer Frauen und Mädchen,
Und vielleicht versohlen wir euch den Arsch.
Denn wenn die Fronttruppe ihr Banner entfaltet,
Setzt sie sich bis in die Hölle in Marsch.

»Wir verlieren wahrscheinlich«, antwortete Owensford. »Ciotti ist zwar nicht mit dem Herzen dabei – er hätte nie damit angefangen, wenn er geglaubt hätte, wir würden Widerstand leisten –, aber er wird kämpfen, weil er das schon sein Leben lang gemacht hat und er keine Alternative weiß.«

Wir kennen den Teufel, seinen Prunk, seine Werke,
O ja! Wir kennen ihn und auch seinen Stil!
Hast du bei der Fronttruppe deinen Dienst geleistet,
Verdirbst du dem Senat der Hölle das Spiel!

»Natürlich zählen Bronsons Leute darauf, daß sie Sparta endgültig fertigmachen können, sobald wir nicht mehr Ihre Hilfe haben«, meinte Lysander.

»Denke ich auch«, sagte Owensford. »Obwohl es dafür eigentlich schon zu spät ist. Die Spartaner haben gut gelernt. Trotzdem wird man Ihnen weh tun. Murasakis Technoninjas werden Ihre Kommunikationswege zum Frühstück verspeisen, sobald die Infanterie erst mal alle früheren CD-Techniker einkassiert hat. Sie haben hier gute Universitäten, aber auf Murasaki sind sie nicht vorbereitet. Das sind überhaupt nur wenige. Was die Heloten angeht, da haben wir allerdings gute Arbeit geleistet, sowohl in Sachen Basis Eins als auch in Sachen Storakommando. Hätte der Feind diese Nummer ein paar Monate früher probiert, wer weiß, vielleicht hätte er Sie dann wirklich aus dem Feld geschlagen. Jetzt . . .« Er zuckte die Achseln. »Sparta hat jedenfalls eine bessere Chance als wir. Bewahren Sie Ihre Stärke und gehen Sie die Sache langsam und vorsichtig an, dann glaube ich, wird es für Sie letztlich okay werden.«

Dann saufen wir mit den Kameraden
und werfen die Tornister weg.
Wie legen uns zehn Jahre flach und auf unseren Rücken hin.
Dan heißt's wieder raus aus den Betten
und ›volles Marschgepäck‹,
Ihr müßt eine neue Straße direkt durch die Hölle zieh'n!

»General Owensford«, sagte Lysander, »ich glaube, Sie unterliegen hier einem Mißverständnis.«

»Hoheit?«

Lysander starrte auf den Bildschirm. Reihe auf Reihe von Marineinfanteristen marschierte an der Kamera vorbei. Der Rhythmus des Gesangs veränderte sich, und es ertönte eine rasche Folge von Trommeln und Hörnern.

Die Flotte ist unser Vaterland,
wir schlafen mit dem Gewehr,
Niemand zeugte je seinen Sohn mit einem Gewehr.
Man bezahlt uns mit Flüchen und Gin für jedes Vergeh'n.
Niemand erträgt uns,
wenn wir nicht gerade in Windrichtung steh'n.
Man erschießt uns, wenn wir verlier'n,
wirft uns raus, wenn wir siegen,
Aber wir vergraben die gefallenen Kameraden,
wo immer sie liegen!

»General, Sie scheinen davon auszugehen, daß wir Sie im Stich lassen.«

»Es wäre nur vernünftig«, gab Owensford zu bedenken.

»Nein, bei Gott«, erwiderte Alexander. »Halten Sie so wenig von uns, Peter Owensford? Was haben wir getan, damit Sie so eine Meinung von uns gewinnen?«

»Sire . . .« Aus irgendeinem Grund bekam Peter Owensford kein Wort mehr heraus.

König David hob den Kopf von den Händen. »Wir alle in diesem Raum haben keine Wahl. Sie alle wissen, was uns hier zur Verfügung steht. Die Leibwache, ein paar Ausbildungseinheiten, sonst nur wenig. Sämtliche Bruderschaftseinheiten der ersten Mobilisierungsstufe sind im Norden im Einsatz, und hier steht nur noch erste Reserve bereit — alte Männer, Jungen und Frauen. Genug, um Aufstände niederzuschlagen oder Terroristen zu bekämpfen, aber können wir sie auffordern, sich gegen die zu stellen?« Er deutete auf den Bildschirm. »General Owensford, die Freedman-Leibwache steht zu Ihrer Verfügung, und ich mit ihr, aber ich kann nicht der Miliz befehlen, sich gegen Frontinfanterie zu stellen.«

»Es ist nicht nötig, es ihnen zu befehlen«, bemerkte Lysander. Er wandte sich an die Vertreter der Bruderschaften. »Bürger und Brüder, die Könige werden ihre Garde in den Kampf führen, um die Verbündeten Spartas zu verteidigen. Werden sich die Bruderschaften uns anschließen?«

»Ja, Hoheit.« Allan Hyson, der Bankier, schien Angst zu haben, aber seine Stimme klang fest. »Wie könnten wir uns diesem Ansinnen entziehen?«

17

Bei der Untersuchung individueller soldatischer Leistungen ist ein Paradoxon festzustellen, insofern als die meisten Menschen glauben, die fundamentale Stärke des Soldaten beruhe auf der wechselseitigen Stütze der Kameradschaft und der damit verbundenen Zusicherung, niemals auf sich allein gestellt kämpfen zu müssen. Oberflächlich gesehen trifft das zu, aber nur in dem Sinne, daß die Stärke wechselseitigen Vertrauens bereits selbst ein Endprodukt darstellt. Gegenseitige Unterstützung in einer Gruppe von Niemanden kann auch nichts bewirken. Der Soldat in einer Einheit, der keinerlei positiven Wert in sich selbst mitbringt, ist bestenfalls ein unbeschriebenes Blatt. Die Stärke einer Einheit baut sich aus positiven Mengen an individueller Stärke auf, wie gering auch immer sie sein mögen. Der Beifall seiner Waffengefährten stellt die größte Belohnung im Leben eines Soldaten dar. Er erringt ihn niemals, indem er sich gänzlich auf andere verläßt, um sein Überleben zu gewährleisten. Wenn man in der Schlacht nicht reflexartig kämpft und auch nur einen Augenblick der Innenschau behält, ist das Gefühl der Einsamkeit ganz ausgeprägt. Nicht rechts oder links oder hinter sich findet man die Kraft zum Überleben, sondern in sich selbst. Liegt dort nichts Substantielles, ist man verloren.

– *Joseph Maxwell Cameron,* Die Anatomie soldatischer Leistungen

»Eine dringende Nachricht, Sir«, meldete Andy Lahr. »Captain Catherine Alana.«

»Ist die Leitung abhörsicher?«

»Ja, Sir. Sie ist über eine Folge direkter Sichtverbindungen zwischen dem Palast und Plataia geschaltet. In Anbetracht Murasakis können wir uns zwar keiner Sache sicher sein, aber in diesem Fall dürfen wir schon darauf zählen.«

»Das wird reichen müssen. Okay, Andy, schalten Sie sie auf den Bildschirm.«

Catherine trug Gefechtskleidung, Panzerung und Leder, und ihr Haar war unter einem Gefechtshelm versteckt. »Was Neues vom Geheimdienst«, sagte sie. »Kornett Talkins hat sich gemeldet. Wir haben es arrangiert, sie abzuholen, aber ich würde es vorziehen, sie zum Palast zu schicken. Man weiß nicht, ob die CoDominiumssoldaten sie hier einlassen würden, und es wäre nicht gerade eine Gefälligkeit, sie nach allem, was sie durchgemacht hat, mitten in eine Schlacht zu schicken. Die Heloten sind ganz schön rauh mit ihr umgesprungen. Ich habe ihr jedenfalls gesagt, sie solle sich an Sie wenden, Code Jehosophat.«

»In Ordnung, ich richte es ein, daß man sie herbringt. Wir können sie dann hinüber ins St. Thomas-Krankenhaus schicken. Gibt's einen Grund, warum ich selbst mit ihr sprechen sollte? Andy Bielskis ist hier.«

»Sie weiß, wo Skilly steckt.«

»Jesus! Sagen Sie es mir, rasch!«

»Unglücklicherweise müßte man eher sagen: Wo Skilly war. Eine Farm in der Nähe von Korinth. Wäre schon eine Plünderung wert, aber man würde keine Person von Bedeutung in die Hand bekommen. Talkins ist im Grunde auch nicht entkommen, General, sondern wurde gerettet.«

»Von wem?«

»Sir, das wird Ihnen nicht gefallen. Von Geoffrey Niles. Er begleitet sie und wird in Kürze im Palast eintreffen.«

»Niles. Unter irgendeiner Art von Amnestie?«

»Sicheres Geleit«, sagte Catherine. »Wir hatten nicht viel Zeit, da die Heloten hinter ihnen her sind, und so haben wir mehrere Abkommen im Paket geschlossen. Ich mußte beide mit hereinnehmen.«

»Ich werde tun, was ich kann. Diese Storageschichte hat Prinz Lysander wirklich getroffen. Falls wir herausfinden, daß Niles irgendwas damit zu tun hatte, wird Lysander ihn hängen lassen, und ich werde nichts dagegen unternehmen können. Oder wollen, was das angeht.«

»Ja, Sir. Jedenfalls habe ich Niles gesagt, er käme mit einem stattlichen Vorsprung wieder heraus. General, er hat Margreta Talkins das Leben gerettet.«

»Yeah. In Ordnung. Ich sagte schon, daß ich tun werde, was in meiner Macht steht.«

»Da ist noch mehr. Skilly ist deshalb nicht mehr auf der Farm, weil sie sich in Sparta City aufhält. In Minetown, um präzise zu sein, wo sie eine Helotenrevolte vorbereitet, um die Macht zu ergreifen, sobald die Marineinfanteristen des CoDominiums die spartanische Regierung beseitigt haben. Sobald die Landetruppen gegen uns marschieren, startet sie eine allgemeine Erhebung.«

»Das ist ja regelrecht phantastisch«, bemerkte Owensford. »Ich muß mich hier der 77. Marineinfanterie entgegenstellen, während alle meine Kampftruppen im Norden stecken und ich nur sekundäre Miliz zur Verfügung habe, und jetzt darf ich mich auch noch auf eine allgemeine Erhebung vorbereiten. Aber eigentlich habe ich damit gerechnet. Schön zu sehen, daß diese Mühe nicht verschwendet war. Irgendeine Idee, über welche Kräfte Skilly verfügt?«

»Nein, Sir, und ich glaube, sie weiß es selbst nicht. Das Letzte Dekret hat den Feind auf dem falschen Fuß erwischt, und viele ihrer Politelemente haben die Sache im Stich gelassen, nachdem sie so gefährlich geworden ist. Natürlich melden sie sich an Deck zurück, wenn der Eindruck entstehen sollte, daß Skilly doch noch siegt. General, das ist übrigens noch nicht das Schlimmste.«

»Captain, um was genau könnte es sich beim ›Schlimmsten‹ denn handeln?«

»Murasaki. Er hat eine Atombombe.«

»Ach du liebe Güte! Irgendeine Idee, was er damit vorhat?«

»Nein, Sir. Vielleicht weiß Niles mehr darüber. Er gab sich ein bißchen zugeknöpft und hielt Informationen zurück, um verhandeln zu können. Natürlich könnte er sich irren, aber ich wette doch stark, daß er zumindest glaubt, sich nicht zu irren, daß Murasaki eine Bombe hat und Skilly einen Weg weiß, sie zu ihrem Vorteil einzusetzen. Vielleicht erfahren Sie mehr, sobald er hier ist.«

»Ich versuche es. Ich wünschte, Sie wären auch hier.«

»Setzen Sie Andy Bielskis ein. Er ist besser als ich, fast so gut wie Jesus. Okay, Sir, ich mache jetzt mit den Vorbereitungen für die Verteidigung weiter.«

»Yeah. Wie ist die Moral?«

»Nicht gut, aber wie könnte sie auch?«

»Klar. Sagen Sie den Leuten, sie sollen durchhalten. Ciotti möchte vielleicht seine Befehle ausführen, aber er möchte bestimmt nicht, daß sein blitzblankes Regiment sich eine blutige Nase holt. Ich hoffe, daß er sich die Sache noch mal überlegt, wenn er sich mit einer richtigen Schlacht konfrontiert sieht.«

»Ja, Sir. Na ja, ich mache mich jetzt lieber an die Arbeit. Alana, Ende.« Catherine klang gar nicht überzeugt, daß es sich Ciotti noch mal überlegen würde, aber das ging schon in Ordnung, denn Owensford glaubte es selbst nicht.

Die Tore der CoDominiumsenklave schwangen auf. Fast lautlos fuhren zwei Kampfpanzer der Suslovklasse heraus. Ihre Sensoren drehten sich und steuerten dabei die Hin- und Herbewegung der Geschütztürme mit den automatischen 135-mm-Kanonen. Die Scouts waren schon vor ihnen herausgekommen, und die Infanterie folgte den Panzern und bildete dabei offene Formationen.

Lysander spürte den Schweiß an den Handflächen, als er auf

dem Bildschirm den Weg des Führungspanzers verfolgte. *Gott, ich wünschte, ich wäre dort! Und wie ich mir das wünschte!*

Der Plan sah vor, die CD-Soldaten innerhalb der Stadt festzuhalten und sie an einer umfassenden Aufstellung und damit einem raschen Sieg zu hindern. Jede Stunde Verzögerung war eine weitere Chance, daß Lermontov einen Widerrufsbefehl schickte. *Oder irgendwas. Verdammt, vielleicht lernt das Pferd singen!*

Die Panzer setzten ihren Weg fort. *Gott, bin ich froh, daß ich nicht dort bin!* Das waren bessere Maschinen, als seine Männer sie hatten, und mit Soldaten bemannt, die man allgemein als die besten im von Menschen besiedelten Universum bezeichnete. Lysander hatte die Panzerwagen aus spartanischer Fertigung in den vordersten Stellungen postiert und hielt die Handvoll moderner Kampfpanzer und Panzerwagen der Legion zurück, um feindliche Durchbrüche aufzuhalten. Der erste CD-Tank schwenkte jetzt auf den nach Süden führenden Boulevard ein, abgeschirmt durch vor ihm ausgefächerte Infanteristen, schattenhafte Gestalten, die von einer Deckung zur nächsten huschten.

»Jetzt«, sagte Lysander.

Der Aufnahmemonitor wackelte, und eingegrabene Sprengladungen jagten die Frontseiten der Gebäude auf beiden Straßenseiten hoch. In einer Wolke aus Staub und Mauersteinen, die sogar die Aufnahme der Nachtsichtkamera behinderte, senkte sich eine Geröllbarriere auf die Straße. Das Donnern der Artillerie übertönte noch diesen Lärm, und nur Sekunden später ging das Führungselement der 77. Marineinfanterie unter einem Hagel aus in der Luft detonierten Geschossen zu Boden. Automatische Waffen eröffneten das Feuer. Leuchtspurgeschosse zogen aus gut gedeckten Stellungen weiter unten an der Straße ihre Bahn und töteten die CD-Truppen oder nagelten sie am Boden fest. Der erste Suslovpanzer beschleunigte und erhob sich über das Geröll, das die Straße blockierte.

Wieder erbebte der Monitor, diesmal, als die 76-mm-Kanone des Kataphrakten feuerte und fünf Kugeln in den dünneren Rumpfpanzer des mittelschweren Tanks hämmerte. Die Detonationen blitzten hell auf. Das schwerere gegnerische Fahrzeug schwenkte herum und stoppte, um nur einen Augenblick später in die Luft zu fliegen. Ein dumpfes Krachen ertönte, und gelb-orange Flammen schossen aus den Schlitzen der Lucken hervor.

»Hab ihn erwischt, hab ihn erwischt!« rief der Kommandant des Kataphrakten. »Wir haben . . .« Die Aufnahme fiel aus.

»Auf Sekundärleitung umschalten«, befahl Lysander.

»Hier Captain Porter.«

»Hier Collins.«

»Hoheit, die Rebellen agieren parallel zum Angriff der Landetruppen. Der Strom ist weg, außer in Gebäuden mit Hilfsgeneratoren.« Was bedeutete, daß es in der ganzen Stadt dunkel war. Keine Straßenlampen mehr, wahrscheinlich auch kein Wasser. »Die städtischen Kommunikationsleitungen sind unbrauchbar, und auch Funkwellen in der Luft werden schwer gestört. Nach dem, was mir noch an Sensoren zur Verfügung steht, wird auf den Straßen geschossen, und es brennt. Das Zentrum des Aufstandes scheint in Minetown zu liegen.«

Lysander nickte grimmig. Jeder einzelne Armeesoldat und Milizionär wurde benötigt, um die Landetruppen aufzuhalten. Mit den Leuten aus Minetown mußte sich also die unorganisierte Reserve der Bruderschaften auseinandersetzen. Das konnte schwierig werden; sechzigtausend neue Spezis waren dort angekarrt worden, viele davon hungrig, und bislang war noch keine Zeit gewesen, sämtliche Rebellen in ihren Reihen auszusortieren.

»Die dritte Reihe muß damit fertig werden«, sagte er. *Mehr haben wir eh nicht zur Verfügung,* ging ihm dabei durch den Kopf. *Nur noch normale Bürger.*

Eine weitere Lampe ging an. »Sir! Hier Major Donald, die Marineinfanterie . . .«

»Wohin willst du denn?«

Thomas McTiernan zog den Bauch ein und schaffte es auf diese Weise, den Körperpanzer zu schließen. Ein Jahrzehnt als Wirt hatte seinen Leibesumfang im Vergleich zu damals, als er das letzte Mal die Ausrüstung der Bruderschaftsmiliz getragen hatte, beträchtlich erhöht. Hinter ihm gewährte ein offenes Fenster Ausblick auf eine dunkle Straße; das einzige Licht stammte von der Dreiviertelscheibe Cytheras und brennenden Häusern weiter im Norden; der Billigwohnbezirk dort brannte von einem Ende zum anderen. Nirgendwo waren Feuerwehrsirenen zu hören, zumindest nicht mehr, seit Heckenschützen der Rebellen die ersten Trupps der freiwilligen Feuerwehr niedergemetzelt hatten, die ausgefahren waren. McTiernan sah die Geschosse aufblitzen, die nahe der CoDo-Enklave einschlugen, begleitet vom Stakkato der Handfeuerwaffen. Beides nahm an Intensität zu, und noch während er hinsah, eröffnete CoDo-Artillerie das Feuer aus der Enklave heraus und nahm dabei die unweit des Government House Square eingegrabenen royalistischen Geschützstellungen aufs Korn.

»Hast du nicht den König gehört?« fragte er und drehte sich zu seiner Frau um. Das Schlafzimmer war ziemlich schlicht eingerichtet; an der Wand hing das Hologramm eines ernst dreinschauenden junges Mannes in der Uniform der Königlichen Armee. Ein weiteres Bild zeigte ebenfalls einen jungen Mann, und es war geschmückt mit dem Sonnensymbol des Thermopylenordens. »Ich werde mithelfen, die Rebellen und die Landetruppen zu stoppen und diese Bastarde zu kriegen, die Julio verletzt haben . . .«

Da bemerkte er die Jagdkleidung an ihrem stämmigen Körper und die Schrotflinte, die sie fest umklammerte.

»Nicht ohne mich, nicht ohne mich, Thomas McTiernan«, sagte sie. »Und halt jetzt bloß den Mund! All die jungen, starken, gesunden Leute wie Mike sind mit der Armee weggezogen . . .« Sie beide blickten auf das Bild ihres Sohnes in Uniform. ». . . und nur noch wir sind übrig.«

Für einen Moment musterte er sie schweigend. Dann schnaubte er. »Das erinnert mich wieder dran, wieso ich dich geheiratet hab, Maria.«

Der Waffenkasten stand ganz hinten im Wandschrank des Schlafzimmers und enthielt ein Peltastgewehr, massiv und auf seine häßliche Art schön, und es glänzte richtig vor guter Pflege.

McTiernan zog sich den Schulterpatronengurt und dann den Tragriemen über den Kopf und grunzte, als er sich wieder aufrichtete. *Die sind aber schwer, diese Dinger,* dachte er. Eins seiner Knie versetzte ihm warnend einen Stich, Erbe eines Fußballspiels vor langer Zeit. *Hoffentlich muß ich nicht viel sprinten.*

Am Kopfende der Treppe wartete seine Tochter auf ihn, ein schlaksiges Mädchen mit vorstehenden Zähnen und einer dichten, karottenroten Haarmähne. Sie war gerade dreizehn geworden und bekam zusätzlich zu den Sommersprossen Pickel. Sie trug die braune Baumwolluniform der Königlich Spartanischen Pfadfinder, komplett mit Halstuch. Sie hatte das .22er Gewehr mit Zielfernrohr dabei, an dem die Pfadfinder ausgebildet wurden. Ihr Vater öffnete den Mund, zögerte dann aber.

»Behalte den Kopf unten und tue bloß nichts Dummes, hörst du?« knurrte er.

»Ja, Papa«, sagte sie.

Na, diesmal zeigt sie aber weit mehr Respekt als sonst, dachte er und mahlte mit den Kiefern, damit der Mund wieder etwas feuchter wurde. *Christus, wenn ich doch wieder zwanzig wäre!* Ein junger Mensch hatte noch keine Verantwortung zu tragen ... *Ein junger Mensch muß sich noch nicht den eigenen Sohn ansehen, nachdem dieser sich im eigenen Haus auf eine Granate geworfen hat.*

Sie traten auf den Hof hinaus, der gleichzeitig als Veranda der familieneigenen Gaststätte diente, und eine schattenhafte Gestalt machte vor Schreck einen Satz.

»Jesus, Tom!«

»Ah, Eddie«, sagte McTiernan, als er seinen Nachbarn wiedererkannte, der einen Haushaltsgeräteladen an der Ecke besaß. »Tut mir leid.«

Gemeinsam gingen sie auf die Straße. Dort sammelte sich eine Menschenmenge; McTiernan kannte die meisten dieser Leute, aber es war schon komisch, all die Bekannten, in deren Gesellschaft man jeden Tag verbrachte, mit Waffen in den Händen durcheinanderlaufen zu sehen.

»Tom, wir bauen eine Barrikade am Ende der Straße auf. Dürfen wir deinen Lieferwagen dazu benutzen?«

Er zuckte zusammen. Soviel zu drei Jahren Knausern und Sparen. Dann nickte er und warf dem anderen die Schlüssel zu.

»Hey, Kurze, hol dein Fahrrad!« rief eine jüngere Stimme. »Mr. Kennedy sagt, wir sollten als Kuriere zu den übrigen Gegenden in der Nachbarschaft dienen.«

Seine Tochter gab ihm einen kurzen Kuß auf die Wange und sauste davon; Maria McTiernan kam wieder zur Haustür heraus. Sie hatte sich die Schrotflinte mit der Mündung nach unten über den Rücken gehängt und schleppte zwei große Körbe an.

»Sandwiches«, beantwortete sie Toms unausgesprochene Frage. »Die Leute an der Barrikade brauchen schließlich was zu essen.«

»Eddie«, sagte er, als ihm eine Idee kam. Er hob das Peltastgewehr an, den Kolben auf eine Hüfte gestützt.

»Yeah?«

»Besorg mir ein paar Leute, ja?« Mit der freien Hand deutete er auf die Bibliothek am Ende der Straße. Es handelte sich um einen Bau aus der neokalifornischen Zeit mit einem quadratischen, vierstöckigen Turm an einer Ecke. »Wenn mir jemand den Rücken freihält, kann ich mit diesem Preßlufthammer von dort oben bestimmt viel ausrichten.«

»Yeah! He, Forchsen, Mrs. Brust, kommen'se mal rüber!«

In diesem Augenblick kam ein atemloser Junge auf einem Fahrrad angeschossen und schrie mit fast versagender Stimme: »Hallo, ich bin von der Jefferson Street! Mein Dad hat mich geschickt, um Ihnen zu sagen, daß die Minetowner direkt die Paine Avenue heraufkommen. Es müssen Tausende sein, mit Molotovcocktails und Gewehren und allem, und mit ein paar Trucks, auf die sie Eisenbleche geschweißt haben. Sie kommen dort lang, wo die Landetruppen die Gebäude hochgejagt haben!«

Ein Knurren lief durch die Reihen der Leute – Mechaniker, Ladeninhaber, Angestellte. Alle liefen auseinander, um Schußpositionen an der Barrikade oder in den oberen Stockwerken der Häuser zu beziehen. McTiernan hörte, wie Fenster mit Gewehrkolben eingeschlagen wurden, während er sich schnaufend zur Bibliothek hinüberschleppte. Er bedankte sich keuchend, als ihm Mrs. Brust, die Schulleiterin, einen Teil der Last von den Schultern nahm. Bei jedem Schritt stieß sie ihn jedoch mit ihrer Maschinenpistole an und murmelte jedesmal: *»Sorry, sorry!«*

Auf der Burke Avenue und an zig weiteren Straßen dieser Art hatte die Schlacht von Sparta City begonnen.

»Ihre Meldung, Gruppenführer Derex«, befahl Kenjiro Murasaki und deutete auf den Kartentisch. Der Kommandeur der regulären in Sparta City eingesickerten Helotensoldaten wirkte erschöpft. Sein Körperpanzer war geschwärzt von Ruß und Rauch.

»Sieht nicht gut aus, Sir. Hier.« Die Karte zeigte Minetown durchgehend im Rot der Bewegung. Lange Fäden schlängelten sich von dort aus durch die Stadt. Ein zweiter, kleinerer roter Fleck stand südlich des Sacred Way verzeichnet, ergänzt durch verstreute Punkte, die wie Masern wirkten und bis fast an den Government House Square reichten. Aus der Enklave des CoDominiums führte ein einzelner breiter Pfeil direkt nach Süden und überlappte die Streitkräfte der Bewegung.

»Das Problem ist, daß die Minetowner nicht so weit kommen, wie wir's gerne hätten«, stellte der Helot bedauernd fest. »Na ja, nicht überraschend. Den Ärschen Knarren in die Hände zu drücken macht noch keine Soldaten aus ihnen. Zu viele Barrikaden und Bürger mit Knarren. Keine Miliz nicht – die Miliz kämpft gegen die Landetruppen –, nur Bürger, aber die können echt schießen! Hätten mich fast erwischt, bei Gott; da draußen stehen die Heckenschützen dichter als Hundescheiße. Haben auch Peltastgewehre, und daher nützen die Panzerwagen einen Dreck gegen diese Säcke.« Widerwilliger Respekt zog das Gesicht des Heloten noch mehr in die Länge als gewohnt.

»Na ja, und wenn die Minetowner doch mal 'ne Stellung der Bürger überrennen, dann bleiben sie da und rauben und plündern und brandschatzen und saufen alles, was sie in die Finger kriegen, sogar Getriebeöl. Dann schlagen Sonderkommandos der Miliz zu und treiben sie wieder raus. Die Brände, die wir gelegt haben, sind inzwischen so außer Kontrolle, daß sie auch uns behindern. Gibt viel zu viele davon rings um Minetown.«

»Sonderkommandos?« erkundigte sich Murasaki nachdenklich. »Wie koordinieren sie sich denn ohne Funk?« Ein Großteil der Funkausrüstung der Königlichen Armee funktionierte noch, aber die normalen städtischen Einrichtungen waren lahmgelegt.

Der Helotenoffizier wieherte vor Lachen. Murasaki schnitt ein finsteres Gesicht, was den Mann wieder soweit ernüchterte, daß er nur noch grinste.

»Sie benutzen nicht den Funk, Sir. Sie benutzen Pfadfinder.«

»Pfadfinder?« fragte der Meijianer verdutzt.

»Kleine Arschlöcher auf den Dächern und hinter Dachbodenfenstern in der ganzen Stadt, überall, wo Bürger wohnen, die sich gegenseitig mit Taschenlampen zublinken. Sie morsen.« Diesmal war die Bewunderung ganz und gar nicht widerwillig. »Sie schicken auch Nachrichten per Fahrrad.«

»Beseitigen Sie sie.«

»Wie denn, Sir? Ich hab nur eine Gruppe hier, siebenhundert, jeden Saftsack und Arschputzer mitgezählt. Die Schützen von der Bewegung werden's machen müssen.«

Murasaki nickte nachdenklich. Erstaunlich, dachte er. Die Analyse hatte angedeutet, die Blockade und die Intervention des CoDominiums würden die Bevölkerung so erschrecken, daß sie mucksmäuschenstill abwartete, wie die Sache ausging.

»Irgendwie Empfehlungen?«

»Klar, Sir. Diese Minetowner haben nicht mal genug Disziplin, um auch nur schwache Kräfte zu überrennen, aber es gibt jede Menge von ihnen, mit jeder Menge Feuerkraft, wenn man sich anguckt, was wir ausgeteilt haben. Ihre Zellenführer . . .« Er deutete mit dem Daumen hinter sich auf Männer und Frauen in Zivil, aber mit Armbändern, die das Gleichheitszeichen trugen.

». . . versuchen weiter, sie aus der vorderen Linie anzuführen. Aber das ist 'ne sinnlose Verschwendung von Leuten, die bereit sind zu kämpfen. Schicken Sie Leute mit automatischen Waffen *hinter* die Menge. Die sollen auf jeden ballern, der sich zurückzieht. Legen Sie Feuer im Zentrum von Minetown, möglichst große. Sobald die Leute total die Hosen voll haben vor dem, was hinter ihnen los ist, stürmen sie auch die Barrikaden.«

Der Technoninja nickte.

»Machen wir es so. Kommandieren Sie auch zwei Kompanien für den Angriff auf Fort Plataia im Rahmen des Unternehmens *Flurbereinigung* ab.«

Der Helot zögerte. »Sir . . .« »Das ist wichtig!«

Die Befehle gingen hinaus.

»Schön, Sie zu sehen, Kornett Talkins«, sagte Owensford. »Hoheit, ich möchte Ihnen Kornett Margreta Talkins vorstellen. Sie hat jeweils ein Offizierspatent der Legion und des Königlichen Nachrichtendienstkorps'. Talkins, Kronprinz Lysander.«

»Es macht mich stolz, Ihnen zu begegnen«, sagte Margreta. Verlegen sah sie an ihren schlecht sitzenden Kleidern hinab. »Man hat mir nicht gesagt, daß ich Sie treffen würde . . .«

Lysander ergriff ihre Hand und küßte sie auf die Finger. »Es ist mir eine große Freude, Sie kennenzulernen. Wir wiederholen die Vorstellung im Rahmen eines erfreulicheren Anlasses.« Er wandte sich an ihren Begleiter. »Ich kann nicht behaupten, daß ich mich freue, Sie zu treffen, Niles. Offen gesagt unterhielte ich mich lieber mit einer Schlange.«

»Ich wünschte, ich könnte Ihnen dafür böse sein«, erwiderte Geoffrey Niles, »aber unglücklicherweise habe ich jedes Verständnis dafür.«

»Waren Sie bei Stora dabei?« wollte Lysander wissen.

»Bei Stora, ja, Hoheit. Allerdings hatte ich nichts mit dem Angriff auf das Arsenal zu tun. Ich hätte ihn verhindert, wäre ich informiert gewesen.«

»Sie wußten, daß dergleichen geplant war?«

»Ich wußte, daß wir eine festungsbrechende Rakete hatten, erfuhr deren Ziel jedoch erst fünf Minuten vor dem Start. Ich protestierte dagegen, aber man sagte mir, ich würde erschossen, wenn ich nicht den Mund hielte. Ich habe das Ziel nicht ausgesucht und keine diese Rakete betreffenden Befehle weitergegeben.«

»Sergeant Bielskis?« fragte Owensford.

»Kein Zögern, keine Zweifel«, stellte Andy Bielskis fest. »Wenn er das gespielt hat, dann ist er der Beste, den ich je erlebt habe. Ich würde sagen, es ist ehrlich gemeint, Sir.«

»Wenn Sie möchten, unterziehe ich mich jeder Verhörtechnik, die Sie einzusetzen wünschen«, sagte Niles. »Der einzige Verstoß gegen die Kriegskonventionen, an dem ich beteiligt war oder den ich stillschweigend geduldet habe, war der Gasangriff in den Illyrischen Tälern, und der galt nur militärischen Zielen. Es hielten sich nicht mal Zivilisten in diesem Gebiet auf.«

»In Ordnung, wir lassen das zunächst ruhen«, sagte Owensford. »Kornett, war wurde Mr. Niles zugesagt?«

»Freies Geleit, es sei denn, er kann eine bessere Vereinbarung aushandeln, und ein vernünftiger Vorsprung, ehe die Verfolgung beginnt.«

»Talkins, Sie klingen erschöpft. Ich halte es für das Beste, wenn Sie bei der Befragung von Großsenator Bronsons Neffen zugegen sind, aber sobald wir hier fertig sind, möchte ich, daß Sie sich im St. Thomas-Hospital untersuchen lassen.«

»Danke, Sir, aber ich glaube, ich könnte nach wir vor kämpfen.«

»Das ist nicht nötig«, bemerkte Lysander.

»Doch, ist es«, erwiderte Margreta. »Hoheit, ich habe vor, die Bürgerschaft anzunehmen, sobald ich entlassen bin. Dies ist meine Heimat, und ich würde mich wirklich besser fühlen, wenn wir sie vorher von diesem Abschaum säubern.« Sie berührte die blauen Flecken im Gesicht und das blaue Auge. »Und vermutlich habe ich auch ein paar persönliche Gründe dafür.«

»Nun, dagegen kann ich nichts sagen«, stellte Owensford fest. »In Ordnung, Niles, Sie deuteten an, Sie hätten gerne eine günstigere Abmachung als freies Geleit. Was möchten Sie, und was haben Sie dafür zu bieten?«

»Ich möchte begnadigt werden«, antwortete Niles.

»Keine Fahrkarte, die Sie vom Planeten bringt?«

»Zur Not ja, aber lieber würde ich mir das Recht verdienen hierzubleiben und beim Wiederaufbau zu helfen. Einen Teil des Schadens wiedergutzumachen, den ich mit angerichtet habe.« Er warf Margreta einen bedeutsamen Blick zu. »Obendrein möchte ich heiraten und für den Erwerb der Bürgerschaft arbeiten.«

»Woher dieser Sinneswandel?«

»Es würde lange dauern, das zu erklären, und wir haben nicht viel Zeit. Man lernt viel über eine Gesellschaft, indem man gegen sie kämpft. Und über ihre Führungsschicht. Und was ich gelernt habe, ist, Ihr Volk zu bewundern.«

»Und welche Verhandlungsgrundlage bringen Sie mit?« wollte Owensford wissen.

»Informationen. Ich verrate sie Ihnen, und Sie entscheiden selbst, was sie wert sind. Ich akzeptiere Ihre Einschätzung.«

Lysander musterte ihn eine Zeitlang mit kaltem Blick. »In Ordnung. Raus damit.«

Geoff berichtete ihnen von dem Gespräch zwischen Skilly und Murasaki, das er belauscht hatte. »Im Grunde habe ich das Wort ›Atomwaffe‹ nicht gehört, aber ich kann mir nicht vorstellen, um was es sich sonst handeln sollte. Murasaki verfügt über eine Atomwaffe, allerdings nur über eine einzige, und er hat vor, sie entweder gegen den Palast oder das Legionshauptquartier in Fort Plataia einzusetzen. Ginge es nach Skilly, wäre der Palast das Ziel, aber ich schätze, Murasaki zieht Plataia vor.«

»Aber Sie wissen nicht, daß es eine Atomwaffe ist«, sagte Lysander, »und Sie wissen schon gar nicht, wo sie steckt. Wo befindet sie sich jetzt, oder wohin wird sie noch gebracht? Und wer ist darüber informiert?«

»Skilly und Murasaki«, antwortete Geoff. »Vielleicht nicht einmal Skilly. Murasaki ist verrückt. Offensichtlich hat mein Großonkel ihn beauftragt, Sparta zu unterminieren, und ihm das sekundäre, aber fast ebenso wichtige Ziel vorgegeben, Falkenbergs Legion weh zu tun.«

»Klingt ein bißchen seltsam«, meinte Owensford. »Die

Legion befindet sich auf New Washington. Die hiesigen Legionäre verkörpern nur eine Restesammlung.«

»Aber dazu gehören die Familien«, wandte Niles ein. »Murasaki würde sich an dem Schmerz ergötzen, unter dem Falkenberg und seine Leute auf New Washington litten, wenn sie erführen, daß ihre Familien getötet worden wären. Oder von Bronsons Leuten gefangengenommen.«

»Das setzt echten Haß voraus«, sagte Owensford. »Ist Bronson so verrückt?«

»Niles schüttelte langsam den Kopf. »General, ich weiß es nicht. Früher dachte ich immer, daß er total verrückt ist, und ich wette nach wie vor darauf.«

»In Ordnung«, sagte Lysander. »General, Ihre Einschätzung? Sind diese Informationen das wert, worum er gebeten hat?«

»Beinahe. Talkins, haben Sie eine Empfehlung, was mit diesem Mann geschehen sollte?«

»Er hat mir das Leben gerettet«, sagte sie. »Und er – war ein richtiger Gentleman.«

»Nun, Sie haben von der Krone einen großen Gefallen zu erwarten«, stellte Lysander fest. »Oh. Wenn er groß genug ist, um seine Begnadigung abzudecken, dann bitte ich darum«, sagte Margreta.

Lysander nickte. »Einverstanden. Geoffrey Niles, Sie sind hiermit für alle Taten begnadigt, die Sie zwischen Ihrem Eintreffen auf Sparta und dem jetzigen Zeitpunkt begangen haben. Kornett Talkins, Sie haben trotzdem weitere Dankesbezeugungen zu erwarten; Sie haben nicht mehr als Ihren halben Verdienst hierfür aufgewandt.«

»Sergeant«, befahl Owensford, »bringen Sie Mr. Niles in einen Konferenzraum und prüfen Sie mal, ob er sich noch an weiteres erinnert, was interessant für uns ist. Besonders an Hinweise darauf, wo diese Götterdämmerung stattfinden soll.«

Lysander stand auf. »Ich denke, dabei bin ich keine große Hilfe. Kornett Talkins, bitte suchen Sie das St. Thomas-Krankenhaus auf. Es wird allerdings kein Picknick werden. Ich fürchte, das Hospital wird noch in unser Verteidigungssystem einbezogen werden müssen.«

»Der nächste Vorstoß ihrer Panzer könnte zum Durchbruch führen«, teilte Lysander unverblümt den Offizieren mit, die sich um ihn versammelt hatten. »Wir und die Bürger, wir nehmen es mit ihrer Infanterie auf, aber wir bräuchten mehr Panzerabwehrteams da draußen . . .«

Der Angriff hatte vor gerade fünf Stunden begonnen. *Fünf Stunden! Mein Gott!* Er hörte zwar den eigenen Worten zu, als er seine Männer instruierte, aber unmittelbar dahinter strömte ein Fluß von Erinnerungen dahin, Bilder von zerstörten Gebäuden und toten Menschen rings um brennendes Eisen. *Erst fünf Stunden, und sie haben uns schon zum Government House Square zurückgetrieben.* Nur das St. Thomas-Krankenhaus eignete sich als Redoute.

»Sir, Rebellen sind in die Hauptventilationsschächte im dritten Stock vorgedrungen!«

Lysander fuhr von der Karte hoch. »Verdammter Mist! Kommen Sie – nicht Sie, nur die Gewehrschützen!«

Der Maschinengewehrschütze am Fenster nickte und gab eine weitere Salve auf die schattenhaften Gestalten ab, die zwischen den brennenden Fahrzeugen auf dem Parkplatz unter ihm hin und her huschten. *Gottverdammt!* Die CoDominiumssoldaten arbeiteten zwar nicht absichtlich mit den Heloten zusammen, aber was sie taten, konnte leicht auf dasselbe hinauslaufen.

Lysander führte die wilde Hetzjagd aus dem Aufenthaltsraum der Pfleger an, den sie als taktisches HQ bezogen hatten. Verwundete und Kranke, die man aus den untersten Stockwerken evakuiert hatte, blickten auf, als die Soldaten vorbeistürmten. Dies hier *war* der dritte Stock, seine Redoute. Und Melissas Zimmer lag nicht weit von der Stelle, wo der Hauptluftschacht vom Wartungskern abzweigte.

»Dort!« schrie er.

Hinter dem Luftgitter gegenüber Melissas Zimmer bewegte sich etwas. Lysander schoß im Laufen aus der Hüfte und zog das automatische Feuer die Wand hoch bis auf das einen Quadratmeter messende Gitter. Wieder bewegte sich etwas, ruckhaft diesmal. Weißes Licht blitzte auf, und Lysander wurde gegen die Tür geschleudert, die sich öffnete. Melissa sah ihn an, aber das Lächeln verwandelte sich in Entsetzen. Sie versuchte sich aus dem Bett zu kämpfen. In einer Hand hielt sie eine Pistole, in der anderen ein Buch. In einem fernen Winkel des Bewußtseins erkannte er es wieder – das *Stundenbuch* der Kirche von Sparta.

»Nein, bleib da, Liebling, bitte!«

»Mistkerle!« keuchte er und schleppte sich mühsam Richtung Korridor. Die Tür fiel hinter ihm ins Schloß. Sie war dünn und bot keinen Schutz.

Schmerzhafte Stiche schossen durch seine Rippen, und er mußte husten. Das war ein Fehler, denn weißes Licht überflutete die Innenseite der Augenlider, und die ganze Welt schaukelte. Sich zu erbrechen wäre allerdings *wirklich* ein Fehler gewesen, wenn seine Rippen in dem Zustand waren, den er befürchtete. *Bin bereits im Krankenhaus, kann nichts weiter tun.*

»Mistkerle«, knirschte er wieder und stemmte sich mit dem Gewehr auf die Knie hoch. *»Mistkerle!«* Die Männer, die ihm gefolgt waren, lagen am Boden. Einige bewegten sich noch, andere lagen reglos, aber am Boden waren alle. Ein zerfetzter, blutender Arm hing schlaff aus dem schwarzen Loch unter der Decke, wo vorher das Gitter gewesen war. Ein Kopf und Schultern und zu viele Zähne waren zu sehen, wo die Detonation Haut und Fleisch vom Schädel gerissen hatte wie einen Handschuh von einer Hand. Der Körper bewegte sich leicht. *Er ist tot und bewegt sich doch. Da sind noch mehr in dem Schacht!*

Lysander sackte an die Wand und ignorierte das Knirschen in seiner Brust. Die Panzerung würde sie noch eine Zeitlang zusammenhalten. Er klemmte das Gewehr zwischen Seite und Arm und hob langsam die schwankende Mündung.

»Mistkerle!«

Der Schuß krachte, und ein dumpfer Schlag ertönte, als die Kugel das dünne Lattenwerk und das noch dünnere Metall darunter, den eigentlichen Aluminiumluftschacht, durchschlug. Ein hohles Dröhnen erfolgte, als irgend etwas Großes darin rappelte. Durch das Loch sickerte es auf einmal rot am grauweißen Verputz der Krankenhauswand hinab.

»Mistkerle!«

Lysander feuerte weiter, und die Rückstöße hämmerten ihm in die Seite. Er zog die Salve am hinter der Wand verborgenen Luftschacht entlang. Ein weiterer Schütze trat von hinten heran und unterstützte ihn mit langsam und bedächtig gesetzten Schüssen. Ein Donnerschlag ertönte, und Flammen schossen rings um die Leiche, die wie ein Korken in dem großen Loch steckte, aus dem Schacht heraus. Als sich dessen Metallhülle ausbeulte, regnete außen der Verputz herunter. Harv kam durch den Flur getrabt, lud dabei seinen Granatwerfer nach und rief nach Krankenträgern.

Lysander blickte auf, um nachzusehen, wer ihm geholfen hatte. »Na ja, Kornett Talkins. Ich denke, Sie haben sich einen weiteren Gefallen verdient. Tun Sie mir jetzt bitte auch einen. Bleiben Sie bei Melissa!«

»Aye aye, Sir.«

Harv führte die Ärzte heran. »Lady, ich danke Ihnen wirklich. Eigentlich hätte ich ja beim Prinzen sein sollen, und . . .« Er gab den Ärzten einen Wink.

»Ich kann allein aufstehen«, knirschte Lysaner. »Ich kann zwar keine Spurts mehr einlegen, aber nach wie vor Befehle erteilen. Hilf mir auf und bringe mich in den Kriegsraum zurück, und zwar sofort!«

Die Zentrifugalkraft sorgte entlang der Randbereiche der Raumstation für eine Gravitation von 0,9 g, verglichen mit Sparta ein sehr behaglicher Wert. Zwar wußte jeder, daß eine hohe Schwerkraft für die Gesundheit viel besser war, daß man durch den automatisch höheren Trainingsstand länger lebte, aber unter nur 0,9 g fühlte man sich subjektiv richtig erleichtert. Sergeant Wallace und der Captain der 77., dessen Name Boris Karantov nicht mehr einfiel, hatten über dieses Thema geplaudert. Sie hatten über vieles geredet, in dem Versuch, sich freundlich zu geben und Karantov von der Tatsache abzulenken, daß er im eigenen Büro ein Gefangener war.

Nach einer Weile schalteten sie die Fernseher ein. Man

konnte darauf den Verlauf der Schlacht in Sparta City aus der Perspektive der Soldaten von der 77. Marineinfanterie verfolgen. Sie verlief nicht gut. Im Verlauf von fünf Stunden hatten die Landetruppen einen Teil der Stadt in Schutt und Asche gelegt, damit jedoch der Entschlossenheit der Verteidiger keinerlei Knacks versetzt. Inzwischen waren noch andere Szenen zu sehen, Rebellen beim Angriff auf Bürger, während sie gleichzeitig sorgfältig vermieden, sich mit Einheiten der 77. anzulegen.

Boris Karantov folgte der Schlacht ganz entsetzt. Er schwieg beharrlich, bis der Captain von der Marineinfanterie endlich ging. Jetzt jedoch wandte er sich an den höflichen Sergeant. »Sergeant Wallace, dort unten sterben gute Leute. Ihre Kameraden, Legionäre, Spartaner. Und Sie halten hier illegal Autoritätspersonen des CoDominiums fest, die diesen Wahnsinn beenden könnten.«

Dem Sergeant gefiel die Situation überhaupt nicht. »Sir, der Captain hat mich angewiesen . . .«

»Sergeant, möchten Sie abstreiten, daß ich der ranghöchste Offizier der Marineinfanterie des CoDominiums in diesem System bin?«

»Nein, Sir.«

»Dann vergessen Sie Ihren Captain. Ich befehle Ihnen: Helfen Sie mir, die Kontrolle über die Station zurückzugewinnen.«

»Colonel, das kann ich nicht machen . . .«

»Sergeant, Sie tun entweder, was ich sage, oder erschießen mich auf der Stelle. Sollten Sie mir den Befehl verweigern, und sollte ich noch am Leben sein, sobald das alles hier vorüber ist, Sergeant Wallace, dann lasse ich Sie in niedriger Schwerkraft hängen, und das letzte, was Sie zu sehen bekommen, werden solche Aufnahmen sein.« Er deutete auf die Bildschirme. »Oder wollen Sie mir sagen, daß Sie zum Militär gegangen sind, um zu so etwas beizutragen?«

»Himmel, Colonel, ich weiß doch nur, daß man mir gesagt hat . . .« Er senkte die Stimme. »Colonel, es heißt, Sie wären hier alle Lermontovs Leute, und Lermontov ist erledigt, ist verhaftet. Admiral Townsend führt jetzt die Flotte.«

»Und glauben Sie vielleicht, daß die Flotte komplett zu ihm und damit zu Bronson übergehen wird?«

»Gottverdammt, Colonel, wir wissen doch einen Scheiß über Politik! Ich weiß nur, daß ich meine Befehle habe!«

»Die hiermit zurückgekommen sind«, sagte eine Stimme hinter ihm. »Sergeant, wenn Sie nach Ihrer Waffe greifen, schneide ich Ihnen mit Genuß die Kehle durch. Colonel, wenn Sie ihm die Seitenwaffen abnehmen würden . . . Danke.«

»Ich danke Ihnen. Und mit wem habe ich das Vergnügen?« wollte Karantov wissen.

»Master Sergeant Hiram Laramie, SAS, Falkenbergs Legion, zu Ihren Diensten, Colonel. Als wir keine Funkverbindung herstellen konnten, hat Colonel Owensford uns losgeschickt, um mal nachzusehen.«

»Wie zum Teufel haben Sie es geschafft herzukommen?« wollte Sergeant Wallace wissen.

»Ich muß gestehen, daß ich auch neugierig bin«, sagte Karantov.

»Die Flotte hat uns geholfen. Man machte sich dort Sorgen, als kein Kontakt mehr zu Captain Newell oder einem ihrer anderen Offiziere hergestellt werden konnte, Sir, also hat man uns gern geholfen, hier einzudringen und uns die Sache mal anzuschauen. Lieutenant Deighton sieht gerade nach Captain Newell, Sir.«

»Was haben Sie mit den übrigen Leuten der 77. gemacht?«

»Sie stehen in Handschellen draußen«, berichtete Laramie. »Sergeant Wallace, wenn Sie jetzt bitte die Hände auf den Rücken legen würden – bitte vorsichtig, dann wird auch niemand verletzt. Danke. Colonel, General Owensford würde sich außerordentlich freuen, mit Ihnen sprechen zu können. Soll ich ihn für Sie an den Apparat holen?«

»Ja, bitte, Sergeant. Und sehen Sie bitte nach, wie es Captain Newell geht, wenn Sie so freundlich wären . . .«

Captain Saunders Laubenthal von der Marineinfanterie hob den Kopf über die Fensterbank und blickte hinaus auf die

Straße. Sie war übersät mit den Toten des letzten spartanischen Gegenangriffs. Seine Leute hatten sie mit Granaten stoppen müssen.

Wir haben die Straße eingenommen, dachte er bitter. *Und jetzt müssen wir auch die nächste verdammte Straße einnehmen.*

»Was für eine Ironie«, brummte er vor sich hin.

»Sir?« fragte Sandeli.

Der Schwarze war jetzt Senior Sergeant und zweiter in der Rangfolge der Kompanie, seit Lieutenant Cernkov zurück in die Enklave zu den Regenerationsstimulatoren gebracht worden war. Die Einheit hatte im Verlauf der nächtlichen Kämpfe zwanzig Prozent Verluste erlitten.

»Ich hatte mal vor, mich hier zur Ruhe zu setzen«, antwortete Laubenthal geistesabwesend. »Bei allen Göttern, wenn das die Miliz ist, mit der wir uns herumschlagen, dann würde ich mich ungern ihren Besten stellen. Sie geben einfach nicht auf!«

Die spartanischen Stellungen wurden jetzt aus einem anderen Fenster unter Feuer genommen. Ein Mensch kippte vorwärts, prallte von einem Balken ab und landete zwei Stockwerke tiefer auf der Straße. Ein Gewehr landete klappernd neben ihm.

»Sie werden inzwischen gut niedergehalten«, meinte Sandeli.

Ein Hinweis. »In Ordnung, weisen Sie den ersten Zug an . . .«

Ein Geräusch unterbrach ihn, ein schriller Schrei von der Straße, ein Stück weiter im Norden, der Richtung, aus der die Truppe gekommen war. Ein Haufen Gestalten tauchte auf; sie schoben einen Handkarren vor sich her, an den sie vorne mit Drähten einen uniformierten Spartaner gebunden hatten. Ein dichterer Mob folgte ihnen. Die Uniform des Spartaners stand in Flammen. Der Mob fiel mit Knüppeln, Werkzeugen und Bajonetten über die verwundeten Royalisten unterhalb der Marineinfanteriestellung her. Weitere Schreie ertönten, und die Flut zerlumpter Menschen ergoß sich in Richtung eines Gebäudes, das noch von den Royalisten gehalten wurde. Die Marineinfanteristen hatten mit ihrem Deckungsfeuer allzu gute Arbeit geleistet.

»*Kaak*«, brummte Sandeli in seiner Muttersprache. *Scheiße.*

Captain Laubenthal stand auf und drückte eine Taste seitlich am Helm. »Der Tropfen ins übervolle Faß«, murmelte er. »Ich will verdammt sein, wenn ich weiter zusehe, wie gute Soldaten abgeschlachtet werden.«

»Sir?«

»Es scheint, daß wir keine Verbindung mehr mit dem HQ haben, Sergeant«, sagte er. »Ich kriege es anscheinend einfach nicht hin. A-Kompanie! Eröffnen Sie selektives Feuer. Verjagen Sie diese Schakale und retten Sie die Spartaner.«

»Sir?«

»Sie haben mich verstanden, Soldat!«

»Aber hallo, Sir! Carruthers, neue Ziele! Säubern Sie das Haus!« Er wandte sich wieder an den Captain. »Sir, ich hoffe, Sie kriegen aus diesem Scheißding von einem Funkgerät nie wieder einen Mucks heraus!«

»Hier Owensford.«

»Hier Deighton, Sir. Ich habe den Captain der Flotte Newell und Colonel Karantov bei mir.«

»Gott sei Dank! Boris, was geht da oben vor?«

»Ciottis Leute hatten uns unter Hausarrest gestellt.«

»So was Ähnliches dachte ich mir schon. Auch Guildford?«

»Sir, man hat ihn fortgebracht, möglicherweise an Bord des Schlachtkreuzers *Patton*«, antwortete Lieutenant Deighton.

»Danke. Haben Sie Captain Newell und Colonel Karantov wieder zur Kontrolle über die CD-Raumstation verholfen?«

»Ich kann das sofort tun, Sir. Captain, Colonel, Sie können nach Belieben meine Soldaten durch Leute Ihrer Wahl austauschen.«

»Ich kümmere mich darum«, sagte Boris Karantov. »Ich möchte auch, daß mein Landungsboot bereitgemacht wird. Piotr Stefanovich, ich danke Ihnen. Wir unterhalten uns später weiter.«

»General, ich möchte mich ebenfalls bedanken«, sagte Newell. »Ich kann nicht behaupten, daß es mir gefiel, unter Arrest zu stehen.«

»Schon klar, Sir. Wenn Sie mir bitte verzeihen würden, Sir, aber was zum Teufel geht eigentlich vor? Hat Ciotti den Verstand verloren?«

»Nicht ganz«, antwortete Newell. »Dem Sergeanten zufolge, der Colonel Karantov gefangenhielt, erhielt Ciotti zusammen mit dem Befehl, hier einzumarschieren und die Legion dingfest zu machen, eine Nachricht des Inhalts, Lermontov wäre abgesetzt worden. Anscheinend war es jedoch keine offizielle, vom Großsenat unterzeichnete Order, sondern eine Nachricht von irgendwo aus dem Flottenkommando. Eine weitere stammte vom Großsenat oder vielleicht einem Senatsausschuß.«

»Oder von einem einzelnen Großsenator?«

»Möglicherweise. Da Ciotti unseres Wissens die einzige Person ist, die diese Befehle gelesen hat, kennen wir die Einzelheiten nicht. Wir wurden einfach benachrichtigt, daß Ciotti mit speziellen Befehlen eintreffen würde, und sobald er da war, übernahm er die Station mit Hilfe seiner Soldaten. Wir waren bis dahin völlig ahnungslos. Ich wurde einfach nicht schlau daraus, warum er sich so beeilte, aber nicht lange nach Übernahme der Kommandogewalt empfing die Funkstation eine lange, chiffrierte Nachricht vom Flottenoberkommando. Ciottis Leute können sie nicht dechiffrieren, und meine Leute behaupteten, sie wären dazu ebenfalls nicht in der Lage, aber vielleicht war das ja nur eine Geschichte für Ciotti. Ich überprüfe es gerade.«

»Eine Nachricht des Flottenkommandos, die von Funkoffizieren der Flotte nicht entschlüsselt werden kann?« fragte Owensford. »Captain, wenn alle Stricke reißen, wird vielleicht Colonel Karantov schlau daraus. Oder König Alexander.«

»Hmm, ich verstehe«, sagte Newell. »In Ordnung, ich funke Ihnen eine Kopie nach unten. Falls Sie sie lesen können, bedeutet das vielleicht, daß sie auch an Sie gerichtet ist.«

»Was haben Sie bis dahin vor?« erkundigte sich Owensford. »Solange Guildford nicht erreichbar ist, sind Sie der ranghöchste Flottenoffizier im System.«

»Bis Guildford wieder auftaucht oder wir beglaubigte Befehle seitens des Oberkommandos erhalten.«

»Und falls Lermontov tatsächlich von Bronson gestürzt wurde?«

»Ich denke darüber nach. Wenn Sie mich jetzt bitte entschuldigen würden, General. Nochmals vielen Dank für die Rettung, aber wichtige Probleme erfordern meine Aufmerksamkeit. Ich möchte zunächst mein Schiff erreichen!«

»Sicher. Sobald Sie allerdings das Wichtigste erledigt haben, würden Admiral Forrest und Captain Nosov gerne mit Ihnen sprechen.«

Newell grinste. »Das überrascht mich nicht. Augenblick, ich habe hier eine Interkom-Meldung. Colonel Karantov möchte sich in die Leitung einschalten. Ja, Boris?«

»*Da.* Piotr Stefanovich?«

»Ich bin hier, Boris.«

»Ergeben Sie sich nicht! Ich fahre jetzt zum Planeten hinunter. Gott mit Ihnen, mein Freund!«

»Werden wir sterben, Mrs. Fuller?« fragte das Mädchen.

Juanita Fullers Blick wanderte über das Heer der Gesichter, die ihr im Bunker zugewandt waren. Sie hatte fünfzig Kinder hier, für die sie die letzte Verantwortung trug. Es gab ein Dutzend derartiger Unterstände ... Das Mädchen, das die Frage gestellt hatte, war mit elf Jahren einfach noch zu jung, um draußen bei der letzten Verteidigung mitzuhelfen. Das Kind blickte mit ernster Miene durch den transparenten Sichtschirm des Schutzanzuges gegen C- und B-Waffen, aber einige der anderen Kinder schnieften und konnten kaum die Tränen zurückhalten.

Mark! dachte Juanita mit einem schmerzhaften Stich, aber Kornett Mark Fuller diente in der Flugkompanie der Legion auf New Washington. *Inzwischen Lieutenant. Falls er noch lebt. Wir hatten einfach nicht genug Zeit zusammen.* Ein paar Monate, gerade genug, um die Heilung von ihrer schrecklichen Gefangenschaft im Lager für geflohene Häftlinge auf Tanith einzuleiten. Jetzt erwartete man von ihr, sich wie die Dame eines Offiziers der Gefahr zu stellen ... *Aber ich bin doch nur ein Mädchen ... Ich bin erst neunzehn!*

»Natürlich werden wir nicht sterben, Roberta«, sagte sie in leicht neckendem Tonfall. »Du möchtest doch nur eine Chance kriegen, hinaufzugehen und eine Kanone abzufeuern, nicht wahr?« Die Miniuzi lag ihr schwer auf der Hüfte. *Auf dem Schießstand habe ich mich ganz ordentlich geschlagen, aber könnte ich das Ding auch gegen einen Menschen einsetzen?*

»Kommt, ihr alle, singen wir mal ein Lied«, sagte sie. »Da wir heute sowieso keine Schule haben . . .«

Kleiner Hase Mümmelmann
Hoppelt durch den Wald . . .

Roberta fiel mit ein, und ihrem Beispiel folgten dann die anderen.

Schnappt sich eine Feldmaus
Und haut ihr auf den Kopf!

»Jodie, du sollst aber nicht Angie auf den Kopf hauen!«

»Irgendwas Komisches passiert, das mir nicht aufgefallen ist, Kinnie?« fragte Jesus Alana. Die Bewegungssensoren meldeten, daß ein Angriff in Kompaniestärke durch das nächtliche Feuer und den Rauch auf sie zukam. Die Legion hatte sich in ihr ursprüngliches Lager zurückgezogen und Brände in den riesigen Logistikgebäuden der Königlichen Armee gelegt, die einen Großteil des Stützpunktes ausmachten.

Stützpunktkommandeur, dachte er. *Stützpunktkommandeur eines Schützenzuges!* In Ford Plataia gab es nur so wenige Erwachsene, daß keinem davon der Kampfeinsatz erspart blieb.

Hassan al 'Jinnah lachte wieder. »Erinnert mich nur alles an die alten Zeiten, *Sor*«, sagte er und streichelte den Schaft seines Maschinengewehres. »Ah, da kommen sie ja!« Der Berber war schon altgedient gewesen, als es sich bei der Legion noch um die 42. Marineinfanterie des CoDominiums und bei John Christian Falkenberg III. noch um einen frischgebackenen Second

Lieutenant gehandelt hatte. In den letzten fünfundzwanzig Jahren war Hassan erster Messesteward gewesen. »Erinnert mich an Kennicott, *Sor.*«

Ein sehr guter Steward, denn er war überzeugter Muslim und rührte niemals Alkohohl an. Der Hahn seines Gewehres erzeugte ein leises Knacken, als er ihn zurückschob und damit eine Kugel in die Kammer schob.

Jesus Alana drückte seine Augen an den Sichtblock. Die Dunkelheit machte einem silbrigen Licht Platz, wie es sich bloßen Augen niemals darbot. Die riesigen Lagerhäuser im westlichen Bereich des Stützpunktes zeichneten sich als eine riesige Flammensäule hinter den vorrückenden Heloten ab; letztere wurden von zwei leichten Kampfpanzern angeführt, denen eine Infanteriekette folgte. Sie näherten sich in einem vorsichtigen Trab. Die Panzerwagen nutzten die Deckung jedes Gebäudes aus, und die Fußsoldaten rückten in Korporalschaften und Abteilungen vor.

»Hübsche Übung«, meinte Jesus und drückte eine Taste. Der Boden eruptierte in einer Linie orangefarbener Flammen. Er blinzelte; als er die Augen wieder öffnen konnte, erblickte er seine Frau neben sich, die durch die Zähne pfiff.

Das macht Cathy nur, wenn sie wirklich nervös ist, dachte er und nahm das Gewehr von der Schulter. Catherines Granatwerfer spuckte derweil schon seine Fünferladung aus.

Als Jesus seine Waffe anlegte, waren keine lebendigen Ziele mehr auszumachen. »Ich bezweifle, daß sie sowas noch einmal probieren«, sagte er nachdenklich. »Aber das kann noch nicht alles gewesen sein.«

Die Außenposten meldeten sich, mit einer Ausnahme. »Drei?« fragte er. »Posten Drei?«

Mörsergranaten pfiffen über ihn hinweg. *Das Kabel durchtrennt?* Möglich, aber er hatte niemanden übrig, der sich das mal hätte ansehen können.

»Sie kommen wieder. Zumindest einmal noch«, meinte er.

»Zweimal«, widersprach ihm al'Jinnah. »Möchten Sie wetten, *Sor?* Um eine Flasche Cavaret Zinfandel?«

»Gegen was?«

»Blue-Mountain-Kaffee, *Sor.* Halbes Pfund.«
»Abgemacht. Obwohl Sie so oder so gewinnen, Messesteward.«

Lieutenant Colonel Scott Farley studierte das Display auf dem Kartentisch und blickte dann auf zu Colonel Marco Ciotti. »Sechs Kompanien melden sich nicht, Colonel.«
»Die Bedingungen sind sehr schlecht für die Kommunikation«, gab Ciotti zu bedenken. »Aber das ist schon seltsam. Schicken Sie Boten mit neuen Geräten und der Weisung los, sich sofort zu melden.«
»Ja, Sir.« *Weiß er es nicht, oder möchte er es nicht wissen? Sechs Kompanien melden sich nicht. Wir wissen, daß zwei zum Feind übergelaufen sind. Haben es vielleicht alle sechs getan? Sechs Kompanien Frontinfanterie, die alle zum Feind übergegangen sind! Dergleichen war seit dreißig Jahren nicht mehr passiert. Natürlich haben sie nicht richtig die Seiten gewechselt, aber sie unterstützen die Spartaner gegen den Aufstand in Minetown, und das ist auch verdammt gut so. Sicherlich ist sich Ciotti darüber doch im klaren?*
»Der Angriff auf Fort Plataia wurde zurückgeschlagen«, stellte Ciotti fest.
»Ja, Sir.«
»Die Truppen sollen sich neu formieren und auf Unterstützung warten. Sergeant Kramer, holen Sie mir Captain Donovic auf der *Patton* an den Apparat.«
»Ja, Sir. Die Leitung muß über die Raumstation geführt werden, Sir.«
»Das ist schon in Ordnung.«
»Ja, Sir. Es dauerte eine Minute.«
Scott Farley betrachtete das Kartendisplay, aber seine ganze Aufmerksamkeit galt dem Colonel. Er konnte sich gut vorstellen, was dieser plante, und es gefiel ihm nicht.
»Hier Captain Donovic, Sir.«
»Hier Ciotti. Captain, dieses Unternehmen kostet mich viel zu viele Soldaten. Ich brauche Ihre Hilfe. Bitte bereiten sie den

Beschuß vorgegebener Ziele in den Bereichen Government House und Fort Plataia vor.«

»Halten Sie das wirklich für nötig?« fragte Donovic. »Es wird Guildford nicht gefallen.«

»Ich halte es nicht für nötig, Commodore Guildford zu informieren, ehe die Schlacht vorüber ist«, entgegnete Ciotti. »Ich halte es auch nicht für sinnvoll, weitere Verluste durch diese Leute zu erleiden. Sie hatten ausreichend Gelegenheit, sich ehrenvoll zu ergeben, aber sie planen eindeutig, noch lange über den Zeitpunkt hinaus weiterzukämpfen, an dem das Ergebnis bereits feststeht. Warum sollte ich unsere Soldaten in einer solch sinnlosen Aktion opfern?«

Sinnlos. Okay, es ist wirklich sinnlos, dachte Lt. Col. Farley. *Aber nicht so, wie Sie sich das denken! Gottverdammt, verdammt, verdammt . . .*

»Colonel, ich bin mir nicht sicher, ob das klug wäre«, wandte Donovic erneut ein.

»Unklug wäre es, mich länger hinzuhalten«, erwiderte Ciotti. »Sie wissen, was hier auf dem Spiel steht, und die Zeit arbeitet nicht für uns. Bereiten Sie jetzt bitte einen Beschuß mit Waffen vor, die auf kinetischer Energie beruhen. Ich gebe Ihnen die Ziele an. Es wird nicht lange dauern, und wir brechen damit den Widerstand in Fort Plataia und der Stadt selbst. Anschließend können wir mit der Verwirklichung unserer Pläne fortfahren.«

»In Ordnung«, sagte Donovic. »Es gefällt mir nicht, aber ein Scheitern unseres Unternehmens würde mir noch weniger gefallen, und wie Sie schon sagten, ist die Zeit in diesem Fall nicht unser Verbündeter. Alle Mann auf Gefechtsstation. Den Beschuß des Planeten vorbereiten.« Alarmsirenen heulten im Hintergrund.

»Captain Donovic.«

Das war eine fremde Stimme. Alle am Kartentisch Versammelten blickten erschrocken auf.

»Wer zum Teufel ist da?« wollte Donovic wissen.

»Hier spricht der Captain der Flotte Samuel Newell. Wie es scheint, bin ich der ranghöchste CoDominiumsführer vor Ort.

Captain Donovic, ich verbiete Ihnen, mit Ihrem Schiff in die Schlacht einzugreifen. Rufen Sie bitte die Besatzung von ihren Posten zurück und melden Sie sich persönlich bei mir. Sie finden mich an Bord der *Vera Cruz.*«

»Wie zum Teufel . . .«, begann Ciotti.

»Sie sind nicht der Systemkommandeur«, wandte Donovic ein.

»Nein. Soweit ich informiert bin, hält sich Commodore Guildford als Gast auf Ihrem Schiff auf, Captain Donovic«, sagte Newell. »Ich hoffe, daß er sich mit diesem Status besser anfreunden kann, als es mir in meinem Büro auf der Raumstation möglich war. Ich habe bislang nicht vernommen, daß Sie Ihre Besatzung von den Gefechtsstationen gerufen haben. Captain, ich warte!«

»Ich will verdammt sein, wenn ich Befehle von Ihnen entgegennehme.«

»Sehr schön«, sagte Newell. »Commander Taylor, rufen Sie unsere Besatzung auf Gefechtsstation. Alle Abteilungen, Bereitschaft melden.«

»Die *Vera Cruz* ist ein Kreuzer«, stellte Donovic fest. »Wir dagegen haben einen Schlachtkreuzer. Sie bluffen!«

»Tatsächlich? Taylor, Meldung an das ganze Geschwader. Gefechtsformation einnehmen. Alle Mann auf Gefechtsstation, vorbereiten auf Flottenaktion gegen den Schlachtkreuzer *Patton.* Alle Einheiten, Bereitschaft melden.«

»*Wolga* in Position und einsatzbereit, Sir.«

»*Kirov* einsatzbereit und in fünf Minuten in Position, Sir.«

»Newell, Sie sind ja verrückt geworden! Haben Sie wirklich vor, auf mich zu feuern? Die Flotte braucht Geschlossenheit und nicht so etwas!«

»Exakt, Captain Donovic«, pflichtete ihm Newell bei. »Und glauben Sie, diese Geschlossenheit erreichen zu können, indem Sie einen unabhängigen Planeten entgegen aller Befehle des Systemkommandeurs bombardieren? Ist Ihnen je in den Sinn gekommen, daß sich unsere Familien dort unten auf Sparta befinden, wo Sie dazu beigetragen haben, einen gottverdammten Krieg zu entfesseln?«

»Die *Aegir* ruft alle Mann auf Gefechtsstation. In zwanzig Minuten in Position.«

»Sie sind nicht Commander Clarkson!« brüllte Donovic.

»Nein, Sir, hier spricht Lieutenant Commander Nielsen.«

»Wo ist Clarkson?«

»Er ist nicht verfügbar, Sir«, antwortete Nielsen. »Wir setzen unsere Gefechtsvorbereitungen fort, Captain Newell.«

»Ich danke Ihnen. Captain Donovic, ich warte immer noch!«

Eine lange Pause trat ein. »Sie wissen ja, daß noch nie eine solche Flottenaktion stattgefunden hat, in deren Rahmen vier kleinere Schiffe gegen einen Schlachtkreuzer vorgingen. Ich glaube, wir können es mit Ihnen aufnehmen, Newell.«

»Vergessen Sie nicht die Raumstation. Alle Einheiten, auf Eröffnung der Kampfhandlungen vorbereiten!«

»Wir würden allerdings ganz schön schwer beschädigt werden. Ach, zum Teufel, vielleicht würden wir nicht mal siegen! Robbie, rufen Sie die Leute von den Gefechtsstationen zurück. Captain Newell, Sie haben sicher Verständnis dafür, wenn ich der Einladung auf Ihr Schiff nicht nachkomme, aber ich bin ebenfalls der Meinung, daß wir dieses Gespräch fortsetzen müssen, wenn nicht so viele Ohren mithören.

Colonel Ciotti, ich bedauere, aber Ihre Bitte um Feuerunterstützung wurde vom amtierenden Systemkommandeur zurückgenommen. Ich fürchte, damit sind Sie auf sich selbst angewiesen. Viel Glück.«

Die Lautsprecher schalteten ab. Ciotti fluchte leise vor sich hin. »In Ordnung, dann müssen wir allein klarkommen.« Er warf einen Blick auf den Kartentisch. »Vielleicht brauchen wir den Palast gar nicht einzunehmen. Es sieht so aus, als stünden die Rebellen gerade im Begriff, uns diese Aufgabe abzunehmen.«

»LOS!« Gruppenführer Derex kreischte wie ein Irrer. »*Los, los, los!*«

Die Heloten rannten zur Treppe des Palastes hinüber. Eine Einheit stürmte zum Flaggenmast, um den gekrönten Berg der

Doppelmonarchie einzuholen. Ihr Anführer wollte gerade die Flaggleine lösen, als eine Gruppe aus dem Palast gestürmt kam.

Ein alter Mann und zehn Soldaten der zeremoniellen Leibwache. Sie wirkten allerdings gar nicht sehr zeremoniell, als sie auf den riesigen Stufen Stellung bezogen und dabei die Deckung der dorischen Säulen und der großen Löwenstatuen ausnutzten.

Jemand schoß viermal. Der ältliche Anführer der Gardisten trat einen weiteren Schritt vor, schwankte und stürzte. Für einen Moment kam es zu einer Unterbrechung im Kampf. Eine Frau stürzte zur Tür des Palastes heraus und beugte sich über den Gefallenen. Sie verharrte für einen Moment reglos und richtete sich dann wieder auf.

»Spartaner! Sie haben den König umgebracht! Die Heloten haben den König umgebracht!«

Eine Sekunde lang blieb es still, dann ertönte Gebrüll. Es kam aus dem Palast, aus den Häusern rings um den Platz, aus Tunneln, ja scheinbar vom Himmel selbst. Immer wieder hieß es: »Spartaner! Die Heloten haben den König umgebracht!«

Dann stieg ein anderer Schrei auf, ein tierisches Gebrüll der Wut. Die Leibwache griff an und feuerte dabei kalt und effizient und schnell. Sie erreichte die Gruppe am Flaggenmast, und die einzigen Heloten, die noch auf den Beinen waren, wurden zu Boden geschlagen. Ein Gardist stürzte sich auf einen Heloten und prügelte mit dem Gewehrkolben auf ihn ein.

Und vom Platz stürmte die Miliz heran, verletzte Soldaten, alte Männer und Frauen, Kinder, die kaum alt genug waren, um den Gefallenen die Waffen abzunehmen. Sie kamen hervor, und sie kamen, um zu töten.

Derex erlebte mit, wie sein Kommando sich auflöste, wie es verschwand, wie es weniger geschlagen als vielmehr vernichtet wurde. Männer warfen die Waffen weg, um zu flüchten, aber das nützte ihnen auch nichts. Der Feind war jetzt im Freien, draußen, wo man ihn umbringen konnte, nur war er es nicht, der starb. Es waren Derex' Männer, die niedergemetzelt wurden, erschossen, erstochen, erwürgt, mit Baseballschlägern zu Tode geprügelt. Eine Frau saß auf der Brust eines Heloten und schlug mit einer Bratpfanne auf seinen Schädel ein.

Derex richtete sich auf, um seine Kämpfer zu sammeln, und eine Granate schlug in seiner Nähe ein. Er warf sich zur Seite, zu Boden, aber die Welt bewegte sich nur noch in Zeitlupe. Sein Sprung erfolgte einfach nicht schnell genug, und der Lärm der detonierten Granate war lauter als alles, was er je im Leben gehört hatte.

Die Bildschirme zeigten Szenen von einer Straße, auf der spartanische Milizionäre eine Übermacht an Heloten bekämpften. Die Aufnahme erfolgte aus genügend großer Entfernung, daß nicht alle Einzelheiten erkennbar wurden, aber es reichte auch so.

Farley musterte die anderen im Raum. Colonel Ciotti wirkte von Minute zu Minute unglücklicher, wie jemand, der ganz verlassen und ohne Ausweg war. Major Bannister starrte mit Tränen in den Augen auf das Display des Kartentisches, unfähig, dem Blick seines Colonels zu begegnen. Sergeant Major Immanuel Kramer sah auch nicht besser aus. Lieutenant Beeson betrachtete die Bildschirme, als hoffte er, sie würden sich in Luft auflösen.

Wir stehen auf der falschen Seite, dachte Farley. *Und ich bin nach dem Colonel der nächste in der Rangfolge. Ich sollte etwas unternehmen, aber . . .*

Ein Schrei kam aus den Lautsprechern: »Spartaner! Die Heloten haben den König umgebracht!«

Ciotti blickte vom Kartentisch auf. »Tut mir leid, das zu hören.«

»Tut mir leid, das zu hören«, sagte Lt. Colonel Farley. Etwas in ihm zerbrach. »Tut mir leid, das zu hören! Tut mir leid, das zu hören!«

»Beherrschen Sie sich, Scott!« mahnte ihn Ciotti.

Scott Farley stand für eine Moment stocksteif da. Er musterte die anderen Männer. Sie bewegten sich nicht. Er legte die Hand auf die Pistole. Ciotti starrte ihn ungläubig an, und noch immer bewegte sich niemand.

»Colonel«, sagte Farley, »wir kämpfen hier auf der falschen Seite.«

»Wie können Sie es wagen . . .«

»Ich wage es, weil ich recht habe. Und Sie wissen es ebenfalls, Colonel. Ich weiß nicht, was in diesen gottverdammten chiffrierten Meldungen stand, was Bronson Ihnen versprochen hat, aber Colonel, es kann unmöglich all das rechtfertigen!«

»Spartaner! Sie haben den König umgebracht! Die Heloten haben den König umgebracht!«

»Gott sei Dank«, sagte Lieutenant Beeson.

»Beeson?« fragte Ciotti.

»Es waren nicht wir, sondern die Heloten«, sagte Beeson. »Colonel Farley hat recht, Sir. Wir kämpfen auf der falschen Seite.«

»Farley, ich übersehe gerne . . .«

»Nein, Sir, das tun Sie nicht, weil ich keinen Rückzieher mache. Colonel, ich kann das nicht mehr ertragen. Bannister, geben Sie an alle Einheiten den Befehl durch, die Operationen gegen die Spartaner einzustellen und sie gegen diese Barbaren zu unterstützen.«

Bannister stand wie erstarrt da.

»Wenn Sie das tun, stecke ich Sie mit diesem Meuterer in eine Zelle«, warnte ihn Ciotti. »Sergeant Major!«

»Sir?«

»Bitte übergeben Sie Colonel Farley dem Kommandeur der Militärpolzei, der ihn unter Arrest stellen soll. Bannister, geben Sie Befehl zu einem erneuten Angriff auf Fort Plataia.«

Bannister rührte sich nicht.

Das gleiche galt für Sergeant Major Kramer.

»Spartaner! Sie haben den König umgebracht!«

Ciotti blickte sich wild um. Seine Pistole hatte er ordentlich neben der Uniformjacke an die Garderobe gehängt. »Sergeant Major . . .«

Kramer schüttelte sich, als versuchte er, sich aus einem Traum zu befreien. »Nein, Sir.«

»Sergeant, Sie sind jetzt seit zwanzig Jahren bei mir!«

»Ich bin bei Ihnen, Colonel, und werde es immer sein. Aber . . . Wir kämpfen auf der falschen Seite, der verdammt falschen Seite, und Sie wissen es, Sir, Sie müssen es einfach wissen!«

Farley nickte langsam. »Sergeant Major, ich denke, Colonel Ciotto hatte einen leichten Schlaganfall und braucht Ruhe. Bitte bringen Sie ihn in sein Quartier und kümmern Sie sich um ihn. Major Bannister, bitte geben Sie meinen Befehl weiter.«

Bannister nickte langsam und hob das Mikrophon. »Alle Einheiten, Achtung, es gelten neue Befehle.«

Als Colonel Karantov und seine Flottengarde zehn Minuten später eintrafen, fanden sie die 77. bereits in voller Kooperation mit den spartanischen Streitkräften vor. Die Schlacht von Sparta City war vorüber.

18

Ein wohlgehütetes Geheimnis des Prinzipats war offenbart worden: Wie es schien, war es möglich, daß ein Kaiser außerhalb Roms gewählt wurde.

– Tacitus, HISTORIEN, I, 4

Betrachtet sich der Historiker das Wendepunktjahr 1941, von dem aus die Menschheit den Abstieg in ihr gegenwärtiges Dilemma begann, so kann er nicht umhin, über die entscheidende Bedeutung des individuellen Willens zu staunen. Hitler und Stalin spielten Schach mit der Menschheit. Im wesentlichen war es Stalins persönliche Unsicherheit, seine obsessive Angst vor Deutschland, die ihm zur Unterzeichnung jenes tödlichen Paktes trieb, und es waren seine – und niemandes anderen – Gier und Illusionen, die diesen Anschein einer falschen Sicherheit aufrechthielten, hinter dem Hitler seinen mörderischen Angriff vorbereiten konnte. Und es war Hitler und niemand sonst, der einen Vernichtungsfeldzug gegen Rußland plante, dann hinausschob und schließlich wieder zum Kernstück seiner Strategie bestimmte, ganz wie es ihm beliebte. Keiner dieser bei-

den Männer repräsentierte zwingende oder auch nur starke historische Kräfte. Keiner von beiden konsultierte in irgendeinem Stadium der Planungen das eigene Volk oder sprach auch nur für eine selbsternannte Gruppierung. Beide ergriffen diese schicksalhaften Maßnahmen ganz von sich aus und ohne Berater, geleitet nur von persönlichen Vorurteilen der krudesten Art und willkürlichen Sichtweisen. Ihre Mitarbeiter leisteten in apathischem Entsetzen blinden Gehorsam, und die riesigen Nationen, über die sie herrschten, scheinen keine andere Wahl gehabt zu haben, als in Gefolgschaft ihrer Führer in wechselseitige Vernichtung hineinzustolpern. Wir haben hier das krasse Gegenteil des historischen Determinismus – die Apotheose des selbstherrlichen Autokraten. So kommt es, wenn die moralischen Restriktionen beseitigt werden, die sich aus Religion und Tradition, Hierarchie und Präzedenzfall ergeben, daß dann die Kraft der Bändigung oder Entfesselung katatstrophaler Ereignisse nicht dem unpersönlichen guten Willen der Massen zufällt, sondern in die Hände von Menschen gerät, die schon durch die Totalität ihres bösen Charkaters isoliert sind.

– Paul Johnson, Moderne Zeiten, *Die Welt von den Zwanzigern bis zu den Neunzigern, revidierte Neuausgabe 1991*

Sollte es dem Gericht nicht gelingen, seine doktrinäre Logik durch ein wenig praktische Weisheit zu mildern, dann besteht die Gefahr, daß die Grundrechte in einen Selbstmordpakt umgeformt werden.

– Richter Robert Houghwout Jackson, Terminiello gegen Chicago, *337 US 1, 37 (1949)*

Wie es für jede komplexe Entwicklung gilt, spielten viele Faktoren eine bedeutsame Rolle in der Umwandlung Spartas. Eine von Universitätsprofessoren gegründete Nation bemühte sich darum, den Kern einer neuen Ordnung zu dem auszubauen, was man formell die Spartanische Hegemonie nannte und was in allen Aspekten außer dem Namen als das erste interstellare Imperium betrachtet werden muß. Die Forscher sind sich allgemein darin einig, daß ein großer Teil dieses Wandels dem Willen und dem Zielbewußtsein eines Mannes zugeschrieben werden kann. Dieser Mann war Lysander I., Collingskönig von Sparta. Es bleibt noch zu untersuchen, wie Lysander zur Erkenntnis gelangte, daß ein Imperium gebraucht wurde, obwohl er ursprünglich mit den Gründern seiner Nation darin übereingestimmt hatte, daß die beste Politik für Sparta in einer bewaffneten Neutralität nach Schweizer Vorbild bestand.

Wir müssen auch begreifen, daß Lysander zwar die Notwendigkeit akzeptierte, eine Anzahl von Planeten zu einem Imperium zusammenzuschmieden, er dies aber keinesfalls mit Begeisterung tat. Tatsächlich wurde ihm diese Politik sogar auf überraschende Art und Weise aufgenötigt . . .

– *aus dem Vorwort zu* Von Utopia zum Imperium: Eine Geschichte Spartas von Alexander I. bis zur Thronbesteigung Lysanders *von Dr. Caldwell C. Whitlock, Verlag der Universität von Sparta, 2120*

Im Kriegsraum hielt sich kaum jemand auf. Harv saß regungslos an einem Ende, und Lysander beugte sich im Zentrum über die Displays, obwohl bezweifelt werden konnte, daß sie ihm viel verrieten. Zwei Burschen und ein Kommunikationstechniker hatten noch Dienst. Die Lichter gingen kurz aus und wieder an, als Peter eintrat.

»Sire.«

Lysander starrte ihn an.

»Wir haben gesiegt, Eure Majestät. Die Truppen des CoDominiums haben die Front gewechselt, und die Heloten wurden geschlagen. Mehr als geschlagen; fast gänzlich vernichtet.«

»Danke.« Lysander versuchte aufzustehen, aber die Beine versagten ihm den Dienst. Er fluchte. »Noch eine Stunde – wenn die Schlacht vorüber ist, sollte ich jetzt zu Mutter gehen.«

»Sie legt im St. Thomas-Krankenhaus und steht unter der Wirkung von Beruhigungsmitteln, Sire. Und obwohl die Schlacht vorüber ist, muß sehr viel getan werden, angefangen mit der Evakuierung des Palastes. Ich bin gekommen, um Sie hinauszubegleiten.«

»Glauben Sie wirklich an diese Atombombe?« wollte Lysander wissen.

»Ich schließe nicht aus, daß es sie gibt. Ich habe auch die Evakuierung von Fort Plataia angeordnet, nur für alle Fälle.«

»Gute Idee. Eine Bombe hier würde den ganzen Gouvernement Square erwischen. St. Thomas . . .«

»Ja, Sire, ich arbeite auch daran. Wir haben allerdings nicht viele Transportmittel, und so wird es nicht leicht sein. Die Königsmutter und Gräfin Melissa sind in fünf Minuten draußen. Es dauert ein paar Stunden, alle herauszuholen.«

»Ich schätze, so ist es am besten. In Ordnung, General, wohin sollen wir gehen?«

»Mit Ihrer Erlaubnis, Sire, sage ich Ihnen das erst, wenn wir unterwegs sind. Wir haben diesen Raum schon häufig überprüft, aber . . .«

Lysander erschauerte. »Werden wir *niemals* frei von diesem Ungeziefer sein? General, Sie haben ja keine Ahnung, wie leid ich es bin, so zu leben, schon vor den bloßen Wänden Angst zu haben . . . Na ja, gehen wir. Ich vertraue darauf, daß uns an unserem Ziel gute Kommunikationseinrichtungen und Statusdisplays zur Verfügung stehen.«

Owensford führte ihn durch den Palast. Die Korridore waren größtenteils verlassen. Peter versuchte den Prinzen zum Hinterausgang zu dirigieren, aber das erwies sich als unmöglich. Lysander löste sich aus seinem Griff und ging Richtung Vordertüren. »Wo war es?« fragte er.

Peter Owensford seufzte und führte ihn zu der Stelle, wo König Alexander gestorben war. Eine Decke lag noch auf den Marmorstufen. »Hier ist es passiert, Sire. Die Heloten wollten ihre Flagge hissen, aber der König führte seine Garde hinaus und verhinderte es.«

Lysander kniete nieder und hob die Decke an. Blutbefleckter

Marmor kam darunter zum Vorschein. Dann blickte er über den öffentlichen Platz hinweg zur Flaggenstange, wo der Gekrönte Berg stolz im Wind flatterte. »Lassen Sie diese Flagge beleuchten«, sagte er. »Ich möchte, daß sie gehißt bleibt, bis wir eine Statue aufstellen können. In Ordnung, General, gehen wir.«

Der Kommandocaravan parkte zehn Kilometer vom Palast entfernt. Die meisten Stabsoffiziere der Legion und des spartanischen Militärs hielten sich dort auf. Admiral Forrest wartete bereits ungeduldig, als Lysander, schwer auf einen Stock gestützt, hereingehumpelt kam und sich mit Hilfe von zwei Burschen setzte.

»Hoheit – ah, entschuldigen Sie, Sire. General Owensford!«

»Ich habe gehört, daß Ciotti ausgepackt hat«, sagte Owensford.

»O yeah. Es war so: Ciotti erhielt den Befehl, die Legion festzunehmen und eine Blockade über Sparta zu verhängen. Die Order überzeugte ihn ziemlich, obwohl sie von Nguyen im Namen Townsend unterschrieben worden war. Eher verdächtig waren da schon die anderen Nachrichten, die er erhielt.

Zunächst traf ein langer Bericht über den Zerfall des CoDominiums ein. Der Großsenat wurde aufgelöst, aber die Verhältnisse auf der Erde sind nicht stabil genug, um noch eine Wahl abzuhalten, und eine Menge Regionen sind nicht einmal mehr stabil genug, um noch neue Senatoren zu ernennen.«

»Himmel!« sagte Owensford.

»Es kommt noch dicker. Der Senat wurde zwar aufgelöst, aber offensichtlich versammelte sich eine kleine Gruppe Senatoren im Senatssaal und erklärte die Auflösung unter Hinweis auf gewisse formale Aspekte für ungültig. Damit schwang sich diese Gruppe zu einem theoretisch legitimen Senat auf; zumindest nennt sie sich selbst so. Sie verabschiedete gleich eine Anzahl von Resolutionen. Eine davon ordnete die Gefangennahme aller Söldner auf Sparta an, eine weitere erklärte Großadmiral Lermontov für abgesetzt und befahl seine Verhaftung.

Wieder eine andere Meldung stammte von Bronson persönlich als neuer Vorsitzender des Senatsausschusses für Flottenangelegenheiten. Er verspricht darin Ciotti die Beförderung zum Lieutenant General mit Befehlsgewalt über das System von Sparta, vorausgesetzt, es gelingt ihm, hier die Kontrolle zu übernehmen.«

»Also hat dieses Schwein nicht nur Befehle befolgt«, sagte Lysander.

»Nun ja, Sire, er kann zumindest darauf plädieren, er hätte es getan«, wandte Forrest ein. »Er hatte nämlich tatsächlich Befehle. Ich selbst hätte sie zwar in Frage gestellt, aber er kann darauf plädieren, daß er sie für gültig hielt.«

»Was ist mit ihm geschehen?«

»Karantov hat ihn unter Bewachung zur Raumstation hinaufgeschickt. Lieutenant Colonel Farley wurde als Kommandeur der 77. bestätigt. Ich vermute, man wird Ciotti an Bord der *Patton* fortschicken.«

Lysander wandte sich an Owensford. »General, ich möchte, daß Sie Karantov bitten, ihn an uns auszuliefern, damit wir ihn vor Gericht stellen können.«

Peter schüttelte den Kopf. »Sire, ich halte das für keine gute Idee. Ich glaube auch nicht, daß Karantov es tun würde. Er wird sicher nicht bereit sein, einen Regimentskommandeur des CoDomiums vor ein Söldnerkriegsgericht zu schicken. Und falls er Ciotti an Sie ausliefern würde, was könnte Sparta dann davon abhalten, den Kopf jedes CD-Offiziers zu fordern, der Ihnen je geschadet hat? Wie Admiral Forrest schon sagte, kann Ciotti darauf plädieren, daß er gültige Befehle hatte. Sire, falls Sie trotzdem ein entspechendes Ersuchen vorbringen möchten, sollte das lieber über Ihre Regierung laufen als über mich. Ich empfehle jedoch, daß Sie lieber ganz darauf verzichten.«

»Ich denke darüber nach.«

»Er hat bereits sein Regiment verloren«, ergänzte Peter Owensford.

»Schätze ich auch. Trotzdem kommt er billig davon. General, was ist mit der Atombombe?«

»Wir suchen noch. Natürlich wissen wir nicht mal mit Sicherheit, ob es wirklich eine gibt.«

»Aber Sie gehen davon aus?«

»Ich denke, wir dürfen einfach kein Risiko eingehen, Majestät. Übrigens haben wir noch ein Problem. Kennen sie die Paßwörter zum Computer Ihres verstorbenen Vaters? Wissen Sie insbesondere, wo er seine Codes aufbewahrte?«

»Möglicherweise. Als die Kämpfe ausbrachen, übergab er mir eine Diskette.«

»Uns liegt eine lange Meldung des Flottenoberkommandos vor, die anscheinend niemand dechiffrieren kann«, sagte Owensford. »Wir glauben, daß sie von Großadmiral Lermontov stammt, in welchem Fall Ihr Vater womöglich der einzige im ganzen System war, der einen Schlüssel dazu besaß.«

»Haben Sie denn keinen?«

»Nein Sir, ebensowenig wie Karantov. Vielleicht verfügen Whitlock oder Slater noch über einen. Wir versuchen gerade, sie zu finden.«

»Werden sie vermißt?«

»Unglücklicherweise«, bestätigte Owensford. »General Slater wurde verletzt gesehen, wie er mit seinen Kadetten und Ausbildern einen Mob aus Minetown vom Campus vertrieb, und wir glauben, daß auch Whitlock dabei war.«

»Glauben Sie, daß mit ihnen alles okay ist?«

»Ja, Sire. Hal Slater hat bereits mehr Schlachten erlebt als jeder andere auf diesem Planeten, und er hatte es nicht mit einem erstklassigen Gegner zu tun.«

»Und er könnte über Codeschlüssel verfügen, die Sie nicht haben?«

»Das ist möglich. Lermontov kennt Hal schon so lange wie Falkenberg, aber unsere größte Hoffnung besteht darin, daß Sie die Codes Ihres Vaters ausfindig machen.«

»In Ordnung. Am besten fangen wir gleich mit dieser Diskette an. Wo haben Sie Ihre Chiffrierausrüstung?« Lysander stand auf und lehnte sich schwer auf den Stock. »Harv, ich könnte Hilfe gebrauchen. Gehen wir, General.«

»General, da verlangt jemand nach Ihnen. Möglicherweise die Rebellenchefin.«

Lysander blickte vom Chiffriergerät auf. »Vielleicht sollten Sie mit ihr sprechen. Bitte über Lautsprecher.«

»Ja, Sire. In Ordnung, verbinden Sie mich.« Er hob das Mikrophon. »Hier Owensford.«

»Hallöchen, Petie. Du erinnerst dich doch noch an Skilly, oder?«

»Ich erinnere mich an Sie.«

»Du klingst aber kühl, Petie. Magst du mich nicht?«

Owensford gab wilde Handzeichen. Die Techniker nickten. *Soll sie reden.* »Ich vermute, Sie haben eine Nachricht für mich.«

»Klar, ich möchte mal wissen, ob du den Job annimmst, den ich dir anbiete. Oder vielleicht möchtest du lieber mich einstellen? Das hast du doch auch mit Barton gemacht, als du ihn besiegt hattest, nicht wahr? Also vielleicht willst du mich haben.«

»Na ja, wir können darüber diskutieren.«

Sie lachte hart und ausgiebig. »Aber Petie, du verstehst ja, mich hinzuhalten! Und lügst mich auch noch an! Aber ich bleib nicht lange genug hier, damit ihr mich finden könnt, Petie, also kommen wir lieber gleich zur Sache. Ich schätze, Jeffi hat dir schon von Murasakis großer Überraschung erzählt.«

»Worum könnte es sich dabei handeln?«

»Ach, jetzt kommt aber!« sagte Skilly. Ihr Lachen klang ziemlich laut aus dem Handfunkgerät. »Ich weiß, daß du mit ihm gesprochen hast, weil wir gesehen haben, wie er in den Palast gegangen ist, er und dieses Küken von einer Spionin, das du uns geschickt hast. Also hat er euch bestimmt von Murasakis Bombe erzählt; deshalb schafft ihr auch wie die Verrückten alle Leute vom Government Square und aus eurem Fort. Je dran gedacht, daß ich davon erfahren könnte? Vielleicht weiß ich sogar, wo du jetzt steckst. Und wenn jetzt noch nicht, dann finde ich es bestimmt bald raus, und ihr könnt nicht die ganze Zeit auf Trab bleiben. Man kann kein Land regieren, wenn man nirgendwo lange genug bleiben kann, um auch nur aufs Klo zu gehen.

Und ihr denkt bestimmt, ihr würdet die Bombe oder Skilly finden, und vielleicht habt ihr recht. Vielleicht. Skilly ist ziemlich am Ende und hat nicht mehr viele Leute. Wer weiß, vielleicht verrät jemand sie für das ganze Geld.«

»Also, was möchten Sie?« fragte Owensford.

»Dasselbe wie Niles. Skilly möchte 'n Ticket, das sie von diesem Planeten wegbringt. Wenn ich das kriege, kriegt ihr die Bombe. Und Murasaki, wenn ihr schnell genug seid, aber das kann ich nicht versprechen. Er ist clever und schnell. Aber ihr kriegt seine Bombe.«

»Sie verlangen zuviel. Sie und Niles, das sind verschiedene Fälle.«

»Yeah, er ist 'n *Gentleman* mit weißem Arsch. Aber ich glaube, du sprichst diese Stora-Mine-Geschichte an. Tut Skilly echt leid. War 'ne üble Sache, aber wenn sie den Krieg beendet hat, ist ja alles gut. Dachte, es würde funktionieren, das Nordtal würde sich ergeben, aber ihr Leute wart zäher, als wir glaubten. Und dann war auch noch der Babyprinz da oben und hat die Truppe zusammengetrommelt. Jedenfalls ist das 'n alter Hut; kann niemand mehr ändern. Jetzt sieht's so aus, daß ihr Skilly vielleicht kriegt, vielleicht aber auch nicht, und bis dahin verliert ihr 'ne Menge Bürger und 'nen großen Teil der Stadt, weil Skilly nicht mehr viel in der Hand hat.«

»Wir haben nicht mal die Möglichkeit, Sie von Sparta wegzubringen«, entgegnete Owensford. »Zur Zeit wird der Raum von Elementen der CD-Flotte beherrscht, und niemand weiß genau, wem ihre Loyalität gilt. Uns mögen sie ein bißchen, aber Sie sind sehr verhaßt bei ihnen, und ich bezweifle, daß wir sie überreden könnten, Ihnen sichere Passage von Sparta zu gewähren, selbst wenn wir wollten.«

»Aber Petie, du würdest Skilly doch nicht belügen, oder? Verdammt, ich wünschte, ich hätte einen dieser Apparate, auf die ihr so großen Wert legt, aber ich wette, ihr habt eure Telefone genauso manipuliert wie ich, um alle Untertöne rauszufiltern, ihm? Na ja, ich mache euch ein letztes Angebot. Zieht das Kopfgeld für Skilly zurück und hört auf, nach ihr zu suchen. Erklärt Skilly für vogelfrei, das ist okay, denn Skilly paßt schon auf sich auf. Wenn irgendein Cop Skilly auf Sicht erschießt, egal ob im Dienst oder wenn er frei hat, ist das okay, es passiert sowieso irgendwann. Aber schickt keine Polizei mehr hinter ihr her! Auch keine Legion. Skilly tut diese Storageschichte leid, aber sie kann's jetzt auch nicht mehr ändern.«

»Das heißt: Wir ziehen die auf Ihren Kopf ausgesetzte Belohnung zurück und nehmen Sie aus der Fahndung, aber Sie bleiben eine Gesetzlose und vogelfrei?«

»Richtig. Ohne diese Belohnung werden's die Leute irgendwann leid, nach Skilly zu suchen. Sie hassen Skilly, aber sie kommen wieder drüber weg und setzen ihr Leben fort, wenn die Jagd auf Skilly sie nicht mehr reich macht. Skilly hätte gern 'nen bessern Deal, aber die Zeit wird knapp. Ich nehme auch diesen.«

»Und die Gegenleistung?«

»Ich sage euch, wo die Bombe ist und wo Murasaki zuletzt steckte, und wir sind quitt.«

»Ich muß die Entscheidung Seiner Majestät überlassen.«

»Yo. Und Petie, sag Seiner Majestät auch, Skilly hätte niemanden angewiesen, seinen Vater umzubringen. Das war 'ne Fügung des Krieges; vielleicht hatte er 'nen Termin mit dem Sensenmann, aber es war nicht geplant.«

»Verstanden. Ich melde mich in ein paar Minuten zurück.«

»Warte nicht zu lange. Und halte mich nicht hin, um rauszufinden, woher der Anruf kommt. Du findest eh nur 'n Relais und mußt weitersuchen. Skilly kann solange reden, bis die Bombe hochgeht. So kannst du sie nicht entdecken, sondern verlierst nur 'ne Menge von dieser Stadt.«

»In Ordnung. Ich bin gleich wieder dran.« Er wandte sich an Lysander. »Sire, Sie haben ja alles mitgehört.«

»Ja. Ich vermute, sie meint es ernst.«

»Ich würde ganz nicht sicher den größten Teil der Hauptstadt darauf verwetten, daß es nur ein Bluff ist«, sagte Owensford. »Und genau das täten wir, wenn wir die Vereinbarung ablehnten.«

»Es wäre mir zuwider, wenn sie davonkommt«, sagte Lysander.

»Vielleicht schafft sie es ja nicht.«

»Wie auch immer. In Ordnung. Es gefällt mir nicht, aber ich sehe keine Alternative. Sagen Sie ihr, daß ich die auf ihren Kopf ausgesetzte Belohnung zurücknehme und wir beide unsere Streitkräfte anweisen, nicht offiziell Jagd auf sie zu machen. Das gilt natürlich erst ab dem Zeitpunkt, an dem wir die Bombe finden.«

»Alles klar.« Owensford aktivierte die Verbindung wieder. »Sie haben Ihren Deal. Die Belohnung wird zurückgezogen, und es gibt keine offiziellen Bemühungen mehr, Sie ausfindig zu machen.«

»Auch von Seiten der Legion nicht«, verlangte Skilly. »Dein Wort darauf!«

»Auch von der Legion nicht. Mein Wort darauf und das Seiner Majestät. Das gilt ab dem Zeitpunkt, an dem wir die Bombe finden.«

»Yeah, ich schätze, so können wir es machen. In Ordnung. Wenn man von der südöstlichen Ecke des Government Square weiter nach Südosten geht, erreicht man das König-Jason-Hotel. Es wird euch wahrscheinlich mächtig überraschen, aber es gehört mir. Na gut, auf den Papieren steht ein anderer Name, aber von mir stammt das Geld. Im Royal-Arms-Restaurant im Keller findet ihr 'nen großen Kühlraum für Fleisch. Die hintere Wand läßt sich öffnen, und dahinter liegt noch 'n Raum. Darin findet ihr die Bombe, und ich denke, ihr solltet euch jetzt lieber beeilen. Ich glaube nicht, daß Murasaki bei der Zündeinstellung viel Zeit gelassen hat. Er selbst war auch zuletzt da, aber ich glaube nicht, daß er's immer noch ist.«

Owensford schaltete das Mikro mit dem Daumen ab. »Deighton! Schicken Sie ein Bombenentschärfungskommando und eine Sondereinheit zum König-Jason-Hotel südöstlich des Government Square. Darin ist eine Atombombe versteckt. Einzelheiten erfahren die Leute unterwegs. Auch Murasaki wurde zuletzt dort gesehen, aber ich rechne nicht damit, daß Sie ihn erwischen.«

»Atombombe, König-Jason-Hotel. Schon unterwegs, Skipper.«

»Wieso erwischen wir Murasaki nicht?« wollte Lysander wissen.

»Er kennt bestimmt eine Möglichkeit, den Planeten zu verlassen. Bronson hat hier Agenten, und man ist sicher bereits abgereist. Interessant ist, daß sie Skilly nicht mitgenommen haben. Ich glaube nicht, daß sie sie mögen.« Er aktivierte das Mikro wieder. »In Ordnung, die Bombenentschärfer sind unterwegs.«

»Ach Petie, ich dachte, du würdest selbst gehen. Dann wüßte ich, daß du dabei bist, wenn die Stadt hochgeht. Na ja, Petie, Skilly wünschte sich jedenfalls, sie hätte die Sache nie angefangen. Zu schade, daß ich nicht bleiben und zusehen kann, wie ihr Croser aufhängt, aber ich sehe es mir wahrscheinlich im Fernsehen an.«

»Miss Thibodeau.«

»Wer ist das? Sind Sie das, König Lysander?«

»Ja.«

»Nun, Majestät, entschuldigen Sie, aber ich hab nicht mehr viel Zeit zum Reden. Sie werden diese Belohnung zurücknehmen, wie Sie versprochen haben, klar?«

»Ich halte mein Versprechen«, sagte Lysander.

»Aber Sie wissen nicht, wieso Sie mit mir sprechen möchten. Ist schon okay, Majestät, wenn man neugierig ist auf Leute wie mich. Man möchte in den leeren, leeren Abgrund blicken, und man macht's, und der Abgrund starrt direkt zurück, Eure Majestät. Ich will Ihnen was sagen: Skilly meint's echt ernst, wenn sie sagt, es täte ihr leid, die ganze Sache überhaupt angefangen zu haben, und es täte ihr leid, nicht auf Jeffi gehört zu haben, als es um diese Rakete ging. Skilly geht jetzt.«

»Das Signal ist weg«, meldete ein Techniker. »Die Trägerwelle ebenfalls.«

»In Ordnung, General«, sagte Lysander, »ich habe in den Abgrund geblickt, aber trotzdem stehe ich nicht im Begriff, so zu werden. Wir haben ihr etwas versprochen. Sollte es Ihren Leuten gelingen, die Bombe zu finden und zu entschärfen, dann halten wir unser Versprechen.«

»Natürlich, Sir. Keine Belohnung, keine offizielle Fahndung.«

»Warum machen sie dann so ein selbstgefälliges Gesicht?«

»Nun, Sir, erinnern Sie sich noch an Sergeant Taras Miscowsky, von dem Zwischenfall auf der Halleckfarm?«

»Und ob. Ich erinnere mich noch an mehr. Ich habe aus zuverlässigen Quellen erfahren, daß Sie die Enkelin des Senators ziemlich häufig treffen.«

»Ja, Sire. Aber zurück zu einem weniger erfreulichen Thema. Sergeant Miscowsky ist jetzt seit langer Zeit im Kampfeinsatz. Hat dabei reichlich Urlaub angesammelt. Er hat früher unter Jerry Lefkowitz gedient, Sire, und er fragt nicht nach einer Belohnung, um auf Skillys Spur zu bleiben, bis er Lefkowitz ihren Kopf schicken kann. Ich habe bereits nach ihm geschickt. Vom Zeitpunkt seiner Landung an befindet er sich in Urlaub. Es geht also nicht um eine offizielle Aktion. Es ist auch nichts Offizielles, wenn die Offiziersmesse eine Sammlung veranstaltet, damit Miscowsky seine Ferien auch richtig genießen kann.«

»Sir, auch ich habe noch Urlaubsansprüche«, bemerkte Sergeant Andy Bielskis von der Tür her. »Entschuldigen Sie, Colonel, ich wollte nicht lauschen, aber wenn es Ihnen recht ist ... Taras und ich kommen gut miteinander klar, und ich denke, wir würden gerne mal zusammen Ferien machen.«

»Sie waren in Stora dabei, nicht wahr?« fragte Owensford.

»Ja, Sir, das war ich.«

»Wir brauchen Sie vielleicht ...«

»Ich glaube nicht, daß Taras und ich sehr lange brauchen werden. Überhaupt nicht lange.«

»Wo zum Teufel haben Sie gesteckt?« wollte Owensford wissen.

Hal Slater grinste verlegen. »Na ja ...«

»Er ist Rebellen hinterhergehetzt«, erklärte Caldwell Whitlock. »Und hat sich dabei richtig gut geschlagen. Für einen tatterigen alten Opa, der nicht mehr ohne Stock laufen kann, hat er einen ganz schön sicheren Schuß!«

»Aber Professor!« sagte Hal. Er musterte Whitlocks beträchtlichen Leibesumfang. »Anscheinend hat sich Dr. Whitlock dafür entschieden, seinen Feind hinunterzuschlucken. Nebenbei, Peter, haben Sie inzwischen Lermontovs Nachricht dechiffriert?«

»Nein, wir sind dazu anscheinend nicht in der Lage.«

»Kein Wunder. König Alexander hatte den Code.«

»Dachten wir uns schon, und wir glauben, daß wir seine Codes haben, aber ich fürchte, Lysander ist bislang nicht darauf gekommen, wie er sie benutzen soll.«

»Ich zeige es ihm«, sagte Slater. »Vielleicht ist es aber besser, wenn wir erst über die Lage sprechen.«

»In Ordnung. Kaffee?«

»Ja, bitte, ich könnte welchen gebrauchen.«

»Ich mache ihn selbst.« Owensford schloß die Tür und verriegelte sie. »Kaffee, Caldwell?«

»Yeah, sicher. Peter, wir sind hier mit einem Schlamassel erster Klasse konfrontiert, und es hilft uns kein bißchen, daß König Alexander tot ist.«

»Setzen Sie sich und erzählen Sie mir davon.« Owensford löffelte Kaffeebohnen in die Mühle. »Kein Sumatra Lintong und kein Jamaika. Ist von hier, fürchte ich.«

»Im Moment bin ich einfach für alles dankbar«, sagte Hal. »Peter, ich weiß nicht recht, wo ich anfangen soll.«

»Beginne am . . .«

». . . Anfang, fahre fort in der Mitte, komme am Ende zum Schluß«, beendete Whitlock den Satz. »Yeah. Der Anfang. Lermontov wurde tatsächlich abgesetzt. Im Gefängnis, wenn nicht tot, und ich schätze, er ist tot. Die Nachricht, um die es hier geht, wurde aufgezeichnet und verschlüsselt, um gesendet zu werden, falls ihm irgendwas passierte. Sie wurde dann noch mit ein paar aktuellen Informationen aufgefrischt. Oh, nebenbei hat Falkenberg gesiegt. Der Feldzug von New Washington ist beendet. Franklin hat aufgegeben, und was immer auf New Washington als Regierung durchgeht, hat John Christian Falkenberg zum Protektor ernannt.«

Owensford pfiff. »Also ein triumphaler Sieg! Warten Sie eine Minute. Protektor! Hat das irgendwas mit dieser Politikerin zu tun? Glenda Ruth Horton hieß sie, glaube ich.«

»Yeah, ich denke schon, aber wir sind noch dabei, seine

Berichte zu entschlüsseln. Sie waren besagter Nachricht von Lermontov beigefügt und demzufolge auch nicht im Klartext.«

»Denken Sie, daß der Colonel sie geheiratet hat?« fragte Hal Slater.

»Sie kennen ihn besser als ich.«

»Es wäre sicher möglich«, meinte Slater. »Was die Lage interessant macht, da wir uns alle *hier* niedergelassen haben. Kathryn wird nicht noch mal umziehen.«

»Miriam Ann gefällt es hier auch«, sagte Whitlock. »Sie brauchte eine Zeitlang, um sich an die hohe Schwerkraft und den kurzen Tag zu gewöhnen, aber ihr gefällt die Gesellschaft, die sie hier hat. Würde schon einen mächtigen Anreiz erfordern, damit sie noch mal umzieht. Gilt für mich natürlich ebenfalls.«

»Ich habe mich noch gar nicht danach erkundigt, wo Sie jetzt wohnen«, sagte Owensford. »Entschuldigen Sie, ich war so beschäftigt.«

»Geht schon in Ordnung. Ich habe mir eine Farm gekauft, nicht weit von Hals neuem Besitz, neben dem Park, den die Kriegsakademie manchmal benutzt. Interessante Nachbarn. Nach der Besprechung bei Hal und Kathryn hat sich auch Captain Newell dort umgesehen. Er hat noch nichts gekauft, aber dort wohnen auch so schon – wie viele, Hal? Vielleicht ein Dutzend Familien von Flottenangehörigen des CoDominiums. Wirklich gute Gesellschaft. Wie ich gehört habe, meinen Sie es inzwischen auch ganz schön ernst damit, auf Sparta zu bleiben?«

»Ja. Lydia gefällt es im Hinterland. Mir auch. Wir werden eine Farm draußen im Flußtal haben, aber auf mich wartet hier einfach zuviel Arbeit. Wir sind schon auf der Suche nach etwas in der Nähe der Hauptstadt.«

»Machen Sie Lydia doch einfach mit Miriam Ann bekannt«, schlug Whitlock vor. »Ich denke mir, daß Miriam Ann und Kathryn ihr schon dabei helfen können, etwas zu finden, was ihr gefällt. Sie sollten sich aber lieber beeilen. Ich habe gehört, daß immer mehr CD-Leute hier Grundbesitz erwerben wollen, und Sie möchten doch bestimmt noch vierzig oder fünfzig Morgen erwerben, ehe die Preise zu hoch klettern.«

»Ich werde dran denken. Danke.« Peter goß Kaffee nach. »In Ordnung. Zurück an die Arbeit. Lermontov ist also definitiv aus dem Spiel.«

»Und das hier sind seine letzten Befehle«, sagte Hal Slater.

»Nennen wir sie sein Testament«, schlug Whitlock vor. »Großadmiral Sergei Mikaelovich Lermontovs Erbe an die Flotte.«

»Mir gefällt die Vorstellung nicht«, sagte Owensford. »Er war ein verdammt guter Mann. Okay. Wie lauten seine letzten Befehle?«

»Eine Menge Zeug ist an die Flotte gerichtet und handelt von Loyalität, vom Zweck, für den die CoDominiumsflotte gedacht war«, erklärte Whitlock. »Verdammt gute Ausführungen. Politikwissenschaftler werden sie noch hundert Jahre lang ausschlachten. Sie laufen auf Folgendes hinaus: Die Aufgabe des CoDominiums bestand in der Bewahrung des Friedens. Jetzt ist es zerstört, und die Kräfte, die dafür verantwortlich sind, wünschen keinen Frieden. Sie werden auftauchen und die Loyalität der Flotte einfordern. Die haben sie jedoch nicht verdient. Verschiedene Fraktionen werden die Flotte zu benutzen versuchen, und zwar für nichts anderes, als für ihre Zwecke Krieg zu führen.«

»Himmel, das klingt wirklich sehr prophetisch«, meinte Owensford.

»Richtig«, sagte Hal. »Eine weitere Botschaft ist übrigens innerhalb der anderen verschlüsselt enthalten, und zwar in demselben Authentifizierungscode, den Lermontov für Nachrichten an die Flotte benutzte. Ich habe sie hinauf zu Boris geschickt.«

»Er hat wohl ein ziemlich langes Gesicht gemacht, als Sie den Schlüssel hatten, er jedoch nicht?« fragte Owensford.

»Keine Ahnung.«

»Ich denke schon, aber er wird es verkraftet haben«, meinte Whitlock. »Wir haben immer sehr betont, daß Hal einer von Lermontovs ältesten Freunden ist.«

»Das gilt aber auch für Boris«, wandte Hal ein.

»Und einer von Falkenbergs ältesten Freunden, und das vor

allem wird sich als bedeutsam erweisen«, sagte Whitlock. »Sehen Sie, sobald Lermontov die Flotte davor gewarnt hatte, daß böse Menschen versuchen würden, sie und all ihre Schiffe in die Hand zu bekommen, erteilte er seine letzten Befehle. Er wies die Flotte an, seinem Nachfolger ebenso Gehorsam zu leisten wie ihm selbst. Er wußte jedoch nicht, wer sein Nachfolger sein würde. Gestatten Sie mir, einen Teil der entsprechenden Passagen vorzulesen.

»Waffenbrüder und -schwestern, wir können meinen richtigen Nachfolger jetzt nicht benennen. Wir können gewiß sein, daß der Rumpf des Großsenats versuchen wird, einen Nachfolger zu ernennen. Wir können gewiß sein, daß sich Nachfolger selbst ernennen werden. Wie sollen wir zwischen ihnen entscheiden? Ich glaube nicht, daß wir es überhaupt können, aber wir – genauer gesagt ihr, denn ich werde nicht bei euch sein – ihr müßt zusammenhalten. Ihr müßt die Einheit bewahren. Zu diesem Zweck könnt ihr einen Rat der Kapitäne bilden, der euren neuen Befehlshaber berät, und ich lege euch dringend nahe, das zu tun, auch wenn ich nicht glaube, daß ein Rat der Kapitäne lange regieren oder auch nur stellvertretend für euch einen Befehlshaber ernennen kann.

Auch ich kann euch keinen neuen Befehlshaber nennen.

Ich werde euch jedoch eine Gruppe von Personen nennen, denen ihr ehrenvoll gehorchen könnt. Sie besteht aus Menschen, die ihr bereits kennt. Zwei sind noch jung, aber ihr werdet verstehen, warum sie benannt werden. Der dritte ist älter, und ihr werdet auch diese Wahl verstehen. Den vierten werden einige von euch kennen, andere nicht. Meine Waffenbrüder und -schwestern, ich befehle euch: Bis diese Personen selbst einen Nachfolger für mich benennen, werdet ihr eure Befehle von John Grant, Carleton Blaine, John Christian Falkenberg und König Alexander von Sparta erhalten. Diese Menschen sind sich nicht immer einig, und das ist gut so, denn sie können trotzdem zusammenarbeiten und werden das auch tun. Und gemeinsam verfügen sie über große Weisheit. Wenn sie gemeinsam sprechen, müßt ihr ihnen gehorchen, wie ihr mir gehorchen würdet.

Lebt wohl. Wir haben unser Bestes getan, für die Zivilisation und die Menschheit. Wir haben in unserem Dienst nicht versagt. Diejenigen, denen wir Gehorsam schuldeten, haben uns enttäuscht. Wir haben uns nicht gegen eine legitime Obrigkeit erhoben. Die Obrigkeit ist verschwunden. Es gibt sie einfach nicht mehr.

John Grant, Carleton Blaine, John Christian Falkenberg und Alexander von Sparta. Sie sind meine Erben, und sie werden einen Pfad der Ehre finden, dem ihr folgen könnt. Bleibt zusammen. Handelt ehrenvoll.

Lebt wohl, und Gott sei mit euch.

Sergei Mikaelovich Lermontov, Großadmiral.«

»Heiliger Christus!« sagte Owensford. »Das ist Lermontov, wie er leibt und lebt.« Er wischte sich etwas aus den Augen. »Ich vermute, der Alte lebt wirklich nicht mehr. Auch Alexander ist tot. Was machen wir jetzt?«

»Wir haben nicht viel Spielraum«, meinte Whitlock. »Eine Vierergruppe wäre ohnehin unhandlich gewesen. Jetzt sind es noch drei. Ein Grant, ein Blaine und Christian Johnny. Ich denke, das wird der Flotte gefallen.«

»Dann erwarten Sie, daß die Flotte diesem Befehl Folge leistet?« fragte Hal Slater.

»Einige bestimmt. Betrachten wir mal das hiesige Sternensystem. Karantov wird gehorchen. Newell wird eine Zeitlang darüber nachdenken. Er kontrolliert die hiesige Flottenmacht und sieht, welches Potential das ist, aber er ist ziemlich gescheit. Er weiß, daß man einen Planeten zwar demolieren kann, ihn damit aber noch nicht beherrscht, auch nicht mit allen vier Schiffen zusammen. Ein Leben, das sich auf Erpressung gründet, ist kein besonders tolles Leben. Obendrein ist er im Herzen ein guter Mensch. Er wird sich uns anschließen und dabei die mitbringen, die auch schon bislang zu ihm gestanden haben.

Was Donovic angeht, er wird es nicht akzeptieren. Er wird sich Richtung Erde aufmachen. Er ist von diesem Schlag; er geht nachsehen, ob es noch etwas Lohnendes gibt, das er vom Kadaver seiner Mutter rauben kann. Damit wird hier einer von fünfen Lermontovs Erben nicht akzeptieren. Sagen wir, es werden im Durchschnitt zwei von fünf sein, und die verhalten sich bestimmt unterschiedlich. Einige verkaufen ihre Dienste wohl dem Meistbietenden. Verdammt, das ist ja auch hier passiert, nur hatten wir halt sehr frühzeitig geboten.«

»Daß es soweit kommen mußte«, sagte Hal Slater nachdenklich.

»Also läuft etwa einer von fünf zu Bronson über?« fragte Owensford.

»Eine Schätzung, die so gut ist wie jede andere«, meinte Whitlock. »Und zwei von fünf halten zu uns. Ich vermute, mit ›uns‹ liege ich richtig? Sind wir uns in dieser Frage einig?«

»Einer für alle«, pflichtete ihm Hal Slater bei.

»Und alle für einen«, ergänzte Owensford. »Aber welche Rolle wird er spielen?« Er zeigte mit dem Daumen hinter sich zur Tür.

Whitlock musterte jeden seiner Gefährten.

Die Flaggen von Sparta hingen auf Halbmast. Alle außer einer. Vor der Treppe des Palastes flatterte der Gekrönte Berg stolz an der Spitze der Flaggenstange. Nachts wurde er von einem Dutzend Scheinwerfern angestrahlt.

Vom Government Square waren die meisten Trümmer inzwischen entfernt worden. Viele Wände würden für Jahrzehnte von Schußlöchern gezeichnet bleiben, aber der Schutt war fort. Der Verkehr war nur dünn, aber das Geschäftsleben hatte in den zwei Wochen seit dem Ende der Schlacht wieder begonnen. Sparta hatte einen König begraben und erwartete die Krönung seines Sohnes, aber Lysander war nach wir vor Oberbefehlshaber der Streitkräfte und hatte mehr Arbeit als je zuvor.

»Mein Prinz.«

Lysander blickte vom Schreibtisch auf. Er mußte sich um eine Million Einzelheiten kümmern. Während des Krieges hatte er den Soldaten Befehle erteilt, die dann umgesetzt wurden. Jetzt bekam er die Soldaten kaum noch zu Gesicht. Er erteilte Zivilisten die Befehle, und dann geschah entweder irgendwas, oder es geschah nicht.

»Ach verdammt, verzeih mir, mein König«, sagte Harv. »Man sollte glauben, daß man sich mit der Zeit dran gewöhnt.«

»Vielleicht sollte ich einen speziellen Erlaß herausgeben«, lächelte Lysander, »der es dir erlaubt, jeden Titel zu benutzen, den du magst. Du hast es dir verdient.«

»Na ja, ich weiß nicht. Tut mir leid, wenn ich dich störe, aber ein Haufen Militärs möchten dich sehen. Meist Offiziere, aber sie haben auch andere mitgebracht, Sergeanten und ähnliche. Ungefähr fünfzig Leute. Sie sagen, sie würden dich gerne in der Audienzhalle treffen, wann immer es dir paßt. Sie wollen warten.«

Lysander runzelte die Stirn. »Na ja, in Ordnung . . .«

»Ich finde, wir sollten die Leibwache mitnehmen, wenn wir vor diese Leute treten«, sagte Harv.

»Warum in aller Welt?«

»Prinz . . . Majestät, mir gefällt die Sache nicht. All diese Leute von Heer und Flotte, die meisten in CoDominiumsuniformen, General Owensford als Lieutenant Colonel der Legion, General Slater in einer Königlich Spartanischen Uniform wie Admiral Forrest. Und sie sind mit Fähnrichen der Flotte und Sergeanten da, und jeder einzelne trägt eine Seitenwaffe. Ich beobachte sie schon die ganze Zeit. Die letzte Woche über haben sie wie Diebe die Köpfe zusammengesteckt, Majestät. Haben miteinander gesprochen, aber nicht mit dir.«

»Nun, Harv, wenn diese Leute gekommen sind, um meinen Rücktritt zu fordern, dann werden ein Dutzend Leibwachen auch nichts ändern. Ihre Gruppierungen haben zusammen die Macht, diesen Planeten in eine Schlackenhalde zu verwandeln. Sag ihnen, daß ich sie gerne in zehn Minuten in der Audienzhalle empfange – und verschwende bitte keinen Gedanken an die Leibwache.«

»Na ja, wenn du meinst, Prinz . . .«

»Ich meine es, Harv.«

»Ja, Sir.«

Lysander fand Melissa und Königin Adriana in der Familienwohnung des Palastes. »Auf meinem Programm scheint eine Audienz zu stehen«, sagte er. »Eigentlich ist sie gar nicht geplant, sondern sie wird gefordert. Und zwar sofort. Von allen Militäroffizieren des Systems – meinen, denen des alten CoDominiums, der Legion . . .«

»Bestimmt steht die Legion doch auf unserer Seite«, sagte Melissa.

»Das dachte ich auch.«

»Du siehst besorgt aus«, stellte Königin Adriana fest.

»Mutter, ich weiß nicht. Harv ist besorgt, und ich denke, das hat mich auf Gedanken gebracht.«

»Daß sie gekommen sind, um dich abzusetzen?«

»Mutter, ich habe keine Ahnung. Ich sehe keinen Grund, damit zu rechnen, aber ich habe auch noch nie erlebt, daß die Militärs als geschlossene Gruppe ein Gespräch mit mir verlangen. Jedenfalls sollte ich sie, denke ich, lieber nicht warten lassen. Melissa, bring Mutter ins Landhaus. Harv hat dafür gesorgt, daß ein Fahrer wartet . . .«

»Ich tue nichts dergleichen«, entgegnete Melissa. »Ich begleite dich.«

»Königin Adriana lachte. »Junge, ich glaube, du machst dir unnütze Sorgen! Wahrscheinlich wünschen sie Titel, Ehrungen und Beförderungen. Soldaten lieben so was. Aber ich möchte dir eins sagen. Was auch immer sie von dir wollen, wenn mich schon die Heloten nicht aus diesem Palast jagen konnten, dann werde ich bestimmt nicht vor unseren eigenen Soldaten fliehen. Komm, gehen wir und überzeugen uns, was sie möchten. Zuerst wirst du dir aber die beste Uniform anziehen und deine Orden anlegen. Wenn wir schon abgesetzt werden, dann können wir uns auch vernünftig dafür anziehen.«

Die Delegation kam hereinmarschiert. Es waren annähernd fünfzig Menschen, und wie Harv berichtet hatte, trugen sie viele verschiedene Uniformen. Hal Slater im Aufzug der Legion, aber mit royalistischen Schulterstücken, schien der Anführer zu sein, dicht gefolgt vom Captain der Flotte Newell und Colonel Karantov, beide in Uniformen des CoDominiums. Diesen wiederum folgte der spartanische Rear Admiral Forrest.

dann kam Colonel Farley von der 77. Die Captains Alana. Der Senior Sergeant der Legion Guiterrez mit weiteren Legionsoffizieren. Als letzter trat Dr. Whitlock ein, bunter gekleidet als die Militärs. Er hatte eine Aktentasche dabei.

Lysander empfing sie sitzend, und die Königinwitwe und Melissa hatten neben ihm Platz genommen. Als alle eingetreten waren, erhob sich Lysander und erwiderte ihre Verneigungen. »Ich bedauere, daß sich König David nicht in der Stadt aufhält.«

»Sire, Sie sind es, den wir sprechen möchten«, antwortete Hal Slater. »Madam, Gräfin Melissa.«

»General, wir freuen uns, Sie zu sehen, aber dies hier trifft uns unvorbereitet.«

»Ja, Sire, dessen sind wir uns bewußt. Wir werden uns so kurz wie möglich fassen, aber die Angelegenheit ist ein wenig schwierig.

Sire, jeder der Anwesenden ist mit der langen Nachricht vertraut, die Admiral Lermontovs Testament ausmacht, und selbstverständlich haben Sie die an Ihren verstorbenen Vater adressierte Ausfertigung gelesen.«

»Ja, General.«

»Das Dokument benannte einen Viererrat als Nachfolger von Großadmiral Lermontov. Mit dem Tod König Alexanders sind davon noch drei übrig. Der Zweck dieses Rates besteht darin, die Flotte zusammenzuhalten, bis eine neue Regierungsform geschaffen ist, die den Frieden bewahrt.« Hal Slater drückte sich mit Sorgfalt aus, als hielte er eine Vorlesung auf der Kriegsakademie, statt sich an seinen Souverän zu wenden.

»Damit stehen wir alle vor einem Problem«, fuhr er fort. »Eigentlich sogar zwei Problemen. Das erste ergibt sich daraus, daß ein über Lichtjahre des Weltraums verstreutes Gremium nicht kommandieren kann. Es müssen jedoch Entscheidungen getroffen werden. Ich verfüge über ein Patent als Offizier der Königlichen Armee und bin als solcher gegenüber der Doppelmonarchie verantwortlich, unter dem Letzten Dekret sogar gegenüber Eurer Majestät persönlich. Ich bekleide jedoch noch ein weiteres Amt. Gemeinsam mit General Owensford und Dr.

Whitlock spreche ich für Colonel Falkenberg, der neben seinem Platz im Nachfolgerat des Großadmirals inzwischen auch Protektor von New Washington ist.

Captain Newell sieht sich mit dem Befehl konfrontiert, einem Gremium zu gehorchen, das noch nie zusammengetreten ist. Eines seiner Mitglieder ist tot und keines der übrigen in diesem Sternensystem präsent. Im hiesigen System jedoch liegen Captain Newells Interessen. Owensford, Whitlock und ich wissen, daß das System für Lermontov und Falkenberg wichtig war. Wir wissen, daß Carleton Blaine als Gouverneur von Tanith ein Bündnis mit Sparta vorgeschlagen hat. Wir finden, daß Captain Newell und sein Geschwader hierbleiben und Sparta verteidigen sollen. Aber wessen Befehle sollen sie dabei folgen?«

Lysander schüttelte verwundert den Kopf. »Möchten Sie mich dazu auffordern, General Slater?«

»Gestatten Sie, Sire«, machte sich Dr. Whitlock bemerkbar. Er trat vor. »In gewissem Sinn gehöre ich hier nicht hin, aber vielleicht sollte ich lieber etwas erklären. König Lysander, wenn die Geschichte uns eines gezeigt hat, dann, daß die schlechteste Regierungsform überhaupt ein Rat aus Soldaten ist. Vielleicht kann ein einzelner Soldat regieren, vielleicht aber auch nicht, aber die höchste Staatsgewalt einem Rat von Offizieren zu übertragen, ist so ziemlich das Schlimmste, was man tun kann. Lermontov wußte das. Deshalb berief er einen Rat aus zwei Offizieren und zwei Politikern, in der Hoffnung, sie würden sich gegenseitig ausbalancieren, aber Ihnen ist sicher aufgefallen, daß er sie ermahnte, so schnell wie möglich einen neuen Befehlshaber zu ernennen. Was er nicht im Rahmen seines öffentlichen Testaments erwähnte, nahm er in private Botschaften an Hal Slater und mich auf, die ich auch den übrigen Flottenangehörigen hier gezeigt habe. Darin wies er uns an, selbst zu entscheiden, ob wir König Alexander das Kommando übertragen wollten. Wir wissen auch, daß Colonel Falkenberg damit einverstanden wäre.«

Ehe Lysander darauf reagieren konnte, meldete sich Hal Slater wieder. »Das CoDominium existiert nicht mehr. Etwas muß an seine Stelle treten, aber wir haben einfach keine Zeit, etwas aufzubauen. Wir kennen nicht viele Leute, denen wir Gefolgschaft leisten möchten. Falkenberg hat nie einen Zweifel daran gelassen, daß er das Oberkommando nicht akzeptieren würde. Wir haben darüber diskutiert und uns geeinigt, und wir sind gekommen, um Ihnen diese Einigung mitzuteilen.«

Hal Slater humpelte davon. Erst gesellte sich Peter Owensford zu ihm, dann nacheinander der Captain der Flotte Newell, Boris Karantov, Colonel Farley und Admiral Forrest. Sie bezogen in einer Reihe vor Lysander Aufstellung.

»Es ist ein bißchen schwierig«, stellte Hal fest. »Die Zeremonie ist uns vor über tausend Jahren abhanden gekommen, aber wir meinen jedes Wort ernst.« Er hob den Arm, nicht nach vorne ausgestreckt, wie es die Deutschen einst taten, sondern ganz nach oben, die Handfläche nach vorne gewandt. »Ave! Ave, Lysander, Imperator!«

Er sprach die Worte vorsichtig und zurückhaltend, aber dann wurden sie in der Halle wiederholt, diesmal mit mehr Begeisterung. »Ave, Lysander, Imperator!«

Die ganze Versammlung griff den Ruf auf, Offiziere und Unteroffiziere, Vertreter der Flotte. Die Stimmen gingen ineinander über, zu einem gewaltigen Ruf, der durch den Palast tönte und in der Audienzhalle Echos warf. Die Worte spülten über Lysander hinweg, und er stand auf, das Gesicht undeutbar.

AVE, LYSANDER, AVE, LYSANDER, IMPERATOR!

»Führen Sie uns zusammen!« sagte Caldwell Whitlock leise und fast ungehört, und dann erschallte der Ruf erneut im ganzen Palast:

AVE, AVE, LYSANDER, IMPERATOR!

ENDE

Band 23 155

Jerry Pournelle/ S.M. Stirling

Die Söldner von Sparta

Deutsche Erstveröffentlichung

Die Erde ist dem Untergang geweiht, nur auf dem Planeten Sparta scheint noch ein menschenwürdiges Leben möglich zu sein. Doch die Spartaner wissen, daß sie sich gegen kommende Invasoren verteidigen müssen, deshalb heuern sie die gefürchtete Falkenberg-Legion an, Söldner, die keinen Kampf scheuen. Eines aber wissen die Spartaner nicht: daß sie damit auch die Feinde der Legion auf sich gezogen haben . . .

JERRY POURNELLE ist der wohl erfolgreichste SF-Autor von Action-Romanen. Sein Zyklus um die Falkenberg-Legion bietet einen großen, packenden Stoff und faszinierende Schauplätze. Rasanter kann SF kaum sein!

BASTEI LÜBBE

Sie erhalten diesen Band im Buchhandel, bei Ihrem Zeitschriftenhändler sowie im Bahnhofsbuchhandel.